国家出版基金项目
"十二五"国家重点图书出版规划项目

中國京劇流派劇目集成

启功题签

《中国京剧流派剧目集成》编委会　编

第柒集

學苑出版社

图书在版编目（CIP）数据

中国京剧流派剧目集成．第7集 /《中国京剧流派剧目集成》编委会编．—北京 ：学苑出版社，2013.1
ISBN 978-7-5077-4208-4

Ⅰ．①中… Ⅱ．①中… Ⅲ．①京剧－剧本－作品集－中国 Ⅳ．①I232

中国版本图书馆 CIP 数据核字(2013)第 002500 号

出 版 人：孟　白
责任编辑：潘占伟
装帧设计：徐道会
出版发行：学苑出版社
社　　址：北京市丰台区南方庄2号院1号楼
邮政编码：100079
网　　址：www.book001.com
电子信箱：xueyuan@public.bta.net.cn
销售电话：010-67675512　67678944　67601101（邮购）
经　　销：新华书店
印 刷 厂：北京信彩瑞禾印刷有限公司
开本尺寸：889×1194　1/16
印　　张：21
字　　数：486千字
版　　次：2013年1月第1版
印　　次：2013年1月第1次印刷
定　　价：270.00元（精装）

《中国京剧流派剧目集成》学术顾问

《中国京剧流派剧目集成》编委会

序言

◎黄克

京剧向称国粹艺术，内容博大精深，剧目十分丰富，人们常以“汉唐三千宋明八百”形容其浩瀚。其中流派剧目又以演员表演的鲜明个性使剧目显得更为多彩多姿，充满魅力，既被专业人员钻研承继，也为广大戏迷喜闻乐见，遂成为京剧舞台上一大亮点。

流派

举凡表演艺术，原本就无不带有表演者的个人色彩。京剧表演艺术因其唱念做打诸多方面功夫的综合性和繁难性，表演的个性化尤为突出；加以行当的粗分、剧目的雷同，于大致相同的条件下尽显各自的千姿百态、千变万化；一招一式、一腔一韵之中可以体现不同的特色，同样一出戏，甚至同样一个戏中人物也完全可以演出不同的风采，这种充满个性化的表演，遂成为京剧竞技场上最是为人乐道而又情趣无穷的审美内涵。倘若这种富于个性化的表演为受众所认可，且代有传人，形为规范，即可自成一家，成为迥异于他人的艺术流派。以“四大名旦”（梅兰芳、程砚秋、荀慧生、尚小云）为例，虽皆工旦行，却又各有千秋。京剧大师王瑶卿就曾这样分析这四位后起之秀的独到之处：“梅兰芳的样儿，程砚秋的唱儿，尚小云的棒儿，荀慧生的浪儿。”所谓“样儿”，指梅的艺术造诣全面，要什么有什么；所谓“唱儿”，指程以行腔之新颖动听为能；所谓“棒儿”，指尚的刀马功底深厚；所谓“浪儿”，指荀的柔媚多姿、风情万种。寸长尺短，一语道破各有专擅的各家流派特点。如此成就固然来自自己的勤学苦练、苦心孤诣，更少不了观众的知音捧场、鼓励有加。因此，一个艺术流派的形成，对于创始人来说，无疑是开拓了审美追求的新境界；对于受众戏迷来讲，则更是得到了多样化审美需求的新满足。梨园行有云：唱戏的是疯子——指其追求的执着，听戏的是傻子——指其享受的痴迷。二者相得益彰、相映成趣，或许正道出京剧流派形成之三昧。

流派剧目

在京剧传承的一二百年间，随着历史的变迁、社会的发展，以及新人辈出、师承转换，荡涤旧物、崇尚新声，传统剧目中的绝大部分早已绝迹于舞台，然而，其精华部分（包括剧目中表现出来的唱念做打等程式体系）还是被完好地保存了下来，并得到长足的发展。其间，流派创始人于剧目的推陈出新做出了不可磨灭的贡献。基于对剧目乃至剧中人物的理解和认识，以及更便于发挥自己技艺特长的需要，流派创始人对浩如烟海的传统剧目进行了严格的筛选，经过了整理加工再创作，使之又焕发出崭新的韵味和光彩；随着这样剧目的增多，最终形成了自己流派所特有的剧目系列。而另外的流派又在另外的剧目系列中发挥着自己的优势，即或剧目相同，不同流派依然可以于演出中表现出自己的独特风格。总之，在其演出的剧目中，无不打上自己表演风格的鲜明烙印。京剧舞台上一度出现的这种百花齐放、争芳斗艳的盛况，实由自丰富多彩的流派剧目，这在京剧发展史上已是不争的事实。

但也应看到，如今京剧流派剧目相对于京剧的鼎盛时期，已是光景不再。个中原因很复杂，就客观因素而言，新兴的艺术形式的多种多样，人们的欣赏习惯和娱乐方式已经有了更广泛的选择余地，因而完全可以去旁骛；此外，就京剧本身而言，演出剧目之贫乏不能不说是观众锐减的重要原因之一。本来演出场所和演出场次就不多，翻来覆去又只是那几出骨子老戏，怎么能吸引观众，特别是年轻观众呢？——连那些老戏迷们也都听腻歪了。

回过头来看，今日演出剧目的贫乏和流派创始人晚年艺术景况也不无关系。他们在艺术的巅峰期——集中在上个世纪二三十年代，创作或改编了一出出新戏，直令观众赏心悦目，目不暇接。当其时，除了富连成科班或游动的散班演出些大路戏外，北京的京剧舞台几乎就是流派剧目的天下。据1932年商务印书馆出版的《五十年来北平戏剧史材》的记载，自民国十二年（1923）至十八年（1929）这六七年间，以梅派剧目为例，只“初演”的剧目——也就是自家独创的新戏或整理改编的传统戏，就有前后本《西施》、《洛神》、《廉锦风》、头二三四本《太真外传》、《俊袭人》、全本《宇宙锋》、《凤还巢》、《春灯谜》等12出戏（其中前后四本《太真外传》这四出戏是在一年多时间里陆续完成的）；同一时间段，马派“初演”的剧目也有《化外奇缘》、全本《玉镯记》、《秋灯泪》、《战宛城》、全本《火牛阵》、《鸿门宴》、全部《临江馆（“馆”应作“关”）》、全部《浣纱溪》、《范仲禹》、全本《清风亭》、头二三四本《大红袍》、全本《天启传》、《许田射鹿》、全本《十道本》等15出戏（其中《大红袍》分头二和三四本两次演出），当然，其中还不包括“初演”以外的经常性的大量的传统戏演出。试问，这些曾经轰动一时的流派创始人编创的新剧目于今又有多少出传承下来了呢？个中主要原因就在于流派创始人到了晚年一些唱做吃重的剧目已难胜任，只有将其已臻于炉火纯青的技艺凝炼到少数剧目之中，或演出或教习也只拘囿于这少数几个剧目了。而其传人也就将这几出戏奉为圭臬，全不知其鼎盛时期的所谓“文武双全”、所谓“昆乱不挡”为何事，致使一些当年的热门戏几近失传，这不能不说是梨园一件憾事。记得梅兰芳先生曾撰文论述学艺过程中的“少、多、少”，大意是初学时会的戏（包括技艺）自然是少的。随着所学剧目的增多，技艺的增长，激发起拓宽其艺术驰骋领域的热情，兼收并蓄，从而极大地丰富了自己。进而又随着审美取向的定型，艺术见识的提高，势必要对自己所学所用下一番去芜存精的工夫，扬长避短，使自己的独特技艺集中在少数几个代表剧目之中。表面看来演出的剧目是少了，但炉火纯青，在艺术创新上却达到了新境界。从少到多，从多而少，贯穿着的是继承与发展的艺术成熟的过程，也闯出了一条攀升艺术高峰的必由之路。后学者以为，学会了几出流派代表剧目便可以薪尽火传，得到了真经，孰不料缺少广博的根基，既影响个人的发展，也造成了剧目越传越少的现实。这难道不是应该汲取的教训吗？

有道是“礼失求诸野”。由于流派剧目的独特韵味及其所富有的艺术魅力，由于京剧作为自娱自乐的审美取向已深入人心，更由于迷恋传统演唱艺术者的大有人在，京剧传统剧目——包括一些已经消失于舞台的流派剧目，至今仍在京剧爱好者中间传唱不息。我们不妨到公园里看一看那一圈圈围着的戏迷，他们来自四面八方，或许彼此并不相识，只凭一把胡琴就将大家凝聚在一起，有滋有味地互相欣赏着一段段流派唱腔。更不用说那遍布全国各地乃至国外华人聚居区的票房，他们还时不时地粉墨登场，过一把戏瘾呢！这种自拉自唱、自娱自乐的红火场面，充分显示了京剧流派剧目的深厚群众基础和顽强的生命力，对于相对落寞的京剧舞台不啻一种发人深省的挑战。然而，这又何尝不是对京剧振兴的潜在的呼唤和有力的支持呢！

流派剧目集成

正鉴于其强大的生命力和深厚的群众基础，“振兴京剧”作为文化建设的国策的提出可谓正得其时。而振兴之务，首要的是挖掘和继承优秀传统剧目，以之作为发展和创新的基础和借鉴。我们编纂《中国京剧流派剧目集成》的初衷正在于此：将流派剧目演出的精彩瞬间记录于永恒，将构成流派剧目的诸多元素一一记录在案。诸如每剧的剧情本事、创始人表演特点的提要，剧中人物行当归属、服装扮相，剧本曲文、唱腔谱、伴奏谱、锣鼓经，以及身段谱等得以再现流派表演风格的内容，都力图完整地记录整理出来，为流派艺术的教学和研究提供文字的基础资料。持此，内行自可作为表演的参考，京剧爱好者也可以作为演习的蓝本。

这一工作，对于京剧剧目的基本建设虽然可谓之善举，但具体做起来却困难多多。首当其冲的就是剧目的选定。京剧剧目虽称汗牛充栋，但保存下来的资料却十分有限。京剧形成初期，以“老生三杰”又称“前三鼎甲”的程长庚、余三胜、张二奎为代表的一代固然没有留下什么音像文字资料；即或以“老生新三杰”又称“后三鼎甲”的谭鑫培、孙菊仙、汪桂芬为代表的一代除了少量的唱片外也没有完整的剧目传下来，所以我们的剧目整理工作只能从民国初年以降的“四大须生”、“四大名旦”开始。他们受熏陶于前辈艺术家，可谓传统的集大成而又能创新的一代，整理剧目以他们为重点自然最合适不过。遗憾的是这些艺术大师大都已经作古，得到他们指点和首肯已不可能，为此，我们只能通过其亲传或再传弟子来进行流派剧目的整理工作。从中我们更深地体会到抢救要及时，当初未能抢救下来现在也不要嫌晚而不为，抢救一点是一点，否则能够保存下来的精华越来越少，越加难向历史向后人交代了。

更难的则是遴选整理者。剧目的全面整理需要全面的人才。我们在组织稿件的过程中却发现这样的人手颇不易得。如果流派创始人或其传人曾在戏校任教，且有较为完整的教案保存下来，今日稍加整理即可选用，自然不是难事。不过这样的情况并不多，大量的剧目尚需要对当年的演出本进行追忆记录，加工整理。曾经受业于流派创始人或其传人的京剧工作者虽然是整理演出本的合适人选，但是他们大都是单位的骨干，忙于演出，忙于剧务，或居于领导职位，很难分出身来。即或肯于应承下一两出戏，也常有如下的情况：能演不能说，能说不能写，能写又不能打谱。因此，完成一个剧目经常需由记录者、整理者和打谱人联袂而行，倘再加上剧目的传授者和提要的撰写人，则非四五人鼎力不可。《中国京剧流派剧目集成》收入二百多出戏，每出戏即使平均两三人参加，也要组织四五百人次。其繁难可以想见，其壮观亦可以想见。当然，这还仅就整理者的数量而言，更为难能可贵的还在于参与者的无私奉献。试想，跟演一出戏或教一出戏相比，以文字整理出一出戏，不仅费时而且费力，无疑是一桩一般人不肯为也不屑为的苦差事，而我们的整理者却能甘之如饴，乐此不疲，没有为京剧事业的传承而不计个人得失的宝贵情操，是难有这种积极性的。不仅如此，随着岁月流逝，整理流派剧日益困难，更需要求助一些老专家，他们或是资深艺员、教师，或是资深票友、戏迷，而今已是硕果仅存的京剧艺术的专家、流派历史的见证人。在他们身上洋溢着一种传承京剧流派的使命感，和对振兴京剧的期待。他们热情地参加到这项工作中来，或亲自动手，为我们整理剧目；或答惑解疑，给我们工作以指导。使我们在受教于他们的同时，油然而生一种深深的敬意。

克服了上述困难，《中国京剧流派剧目集成》终于呈现在读者面前。书中，除了囊括主要流派的主要代表剧目，试图反映京剧鼎盛时期的大致面貌而外，尚有可说道者。

首先是挖掘整理出一批流派剧目，其中不乏已近失传的流派艺术精品。其中共收流派五十余家、剧目二百多出，不仅是从装扮到曲谱俱全，而且半数以上不曾整理出版过，可算是京剧剧目建设的一个不小的工程。下列剧目可为佐证。如王（瑶卿）派名剧《南天门》（今能见到的只剩下王和老谭合拍的剧照）、余（叔岩）派名剧《太平桥》（据说是老谭给余说的开蒙戏）、马派名剧《白蟒台》（写王莽被俘后向旧臣一一乞命事，老生扮演反面人物堪称奇特）、麒派名剧《斩经堂》（其中吴汉的悲剧性格曾引起过热烈争论）、荀派名剧《鱼藻宫》（写吕后残害戚姬事，乃荀派悲剧剧目之一），以及汪（笑侬）派名剧《哭祖庙》、龚（云甫）派名剧《徐母骂曹》、徐（碧云）派名剧《绿珠坠楼》、裘（盛戎）派名剧《打銮驾》等，都是难得一见的流派剧目之珍品。而以“关外唐”名世的唐（韵笙）派名剧经其家人和传人的努力竟整理出其代表作《驱车战将》、《闹朝击犬》、《好鹤失政》、《绝龙岭》、《未央宫斩韩信》、《刀劈三关》等七出之多，堪称流派剧目建设的新收获。除此之外，《中国京剧流派剧目集成》还特别着力于武戏的挖掘整理。较之文戏，武戏更难整理，需要将演员在台上的动作招式一一准确地反映出来，没有深入的钻研领会、亲身体验，很难下笔。众所周知，杨小楼作为一代武生宗师，其“武戏文唱”乃武生的不二法门，也是令人神往的一种表演境界，在武戏剧目整理中理应得到体现。资深票友朱家溍先生得其真传，整理了杨派名剧《麒麟阁》，并详细记述了前后六次观剧的心得，惜乎不及将其用工尺谱记下的昆曲吹腔翻为简谱便溘然而逝了。另一出杨派名剧《镇潭州》则是根据京剧耆儒刘曾复先生的讲授整理出来的，其中杨再兴上场的“蝴蝶霸”、和岳飞对打的“枪架子”，皆独得杨派之秘，给人以再闻《广陵散》般的惊喜。此外，高盛麟的《长坂坡》、《走麦城》，王金璐的《落马湖》、《蚆蜡庙》也都走的杨派的路子，有的就是直接跟杨宗师学的。南派大武生盖叫天武功盖世，他的剧目身后却乏人整理，多亏移居上海的原中国戏校武功教师赵雅枫先生以耄耋之年勉力整出《一箭仇》，也算保存了盖派一脉。还值得一提的是收获了一批武丑戏。叶盛章当年是以武丑戏挂头牌演大轴的第一人，勇于创新，能戏甚伙，现将其创作的名剧《酒丐》、《祥梅寺》、《打瓜园》、《徐良出世》、《三盗九龙杯》、《铜网阵》等七出代表作一并推出，既再现了叶氏当年神勇，也为乏人承继的武丑行当提供一些演习之本。尤为可喜的是我们也挖掘整理出富连成科班总教习、文丑“萧派”创始人萧长华老先生的《选元戎》、《荡湖船》、《变羊记》等已近绝迹舞台的拿手剧目。凡此，整理者挖掘流派剧目的辛勤劳作成果，均为我们编纂“集成”增添了光彩。

为了方便读者翻检使用，本书采取四五出戏合编一册的形式，这样全书约有五十册之多，并拟分三批推出。第一批为老生行的余派，以及号称“南麒、北马、关外唐”的三派，和武丑行的叶（盛章）派，计五家八册。第二批则以旦行“梅、尚、程、荀”为代表，包括老旦、刀马旦等流派。第三批是老生、小生、武生、净、丑等其他流派。

预期一两年内出齐。倘若其中有重要疏漏，又得人整理，亦可考虑编辑出版“集外集”，以满足读者的需求，也使这部“集成”更为名副其实。

当然，《中国京剧流派剧目集成》的编纂，其目的只在提供流派剧目作为研究家和后学者的参考借鉴。而流派、流派，意重在“流”。所谓流，指流行和流变。流派艺术正是在流行、流变中最终形成的，即或在最终形成之后，也还是靠流行、流变而发展的，倘若泥古不化，抱残守缺，就会失掉其鲜活的生命力，艺苑奇葩也会枯萎，这已为京剧发展史所证明。不过，流派艺术发展也需要有个前提，那就是首先要掌握渗透在表演程式唱念做打、手眼身发步中的艺术个性，而流派剧目就是其艺术个性展现的载体。继承流派艺术，不能只满足于模拟外在的“体”，更要在剧目演练中去体味其艺术个性的“魂”，这样才能促使京剧流派艺术从剧目建设到表演个性都得到发扬光大。此乃传承流派剧目的题内之义，自毋庸赘言。

目录

唐韵笙

唐玉薇 **整理** 李忠凡 **记谱**

绝龙岭

唐韵笙演出本

殷朝太师闻仲奉旨领兵征伐西岐，途经绝龙岭，想起圣母警言，击石以作标记，嘱三军绕道而行，免遭灾难。姜子牙助周伐纣，相邀三路诸侯迎战闻仲，并偷袭其营。闻仲率军突围，被逼绝龙岭，姜子牙用神火柱将闻仲烧死。

此剧系先父参照《封神演义》及连台本戏《封神榜》改编而成，又名《闻太师夜战绝龙岭》。与此剧同时，从《封神榜》改编演出的另一个剧目是《陈十策》，说的是闻仲征服北海，惊闻朝中大乱，班师还朝向纣王上呈条陈十策，并鞭打费仲、尤浑的故事。20世纪50年代初，父亲将两剧略加改动串连起来作为前文后武的大戏演出。闻仲以花脸应工。

20世纪20年代，上海编演了许多以《封神演义》、《七侠五义》等书为题材的连台本戏。因为忽视艺术、缺乏精磨，一时红火过后，便大都消失了。父亲也演过许多连台本戏，《陈十策》、《绝龙岭》两剧就是父亲从本戏《封神榜》中摘取出来，经过合理的修改，按照父亲的设计，增加了主要角色闻仲唱、念、做、舞的容量而形成的具有唐派艺术特色的保留剧目。此剧改编演出于1933年左右，在东北也经常演出，但为更多的观众所熟悉则是在1947年的上海演出。

1947年，父亲收到张云溪先生来自上海的信，希望他能去上海演出。接着上海天蟾舞台的经理周剑星派人赴沈商谈，相邀赴沪献艺。父亲自二十五岁在上海演出《百骑劫营》、《怒斩于吉》、《杀四门》等武生戏后，辗转东北十数年，一直没有机会再去上海，遂于当年6月抵沪演出。

父亲是一个正直、自信且专注事业不喜酬酢的人，此次赴沪虽经朋友一再提醒，却依然坚持不愿恭请有关头面人物出来捧场，甚至包括各小报的记者。由于宣传不利，加上剧目安排不当，演出开始观众并不踊跃。父亲是个永不言败的人，认真总结了原因之后，他及时地调整了剧目。他要让观众从最熟悉的传统戏中认识他，于是从关羽戏开始继续演出。当《千里走单骑》特别是《走麦城》演出之后，观众的胃口一下子被吊起了，他们对父亲的关羽戏反响强烈、赞赏有加。随后父亲演出了老生戏《逍遥津》、花脸戏《双包案》。翁偶虹先生曾说，父亲在此剧中与赵松樵先生一对一的完全按金秀山、郎德山的路子大唱原板、垛板。接着又上演了翁偶虹先生特意为父亲编写的《十二金钱镖》，父亲在其中分饰俞剑平、李云崧。中元节时还特意排演了老旦戏《目连救母》。如此一来，上海的京剧观众轰动起来，他们大为震惊：原来唐韵笙是这样一位文武全才技艺精湛的演员！从此天蟾舞台的上座率不断攀升。为使演出效果更加火爆，周剑星建议父亲上演《艳阳楼》、《铁笼山》两剧，并请各路精英一同上阵为父亲助威。于是在《艳阳楼》中张春华扮演秦仁、高雪樵饰呼延豹、张云溪饰花逢春。在《铁笼山》中赵松樵饰司马师、萧德寅饰米当，叶盛长、张云溪等反串女兵，如此强大的阵容如众星捧月，异彩纷呈。父亲扮演的高登、姜维技艺高超，人物鲜活，确有不同一般的本领。这两出戏演得火爆异常，令上海的观众大饱眼福。从此天蟾舞台的演出便一发而不可收，居然四十多天爆满。这次赴沪，父亲不但演出了许多老生戏如《逍遥津》等，武生戏如

《杀四门》、《劫魏营》，关羽戏如《走麦城》等，花脸戏如《双包案》，老旦戏如《目连救母》，勾脸武生戏如《艳阳楼》、《铁笼山》等，新编戏如《金钱镖》，还把他的独家剧目《绝龙岭》、《闹朝击犬》等拿出来演。上海的观众以前只看过连台本戏《封神榜》，从未见过来自《封神榜》又以花脸应工的《绝龙岭》。此闻仲非彼闻仲，他们没有想到这出戏不仅有大段唱腔，且以工架见长。此剧从此被江南的观众认识，并且成为唐派独有的保留剧目之一。

父亲的嗓音条件极好，他在饰演闻仲以及其他净行的角色时，均能调整控制演唱的音色和韵味，多以立音、膛音、炸音取胜。在唱法上他吸收了黄润甫、金秀山等前辈名家之所长，注重气势，唱得满宫满调、高亢浑壮、激情饱满。此剧中的几段〔二黄导板〕、〔原板〕、〔散板〕就是如此。

在表演方面，则明显看出父亲在花脸和红生之间的分寸把握。父亲扮演的闻仲与关羽截然不同，关羽突出了骄矜、儒雅，闻仲则工架的棱角更大些，念白刚劲果断，于威猛中突出他作为太宰的威仪。上马、勒马、举鞭、招架，以及台步、圆场，举手投足之间都让观众感到闻仲作为太宰的气质。

车轮大战中运用了大圆场、抢背、甩盔、蹉步等动作，“遭焚”一场，融唱、念、做于一体，表演激情火炽，把全剧推向高潮，是本剧最精彩的一段。

首先是闻仲被逼上绝龙岭退步出场的一段；其次是二将两报中闻仲的动作安排；最后是邓忠上场报信的一段。全军遭围、战势紧急，闻仲于唱腔中快速圆场，“五锤”中迈步直奔“下场门”方向，背对前方。接着邓忠报信，令闻仲“啊”的一声大惊失措，此处有一个力度很强的亮相动作，运用他那“响堂”的嗓音念道：“张、辛、陶三位将军，他他他们死了么——?!”这句极富感染力的念白顿时令观众毛骨悚然，随着锣经“原场”，父亲颤动着头盔、痛泣、拭泪。接着在邓忠转圈旋子的陪衬下，父亲走一个三圈快速圆场，边走边念。那飘动的白色长髯、铿锵而富有激情的话白和颤动的身体，真个是把观众的心都揪了起来！

许多青年演员演戏时只关注程式的“技”术而不知程式的“艺”术，真正艺术家的最可贵之处则是赋予各项程式表演以“灵魂”，从而能够把人物演活，令人久久难忘。在记录的过程中，我常常为老艺术家为我追述父亲表演中的独特神采而激动，但又深感那融入技艺之中的精神无法以文字记录出来。文字的记录只能交代外部的技术、动作，而无法将“精、气、神”表述出来，这是很无奈的事。只有演员通过自己的不断努力磨炼，慢慢从中“悟”到。

《陈十策》已无法完整记录，《绝龙岭》在演出过程中父亲也曾几经改动。此剧是由父亲的亲传弟子邵麟童口述的。邵麟童1954年于江苏泰州拜父亲为师时学习了此剧，此后在苏州京剧团期间经常演出此剧。梅花奖获得者青年演员杨赤曾经父亲的弟子张铁华传授，也演出过此剧。

唐玉薇

人物行当

闻　仲	净	南宫适	武行
姜子牙	老生	武　吉	武行
纣　王	净	杨　戬	武行
邓　忠	武生	吉　利	武行
陶　容	武生	余　庆	武行
张　节	武行	大太监	杂
辛　环	武行	四太监	杂
北伯侯	武行	八麒麟兵	杂
东伯侯	武行	八周兵	杂
南伯侯	武行	四大刀手	武行
黄飞虎	武行		

服装扮相

闻　仲　勾闻仲脸。戴文阳、白发髻、系黄绸，白满；厚底。一三场黄软靠斜红蟒；四至九场黄软靠；六场加红斗篷；持特制银色雌雄双鞭，挎宝剑。

姜子牙　俊扮。帅盔、白三；厚底。四场白软靠斜白蟒；五至九场白软靠，持金色锏。

纣　王　勾白脸末。黑满，王帽，黄蟒，厚底。

邓　忠　俊扮。额子、虎头盔，白软靠，厚底；第九场白箭衣、甩发。

陶　容　俊扮。额子、虎头盔，紫软靠，厚底。

张　节　揉脸。额子、虎头盔，黑软靠，厚底。

辛　环　揉脸。额子、虎头盔，绿软靠，厚底。

北伯侯　揉脸。耳毛子、牵巾、黑扎、太额子，古铜软靠，厚底。

东伯侯　俊扮。虎头盔，粉软靠，厚底。

南伯侯　俊扮。侯盔、黑三，蓝软靠，厚底。

黄飞虎　俊扮。帅盔、黑三，橙色软靠，厚底。

南宫适　揉脸。虎头盔，黑改良靠，改良靴。

武　吉　揉脸。虎头盔，紫改良靠，改良靴。

杨　戬　揉脸。虎头盔，绿改良靠，改良靴。

吉　利　俊扮。软额子、头布，打衣打裤，坎肩、薄底。

余　庆　揉脸。软额子、头布，打衣打裤，坎肩、薄底。

大太监　俊扮。太监帽，太监道袍，朝方。

四太监	俊扮。太监帽，太监衣，薄底。
八麒麟兵	俊扮。黄色绣花打衣打裤，红卒坎肩，薄底。
八周兵	俊扮。黑打衣打裤，黄卒坎肩，薄底。
四大刀手	揉脸。风帽、茨菇叶，黑箭衣，绦子大带，薄底。

道具

大帐	一份	**大印**	一方
桌子	一张	**酒具**	一份
椅子	一把	**马鞭**	四根
槊	一根	**单刀**	八把
单枪	十杆	**宝剑**	一口
高台	一个	**雌雄鞭**	一副
金色锏	一根	**劈山斧**	一柄
风火旗	八面	**飞虎旗**	八面
红灯笼	一对	**桌围椅披**	二份

麒麟马鞭（黄色马鞭系黑绸） 一根

第一场

〔大帐。堂桌，大印，令箭，“大座”。

〔奏唢呐曲牌<水龙吟>　八麒麟兵手持飞虎旗“上场门”上，“站门”。吉利(扛双鞭)、余庆二人“站门”。曲牌停。**【四击头】【亮钹·一锤锣】**闻仲右手端带、左手拎蟒“上场门”上，“九龙口”亮相，威武凝重。整冠、捋髯。走至台口，抖左袖折袖。

(唢呐曲牌) <点绛唇> (1 = ♭E)

闻　仲　**【大锣归位】**　サ 6 i 5 4 3 5 2 |（2 -）|
杀 气 冲 霄，（台.大 台）

2 21 2 61 5 |（5 - -）| 56 54 35 2 - |
儿 郎 虎 豹，（台 令 台）军 令 号，

〔**【急急风】**邓忠、陶容二将于“上场门”，张节、辛环二将于“下场门”，两边快速圆场上，面朝里站于闻仲左右，锣鼓切住。(**仓才 仓才 顷 仓**)闻仲双抖袖，向前迈右步，翻右袖亮相，四将双向里翻，至闻仲身后，转身朝前提甲、举拳亮相于闻仲左右。

闻　仲　32 1 23 56 5 |（5 - | 65 6i 5 - - 0）|
地 动 山 摇，（台.大 台）(念)要 把 （八 大 仓）

〔闻仲双手捋髯，抖髯，左手搂髯上左步右手抓袖亮相。

2 2 1 21 6 1 5 - ‖
狼 烟 扫。

〔接奏<水龙吟·合头>闻仲转身归“大座”，四将走向台前合成一排，转身向里。曲牌停。

四　将　(躬身拱手)参见太宰!

闻　仲　站立两厢!

四　将　啊!**【归位】**(四将向里转身，归成八字亮相)

闻　仲　(念诗)飞龙幡红缨闪闪，
飞凤幡紫雾盘旋；（台.大 台）
飞虎幡腾腾杀气，

飞豹幡盖地遮天！【住头】

老夫——【撕边一击】太宰闻！【住头】前者，奉万岁旨意征战北海，得胜还朝。不想万岁宠信妲己，朝中大乱，众叛亲离。老夫替主除奸，上呈治国安邦条陈十道。突闻黄飞虎反出五关，姜子牙兴兵来犯，于此国难当头，万岁准了老夫的条陈，贬了妲己、降下圣旨，命老夫兵发西岐平灭敌寇。【住头】今日出征，万岁要亲到教场饯行。众位将军，

四　将　太宰。

闻　仲　伺候了。

〔内白："圣驾到！"

闻　仲　接驾！

〔奏唢呐曲牌<工尺上>闻仲从"大座"左走出，出门于台左躬身拱手。纣王"上场门"上，太监捧酒盘，上有酒壶、酒杯随纣王上。纣王进门转身于台中，太监于"大边"稍后。闻仲进门面朝纣王。曲牌停。

闻　仲　老臣见驾我主万岁！（迈左步躬身拜）

纣　王　太宰平身。【住头】（闻仲归"小边"）

闻　仲　老臣有何德能敢劳万岁亲到校场饯行？

纣　王　老太宰乃三朝元老，功勋卓著，此番征战西岐，孤王理当饯行。内侍，看酒伺候。

〔【纽丝】太监斟酒，捧酒盘走向台左纣王身旁。锣鼓收住。

〔西皮散板〕

纣　王　サ（7̣ 6̣ 6 5 5 3 2 6̣2 1 －）

3 3 32 53 ⁵32 12 3（6̣ 1 2 3 －）

内 侍 看 过 酒 一 樽，（仓）

6̣2 1 13 32 3 32 321 1 ‖

我 与 太 宰 来 饯 行。（双手捧杯递与闻仲）

闻　仲　（拱手）谢万岁！

〔【纽丝】闻仲双手捧杯，转脸向台前高举过头。将酒洒向地下后，杯交与太监。

〔西皮散板〕

【凤点头】サ（7̣ 6̣ 6 5 5 3 2 6̣2 1 －）

3 3 32 53 1 ⁵32 12 3（6̣ 1 2 3 －）

万 岁 校 场 来 饯 行，（仓）

6̣2 1 3 ³2 32 3 5̂ ⁵32 1 －（7̣ 6̣ 2 1 －）15

老 臣 西 岐 建 功 勋。（仓）人

3 3 1 2 2 －（八大台 顷 仓）^{3}2 － 3 2 3 2 1 2 2 －
来 带 过 （翻左袖） 墨 麒 麟，（右手指）

〔【纽丝】余庆“上场门”下，牵墨麒麟上场，仔细地牵往台右前亮住。闻仲抖双袖走至台中面朝纣王屈膝行礼，撩袍出门右转身，纣王随后出门于台左前。闻仲于台右方双手捋髯，左手搂髯，屈抬左腿，右手伸出按马，（锣鼓切住）（马嘶声）（**嘟**~~~~~~**八 大 仓**）闻仲吸气，落左脚向右转身，反翻右手背于身后，左手捋髯亮住。

闻 仲 呀！

【凤点头】（7 6 6 5 5 3 2 6 2 1 － ）

3 2 3 1 3 3 2 3 3 2 3 2 1 1 －【住头】‖
麒 麟 咆 哮 为 何 情？

邓 忠 （从右后方走至闻仲右方，拱手）启禀太宰，麒麟咆哮恐出军不利，就该将人马撤回才是。

闻 仲 【撕边一击】（捋髯一想）嗳——！将军说哪里话来，为臣者以身许国而忘其家，上马论兵而忘其命，哪有未曾出兵即将人马撤回之理。【撕边一击】（捋髯看马）近日墨麒麟不曾出战，筋骨不得伸舒，故有此咆哮，将军何言出军不利？

〔【撕边一击】纣王一旁见状急忙走向前来。

纣 王 啊，太宰，千万不要将人马撤回。若是将人马撤回，各路诸侯知晓，岂不耻笑太宰惧敌耳？

闻 仲 老夫焉能将人马撤回。只要万岁改过自新，整理朝政，老夫纵然战死疆场，死而无怨也！

纣 王 老太宰不要出此不利之言。此番征战西岐，必然得胜归来。孤王改过自新整理朝政也就是了。

闻 仲 （向纣王拱手）老臣别驾了！

〔西皮散板〕

【凤点头】 サ （ 7 6 6 5 5 3 2 6 2 1 － ）

1 2 3 1 2 2 3 2 3 4 ^{5}3 －
辞 别 万 岁 跨 麒 麟，

〔【堂鼓三击】【纽丝】闻仲抖袖再拜纣王，转身拿过马鞭，动作稳健凝重，跨左腿上马后勒马居中。纣王与太监从后方走至台右前，八兵领起“下场门”下，四将“插门”下，闻仲打马左转往“下场门”走，右转停住。锣经切住。【凤点头】缓马鞭上步勒马亮相。

〔西皮散板〕

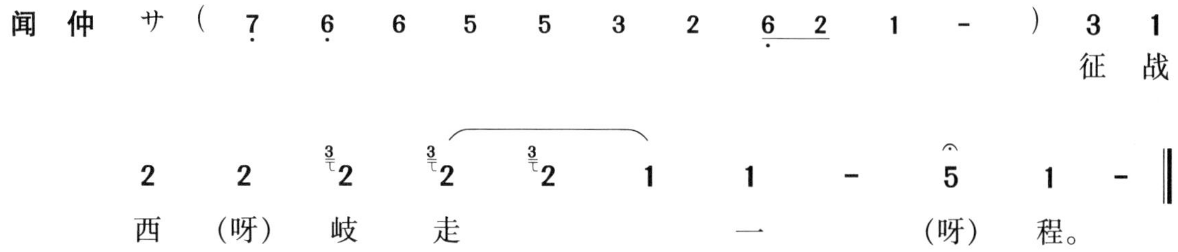

〔【撕边】（八大仓）闻仲马鞭打右脚，搭马鞭双手抱拳抬左腿，向纣王亮住。【快长锤】撤步、迈步、左转身打马，“下场门”下。

〔纣王走向“下场门”处观望，转身抖袖。

〔西皮摇板〕

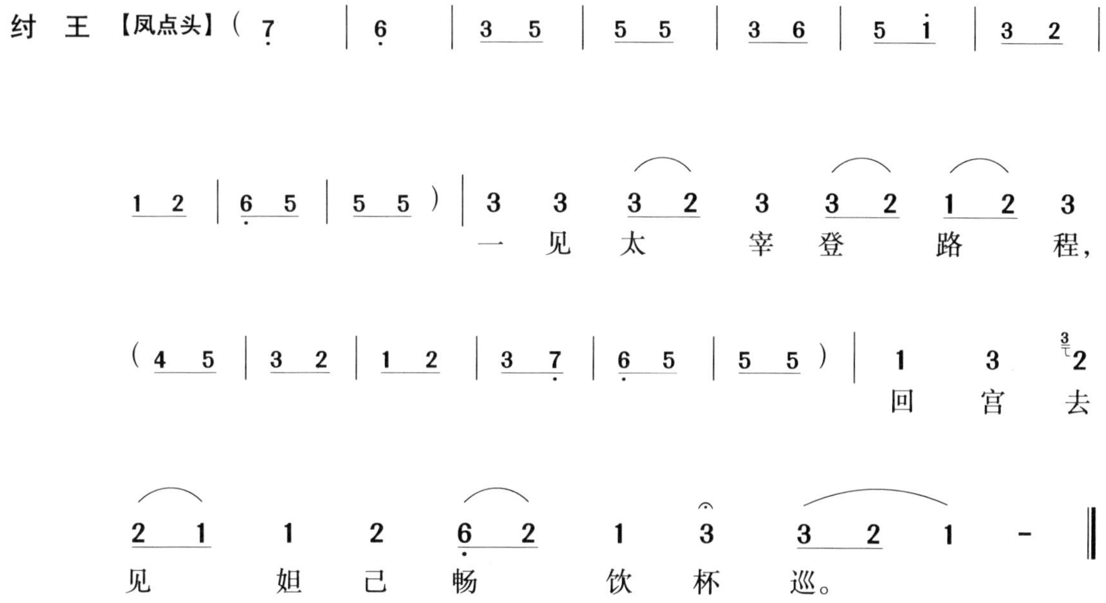

〔【长丝头】纣王上步右转身“上场门”下，太监随下。

第二场

〔空场。

〔奏唢呐 <风入松·前段> 四大刀手手持单刀曲牌中“站门”。东、南、北伯侯执马鞭“上场门”上，“九龙口”稍一亮，打马至右中，勒马。曲牌停。

东伯侯
南伯侯 某——【撕边一击】
北伯侯

东伯侯 东伯侯姜文焕。

南伯侯 南伯侯鄂顺。

北伯侯 北伯侯崇黑虎。【住头】

东伯侯 二位诸侯请了!

南伯侯
北伯侯 请了!

东伯侯 今有闻仲兵发西岐,姜子牙相邀我等前去助战,共图兴周灭纣之大计,就请二位诸侯一同前往。

南伯侯
北伯侯 一同前往。请!(拱手)

〔接奏唢呐曲牌<风入松·合头>,四大刀手领起“下场门”下。紧接【急急风】三诸侯打马,“下场门”下。

第 三 场

〔空场。【急急风】切住。

〔闻仲内唱。

〔西皮导板〕

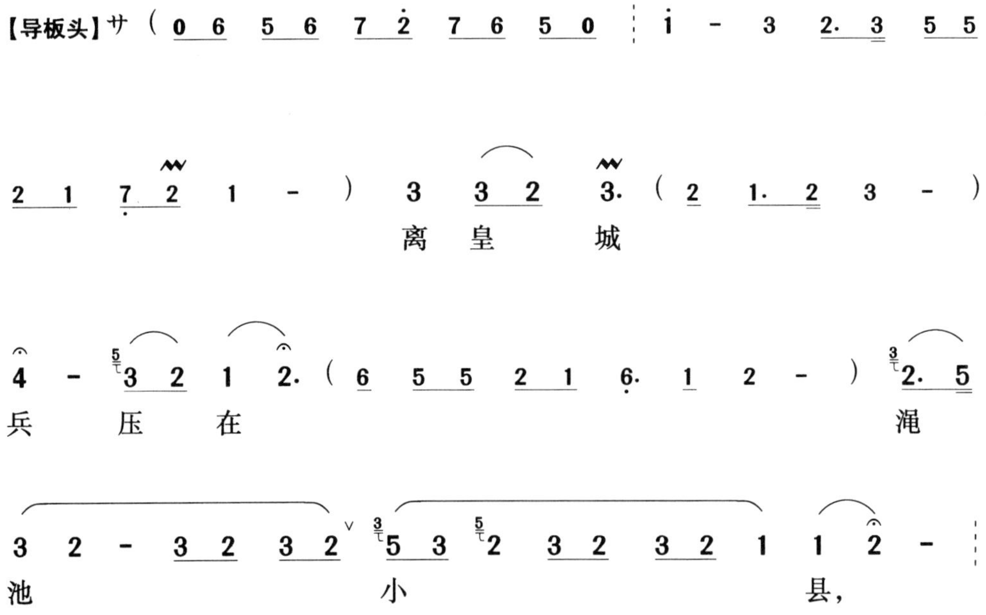

〔【急急风】八麒麟兵持飞虎旗“上场门”上,快步至台左前呈“斜一字”,四将随上于八兵前,吉利、余庆各扛一鞭于四将前,闻仲持马鞭【四击头】上,“九龙口”举马鞭亮相。【急急风】打马走至左台口,右手搭马鞭双手勒马,屈抬右腿亮相。【紧锤】右转身反圆场一周至台中,勒马亮相。

〔西皮流水〕

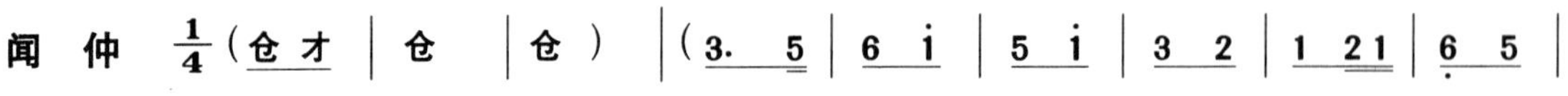

| 绝龙岭 |

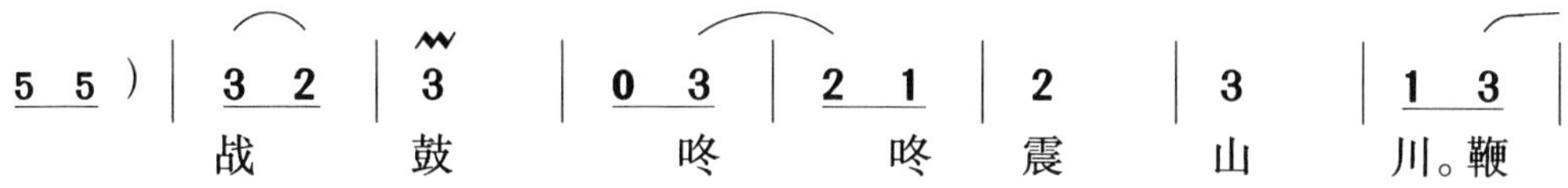

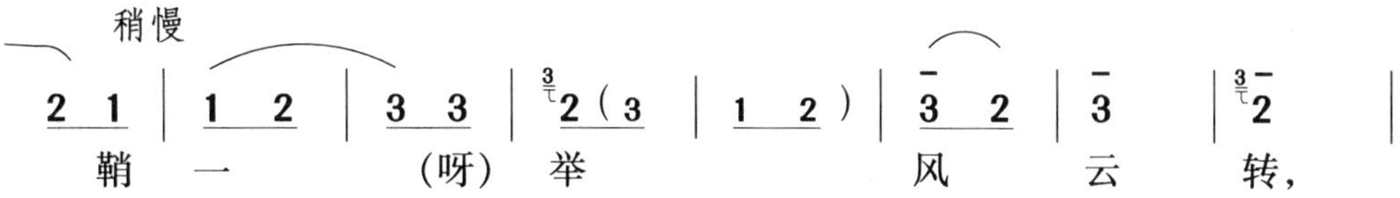

〔【快长锤】头兵领起向左转身，经“下场门”前走圆场至台右前呈双排向“下场门”直行，四将呈双行，吉利、余庆随后，呈“下场门”双斜排。闻仲右转小圆场至右台前打马朝“下场门”勒马亮住。锣经切住，闻仲抬头向“下场门”远看。

闻　仲　【凤点头】サ

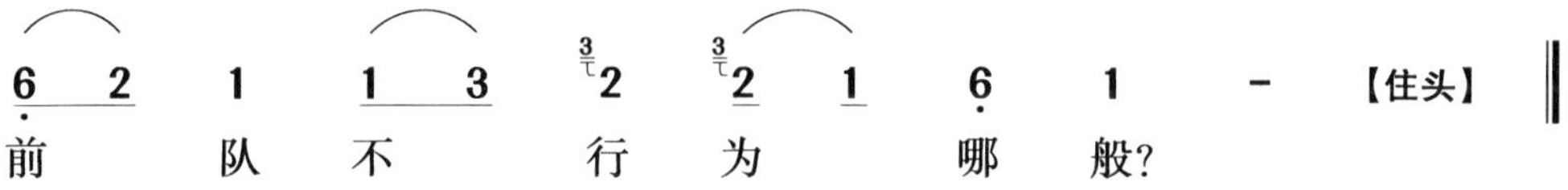

闻　仲　前队为何不行？

四　将　（高声）来到绝龙岭！

〔（仓）闻仲挺身抬头亮住。（嘟八大仓）缓马鞭勒马再看。【长撕边】颤动头盔，慢退步，至台中。

闻　仲　呀！（放马鞭转身向前台）

【凤点头】サ

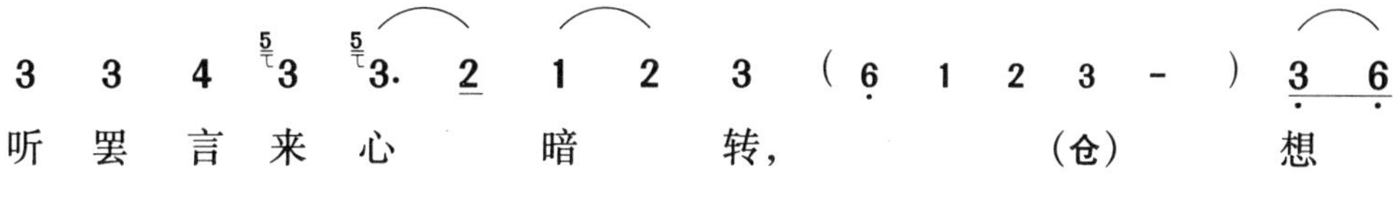

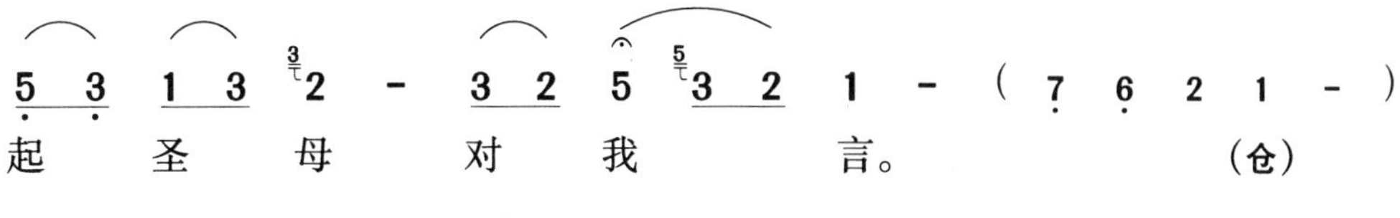

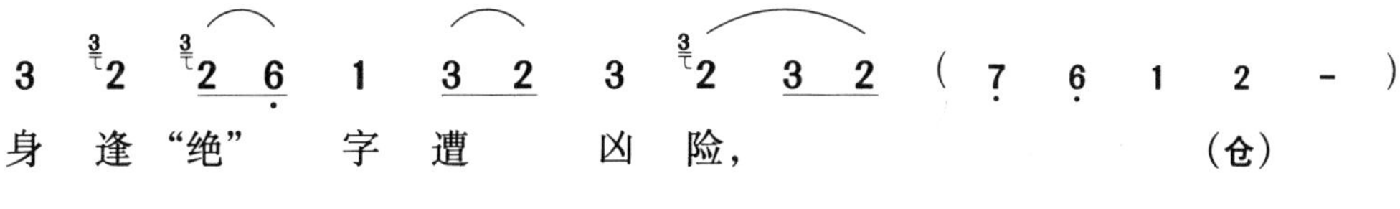

6 2 1 3 ³2 3 21 1 2 ³2 ³2. 1 6 1 － （匝 匝 匝 匝）
不　由闻仲心　胆　寒。

闻　仲　（双手捋髯左转看山）（仓）众将官！

众兵将　有！

〔【慢凤点头】闻仲左手搂髯右手涮马鞭横握上步亮相。

闻　仲　サ（ 6 5 － i － 3 1 2 7 6 2

1 － ） 3 3 2 ⁵3 4 －⁵ 3 1 2
将　人　马　扎　山

2 － （ 6 5 5 2 1 6. 1 2 0 ） 2. 5
角，（嘟 － － 八大台 顷 － 仓 0 ）待
（向右甩髯左手搂髯向右小垫步握鞭亮相）

3 2 － 3 2 ⁵3 5 2 3 2 1 1 2 －
我　查　看，

众兵将　啊！

〔【快长锤】闻仲后退，众兵将双翻圆场呈“上场门”双斜排，闻仲走向台右，锣鼓切住。（大 大 大 大 衣大 大 仓 0）闻仲左转至台中向“下场门”勒马亮相。向两侧观望。

闻　仲　【凤点头】（过门同前）3 2 3 1 3 ³2 ³2 1 1 2 2 1 －
奇　峰　峻　岭　在　眼　前。

（ 7 6 2 1 － ） 6 2 1 3 3 2 3
（仓）　峭　壁　悬　崖　山

1 ³2 （ 7 6 1 2 － ） 3 6 5 5 6
势　险，（仓）　不　由　老
（伸出左手向远方观看，后退回转向前台）

1 － 6 2 1 3 ³2 1 － （ 7 6 2 1 － ）
夫　愁　锁　眉　尖。（仓）
（左手捋髯转眼一想）

闻　仲　（伸右手招呼）鞭来！

〔吉利走上前递过一鞭。**【慢风点头】**闻仲左手搂马鞭，右手接鞭一涮，迈步亮相。

（过门同前）5 3 3 1 2 2 - | 2 1 | 2 | 2 | （仓）
击　碎　岩　石　免　遭　难，（涮鞭再亮住）

〔（八大台）闻仲左转身，左手搂住马鞭右手举鞭向“下场门”方向按**【大锣三击】**三锣节奏打左、右、举鞭打中，**【凤点头】**右转涮鞭朝前台亮相。

（过门同前）3 2 3 1 3 2 2 1 6 1 -**【住头】**
我　军　禁　止　过　此　山。（将鞭交吉利）

邓　忠　太宰为何烦恼？

闻　仲　尔来看——！**【撕边一击】**（左手指“下场门”处）这绝龙岭山势险要，丛林密布，乃是一条死路。老夫下山之时，圣母言道：此番下山扶保成汤，若遇“绝”字便遭风险。老夫击碎岩石以作标记，尔等若行兵至此，必须绕道。如若进山四面遇敌，必遭覆没之灾！**【撕边一击】**

四　将　我等记下了。

闻　仲　邓忠、陶容听令！

邓　忠
陶　容　在！（仓）（二人迈出一步拱手）

闻　仲　命你二人即刻出发攻打头阵！

邓　忠
陶　容　得令！**【冲头】**（二人领四飞虎旗“下场门”下）

闻　仲　众将官！（仓）绕过绝龙岭，向西岐进发！

〔西皮散板〕

闻　仲　**【凤点头】**サ（7 0 6 5 3 2 6 2

1 - ）3 2 3 4 3 2 1 2 2 5
麒　麟　军　催　战　马　莫

3 2 - 3 2 3 5 2 1 1 2 -
要　迟　缓，

〔**【急急风】**闻仲走向台前，众兵、将呈“下场门”“斜门”。闻仲向右行，左转身至列队前小垫步勒马。锣鼓切住。

【凤点头】（6 5 5 3 2 6 2 1 - ）3 2 3
（右转身至台中）　但　愿

1 3 2 3 21 1 6 1 1 2 2 2 1 - ‖

得 胜 奏 凯 回 还。

〖（嘟 －八大仓）右手握马鞭打右脚左手勒马台前亮相。【急急风】左转身迈出一步、两步，打马“下场门”下，众兵将窝下。

第四场

〖大帐、桌、“大座”。

〖【急急风】黄飞虎、南宫适、武吉、杨戬四将提下甲，“上、下场门”两边上，呈台前一排。【四击头】跨腿、转身亮相。

〖奏唢呐曲牌<水龙吟>四将拱手，两边下。八周兵抱刀“上场门”上，（其中四兵另扛单枪一兵扛铜）“站门”。曲牌停。

〖【一锤锣】姜子牙“上场门”上，“九龙口”亮相。抖袖、整冠、理髯，前行至台口。【归位】

姜子牙 （念引子）

纣王无道，宠妲己，残害忠良。

〖接曲牌<水龙吟·合头>，姜子牙归“大座”。八兵归里，四将两边上，呈一排面朝里拱手。曲牌停。

四　将 参见元帅！

姜子牙 众位将军少礼！【归位】（四将向里转身归八字亮相）

（念诗）昆仑修炼四十年，

身背“封神”下高山；（台.大 台）

渭水河边曾垂钓，

偶遇文王访高贤。【住头】

贫道，【撕边一击】姓姜名尚字子牙，道号飞熊。【住头】只因三教共议封神榜，师父命我背榜下山，扶保武王兴周灭纣。昨日探马报道，闻仲带领人马正向西岐进发，贫道奉了武王之命，也曾相邀各路诸侯，要与闻仲决一死战。

〖内白：“报——！”【冲头】探子持令旗“上场门”上，进门至台右跪。

探　子 启禀元帅，闻仲率兵攻打西岐！

姜子牙 再探！

探　子 得令！【冲头】（出门“下场门”下）

姜子牙 闻仲兵马来得好快，众将官，（仓）出城迎敌者！

众兵将 啊！

〖【急急风】两侧兵将至台中“台龙口”，姜子牙脱蟒，闭二幕，撤桌椅，二幕拉开。五兵给姜子牙、四将带马。【四击头】四将与姜子牙上马，往后撤。【急急风】八周兵领起圆场，四将随后，姜子牙于最后。四麒麟兵、邓忠、陶容二将由“上场门”上，至台右前，左转反圆场，经台里至台左前与八周兵、四将“双进门”，四麒麟兵“下场门”下，八周兵、四将“上场门”下。邓忠、陶容持枪于台左，姜子牙于台右架住、推开，“一扯、两扯”，小开打，**【四击头】**姜子牙于台右前亮相，邓忠、陶容于台左亮败相**【冲头】**邓忠、陶容“下场门”败下，八周兵、四将“上场门”上呈正八字。**【风点头】**姜子牙涮锏亮相。

〔西皮散板〕

姜子牙 サ（ 7 6 6 5 5 3 2 6 2 1 – ） 3 3
邓 忠

4 3 3 5 1 2 3 – （ 6 1 2 3 – ）
陶 容 无 本 领， （仓）

6 2 1 3 2 2 ⁵3 2 1 （ 7 6 2 1 – ）
敢 在 疆 场 显 奇 能。 （仓）

2 5 3 3 1 2 3 3 3 2 2 –
耳 旁 听 得 风 声 震，

姜子牙 （右转向“上场门”望）迎敌者！

〔**【急急风】**（加大鼓）八周兵、四将“插门”领起，左转。“上场门”上八麒麟兵、张节、辛环、吉利、余庆、闻仲（持雌雄鞭），与姜子牙（持锏）及兵将走“鹞子头会阵”闻仲随兵将走至“小边”，姜子牙随兵将走至“大边”。锣鼓切住。**【风点头】**二人迈步向前亮住。

〔西皮散板〕

闻　仲 サ（ 7 6 6 5 5 3 2 6 2 1 – ）

2 5 3 3 2 1 1 2 – 1 2 （ 6 5 5 2 1 6· 1 2 ）
胆 大 姜 尚 （嘟 – – 八大台 顷 – 仓）

（闻仲挑姜子牙锏随压住）

3 21 1 6 1 1 2 3 2 2 1 – ‖ **【住头】**
敢 挡 天 兵。

姜子牙 呜呼呀！**【撕边一击】**（将锏撤回交左手）我当何人，原来是闻太师到此。（拱手）恕我有甲胄在身不能全礼，太师莫怪！（迈右步躬身拱手）

闻　仲 **【叫头】**姜子牙！尔有三行大罪你可知晓？

姜子牙 不知哪三行大罪，请道其详。

闻　仲 你且听了！**【归位】**（念白速度较快）私立武王为君，其罪一也！（仓）收纳叛臣黄飞虎，其罪二也！（仓）老夫大兵到此尔敢兴兵抗拒，其罪三也！（仓）有此三行大罪，还不下骑投降，等到何时?!

姜子牙　【叫头】闻太师！只因纣王无道，宠信妲己，残害忠良，各路诸侯心中不忿，俱要夺取纣王天下。如今周室当兴，纣氏当灭，劝你下骑投降归顺西周，免遭一死！

闻　仲　尔是一派胡言，休走看鞭！

〔（嘟八大仓）二人架住。【急急风】两方兵将“钻烟筒”上、“下场门”下。姜子牙、闻仲“推磨”调位，二人“一扯两扯”，“过合”，姜子牙往里“盖”，打前后“封头”，闻仲“里盖”，打“前后封头”，双方挑起向外“盖”、转身至台前，姜子牙以锏打闻仲，闻仲双鞭挑起压住。

闻　仲　看鞭！【撕边】（八大仓）（右手涮鞭打向姜子牙后亮相。姜子牙举锏挡）

姜子牙　（向台左后，左脚颠步退亮相，以左手捂右肩）哎呀！

〔【冲头】姜子牙踉跄后退至“下场门”处。众周兵“下场门”上拥姜子牙“下场门”下。闻仲左转身向“下场门”望，转身至台中亮相。

闻　仲　姜子牙不要害怕，老夫不来追赶尔等了！

〔西皮散板〕

【快纽丝】サ（7 6 6 5 5 3 2 6 2 1 －）

3 3 4 3 3 2 1 2 3 － （6 1 2 3 －）
人 道 姜 尚 有 本 领，（仓）

3 1 3 2 3 2 1 6 1 － （7 6 2
雌 雄 鞭 下 难 逃 身。

1 －）1 2 5 3 1 2 － 2 1 3 2 －
（仓） 众 将 回 营 且 安 顿，

〔【急急风】八麒麟兵、二将、吉利、余庆“上场门”上，从台里往外绕，反圆场“上场门”下。闻仲走反小圆场朝“上场门”举鞭亮住。锣鼓切住。【凤点头】左转身迈向台中缓鞭亮相。

闻　仲　（过门同前）2 5 3 2 1 1 2 2.（6 5 5 2 1 6 6. 1
明 日 踏 平

2 －）3 21 1 2 2 － 2. 1 6 1 －‖
西 岐 城。

〔（八大大仓）闻仲双鞭向右涮举起，【四击头】双手鞭向内划圆拉开，大“云手”，右手掏手扔鞭，左手鞭交右手，伸手接鞭，大“云手”同时转身一周，于台中亮右手举鞭左手握鞭相。（嘟 八大台 顷 仓）走向左台口蹉步、大刀花左转身朝“上场门”屈抬左腿亮相。【急急风】左脚落地，绥式，“上场门”下。

第五场

〔空场。【乱锤】八周兵、四将、姜子牙“上场门”上，“挖门”。姜子牙居中，四将于两侧，八兵于两侧后方。其中黄飞虎、南宫适于“大边”，杨戬、武吉于“小边”。锣鼓切住。

〔内白：“众位诸侯到！”

黄飞虎 （拱手）启禀元帅，众位诸侯到。

姜子牙 （拱手）有请！

〔奏唢呐曲牌<工尺上>，姜子牙向前一步。四大刀手“上场门”上“一条鞭”。三伯侯持马鞭上至右台口下马，四大刀手接马鞭后“上场门”下。三伯侯“挖门”，东、南伯侯于左、北伯侯于右同向姜子牙拱手。曲牌停。

姜子牙 有劳各位诸侯来助阵。

三伯侯 （同）岂敢。元帅怎么样了？

姜子才 适才与那闻仲交战，不想他甚是骁勇！【撕边一击】（三伯侯会意）

三伯侯 （同）就该命我等与他车轮大战！

姜子牙 如此有劳各位。东伯侯姜文焕、南伯侯鄂顺听令！

东伯侯
南伯侯 在！（转身向姜子牙拱手）

姜子牙 命你二人带领人马，三更时分前去偷营劫寨，趁其不备杀他个措手不及！

东伯侯
南伯侯 得令！（仓）

姜子牙 北伯侯崇黑虎听令！

北伯侯 在！（转身向姜子牙拱手）

姜子牙 命你带领人马去至燕山埋伏，闻仲到此截杀一阵！

北伯侯 得令！（仓）

姜子牙 待等闻仲进入燕山，命你等与闻仲车轮大战，将他引到绝龙岭不得有误！

东伯侯
南伯侯 得令！
北伯侯

姜子牙 黄飞虎听令！

黄飞虎 在！（转身拱手）

姜子牙 命你趁车轮大战之时，带领弓箭手出其不意，将闻仲的墨麒麟射死不得有误！

黄飞虎 得令！

姜子牙 众将官！（仓）待闻仲进入绝龙岭，四面放火，用“神火柱”将闻仲活活烧死！（仓）起兵绝龙岭去者！

〔【急急风】“上场门”上四大刀手，与姜子牙、三伯侯带马。四人上马后、八兵、四大刀手、四将领起“下场门”下。三伯侯下。姜子牙打马“下场门”下。

第六场

〔台正后方摆一桌二椅，二椅背向前，示作高台。**【急急风】**切住。

〔闻仲内唱：

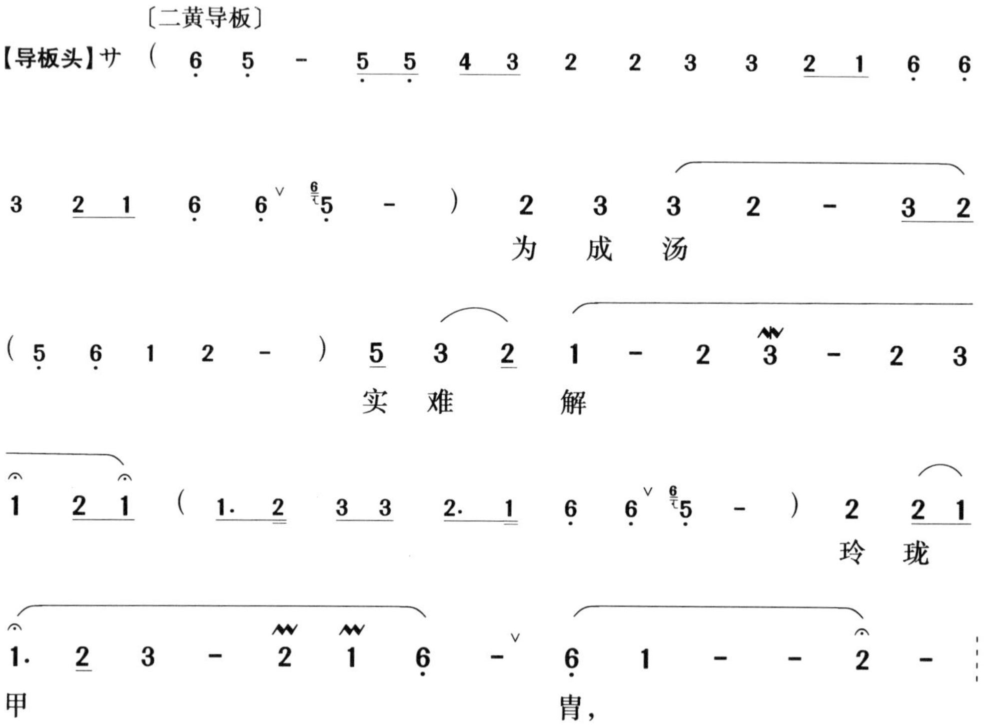

〔**【大锣原场】**吉利、余庆二人手提灯笼“上场门”上，“九龙口”站“斜门”，闻仲挎剑上，“九龙口”左手扶剑、右手捋髯亮相。

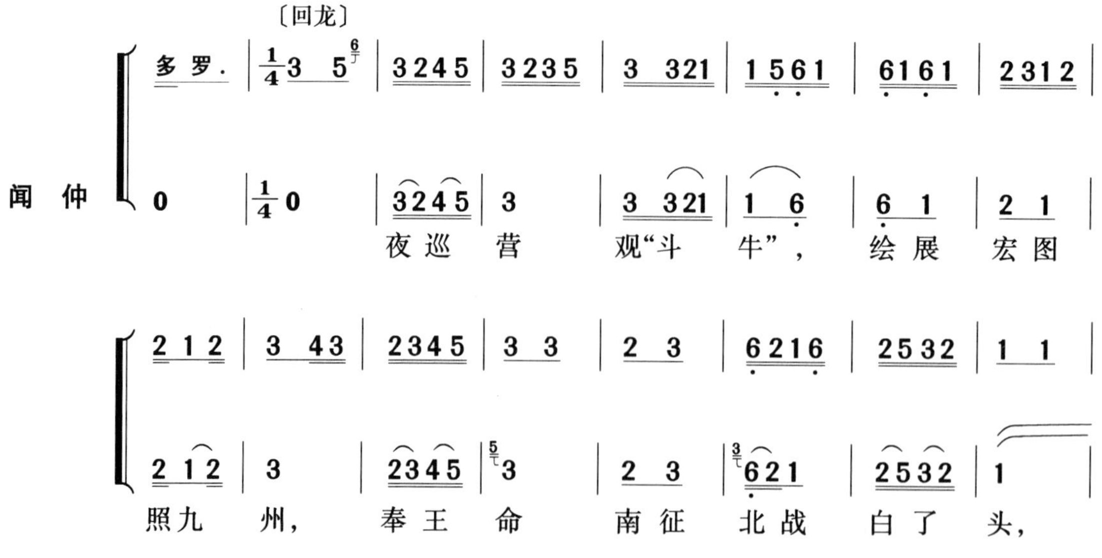

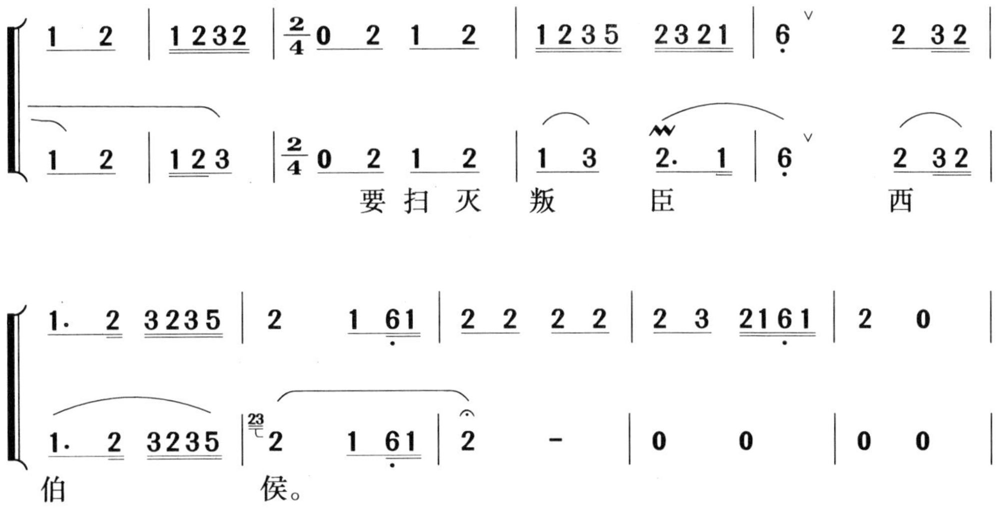

〔【慢长锤】吉利、余庆走向正中两侧，闻仲走向台中【夺头】捋髯上步亮相。

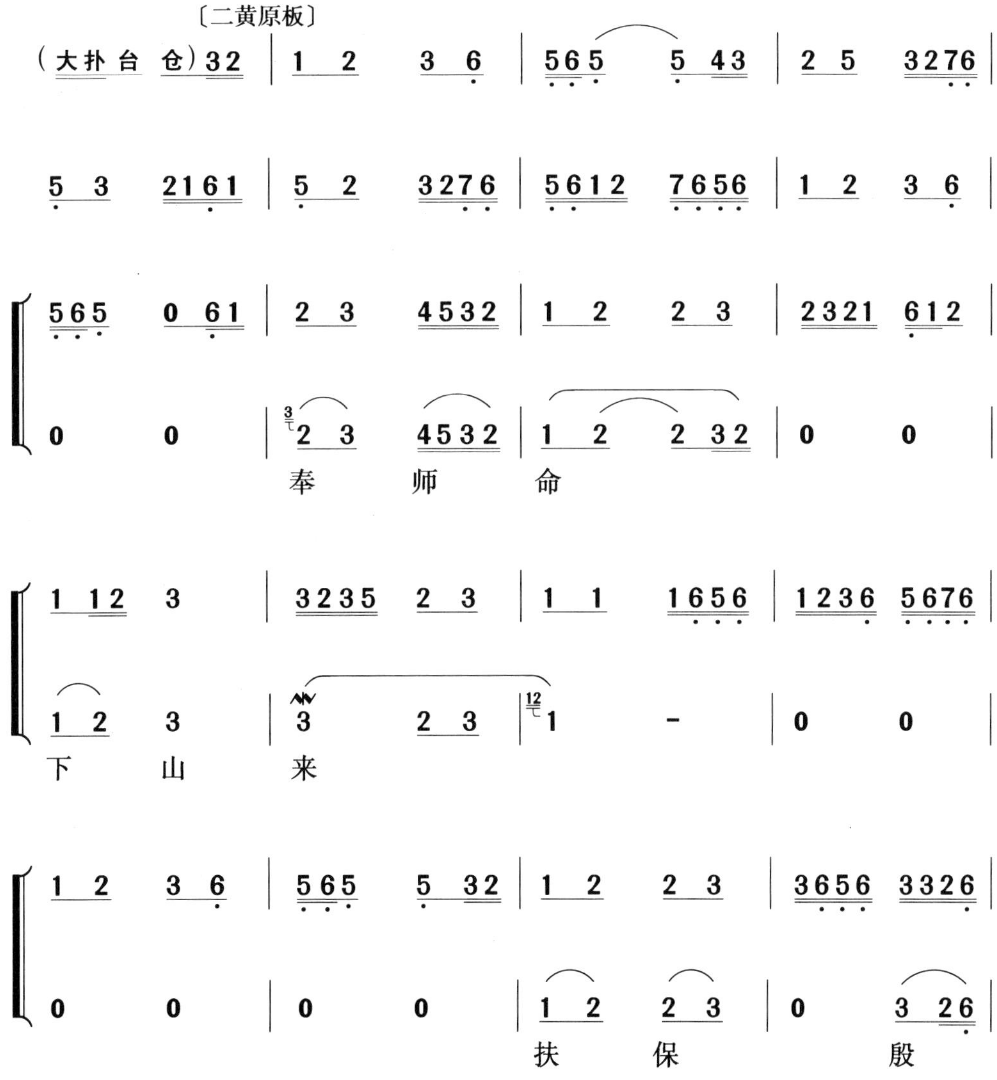

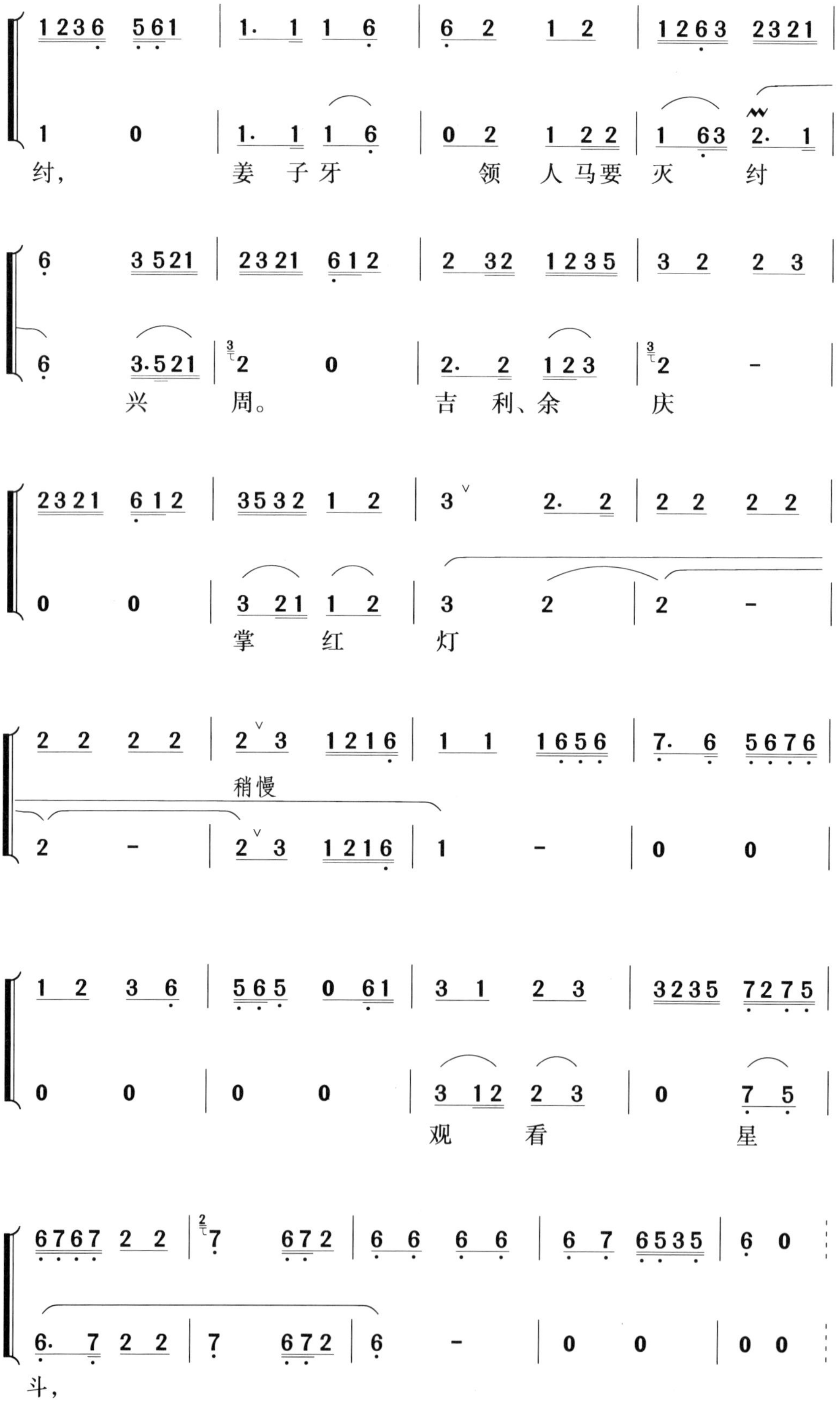
纣，　姜子牙　领人马要灭纣
兴　周。　吉利、余　庆
掌　红　灯
稍慢
观　看　星
斗，

〖【慢长锤】吉立、余庆领起小圆场一周，闻仲于后。至台右向台中迈石阶，走向台后，吉利、余庆上椅子，闻仲上桌（登高），闻仲捋髯，仔细观看星空，搂髯亮相。

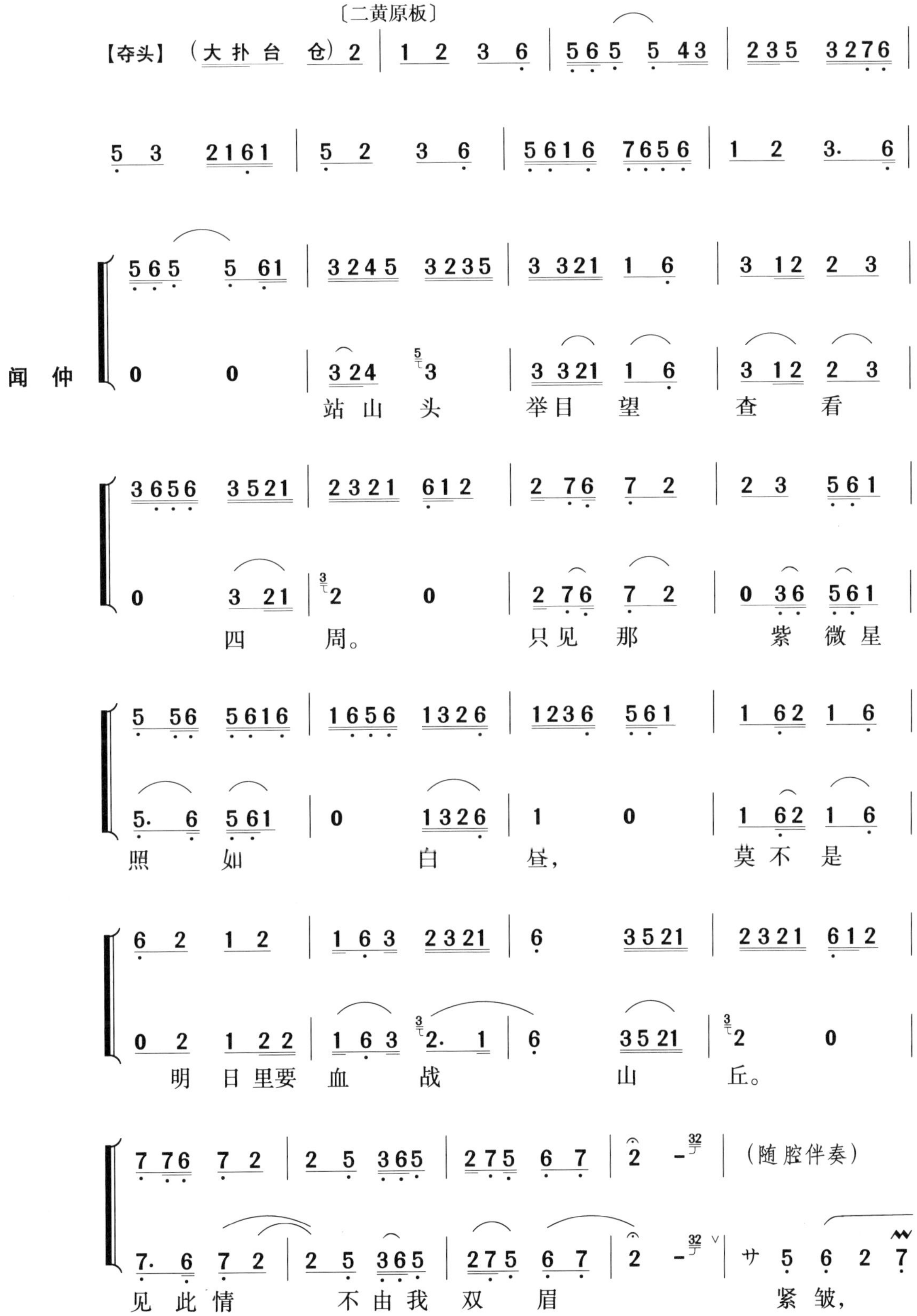

6 - 5 6 $^{\frac{5}{7}}$6 - 7 2 32 32 67 6 -

〔【纽丝】闻仲以右手指天摇头，又以右手指前方（他们），双手向外平划圆（许多人）托髯看（与我交战）锣鼓切住。（台台仓）双手一绕合击，摇头搓手。〔亮弦〕（仓）

闻　仲　回营！

〔【纽丝】三人下高台从台左后走出，下石阶。闭二幕撤去桌椅。三人反圆场，开二幕，两侧走上八麒麟兵、四将成正八字。陶、辛于左，邓、张于右。闻仲卸去斗篷、宝剑，交吉利、余庆二人，二人“上、下场门”分下，送下灯笼、宝剑、斗篷，各扛一鞭上，立于闻仲左右。

〔二黄散板〕

闻　仲　收住【纽丝】（5 5 3 2 2·1 6 6 5 -）

25 3 32 23 - $^{\frac{3}{7}}$1· 2 35 $^{\frac{3}{7}}$2 $^{\frac{3}{7}}$2 - ‖【住头】

倒　叫　老　夫　甚　忧　愁。

邓　忠　太宰为何愁闷？

闻　仲　适才老夫观看星象，只见紫微星忽明忽暗甚是不吉，只怕明日要有一场血战！【撕边一击】

邓　忠
陶　容
张　节
辛　环　我等愿以身许国扶保商汤！（仓）

闻　仲　真乃社稷之臣！尔等请受老夫一拜！

【撕边一击】（闻仲于台中上前一步拱手躬身向前一拜）

邓　忠
陶　容
张　节
辛　环　跟随太宰，万死不辞！（仓）（四人同上步拱手躬身）

〔内白：“报——！”【冲头】报子执令旗“上场门”上跪于“小边”。

报　子　启禀太宰，周兵前来劫寨！（仓）

闻　仲　（一顿）再探！（右手指出）

报　子　得令！【冲头】（“上场门”下）

闻　仲　邓忠、陶容听令！

邓　忠
陶　容　在！（仓）（迈上一步）

闻　仲　命你二人速去截杀！

邓　忠
陶　容　得令！

〔【快冲头】邓忠、陶容“上场门”下。

〔“下场门”内白：“报——！”【快冲头】报子于“下场门”上跪于“大边”。

报　子　启禀太宰，周兵冲杀左营！

〔（八大 0　仓）闻仲右手搂髯看报子亮相。左手颤抖指出。

闻　仲　再探！

报　子　得令！【快冲头】（“下场门”下）

闻　仲　张节、辛环听令！

张　节
辛　环　在！（仓）

闻　仲　你二人速去迎战！

张　节
辛　环　得令！

〔“上场门”内白：“报——！”

〔【快冲头】张节、辛环拱手后“下场门”下。闻仲搓手从左走至右，脸朝“上场门”、背朝前，报子在“冲头”中“上场门”上。“挖门”至“大边”，“小蹦子”转身跪地。

报　子　（高声）启禀太宰，周兵遍野而来！

闻　仲　（嘟 - 八大仓）（左转身甩髯，踹报子，右手搂髯，向左小垫步，左手指出）再（呀）探！（报子向左起“抢背”后起身跪）

报　子　得令！

〔【冲头】报子出门“上场门”下。

闻　仲　【叫头】且住！周兵杀势凶猛，遍野而来。众将官！（仓）带过麒麟，随老夫迎敌者！（左手搂髯右手指出）

〔【急急风】吉利、余庆各扛一鞭走向台中，闻仲双手接鞭，【四击头】双手涮鞭，跨左腿迈右腿上马亮相。【急急风】众兵领起“下场门”下。吉利、余庆随下。闻仲走向台左转身，“上场门”上，东伯侯、南伯侯，与闻仲推开，三人小开打，东伯侯、南伯侯于台右、闻仲于台左，二人打闻，“鼻子削头”，闻仲低头撤步（嘟八大仓）亮败相。【急急风】闻仲“下场门”急下。东伯侯、南伯侯亮相，四周兵“上场门”追过场下，东、南伯侯追下。

第七场

〔空场。【急急风】八麒麟兵、吉利、余庆“上场门”上，至左台口“斜一字”。闻仲持双鞭急上“九龙口”一亮，至台中涮鞭亮相。

〔二黄散板〕

闻　仲　【凤点头】サ（ 5̣ 5̣ 3 2 2· 1 6̣ 6̣ ⁶5̣ - ）

3 3 4 ⁵3 1· 2 3 3 （ 6̣ 1 2 3 - ）
适 才 周 兵 夜 偷 营，（仓）

2 2 3 3 3 21 1 2 （5 6 1 2 － ）
不 知 来 了 多 少 兵。 （仓）

2 2 1 3 2 2 1 2 1 6 1 6 1 －
人 来 转 道 燕 山 行，

〔【急急风】八麒麟兵的头兵从左台口向左圆场至左台后方，八周兵、北伯侯、姜子牙“上场门”上，双方兵“二龙出水”后站于两侧，姜子牙于台右、闻仲于台左同时走向台中亮住。

〔二黄散板〕

姜子牙 【快纽丝】サ （5 5 3 2 2· 1 6 6 5 － ）

2 5 3 3 2 2 3 1 2 2 －
闻 仲 还 不 下 麒 麟！

【叫头】闻仲！你四面受敌还不归降等到何时？

闻 仲 你且住了！【五锤】尔等兵马虽多俱是乌合之众，老夫定将尔等踏为齑粉！

〔【凤点头】姜子牙举锏一刺，闻仲挑起双鞭，压住亮相。

〔二黄散板〕

サ （5 5 3 2· 1 6 6 5 － ） 3 3 2
定 叫

3 4 3 （八 大 台 顷 仓） 2 3 2 2 3 2 3 －
尔 鞭 下 （一绕压住） 化 灰 尘！

〔【扫头】闻仲打姜子牙“鼻子”二人双向外翻，大刀花“过来过去”，“里盖外盖”，闻仲挑姜子牙锏压住。

〔【急急风】（加堂鼓）双方兵将“二龙出水”两边下。闻仲与姜子牙“一扯、两扯”，开打中闻仲调至台左，姜子牙于台右左转身“里盖”卸掉闻仲左手鞭。（嘟八大仓）闻仲大惊撤步右手握鞭亮相。陶容、张节“下场门”上，亮相。

〔【急急风】闻仲“下场门”下，张节架姜子牙“上场门”下。北伯侯持劈山斧“上场门”上与陶容打“大刀枪”。【四击头】陶容于左、北伯侯于右亮相。

〔【急急风】北伯侯开打中卸陶容枪，将陶容劈死于“下场门”。【四击头】姜子牙与八周兵上场，八兵于正场后一列、姜子牙于中，北伯侯于“小边”亮相。

姜子牙 追！

〔【急急风】八周兵领起圆场“下场门”下。北伯侯下，姜子牙“下场门”下。

第八场

〔空场。【急急风】八麒麟兵、吉利、余庆“下场门”上，于台右前呈“斜一字”。闻仲右手执一鞭“下场门”急上至台中亮相。【纽丝】抬右手看鞭、摇头。

闻　仲　哎呀！

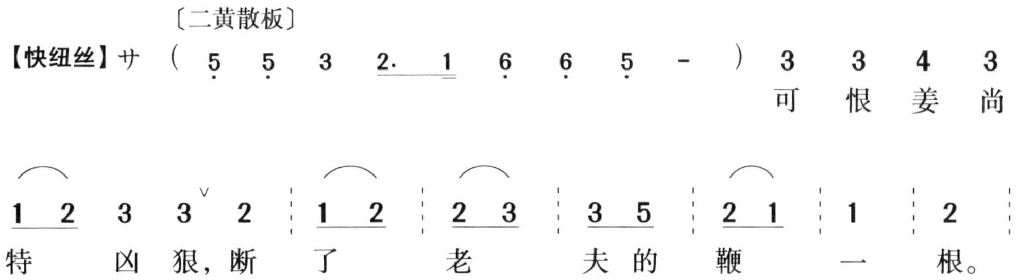

〔唱“断了老夫的鞭一根”抬双手看，边摇头边右转身往台中后走，抬头（八仓）亮相。看见山岩。

闻　仲　绝、龙、岭！【撕边】（大惊退步）（仓）（左转身朝台前涮鞭亮相）

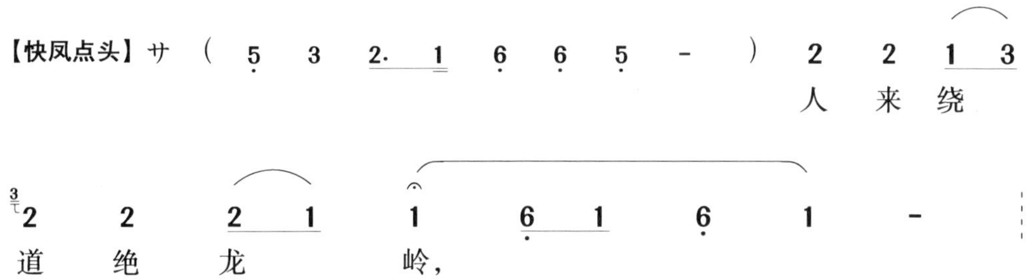

〔【急急风】（加堂鼓）八麒麟兵从台右前左转，走大圆场，闻仲从台中左转走小圆场。八麒麟兵与“上场门”上的东、南二伯侯、四周兵走“二龙出水”。兵各站两侧呈八字。东、南伯侯于台右、闻仲于台左“风点头”中亮相。

东伯侯
南伯侯

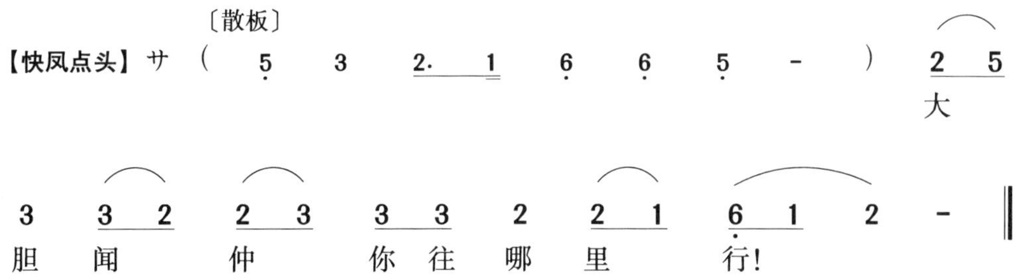

闻　仲　【叫头】住了！大胆叛逆之臣竟敢反叛朝廷，老夫定将尔等绑回朝歌，听凭圣上发落也！

〔【半夺头】闻仲与东、南伯侯小开打架住，起【急急风】双方兵“钻烟筒”下。加强【急急风】（加大鼓）三人架住推开，半“过合”，闻仲调出南伯侯，打左“封头”、右“刺肚”转身至右，“漫”两将头至左，“下场门”上四周兵与闻仲“刺肚”走反圆场；“上场门”上四周兵与东、南伯侯从里走反圆场，将闻仲围在当中。众兵将归左、闻仲归右，“一挤、两挤”，闻仲领起众，走“蛇蜕皮”，闻仲归台右前，【半夺头】闻仲搂“下场门”一兵翻“垛子扑虎”至台中，此兵“扑虎”后滚回，闻仲跳过此兵，黄飞虎“上场门”急上至台右前。

黄飞虎 看箭！

〔黄飞虎搭弓射箭，射中墨麒麟。闻仲于台中向右后转身，向“下场门”起“抢背”（嘟八大仓）起身甩盔头撤步亮败相。众兵将向前刺闻仲，闻仲斜向“下场门”（匝 匝 …） 双腿蹉步、搓手，【撕边】一伯侯“漫”闻仲头，闻仲低头转身（八大仓）亮败相，“下场门”下。

〔【急急风】“下场门”上张节、辛环、邓忠三将。三将与周兵、三伯侯半“过合”、“刺肚”，众兵“上场门”下。三将与三伯侯开打“小套把子”，三伯侯杀死张节、辛环。黄飞虎“上场门”续上，三伯侯、黄飞虎四人与邓忠开打，黄飞虎卸邓忠枪，邓忠夺过一伯侯之剑继续与四人开打，【四击头】邓忠于台左亮败相，三伯侯与黄飞虎于台右亮相。【急急风】邓忠“下场门”下。姜子牙、众兵将“上场门”上，成正八字站位，姜子牙居正中。

姜子牙 众将官！（仓）将绝龙岭团团围住，用神火柱烧他！

众兵将 啊！

〔【急急风】八周兵、四将、三伯侯两边“抄过合”下。【四击头】姜子牙于台中亮相。【急急风】“下场门”下。

第 九 场

〔空场【急急风】切住。

〔闻仲内唱。

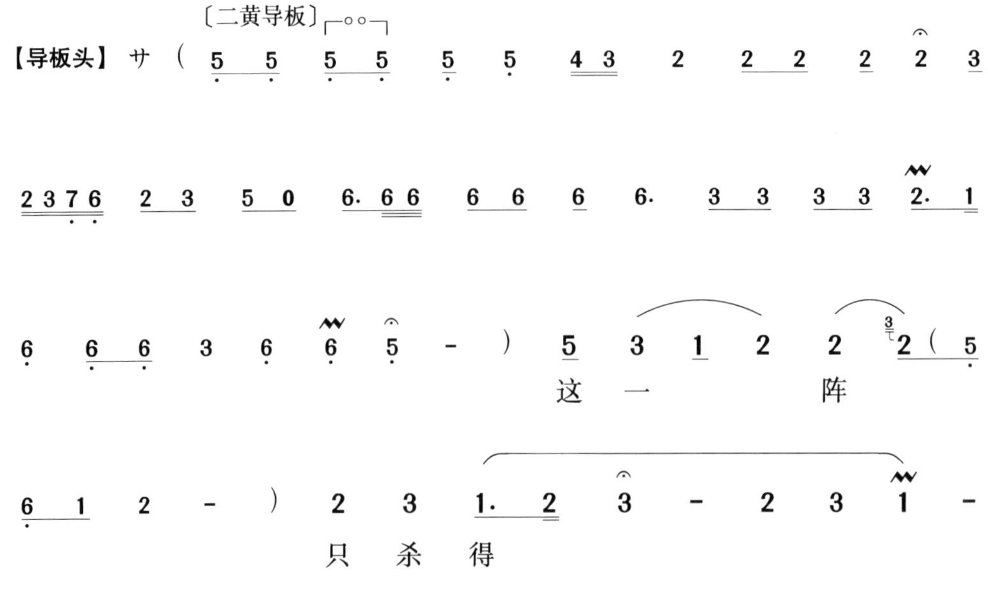

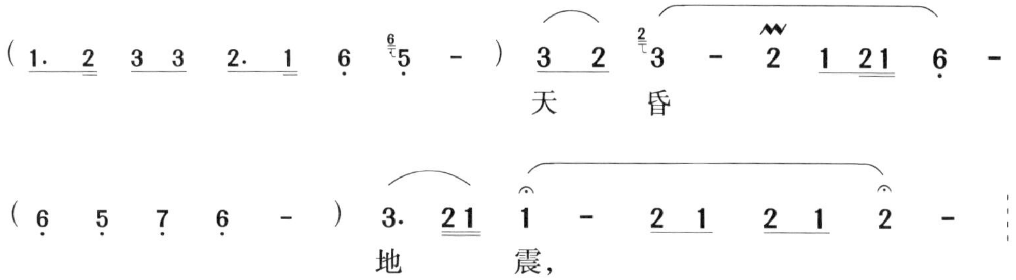

〔【小开档急急风】闻仲面朝内哆嗦，退步出场，右手握鞭，双手颤抖，退步至“中场”。左转身面朝前，甩髯左手搂髯亮相。锣鼓切住、再起。全身颤抖向前迈步，**【撕边】**向台左前连续双脚蹉步、向前小垫步（**八大仓**）右手以鞭杵地，右单腿跪地。**【撕边风点头】**起身向后退至“中场”，右手鞭交左手，右手捋髯亮相。

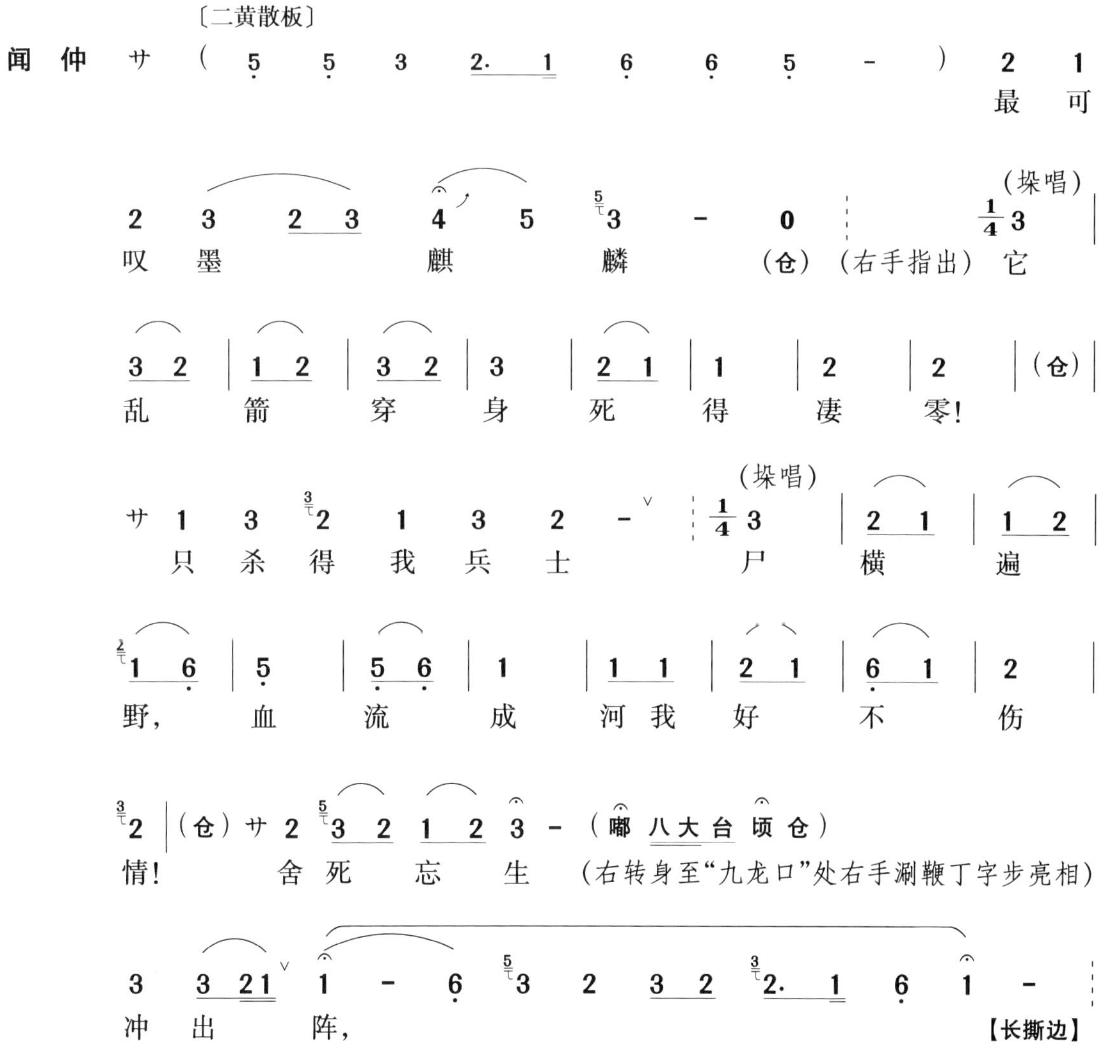

〔边唱边向左走大圆场。**【急急风】**圆场至“大边”时，锣切住。**【撕边】**吉利“上场门”翻“跺子前扑”至台左前。（**八大仓**）闻仲绕至“上场门”“九龙口”处亮相。吉利翻跟头落左台口，右转身朝闻仲单腿跪。

吉　利　启禀太宰周兵杀来了——！

闻　仲　（全身一震）（仓）绕道冲杀！

［闻仲念“绕道”时，快速从“九龙口”处经台后走半圆形至台左后，念“冲杀”时鞭交左手，右半转身，右脚踹吉利“抢背”。（**嘟 – 八大仓**）跨左腿、迈右腿、趋步于台中，右手握拳亮相。同时，吉利从台左前走半圆形向台右前，走“抢背”起身面向闻仲亮拱手“弓箭步”矮相。

〔散板〕

闻　仲　**【快凤点头】**サ（6 5 3 2· 1 6 6 5 – ）2 1 2
最 可 叹

3 3 2 3 6 3 2 1 6 1 2（5 6 1 2 – ）
众 将 士 命 丧 残 生！（仓）

1 3 3 2 1 3 21 1 6 –（八 大 台 顷 仓）
耳 边 厢 又 听 得 （涮鞭上步亮相）

1 3 2 1 1 2 1 2 1 6 1 6 1 –
人 声 震，

［吉利于唱腔中右转身反圆场至台左前，闻仲唱中向右走反圆场至台左。**【夺头】【撕边】**余庆从“下场门”翻“踩子小翻”出场至台右前。（**八大仓**）余庆落地向闻仲跪。闻仲此时已至台左中左手搂髯，跨左腿迈右腿，右手涮鞭面向余庆亮相。

余　庆　启太宰，周兵四处杀来了！

闻　仲　（**嘟 – 八大仓**）（甩髯搂髯亮相）绕道冲杀！（边念边与余庆“双抄”，闻仲向前趋步右转身，走至台右前，“凤点头”中亮相）

〔散板〕

【快凤点头】サ（5 3 2· 1 6 6 5 – ）2 2 3
孤 军 难

（垛唱）

3 2 1 1 2（仓）┆ 1/4 1 | 2 | 3 | 3 2 | 2 |
挡 百 万 兵。 叫 声 吉 立 和

1 2 | 1 | 5 | 5 6 | 1 | 1 | 3 21 | 1 | 2（仓）‖
余 庆， 汜 水 关 去 搬 救 兵。

［唱的同时闻仲于台右前、吉利于台左、余庆于台中三人“编辫子”。闻仲边走边唱，三人圆场走得快而大。闻仲唱至“搬救兵”正好编走至台中，闻仲至台中背朝

前台举起左手，示意二人快去搬兵。吉利、余庆于左、右拱手。

吉　立
余　庆　遵命！（【冲头】二人快速圆场“下场门”下）

〔【冲头】的同时，闻仲左转身随二人走向“下场门”方向，小垫步朝“下场门”亮住。（匝　匝　匝　－）邓忠“上场门”内白：“太宰慢走！”

闻　仲　（急转身至台中）啊？！（摊开双手）

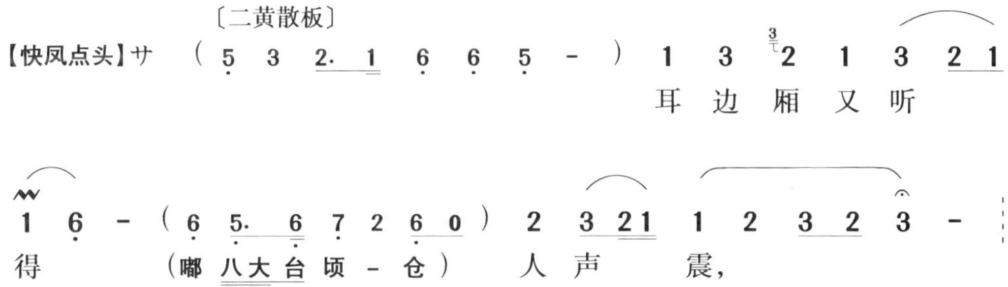

〔唱“又听得”后涮鞭迈步于台中亮相。唱“人声震”向左走圆场一周。随之即起【急急风】邓忠手握宝剑从“上场门”上，随闻仲身后走圆场一周至“九龙口”处。闻仲走至台右前，面向“下场门”停住。锣鼓切住。【五锤】闻仲随五锤节奏向“下场门”方向迈三大步、蹉步、再迈两步朝“下场门”亮住。邓忠于【五锤】节奏中走向闻仲身后跪。拱手。

邓　忠　启禀太宰，张节、辛环、陶容三位将军战死万马军中！

闻　仲　啊——？！

〔【软四击头】闻仲右转身、右手鞭交左手、向右甩髯跨左腿迈右腿，右手推髯面向邓忠亮相。邓忠向台右前“倒叉虎、抢背”、起身于台右前朝闻仲亮单腿跪相。

闻　仲　（浑身颤动）怎么？张、辛、陶三位将军他、他　他他他们死——（声音上滑拖长）了么？【撕边一击】

邓　忠　战死万马军中！（仓）

〔【快原场】闻仲摇头、撤步、抽泣、拭泪。少顷抬头挺身亮相。

闻　仲　（音高力度强）邓将军！

【五锤】（邓忠从台右前蹉步、转身至台左前再跨左腿右转面向闻仲弓箭步拱手亮相。闻仲向“九龙口”处蹉步、右转身向左甩髯，跨右腿迈左腿面朝外向邓忠左手指出亮相）

闻　仲　我与你——（邓忠站起，左半转身，向台左前出剑开始起“旋子”，闻仲在邓忠外圈，颤动盔头及全身，右手握鞭，左手指出，边迈步走圆场，边念。气氛激烈、节奏稍慢）抖擞威风，杀出重围，回转朝歌，搬来人马，定要将西岐叛军，踏为齑粉！将叛臣斩尽杀绝，方消我心头——之恨——！（此念白中，邓忠、闻仲同时走三圈）

邓　忠　（边拧“旋子”边念）孤军难抵万人，太宰保重，末将——（站起身走至台中向闻仲躬身）先行了！【撕边】（向“下场门”转身）（八大仓）（右手剑提起自刎，僵尸，倒向“下场门”。闻仲于台右前双脚连续蹉步向“下场门”亮相）

闻　仲　哎呀——！（向台中后退，转身向台前）

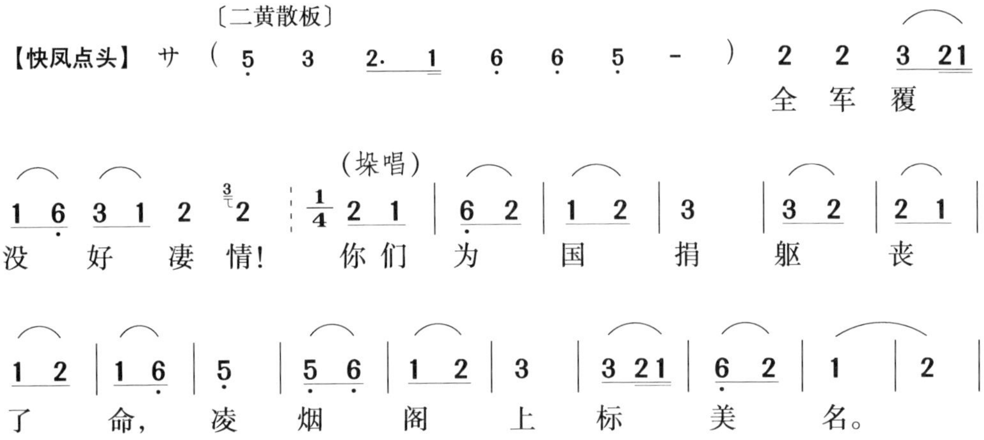

〔“凌烟”一句，闻仲一步一顿向台中走，唱完右转身看台中后方。（**仓**）

闻　仲　绝龙岭？！哎呀！（转身至台前）

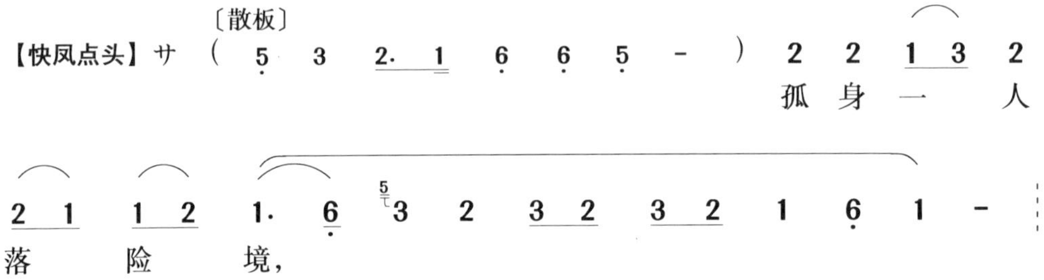

〔唱“落险境”闻仲走小反圆场至“上场门”处，**【急急风】**姜子牙“上场门”上，逼闻仲，闻仲左转身圆场，姜子牙追，圆场一周至台中，姜子牙于台右中“盖”闻仲，打掉闻仲右手鞭，四将“下场门”上“漫”闻仲头至台右，三伯侯“下场门”上堵闻仲，闻仲右转身至台左前亮相。四将、三伯侯归正后方一排。姜子牙居台右中。

姜子牙

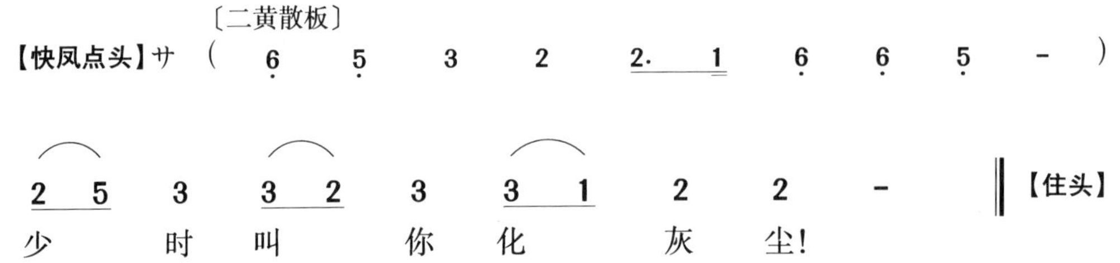

【叫头】　闻仲！你抬头观看！

〔**【撕边一击】**姜子牙撤步左手指台中后，闻仲右转身抬头看。

闻　仲　小小的绝龙岭！

姜子牙　既知是绝龙岭，还不归降等到何时？

闻　仲　你且住了！**【快五锤】**少时救兵到此，（走向台中）将你们这些（伸右手示右方兵将，同时走向“九龙口”处）叛逆之臣（左转身）斩尽杀绝，（斜向台左前手势做杀状，迈出一、二、三、四步）方消我（走至台中双手捋髯抖开）心头之恨！（双手搓手搂髯握拳（**仓**）亮相）

姜子牙　还是这样倔犟！众将官，通天神火柱烧他！

〔奏唢呐曲牌<风入松>全段（快速），姜子牙与四将、三伯侯撤向后方，八周兵手持风火旗两边上围住闻仲走大圆场一周，闻仲于台中：“哎——呀！”向左转身，走向台左，甩髯双手扑火，向右甩髯、右趋步右转身，双手向右扑火，左转身双手搓手、蹉步至台中，快步小圆场一周转身于台中，右手推髯、左手搂髯，向右小垫步长身右手高举握拳亮相。众兵归台后横排，注视前方。

〔奏唢呐曲牌<尾声·合头>接**【急急风】**，落幕。

——剧 终

唐玉薇 **整理**　　李忠凡 **记谱**

驱车战将

唐韵笙演出本

春秋时代周庄王十三年，宋闵公命大将南宫长万助齐攻鲁。长万夸下海口，却为鲁庄公所擒。被释回国后，宋闵公对长万屡加讥讽、辱骂。长万忍无可忍，酒后杀闵公。公子御说逃奔鲁国请兵诛长万。鲁庄公领兵至宋，诈开城门，追杀长万。长万一手持枪，一手推车，护母逃出宋城。鲁军截杀，箭射其母，长万突围而去。

此剧系先父唐韵笙根据历史小说《东周列国志》第十七回编写，是他一生中亲手编创六个“列国”剧目中的第一个。六个“列国”剧目为：《驱车战将》(1927)、《好鹤失政》(1931)、《郑伯克段》(1932)、《闹朝击犬》(1934)、《二子乘舟》(1935)、《唇亡齿寒》(1950)。《驱车战将》1927年首演于哈尔滨新舞台。

唐韵笙原名石斌栓。满族，祖籍沈阳，1903年生于福建省福州市。因家境困顿，九岁拜师京剧艺人唐景云（唐景云，河北宝坻“永胜和”科班出科，工京、梆刀马旦）。童年习正工老生，十一岁改名唐韵笙于上海登台演出。所演剧目是汪（笑侬）派、刘（鸿声）派的《献地图》、《托兆碰碑》、《黄金台》等。童伶时期曾在津沪等地与前辈著名艺人杨瑞亭合演《目连救母》，与“小达子”（李桂春）合演《十八扯》等，当时的《远东时报》、《盛京时报》、《申报》都对“童伶唐韵笙”有过许多赞誉。十九岁时因嗓子变声改习武生。此间因义父唐景云去世，父亲曾一度停止了舞台演出，独自一人每日于吉林北山专心苦练基本功。他在严冬的清晨绑砂袋穿靴子登山，在玉皇阁附近对冰喊嗓，练习靠把、翻跌。由于过度劳困，有时竟坐在冰雪上睡过去。父亲自幼喜欢读书，跟随师父时，师父曾雇过教师教他识字。此间除了每日苦练，便是抽空翻看各种小说。

两年后，父亲嗓音恢复，开始参加舞台演出，离开了吉林北山。此间父亲不断向前辈武生演员周凯亭、苏庭奎、郭金奎等学戏，1926年以“最优等长靠短打勇猛英俊全材武生”的招牌露演于天津“天华景”、上海“天蟾舞台”，演出《杀四门》、《长坂坡》、《战冀州》等剧目。然而这些剧目的演出并未引起多大轰动，父亲精湛的技艺并未取得预想的结果。他开始试着自己写剧本，经过一年多的努力，于1927年，二十五岁的父亲在哈尔滨新舞台演出期间，写出了他的第一个剧本《驱车战将》。

此时，父亲的嗓子高亢洪亮，武生的功底扎实，该剧一经演出便在当时的哈尔滨引起了轰动。

父亲根据南宫长万这一历史人物威猛、骄矜、膂力过人的特点和剧中情节，把南宫长万从扮相、表演到唱念、武打都来了一番革新。他扮演的南宫长万介于武生和花脸之间。他运用了武生的功底、花脸的气质和老生的表演和演唱。扮相上，揉红脸、戴黑三，还设计了改良黑绒“耳不闻”和黑绒改良靠，上镶银色亮泡和护心镜，手拿双头大戟。

演唱中突出长万的威猛和激情，〔导板〕、〔垛板〕唱得高亢洪亮、干净利落，“见母”的〔流水〕唱得深沉；“杀宫”一场则把抑制不住的满腔怒气一泄而出，“无道君竟敢在虎口拔牙”、

“顺某昌来逆某亡”两句运用了花脸的唱法；“战将”一场的“联弹”边打边唱，唱得流畅激昂，激动人心。

“弑君”一场是本剧的重头戏，父亲以精湛的表演把南宫长万的性格刻画得生动细致。长万几经宋闵公的讥讽，在对弈输棋后再次遭受闵公的侮辱，本已十分恼怒的长万似被火上浇油，父亲通过观棋、下棋，两次罚酒中的眼神、动作、唱腔，层层递进，把长万强忍恼怒的情绪推向高潮，酒醉之际也是他忍无可忍之时。他面对闵公拍案而起，怒目圆睁地念道：“我把你这无道的昏王！”竟是从紧咬的牙齿中喷发而出！从故意输棋，忍气被罚，到用棋盘将宋闵公误杀，精彩地刻画出南宫长万忍极而怒、怒极而反的行为过程。

在此剧上演之前，东北的京剧舞台上已有唱、念中带打的表演手段，由于是从上海连台本戏中借鉴而来，并不被内行看重，尤其是不被关内“京派”所认可。父亲根据书中南宫长万“……扶母登辇，左手挟戟，右手推辇而行，斩门而出……”的叙述，创造了舞台上南宫长万一手推车护母，一手持枪迎战的形象。“战将”一场不但运用了唱中带打的形式，而且还大大加重了演唱中武打翻跌的分量。长万足登厚底，时而跃上高台，枪花出手，时而翻下高台，与鲁将拼杀，开打中运用了“五股挡”、“夺刀”、翻身、蹦子、旋子下桌等技巧，由于尽在情理之中，运用得当，火爆新颖，一经演出便获得了内外行的一致好评。此剧中的联弹开打也成为了该剧的主要艺术特点。

父亲的义子曹艺斌首先经父亲传授演出了此剧，随后他的徒弟周林昆、张铁华、邵志良等先后演出。著名演员高雪樵将此剧带到上海，此后便转演于关内各地。《驱车战将》于20世纪三四十年代一度成为众多武生演员的看家戏。全剧允文允武，唱、做、念、打俱重的特点也奠定了唐派艺术的独特风格。

父亲中年以后很少演出此剧。他于1960年整理此剧时谈到，有些武生演员演出此剧偏重于最后一场的翻腾武打，忽视前场的演唱和表演，使此剧变成了一出武生戏，失去了他创作此剧的本意，令他感到十分遗憾。

此次记录的全剧是根据锦州市京剧团1996年的演出录像，导演赵万鹏，由赵乃义扮演南宫长万。

唐玉薇

人物行当

南宫长万	武生	颛孙生	武行
宋闵公	净	二丫环	旦
仇　牧	老生	鲁二将	武行
公子御说	小生	大太监	杂
南宫牛	武净	四太监	杂
南宫母	老旦	鲁四兵	杂
鲁庄公	净	宋四兵	杂
华　督	净	报　子	杂
公子偃	武行		

服装扮相

南宫长万　揉红脸。改良黑绒耳不闻、黑三，黑彩裤、厚底。

第一场黑绒改良靠上镶白银亮泡、护心镜，外斜红蟒。

第二、三、四、七、九、十、十一场黑绒改良靠；第五场加黑斗篷。

第三、四场持双头戟，第五场马鞭，第十、十一场持枪。

宋闵公　勾白脸末。黑满，第一、五场草王盔，第七场九龙冠，第一、五场杏黄蟒，第七场黄龙箭衣、马褂、大带，厚底。第七场挎宝剑。

仇　牧　俊扮。黑相纱、白三，香色蟒、硬带，厚底。

公子御说　俊扮。太子盔，第一、五场粉蟒；第八、九场粉箭衣马褂、大带，厚底。第九场挎宝剑。

南宫牛　揉黑脸。大额子、虎头盔、牵巾、耳毛子，黑改良靠，薄底。双锤。

南宫母　俊扮。老旦头，第六场紫老旦蟒、绿腰包、系绦子，第十、十一场香色老旦帔，福字履。

鲁庄公　勾黄老脸。霸盔、黪满，第二场黄软靠、杏黄斗篷；第三场黄软靠；第八场黄软靠斜黄蟒；第十一场黄软靠，厚底。

华　督　勾老脸。尖纱、黪满，紫蟒，厚底。

公子偃　揉脸。将巾，箭衣、虎皮甲，彩裤，薄底。双刀。

颛孙生　揉脸。将巾，箭衣、虎皮甲，彩裤，薄底。枪。

二丫环　俊扮。大头，裙袄、坎肩，腰绸，彩鞋。

鲁二将　揉脸。将巾，箭衣、虎皮甲，彩裤，薄底。双刀。

大太监　俊扮。太监帽，道袍，朝方。蝇帚。

四太监　俊扮。太监帽，太监衣，彩裤，薄底。持金瓜、钺斧。
鲁四兵　揉脸。小倒缨盔，蓝打衣打裤，薄底。单刀。
宋四兵　俊扮。小倒缨盔，黄打衣打裤，薄底。飞虎旗。
报　子　勾小花脸。红毡帽，箭衣，卒坎，薄底。令旗。

道具

城片	一个	高台	两个
桌子	一张	车旗	一副
椅子	两把	令旗	一面
棋盘	一个	酒壶	一把
酒杯	二个	单刀	四把
蝇帚	一个	双刀	二副
单枪	三杆	刀	一把
宝剑	两口	双锤	一份
弓箭	两副	马鞭	五根
缚绸	一条	虎豹皮	四张
双头戟	一杆	大纛旗	二面
飞虎旗	四面	金瓜斧钺	一堂
文房四宝	一份	红桌围椅披	一份

第　一　场

奉旨伐鲁

〔春秋时代周庄王十三年。宋国金殿。

〔场上正中一桌，“大座”。【一锤锣】仇牧、公子御说“上场门”上，“九龙口”亮相。华督、南宫牛接上，四人走至台口站横一排，整冠、抖袖。【归位】

仇　牧　上大夫仇牧。

华　督　太宰华督。

公子御说　公子御说。

南宫牛　护殿将南宫牛。【大锣住头】（四人站成八字）

仇　牧　列位大人请了。

众　请了。

仇　牧　大王升殿，你我两厢伺候了。

众　（拱手）请。

〔奏唢呐曲牌〈朝天子〉

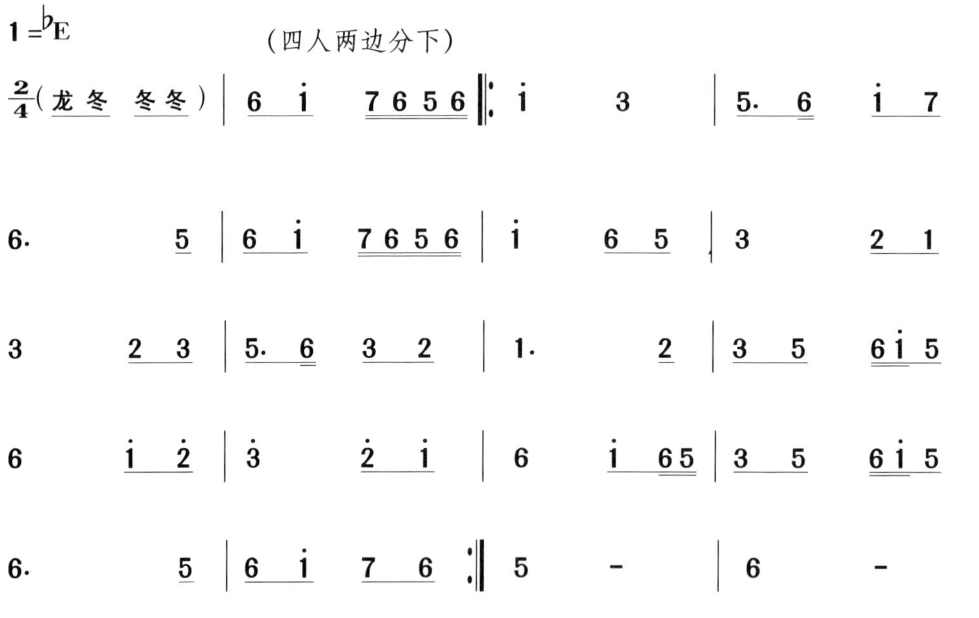

〔曲牌子中，四太监持金瓜爷钺“站门”，大太监站“大边”。宋闵公上，“九龙口”处亮相，整冠捋髯，至台口。

宋闵公　（念引子）

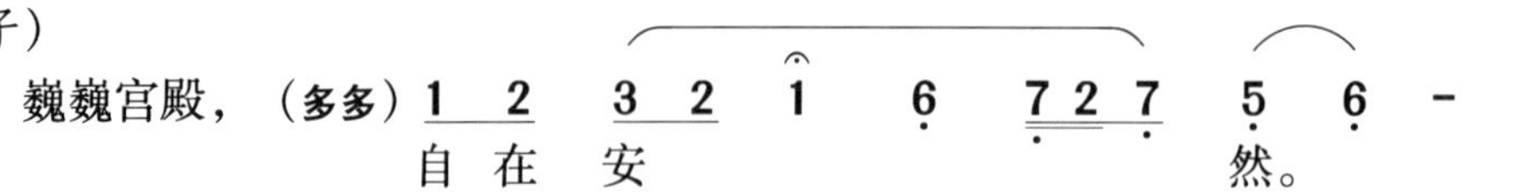

〔宋闵公转身归“大座”。四太监、大太监归里呈八字。仇牧等四人两边上，面朝里站成一排。

仇牧等 臣等见驾，大王千岁。（躬身拱手）

宋闵公 平身。

仇牧等 千千岁。（起身，分立两侧）（曲牌止）

宋闵公 （诗）乾坤浩荡日月明，

列国强弱起战争。（台.大 台）

周室何能安天下，

到处狼烟不太平。**【大锣住头】**

孤，（仓）宋闵公。**【住头】**自先王晏驾，众卿保孤为君，我国倒也强盛。今日早朝，众卿有本早奏，无本退班。

仇　牧 启奏大王，今有齐桓公差人前来下书，请大王观看。

〔仇牧呈信，大太监接过交宋闵公。

宋闵公 待孤一观。**【撕边一击】**众卿，齐桓公兴兵伐鲁，欲雪长勺之恨，要孤出兵相助，众卿意下如何？

仇　牧 启大王，齐桓公与我国交好甚厚，今日前来求助，焉有不救之理。

宋闵公 依卿所奏，何人挂帅前往？

仇　牧 南宫长万有万夫不挡之勇，何不命他前去助战？

宋闵公 就依卿家。宣南宫长万上殿。

仇　牧 （面向外）大王有旨，南宫长万上殿。（仓）

〔南宫长万内白：“领旨！”

〔**【四击头】【吊钹·回头】**南宫长万着黑改良靠斜红蟒，“上场门”上。右手拎蟒，迈步威武沉稳，出场一亮。抖左水袖，迈步走至右台口。

南宫长万 （念）杀气贯虹霓，

寒光（仓）（双手端蟒一亮）照铁衣！

〔**【原场】**“挖门”归“大边”。面朝宋闵公拱手。

南宫长万 臣，南宫长万见驾，大土千岁。（躬身）

宋闵公 平身。

南宫长万 千千岁。**【住头】**宣臣上殿有何国事议论？

宋闵公 齐桓公兴兵伐鲁，要孤出兵相助。就命将军带领甲车五百乘，前去助阵。你子南宫牛为前战先锋，将军意下如何？

南宫长万 **【撕边一击】**（略一想）区区鲁国，弹丸之地，何用重兵相助。大王赐臣甲车二百乘，便可一战成功！（仓）（迈步握拳亮相）

宋闵公 噢？如此就依将军。得胜回来孤要设宴庆贺，另有升赏。

南宫长万 （转身向里拱手）谢大王。

宋闵公 退班。

〔**【大锣打下】**宋闵公从桌左侧出，“下场门”下。大太监跟下。四太监两边分下。长万居中抱拳，四朝官拱手出门两边分下。南宫长万于台中向右迈三步拎蟒左转身亮住。“下场门”下。

第　二　场

鲁国迎敌

〔前场后数日。鲁国边界。

〔空场。**【急急风】**四鲁兵执单刀，公子偃、颛孙生执枪、二将执双刀，“站门”。**【四击头】【吊钹·回头】**鲁庄公左手抱令旗右手握马鞭上，“九龙口”亮相。大纛旗随上至台后方。鲁庄公打马前行至台中，勒马亮相。**【归位】**

鲁庄公　某，**【撕边一击】**鲁庄公。**【住头】**适才探马报到，今有宋国派南宫长万带领甲车与齐国助战，攻打我国。想那南宫长万有万夫不挡之勇，必须妙计擒他。颛孙生、公子偃听令！

〔颛孙生在“大边”、公子偃在“小边”二人同转身拱手。

颛孙生
公子偃　（同）在！（**仓**）

鲁庄公　命你二人带领人马，个个身披虎豹之皮，乘黑夜之间埋伏丛林，待等宋军到此冲进阵去，那宋兵不战自乱，南宫长万可擒也。

颛孙生
公子偃　（同）得令！

鲁庄公　众将官！（**仓**）

众　有，

鲁庄公　迎敌者！

众　啊！

〔**【急急风】**四兵四将“插门”走圆场经台后至“上场门”。四将在前、四兵在后成斜一字。鲁庄公走至右台前，打马亮相。**【急急风】**左转身“下场门”下。大纛旗下，四将随下，四兵随下。

第　三　场

出征会战

〔接前场。鲁国边境。

〔空场。**【急急风】**接**【导板头】**

〔南宫长万内唱。

〔西皮导板〕

サ（0 6　5 2　3 5　6 $\dot{2}$　7 6　5　0　$\dot{1}$　$\dot{1}$　$\dot{1}$　$\dot{1}$　3　2· 3

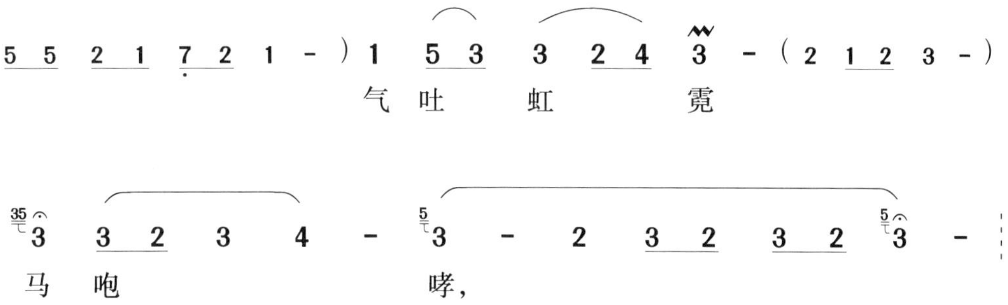

〔【急急风】（加堂鼓）四宋兵执飞虎旗“上场门”上，斜一字站于台左前，南宫牛执双锤随上，站四兵前。南宫长万穿改良黑绒靠持双头戟“上场门”上，大纛旗随上。【四击头】南宫长万右手持戟左手勒马出场先迈右、左两大步后，小圆场至“九龙口”，“皮猴”枪花握戟，左手握拳于前亮相。【紧锤】缓戟双手握，抬左腿圆场至台口，双手向右缓戟一亮，右转身反圆场至台中观看士兵，退步、右转、上步至台前双手握戟亮相。

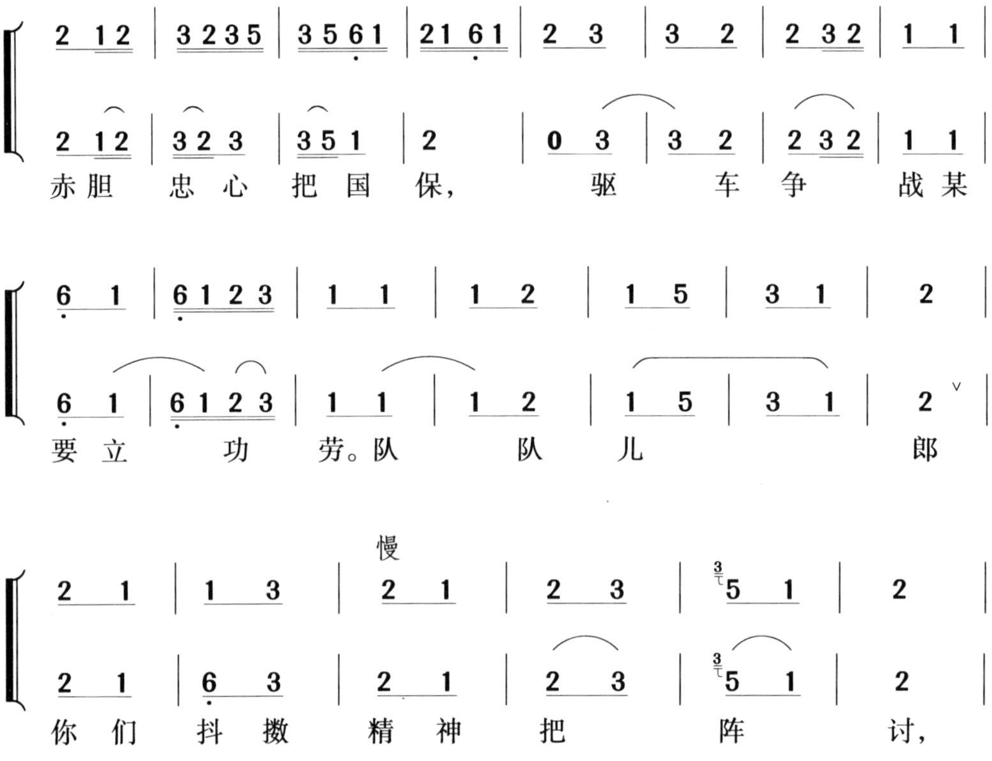

〔【快长锤】(加堂鼓)四宋兵领起走圆场，行至台左后方与“上场门”上的四鲁兵、四将“二龙出水”，四宋兵与南宫牛至“下场门”站“斜一字”。四鲁兵、四将于“上场门”站“斜一字”，两方大纛旗于台后方。鲁庄公执大刀“上场门”上，与南宫长万于台后方同时亮相。【快纽丝】两人同时走至前台，鲁在台右，南于台左【凤点头】两人亮相。

〔西皮散板〕

南宫长万

鲁庄公 听了！

〔西皮散板〕

【凤点头】（过门同前）

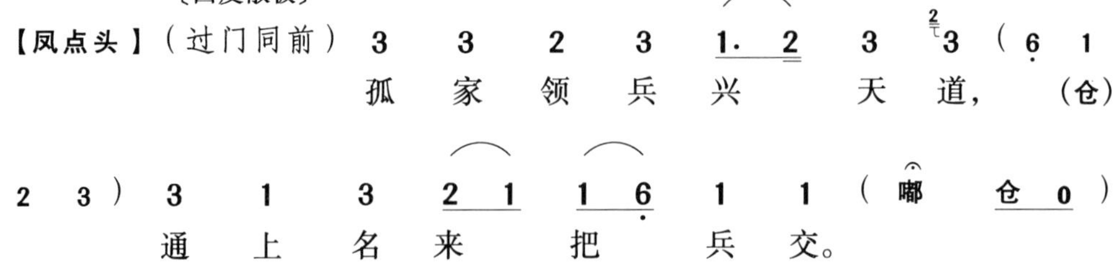

南宫长万 听了！

〔西皮散板〕

【凤点头】（过门同前）

驱车战将

鲁庄公 3 3 1 2 ˇ 3 1 2 1 （八 0 仓 0）
无名匹夫小儿 曹！

南宫长万 哼哼……！（冷笑）（缓枪亮式）

【凤点头】（过门同前）1 1 6 5 6 1 3 1 2
摇唇 鼓 舌 真 可 笑，

1 2 2 3 2 1 2 1 6. 1 2 - 1 2 -
你们 似 羊 群 入虎 口

（0 3 5 5 2 1 6. 1 2 -）1 2 ˇ 4 - 5 3 2 1 ˇ
（八 大 顷 - 仓） 尔 往 哪

1 - ˇ 1 2 - 6 1 6 1 - ‖（八 大大 仓 0）
里 逃。

〔唱至“入虎口”南宫长万往后撤步，右手背戟左手指出，走小圆场回至台左前，拖腔中南宫长万与鲁庄公“一磕”、“鼻子”，将鲁庄公推出去，甲将从右后方插上一刺，南宫长万用戟一绕架住。（八 大 顷 仓）

“尔往哪——”与甲将“一磕”、“上下”，“削头”，踹甲将“抢背”于台右前方。唱“里”，乙将于右后方与长万“打点过去”，南宫长万低头转身，盖乙将，右腿踹乙将“抢背”于台左方。

唱“逃”南宫长万正后方上前的丙将于台中“扑虎”，丙将滚向台右，甲将“抢背”起身后，蹦过丙将，南宫长万搂甲将“扑虎”于台中，甲将滚向台左。乙将于左方起身后蹦过甲将，南宫长万于台中再搂乙将“抢背”，乙将滚向台右前方，南宫长万转身盖台左后方丁将“抢背”。至此唱腔唱完。（八 大大 仓）

〔**【四击头】**南宫长万于台中起大刀花，四将站起后，从四个方向同时以枪、刀压住南宫长万之戟，南宫长万掂戟，四将“倒叉虎”，南宫长万翻身左手背枪，“坎身”右弓箭步亮相。**【急急风】**宋兵与鲁兵、将“二龙出水”上下场分下。南宫长万与鲁庄公一扯，两扯，大刀花“半拉合”，一兜，上、下、左、右，里盖外盖转身搅起压住。

鲁庄公 哇呀呀呀……

南宫长万 （骄傲地）哼哼哼哼……

〔**【撕边】**二人向里盖转身，南宫长万打鲁庄公上、下，（**八大仓**）鲁庄公亮败相“下场门”下。南宫长万左手握戟曲臂于胸前。抬右手托掌亮相。**【四击头】**南宫长万右手接戟、掂戟，“反皮猴”绕脖，左手接背于身后，跨左腿右转身，踢右腿右手挑髯握拳亮相。**【急急风】**“下场门”下，大纛旗随下。

〔**【急急风】**四鲁兵“上场门”上“挖门”站两侧。颛孙生、公子偃二将举枪“上场门”上，“挖门”至台中。**【砸窝】**二人各与台左右二兵耳语、手势。**【急急风】**四兵抄过两边下。颛孙生、公子偃二人抄过亮住。**【四击头】**二人相对，向台前跨腿、踢腿、小蹦子转身，出枪“垛泥”亮相。**【急急风】**颛孙生、公子偃两边下。

第　四　场

中箭被擒

〔紧接前场。

〔空场。**【急急风】**南宫牛持双锤“上场门”上，斜向走至台左前方，左转身出锤，“上场门　”一鲁将双刀翻上。上下左右，串肚，里外盖，前后封头，大刀花“过合”，一兜削头，刺肚，南宫牛向右盖鲁将“抢背”。又一鲁将执双刀“上场门”翻上，二人与南宫牛压住，挑起刺肚。颛孙生、公子偃持枪“下场门”上，与南宫牛一盖封头，四鲁兵披虎皮于“上、下场门”分上，于台前方成横一字，四宋兵执飞虎旗“上、下场门”分上，于台后成横一字，双方前后大“过合”。宋兵在台前的第二、三兵领起呈双向往里翻，宋、鲁兵将其间相插，成左、右两个反圆场，一周后“上、下场”分下。南宫牛与四鲁将跟随其中，“上、下场”分下。

【软四击头】【吊钹·回头】南宫长万持戟“上场门”上，至台中亮相，向前望，后退至“九龙口”，缓戟，走圆场至台中，转身向后看。

南宫长万　**【叫头】**且住！（转回前台）鲁国人马身披虎豹之皮，我军不战自乱。众甲兵！（内应：有）**【冲头】**（四兵持飞虎旗两边上成正八字）听我一令！**【归位】**（右手持戟“反皮猴”右转身，将戟杵地右手握戟左手按掌，丁字步亮相）

（念）报国须奋勇，（拱手，双手握戟于身左侧，左弓箭步亮相）

何俱虎豹兴。**（台大台）**（左转身，戟耍花交左手背于身后，左弓箭步右手向台右前方指出）

誓死决胜负，（右转身，双手持戟伸出，与迈出的右脚横向交错三次）

阵前立大功！（枪花、右转身右手背枪左手拇指伸出）

〔**【夺头】**右手涮戟头，转身戟绕腰，右手“皮猴”握戟亮相。**【四击头】**“反皮猴”戟上右臂，左转身背花，戟缠右腕、右臂，左转身扔戟左手接，抬左腿，右单腿转身两周呈左弓箭步右手握戟式。**【急急风】**缓式，左转身与“上场门”上的颛孙生、公子偃架住。四宋兵领起走正圆场，四鲁兵与二将“上场门”上，从台后方经“下场门”走反圆场。四宋兵、四鲁兵、二将圆场后“上场门”下。南宫长万与颛孙生、公子偃过合，给颛孙生一绕“鼻子”、公子偃一盖“抢背”，“上场门”二鲁将翻上。南宫长万与四鲁将“大枪攒”，鲁庄公持弓暗上，于台右后方观望。大纛旗随上。开打中一将夺南宫长万枪，一将以枪刺长万左腿，鲁庄公射出一箭：“看箭！”**【撕边】**南宫长万右臂中箭，于台中向台左前小蹦子，“抢背”（**八大**

仓）右单腿跪地。两将迅速上前抓住南宫长万左右臂。**【吊钹·回头】**南宫长万伸双臂挣扎，二将随之摇晃，又上二将再抓南宫长万左、右臂，用缚绸绑之。南宫长万站起亮相、四鲁兵两边分上。鲁庄公走向台中。四将分列左右。

鲁庄公　快快与将军松绑。**【撕边一锣】**（台左二将给南宫长万松绑）

南宫长万　为何擒而不杀？！

鲁庄公　久闻将军英勇过人，你如归顺孤家，孤与你加官晋爵！

南宫长万　俺长万宁愿一死，绝不归降！（亮相）（仓）

鲁庄公　真乃英雄也！啊将军，你回国去罢！

〔**【回头】**鲁庄公拱手，南宫长万打背供表示不知何意。南宫长万试着出门，出门后走向“下场门”，脸朝“下场门”亮相。**【冲头】**抬右腿，右转身进门站“大边”。

鲁庄公　将军为何去而又转？

南宫长万　鲁侯待我如此恩厚，长万无地自容。待我回得国去奏知大王，两国修好，永罢干戈。**【一锣】**

鲁庄公　将军美意孤焉能不允。

南宫长万　待某立字为凭。

鲁庄公　且慢，将军右肩带伤焉能提笔？

南宫长万　区区箭伤，何足道哉。（一兵取“文房”盘上）上写，宋国长万兵败呵——

〔奏唢呐曲牌<急三枪>，南宫长万提笔写于盘上。

南宫长万　鲁侯请看。

〔南宫长万将纸递与鲁庄公，鲁庄公接过看罢。

鲁庄公　多谢将军，你我后会有期，请回国去吧！

南宫长万　谢鲁侯！正是：**【住头】**（走至台中）

（念）颠覆兵山损车甲，（走至台左）

从前英名枉自夸。

〔（**嘟八大仓**）南宫长万双手捋髯看，扔髯跺脚左转身，拉“单山膀”亮相。“下场门”下。**【冲头】**

鲁庄公　众将官！（仓）打起得胜鼓，班师还朝！

1 = ♭E　奏唢呐曲牌<朱奴儿>

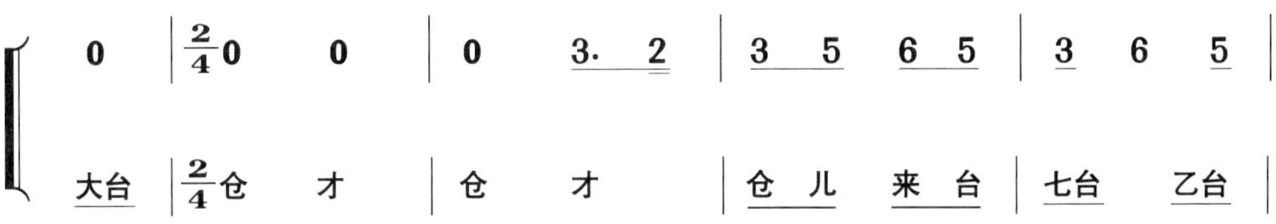

（一兵至台前与鲁庄公带马，鲁庄公握马鞭上

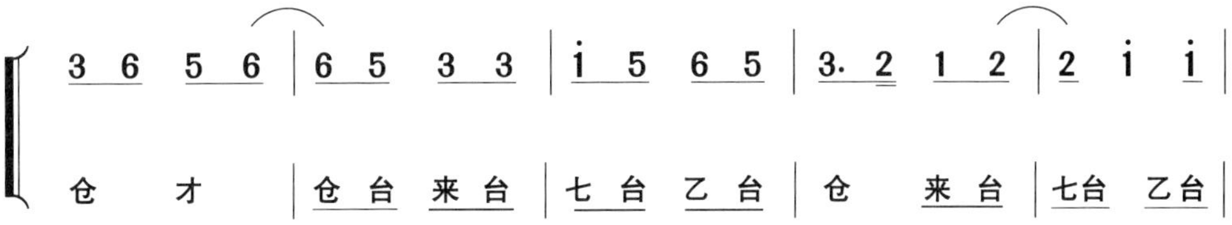

马，兵、将归“下场门”“斜门”）

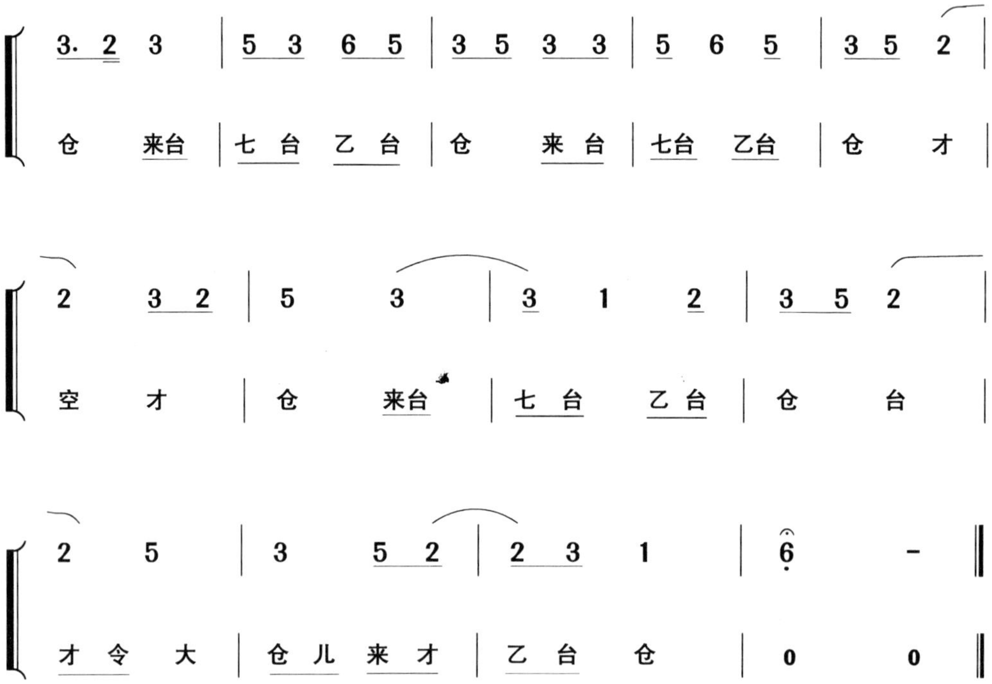

〔【急急风】【原场】鲁庄公持马鞭走至台右前方，转身面朝“下场门”亮相，“下场门”下。大纛旗随下。众兵将斜门下。

第五场

遭辱

〔前场数日。宋国金殿、郊外。

〔场上一桌，“大座”。【快长锤】四太监持金瓜、钺斧，大太监“上场门”上“站门”。宋闵公上至“九龙口”亮相。

〔西皮摇板〕

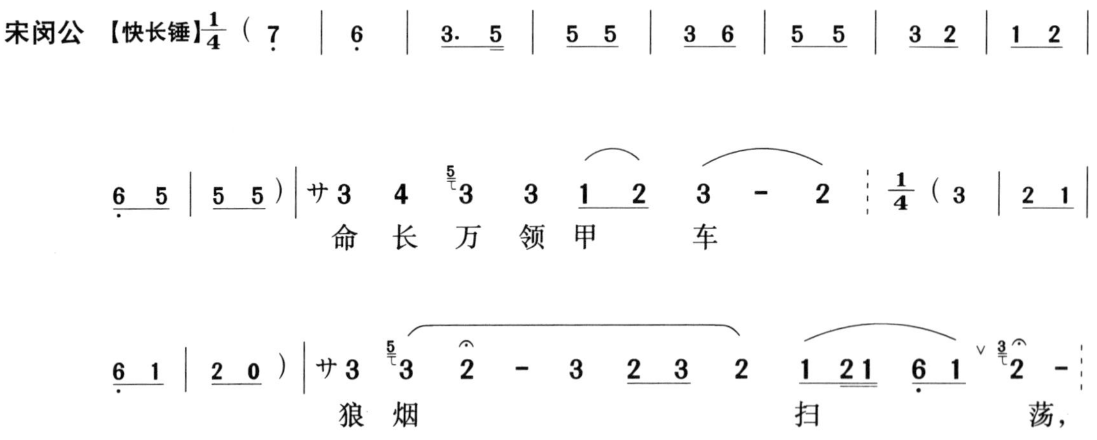

驱车战将

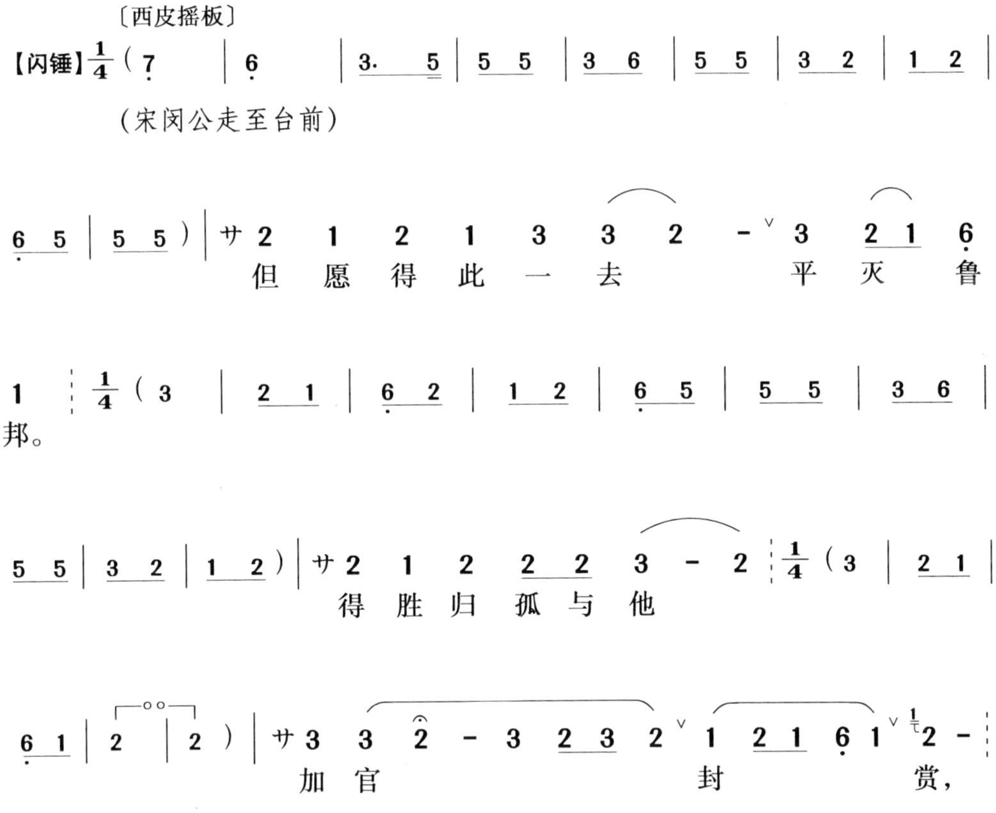

（【快长锤】左转身归“大座”，四太监、大太监同时归里成横一字，大太监于左侧）

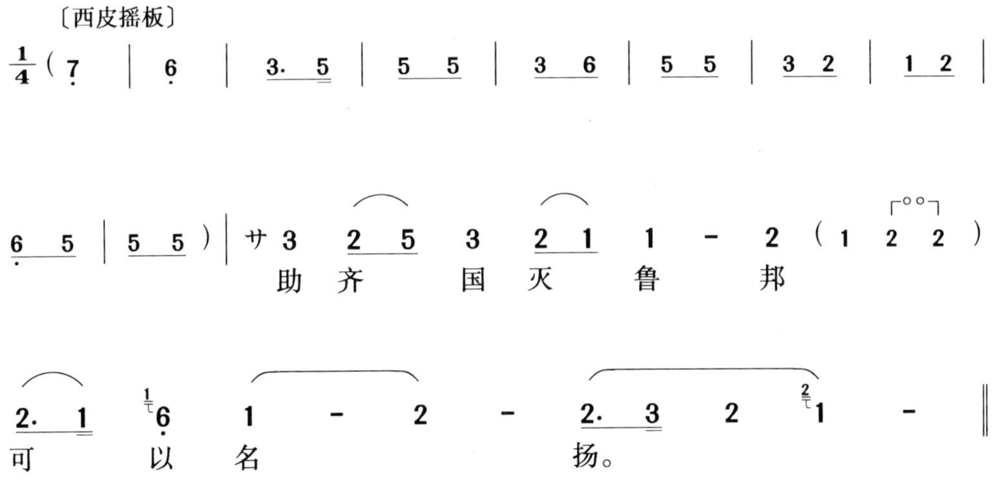

〔【快长锤】公子御说于右，仇牧于左从“上场门”上，至右前，抖袖。

1/4（7 | 6 5 | 3 5 | 6 5 | 3 2 | 1 2 | 6 5 | 5 5）|

仇　牧　サ 3 2 2 6 2 1 2 3 2 6 2 3 7 6 5 6 1 – ‖
兵 家 胜 败 总 寻 常。

〔【五锤】二人进门至台中，面向宋闵公拱手。

公子御说（同）参见父王。
仇　牧（同）参见大王。

宋闵公　平身。

公子御说（同）谢父王。
仇　牧（同）谢大王。

〔【住头】公子御说归“小边”，仇牧归“大边”。

公子御说　启奏父王，南宫长万大败，兵溃阵前。

宋闵公　噢——？【撕边一击】那南宫长万出兵之前夸下海口，只需甲车二百乘定胜那鲁王。他今日大败，我宋国的英名岂不付于流水！【撕边一击】（抛袖）

仇　牧　臣启大王，兵家胜败乃古之常理。那长万现已回国，在殿角候旨。

宋闵公　嗳——！【撕边一击】昨日孤王已然传旨，今日带领众卿行围射猎，孤不见那败军之将！

仇　牧　啊大王，南宫长万屡建奇功，大王不可因一时兵败，抛弃一员大将。

公子御说　啊父王，何不命长万同去围场，一来保驾，二来也示父王宽大胸怀。

仇　牧　是啊！

宋闵公　哼！看他还有何面目前来见我！宣他上殿！

〔大太监走台中。

大太监　大王有旨，南宫长万上殿哪！（回至“大边”宋闵公旁）

〔南宫长万内应：“领旨”！【纽丝】南宫长万穿改良黑绒靠外披黑斗篷，上至台右前，右手捋髯亮相。

〔西皮散板〕

南宫长万　サ（7 6 6 5 5 3 2 6 2 1 –）1 3 2 3
鲁 庄 公 他

3 2 1 1 3 3 2 1 1 2 –（7 6· 1 2 –）
待 我 恩 高 义 厚，（仓）

5 6 2 1 2 3 2 1 1 6 2 1 2 – 3 2
回 国 来 见 大 王

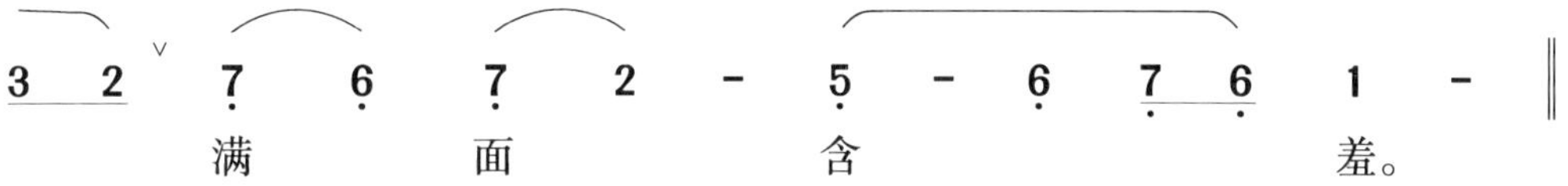

〔【五锤】（留一锣），南宫长万“挖门”至“大边”。

南宫长万 臣，（仓）南宫长万参见大王。（向宋闵公躬身拱手）

宋闵公 （不满地）嗯，嗯，平身，平身！（上下打量南宫长万）哎呀大将军哪！【五锤】（宋闵公从“大座”左侧走至台中）你此番征战鲁国想必是大获全胜！来来来，（大太监托酒盘上前）孤敬你御酒三杯！

〔宋闵公端酒走向南宫长万。（仓）南宫长万脸朝外亮相，又转向宋闵公。

南宫长万 怎么？大王你不知为臣兵败么？

宋闵公 嗳，想大将军攻无不取战无不胜，哪有兵败之理。不要推托，快快饮下这杯得胜酒！（仓）（捧杯向前一步）

南宫长万 （以右手拉斗篷挡脸）大王，不要羞辱为臣。只因鲁国人马乘黑夜之间，个个身披虎豹之皮，埋伏丛林，我军不战自乱。那鲁庄公暗放一箭，为臣右膀中箭，（仓）（抬起右臂左手指）左腿中枪，（仓）（左手指左腿）因此被擒。（双手摊开，摇头）【撕边一击】

宋闵公 你既然被擒，怎么又回来了？

南宫长万 那鲁侯为了两国修好，放臣回来，臣当——（仓）（拱手转向宋闵公，躬身）万死！

宋闵公 噢——！【撕边一击】听你这言，你是战败了？

南宫长万 （转向前台，以斗篷挡脸，低声）为臣战败了……！

宋闵公 （京白）嘿嘿！这杯得胜酒我替你喝了吧！

〔【冲头】宋闵公自己饮酒后将杯抛向后方。南宫长万右手以斗篷挡脸，哆嗦。

宋闵公 【叫头】长万！你右膀中箭，是你的箭法不高！（仓）（左手指长万）左腿中枪是你的枪法不妙！（仓）（迈一步欺向南宫长万）你既然被擒还有何面目来见孤王？你这败将，与我下殿去吧！

〔宋闵公转身回“大座”坐下。【撕边】南宫长万挡脸后退，甩髯左手搂髯，（八大仓）左腿跨步、右腿迈步、右手握拳、右弓箭步亮相。

〔西皮散板〕

南宫长万 【风点头】（过门同前）

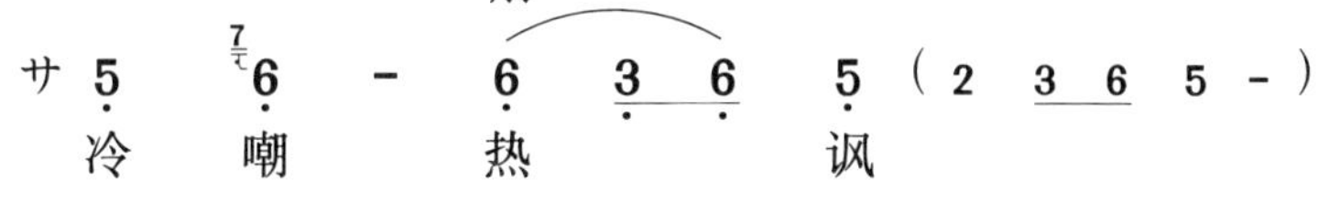

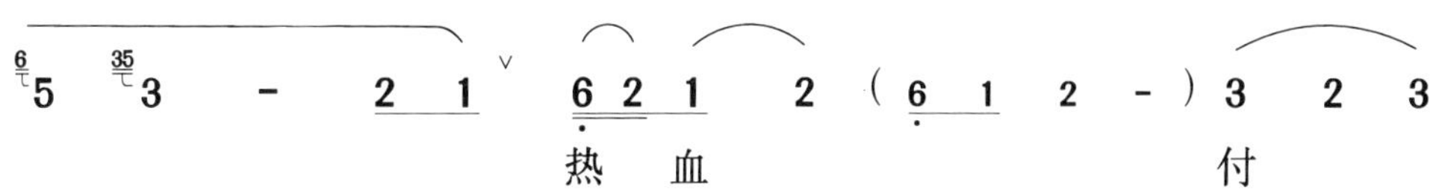

5 - 2 35 3 2 - 32 2. 1 61
汪 洋。

1 - （7 6 2 1 - ）1 2 1 - 3 3 2 3
（仓） 含 羞 带 （呀）愧

23 2. 1 6 5 - （0 65 35 6 i 5 - ）

72 75 6 - 5 7 - 65 3 - 6 -
下 殿 往，

〔唱腔中往前走，正抬腿出门，公子御说上前一步。

公子御说 将军请转。**【撕边一击】**（南宫长万停步，公子御说朝宋闵公拱手）啊父王，行围射猎还是让长万将军保驾的才是啊！

仇　牧 是啊！

宋闵公 长万！（南宫长万撤步退回原处，向宋闵公拱手）

〔西皮散板〕

【凤点头】（过门同前）33 1 23 12 32 1（7 6 2
行 围 射 猎 你 保 护 孤 王。

1 - ）1 25 3 1 2 3 21 1 3 2 -
（仓） 内 侍 摆 驾 到 围 场，

奏唢呐曲牌〈吹打〉

（冬 | 冬）6 | 1/4 53 | 56 | 53 | 5i | 65 | 35 |

|: 32 | 1.2 | 1232 | 1 | 6.5 | 32 | 12 | 32 |

21 | 65 | 61 | 23 | 21 | 65 | 35 | 06 |

| 驱车战将 |

6 2 | 3 | 3 2 | 1 | 1 2 | 1 2 | 1 2 | 5 3 | 2 5 |

0 6 :‖ 3 2 | 1. 2 | 1232 | 1 | 6 | 5 | 3 5 | 2 3 | i ‖

〔曲牌〈吹打〉中宋闵公从“大座”走出，四兵执四马鞭两边上，走至台前站一横排带马，公子御说于右，宋闵公、仇牧、南宫长万依次站开上马。合二幕。四兵领起、四太监走半个圆场。开二幕。台后方摆一桌二椅的高台。仇牧、宋闵公于台左下马，南宫长万、公子御说于台右下马。四兵、四太监至台后站一排，大太监于高台左侧。公子御说站右侧椅、仇牧站左侧椅、宋闵公站桌上。南宫长万立于“小边”。〈吹打〉止。

〔西皮散板〕

宋闵公 【快纽丝】サ（0 6 5 5 3 2 6 2 1 －）3 1 1 3 2 ∨ 3 2321 1 － ‖
观 看 众(啊) 将 射 虎 狼。

〔【急急风】四飞虎旗两边上，“抄过”下场，【撕边一击】宋闵公于高台左望，【撕边一击】右望，再看南宫长万。

宋闵公 长万，都说你有万夫不挡之勇，你却被那假扮的虎豹吓倒，倘若少时真的虎豹到来，你可敢打？

南宫长万 慢说是山中虎豹，就是海底蛟龙，（仓）（右手搂髯，左手指出亮相）为臣何惧！（八仓）（上步，左手握拳亮相）

宋闵公 你呀，你真真是不知羞耻！你与我下站！（仓）（南宫长万躬身面朝宋闵公后退一步）后退！（仓）（南宫长万再退一步）（京白）你呀，你躲开我这儿吧！

〔【撕边】南宫长万面朝宋闵公左手抓斗篷向左翻身，面朝前，骗左腿，扔斗篷，（八大仓）右手“单山膀”，左手推髯亮相。【紧锤】摇头站起，快步走向台中，搂髯、握拳亮相。

〔西皮垛板〕

南宫长方

【紧锤】| 1/4 3 5 | 6 i | 5 0 | 5 6 | 3 6 | 5 6 | 5 5 |

0 | 1/4 0 | 0 | 0 | 5 | 3 6 | 5 | 0 5 |
听 一 言 不

5 5 | 3 6 | 5 5 | 6 5 | 6 i | 5 | 3 5 | 1 6 |

5 5 | 3 | 5 | 6 5 | 6 i | 5 | 3 5 | 1 |
由 怒 火 烧 胸 膛， 大 王

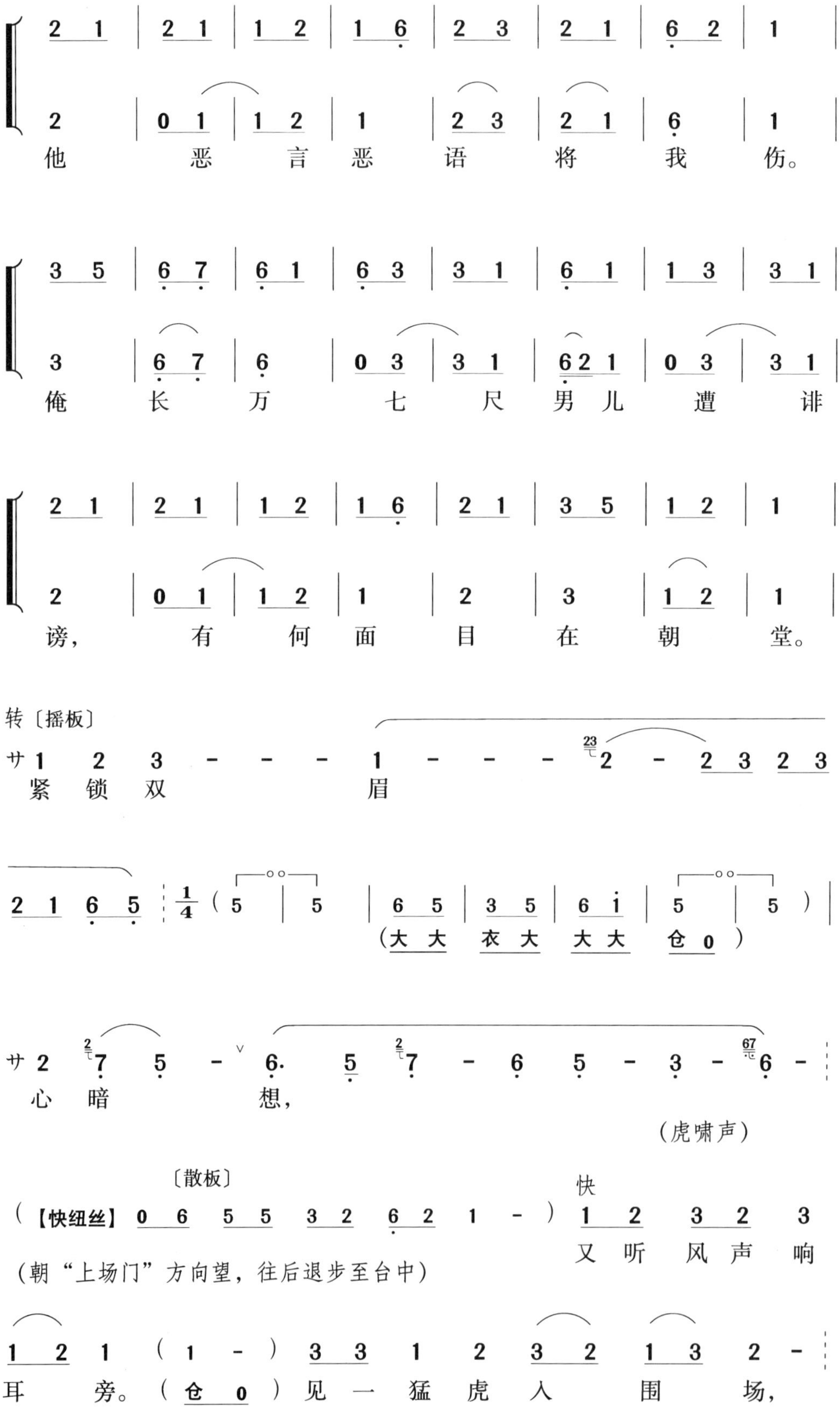
他恶言恶语将我伤。
俺长万七尺男儿遭诽
谤，有何面目在朝堂。
转〔摇板〕
紧锁双眉
（大大 衣大 大大 仓 0）
心暗想，
（虎啸声）
〔散板〕
（【快纽丝】
快
又听风声响
（朝“上场门”方向望，往后退步至台中）
耳旁。（仓 0）见一猛虎入围场，

〔【急急风】南宫长万于“大边”解去斗篷右手拿，左转身走圆场经台里至台右后，虎形“上场门”上，扑向高台宋闵公，南宫长万追至虎前用斗篷盖虎形，打虎“抢背”，虎形“抢背”走至台右前方。宋闵公从高台左侧走下，瘫坐在左侧椅上，抬右腿仰身哆嗦，公子御说、仇牧下高台在宋闵公一旁护卫。【凤点头】南宫长万打虎“抢背”至“大边”，南宫长万居台中转身握斗篷亮相。

〔西皮散板〕

南宫长万 サ（0 6 5 5 3 2 6 2 1 － ）3 3 6 5 －（0 2
俺 长 万

3 6 5 －）3 3 1 － 2. 1 2 －（2. 3 5 5 2 1
（仓 0） 舍 死 忘 生 （八 大 0 仓 才

6. 1 2 －）2 3 4 － 5 3 2. 1 1 6 1 1 － ‖
衣 才 仓） 救 君 王。

〔南宫长万唱“舍死忘生”后，虎形起身扑向南宫长万，南宫长万盖虎、扔斗篷，于台中亮相。唱“救君王”时拱手。虎扑上，南宫长万漫虎头，虎从台左扑向台右，南宫长万扫虎形“扑虎”、抄“倒叉虎”唱腔完。弓箭步，左手抓虎。【大锣】南宫长万左手抓虎，右手打虎头三锤。（嘟八大仓）抓虎扔向“上场门”台里，虎“抢背”滚下。南宫长万快步欺向“上场门”。【吊钹·回头】南宫长万朝里亮相后转向前台，活动右臂，走向台中面朝宋闵公躬身。

南宫长万 大王醒来！（仓）大王醒来！（仓）大王醒来——！

〔【撕边一击】宋闵公醒来站起，【五锤】搬起自己左腿迈向台前，再搬右腿，走至台中。公子御说、仇牧随后。

宋闵公 吓煞我也，吓煞我也！

南宫长万 大王受惊，乃臣之罪也！

宋闵公 【撕边一击】（往“上场门”方向看）这只猛虎是何人打死的？

公子御说 是长万将军将虎打死。

宋闵公 噢？（仓）（走向南宫长万）这只猛虎是你打死的？

南宫长万 正是。（拱手）

宋闵公 啊嘟——！【撕边一击】（往前欺长万一步）孤家我正要杀死这只猛虎，却被你将它打死，（向前欺长万）分明是卖弄你那匹夫之勇！故意藐视孤王，你道是与不是！（八仓）

南宫长万 （抬头，惊）这？！

仇　牧 啊大王，长万打虎救驾，其功非小！

宋闵公 （恼羞成怒）纵然打死猛虎，他也是个败军之将！（仓）

〔南宫长万以左手挡脸。

仇　牧 大王就该嘉奖才是啊！

公子御说 是啊！

宋闵公 （摔袖）哼！匹夫之勇，这算什么功劳！带马回宫！

〔**【原场】**四兵由台后分两边走至台口，其中三兵执马鞭带马。公子御说于台右前、宋闵公于台中、仇牧于台左前同上马，四兵领起，四太监、大太监“下场门”下，公子御说、仇牧随下，锣鼓切住。南宫长万走至台中向走至台左的宋闵公躬身。

南宫长万 送大王！**【撕边一击】**（宋闵公执马鞭回转身走上前）

宋闵公 （京白）你呀，你多事！（用马鞭朝长万狠狠地抽打一下转身亮相）（**八仓**）（“下场门”下）

〔**【冲头】**南宫长万浑身哆嗦。**【撕边一击】**南宫长万右手挑髯走向“上场门”拉“单山膀”亮相。**【撕边一击】**捋下右髯绺，左手穿掌上翻呈托掌右转身脸朝前亮相。（**嘟八大仓**）向左甩髯至左臂，双手绕手一拍，掂步抬右腿，两手摊开于台中亮相。**【走马锣鼓】**摇头，两手哆嗦揉胸向台右后方退去，至“上场门”“九龙口”处，双手捋髯亮“蹲裆式”。双手揉胸小圆场走向“下场门”，背朝台前一望，亮住。（锣经切住，再起）双手伸出双弹髯，右手掏髯中绺，右转身甩向前，左手搂髯，右手指向台右前方，向前走至右台口，拱手，双手外翻背于身后，连续吹髯向后退步至台中，双手捋髯看，扔出跺脚。（**八 大大 仓**）三次，连续向左、右、左甩髯。**【四击头】**左手搂髯，右手握拳同时跺右脚，右手穿掌托掌，抬左腿左手提甲，右转一周，抬右腿右手提甲，双手向外翻靠拍于臂上，右跨腿左转身，面朝“下场门”，抬左腿同时反翻右靠拍于臂下，落左脚亮相。迈一步、两步，“下场门”下。**【大锣打下】【撤锣】**

第六场

见母

〔接前场。南宫府。

〔一桌，二椅。**【小锣夺头】**起西皮原板前奏，二丫环“站门”，南宫母“上场门”上，至“九龙口”处亮相，抖袖。

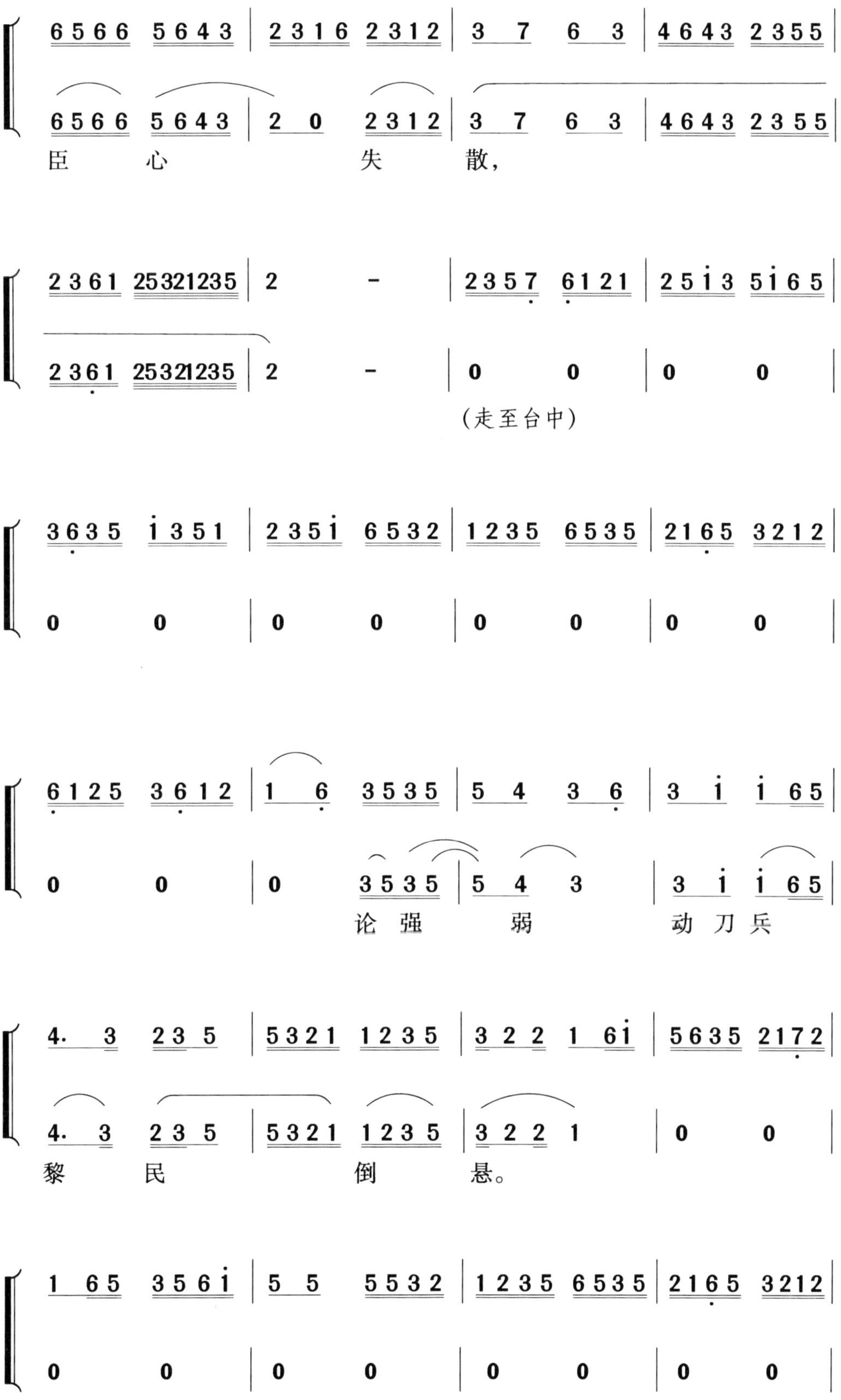
臣 心 失 散，
(走至台中)
论 强 弱 动 刀 兵
黎 民 倒 悬。

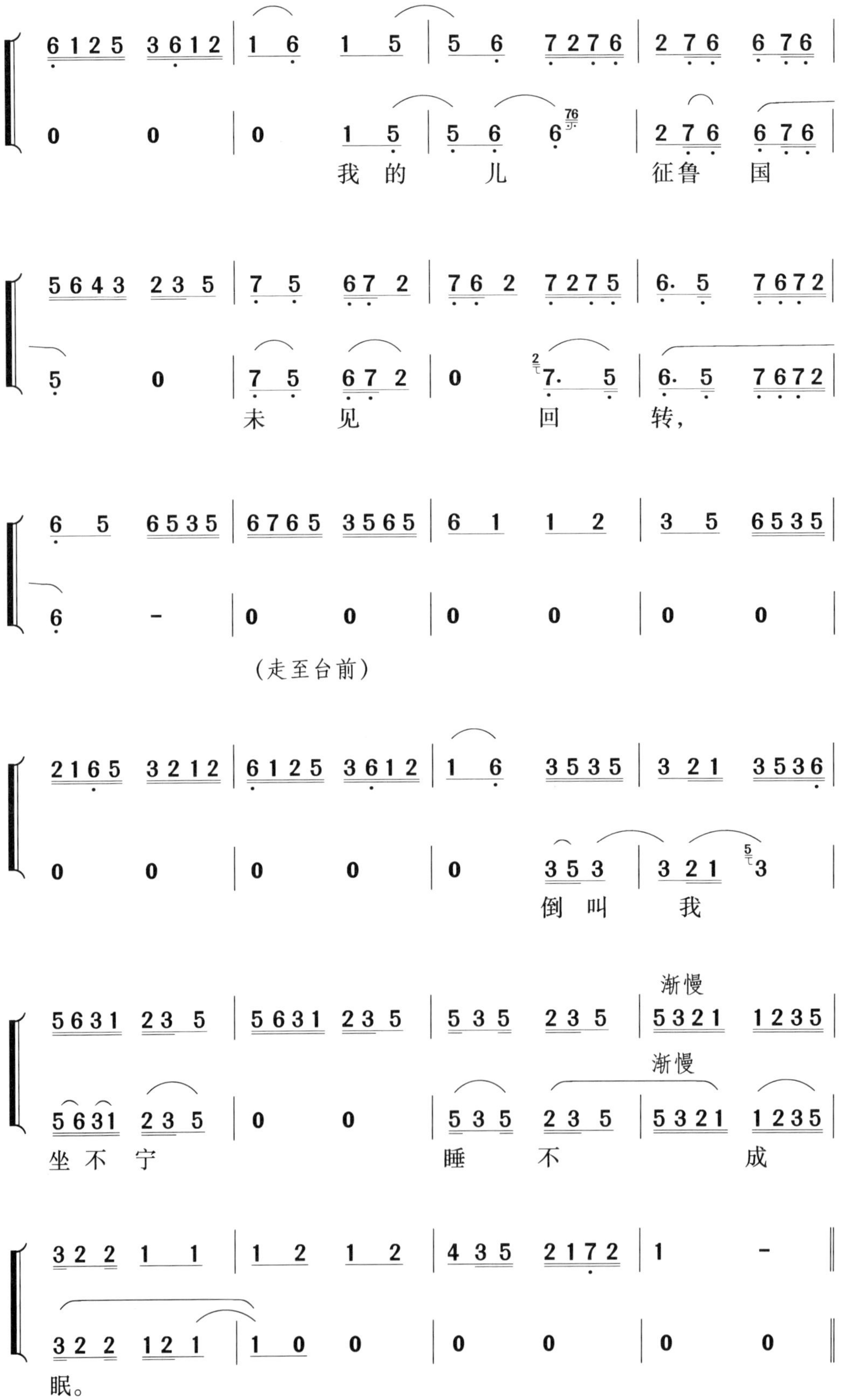
我的儿
征鲁国
未见
回
转，
（走至台前）
倒叫
我
渐慢
渐慢
坐不宁
睡
不
成
眠。

〔南宫母右转身归里“小座”坐下，二丫环归里站两则。南宫长万内：“回府!”**【撞金钟】**四兵“上场门”上“一条鞭”，南宫长万执马鞭上，“九龙口”亮相，行至右台口打马勒马。

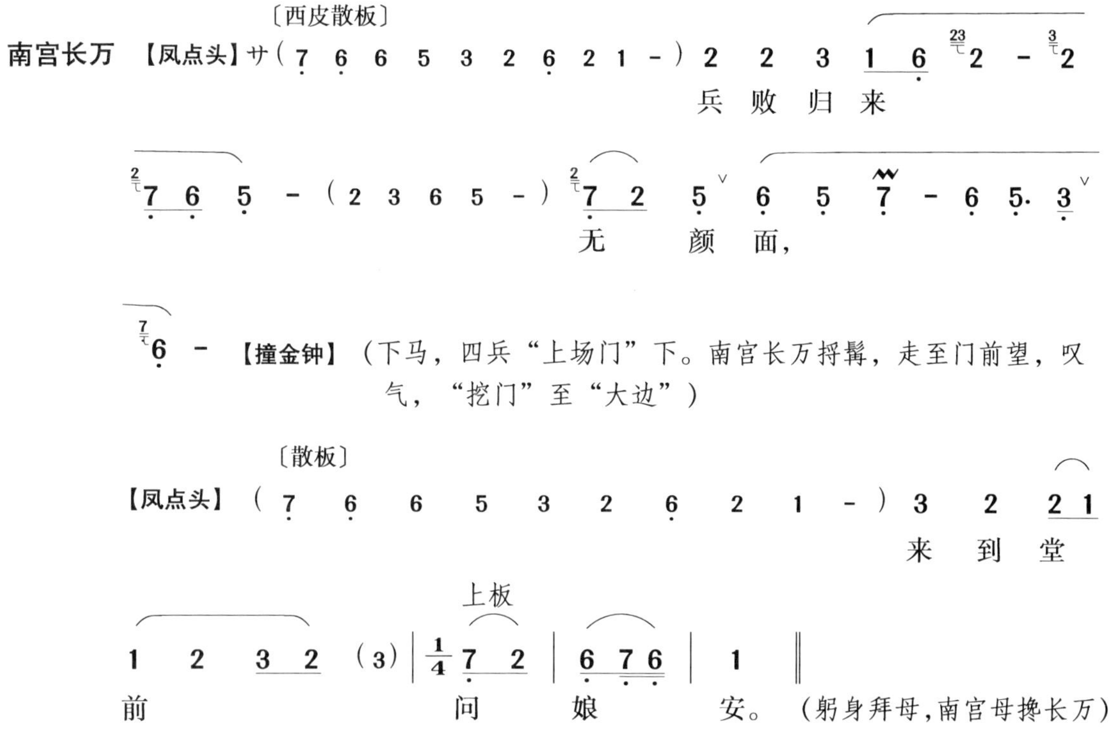

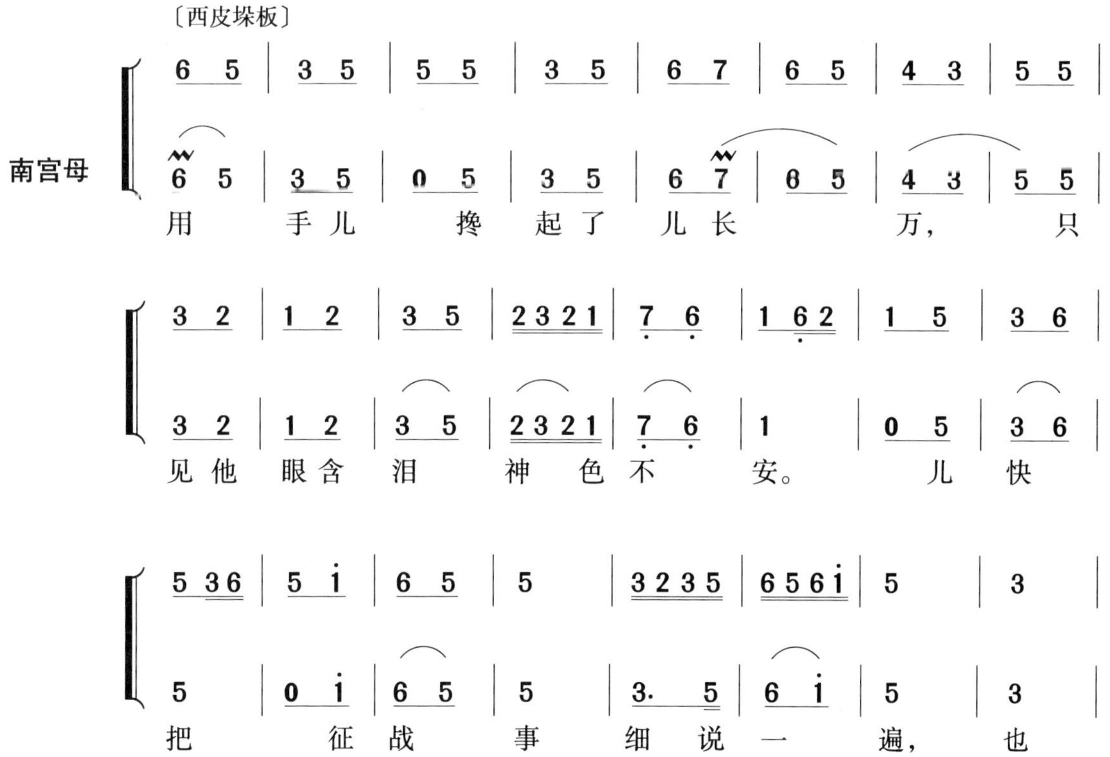

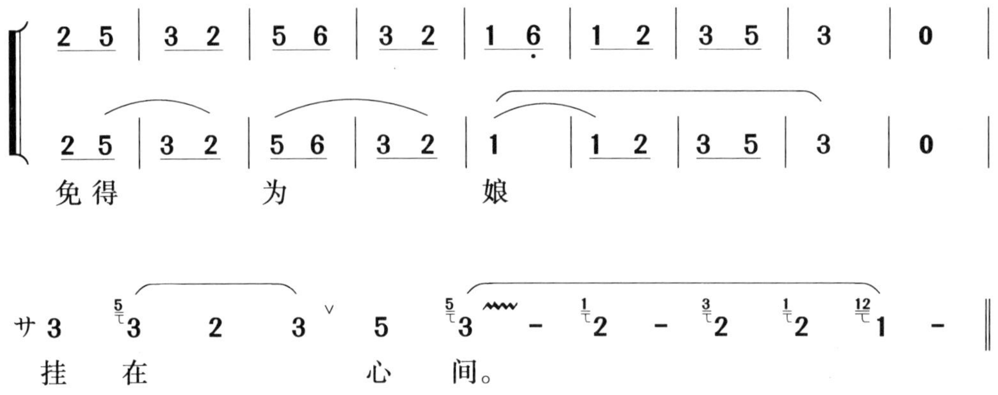

〔（大 大 大 大 大 大 衣 仓）南宫长万后退捋髯，拱手。

南宫长万 母亲哪！

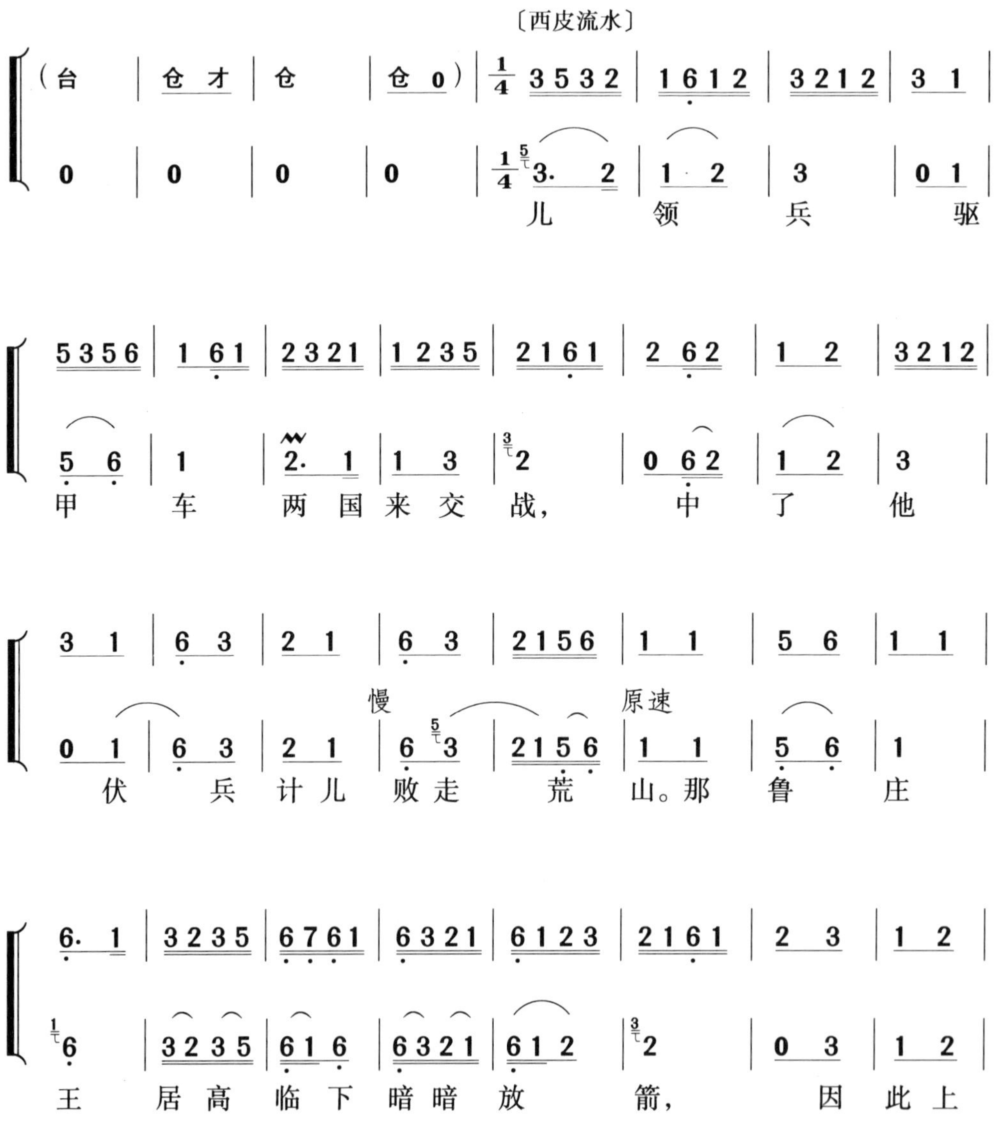

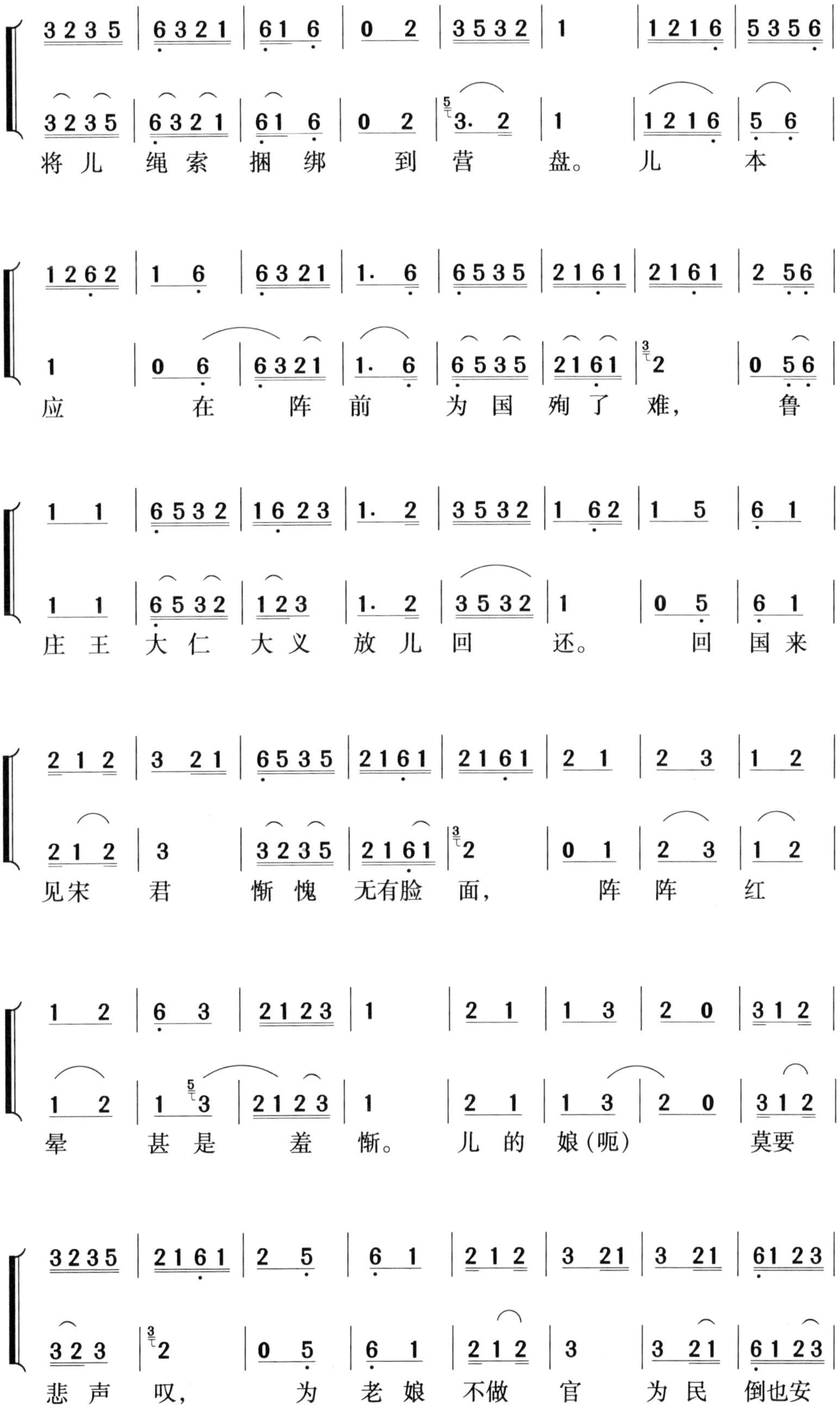
将 儿 绳 索 捆 绑 到 营 盘。儿 本
应 在 阵 前 为 国 殉 了 难， 鲁
庄 王 大 仁 大 义 放 儿 回 还。回 国 来
见宋 君 惭 愧 无有脸 面， 阵 阵 红
晕 甚 是 羞 惭。儿 的 娘(呃) 莫要
悲 声 叹， 为 老 娘 不做 官 为 民 倒也安

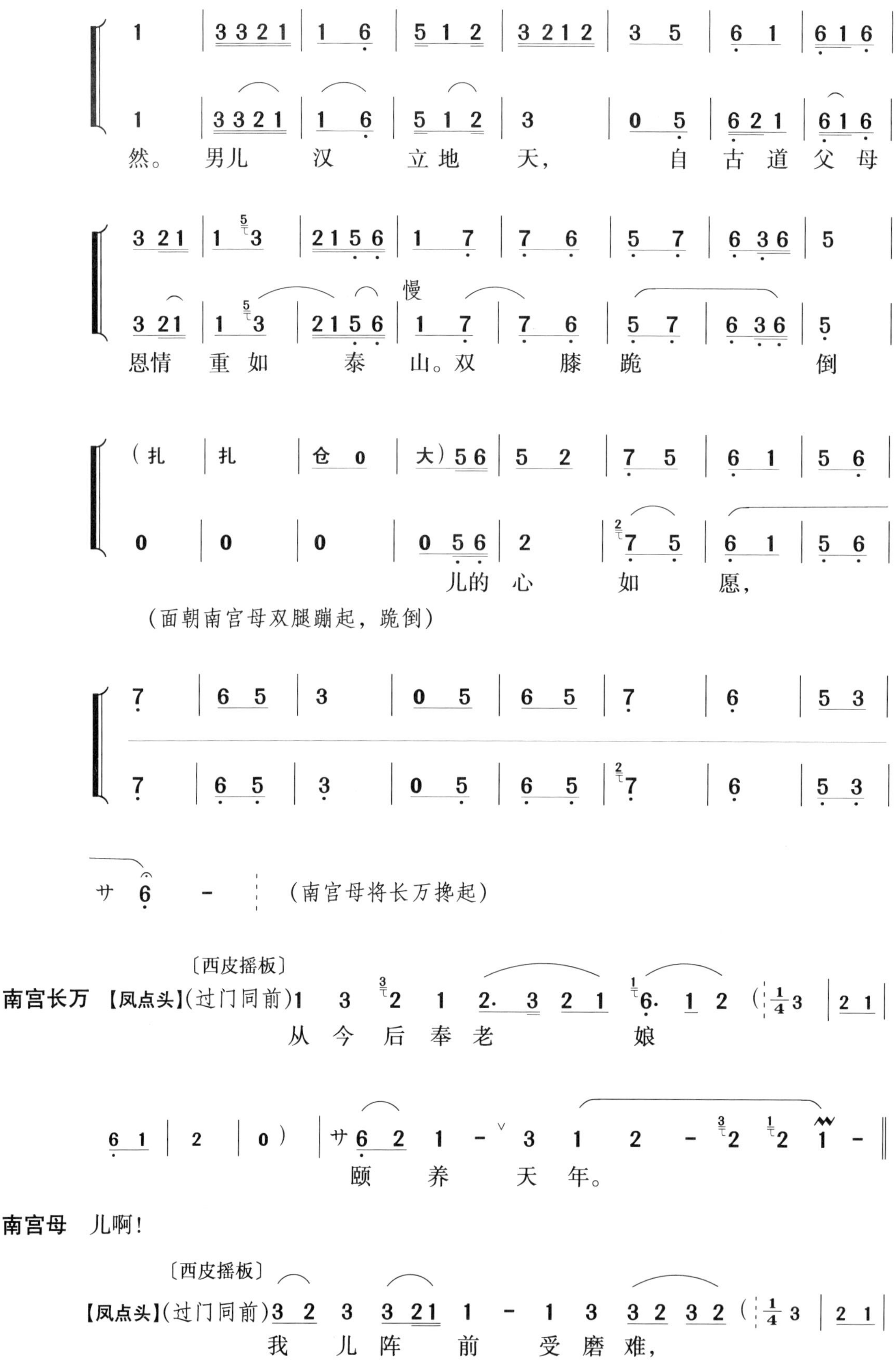
然。男儿汉立地天，自古道父母
慢
恩情重如泰山。双膝跪倒
（扎 扎 仓 大）
儿的心如愿，
（面朝南宫母双腿蹦起，跪倒）
（南宫母将长万搀起）
〔西皮摇板〕
南宫长万 【凤点头】（过门同前）
从今后奉老娘
颐养天年。
南宫母 儿啊！
〔西皮摇板〕
【凤点头】（过门同前）
我儿阵前受磨难，

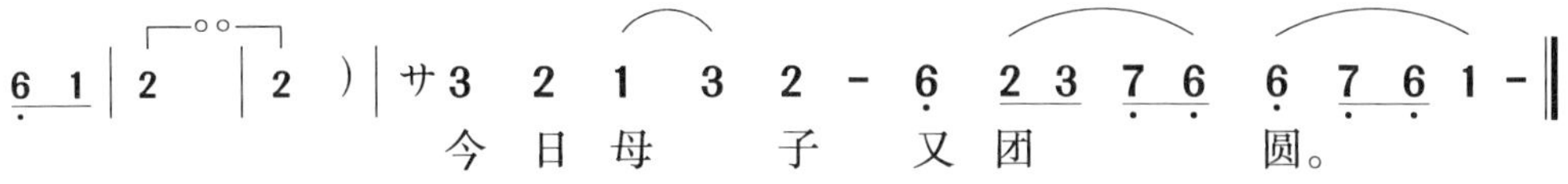

〔【住头】南宫长万向前为母擦泪。幕内：“仇大夫到。”

南宫长万 母亲请至后堂。（拱手）（南宫母“下场门”下，丫环随下）有请！

〔唢呐 <吹打>，仇牧“上场门”上。南宫长万出门迎，二人于门前拱手，“挖门”，让座。长万于“小边”坐，仇牧于“大边”坐。曲牌停。

南宫长万 仇大夫到此何事？

仇　牧 啊将军，适才主公在郊外为兵败之事怒责将军，还望将军看在君臣之分，莫要挂怀才是。

南宫长万 咳！想俺长万乃败军之将，有何面目在朝为官，只想退归林下，亲奉老母颐养天年。

仇　牧 将军此言差矣！军家胜败古之常理，想大王虽然出言莽撞，有伤君臣大义，如今大王已有悔意，特命我约请将军明日进宫饮宴。

南宫长万 【**撕边一击**】这个……（捋髯思之）

仇　牧 啊将军，君臣大义不可怠慢，你不要辜负了大王的一片美意呀！

南宫长万 这……（站起走向前打背供）

〔西皮摇板〕

【**闪锤**】（过门同前）

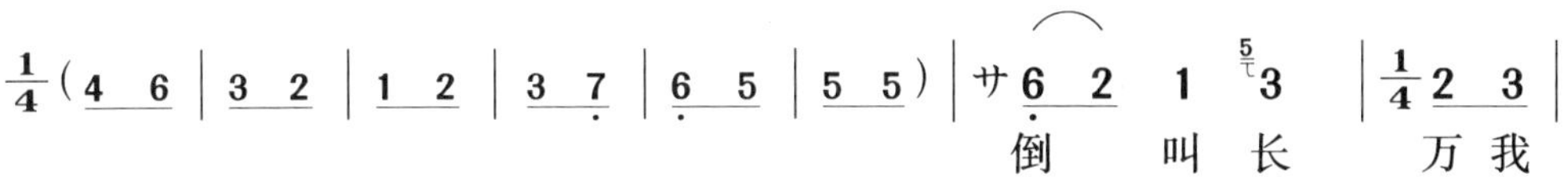

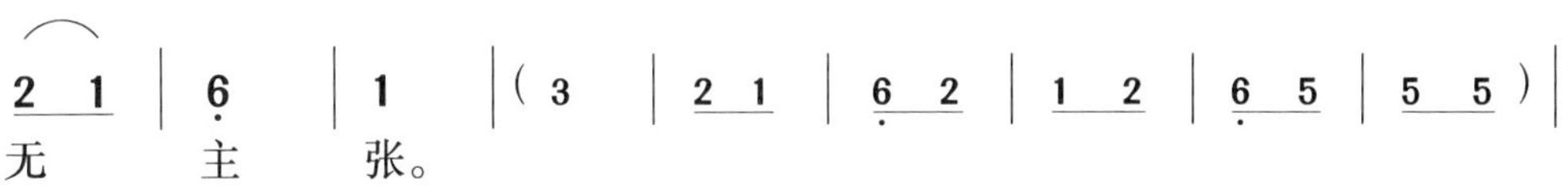

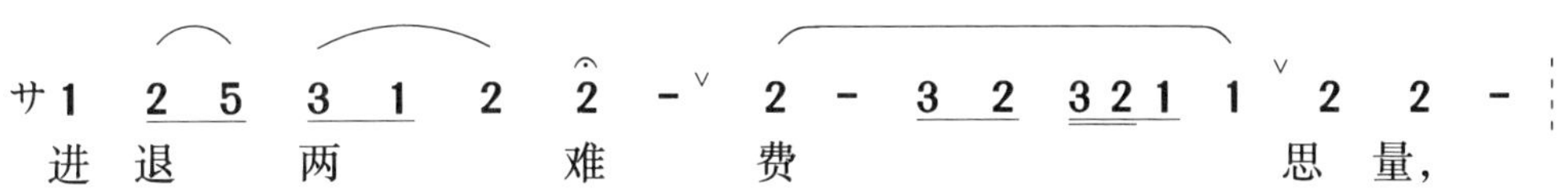

仇　牧 将军！（拱手站起）

〔西皮摇板〕

【**凤点头**】（过门同前）

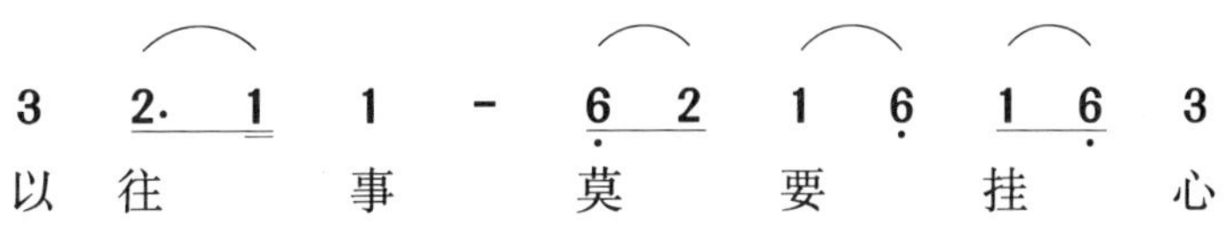

3 2 1 ⁝ 1/4（3 | 2 1 | 6 2 | 1 2 | 6 5 | 5 5）| サ 2 1 2
上。 大 丈 夫

2 5 3 1 2 3 2 2 2 1 1 6 2 - ⁝
要 有 容 人 量，

南宫长万 长万明日赴宴就是。（拱手）

仇 牧 如此告辞了！

〔**【长锤】**仇牧拱手，出门“上场门”下。南宫长万至台中。

南宫长万 **【凤点头】**（过门同前）5 6 2 1 3 3 21 1.2 3 5 2 - 3 2 ⁝
我 只 得 明 日 里

1/4（3 | 2 1 | 6 1 | 2）| サ 6 2 1 3 1 2 - 2 2 1 - ‖
再 赴 朝 堂。

〔**【大锣打下】**南宫长万摇头，思索，向右前走两步左转身，迈一步两步，“下场门”下。

第 七 场

弑 君

〔前场次日。宋国内宫。

〔场上一桌、两椅。桌上放酒壶、棋盘。**【长锤】**四太监、大太监“站门”，公子御说、仇牧上站两侧，宋闵公挎剑上至“九龙口”抖袖。

〔西皮摇板〕

宋闵公 **【凤点头】**（过门同前）サ 5 3 3 1 2 3 2 3 2 1 2 3 2 -
昨 日 射 猎 心 不 定，

【闪锤】（过门同前） 6 2 1 1 3 2 3 3 2 3 2 1 1 - ‖
（走至台前） 再 宣 长 万 观 分 明。

〔**【住头】**众归里，宋闵公归里坐“小座”。

公子御说 啊爷王，昨日长万打死猛虎，父王未曾重赏，儿臣见他面带怒容，莫非他有谋反之意？

仇　牧　啊大王，昨日臣奉大王之旨去见长万，命他今日进宫赴宴，他已在宫门候旨。

宋闵公　孤正要宣他进宫，用言语试探于他，看他动静如何。你等退下。

〖**【冲头】**四太监两边下。仇牧、公子御说出门“上场门”下。

宋闵公　宣长万进宫。

大太监　大王有旨，南宫长万进宫啊！

南宫长万　（内应：“领旨！”**【五锤】**随节奏一锣一步，面色凝重地走至右台口）

（念）两道眉锁英雄恨，

一片心怀志士忧。

〖**【五锤】**南宫长万“挖门”，立于台中面朝宋闵公躬身拱手。

南宫长万　参见大王。

宋闵公　平身。

南宫长万　谢大王。**【撕边一击】**（长万起身立于“小边”，宋闵公上下打量长万）

宋闵公　长万，孤见你面带不悦，莫非你怀恨孤家不成？

南宫长万　为臣怎敢心怀不忿，不过是战败归来心中愧疚，不能与大王出力尔！

宋闵公　原来如此。今日闲暇无事，待孤摆下酒宴，与你博棋一回，哪家败了罚酒三杯。

【撕边一击】

南宫长万　（一惊，急忙摆手）慢来慢来，想大王棋艺高超，为臣怎敢与大王对弈。

宋闵公　嗳，你不要扫了孤家的兴致。内侍。

大太监　奴婢在。

宋闵公　棋盘摆下，看酒。

〖**【慢长锤】**宋闵公站起身归“大座”，长万躬身拱手转身脸朝外表示无奈，左转身坐右跨座，太监摆棋盘、斟酒。

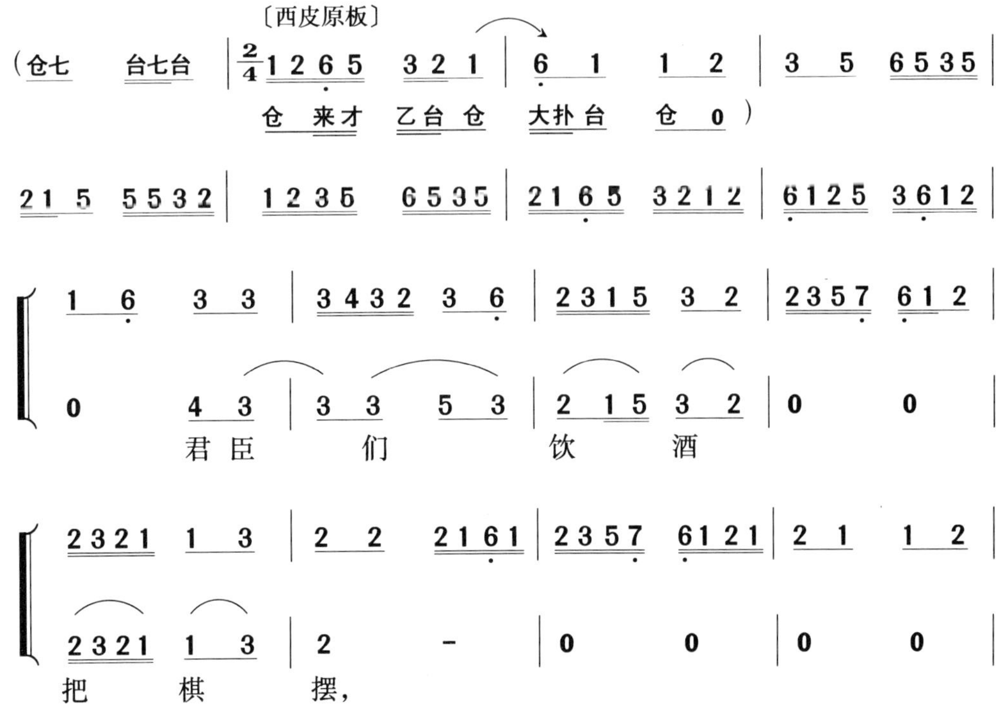

（两人下棋，南宫长万捋髯仔细观看）

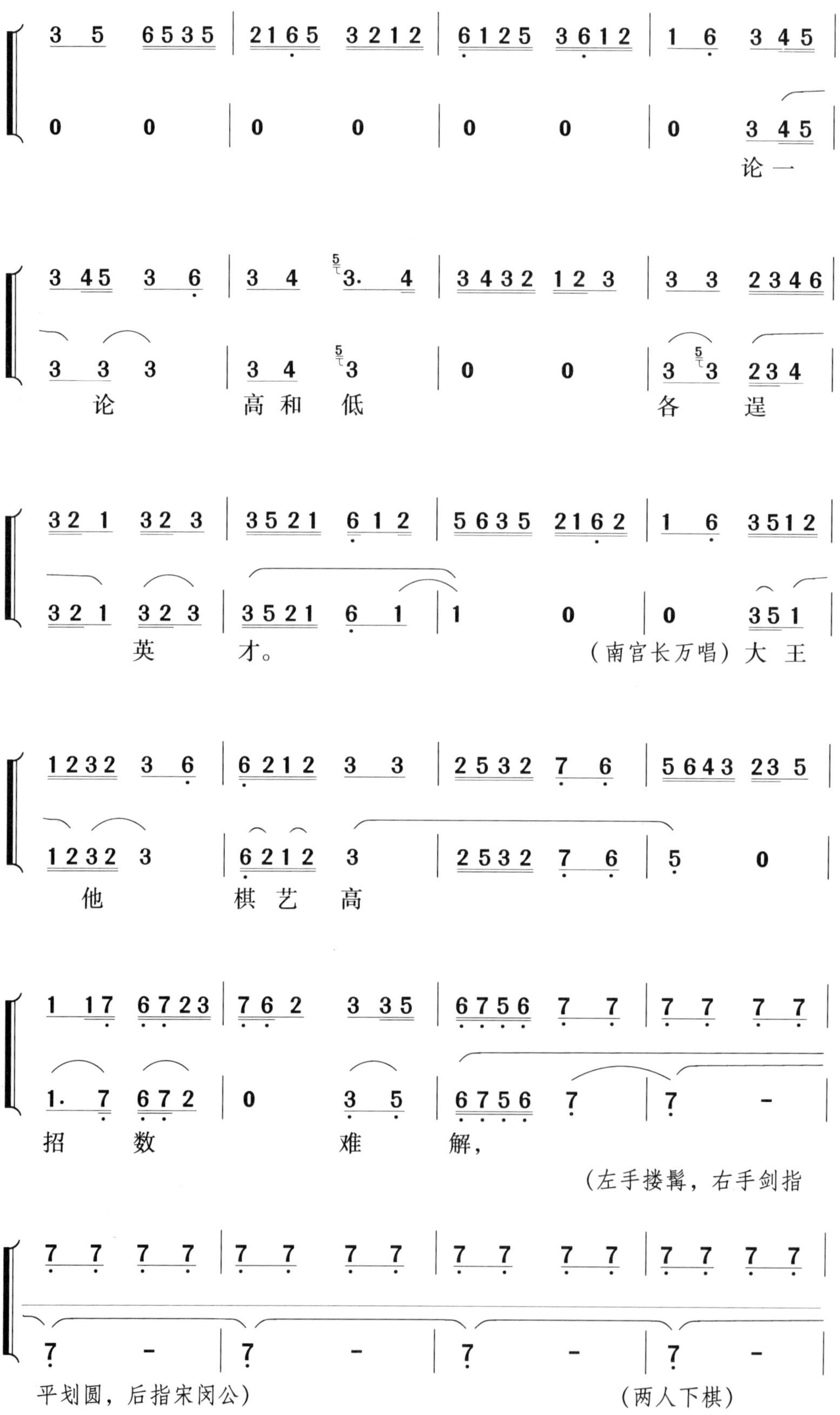
论一
论 高和低 各逞
英 才。（南宫长万唱）大王
他 棋艺 高
招 数 难 解，
（左手搂髯，右手剑指
平划圆，后指宋闵公）
（两人下棋）

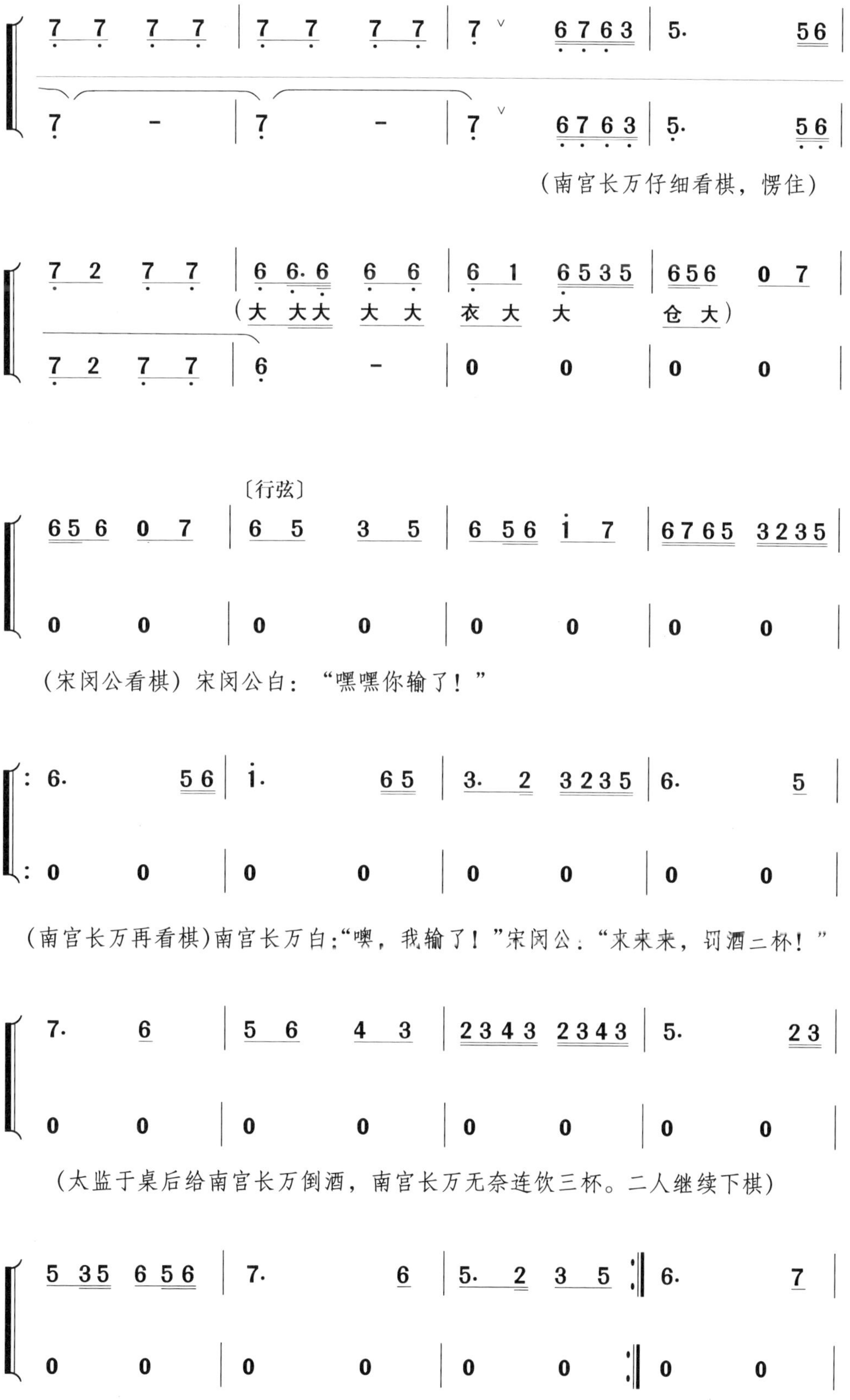
（南宫长万仔细看棋，愣住）
（大 大大 大 大 衣 大 大 仓 大）
〔行弦〕
（宋闵公看棋）宋闵公白：“嘿嘿你输了！”
（南宫长万再看棋）南宫长万白:“噢，我输了！”宋闵公：“来来来，罚酒三杯！”
（太监于桌后给南宫长万倒酒，南宫长万无奈连饮三杯。二人继续下棋）

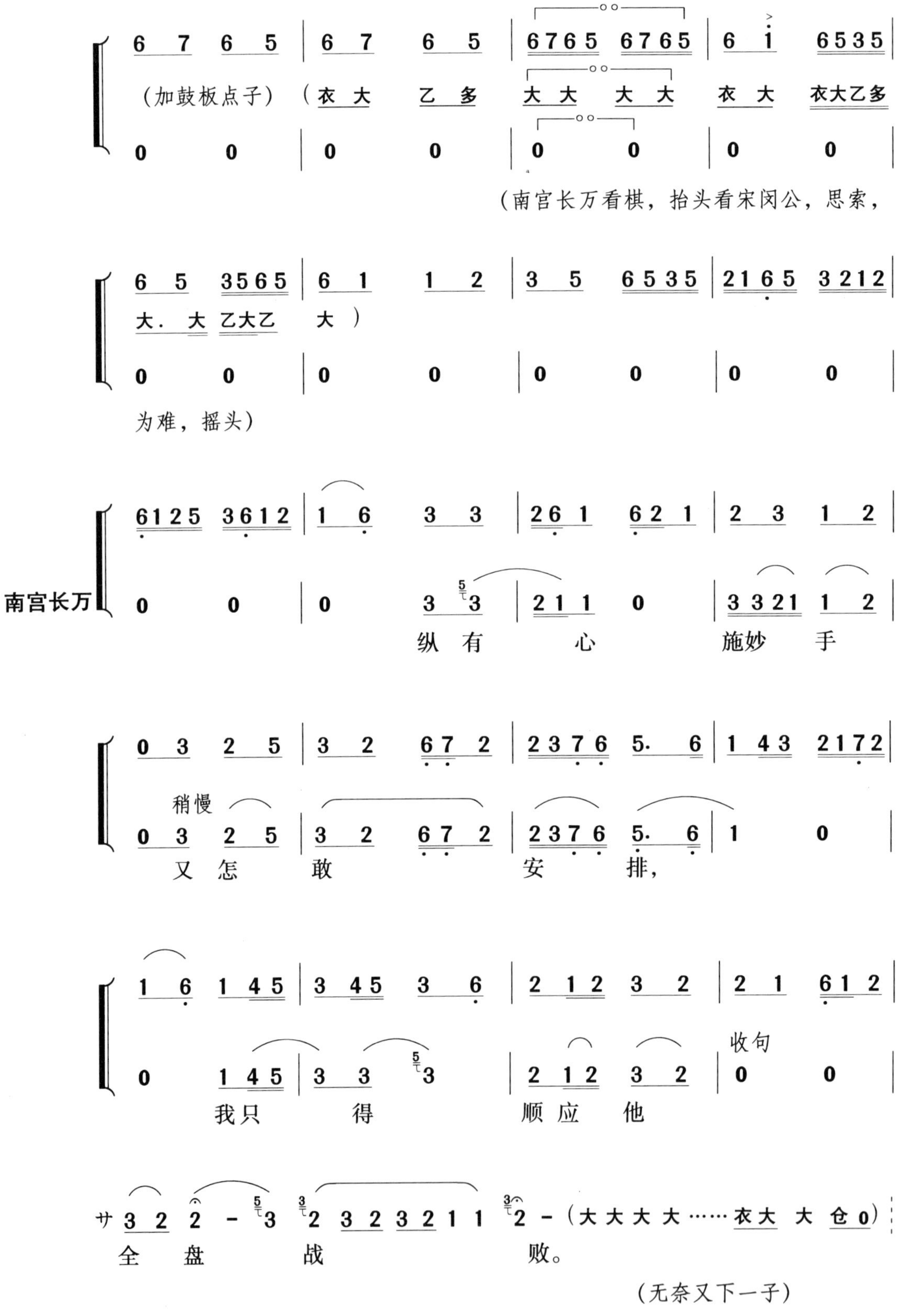

宋闵公 嘿嘿！！你又输了！来来来！罚酒三杯！罚酒三杯！（幸灾乐祸地）哼哼哼哼……【快长

锤】（逐渐轻打）

〔南宫长万看棋盘摇头，看宋闵公，无奈点头，拿起酒杯。太监在桌后给南宫长万斟酒，第一杯慢慢饮下，喘气，太监斟第二杯，南宫长万端起看宋闵公，宋闵公站起连连用手示意。南宫长万喝下后右手揉肚，摇头。太监斟第三杯，南宫长万看酒，一口气狠心饮下。宋闵公抢过太监酒壶，走到南宫长万身旁向其嘴中倒酒。（锣鼓切住）

宋闵公　（京白）你就多喝点儿吧！

〔**【硬乱锤】**南宫长万吐酒，站起扔酒杯，左右倒步**【凤点头】**摇晃身体亮相。

〔西皮散板〕

南宫长万　（0 6　5 5　3 2　6̣ 2　1 －）2　3　3　2 1　3　2 1
醉沉沉身

1　6̣ 1　1　2·　3 2（6̣·　1　2 －）5̣　7　6̣　2　7̣2 7̣6̣
无力　难把头

5̣·　6̣　1 －‖**【软脆头】**（吐酒，往后退步，瘫坐在右跨椅上，左手抚桌，右手杵腿）
抬。

宋闵公　（连声敲击桌子）来来来，孤再杀你几盘！

南宫长万　（连连摇头，低头低声）杀败了……

宋闵公　噢！杀败了？！嘿嘿！（京白）打仗，打仗你败，下棋，下棋你又败！（以手指点南宫长万）我看你呀——（站起身迈步向南宫长万）真真是个屡败不胜的囚徒！（**仓**）

〔南宫长万抬头仰身，面朝宋闵公亮相。稍顷。

南宫长万　大王，自古君臣不可相戏，你屡次辱骂为臣是何（高声）道理——？！

〔（**八仓**）南宫长万左手拍桌站起，向宋闵公迈一步亮相。宋闵公被长万吓得退坐椅上，又站起，发怒。南宫长万摇晃身体坐回原座。

宋闵公　想你带领人马征讨鲁国吃了败仗，（**仓**）（往前欺长万一步）今日下棋你又打了败仗！（**仓**）（又欺一步）（京白）我看你呀，你真真是个屡败不胜的囚徒！（**八仓**）

南宫长万　（抬头亮相）怎么讲？！（忍住气低声）

宋闵公　你是个屡败不胜的囚徒！（右手指长万）

〔（**八仓**）南宫长万站起，左手抓宋闵公右手压下亮相。咬住牙齿高声念出。

南宫长万　我把你这无道的——（**八大顷仓**）（扔开宋闵公右手，宋闵公转身踉跄退坐椅上，长万右手搂髯左手指宋闵公）昏王——！（声音拖长，呈炸音，跺右脚**【纽丝】**吐酒，浑身颤抖。左倒步、右倒步，上身晃动右手搂髯左手指宋闵公。亮相）

〔西皮散板〕

【纽丝】（过门同前）サ 3　3　4　3　3　5　1　2　3 －（6̣　1　2　3 －）
自古君臣无戏耍，（**仓**）

5 1 2 5 3 ⁝ 2 3 ⁝ 2 1 ⁝ 6 ⁝ 1 ⁝（7 6
无 道 昏 王你 做 事 差。
（指宋）

2 1 －）3 2 2 6 1 － 3 3 1 2 －
（仓） 长 万 为 国 功 劳 大，

（7 6. 1 2 －）3 2 2 1 1 2 － 1 2 －
（仓） 囚 徒 也 能
（伸右手拇指） （甩髯亮相）

（0 6. 1 2 －）2 － 6 1 6 1 － ‖
（八大 顷 － 仓 0） 把 人 杀！
（以手示杀人）

宋闵公 住了！

〔西皮散板〕

【快凤点头】（0 6 5 3 2 6 2 1 －）3 3 1 2 1 2 3
长万 胆量 比 天
（从椅中站起走至南宫长万左侧）

3（6 1 2 3 －）6 1 2 2 2 3 1（7 6 2 1 －）
天，（仓） 敢在 宫 中 骂 孤 家。 （仓）

3 5 3 3. 2 2 2 1 1 3 2 －（嘟～～～八 仓 0）⁝
手 持 棋 盘 将 你 打，

〖宋闵公右转身右手取桌上棋盘，一涮举起打向南宫长万，南宫长万以左手架住。

南宫长万 （压住声音）你要打谁？

宋闵公 （气急败坏地）打你这屡败不胜的囚徒！

〖（仓）南宫长万将宋闵公举棋盘之手压下，**【撕边】**怒视宋闵公。

南宫长万 （冷笑）哼哼哼哼……

〖**【凤点头】**宋闵公握棋盘之手颤抖，南宫长万左手扔开宋闵公手，宋闵公转身涮棋盘又举起打向南宫长万，南宫长万左手再架住。

南宫长万 （0 6 5 5 3 2 6 2 1 － 1 1）3 3 2 3 －
无 道 君

2 2321 1 2 1 2 - (5 5 2 1 6· 1 2 -)
竟 敢 在 (顷 - 仓 0)

〔随(顷 - 仓 0)南宫长万将宋闵公手压下，右手将棋盘夺下，左手扔开宋闵公。宋闵公后退转身拔出腰中宝剑砍向长万，又与长万左手架住。

南宫长万 1 6 2 1 3 1 - 2 - 2 2 1 - ‖
咱 虎 口 拔 牙!

〔**【撕边】**宋闵公持剑手哆嗦。南宫长万右脚连续跺地，唱完，右手棋盘打向宋闵公的胸前；宋闵公持剑之手护在胸前，正被棋盘盖在胸前。南宫长万在一旁呕吐，**【撕边一击】**宋闵公被剑误伤向后退去于台左后方倒地身亡。南宫长万低头听到倒地声，挥左手。

南宫长万 起来!起来!

〔**【撕边一击】**南宫长万见无声息，抬头发现宋闵公已倒，走向"下场门"俯身用手摸宋闵公脸，倒吸一口气。

南宫长万 啊!

〔**【搜场点】【五锤】**南宫长万见宋闵公已死，将宝剑抽出，踉跄步伐迈步出门至台中，仇牧于"上场门"上至台中。南宫长万见之剑交左手以右手挡脸。

仇 牧 将军为何这样慌张?

南宫长万 大人意欲何往?

仇 牧 进宫与大王问安。

南宫长万 那无道的昏王…… (**仓**) (右手指出)

仇 牧 (大惊) 将军你这是怎样讲话呀?

南宫长万 屡次口出不逊，被我杀死了! (晃身倒步)

仇 牧 你你你莫非吃醉了么?

南宫长万 随我看来!

〔**【撕边一击】**南宫长万与仇牧同进门,南宫长万至台右,仇牧至台左见宋闵公已亡。

仇 牧 哎呀! (退步转身面向南宫长万) **【叫头】**长万!大王待你不薄，你竟敢弑君谋反!豁出我这条老命不要，与你拼了吧!

〔**【乱锤】**仇牧于"大边"双手抓袖，颤抖向南宫长万撞去，南宫长万左手执剑，在"小边"右手摆手，两人"过合"中南宫长万右手一拨，仇牧倒向台右地上。南宫长万换右手执剑，于台中以手示意要走，仇牧从地上爬起，**【大锣三锣】**南宫长万向后退步，仇牧双抓袖从台右后方向前迈三步，撞向南宫长万右手之剑（**八仓**）仇牧被剑刺伤向后倒去，南宫长万急抽剑，双手握剑杵地，左弓箭步亮相，**【撕边一击】**扭头看仇牧，已死。

南宫长万 可惜呀—— (**顷仓**) 可惜!

〔**【快纽丝】**南宫长万吸气、呕吐，左右倒步亮相。

〔西皮散板〕

南宫长万 ㄙ(过门同前) 3 3 4 3 1 3 3 3 (6 1 2 3 -)
只 为 昏 王 太 猖 狂, (仓)

6 2 1 - ³3 2 1 6 3 2 1 6 1 （0 7 6 2
连 累 忠 良 丧 无 常。

1 - ） 3 5 3 1 2 1 2 - 3 2 7 6 5
（仓） 事 已 至 此

（2 3 6 5 - ） 2 7 5 6· 5 7 6 5 - 3 6 -
难 言 讲，

〔【冲头】南宫长万出门弓箭步，双手持剑杵地，呕吐。南宫牛"上场门"上。

南宫牛 参见爹爹，莫非宫中出了大事？（**八仓**）（长万抬头）

南宫长万 昏王已死，你快领人马将公子御说抓来见我！

南宫牛 （拱手）遵命！（"上场门"下）

〔【**风点头**】南宫长万站起，右手要剑穗亮相。

〔西皮散板〕

南宫长万 2 3 3 2 1 1 2 - 1 2 - （0 3 5 5
顺 某 昌 来 （**龙 冬**

2 1 6· 1 2 - ） 3 2 1 1· 2 3 5 2 -
八 大 顷 - 仓 0 ） 逆 某 亡。

3 2 3 2 1 6 1 1 - ‖（**嘟～～～八 大大 仓 0**）

〔【**四击头**】剑交左手，右手挑髯，跨左腿右转身，上右腿翻身接"小蹦子"，左手背剑，右手高抬剑指丁字步亮相。【**急急风**】呕吐倒步，再倒步剑交右手、涮剑，急速左转身，"下场门"下。【**缓锣**】

第八场

伐宋

〔前场翌日。鲁国金殿。

〔场上一桌一"大座"。【**快长锤**】四鲁兵抱刀、二鲁将提双刀"上场门"上"站门”，鲁庄公斜紫蟒上，“九龙口”亮相，抖袖。

〔西皮摇板〕

〔【扫头】鲁庄公归“大座”，众归里。公子偃执枪引公子御说“上场门”上“挖门”，公子偃于“大边”，公子御说于台左面朝鲁庄公拱手。

公子御说 参见鲁侯。

鲁庄公 公子为何这等模样？

公子御说 鲁侯容禀！

〔奏唢呐曲牌〈急三枪〉，公子御说在曲牌中右手指向前，双手做杀状，转身朝鲁庄公拱手，拭泪。

鲁庄公 公子不必如此，孤即刻发兵与你父报仇就是。

公子御说 多谢鲁侯！（拱手）

〔颛孙生内：“报！”【冲头】颛孙生执枪“上场门”上，进门于台右方缓枪交左手，拱手朝鲁庄公。

颛孙生 南宫牛讨战！

鲁庄公 颛孙生、公子偃听令！

颛孙生
公子偃 （同）在。（仓）

鲁庄公 捉拿南宫牛不得有误！

颛孙生
公子偃 （同）得令！

〔**【冲头】**二人出门，“上场门”下。**【堂鼓搭架子】【冲头】**二人押南宫牛上，进门。颛、公各站一边，南宫牛于“小边”。

鲁庄公 **【叫头】**南宫牛！你父谋反朝廷，将宋闵公杀死，哪里容得，推出斩了！（**仓**）

〔**【冲头】**二兵上前持单刀押南宫牛出门，南宫牛出门跺脚“嘿！”“下场门”下。**【监斩鼓】【冲头】**二兵举刀“下场门”上至台中向鲁庄公示刀，回至原位。

鲁庄公 颛孙生听令！（**仓**）命你带领一哨人马，假扮南宫牛模样，趁黑夜之间诈开城门，捉拿南宫长万不得有误！

颛孙生 得令（**仓**）

鲁庄公 众将官，兵发宋国去者！

众 啊！

〔**【急急风】**鲁庄公抖袖，从桌左侧走出与公子御说、及四将出门转身。二兵上前持马鞭带马，鲁庄公、公子御说上马。四将上马，四兵四将“插门”下。公子御说下，鲁庄公走至右台口，左转身打马，“下场门”下。

第　九　场

诈　城

〔紧接前场夜间。宋国城下。

〔场上台左“下场门”处设一宋国城门。**【冲头】**四鲁兵持单刀“上场门”上“一条鞭”站立，颛孙生持枪，绑公子御说上至台右前。颛孙生向城门望去。

颛孙生 来此宋国城下，待俺放一号箭。看箭！**【小锣轻击】**

〔南宫长万上城墙站立，往城下望。

南宫长万 城下何人放箭？

颛孙生 南宫牛回来了。

南宫长万 我儿回来了，公子御说可曾拿到？

颛孙生 今已拿到，父帅请看。**【撕边一击】**（长万往城下观看）

南宫长万 黑夜之间我看他不清，待为父与你开城。

〔南宫长万下城楼，出城门摸黑。（**嘟仓、嘟仓、嘟八大仓**）颛孙生刺南宫长万，南宫长万低头躲过抓枪与颛孙生同亮住，二人同进城下**【急急风】**四鲁兵追下，公子御说追下。**【乱锤】**

第 十 场

护母出城

〖紧接前场。南宫府。

〖空场。**【快纽丝】**南宫母“上场门”上，走至“九龙口”抖袖。

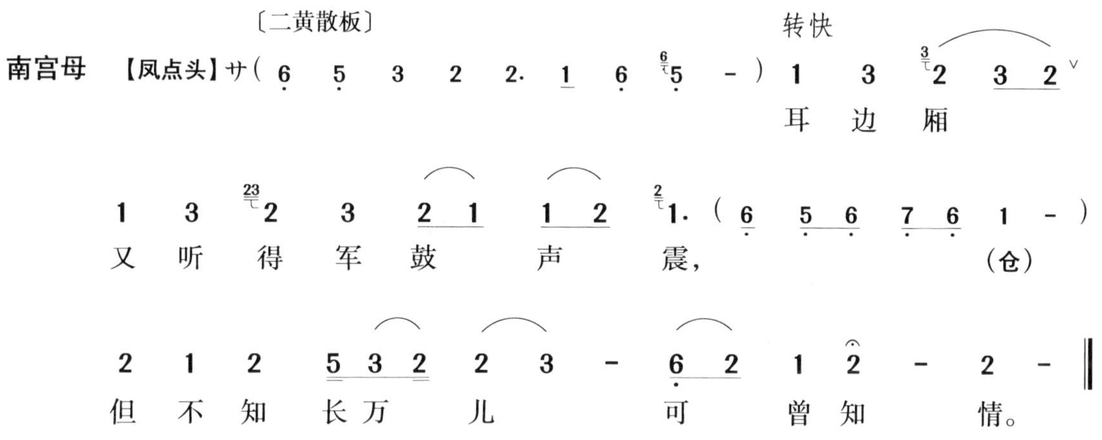

〖**【急急风】**南宫长万与颛孙生二人抓枪上场，行至台右前亮住。**【软四击头】**二人抬左腿同时向左走三步，**【软四击头】**同时向右后方走三步。**【大锣三锣】**二人夺枪**（嘟八大仓）**南宫长万夺过枪，踹颛孙生“抢背”。南宫长万将颛孙生欺下。**【吊钹·回头】**南宫长万向“上场门”望，转身快步走向台前，**【快五锤】**进门关门、插栓。至“大边”。面朝南宫母拱手。

南宫长万 参见母亲!

南宫母 儿呀!外面何来战鼓之声?

南宫长万 **【叫头】**哎呀母亲哪!那鲁庄公将城池打破，就要杀进府门来了！（左手背枪，右手指出）

南宫母 噢——！**【撕边一击】**怎么城池已破了么?!

南宫长万 正是。

南宫母 既是城池已破，你还不进宫保护大王，回来作甚?

南宫长万 这个?!**【撕边一击】**

南宫母 回来作甚?!（**仓**）

南宫长万 这……恐怕母亲有失!

南宫母 哎呀儿啊！**【快五锤】**儿可知国家养兵千日用兵一时，为娘不用我儿保护，速速进宫保驾去吧！（**仓**）

南宫长万 这……（无法言明）

南宫母 快去！（**仓**）

南宫长万 是！（**仓**）

南宫母 快去——！（上前推南宫长万）

南宫长万 **【叫头】**哎呀母亲哪！大王他……（**仓**）

南宫母 他怎么样了？

南宫长万 他他他归天了……！**【撕边】**（**八仓**）

南宫母 哎呀！（抖袖）

〔二黄小导板〕

【快纽丝】

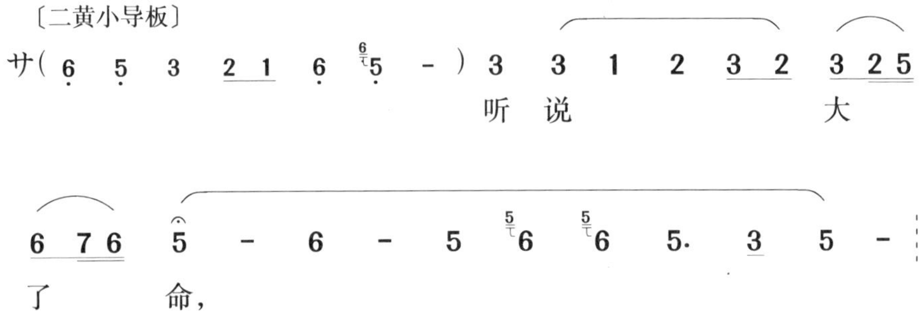

〔**【急急风】【加堂鼓】**南宫长万走至台中，听门。四鲁兵四鲁将穿过。**【冲头】**长万开门出门，**【搜场点】**向"上场门""望门"，**【冲头】**走向"下场门"**【搜场点】**"望门"，**【冲头】**转身进门单手关两扇门。插门。

〔二黄散板〕

南宫母 **【快纽丝】**

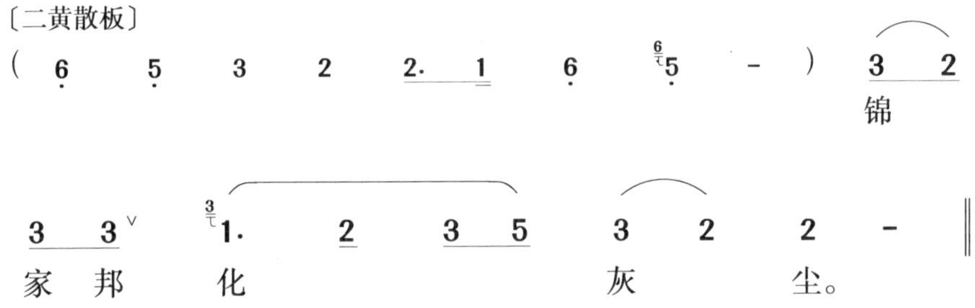

南宫母 **【叫头】**哎呀儿啊！如今国破家亡如何是好！（**仓**）

南宫长万 母亲且莫惊慌，待孩儿寻找车辆保定母亲，陈国避难，日后借来人马再报此仇。（**仓**）

南宫母 就依我儿。

南宫长万 待孩儿寻找车辆。（大锣轻击）（**仓**）（**仓**）

〔南宫长万慢开门出门，公子偃"上场门"暗上。**【撕边一击】**公子偃见南宫长万，以枪刺向南宫长万，（**嘟八大仓**）南宫长万以枪一盖，二人架住。**【冲头】**"下场门"同下。

南宫母 不好了！（急忙上前一步关门，抖袖）

【快纽丝】

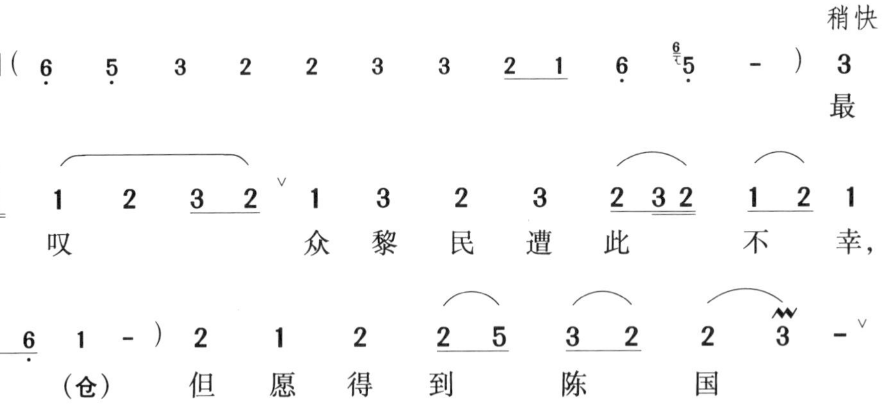

3 2 - ^{5}3 5 | ^{23}2 1 2 1 2 1 ^{3}2 - ‖
搬 来 救 兵。

〔【快冲头】切住。【软四击头】南宫长万左手推车，右手持枪架住颛孙生、公子偃二人，三人“上场门”同上至“九龙口”，长万左弓箭步亮住。【急急风】走至右台口停住长万向“上场门”推过去，二将以枪压住长万之枪推回来，锣鼓切住。

南宫长万 （急速）母亲请来上车！（**仓**）母亲请来上车！！（**仓**）（高声）母亲请来——（**八大仓**）（向前倒步）上车——（连跺双足）

南宫母 （浑身颤抖着与长万“上车”二字同时高声念）来了！

〔【撕边】【急急风】南宫母颤抖着迈步向前快速开门，出门上车。南宫长万右手持枪架二将，左手推车小圆场一周至台中，（**八大仓**）右手持枪将二将推开，推车“下场门”下。【急急风】颛孙生、公子偃追下。

〔【急急风】四鲁兵、二将“上场门”上，急“站门”。大纛旗上，鲁庄公执大刀上，台口亮相，【锣鼓砸窝】撤步，四兵两将领起“下场门”下。鲁庄公缓刀至“九龙口”，反圆场至右台口一亮，缓刀向右转身于台中，【四击头】向“下场门”出刀，向台右前“大刀花”、回花，刀上右臂，右翻身、左手接刀、背刀，右转身朝“下场门”亮相。【急急风】“下场门”下。

第十一场

战将突围

〔紧接前场。郊外。

〔台左后有一高台，台右后另设一小高台。【急急风】切住。

〔南宫长万内唱。

〔二黄导板〕

【导板头】サ（0 3 2 3 5 2 3 5 2 3 5 ∨ 6 - 3 3

3 3 3 3 3 3 - 2 - ^{1}6 ∨ ^{6}5 - ）3 2 ^{3}2 -
驱 车

^{3}2 ^{3}2（5 6 1 2 - ）^{3}2 1 1. 2 3 - 2 3 2
战 将

3 2 1 6 1 - （1 2 3 3 2 2· 1 6 5 - ）3
金

3 2 - 1 6 - （0 6 5 6 7 2 6 0）（紧接下面唱腔）
鼓 （八大台 顷 - 仓 0）

〔在（八大台 顷 - 仓 0）中，南宫长万左手推车，（南宫母乘车），右手握枪，快步上场至“九龙口”，“趋步”、跨右腿踢左腿亮相。

渐强

南宫长万 5 7 6 - 5 6 6 5· 3 5 -
震 （呐），

〔“震”唱腔中，南宫长万快速推车走三个圆场，至台中。**【急急风】**“上场门”上四鲁将（公子偃、颛孙生与二将）与长万右手枪架住。南宫长万推开四将，换右手推车左手执枪，右转身向台右后方向，连续跨左腿、踢右腿三次，然后与四将“推磨”一圈至台中。长万向南宫母示意后，转身换成左手推车右手执枪，四将从台右方上来再次与长万架住，长万右手举枪架住，同时向台左高台方向连续错步；右手推开四将，把车推向高台处，南宫母下车登上高台，长万于高台前方，四将呈纵向于台右一列，甲将上刺长万，长万一盖“抢背”，乙将接上一刺，长万一盖“鼻子”，丙将接上一刺，长万“漫头削头”，丁将接上一刺，长万打“扑虎”。甲将再上前，长万挑起压住，一磕“鼻子”，**【四击头】**长万于台中枪交左手，左腿向右侧踢起前靠襟，右手抓襟，左转半身，提左腿，快步蹦上高台转身面朝前。鲁庄公、四鲁兵、大纛旗快速上场，于台右后方。鲁庄公上右高台。三将于台右方同转身反蹦子，甲将冲向高台刺长万，**【大锣帽子头】**长万于高台漫头一刺，甲将向台右方走“抢背”起身，长万、四将同时亮相。

南宫母
南宫长万
颛孙生
公子偃
鲁庄公
（分唱〔“联弹”垛板〕）

$\frac{1}{4}$（多罗 0 | 3 5）| 2 36 | 5· 5 | 2346 | 3217 | 6712 | 7· 7 |

慢起

$\frac{1}{4}$ 0 | 0 | 2 36 | 5· 5 | 234 | 3 | 6712 | 7· 7 |
（母）我的 儿 你 要 留 神！（南）年迈高 堂 你

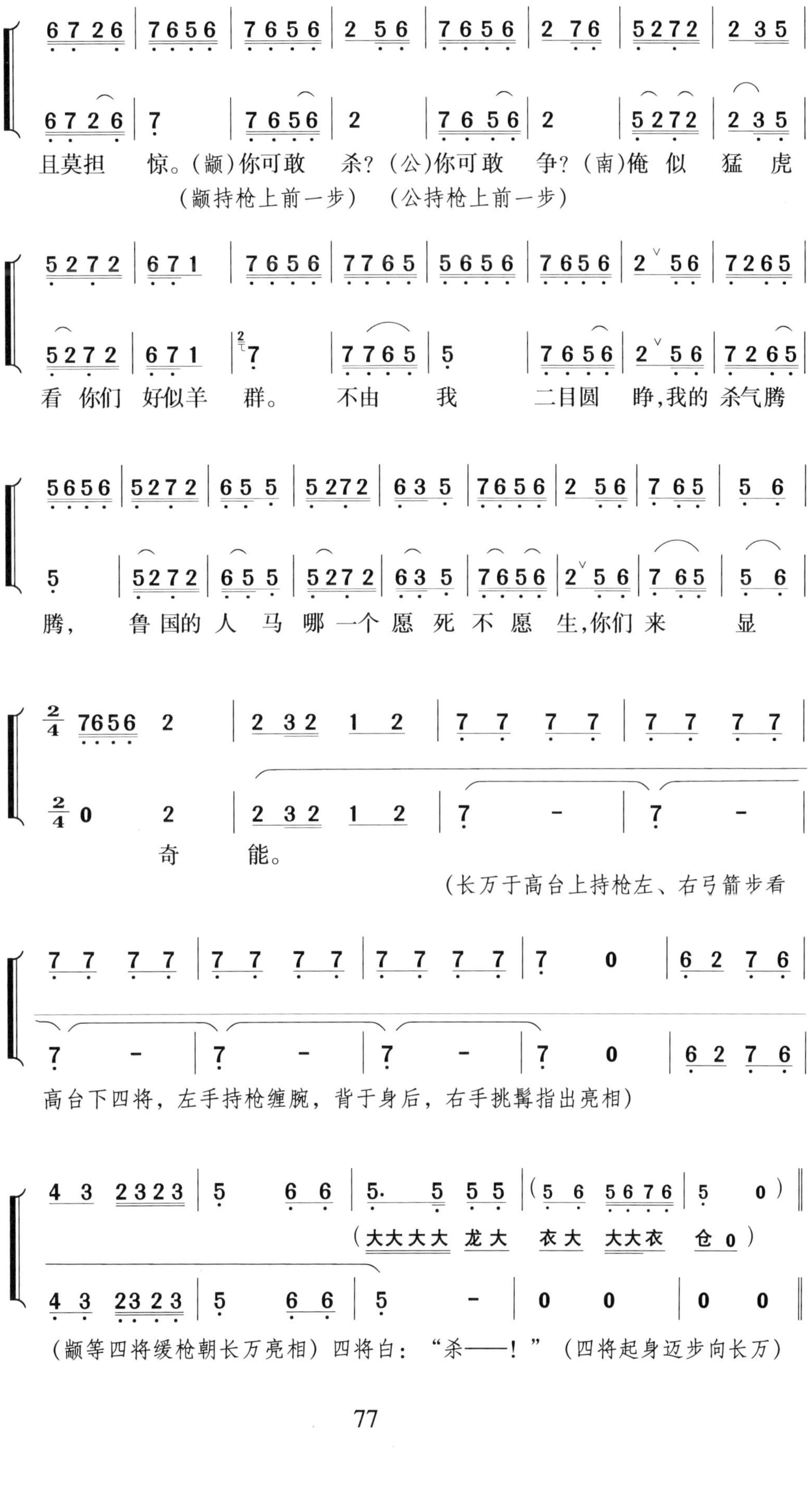
且莫担 惊。(颛)你可敢 杀?(公)你可敢 争?(南)俺 似 猛 虎
(颛持枪上前一步) (公持枪上前一步)
看 你们 好似羊 群。 不由 我 二目圆 睁,我的 杀气腾
腾, 鲁国的人 马 哪 一个 愿 死 不 愿 生,你们 来 显
奇 能。
(长万于高台上持枪左、右弓箭步看
高台下四将,左手持枪缠腕,背于身后,右手挑髯指出亮相)
(大大大大 龙大 衣大 大大衣 仓 0)
(颛等四将缓枪朝长万亮相)四将白:“杀——!”(四将起身迈步向长万)

鲁庄公 且慢——！

〔**【慢长锤】**四将反圆场一周，二将于前，二将于后，面朝长万方向执枪亮相。**【夺头】**

分唱〔二黄原板〕

鲁庄公

〔接**【战场锣鼓】**四将躬身后右转身反圆场“上场门”下。**【夺头】**长万于高台右手提枪掂枪、扔枪，转身接枪，背枪，挑髯亮相。

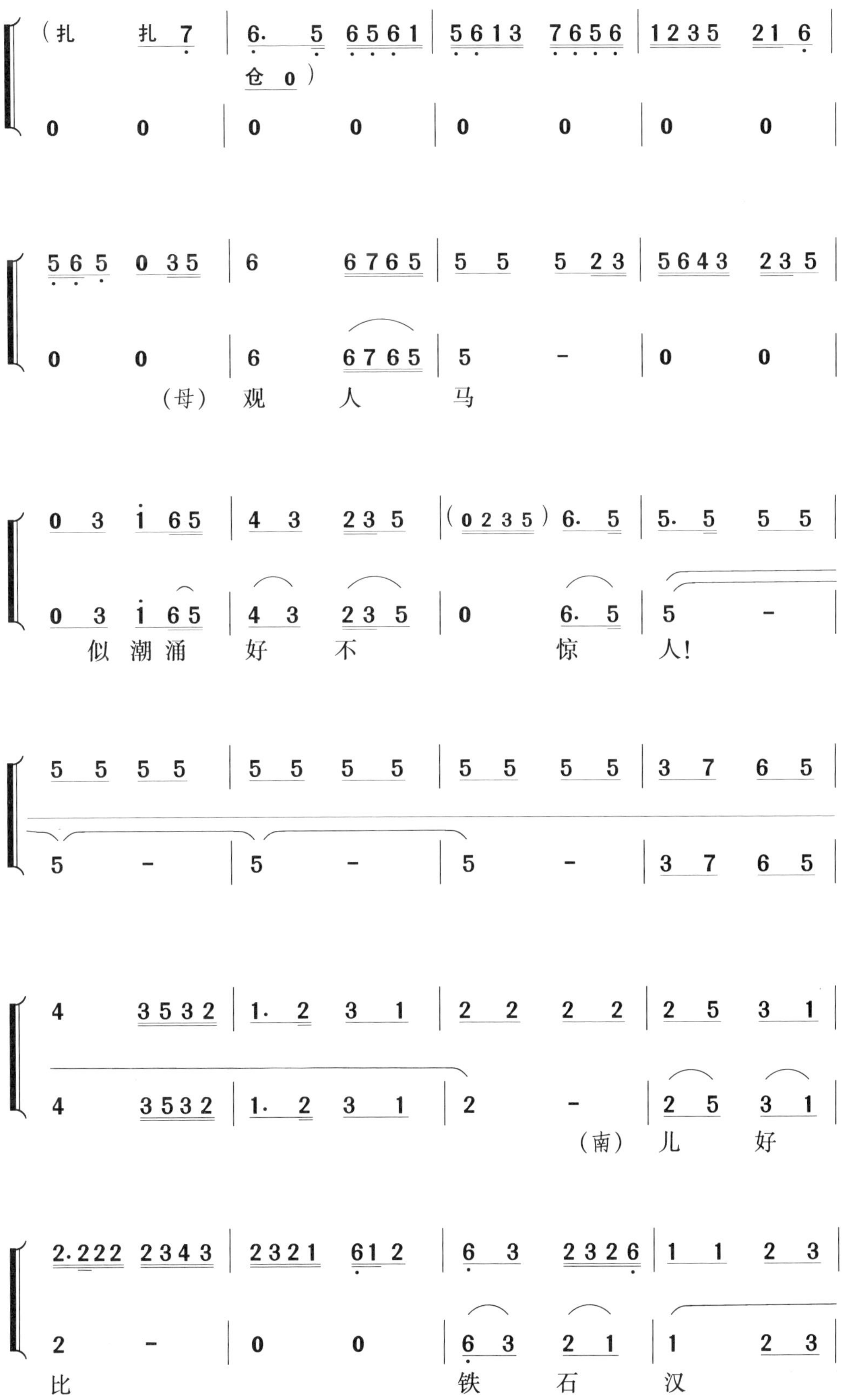
（扎 扎
仓
（母）观 人 马
似 潮 涌 好 不 惊 人！
（南）儿 好
比 铁 石 汉

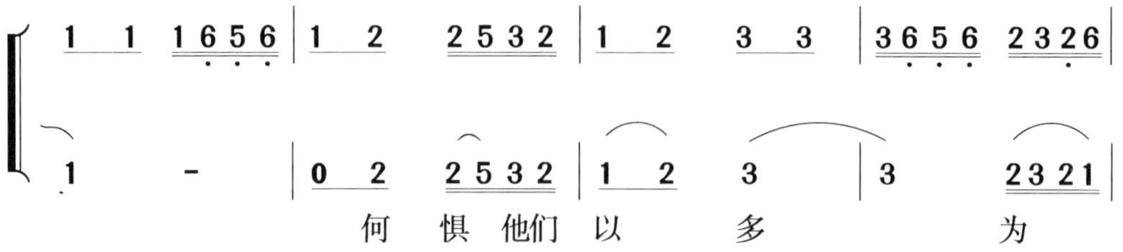

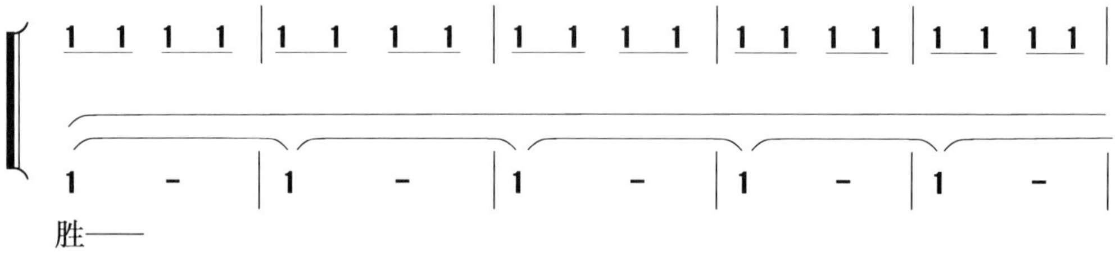

（拖腔中耍枪花扔枪，转身接枪左手背枪右手挑髯握拳弓箭步亮相）

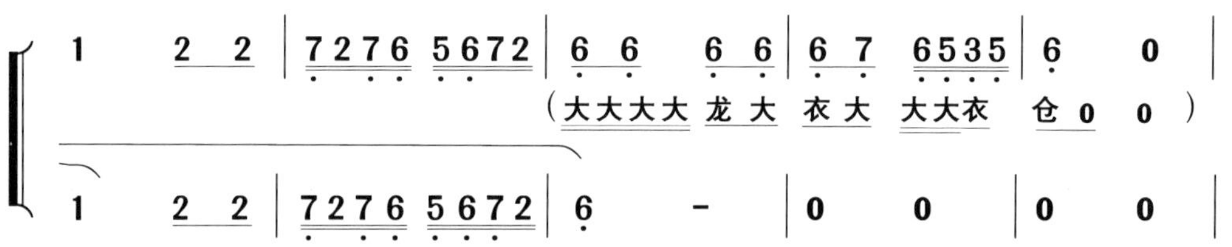

〔接【战场锣鼓】鲁二将持双刀“上场门”翻上，落地后二人蹦上高台，双刀砍长万“封头”，长万一盖一推，二将高台“撅腰”翻下。长万于高台“旋子”翻下，与二将推磨半周与二将开打。将二将打下。【慢夺头】长万于台中杵枪、扔枪，转身接枪，再扔枪，转身左手于背后接枪，转身右手挑髯，右弓箭步亮相。

〔垛板〕

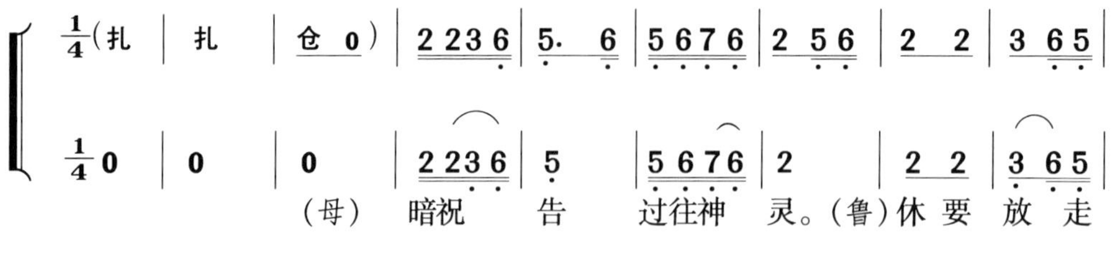

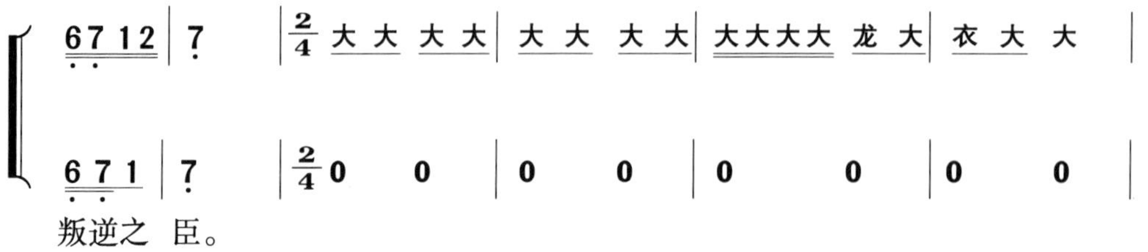

（公子偃上，白：“哪里走！”于台右刺南宫长万，南宫长万一推，面朝公子偃亮相。

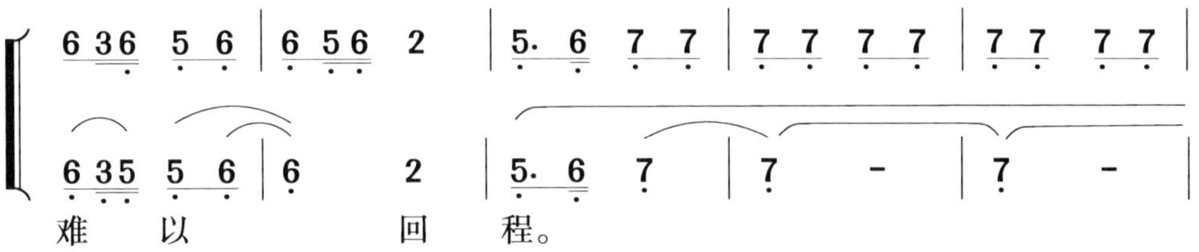

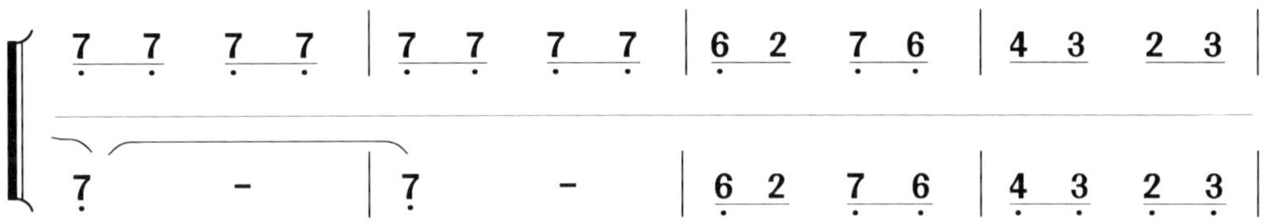

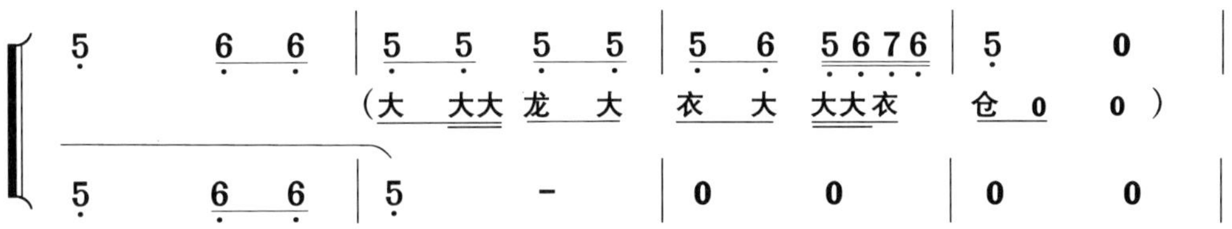

〔“回程”二字唱腔中，南宫长万打公子偃“九腰封”，转身一刺一挑打公子偃“抢背”，唱完于台右亮相。**【战场】**长万一刺腰封、上下左右、上下左右，一盖一磕，公子偃蹦上高台，脸朝前方，长万追上前，漫公子偃头，用枪挑落公子偃枪，公子偃“台漫”翻下，接“虎跳前扑”。长万于台中掂枪向台右走“飞脚”转身。**【夺头】**颛孙生“上场门”上，持枪刺长万，长万右手抓颛之枪，左手举枪，右弓箭步亮相。颛孙生、公子偃同亮相。

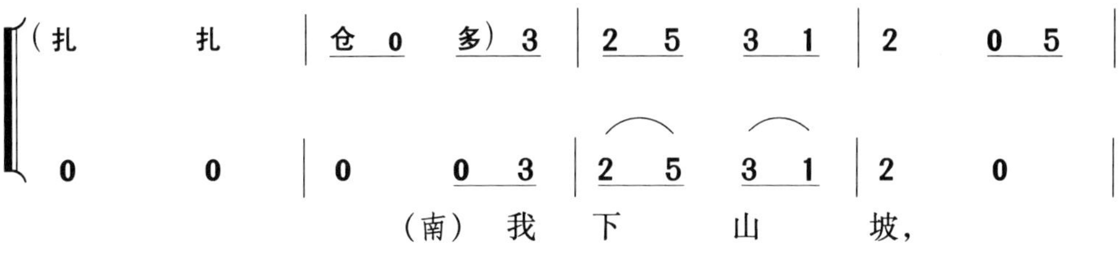

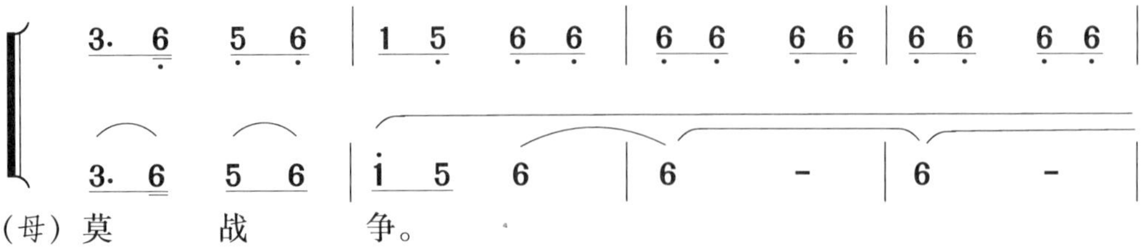

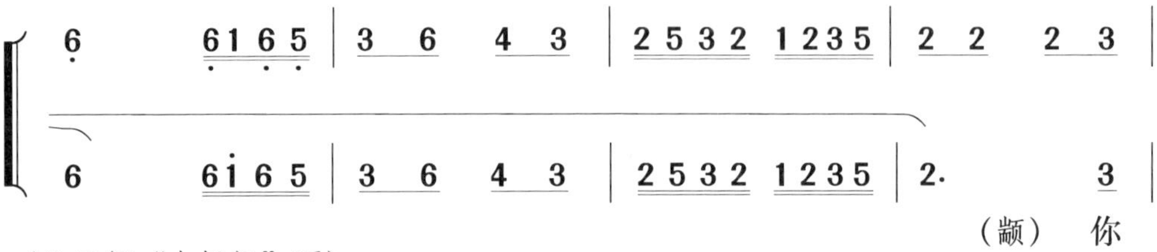

(公子偃"上场门"下)

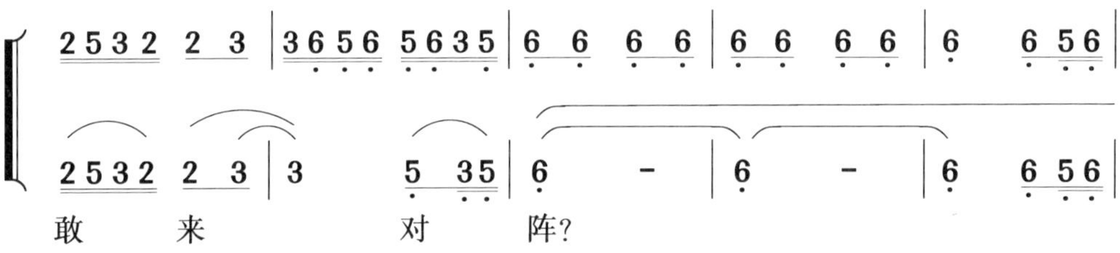

(长万站起，颛孙生向前欺长万，长万

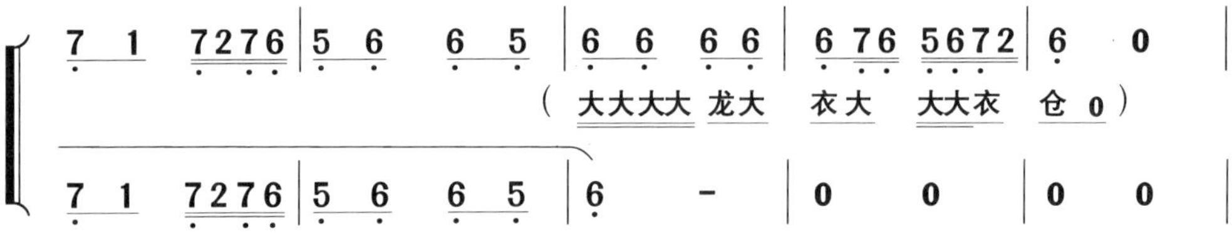

甩掉颛孙生枪一磕二人同亮住)

〔**【马腿儿】**，南宫长万以枪一盖，卸去颛孙生枪，抄颛孙生从台右前往左翻"串小翻"后，颛孙生蹦上高台。**【夺头】**南宫长万刺颛孙生腿，漫头，颛孙生从高台翻"旋子三百六"下，南宫长万以枪扎颛孙生"僵尸"于台左前，亮住。

〔垛板〕

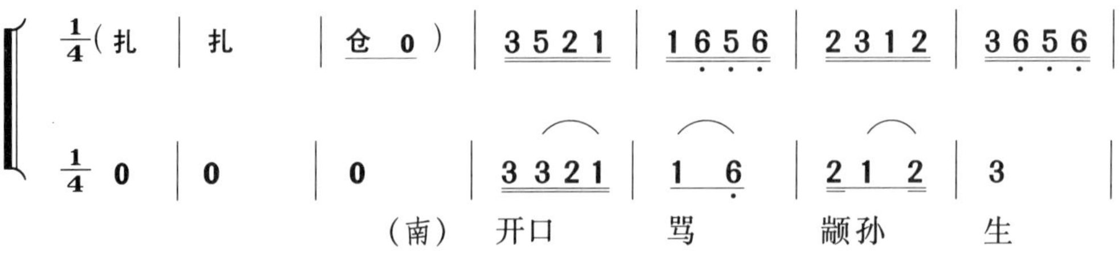

2326 | 1656 | 2346 | 3. 3 | 3532 | 1 2 | 3 1 |

2321 | 1 6 | 234 | 3 | 3532 | 1 2 | 3 1 |

你是败 将 有何本 领， 霎 时 叫 你 命

サ2 3 -（03 23 46 30）61 3 21 61 21 3 2 - 121 2 - ‖

丧（八大台顷 - 仓0）残 生。

（颛孙生“叠筋”起身，长万涮枪同亮住）

〔唱腔中长万对颛孙生“扎九枪”至唱完。**【急急风】**“上场门”上一将与长万打“双刀枪”前部，二将续上打“五股档”。**【四击头】**四将于四方走“抢背”，长万于台中掂枪串翻身搂髯亮相。**【撕边】**四将归台右，长万漫四将头，鼻子，（**八大仓**）亮相。四将“上场门”下。

鲁庄公 啊——？！

〔二黄散板〕

【快凤点头】（6 5 3 21 6 5 -）3 3 1 2 2 2 1

人 来 看 过 弓 和 箭，

（06 76 1 -）2 2 1 2 3 - 3 21 1 2 - ‖（仓）

（仓0）看 他 母 子 怎 逃 生。

〔乙将上，把弓箭递与鲁庄公，鲁庄公放箭，白“看箭!”（**台**）南母中箭：“哎呀!”捂胸蹲下。甲将“上场门”上，抓住南宫长万之枪，南宫长万脸朝南母右腿单跪。

南宫长万 **【快凤点头】**（6 5 3 21 6 5 -）3 3 1 2 2 2 1

一 见 母 亲 中 了 箭，

（06 76 1 -）3 3 1 - 2 3 - 3 21 1 2 ‖

（仓） 舍 死 忘 生 护 娘 来。

〔**【半个水底鱼】【马腿】**南宫长万站起，右腿踹开抓枪的甲将，“上场门”又上二将，南宫长万用枪盖二将“滚毛”盖丙将向台里“滚毛”，用枪绕丁将脖，扎丁将，丁将抓枪跳起“硬僵尸”。甲将持弓发箭，“看箭!”长万转身接箭跳上高台，二将追上跳上高台**【四击头】**，长万一盖，踹二将“抢背”，搀起母亲亮相。

南宫长万　长万去也——！

鲁庄公　（无奈地）哎呀——！（搓手）

〔奏唢呐<尾声·合头>中速渐快

$\frac{2}{4}$ 0　0 | 1　3 | 2 3　2 1 | 6 5　6 |

（龙 冬　八大台　仓　才　仓　来 台　七 令　大

（南宫长万一手端枪一手护扶着母亲，愤然扬长而去，鲁庄公望其背影摇首无语……）

1 3　2 1 | 6 5　i | 6　- ‖

仓　来 才　衣 台　仓）

〔接【急急风】落幕。

——剧　终

唐玉薇 **整理**　　李忠凡 **记谱**

好鹤失政

唐韵笙演出本

春秋时代周惠王十八年，卫国懿公好鹤成性，不务国政，致使国库空虚、百姓饥困流离。大夫弘演与武将宁速相约上殿面君。不想宁速打鹤上朝，惹怒懿公。懿公欲加杀害。弘演急闯金殿，舍死保谏。懿公无奈准奏。忽报北狄犯境，懿公御驾亲征，并命宁速挂帅、弘演陈国搬兵。宁速于荥泽战败自刎，懿公弃城而逃。弘演中途闻讯调转马头，斩将夺令，连闯两关，急速追寻懿公。及至荥泽西郊，懿公被狄兵乱刃分尸，弘演悲极，剖腹纳懿公肝而死。

此剧系先父根据《东周列国志》第二十三回情节编写。1931 年首演于山东济南。

1931 年初，父亲赴山东济南，在“山东大戏院”挑班演出，与后到济南在“北洋戏院”演出的周信芳先生不期而遇。时周信芳先生年三十六岁，父亲二十八岁。此前，在各地的流动演出中，父亲与周先生已经相识，但并无深交。这次在济南，两家剧院相隔不远，又是同行，无意之中形成了对垒的阵势。周信芳先生此时已是名声显赫，麒派表演艺术的风格已趋于成熟。父亲虽然已是著名演员，演出红火，但唐派艺术的表演风格还在形成之中。父亲很钦佩麒派艺术，对《追韩信》尤为欣赏，想编写一个类似《追韩信》的戏，根据自己的个人条件，创立自己的艺术风格。

他选择了懿公好鹤亡国的情节，几天之中便写成了剧本《好鹤失政》。不多日便在山东大戏院开始了演出，在济南引起了不小的轰动。一时之间观众传出佳话，他们说：一个是丞相追元帅，一个是大臣追国王，同样是“追”，却各有特色！

周先生闻讯来看父亲的戏，对父亲称赞不已，从此二人交往甚密。不久，周先生与父亲合二为一，改在北洋戏院一起合作，排演本戏《封神榜》。周先生负责给演员说戏，父亲则主动为全剧绘制布景。剧中周先生饰姜子牙，父亲饰黄飞虎，珠联璧合，十分默契。

《好鹤失政》是一出具有强烈悲剧色彩、唱念做舞并重的老生戏。在父亲编写的剧本中，大部分都具有悲剧色彩。他不寻求“团圆”、“胜利”的喜剧结尾，而是追求“把有价值的毁灭给人看”（鲁迅语）。《二子乘舟》最终两公子惨遭杀害，《好鹤失政》弘演剖腹身亡，包括《绝龙岭》、《驱车战将》等，这些悲壮、惨烈的结局形成了一种极为强烈的震撼人心的效果。虽然这些剧目都取材于东周列国那个特定的时代，但是父亲创编剧目的主题却都是在歌颂为国、为民、不畏生死的高贵品质。这与他身处动荡不安的年代，尤其是长期居住在被日寇侵占的东北地区，与他本人刚正不阿的性格及具有较高的文化修养有着直接关系。而这些人物忠贞、刚烈的个性又决定了父亲的表演艺术的气质。他的表演凝重、沉稳、儒雅、大气，高潮时会火爆炽烈，大起大落，关键时又总给人一种内心的震撼。

《好鹤失政》的特色是前半场以唱、念为主，后半场以唱、舞为重。更重要的是，后半场从“闻讯追踪”到“剖腹纳肝”的五场戏中，一直努力地在“追赶”上作文章。他通过大段的唱、做、舞表现了弘演的策马疾行、马失前蹄、夺马追赶、杀将闯关。紧接着他更加紧迫地运用了三人快圆场，以及“抢背”、“跪步”，层层递进，表现弘演舍命追救卫懿公。为了刻画弘演的心急如焚，他一改传统老戏中多以动作图解唱词的表演，在“闯城池舍性命，为国报效就在今朝”一句演唱的同时，以模拟生活的动作，迅速系好马的前、后肚带，牵马、上马，所创的这一整套动作，非常形象、准确地加快了人物的心理节奏和舞台节奏。这在传统京剧中是没有见过的。父亲还合理地运用了“锞子”、“僵尸”、“髯口盖脸”等绝技，提高了该剧的表演难度。

《好鹤失政》是父亲自编的第二个剧目。自1931年创演以来，因唱、做繁重，能驾驭的生行演员确实不多。20世纪40年代前后，东北地区的董景芬、松柏岩、曹艺斌、田子文以及徐荣奎、高亚樵等演员曾学演过此剧。

此剧的整理本根据周仲博先生口述。

唐玉薇

人物行当

卫懿公	老生	偃　刚	武行
弘　演	老生	大太监	杂
宁　速	净	四太监	杂
石祁子	老生	四大铠	杂
礼　孔	小生	中　军	杂
渠　孔	丑	旗　牌	杂
宁建通	武生	车　夫	杂
公子毁	老生	四百姓	杂
瞍　瞒	武净	八卫兵	武行
华龙骨	武行	八狄兵	武行
华龙太	武行	报　子	杂
狐　突	武行		

服装扮相

卫懿公　俊扮。王帽、黑三，黄蟒，厚底；四场后黄龙箭衣、马褂，带宝剑。

弘　演　俊扮。改良相貂、内发髻、黪三，香色蟒，厚底；七场短道袍大宽袖水袖边，大裙子，深色马面，软带。

宁　速　勾红三块瓦。大额子带后扇、黑满，绿蟒，厚底；四场后绿大靠。

石祁子　俊扮。银大镫，黪三，紫蟒，厚底；四场后箭衣、马褂。

礼　孔　俊扮。纱帽、黑三，绿蟒，厚底。

渠　孔　勾小花脸。狮子盔、吊奓，蓝蟒，厚底；四场后箭衣，马褂。

宁建通　俊扮。倒缨盔，白改良靠，厚底。

公子毁　俊扮。纱帽、黑三，古铜蟒，厚底。

瞍　瞒　勾黑碎三块瓦。抓髻、蓬头、黑扎，大额子前扇、翎、尾，黑大靠斜黑蟒，厚底；六场后黑大靠。

华龙骨　揉脸。虎头盔，紫改良靠，改良靴。

华龙太　揉脸。虎头盔，绿改良靠，改良靴。

狐　突　揉脸。虎头盔，黑改良靠，改良靴。

偃　刚　揉脸。虎头盔，蓝改良靠，改良靴。

大太监　俊扮。太监帽，太监服，朝方。持蝇帚。

四太监　俊扮。太监帽，太监服，薄底。

四大铠　俊扮。大铠衣，薄底。

中　军　俊扮。中军盔、黑三，中军开氅，厚底。

旗　牌　俊扮。大板巾，箭衣，黑马褂，厚底。

车　夫　俊扮。皂隶帽，箭衣，卒坎，薄底。

四百姓一　俊扮。黪三，白毡帽头，老斗衣系腰包扎大带，福字履。

二　俊扮。黑毡帽头，茶衣腰包，大袜子，方口皂。

三　俊扮（老旦）。黪网子，褶子、腰包，福字履。

四　俊扮。青方巾，青褶子，厚底。

八卫兵　俊扮。小倒缨盔，黄打衣打裤，卒坎，薄底。

八狄兵　俊扮。小倒缨盔，黑打衣打裤，卒坎，薄底。

报　子　勾小花脸。红毡帽，箭衣、卒坎，薄底。

道具

大帐	一份	**牙笏**	二个
桌子	一张	**蝇帚**	二把
椅子	二把	**圣旨**	三道
马鞭	七根	**大刀**	二把
单刀	十六把	**车旗**	二面
腰刀	四口	**令箭**	一支
宝剑	一口	**令旗**	一面
红绢帕	一方	**城片**	一份
荷包枪	四杆	**春秋刀**	一把
多缨刀	一把	**文房四宝**	一份
桌围椅披	三份		

第 一 场

〔大帐。一桌、一“大座”。

〔**【急急风】**华龙胥、华龙太、狐突、偃刚四将两边上，走至台口呈横一排。锣鼓切住。

〔奏唢呐曲牌<风入松·前段>四将于曲牌中整冠、捋髯、跨腿转身亮相。互相拱手。

〔接奏唢呐曲牌“发帽”<水龙吟>四将双向外翻，两边下。

〔曲牌进引中八狄兵抱刀“上场门”上，“站门”。曲牌停。

〔**【大锣打上】**瞍瞒迈步至“九龙口”亮相。整冠、捋髯，走至台口。抖袖、折袖。

<点绛唇>唢呐吹奏♭E调

瞍 瞒 **【大锣归位】** サ6 i 54 3 5 2 | 2 - | 2 21 2 61 5 |

气 吐 虹 霓，（台.大台）身着 铁 衣。

5 - - | 56 54 35 2 | 2 - | 32 1 23 56 5 |

（台 令 台）掌 兵 器，（台.大 台）骤 马 如 飞。

5 - - | （65 6i 5 - - - ）| 2 21 21 61 5 - ‖

（台 令 台）（念）旌 旗 （八 大 仓）（唱）遮 天 地。

〔接奏<水龙吟·合头>瞍瞒在曲牌中一望两望，转身归台里“大座”。众狄兵归里呈八字。四将两边上，面朝台里呈横排。曲牌停。

四 将 参见大王！（拱手）

瞍 瞒 站立两厢！

四 将 啊！**【归位】**（四将分至左右两侧亮相）

瞍 瞒 （念）北狄兵强马壮，

战车甲士无双。（台．大 台）

卫公好鹤失政，

趁势夺取他邦。**【住头】**

某，**【撕边一击】**北狄王瞍瞒。**【住头】**孤家每日操演兵将，意欲夺取中原。闻得卫国懿公酷喜仙鹤，不理朝政，民心大乱。趁此机会夺取卫邦。众将官！

众 有！（仓）

瞍 瞒 大军起队兵发卫国。带马！

众 啊！

〔**【急急风】**四狄兵急速先入两边，随之持五条马鞭，牵五马两边上至前台口横一列给五人带过马，四将于两边、瞍瞒于中，【四击头】五人上马，亮相。后撤。

〔奏曲牌<风入松·合头>中众狄兵"插门""下场门"下。四将随下。【急急风】瞍瞒打马，"下场门"下。

第　二　场

〔场一桌、一"小座"。

〔【大锣打上】弘演端带迈步"上场门"上，至"九龙口"亮相。整冠、捋髯，双抖袖。走至台口，单手捋髯站定。【归位】

弘　演　（引子）胸怀定国志，（台.大 台）谏良言，（多多）1 2 3 2 ³2 ³2 6̣ 7̣ ²7̣ ⁷6̣ - ‖
难 进 君　听。

〔【扬钹接原场】弘演转身至台里坐"小座"。

弘　演　（念诗）周室江山王纲倾，
列国疆土各分争。（台. 大 台）
皆因阃内无良士，
直使诸侯动刀兵。

〔【归位】中军"下场门"上立于"大边"。

弘　演　老夫，【撕边一击】弘演。【住头】懿公驾前为臣。自先王晏驾，众臣辅佐大王即位，今已九载。不想我主，自登基以来，最爱羽族之中仙鹤，每日与鹤为伴，不修国政。大王所畜仙鹤皆有品位俸禄，民有饥冻全不抚恤，如此这般好乐怠傲、劳民伤财，倘若外邦趁此犯境，干戈一起祸不远矣！今日早朝待我再奏一本，愿大王悟悔前非，改恶从善，乃我邦之幸也！中军！

中　军　（拱手）有。

弘　演　带马上朝。

〔【闪锤】中军出门"上场门"下。弘演站起抖袖至台中。

〔西皮摇板〕

弘　演　（7̣ | 6̣ | 3 5 | 5 5 | 3 6 | 5 i | 3 2 | 1 21 | 6̣ 5 |

5 5 ）4 3 3 2 ⁵3 3 1. 2 3 （4 | 3 2 |
先 王 创 业 多 苦 困，

1 2 | 3 7̣ | 6̣ 5 | 5 5 ）6̣ 2 1 3 3 2 ⁵3. 21
历 尽 艰 难 得

1 - 6̣ ⁵3 5 2 1 （3 | 2 1 | 6̣ 2 | 1 2 | 6̣ 5 |
太 平 （呐）。

5 5 ）1 2 1 2 1 2 （3 5 | 2 1 | 6 1 | 2 ）
文忠武 贤

2 - 1 3 5 2 - 3 2 3 2 1 1 2 -
皆 效 命，

〔【快长锤】弘演出门转身，中军左手抱牙笏右手牵马"上场门"上至台前带马。弘演上马。闭二幕，中军于前，弘演于后小圆场，开二幕弘演走至台左后方时，"上场门"上旗牌抱牙笏于前，宁速骑马于后，走至右台口左转身走反圆场，经"九龙口"、台后至台左中与走正圆场至台右中的弘演相遇。锣鼓切住。

宁　速　（拱手）大夫！

弘　演　（拱手）宁将军！

〔【纽丝】弘演于右、宁速于左同时下马，中军、旗牌各接马鞭、交牙笏，两边下场。弘演、宁速左手抱牙笏转身相对。

弘　演　【凤点头】（7 | 6 | 3 5 | 5 5 | 3 6 | 5 i | 3 2 | 1 21 | 6 5 |

5 5 ）3 2 2 1 1 2 - 3 2 6 2 1 3 2 3 2 1 -【住头】‖
朝门得 遇 宁 速将 军。

弘　演　将军敢是也要上殿见驾么？

宁　速　正要上殿谏本。

弘　演　请问有何本奏？

宁　速　大王好鹤不理朝政，厚敛于民以充鹤粮，军民皆有愤恨之心。倘若引起外患，卫国江山难保！因此上殿劝大王修国政、布仁德，以国为重。

弘　演　【撕边一击】（捋髯看宁速）舍身谏奏，乃是臣子之本。只是大王昏庸，不纳忠言。望将军要善言相劝，倘若触动圣怒，非但不能悔过，惟恐将军身遭冤狱。

宁　速　大夫所言甚是。俺宁速此番谏奏，大王从谏纳忠言便罢，若是不听，我就打——【冲头】（宁速右手握牙笏，左手翻袖屈抬左腿向左走小圆场一周，至原位双手一划两划亮住）打散了仙鹤！（右手握牙笏指向前）

弘　演　【撕边一击】将军若是如此，难免有杀身祸了！

宁　速　为国为民纵然将我斩首，也落一个名垂千古，后世留芳！（仓）

弘　演　（摇头）唉！将军哪！

〔西皮摇板〕

【闪锤】（7 | 6 | 3 5 | 5 5 | 3 6 | 5 i | 3 2 | 1 2 | 6 5 |

5 5 ）1 5 3 3 2 3 3 5 i 2 3 （4 | 3 2 | 1 2 |
臣子 谏 奏当 舍 命，

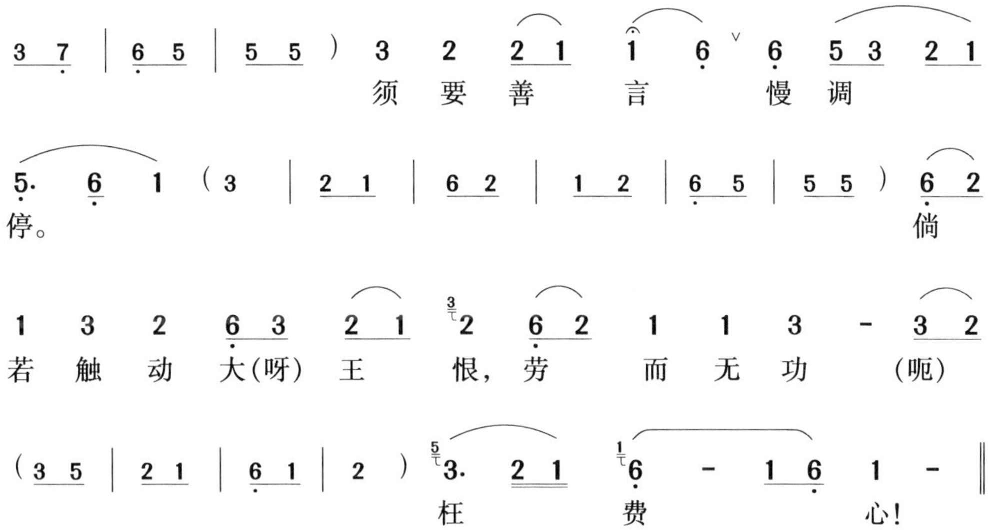

宁速 大夫哇！

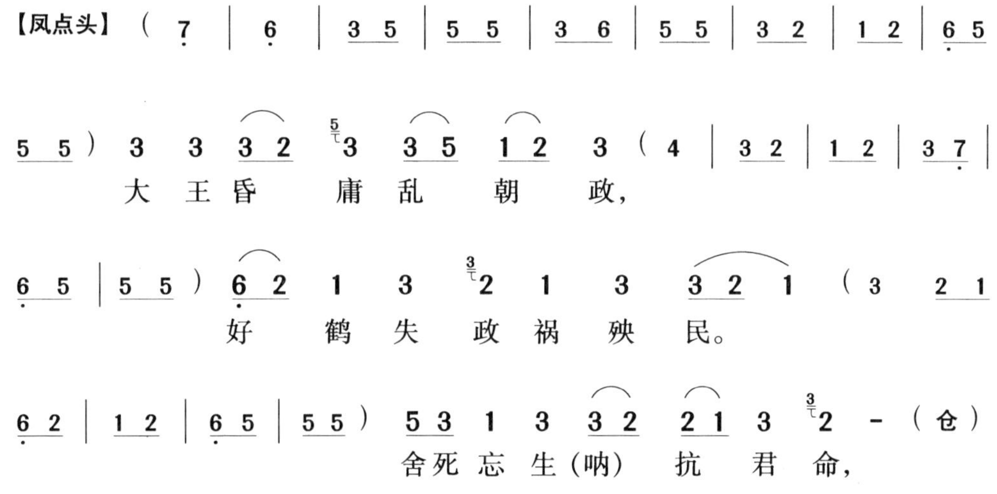

（白）打鹤轩——【撕边一击】（右手握牙笏一涮指向前）

赶仙鹤！（八 大 顷 仓）（边念边向右原地转身左手搂髯右手指）

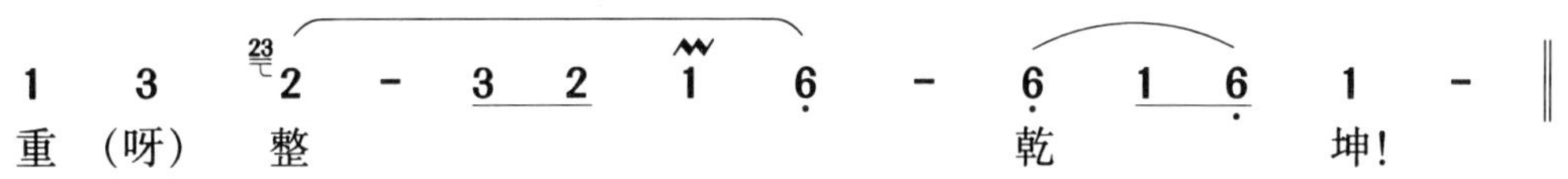

弘演 （大 大 …… 衣 大 大 仓）（捋髯退步看宁速亮相）将军！（拱手）

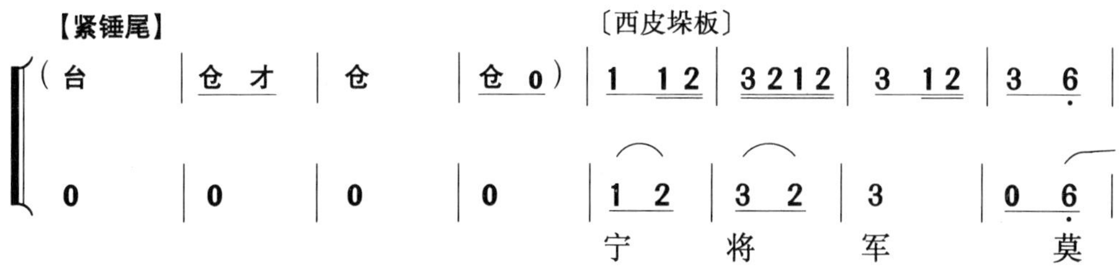

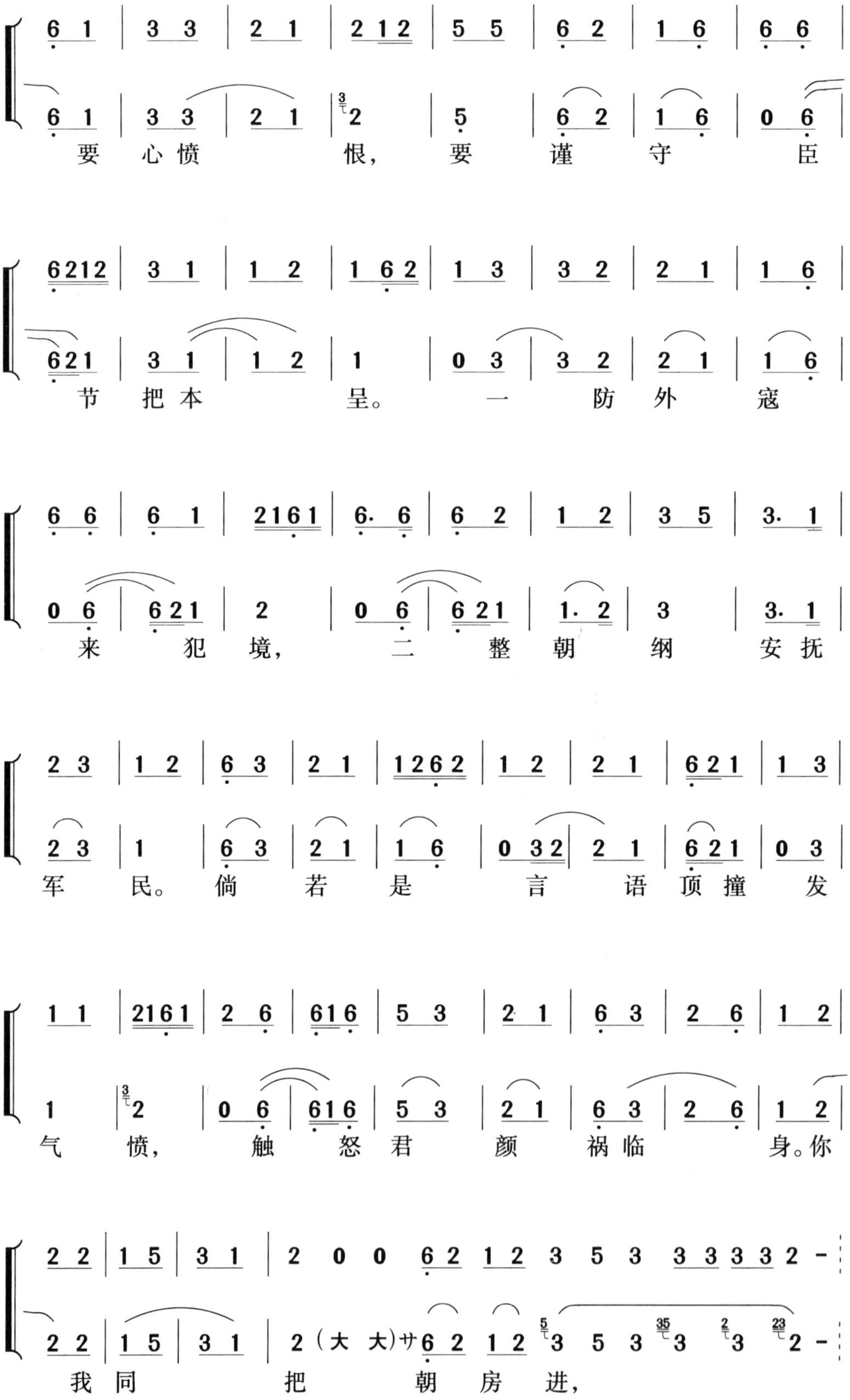
要心愤恨，要谨守臣
节把本呈。一防外寇
来犯境，二整朝纲安抚
军民。倘若是言语顶撞发
气愤，触怒君颜祸临身。你
我同把朝房进，

〔“朝房进”尾腔时，弘演与宁速小“抄过”换位，弘演至左，右手拉住宁速左手。【快长锤】二人走圆场一周，宁速甩至台右前，弘演至台右中。大太监“下场门”上，以挥动蝇帚动作表示护卫一群仙鹤款款走来。锣鼓切住。大太监转身看见二人以蝇帚拦挡。

大太监 仙鹤将军在此，众臣让道哇！

〔（大 大 ……乙大 大 仓）（4 3 1 2 －）弘演捋髯着仙鹤，感叹摇头。

〔摇板〕

弘 演 【凤点头】（过门同前）3 2 21 1 2 － 2 63 21 61 61 －【住头】

只见宫 外 鹤 成 群。

弘 演 宫监在此作甚？

大太监 奉旨看护仙鹤。（拱手）二位大人请转道而行吧！

弘 演 （右手捋髯）这个…… 【撕边一击】

宁 速 大夫你闪开了！【五锤】（右手拉弘演，与弘演换位）我等俱是国家大臣，岂能与仙鹤让道？待我闯！

〔【冲头】宁速右手握牙笏，左手翻袖，屈抬右腿右转身向外翻，反小圆场至台里亮住，大太监急走向台里以双手拦挡。【冲头】宁速小圆场向外翻走回原地向前闯，太监走向台前双手拦挡。

大太监 呔！（仓）你竟敢冲撞仙鹤违抗圣命，你是该当何罪？！

宁 速 （八大仓）（上前一步抓大太监右手亮相）怎么讲？

大太监 该当何罪！

宁 速 好恼！（扬开大太监手亮相）

〔西皮散板〕

【快凤点头】サ（6 5 5 3 2 62 1 －）3 3 4 3 12 3

文 武 各 个 把 忠

3（6 1 2 3 －）62 1 3 32 1 21 6 1 －

尽，（仓） 岂 与 禽 兽 让 道 行。

（7 6 2 1 －）2 2 31 2 2 12 3 3 2 －

（仓） 我 将 仙 鹤 来 打 定，

〔【马腿】宁速迈步向前以牙笏向左、向右打鹤，大太监左右拦挡，宁速气急打向大太监，【乱锤】太监抱头逃向“下场门”下，弘演上前拉住宁速。

弘 演 将军哪！

〔西皮散板〕

【凤点头】サ（7 6 6 5 5 3 2 62 1 －）62

抗

1 1 3 3 2 1 3 2 6 1 - ‖ (7 6 2 1 -)
旨 不 遵（呐） 罪 非 轻。 （仓）

宁　速　大夫！

【快凤点头】サ (7 6 6 5 5 3 2 6 2 1 -) 1
我

2 4 3 1 2 3 3 (6 1 2 3 -) 3 2
打 仙 鹤 盼 君 醒， （仓） 纵

3 1 3 3 2 3 5 1 2 1 2 - ^{3}2 ^{1}2 1 - ‖
然 一 死 留 美 名！

〔（嘟八大仓）宁速搂髯、握牙笏亮相。**【冲头】**左转身急速追下。**【撕边一击】**弘演急追向“下场门”一望，**【撕边一击】**再一望，转身朝前台。

弘　演　唉！

〔西皮散板〕

【快凤点头】サ (7 6 6 5 5 3 2 6 2 1 -) 3 3 3 2
堪 叹 卫

^{35}3 4. 5 3 3 (6 1 2 3 -) 3 3 2 6 2
国 遭 不 幸， （仓） 君 昏 臣

1 2 3 2 1 3 2 1 1 5 6 i (7 6 2 1 -) 6 2
窘 民 不 聊 生。 （仓） 世

（垛唱）

1 3 ^{3}2 ⋮ 2 1 ⋮ 6 1 ⋮ 2 ⋮ 6 2 ⋮ 1 ⋮ 3 2 1 サ 6 1
代 基 业 成 画 饼， 锦 绣 山 河

2 3 - ^{35}3 2 2. 3 3 2 3 2 1 2 - 3 2

(八 大 顷 - 仓) 1 3 1 2 - ^{23}2 ^{1}2 ^{12}1 - ‖
（右手挑髯、搂髯，左手握牙笏亮相）化 灰 尘！

〔**【大锣快原场】**弘演摇头撤步，快速左转身，“下场门”追下。

第 三 场

〔场上一桌一“大座”。【大锣打上】石祁子、公子毁、礼孔、渠孔四朝官“上场门”上，至台前站一横排，折袖。

四朝官 （唱唢呐曲牌<点绛唇>，曲谱同前）香烟缭绕，鹄立当朝。
秉忠心，不辞辛劳，
文武把国保。【住头】

石祁子 众位大人请了。大王升殿，分班伺候。

四朝官 请。

〔奏胡琴<西皮小开门>（散起）。曲牌中四朝官两边分下。四大铠持荷包枪、四太监“上场门”上“站门”。卫懿公“上场门”上，“九龙口”亮相，走至前台。

卫懿公 （念引子）
清歌盛宴， 演宫中， 1 2 3 2 - ³2 ∨ 2 6̣ 7̣ ²7̣ ⁷6̣ - ‖
白 鹤 朝 参。

〔卫懿公转身归“大座”。四朝官两边上至台前面朝里。

四朝官 臣等见驾大王千岁。（躬身拱手拜）

卫懿公 平身。

四朝官 千千岁。（起身分列两侧。曲牌停）【归位】

卫懿公 （念）寡人即位十数年，
最喜仙鹤立朝班。
赤睛高足食厚禄，（台. 大 台）
凤翼翠毛喜盘旋。【住头】

孤【撕边一击】懿公在位。【住头】自登基以来最喜仙鹤，寡人所畜仙鹤色洁形清、能鸣善舞，皆有品位俸禄。孤已有旨，文武官员无论何处，若遇仙鹤将军必须恭敬让道。内侍。

太　监 奴婢在。

卫懿公 今日天气晴和，展放龙门，孤要乘辇载鹤出游。

〔【乱锤】大太监“上场门”急上，进门至“大边”朝卫懿公拱手。

大太监 启奏大王，宁速将军打死仙鹤，特来报知。

卫懿公 【撕边一击】啊？！宁速竟敢抗旨不遵，宣他上殿！

大太监 大王有旨，宁速上殿！（仓）

〔宁速内应：“领旨！”

〔【急急风】宁速左手抱牙笏急步走上至右台口，【长尖】“挖门”至“大边”。

宁　速 臣，宁速见驾，大王千岁！（躬身捧笏）

卫懿公 嘟！【快五锤】（宁速快速走至台中朝懿公跪）胆大宁速，竟敢违抗寡人旨意，打死仙鹤，该当何罪！（仓）

宁　速　大王好鹤，不理朝政，倘若外邦趁此犯境，卫国江山难保！望大王痛改前非，以祖宗社稷为重！

卫懿公　大胆！

〔西皮散板〕

【快风点头】サ（7 6 6 5 5 3 2 6 2 1 -）3 3 3 2
寡 人 爱

3 1 2 3 3 （6 1 2 3 -）1 6 2 1 1
鹤 是 心 愿，（仓）你 抗 旨 不

2 1 1 6 1 6 1 （7 6 2 1 -）6 2 1
遵 胡 乱 言。（仓）竟 将

3 2 2 1 1 2 6 2 1 1 3 2 1 2 1 6 1 ‖
仙 鹤 来 打 散，定 要 降 罪 不 容 宽！

武士手！（两大铠走上前立于两侧向卫懿公拱手）

【快风点头】サ（6 5 5 3 2 6 2 1 -）5 3
速 将

3 1 2 3 3 2 3 - ┆（嘟 八 大 仓）（向前一怒指）
逆 臣 推 出 斩！

〔【慢五锤】两大铠上前绑宁速，宁速站起转向前台，抬腿出门于台左前停住。同时，弘演于“上场门”左手抱牙笏，右手撩袍，一锣两步疾速出场走至台中。

弘　演　宁将军！（宁速右转身两人相对）

〔西皮散板〕

【快风点头】サ（7 6 6 5 5 3 2 6 2 1 -）3 3
将 军

2 1 1 2 3 2 3 2 1 6 1 （7 6 2 1 -）3
果 然 应 我 言。（仓）激

2 2 1 1 6 3 3 1 2 5 6 2 6 1 3 3 1
行 定 被 君 王 怨，可 叹 你 一 腔 热

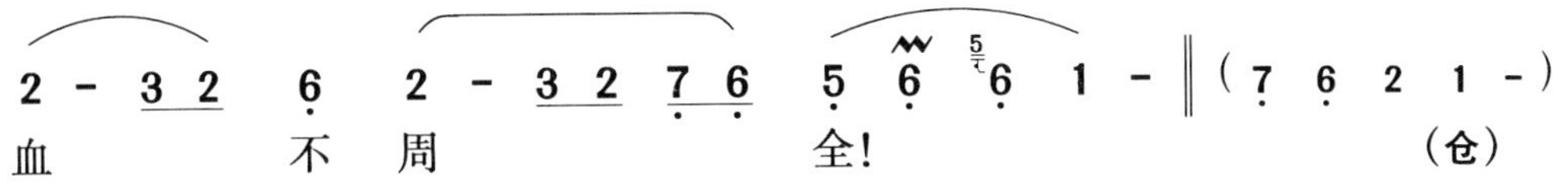

宁速 【快板点头】(过门同前)

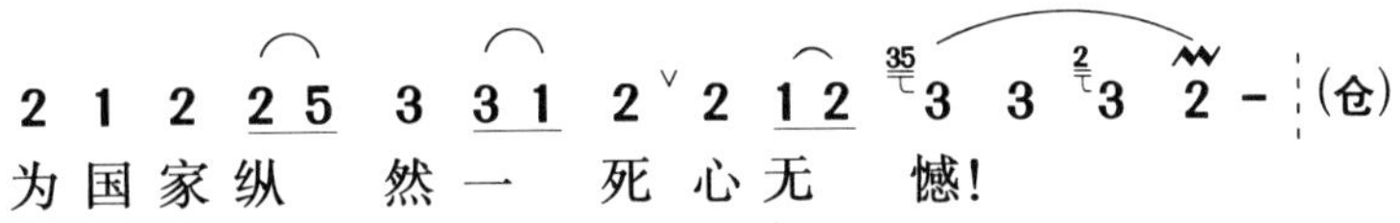

弘演 将军哪！

〔西皮快流水板〕

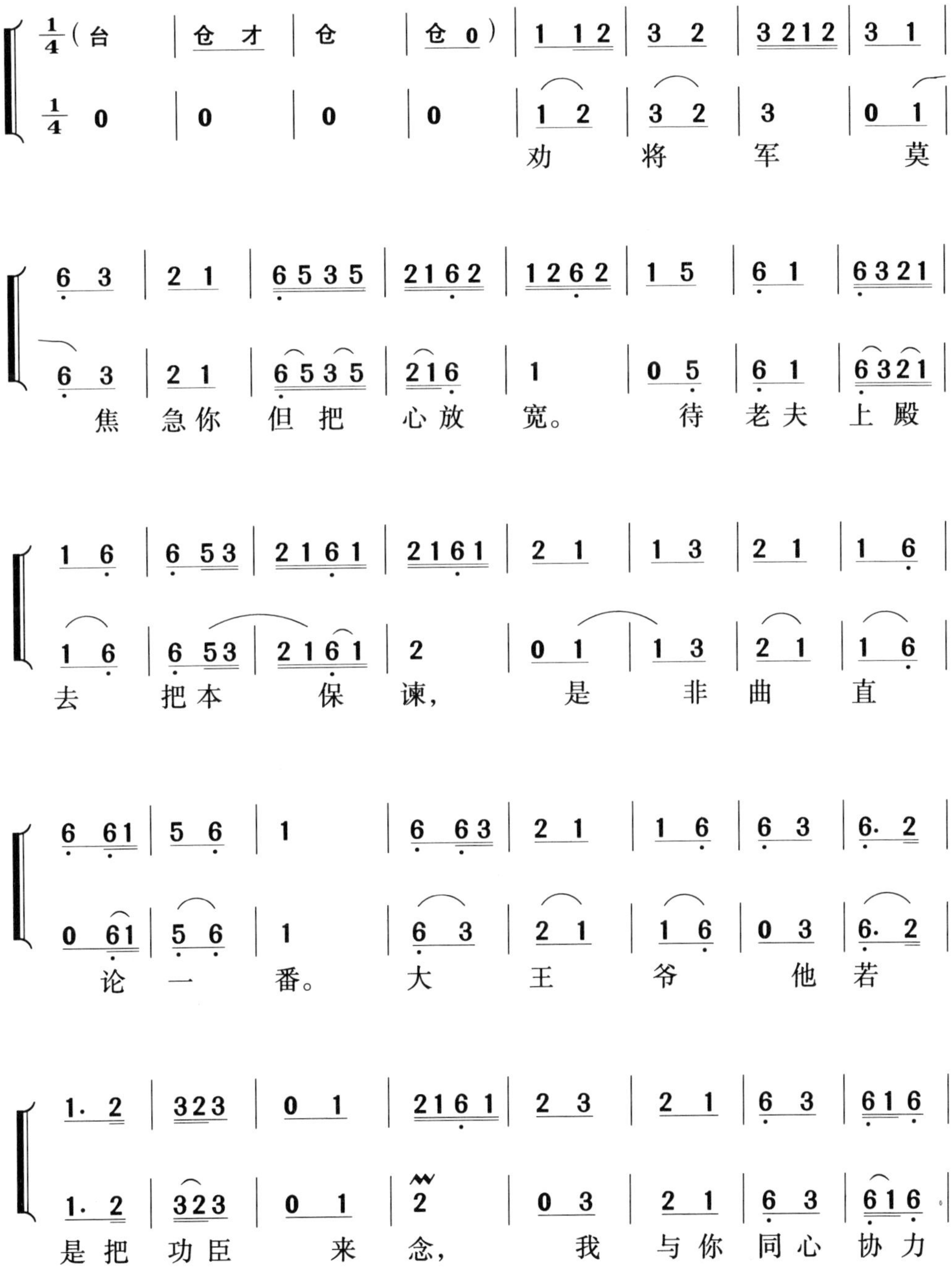

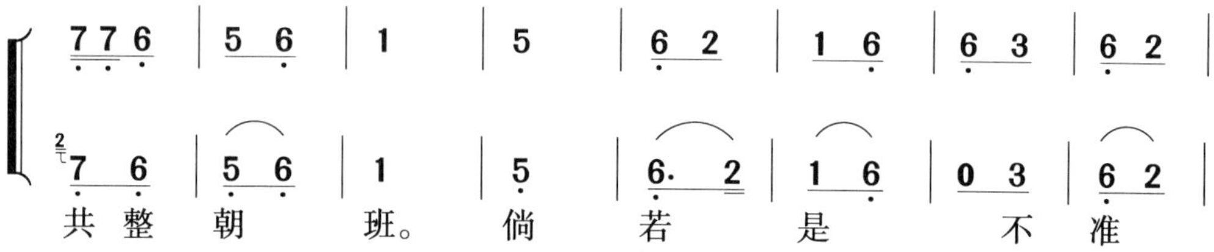

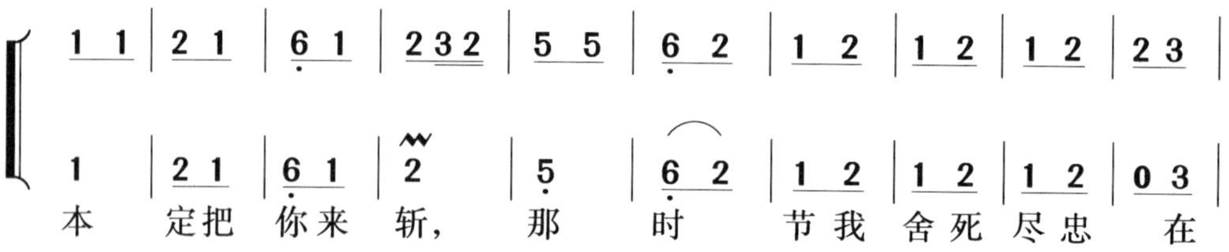

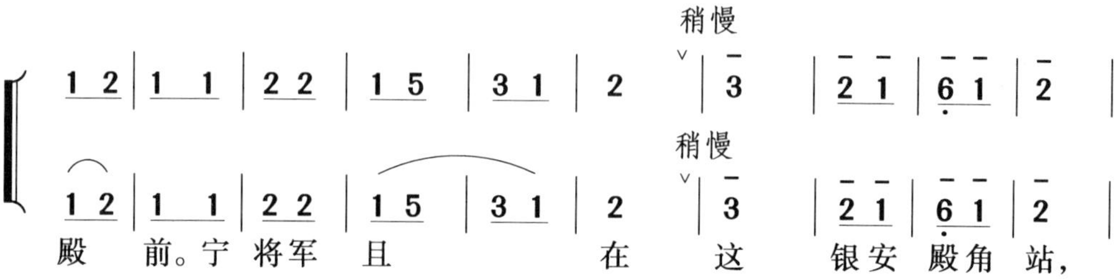

〔【快长锤】二人会意，两大铠绑宁速“下场门”下。弘演走向“下场门”两步。（4 3 1 2 –）锣切住。（匝 匝 匝）弘演一望两望。

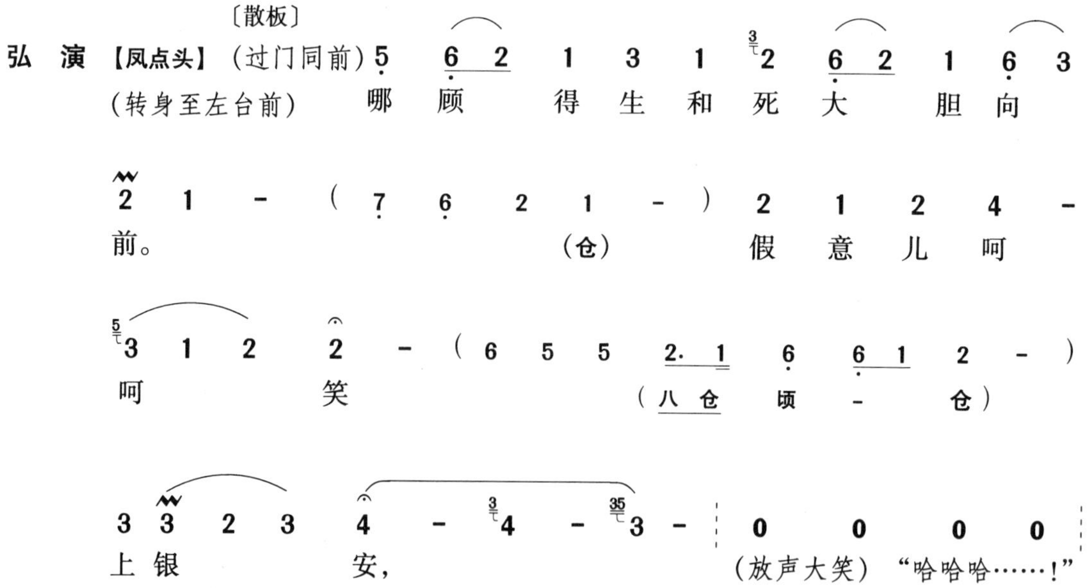

〔【撞金钟】迈步至台中“挖门”至“小边”，锣鼓切住。

弘　演　哈哈哈哈……！

【凤点头】（过门同前）

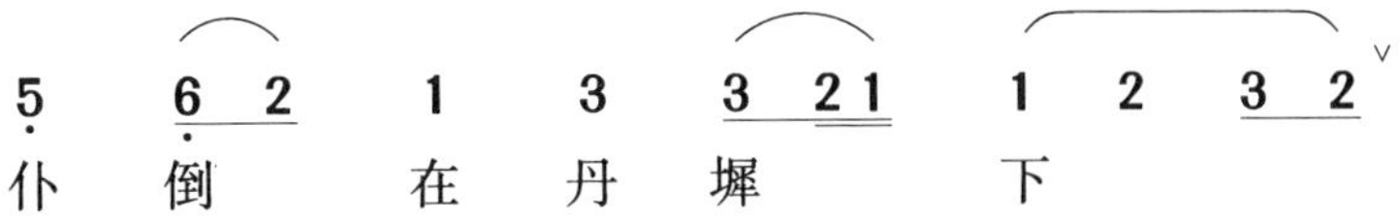

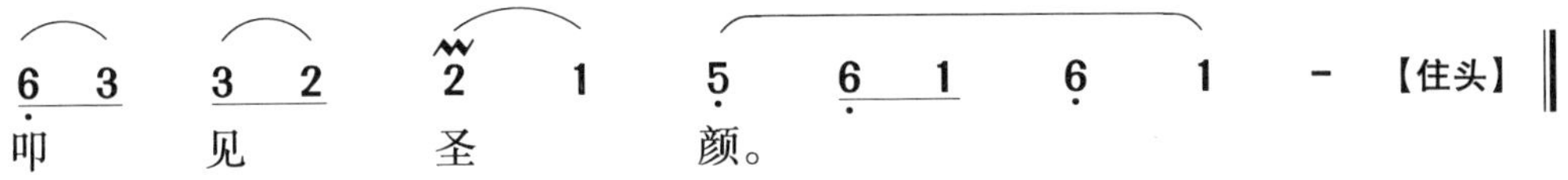

〔弘演双手捧手笏至台中面朝卫懿公。

弘　演　臣（仓）弘演见驾，大王千岁！（单腿跪）

卫懿公　平身。

弘　演　谢大王！（起身至“小边”）【住头】哈哈哈哈——！【撕边一击】

卫懿公　卿家上殿为何发笑三声？

弘　演　大王可容臣奏否？

卫懿公　有本奏来。

弘　演　大王容奏！【归位】周室自我武王伐纣江山一统，至今数百余载。诸侯分争各霸疆土。周惠王九年天下大定，我卫邦国富民强。不幸先王晏驾，众臣辅佐大王即位，指望定国安邦。谁想大王耽乐怠傲、不屑国政，酷爱仙鹤，荒度岁月。如此国乱民忧，岂不贻笑外邦，亦是臣笑之一也。【撕边一击】

卫懿公　这二笑？

弘　演　如今国库空虚，军将亏欠俸银，百姓饥困流离。国家如此惶恐，大王还传旨意，厚敛于民以充鹤粮。所畜仙鹤均以三等品位俸禄。似这样千乘之国，不以军民为重，却以仙鹤为尊，岂不被他邦耻笑，也是臣之二笑。

卫懿公　这三笑呢？

弘　演　这三笑——【撕边一击】(越念越快)宁速将军忠言谏奏,大王不听,反将宁速将军斩首。大王这样不想宗庙社稷,不知民为邦本,不顾军心浮动,不怕劳民伤财,不理朝政,不识贤愚,不纳忠言，不辨是非，乃是臣(仓)之三笑也　！(人 大……大大 衣 仓 0)

〔西皮二六〕

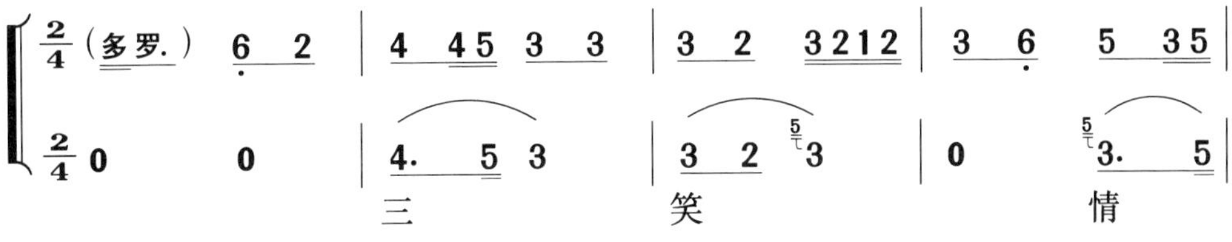

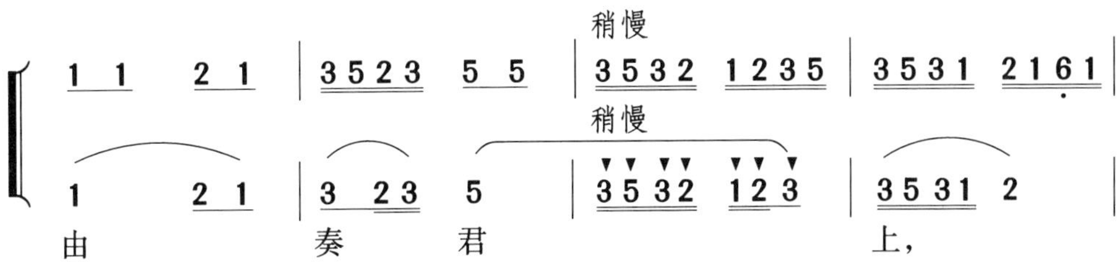

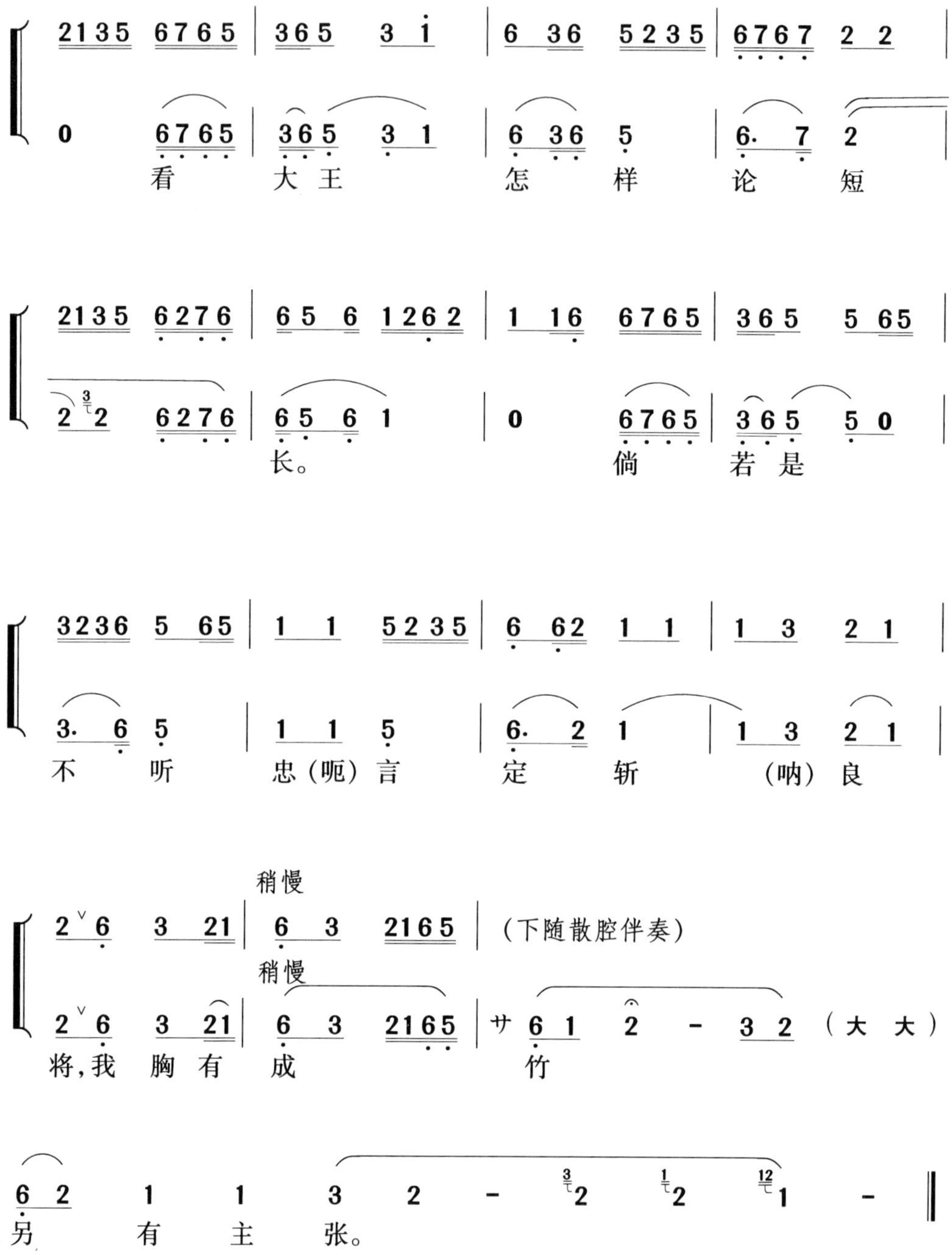
看 大王 怎 样 论 短
长。 倘 若是
不 听 忠（呃）言 定 斩 （呐）良
稍慢
稍慢
（下随散腔伴奏）
将，我 胸 有 成 竹
（大 大）
另 有 主 张。

卫懿公 卿家呀！

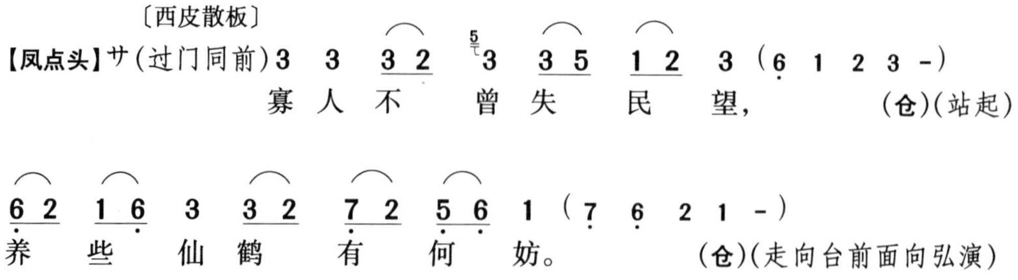
〔西皮散板〕
【凤点头】サ（过门同前）
寡 人 不 曾 失 民 望，
（仓）（站起）
养 些 仙 鹤 有 何 妨。
（仓）（走向台前面向弘演）

3 2 2 1 1 3 21 1 3 3 2 6 2 1 1 3 2 2 1 6 1 （仓）
卿家莫 要多 言讲，定 斩宁 速正 朝纲。

4 5 3 1 2 1 3 2 6 3 2 1 1 1 2 - |
寡 人离 位 回宫 往，

〔【撕边一击】懿公在台前欲左转身，弘演迈步左手拉住卫懿公蟒襟单腿跪下。

弘　演　（急念）为臣留驾还有本奏！（**嘟仓**）（懿公向左迈一步）还有本奏！（**嘟仓**）【**撕边**】（卫懿公向左双脚错步，弘演拉卫懿公蟒襟，单腿向左跪步，（**八大仓**）拱手）大王啊！

〔西皮散板〕
【**快凤点头**】（过门同前）6 2 1 3 2 2 2 1 6 1 （7 6 2 1 -）
眼 看江 山不 久 长。（仓）

3 2 2 1 1 6 3 ⁞ 3 1 ⁞ 2 ⁞ 3 ⁞ 2 ⁞ 2 1 ⁞
今日不 把 宁 速 放，为 臣 无

1 ⁞ 2 ⁞ 3 2 ⁞ 6 3 2 1 6 1 （7 6 2 1 - ）⁞
颜 伴 君 王。（仓）

罢——！【**快凤点头**】（6 5 5 3 2 6 2 1 - ）3 3 2 5 3 3 ⁞ 2 1 ⁞
不准 本 为 臣

6 2 ⁞ 1 2 4 - 3 -（八 大 顷 - 仓）3 2 2 - 3 2 3 2 3 - |
碰 死 在 银 安 （转身朝台前翻袖亮相）殿 上，

〔【**撕边**】（**八大仓**）弘演站起右转身甩髯右手翻袖，向右急速迈步呈弓箭步低头亮相欲撞头而死，卫懿公急向前拉住弘演。

卫懿公　老卿家呀！

〔西皮散板〕
【**凤点头**】（过门同前）3 2 2 1 1 2 3 2 2 1 6 1 -
寡 人准 了 你的 本 章。

（7 6 2 1 - ） 1 2 3 1 2 2 1 3 2 - ⁞
（仓）（弘演站起）回 身再 把 银 安 上，

〔【纽丝】卫懿公转身归“大座”，弘演转身朝懿公拱手。

【纽丝】（过门同前）2 1 2 3 1 3 2 6 2 1 2 1 －【住头】‖
传 旨 意 将 宁 速 赦 回 朝 堂。

弘　演　（向懿公躬身拜，后走至台中）大王有旨，将宁速赦回！（归“大边”）

〔【大锣原场】两大铠押宁速从“下场门”上，至台中两大铠站回原位。

宁　速　多谢大王不斩之恩！

卫懿公　弘大夫舍死保奏，暂且宽恕于你。（宁速归“小边”）

〔【冲头】一太监“上场门”急上至“小边”。

太　监　启奏大王，北狄王领兵侵犯荥泽，有告急本章呈上。

卫懿公　呈上来。【撕边一击】（太监递本，懿公看过）哎呀大夫哇！【五锤】北狄王兵犯边界，夺去三城，兵围荥泽，这，这，这便如何是好？

弘　演　前者为臣有本，固守边疆防止北狄侵犯，大王置若罔闻。今已成患，唉！只好请大王御驾亲征，命人挂帅，以救黎民，不然恐卫国难保！

卫懿公　寡人自当御驾亲征，不知该命何人挂帅？【撕边一击】

宁　速　就该命上将军挂帅前去出征。

卫懿公　哪一位上将军？

宁　速　就是大王最宠爱的仙鹤上将军！

卫懿公　唉，卿家呀！

〔西皮散板〕
【快风点头】サ（过门同上）3 2 2 1 1 6 6 2 1 2 （7 6
仙 鹤 焉 能 会 打 仗，

1 2 －） 3 2 2 1 1 2 3 2 1 3 2 1 － ‖
（仓） 卿 家 挂 帅 保 家 邦。

弘　演　（面向宁速）将军哪！

〔西皮散板〕
【快风点头】（过门同前）6 1 6 3 2 2 1 1 6 6 3
保 国 家 全 仗 你 领 兵

1 2 3 2 （7 6 1 2 －） 3· 1 1 6 2 1 2
带 将， （仓） 征 北 狄 奏 凯

3· 3 2 6 7 2 5 6 1 － （7 6 2 1 －）
归 （呀） 再 整 朝 纲。 （仓）

卫懿公 【凤点头】（过门同前）1　3　2 1　1　2　1 2　3. 5 2 2 -
命　卿　挂　帅　速　前　往，

〔卫懿公唱中写圣旨交太监，太监交宁速，宁速接旨至台中。

宁　速 领旨！

【凤点头】（过门同前）2 5　3　3 21　1 2　3 2　3. 21　1　3 2　2　2 1 -
整　齐　甲　士　扫　狄　羌。

〔【冲头】宁速左手举圣旨右手抓袖左转身“下场门”下。

弘　演 就请大王降旨。为臣速去陈国结盟修好，借来兵将，襄助我国以退狄兵。

卫懿公 就依卿家。（写圣旨）

〔西皮散板〕
【纽丝】（过门同上）3　2　2 1　1　2 1　3　2 -
陈　国　求　救　借　兵　将，

〔【纽丝】卫懿公将圣旨交太监、太监交弘演。四太监、四大铠两边分下，卫懿公“下场门”下，大太监随下。弘演握身转身至台前。

弘　演 （过门同前）2 5　3　3 21　1 2 - 3 2　1 6　3 - 2 - 2 2 1 -
平　服　北　狄　镇　边　疆。

〔【大锣打下】弘演左手举旨右手捋髯，撤步左转身，“下场门”下。

第　四　场

〔空场。宁建通“上场门”上，“起霸”毕。

宁建通 【归位】（于台中左手提甲右手举拳亮相）

（念）盔缨透明亮，

铠甲似雪霜。（台.大 台）

校场点兵将，

要灭北狄王。【收头】

某【撕边一击】宁建通。【住头】只因北狄兵犯边界，奉父王之命校场点动人马。人马点齐，远远望见父帅来也！

〔奏唢呐曲牌<泣颜回·前段>八甲士抱刀“上场门”上，宁速上。八甲士“挖门”于两侧，宁速于台中，宁建通立于“大边”。曲牌停。

宁建通 参见父帅。

宁　速 罢了。人马可齐？

宁建通 俱已齐备。

宁　速 圣驾到此速报我知。

〔内白：“圣驾到。”

宁建通 启禀父帅圣驾到。

宁　速 接驾。

〔接奏<泣颜回·合头>宁速、宁建通迎出，立于台左，渠孔、石祁子、大太监、卫懿公“上场门”上。渠孔、石祁子归两侧，卫懿公居中，大太监于“大边”后，宁速于“大边”外，宁建通于“小边”外。**【撕边一击】**

宁　速 启奏大王，甲士齐整，候旨出征。

卫懿公 传旨兵发荥泽！

宁　速 兵发荥泽！

〔奏唢呐<风入松·前段>四甲士两边先下，随即带出二马鞭、一大刀、一枪上，与渠孔、石祁子、宁建通（持枪）、宁速（使大刀）带马。“下场门”上车旗，卫懿公上车。众甲士领起圆场一周。众甲士至“下场门”站成“斜门”，渠孔、石祁子、宁建通、宁速随后，卫懿公于最后。曲牌停。

卫懿公 前道为何不行？

众甲士 来到荥泽！

卫懿公 人马列开！

〔接奏唢呐<风入松·合头>众甲士排成“上场门”“斜一字”双排，卫懿公走至台左，石祁子、渠孔于台左下马，立于懿公两侧。宁建通、宁速于右下马。宁建通立于台右，宁速于台中后。**【住头】**

众甲士 哎！**【撕边一击】**

宁建通 尔等因何这等模样？

一甲士 大王好鹤，不顾军民困苦。如今无有饷粮，我们大家不愿打仗！**【撕边一击】**

宁建通 （一惊转身朝宁速）启禀父帅，军心离乱了！

宁　速 （捋髯一顿）这…… （看卫懿公）

卫懿公 （惊）待孤亲自问来。**【五锤】**（下车，走向台前）众甲士，你等休要自乱，此番出征，军饷已备，粮草充足，你等战败狄军，孤是重重有赏！

一甲士 大王厚敛于民，我等俱受痛楚。如今叫我们前去杀敌，我们不愿前往。你还是叫那仙鹤将军替你打仗去吧！

〔**【撕边一击】**众甲士扔刀于台中，卫懿公撤步大惊。

卫懿公 哎呀！

〔西皮散板〕

【凤点头】 艹（7 6 6 5 5 3 2 6 2 1 －）

1 2 4 3 4. 5 3 3 （6 1 2 3 －）
行 至 中 途 军 心 变， （仓）

6 2 1 3 3 2 3 2 1 6 1 （7 6 2 1 －）
口 口 声 声 出 怨 言。 （仓）

卿家呀！（向宁速）

【快凤点头】(过门同前) 1 3 $^{\frac{3}{7}}$2 1 1 6 3 | 1 | 2 | 6 2 | 1 | 3 | $^{\frac{3}{7}}$2 1 3 2 1 1 - ‖
望卿看 在 先 王 面，善 言 安 抚 保 江 山。

宁　速　(向卫懿公拱手)

【凤点头】(过门同前) 1 2 5 3 1 2 2 2 2 - 1 1 2 - |
待 臣 安 抚 良 言 劝，

大王请至御营。

〔【长尖】内白：“报！”卫懿公、大太监下。石祁子、渠孔牵马“下场门”下。宁速于台中，宁建通于“大边”。报子同时“上场门”上，至“小边”。

报　子　北狄王讨战！

宁　速　再探！

报　子　得令！

〔【冲头】报子“上场门”下。

〔西皮散板〕

宁　速　【凤点头】(过门同前) 2 1 2 3 $^{\frac{3}{7}}$2 3 2 3 3 21 1 - 【住头】‖
军 士 们 安 静 听 我 言。

众甲士，大王荒废国政，致使军民不安。如今北狄王兵临城下，你等要以国家为重，振起军威，奋勇杀敌，保守国土。倘若不依，各自离散，卫国必亡！【住头】那时节我们国在哪里？家又在何处？听我相劝，只有先去杀敌，然后回朝再整朝纲。俺宁速愿身先士卒，为国捐躯，死而无怨！(仓) 你等再若不从，你来看，俺宁速(仓) 跪下了——！【撕边一击】(宁速跪，众甲士、宁建通跪)

一甲士　大将军忠心为国，我等皆知，快快请起。(众人同起) 我等念大将军为国忠诚，愿随出战就是。

宁　速　如此卫国之幸也！【住头】众甲士，【撕边一击】出城迎战者！

〔(加堂鼓) 慢起【急急风】二甲士与宁速 (大刀)、宁建通 (枪) 带马，众甲士领起圆场，宁建通随后，宁速于后，行至左台里与“上场门”上的北狄八兵、四将、瞍瞒“二龙出水”。兵将两边下，瞍瞒与宁速开打。宁速败下，宁建通“下场门”接上与瞍瞒开打。【四击头】瞍瞒将宁建通杀死，亮相。【急急风】众狄兵由“上场门”上“追过”，瞍瞒亮相、追下。

〔【乱锤】四甲士“上场门”提单刀仓皇走上，至台前“站八字”。

一甲士　北狄人马如潮水一般，你我大家散去了吧！

众甲士　散去了吧！(众甲士“下场门”下)

〔【急急风】宁速“上场门”败上，斜行至台左前。瞍瞒追上，二人开打。宁速败下，众狄兵追下。瞍瞒耍“大刀清场”，亮相，追下。

第　五　场

〔“下场门”后方设城墙。【急急风】切住。

〔宁速内唱。

〔西皮导板〕

【导板头】サ（7 6 - 3. 5 6 - 6 5 i i i 3. 1 2 - 7 6 2 1 - ）3 3 3 2 5 3
军心离乱

（2 1 2 3 - ）5 3 3 - 2 3 2 3 2 3 -
败了阵，

〔【急急风】宁速挎剑执大刀"上场门"退上，转身至台前亮相。

〔西皮散板〕

宁　速　【凤点头】サ（7 6 6 5 5 3 2 6 2 1 - ）6 2
甲

1 1 3 2 3 21 6 1（7 6 2 1 - ）1 2 5 3 1
士落荒俱逃生。（仓）纵马回

2 -（八 大 顷 - 仓）（涮刀亮相）3 2 3 2 1 1 3 2 -
城报一（呀）信，

〔【急急风】宁速圆场一周至台右前，石祁子上城墙，向下张望。

〔散板〕

石祁子　【凤点头】サ（6 5 5 3 2 6 2 1 - ）

3 2 2 1 1 2 3 2 1 2 1 - 【住头】
城下敢是大将军？

（急念）大将军回来了！开城！

宁　速　且慢！【撕边一击】北狄人马犹如潮水一般，若是开城，贼兵攻入那还了得！望大夫转奏大王，阵前军心已乱，四散逃生，大势已去！公等速速保护大王逃奔他国再图后举。俺宁速以死报国也！

〔西皮散板〕

【快纽丝】サ（7 6 6 5 5 3 2 6 2 1 - ）4 5 3
军心

3 3 1 2 3 3 (6 1 2 3 -) 3 2
已 变 怎 能 胜， （仓） 皆 是

2 1 1 2 3 2 1 3 2 1 - (7 6 2 1 -)
大 王 负 军 民。 （仓）

〔【堂鼓声】宁速右转身望“上场门”，后退步左转身亮相。

【凤点头】(7 6 6 5 5 3 2 6 2 1 -)

1 2 5 3 1 2 2 1 1 3 2 -
耳 旁 听 得 战 鼓 震，

（一想，跺足）罢——！

【快凤点头】(7 6 6 5 5 3 2 6 2 1 -)

3 2 3 3 2 1 1 2 - 1 2 1 2 1 6 1 ‖
战 死 沙 场 报 国 恩！

〔【急急风】宁速涮刀左转身出刀，四狄兵“上场门”上与宁速开打，将宁速围住，宁速无奈，【四击头】扔刀拔剑自刎于台右方。（四狄兵裹宁速“下场门”下）

石祁子 哎呀！

〔西皮散板〕

【凤点头】サ (7 6 6 5 5 3 2 6 2 1 -)

4 5 3 1 2 1 3 2 3 21 1 3 2 -
回 头 便 把 大 王 请，

〔【快纽丝】石祁子转身向“下场门”拱手，卫懿公、渠孔从“下场门”上城。

卫懿公 【快纽丝】（过门同前）3 2 2 1 1 2 3 2 1 1 6 1 6 1 -【住头】‖
卿 家 为 何 带 泪 痕？

石祈子 启奏大王，宁速将军自刎疆场一死！【撕边一击】

卫懿公 （惊慌）这这……这便如何是好？

渠　孔 待为臣再去陈国搬兵求救！

卫懿公 卿家速速前往！【冲头】（渠孔拱手后下城，“下场门”下）

石爱卿保驾逃出西门便了！

〔散板〕

【快凤点头】（过门同前）3 3 1 2 1 3 2 2 1 1 3 ^{3}2 - ‖

卿 家 保 驾 西 城 往。

〔【快扫头】二人下城“下场门”下。

〔【急急风】转【长尖】八狄兵“上场门”急上“站门”，华龙骨、华龙太、狐突、偃刚四人挎刀“站门”。瞍瞒颈上插令箭，持大刀上至台中。

瞍 瞒 华龙骨、华龙太听令！（右手拔出令箭）

华龙骨
华龙太 在。

瞍 瞒 命你二人把守东门。（将令交与华龙骨）

华龙骨
华龙太 得令！

〔【冲头】华龙骨接令，二人“上场门”下。

瞍 瞒 众将官！西门追赶昏王去者！

众狄兵 啊！

〔【四击头】瞍瞒涮刀上步双手握刀亮相。【急急风】四狄兵领起“下场门”下。狐突、偃刚随下。瞍瞒至右台口亮相，左转身“下场门”下。

第 六 场

〔空场。【堂鼓声】【乱锤】卫懿公骑马“上场门”上，斜行至左台前，石祁子紧跟上场。左转身向后台望，二人勒马亮住，锣鼓切住。

〔瞍瞒内白：“昏王哪里走！”

〔【急急风】卫懿公、石祁子向右转身反圆场一周，瞍瞒“上场门”追上，至台右中与卫懿公、石祁子相遇。【半夺头】瞍瞒起大刀花削卫懿公头，转身，卫懿公低头撤步左转身，瞍瞒再削石祁子头，亮相。石祁子撤步，二人同亮败相，“下场门”急下。【快冲头】八狄兵、狐突、偃刚急上，站正场八字。

瞍 瞒 狐突、偃刚听令！

狐 突
偃 刚 在！（二人上步拱手）

瞍 瞒 把守西门！

狐 突
偃 刚 得令！【快冲头】（二人“上场门”下）

瞍 瞒 众将官！（仓）速速追赶！

〔【急急风】八狄兵领起“下场门”下，瞍瞒“下场门”下。

第七场

〔空场。【急急风】切住。

〔弘演内唱。

〔西皮导板〕

【导板头】サ（7 6 7 6 6 5 5 5 5 i i 3. 1 2 2

7 6 2 1 - 1 1）3 3 2 5 3 3 5 1. 2

奉 圣 命 到 陈

3 - 2 （2. 1 6 2 2 -） 3 3 2 2 1

邦 同 结 盟

1. 2 3 - 1 - 6 3 5 - 3 - 3 3 2 - |

好

〔【快长锤】中军“上场门”上走至台右前，锣鼓切住。

（大 大 …… 衣 大 大 仓）弘演右手握马鞭上，左手勒马小圆场至“九龙口”，打马、向左甩髯于左臂，左手勒马亮相。【快长锤】弘演打马行至台中，“下场门”上四百姓，至台左向弘演拱手。锣鼓切住。

四百姓 大夫——！（跪下）

弘　演 （大 大 …… 衣 大 大 仓）啊？

〔亮弦〕

（4 3 1 2 -）（在台右下马）

〔西皮散板〕

【凤点头】（过门同前）5 6 2 1 6 2 1 3 3

众 百 姓 神 色 慌 张

3 2 1 3. 2 1 1 6 1 6 1 - 【住头】‖

（呃） 往 哪 里 逃？

众位父老请起。【撕边一击】（众百姓站起）你们携儿带女各处奔走为了何事？

百姓甲 北狄王攻破荥泽，我们由城中逃难到此。

弘　演 【撕边一击】（大惊，捋髯上前一步急问）可知大王现在何处？（仓）宁速将军他往哪里去了？（仓）

百姓甲 大王逃出西门，宁速将军自刎一死！

弘　演 **【撕边一击】**（吸气，撤步一顿。转向前台）大势去矣——！（仓）（转向百姓）你等逃命去吧！**【冲头】**（众百姓拱手后“上场门”下）**【叫头】**哎呀且住！听百姓言道，荥泽失守，宁速将军自刎已死，大王逃出西门。如今是国破家亡，纵然求得陈国救兵，也不能挽回卫国颓势，进退两难这这这…… **【乱锤】**（搓手摇头踱步，停住转眼一想）罢——！**【五锤】**待我调转马头闯进关口，寻找大王，君臣投奔他乡，再图复国之计**【住头】**（转身面向台右中军）中军，我要闯入关口，这兵荒马乱之时，你跟随无益，将马留下，你你你……逃命去吧——！

〔**【冲头】**弘演向中军挥手，中军拱手后“上场门”下。弘演抬头，双手抱拳看天。

弘　演 天亡——（八大 顷 - 仓）（双手翻袖）卫——也——！

〔**【纽丝】**弘演抖落双袖，然后再提折起双袖。

〔西皮散板〕稍快

【纽丝】サ(过门同前) 1 5　3　3　3　4. 5　3　3　(6　1　2　3　-)
大　王　不　听　忠　言　告，(仓)
(双翻袖向右前拱手)

6 2　1　3　3 2　1 3　2 6　1　(7　6　2　1　-)
误　国　殃　民　祸　自　招。(仓)
(左手摟髯右手指出)

3　2　2 1　1 6　6 3　6 1　2　(7　6　1　2　-)
国　势　丧　败　在　预　料，(仓)
(右手平划向外后，翻开手掌)

6 2　1　3　3 2　6 3　2 1　6　1　(7　6　2　1　-)
大　王　仓　皇　何　处　逃。(仓)
(左手撂髯，双手摊开迈上一步)

2　1 2　3　3 6 ┆ 6 1 ┆ 2 ┆ 2 ┆
这　才　是　兵　败　如　山　倒，
(向右甩髯，左手摟髯，右手伸出，左半转随“如山倒”节奏，向左迈出三步)

3　3. 21　6 2　1. 2　3 ∨ 3　3. 2　2　3　3　2. 1　2　-　3 2
千　军　万　马
(双手水袖同时于胸前连续向外翻袖，向后撤步)

3 6 ┆ 5 3 ┆ 1 ┆ 1 ‖ (仓)
瓦　解　冰　消！
(随唱节奏双手同时抖落水袖两脚叉开停住)

〔【快纽丝】弘演快速提起水袖，双手三次快速捋顺髯口中绺，锣鼓切住。

弘　演　（念）整冠——　（仓）（双手整冠）

束（哇）带——（八大　顷　－　仓）（念的同时双手按腹捋向两侧，锣经中双手走小五花一绕一系）（接唱后半句）

6 1　6　3　5　3　6 1　2

我 把　马　带(呀)　好

（左手搂髯、右手马鞭指台右前方。“马”字唱成大幅度滑音，唱完快速走向台右前，面朝右方、身左侧朝台前）

稍慢

1　3　3　2

闯　城　池

（右腿提起，勾起马前身“肚带”，脚落地后身子随之下蹲弯腰，同时双手挽扣，挺身，左腿于后抬起，双手快速一勒呈“右单腿立，别左腿双手系缰式”站住。整个动作在“闯城池”唱中完成）

稍慢

1　2 1　1 6

舍　性　命

（左腿于后落地，原地左转身一周，呈别右脚姿势，面仍朝台右。左腿提起，勾起马后身“肚带”，脚落地后身子随之下蹲弯腰，同时双手挽扣，挺身，右腿于后抬起，双手快速一勒呈“左单腿立，别右腿双手系缰式”整个动作快速在“舍性命”唱中完成）

6　3.　2 1　6 1　1　2（马嘶声）（白）“吁”——！（嘟　八大　顷　－　仓）

为　国　报　效

（唱中拾起马鞭牵马斜向快速走至台中）

（马嘶声）吁——！

（右手竖握马鞭随鼓点“撕边”身向右前倾斜，右单腿连续颠步，左手抓缰握拳亮相丁台右前）

3 6　5 3　1　1 ‖

就　在　今　朝！

（八　大　仓）

（唱“就在”时拉过马来涮马鞭，“今”右腿颠步屈抬左腿，同时向左甩髯，落左脚，“朝”涮马鞭打马落右脚同时勒马亮相。锣鼓“八大仓”与“在今朝”同步）

〔（大大大仓才仓仓仓）接【紧锤】弘演于马上双目紧盯马头，一晃两晃，慢勒马；随节奏半月形走向台左前。马鞭上右臂，双手勒马，至台左前转向右勒马斜行。

〔西皮垛板〕

弘　演　1/4（仓七 | 仓 | 仓）1 6 | 6 1 | 1 6 | 0 3 | 2 1 |

哪　顾　得　山　路

（从台左走向台右）

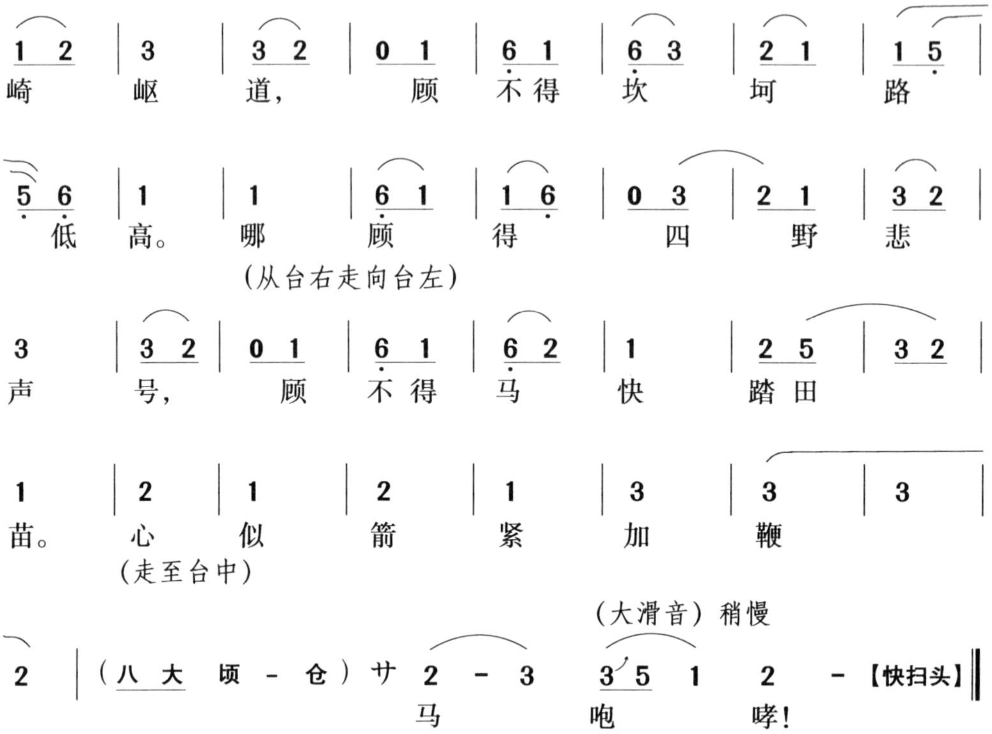

〔“扫头”中弘演向右快圆场，至“九龙口”，右转身朝前台，甩髯至左手臂，右手打马左手勒马亮住。(马嘶声)【快抽头】弘演勒马迈步走半圆形趋步，斜向台左前走四步，小势步至台左前，抬右腿勒马停住，(仓 0 仓 0 仓仓 仓仓)左单腿后颠步退至“九龙口”，双手勒马，右单腿跪地连续单腿跪步趋向左前方将马拉起。【软四击头】向右甩髯、右转身，跨左腿迈右腿，摇晃身体呈右弓箭步勒马；【软四击头】向左甩髯、左转身，跨右腿迈左腿跪地勒马；【撕边】站起身绕马鞭，跨左腿向台中右转身；(八大仓)扔马鞭，跺右脚，双腿蹦起腾空，走“锞子”落地。

〔【乱锤】弘演慢慢起身浑身颤抖。渠孔打马“上场门”上，在台右前急下马，右手竖握马鞭走向台中，左手把弘演扶起，弘演颤抖着站起。

渠　孔　大夫醒来，大夫醒来！(二人念白节奏很快)

弘　演　【撕边一击】(睁眼见渠孔双手迅速抓住)渠大夫你在此做甚？

渠　孔　奉旨再到陈国搬兵！

弘　演　大王现在何处？

渠　孔　逃出西门不知下落。

弘　演　我想闯进关口寻找大王，行到此处马折前蹄，这便如何是好？【撕边一击】(发现渠孔右手正牵着马)你的马匹借我乘骑了吧？

渠　孔　我呢？

弘　演　我就顾不得你了！(八大仓)

〔念“我就顾不得……”的同时抢过渠孔马鞭上马，“你”右脚上马的同时踹开渠孔，“了”上马亮相。(八大仓)在“了”的后音结束。渠孔“屁股坐子”倒地于台右前。

〔【冲头】弘演打马快速“下场门”下。渠孔跪起身。

渠　孔　大夫！（八　大大　仓）（向前跪步）大夫！（八　大大　仓）（站起身来）

〔【冲头】渠孔向“下场门”追下。

第　八　场

〔空场。【长尖】华龙骨颈插令箭、华龙太二人挎腰刀“上场门”上，走至台中。

华龙太　奉了国王命，

华龙骨　把守在东门。

华龙太　奉了国王之命把守东门就此前往。

〔【水底鱼】二人走向“下场门”站“小斜门”。弘演策马急上走至台中看二人把守门前，急右转身下马，将马鞭仍于台右稍后。

弘　演　开城！

华龙骨　【撕边一击】（细看弘演）拿奸细！

弘　演　我不是奸细，我是密报军情的。

华龙太　你报的什么军情？

弘　演　嗳——！密报军情焉能高声讲话，近前来你就明白了。

华龙骨　好！（二人走上前，华龙骨于台右，弘演居中，华龙太于台左）【撕边一击】报何军情？

弘　演　卫国君臣往何方逃走？

华龙太　你问他做甚？

弘　演　卫国大夫弘演奉旨去到陈国搬兵，眼看他们救兵到来，你们还不快快做个准备！

华龙太　你讲此话有何为证？

弘　演　现有卫国搬兵圣旨为证。

华龙骨　拿来我看！

弘　演　拿去看来！

〔【撕边一击】弘演右手从袖中拿出圣旨故意扔向台右前方，华龙骨于台右迈前一步向前弯腰拾圣旨。（仓）弘演迈上步，顺势右手拔出华龙骨颈上令箭，急插自己颈上。（仓）华龙骨发觉，伸手抚颈，弘演左手拔出华龙骨的腰刀，（仓）华龙太于台左中见状扑向弘演，弘演左转身左手将刀砍向华龙太。华龙太捂腹后退倒地。（嘟－八　大　仓）弘演扔刀、后退拾鞭、上马亮相。华龙骨急奔台左见华龙太已死，抬头发现弘演已上马，从后面追向弘演。【冲头】弘演打马快速“下场门”下。华龙骨追向“下场门”。转身面朝前。

华龙骨　原来他是奸细！待我将他赶上！

〔【急急风】华龙骨急速转身“下场门”下。

*　　*　　*　　*

〔【急急风】涨调。弘演策马“上场门”急上，“九龙口”一停走圆场经台右前，直向“下场门”。与此同时，狐突、偃刚“下场门”上至台左后方站“斜门”。二人见弘演策马行至，二人走上前示意下马盘查，弘演从颈上拔令箭亮出，【扎坞闷锣】在他二人面前一个小转身，高举令箭示意，【急急风】打马“下场门”急下。华龙骨“上场门”急上至台中，锣鼓切住。

华龙骨（指向“下场门”的弘演）他是奸细，速速追赶！

〔【急急风】华龙骨追下，狐突、偃刚相视点头猛然大悟，赶紧急追下。

第 九 场

〔空场。【急急风】切住。

〔卫懿公内唱。

〔西皮小导板〕

【导板头】サ（35 6 66 65 i 3 12 7 6 21 -）

1 2 3 3 - 2 2 3 3 - 1 - 21 21 2 -

紧急加鞭 走荒山，

〔卫懿公拖腔中策马上场，【快纽丝】石祁子随后跟上。卫懿公至台中，石祁子于“大边”。

〔西皮散板〕较快

卫懿公【快纽丝】サ（6 5 5 3 2 62 1 -）2 3 1 2 3 12

贼兵围绕将我

1（7 6 2 1 -）4 3 12 1 2 21 13 2 -

拦。（仓）嗖瞒策马把我赶。

〔【快扫头】卫懿公打马右转身，于右台口亮相。【急急风】卫懿公打马“下场门”急下。

〔同时石祁子随即从“大边”经台里圆场至台右前，嗖瞒“上场门”斜上至台中。（嘟~~~~~八 大 仓）嗖瞒大刀削石祁子，石祁子低头右转身绕向嗖瞒身后至台左，嗖瞒右转身大刀一盖一挑将石祁子打落马下，提刀于台中亮相。石祁子扔马鞭于台左向台里走“抢背”后跪倒在地。

〔【急急风】八狄兵追下，嗖瞒追下。

〔【急急风】切住。弘演内白：“马来！”（音高而急）

〔（嘟~~~~~八 大 仓）弘演策马急上，于“九龙口”甩髯于左臂、打马勒马亮相。

〔西皮散板〕 较快

弘 演【快纽丝】サ（7 6 6 5 5 3 2 62 1 -）4 3

（至台中） 夺令

12 32 2 3 3. 21 1 6 3 5 3 - 3 3 2 -

闯关 奔西郊，

〔拖腔中快速走向台右，望见石祁子，石祁子面朝弘演。

弘　演　呀！（急忙左转身下马，右手牵握马鞭）

【凤点头】（6 5 5 3 2 6̣2 1 －）1 1 2 3
石 大 夫

1 3. 3 2 1 6̣ 3 5 2 3 2 1 6̣ 1（7̣ 6̣ 2 1 －）‖
负 伤（呃） 卧 土 壕。 （仓）
（走至石的身边一手搀起石祁子）

弘　演　大夫醒来！

石祁子　【凤点头】（7̣ 6̣ 6 5 5 3 2 6̣2 1 －）1 2
（挣扎起身至台中） 舍 命

3 3 2 6̣ 2 1 3 2 6̣ 2 1 1 3 3 2 2 1 6̣ 1 －‖
冲 锋 把 驾 保， 速 寻 大 王 走 一 遭。

弘　演　（点头会意，分头寻找）

【快凤点头】サ（6 5 5 3 2 6̣2 1 －）3 3
臣 子

3 4 3 4 3 3 － 2 3 2 3 2 3 －‖
尽 忠 当 报 效。
（迅速拾起马鞭）

〔【快扫头】二人同时上马，抄过。（弘演调至台左，石祁子至台右）二人同时涮马鞭、搭马鞭于手臂拱手、"踩泥"相对亮相。【急急风】弘演打马"下场门"下、石祁子打马"上场门"下。

第　十　场

〔空场。【乱锤】卫懿公颤抖着策马上，至"九龙口"，回头望"上场门"，转身往台左前走。（嘟 －八 大 仓）小垫步单腿跪于左台口。瞍瞒提刀上至台中向左一望。

瞍　瞒　昏王！这就是你葬身之地，你往哪里走！

卫懿公　（转身望"上场门"）卿家快来救我！

〔（嘟 －八 大 仓）瞍瞒"大刀花"转身劈卫懿公亮住。卫懿公低头闪身亮败相。弘演急上于"九龙口"打马左手勒马亮相。

弘 演 老臣（**仓**）来也！（高声）

〔**【急急风】**卫懿公站起左转身快步圆场，瘦瞒紧追其后，弘演于瘦瞒后，三人走大圆场。卫懿公至右台前时三人走“太极图”。走至卫懿公至左、瘦瞒至中、弘演至右时**【夺头】**瘦瞒“大刀花”转身，弘演追上前去欲拉瘦瞒，瘦瞒抬脚踢弘演走“抢背”于台右前，瘦瞒杀死卫懿公，卫懿公扔马鞭、解宝剑、斗篷与一红绢布于台左，向“下场门”走“抢背”下场（表示已死去）。弘演倒卧于台右前。

瘦 瞒 乱刀分尸！

〔奏唢呐曲牌<风入松>（快速）瘦瞒“下场门”下。八狄兵两边上，围住卫懿公的斗篷以刀砍之。八狄兵两边下，曲牌停。

【乱锤】弘演于台右前爬起单腿跪姿势转身向台左望，**【撕边】**弘演吸气快速跪步向斗篷处。（**八大仓**）停住，双手颤抖。

〔二黄导板〕

弘 演 **【导板头】**

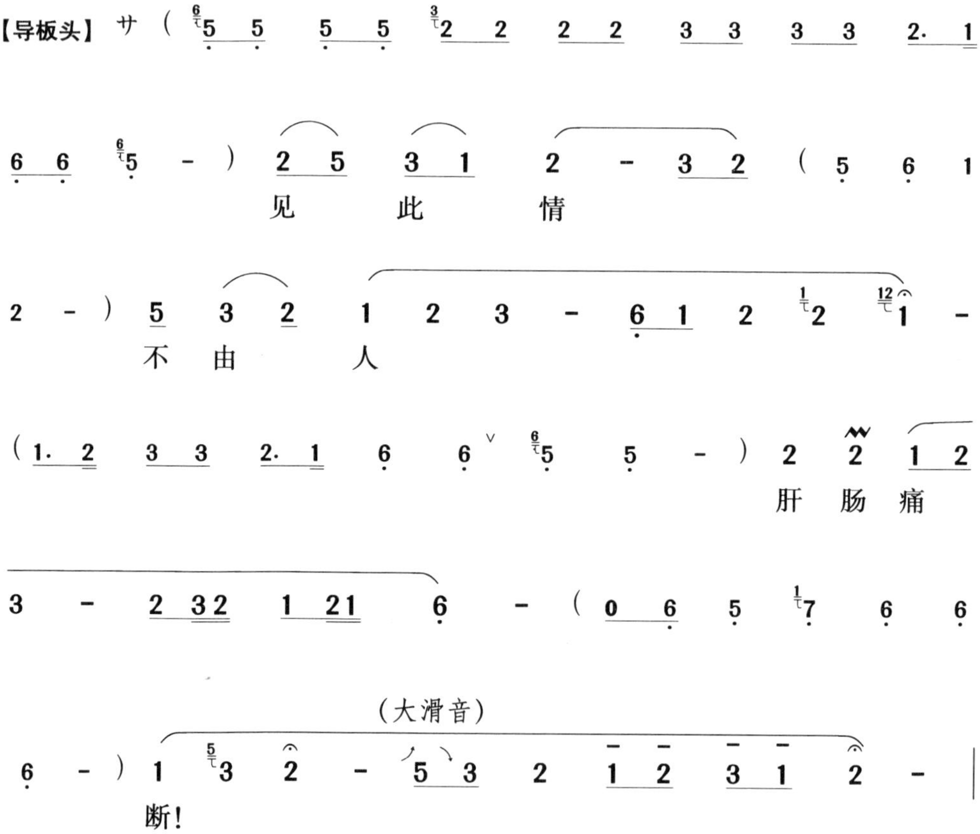

〔**【脆头】**弘演双手颤抖，摇头看尸。

〔二黄散板〕

【快凤点头】

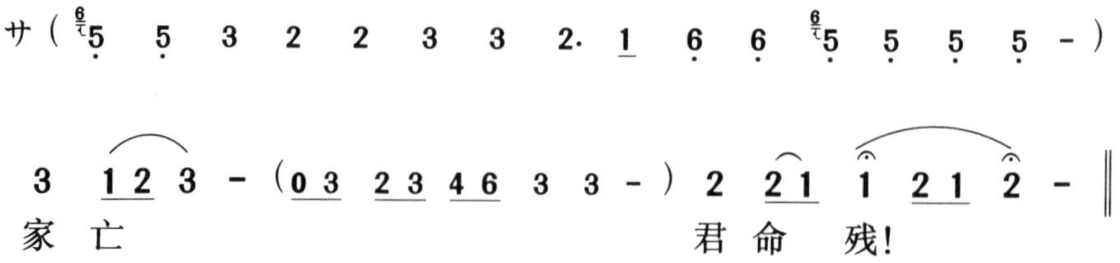

【双叫头】大王啊！千岁！当初不听臣言，如今果遭其害，九泉之下怎对（仓）先王……！（哭）**【大锣原场】**

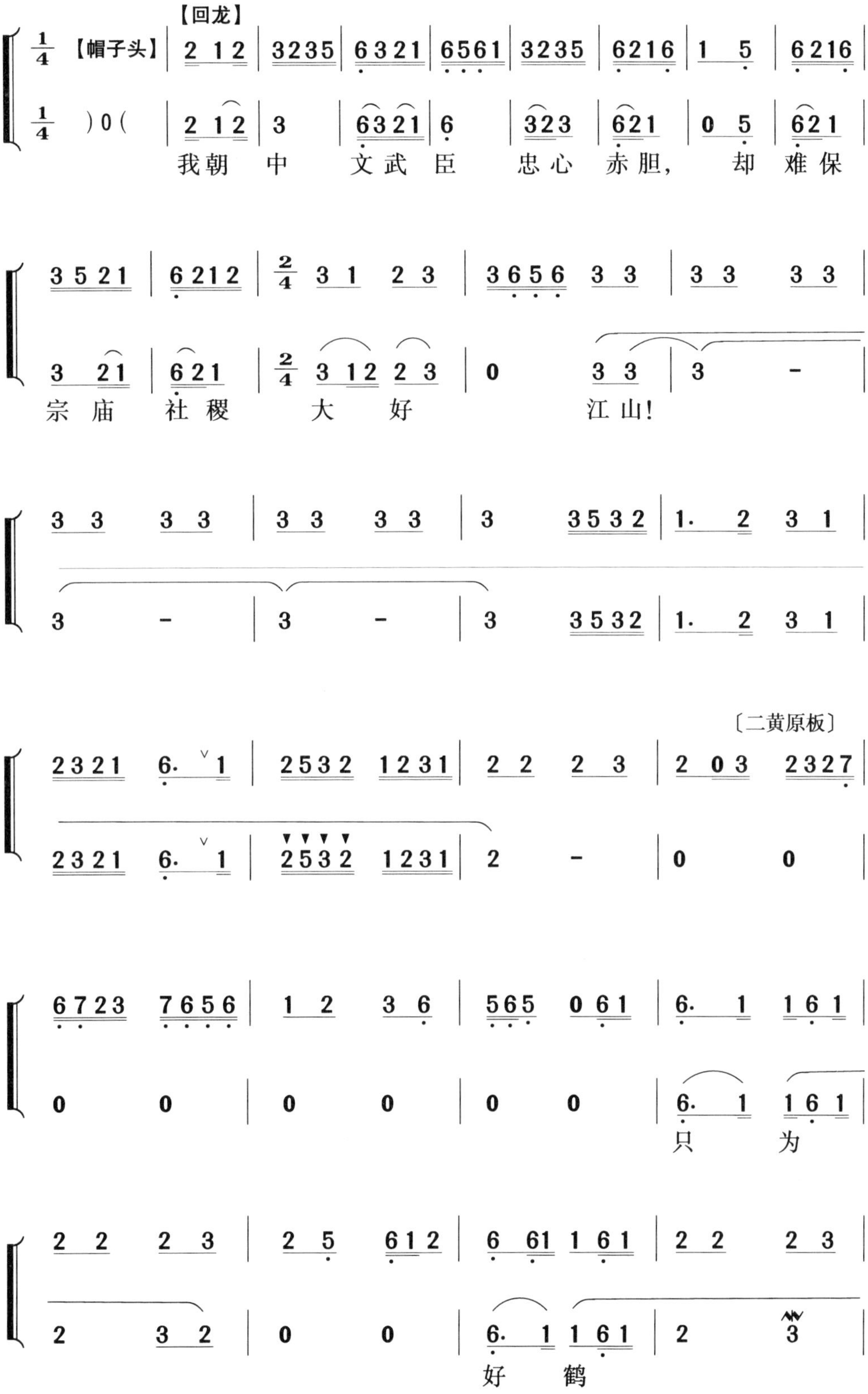

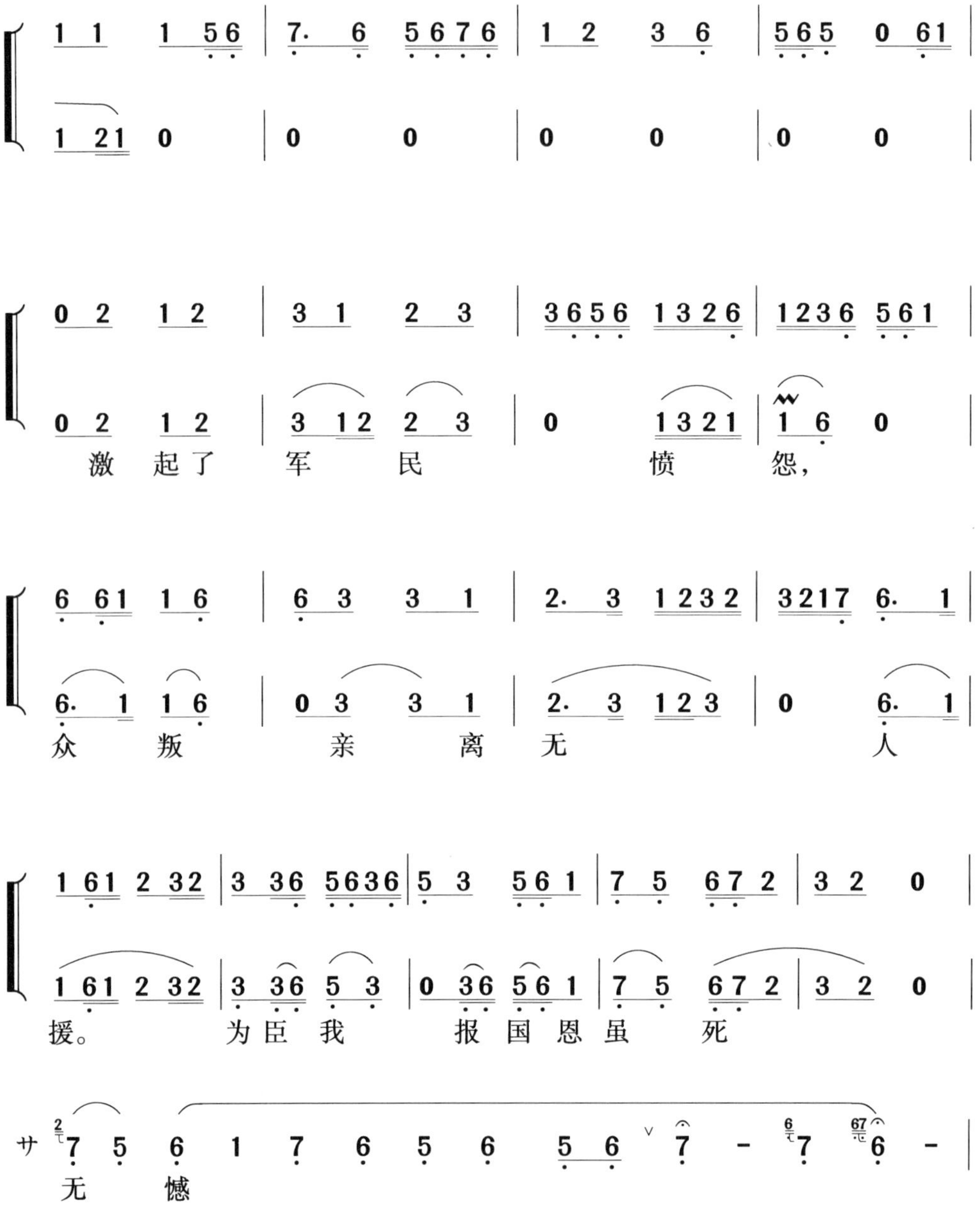

〔【冲头】弘演拭泪。八狄兵两边上，瞍瞒“下场门”上，至台中，弘演站起。

〔二黄散板〕

瞍　瞒　【凤点头】

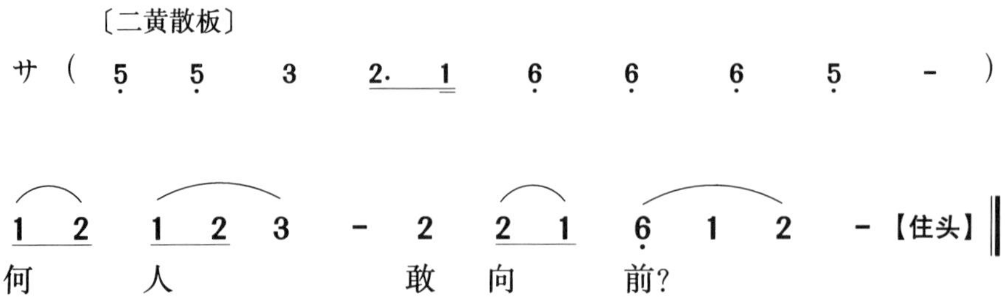

吠！你是何人竟敢在此痛哭？

弘　演　（转身面朝瞍瞒）瞍瞒贼呀！【五锤】我乃卫国大夫弘演在此！【撕边一击】

瞍　瞒　如今你国破家亡，还不逃命，难道你不怕死！（仓）

弘　演　老夫若是怕死，也不能闯关斩将亲到此处！（感叹）如今卫国已亡，不过是一死而已！尔将人马退后，容老夫一祭！

瞍　瞒　好哇！**【软四击头】**孤念你是卫国忠臣，容你一祭。众将官！（仓）将人马倒退一箭之地！

〔**【冲头】**狄兵两边下，瞍瞒"下场门"下。

弘　演　**【叫头】**且住！我主遭此惨死，白骨见天，目不忍睹。待我将大王尸首掩埋起来，自尽一死了吧！（拭泪）

〔二黄散板〕

【凤点头】　サ（5 5 3 2· 1 6 6 5 －）2
千

2 1 2 3 2 1 1 2 1 －（6 7 6 1 －）
乘之　君死　得　惨，　（仓）

1 6 2 1 2 3 3 2 3 1 2 3 2（5 6
我为　国　捐躯理当然。

1 2 －）7 6 2 7 6 5 5 6 6 6 3
（仓）　拾宝　剑　掩尸首泪

3 2 2 1 1· 6 5 3 2 － 2 2 1 －
流　满　面，

〔**【纽丝】**弘演走向斗篷处拾起宝剑，再拾起红绢（象征卫懿公之肝）。

（过门同前）2 1 2 2 2 1 2 3 3 2 － 3 2 1 1 2 －
臣弘　演报国　恩剖腹　纳肝！

〔**【搜场点】**弘演转身朝里，以剑剖腹将懿公之肝纳入自己腹内，扔剑、转身，朝前。单手按腹**【软四击头】**向左晃身倒步，摇头。**【软四击头】**向右晃身倒步，**【撕边】**双手按腹，左转身至台中，站定。（**八大仓**）右手举起抛袖，硬僵尸，向上甩头，髯口上扬，盖脸倒地。

〔奏唢呐曲牌<尾声·合头>接**【大锣住头】**。

——剧　终

唐玉薇 **整理**　　李忠凡 **记谱**

闹朝击犬

唐韵笙演出本

春秋时代周匡王五年，晋灵公无道，宠信佞臣屠岸贾，残害百姓。相国赵盾屡谏被阻，无奈挡驾于桃园门外，由此激怒晋灵公。屠岸贾献计，遣武士行刺赵盾。刺客潜入相府，见赵盾忠正为国，不忍加害，触槐而死。屠岸贾又诓赵盾君前献剑，并放獒犬追啮。赵盾临危不惧，与犬奋力搏斗，力士提弥明杀死獒犬，被围自刎。赵盾之子穿、朔二人救出赵盾，弑晋灵公于内宫。

此剧系先父唐韵笙根据历史小说《东周列国志》第五十回编写，1934年首演于沈阳共艺舞台。因该剧唱念做舞十分繁重，难度很大，被内行称之为唐派艺术的经典。此剧的诞生伴随着一段让父亲终生难忘的经历。

20世纪二三十年代，日本侵略者对我国的东北、华北地区进行疯狂的掠夺，对此，父亲一直是愤恨于心，可又无处发泄。1929年在天津演出时，取《山海经》中后羿射日的故事，编写了神话京剧《扫除日害》。父亲饰后羿，梁一鸣饰尧帝，孟丽君饰嫦娥。剧中“射日”一场，台上用电灯装饰出十个太阳，后羿在台词中念道“不除日害，国无宁日！”引起观众的强烈共鸣，每射灭一个太阳，观众便报以热烈的喝彩。《扫除日害》在天津一演就是数十场，观众十分踊跃。1933年沈阳共艺舞台业主何玉蟒接父亲赴沈阳演出，为节省开支，父亲手下的一班人携道具戏箱由天津乘船赴营口，再换车去沈阳。父亲则隔日由天津直接赴沈。当时的东北三省已是伪满洲国。乘船到营口的十几个人一上码头便遭到日本兵的严格检查，他们从戏箱里翻出《扫除日害》的剧本后大为震惊，立即扣押了这十几个人，逼着他们交出唐韵笙。消息传到沈阳，情急之下，何玉蟒协助父亲躲进了沈阳北市场鸡鸭市内的一个小旅社里。父亲改名“李根发”，足不出户隐避了两个多月。何玉蟒则以重金向日方疏通，终于使扣在营口的十几个人被“驱逐出境”，返回了天津。沈阳的日本宪兵到共艺舞台搜查几次。由于上面松了口，时间一长，逐渐缓和下来。父亲在小旅社的两个多月里，无法与外界沟通，更无法演戏，只有找来各种书籍埋头编写剧本。正是在这种愤恨、忧郁的心境中，创作出《闹朝扑犬》(1962年整理此剧后改为《闹朝击犬》)。两个月后，开始在沈阳公演，以两个月的全部演出收益酬劳偿还业主何玉蟒为此事付出的资金。

该剧在思想性上充分体现了父亲强烈的忧患意识和爱国精神，他借剧中人赵盾之口对晋灵公的腐败慷慨陈词，据理力谏。在骂屠岸贾时唱道：“……你要把晋国来吞并，以酒为池肉为林，今日不报来日报，远在儿孙近在身，你要仔细思忖！”晋灵公豢养的恶犬在与赵盾的撕咬中竟然夺下赵盾的相貂戴在自己的头上。赵盾怒不可遏，打掉犬头上的相貂与犬殊死相拼，表达了他对伪满政权以及日寇、汉奸的憎恨，同时也显示出父亲作为一个爱国的正直的艺术家不甘屈服的性格。

在艺术上父亲调动了唱、念、做、舞各种表演手段，表现出了惊人的艺术创造能力。因为是他自己编写唱词，为了准确地叙“事”表“情”，他不受传统唱词格式的制约，在七言、十言的基础上变化出长短不一的句式。尤其擅长在〔流水〕、〔快三眼〕的板式中灵活多变，达到新意无穷的效果。本剧中“挡驾谏本”一场的中心唱段〔导板〕、〔原板〕转〔流水〕就体现了这一特点。这一唱段长达四十句，转入〔流水〕后，每一个段落都有一个小的变化，句式自由，节奏明快，其中“为臣我难比那……”连续垛唱达二十四个字。整段唱随着人物情绪的变化起伏跌宕，毫无冗长之感，听来清晰流畅，韵味醇厚，十分生动。

在“钼麑行刺”一场，有一段钼麑举刀砍下、赵盾闻声站起的非常精彩的表演，既出人意料又在情理之中：赵盾闻声于【五锤】最后一击站起，与钼麑四目相对，赵盾逼视刺客迈步出桌，一步、两步、第三步是一个欺向刺客的倒步，直逼刺客退向台左前方，然后在【撕边】中以手势问钼麑：你要杀我？好，那就来吧！此时赵盾大翻袖背于身后同时伸出脖颈亮相。刺客本来心虚胆怯，见赵盾不惊不惧，大义凛然，惭愧之下撇刀抱拳认罪。这一段表演扣人心弦，却没有一句台词，在打击乐的配合下，以手势、眼神、动作完成。我曾经一直思索：《东周列国志》一书中，并无钼麑刺杀赵盾过程的叙述，父亲从哪里来的灵感，创作出如此精彩的表演呢？一直到 1992 年，我为撰写《唐韵笙舞台艺术集》翻阅父亲遗留下仅有的几本旧书，在一本跟随了父亲几十年的《忍经》中，我看到两段描写北宋宰相韩琦器量闳博处事不惊的故事。书中说：“韩魏公镇相州……夜有偷儿入室，挺刃曰：……愿得公首以献西人。公即引颈。偷儿稽首曰：以公德量过人，故来相试……”我这才猛然醒悟，原来父亲借鉴了书中的这一情节加以演绎。从此也可看出父亲酷爱读书，从中汲取营养，努力进行艺术创作之一斑吧！

《闹朝击犬》的重中之重是“击犬”一场。父亲扮演的赵盾斜披蟒袍、腰挂硬带、头戴相貂、口戴白三、足蹬厚靴、手拿玉圭，在演唱中和恶犬闪展腾挪、搏击翻滚，其难度之大至今在京剧舞台上无人能够超越。他不仅创造了这些高难动作，并且在舞台上表演得髯口不乱、硬带不开，宽大的蟒襟、水袖反成为他舞蹈动作中不可分割的部分。尤其是最后的“滚蟒”动作，这是父亲为此剧专门设计的：赵盾被犬追咬滑倒在地，同时甩起髯口、蟒襟，身体随打击乐的配合连续跪、转向前滚动。这个“滚”完全是艺术化的。整个动作中髯口、蟒襟飘而不乱，手眼身步各有落位，没有高超的技艺是无法完成的。这一场舞蹈动作除了显示父亲深厚的靴子、圆场、翻转等功夫外，更主要的是父亲创造性地对服装、道具在舞蹈中的运用，他身上的所有东西都成了他塑造人物的工具，处处体现出服装、道具和人物一起寓于戏理的完美与和谐。

本剧的整理就是根据父亲的弟子、著名京剧演员邵麟童的口述记录而成。因父亲在不同年代的演出均有改动，我在整理中吸收了与父亲在东北同台多年的著名京剧演员周仲博先生和著名京剧演员张铁华先生的意见，特此注明。

唐玉薇

人物行当

赵　盾	老生		老旦
晋灵公	净		小生
屠岸贾	净		丑
提弥明	武生	四武士	武行
钼　麑	净	四太监	杂
士　会	老生	大太监	杂
韩　厥	老生	膳　夫	老生
程　婴	小生	獒　奴	杂
赵　穿	武净	獒　犬	武行
赵　朔	小生	四家将	杂
四百姓	老生		

服装扮相

赵　盾　俊扮。白三。第二、三场香色改良相貂、香色蟒。第四、五场紫色改良相 貂、紫色蟒。第六场紫色箭衣、外斜紫蟒、硬带。四、五场挎剑，第三、五、六场手执圭。厚底。

晋灵公　揉白脸。黑满、平顶冠，杏黄蟒，厚底。

屠岸贾　勾花十字门脸。黑满、太子盔，翎，红蟒，厚底。

提弥明　俊扮。牵巾、小倒缨盔，花箭衣、坎肩、大带，厚底。

钼　麑　勾红三块脸。黑满、罗帽、大额子，箭衣、马褂、大带，厚底。

士　会　俊扮。黑三、纱帽，白蟒，厚底。

朝　厥　俊扮。黪三、大镫，绿蟒，厚底。

程　婴　俊扮。高方巾，青褶子，厚底。

赵　穿　揉脸。耳毛子、牵巾、倒婴盔、翎，紫花箭衣，大带，厚底。

赵　朔　俊扮。改良太子盔、鬓绺、翎，白花箭衣，大带，厚底。

四百姓　俊扮。黪三、白毡帽头，老斗衣，腰包，扎大带，福字履。

俊扮。老旦网子，紫褶子，绿腰包，福字履。

俊扮。高方巾，青道袍，福字履。

勾老小花脸。蓝毡帽、白吊搭，茶衣、小腰包、大袜，方口皂。

四武士　揉脸。虎头盔，箭衣、马褂，薄底。挎刀。

四太监　俊扮。小太监帽，太监衣，薄底。第一场二人持金瓜，二人持钺斧。

大太监　勾小花脸。大太监帽，花褶子，朝方。蝇帚。

膳　夫　俊扮。纱帽不挂展。蓝素官衣、系绦子，厚底。

獒　奴　揉脸。虎头盔、小额子、耳毛子、牵巾，箭衣、斜马褂，薄底。

獒　犬　犬形套衣。

四家将　俊扮。扎巾、小额子，箭衣，卒坎，薄底。持单刀。

道具

圭①	一个	纱灯	一个
宝剑	三口	金瓜	一个
桌子	一张	斧钺	二把
椅子	二把	锁链	一条
车旗	一副	托盘	一个
柴草	一捆	盖碗	一个
扁担	一根	弹弓	两把
竹笼	一个	奏折	四本
腰刀	四把	单刀	五把
蝇帚	一把	文房四宝	一份
红桌围椅披	一份		

① 圭是古代帝王、诸侯举行礼仪时所用物品。形状：前端尖，上方稍宽约十厘米，下方稍窄约八厘米，厚约一厘米，有底座，总长约三十厘米。金色、雕花。赵盾第三、五、六场所用。此道具是唐韵笙独创，此剧专用。

第一场

桃园肆虐

〔春秋时代周匡王五年。晋国桃园。

〔空场。**【大锣原场】**收住，起唢呐曲牌＜一江风＞。

〔曲牌中，四武士挎腰刀、四太监持銮驾，大太监持蝇帚，“上场门”上，“挖门”站立两侧，大太监站“大边”。屠岸贾上，“挖门”站“大边”，晋灵公上，“挖门”站台中。曲牌结束。

晋灵公 众武士。

四武士 在。**【撕边一击】**（四武士朝晋灵公拱手）

晋灵公 寡人驾游桃园，不许百姓在外喧哗。如有靠近桃园者，杖责四十！（**大仓**）

四武士 遵旨。

屠岸贾 尔等严守桃园，无论何人不得擅入！

四武士 啊！

〔**【急急风】**四武士两边穿过，“上、下场门”分下。獒奴牵獒犬“上场门”上，“挖门”站台中面朝里跪拜晋灵公。獒奴起身站“小边”。獒犬转身跑向站“大边”的屠岸贾摇尾晃头，屠岸贾抚摸。**【流水·搜场】**獒犬跑向“小边”一侧，走向晋灵公，摇尾作相。**【九锤半·串子】**晋灵公抚犬，犬前爪立起，搭于晋灵公臂膀摇头摆尾。

晋灵公 哈哈哈哈！（笑。獒奴牵獒犬站“小边”）

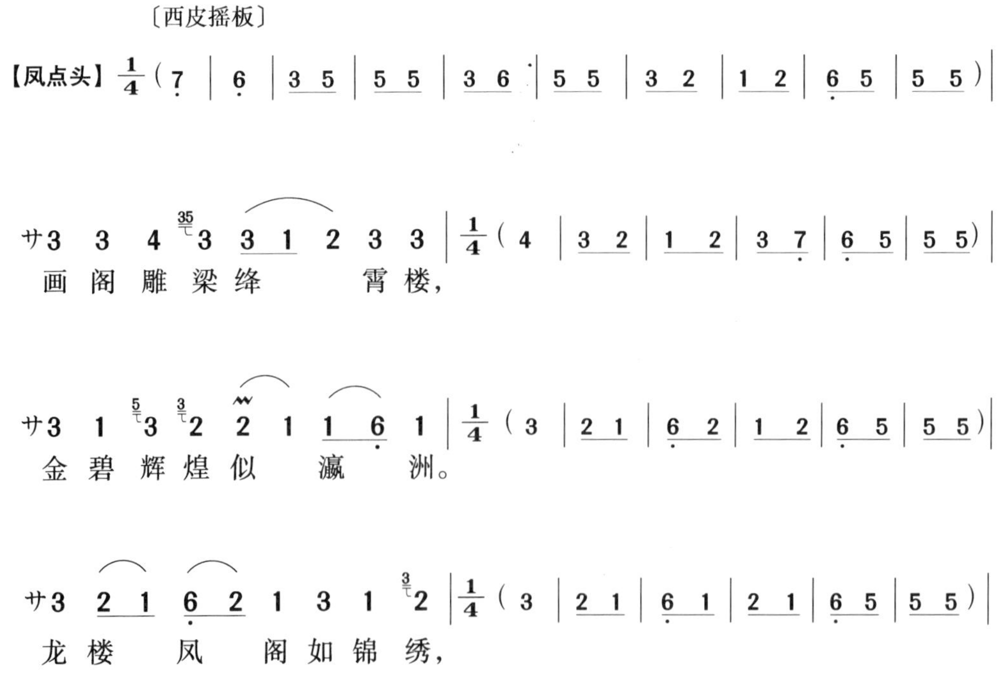

サ 6̣ 2 1 3 ³⁄ₜ2 ∨ 3 3 3 2 3 2 1 1 – ‖

富 贵 属 于 公 伯 王 侯。

屠岸贾 大王！

〔西皮摇板〕

【一锣凤点头】（过门同前）サ 3 3 4 3 ⁵⁄ₜ3 2 1 2 3 | 1/4（4 5 | 3 2 |

晋 国 江 山 升 平 奏，

1 2 | 3 7̣ | 6̣ 5 | 5 5）| サ 3 1 2 ³⁄ₜ2 2 – ⁵⁄ₜ3 2

君 臣 安 享 乐 无

1 | 1/4（3 | 2 1 | 6̣ 2 | 1 2 | 6̣ 5 | 5 5）| サ 5 3 3 1

忧。 得 饮 酒

2 2 1 1 2 3 ³⁄ₜ2 – （大 大 大 大 大 大 衣 仓）

来 且 饮 酒，

啊大王，前者为臣与大王在绛霄楼上比试弹法，未见胜负。今日为臣还请一试，大王意下如何？

晋灵公 寡人正有此竟，尔等退下。（双手一摆。四太监“两边”下场）内侍，摆驾绛霄楼。

大太监 遵旨。

晋灵公 獒犬随孤来呀，哈哈哈哈！

〔【**快长锤**】大太监经台中小圆场至台右前上楼，屠岸贾、晋灵公、獒奴牵獒犬随后小圆场上楼。大太监至台中进门站“大边”后方。晋灵公进门站台中稍后，屠岸贾站“大边”，獒奴牵犬站“小边”。

晋灵公 看弹弓伺候。（大太监“下场门”取托盘，中有两弹弓，上。晋灵公抬头遥望前方）

〔西皮摇板〕

【凤点头】（过门同前）サ 6̣ 2 1 3 3 2 2 3 1 | 1/4（3 | 2 1 |

又 见 空 中 鸟 当 头。

6̣ 2 | 1 2 | 6̣ 5 | 5 5）| サ 3 3 3 1 2 2 ∨ 3

开 弓 弹 打 飞

（太监以托盘递弹弓，晋灵公接过）

〔行弦〕

3 2 2 – | 2/4（2 1 6̣ 1 2 | 2 6̣1 2 3 | 2 1 6̣ 1 2 |

鸟 落， （晋灵公拉弓射弹） （小锣效果）

屠岸贾 （举手夸赞）大王好弹法！

晋灵公 （十分得意）卿家试来。（太监走向屠岸贾以托盘递弹弓）

屠岸贾 （接过弹弓）为臣献丑了。（乐曲止）

〔西皮摇板〕

【一锣凤点头】（过门同前）サ 6 2 1 3 2 3 3 2 1 1 – ‖**【住头】**

只　恐为臣逊一　筹。

（屠岸贾向远处望摇头）

屠岸贾 啊大王请看，此时园中无有飞鸟，叫为臣拿何物来试弹法？（二人向台右前方远眺，**【撕边一击】**晋灵公发现街市人群。

晋灵公 卿家你来看，这桃园以外来往的百姓甚是讨厌，何不将他们当作飞鸟来试你我的弹法，你看如何？

屠岸贾 这样的试法真乃妙得很。（寻找）大王叫为臣先打哪一个呢？

晋灵公 你打年轻的，我打年老的。

屠岸贾 若是俊俏的妇女呢？

晋灵公 俊俏的妇女么？嘿嘿！不但不打，还要叫她进园陪伴寡人吃酒！

屠岸贾 如此你我君臣各持弹弓等候了！

〔**【纽丝】**一老汉身背柴草“上场门”上，行至右台口处。

〔西皮散板〕

老　汉 **【纽丝凤点头】**サ（7 6 6 5 5 3 2 6 2 1 –）3 3 2

背　柴

5 3 3 4 5 3 1 3 2 1 2 3 （6 1 2 3）

草　到街头　去把　粮　换，　（仓）

〔老汉小圆场回到台右前，屠岸贾示意要晋灵公开弓，晋灵公欣然点头。

〔西皮散板〕

晋灵公 5 6 2 1 3 1 3 3 2 3 1 3 2 2 1 ‖**【住头】**

这一　弹定打　中　背草的老年（呐）。

老头儿！

老　汉 （抬头寻找）哪一个？（转身向左）

晋灵公 看弹！（**八仓**）（晋灵公打弹，弹中老汉头部）

老　汉 哎呀！

〔**【乱锤】**老汉抚头踉跄倒地。三百姓从“上场门”急上，扶起老汉。晋灵公见又来众人，招手要屠岸贾发弹。

晋灵公 卿家快来试弹！

屠岸贾 （上前一步）好！打打打！（**八大0　仓　仓　仓**）（与锣经同念）

唢呐曲牌＜水底鱼＞ 1 =♭E 调

唢呐 | 0 | $\frac{2}{4}$ 0 0 | 0 3 5 | 3 2 1 6 | 1 6 1 3 | 2 3 3 |

锣经 | 大台 | $\frac{2}{4}$ 仓 才 | 仓 嘟 来 才 | 仓 来 才 | 来 才 乙 台 | 仓 来 才 |

（屠岸贾连连打弹，一青年被弹打倒，另一个去搀

| 3 2 1 | $\frac{3}{4}$ 2 2 2 6 7 | $\frac{2}{4}$ 6 2 2 | 6 7 6 | 6 – ‖

| 乙 台 仓 | $\frac{3}{4}$ 来 才 乙 才 乙 | $\frac{2}{4}$ 仓 儿 来 才 | 乙 台 仓 | 0 0 ‖

扶。四人跌撞逃向“上场门”方向，下）

〔【冲头】屠岸贾将弓交太监，獒犬摇尾跑向晋灵公，抬起前爪搭于晋灵公之臂，晋灵公拍犬。

晋灵公 哈哈哈哈……！（獒犬回至獒奴旁）

〔西皮散板〕

【快纽丝】（过门同前）サ 3 3 3 1 2 3 3 4 3 2 1 2 3（6 1 2 3 –）
众百姓好 一似飞鸟 落 网，（仓）

屠岸贾 3 1 2 3 3 2 1 3 2 1 1 6 1 1 –（7 6 2 1 –）
打得他头破 血 流 叫 爹娘。（仓）

晋灵公 1 3 2 2 2 1 1 6 6 3 2 1 1 2（7 6 1 2 –）
见他们男和 女 乱 碰 乱撞，（仓）

屠岸贾 5 6 2 1 3 3 3 2 1 2 3 2 1（7 6 2 1 –）
好一 似深山中 迷途羔 羊。（仓）

晋灵公 1 3 2 2 5 3 1 2 3 2 3 2 4 – 3 –
与卿家比 弹 法好 不 欢 畅，

〔【纽丝】二人将弓交与太监，太监“下场门”放弓复上，前面引路，出门走向台左下楼，屠、晋下楼，獒奴牵犬随后下楼，小圆场至台中，太监从“下场门”搬一坐椅于台中，屠岸贾站“大边”，獒奴牵犬站“小边”，晋灵公坐正中。（锣鼓切住）

晋灵公 御羹熊掌伺候。

大太监 大王有旨，御羹熊掌伺候啊！

〔膳夫内白："领旨。"

〔**【纽丝】**膳夫手托方盘，上有盖碗"上场门"上站"小边"。

〔西皮散板〕

【纽丝凤点头】（过门同前）6̣ 2 1 1 2 3 3 2 3 2 1 1 - ‖

忙 将御 羹 献 大 王。

〔**【住头】**膳夫左转于台右面朝晋灵公跪。（**嘟八大仓**）獒犬从獒奴身旁蹿出，扑倒膳夫，膳夫扔盘倒地"屁股座子"。**【冲头】**犬绕膳夫一周，被獒奴牵回。膳夫急忙爬起向晋灵公磕头求饶。晋灵公大怒。

晋灵公 嘟！**【五锤】**好个膳夫，寡人腹中饥饿，你竟将御羹洒落尘埃，真真气煞寡人也！武士手走上！

〔**【冲头】**四武士"两边"上站立两侧面朝晋灵公。

晋灵公 将膳夫推出斩了！（**八仓**）

膳　夫 **【叫头】**哎呀大王啊！小臣被獒犬撞倒尘埃，并非有意，望大王饶命吧……（哭）**【撕边一击】**

屠岸贾 啊大王，看他哭得可怜，就赏他个全尸吧！

晋灵公 好！就与他留个全尸。獒奴！（**仓**）将灵獒放开！（獒奴放开獒犬）（**嘟八大仓**）（犬摇尾走近灵公）灵獒啊灵獒，想是你也饿了，去咬那穿蓝袍的官儿！（**仓**）

〔獒犬转身扑向膳夫，（**八大大仓**）膳夫向左躲闪，（**八大大仓**）膳夫向右躲闪，（**嘟八大仓**）犬漫膳夫头，以头撞之，膳夫向左前方走"抢背"倒地**【搜场】**犬向前咬死膳夫。**【冲头】**犬回至獒奴旁。

晋灵公 哈哈哈哈……！

屠岸贾 （与晋同时）哈哈哈哈……！

晋灵公 内侍，将膳夫尸首装在竹笼里面，抬至郊外掩埋去吧！

大太监 遵旨。

〔**【水底鱼】**四武士抬膳夫"下场门"下。一太监手捧一摞本章"上场门"上。"挖门"至"小边"跪。

太　监 启奏大王，赵相国与众位大人有本章呈上。（大太监接过本章交与晋灵公）

晋灵公 （接过，不耐烦地翻看）**【撕边一击】**这是士会、韩厥、赵相国的本章，真真的讨厌！

屠岸贾 他等多管闲事，无事生非。大王休要理他。

晋灵公 内侍，吩咐在画阁楼摆宴。（站起，走向台中）

大太监 遵旨。

晋灵公 卿家随孤来呀！哈哈哈哈……！

屠岸贾 臣遵旨。（拱手）

〔**【大锣打下】**晋灵公左转身"下场门"下，屠岸贾随下。獒奴牵犬跟下，二太监随下。

第 二 场

闭宫阻读

〔接前场。街市、庙堂。

〔空场。**【乱锤】**四百姓从“上场门”上。一老妇扶背柴草的老汉，一壮年扶一青年从“上场门”上至台中。

老 汉 好昏王啊！

〔西皮散板〕

【凤点头】(过门同前)サ 3 3 3 2 ⁵3 1 2 3 3 (6̣ 1 2 3 -)
晋 侯 作 事 太 凶 恨， (仓)

6̣ 2 1 3 3 2 1 6̣ ⁵3 3 2 1 - (7̣ 6̣ 2 1 -)
弹 打 无 辜 众 黎 民。 (仓)

1 2 3 1 2 2 1 3 ³2 - **【撕边一击】**
怒 气 满 胸 难 消 恨，

〔提弥明内白:“列位闪道，相国来也！”众百姓转身向“上场门”望去。众会意。

老 汉 **【凤点头】**（过门同前） 6̣ 2 1 1 3 2 1 3 2 1 - ‖**【住头】**
见 了 相 国 诉 冤 情。

我们在此等候了。

〔**【撞金钟】**四百姓归“大边”。四龙套“上场门”上,“九龙口”处站“小斜门”。提弥明推车，赵盾坐车“上场门”上。至“九龙口”，赵盾右单手捋髯亮相，抖双袖。

〔西皮散板〕

赵 盾 **【凤点头】**サ (7̣ 6̣ 6 5 - i̇ 3 1 2 7̣ 6̣ 2 1 -)

1 ⁵3 3 1 2 - ³2 ³2 ³2 1 1. 2 3 ³2 -
幞 头 冠 整 将 朝 衣，

〔**【纽丝】**赵盾乘车走至台中稍右。

（过门同前）6 2 1 3 2 2 － 3. 2 1 －（7 6 2
五 云深处奏 丹 墀。（仓）

1 －）3 2 2 6 1 6 3 2 2. 1 6 5 －（4 3 6
军民为 念

5 －）2 7 5 6. 5 7. 6 5 3 6 －0
忧国 事，（大 大 大大 衣 仓）

四百姓　（跪）相国快与我们做主吧！

赵　盾　啊？

【凤点头】（过门同前）6 2 1 1 3 2 1 3 2 3 2 1 －‖
父 老为 何泪 悲 啼？

〔【住头】赵盾下车，以手示意，四百姓起身，赵盾走至台中，四百姓分立两侧。四龙套归正场两侧，提弥明推车站于台右前。

赵　盾　【撕边一击】（捋髯看四百姓）列位因何这等模样？

老　汉　大王宠信屠岸贾，他们在绛霄楼上屡屡打弹伤人，只打得我们面目带伤、头破血流，可怜乡亲们俱不敢的从桃园墙外经过，务农的不敢去田间种地，为商的不敢在街头做事。求相国与我们大家做主吧！（拱手作揖）

赵　盾　【撕边一击】（捋髯一想）众位父老，大王宠信屠岸贾，这样胡为残害百姓，以至连累大家受此痛楚，实实地不该。万望你们各自回去。好好调治伤痕，勤俭务农，诚信经商，千万不可荒废。待老夫即刻进宫当面谏君，使大王悔过自新，改恶从善，谢罪军民就是。

四百姓　多谢相国！我们大家回去了吧。

〔百姓拱手感谢赵盾，赵盾拱手施礼。众人“上场门”下。赵盾右转身目视众人下场。转身至台前。

〔西皮摇板〕

赵　盾　【闪锤】（过门同前）サ 4 3 3 2 3 1 2 3 3 | 1/4（7 | 6 5 |
街 头巷 尾民 嗟 怨，

5 5 | 3 6 | 5 5 | 3 2 | 1 2 | 6 5 | 5 5）| サ 3 2 2 6 1 2
都道大 王

3 2 2 1 6 1 | 1/4（3 | 2 1 | 6 2 | 1 2 | 6 5 | 5 5）
信 谗奸。

1 3 2 2 1 1 6̣ 3 3 2 3 2 1 1 2 3 ³2 -

日　久 恐　要　激 成　　　大　变，

赵　盾　（**大 大 大 大 衣 大 大 仓**）（稍顿一想，右手抓袖，左手撩袍迈右步）速速上朝！

〔【**快长锤**】提弥明推车向前，赵盾迈步上车。四龙套领起圆场“下场门”下。赵盾坐车圆场至“大边”，士会、韩厥“上场门”上。赵盾左转身面向前台，与士会、韩厥相遇。

士　会
韩　厥　（同）相国！（拱手）

赵　盾　二位大人！【**凤点头**】（从“大边”下车，提弥明推车转身“下场门”下）

士　会
韩　厥　（过门同前）6̣ 2 1 1 3 2 1 3 2 1 - ‖【**住头**】

拜　见　相　国　问　金　安。

赵　盾　啊二位大人，大王数月未曾设朝理政，满朝文武屡谏不听，请问二位大人何计教我？

士　会　大王宠信屠岸贾，在桃园朝欢暮乐，荒度岁月不理朝政。相国就该率领文武力谏是非，使大王痛改前非。如若不然，恐怕晋国危矣！【**撕边一击**】

赵　盾　老夫也曾多次上本力谏，只是大王忠言逆耳，如之奈何？

韩　厥　此乃屠贼撺掇大王做此祸国殃民之事。屠贼不除，我晋国无有太平之日了！

赵　盾　咳！如今百姓怨声载道，国家危亡就在旦夕。我们就此进宫力谏，倘若能贬了屠岸贾，封锁桃园，乃是我晋国之幸也！【**撕边一击**】

韩　厥
士　会　（二人相对示意）我二人愿随相国进宫力谏！（**八仓**）（拱手向前）

赵　盾　如此，二位大人请——！

〔【**慢五锤**】赵盾向士、韩拱手。按锣经节奏，左手抓袖、右手撩蟒抬左腿，向台中三步至台正中。韩厥于五锤中与赵盾换位从台右经赵盾身后走至台左。

赵　盾　（念）走过金阶御路，

便是生死禁门。（**台大台**）

〔赵盾念完，斜向走至右台口，右转身迈步往“九龙口”处走。三人呈“编辫子”。士会从台右后走向台中，边走边念。

士　会　（念）秉公为国除奸，（拱手向前）

是非直言无隐。（**台大台**）

〔士会念完已走向台左前，左转身走向“下场门”方向。韩厥从台左后斜向走出，经台中边念边走向右台前。

韩　厥　（念）但愿改恶从善，

今后悔过自新。（**台大台**）

〔韩厥经台中走向台右，右转身走向台右后，赵盾从台右后走向台中。

赵　盾　（念）当念民为邦本——

〔大太监内白：“武士们抬着走啊！”【**撕边一击**】三人闻声，同时转向“上场门”望去。赵盾转向台前，右手指向“上场门”。

赵 盾 （念）那旁有呵斥之声！

〔赵盾与韩厥、士会示意，三人同撤向“大边”。**【水底鱼】**二武士挎腰刀并行与前，二武士抬一竹笼，大太监跟在后面“上场门”上。圆场走向“下场门”。赵盾在前，韩厥、士会二人并行于后，三人与武士等人“大推磨”目视武士等人。武士等走至“下场门”处，赵盾三人经台后方行至台右锣经停住。赵盾急忙向前至台中；伸手招呼太监。

赵 盾 侍臣转来！**【撕边一击】**

〔太监闻声转身回至“大边”。二武士于“下场门”前方放下竹笼与另二武士站成“斜一字”。韩厥、士会站“小边”于赵盾身后。

大太监 （向前一步，拱手）原来是相国与二位大人。

赵 盾 我来问你，这竹笼里面所置何物？

大太监 这个……**【撕边一击】**（太监犹豫不敢说话）此乃大王旨意，小臣不敢言讲。相国若是要看，请您自己打开一看，您就明白了！

赵 盾 你等打开竹笼，大王降罪有老夫承当。（**八仓**）

大太监 既有相国担当，待我打开。

〔**【五锤】**二武士抬竹笼放至台正中后归原位。大太监跪蹲打开笼盖。

相国请看！（声音稍高）

〔赵盾于前，韩、士于后，向前迈步**【长撕边】**双手捋髯看向笼内，大惊，**【一击】**瞪眼亮住。吸气，右手指笼，（**台 台 仓 0**） 抬头惊，亮相。转脸向大太监。

赵 盾 这，这具死尸是哪里来的？！（**仓**）

大太监 （跪地）小臣不敢言讲。

赵 盾 嗯——！（**八仓**）深宫之中出此人命之事，还敢隐瞒，实言告我便罢，如若不然，先斩汝头！（**仓**）

大太监 （摇头无奈）如此相国听禀！

〔唢呐、小锣<急三枪>大太监以手示意獒犬伤人之经过。

赵 盾 （摇头，左手示意）抬出掩埋去罢——！

〔**【冲头】**大太监躬身后起身。二武士抬笼，二武士跟随，大太监随后“下场门”下。赵盾迈步目视武士等下场，转身抖袖。

〔西皮摇板〕

赵 盾 **【闪锤】**（过门同前）サ 3 3 4 3 1 2 3 3 | 1/4（4 | 3 2 |
可 怜 无 辜 死 得 惨，

1 2 | 3 7 | 6 5 | 5 5）| サ 3 2 2 6 1 1 2 3 2
轻 视 人 命

3 2 1 7 6 1 | 1/4（3 | 2 1 | 6 2 | 1 2 | 6 5 | 5 5）
如 草 菅。

1 2 3 1 2 2 3 2 3 2 1 2 3 2 -
国 家 安 危 在 一 旦，

韩 厥
士 会 （同）相国！

〔西皮摇板〕
【一锣凤点头】（过门同前）5 6 2 1 3 1 3 2 1 2
定 是 那 屠 岸 贾 献 媚

3 2 1 | 1/4 （3 | 2 1 | 6 2 | 1 2 | 6 5 | 5 5）|
进 谗。

赵 盾 サ5 61 6 3 6 5 - 1 2 3 3 2 3 2 | 1/4 （3 | 2 1 | 6 1 | 2 1 |
外 忧 未 定 内 生 患，

6 5 | 5 5）| サ1 3. 21 6 2 1 2 3 2 3 2 1 2 1 7 1 ‖**【住头】**
权 奸 不 除 国 不 安！

一同进宫！（**仓**）（抓右袖撩袍亮相）

〔**【快长锤】**赵盾在前左手撩袍圆场步，从“大边”走向台右，韩厥、士会随后走至台右时，韩厥一人走向台中，看“下场门”处宫门紧闭，回身面向台右前的赵盾。**【长锤】**切住。

韩 厥 （拱手）相国！

〔西皮摇板〕
【凤点头】（过门同前）サ1 2 5 3 1 2 2 2 3 2 2 - - 0 0 0 0 0 0
大 王 阻 谏 把 宫 门 掩，（**大 大 大 大 衣大 大 仓**）

赵 盾 （为之一顿，捋髯）噢！

〔西皮摇板〕
【凤点头】（过门同前）6 2 1 1 3 3 2 1 3 2 1 - ‖**【住头】**
立 求 面 奏 叩 宫（呃）环。

韩 厥 （点头会意）待我叩环。

〔韩厥上前叩环（小锣效果）。大太监“下场门”内白：“何人叩环？”

韩 厥 赵相国带领士会、韩厥进宫有本启奏。

〔**【住头】**大太监“下场门”上，立于台左。

大太监 大王有旨，文武百官如有本章均由赵相国一人代理，一概免参免见哪！

〔【撕边一击】韩厥转身向赵盾表示无奈，赵盾见状走向台中。

赵　盾　老夫审查本章已毕，要进宫面奏，快去通禀！（仓）

大太监　（躬身）如引相国候旨。【五锤】（“下场门”下）

赵　盾　（转身面朝前台）闭宫阻谏，定是屠贼的奸谋，使臣不能见君，君不能见本，他好从中专权。难道从此就无有见面之日了么？【撕边一击】（大太监“下场门”上）

大太监　赵相国听旨：大王御体欠安，一切朝政委托相国代理，不必进宫面奏，回府去吧！（“下场门”下）

〔【冲头】韩厥从赵盾身后走向“大边”，面朝“下场门”望。

韩　厥　可恼哇！（转身走向台左前）可恼！

士　会　（于台右前望“下场门”）罢了哇，（摇头）罢了！

赵　盾　【撕边】（捋髯望“下场门”，再看韩、士。双抖袖，摇头）

〔西皮散板〕

【风点头】（过门同前）サ 1 4 5 3 3 4 3 1. 2 3 3
这 才 是 君 昏 臣 心 窘，

（6 1 2 3 －）3 2 2 61 1 2 3 2 1 6
（仓） 贪 娱 阻 谏 避

3 3 2 1（7 6 2 1 －）6 2 1 3 3 2
深 宫。 （仓） 一 片 丹 心

321 6 5 2 7 5 6 － 7 － 7 6 －
终 何 用，

〔【撞金钟】赵盾无奈摇头，与韩、士二人拱手。韩厥、士会拱手后二人撤步、合身，“上场门”同下。赵盾右手捋髯思索，端带上步，右转身，迈步走向“上场门”，四步后定住，（锣鼓切住）抬头，左转身，双抖袖。

〔西皮散板〕

赵　盾　【慢风点头】（6 5 i － 3 1 2 7 6 2 1 －）

3 3 2 5 3 5 3 2 2 6 1. 2 3 － 3 2 3 2 1
闭 桃 园 挡 圣 驾

〔【滚头子】赵盾拱手撤步，上步，左手抓袖右手甩蟒右转身面朝“上场门”亮相，稳步从“上场门”下场。

第 三 场

挡驾谏本

〔前场隔日。桃园外。

〔空场。晋灵公内唱。

〔西皮导板〕

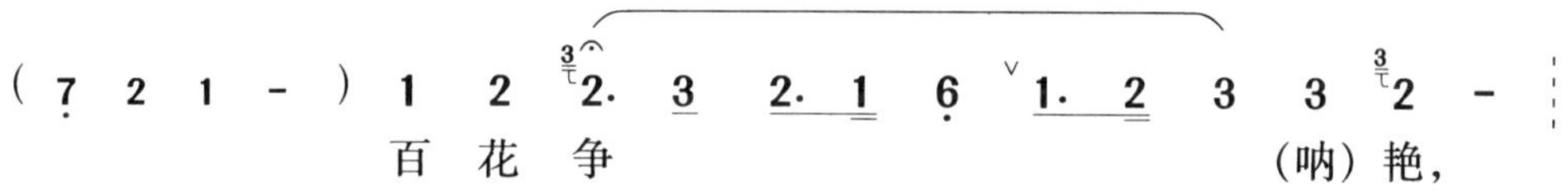

〔【慢长锤】大太监“上场门”上站台右前，屠岸贾上站台右侧，晋灵公上，“九龙口”亮相捋髯、抖袖。【夺头】

〔西皮原板〕

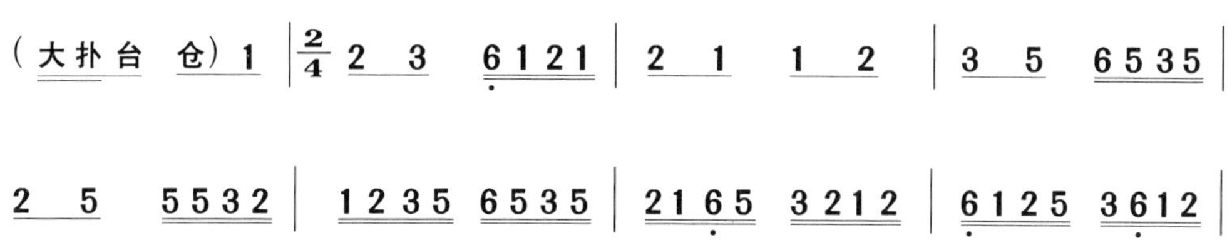

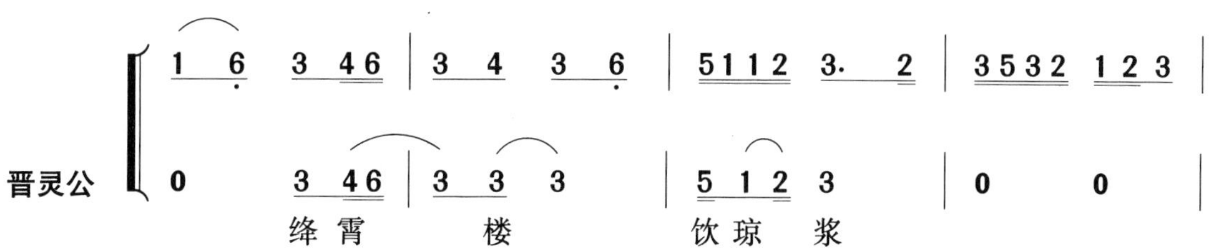

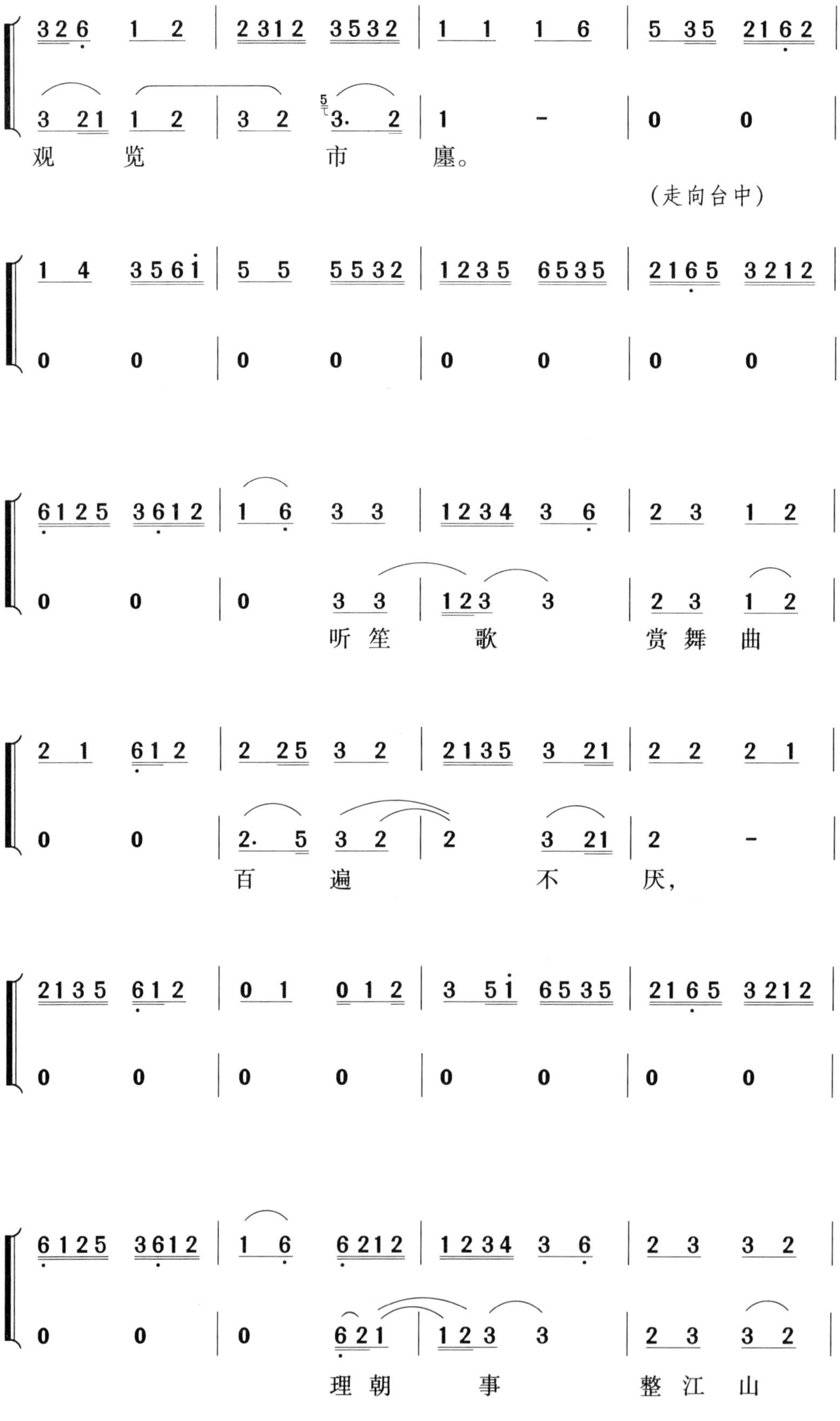
观 览 市 廛。
（走向台中）
听笙 歌 赏舞 曲
百 遍 不 厌，
理朝 事 整江 山

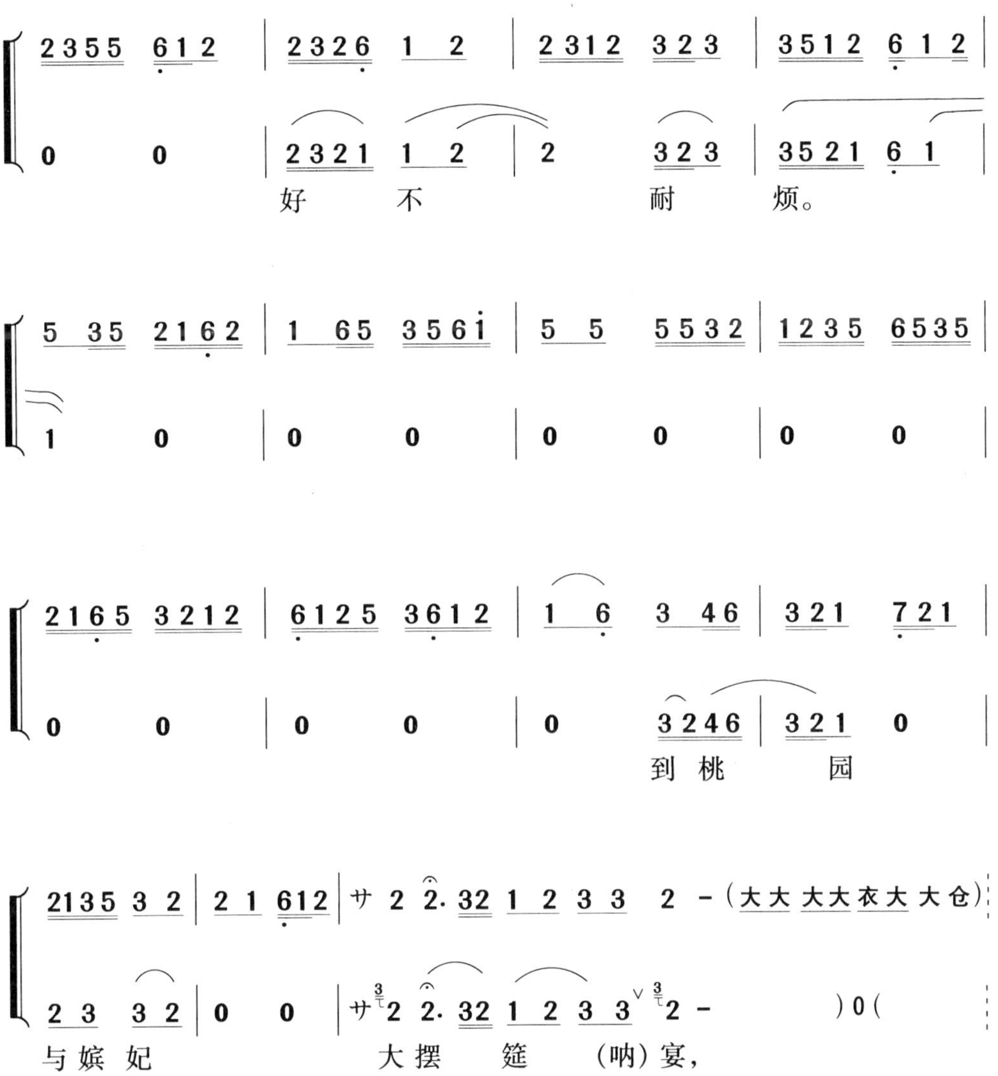

〔二武士从“下场门”上站台左拱手向晋灵公。

二武士 迎接大王！

晋灵公 （转向左，见“下场门”方向桃园门紧闭，又见二武士）啊？！

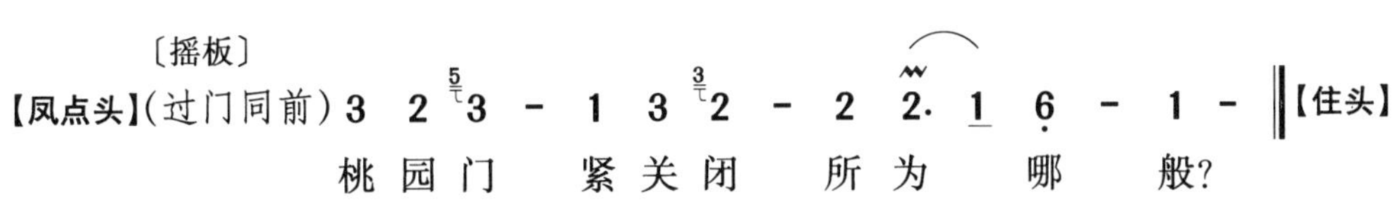

晋灵公 寡人游逛桃园，何人大胆紧闭园门?!

二武士 （拱手）赵相国有命，将桃园关闭。

晋灵公 【撕边一击】（捋髯一愣。看“下场门”，又看屠岸贾）这个老厌物又来多事，还是不见他的好。内侍，摆驾回宫。（欲转身）

屠岸贾 且慢，启奏大王，自古以来只有臣让君，哪有君避臣之理！

晋灵公 他见了寡人总是絮絮叨叨，说长道短，叫孤好不耐烦！

屠岸贾 大王今日若不进桃园，难道从此将桃园让与相国不成?

晋灵公 岂有此理！待寡人问个明白！内侍，传赵相国。就说，孤王到了——！

大太监 遵旨。大王有旨，宣赵相国见驾呀！

〔提弥明“下场门”内白：“启相国，大王贺到——！”

〔赵盾内唱。

〔西皮导板〕

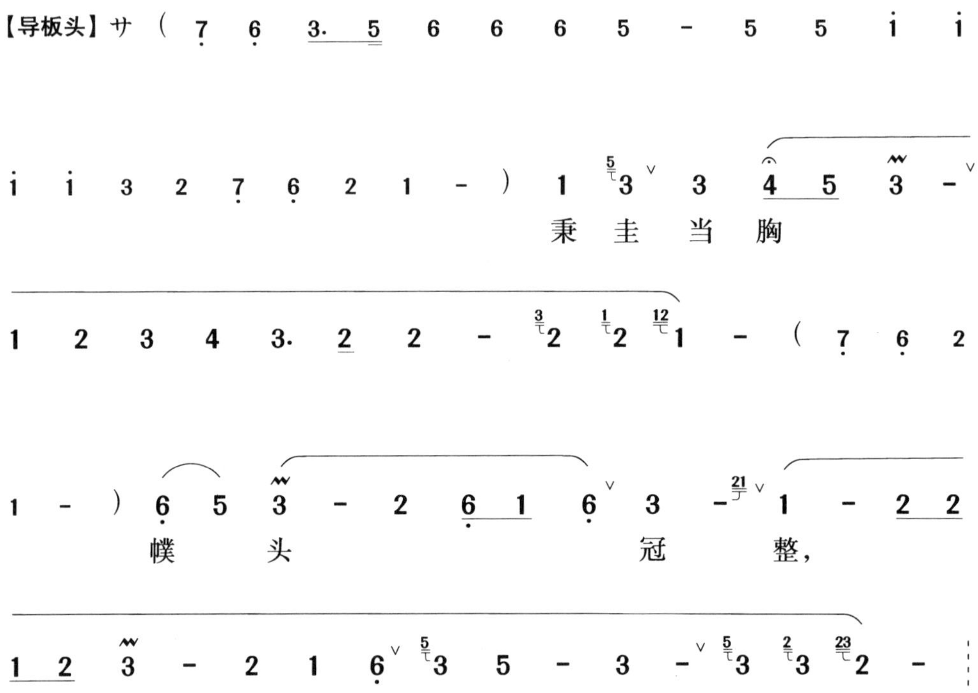

〔【回头】【四击头】【撕边】赵盾端带右手执圭由“下场门”稳步上场亮相，提弥明随后上场站于左侧。赵盾向前迈出三步抖左袖，神色凝重凛然。

〔西皮原板〕

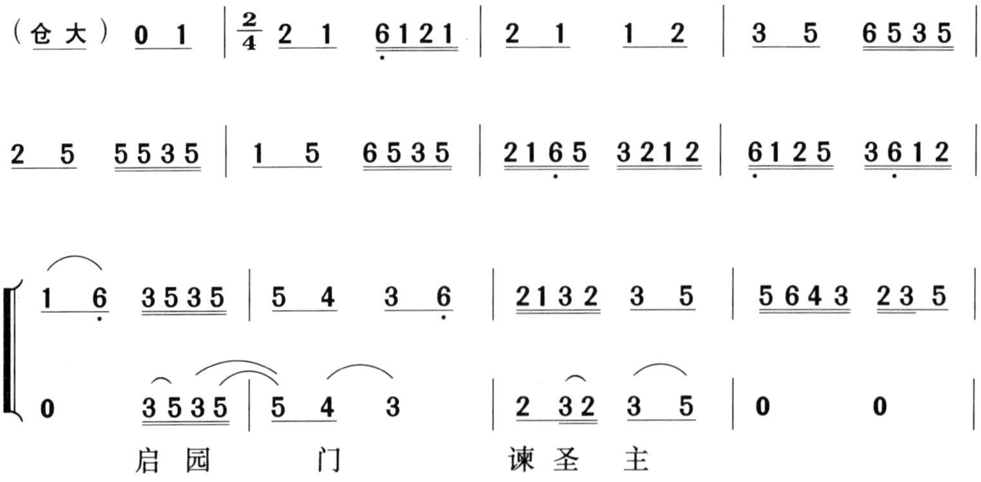

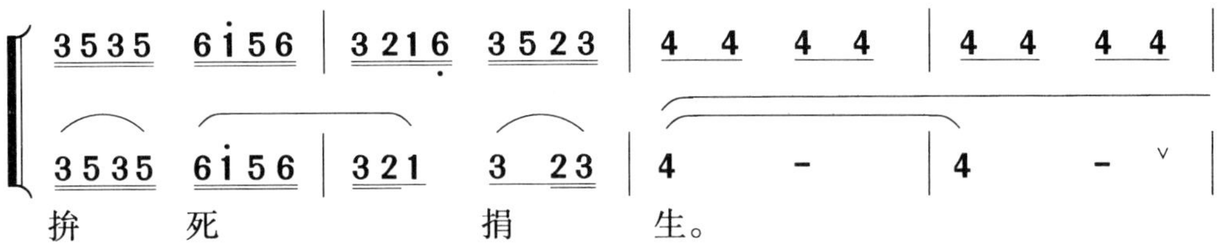

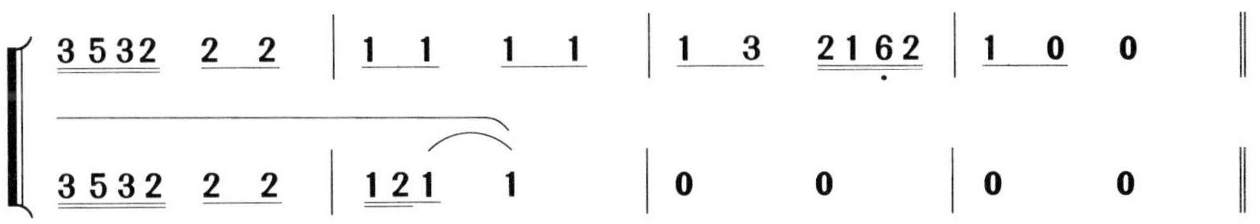

〔【长锤】台左侧两武士向两侧闪开，站于桃园门两侧。提弥明拔栓、开门，出门立于左侧。赵盾出门，整冠理髯，抖左袖双手握圭与立于台中的晋灵公施礼。（锣鼓切住）

晋灵公 （满脸不悦）相国平身！【夺头】

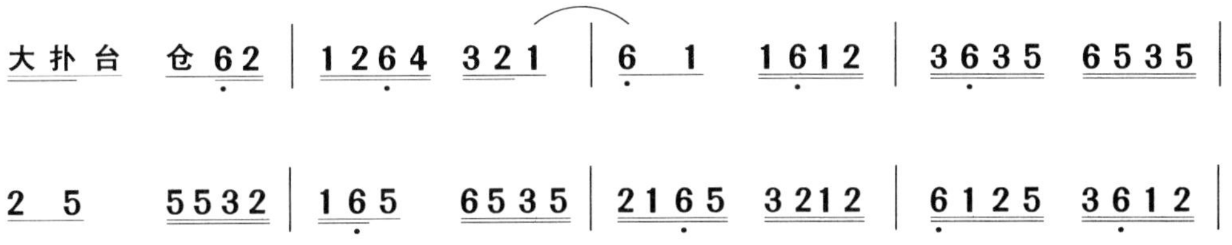

赵 盾

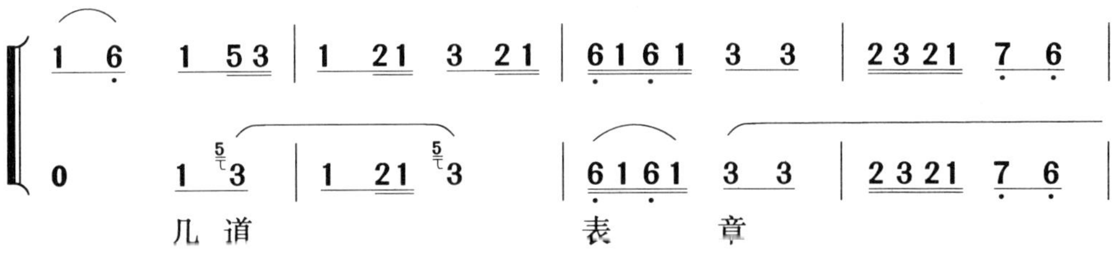

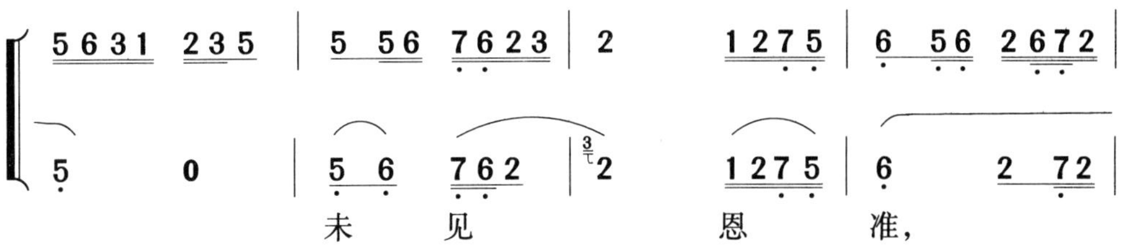

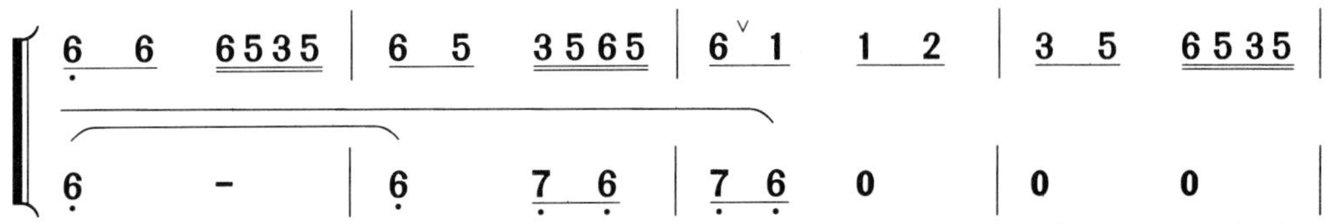

晋灵公白："老卿家管理朝政，

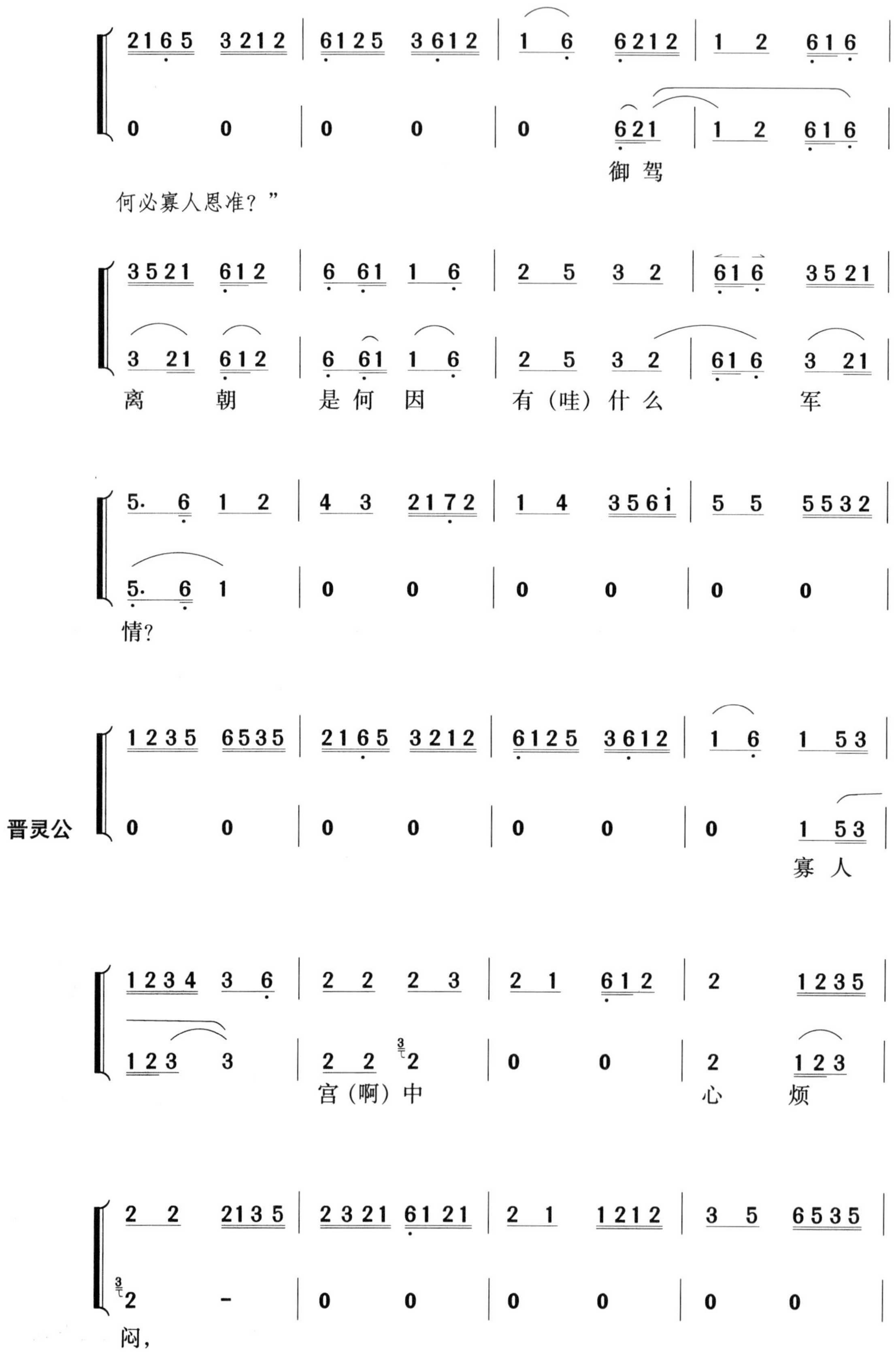
御驾
何必寡人恩准？”
离 朝 是何因 有（哇）什么 军
情？
晋灵公
寡人
宫（啊）中
心 烦
闷，

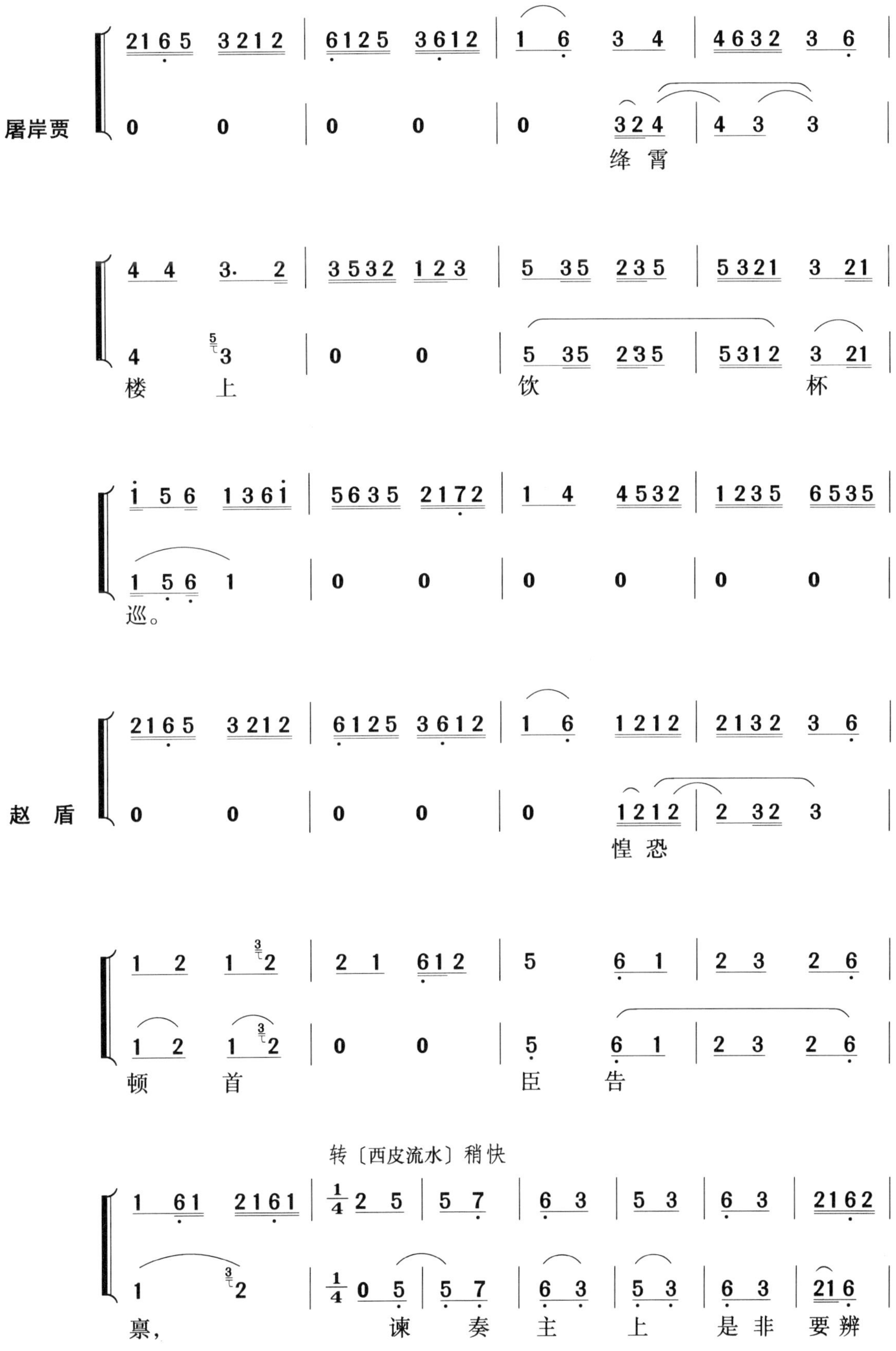
屠岸贾
绛 霄
楼 上
饮 杯
巡。
赵 盾
惶 恐
顿 首
臣 告
转〔西皮流水〕稍快
禀，
谏 奏 主 上 是 非 要 辨

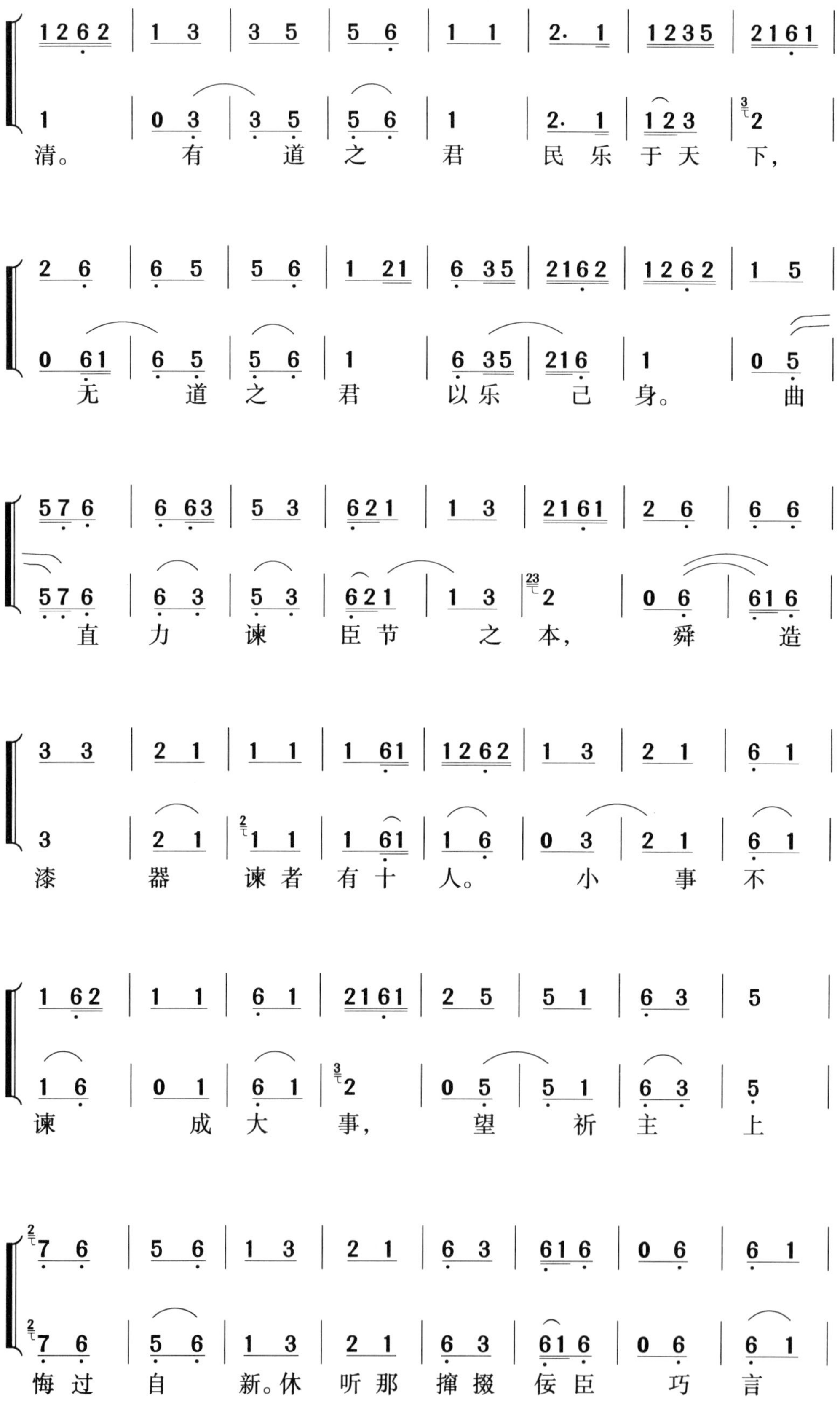
清。有道之君民乐于天下，
无道之君以乐己身。曲
直力谏臣节之本，舜造
漆器谏者有十人。小事不
谏成大事，望祈主上
悔过自新。休听那搀掇佞臣巧言

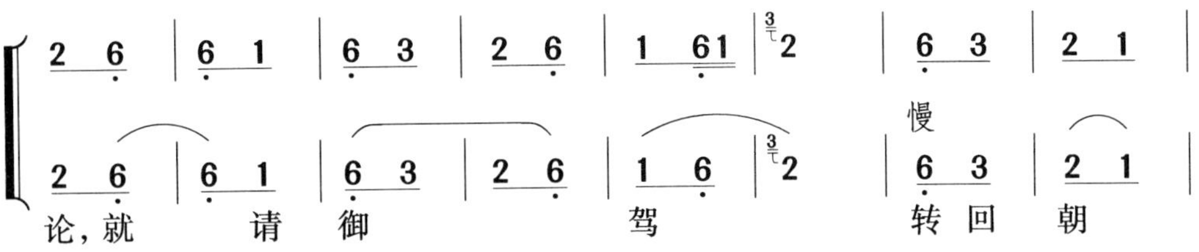

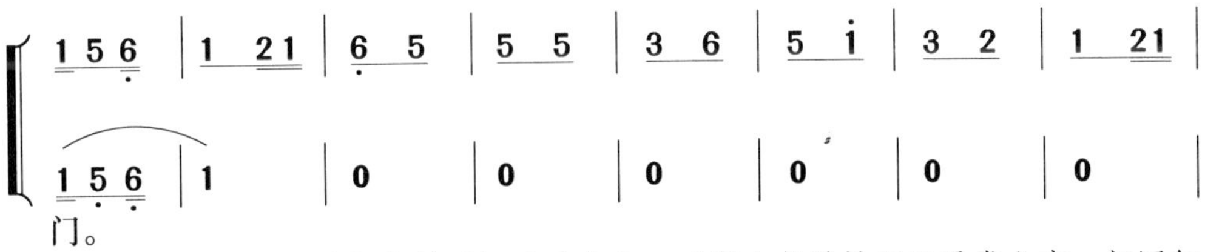

（向晋灵公深深地躬身拱手）晋灵公白：“寡人驾游桃园乃寻常之事，相国何

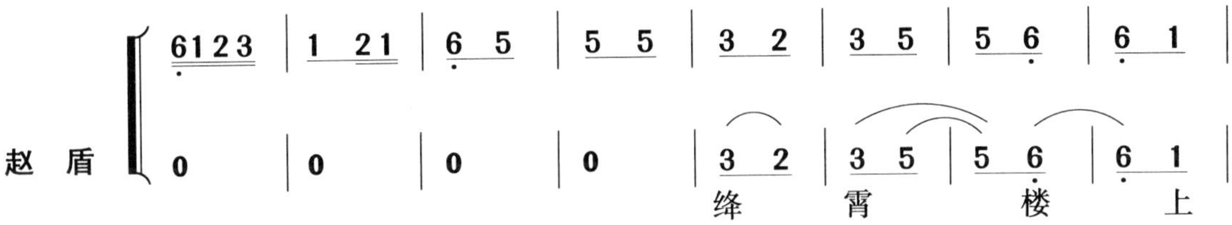

必阻拦？”（欲进桃园，赵盾摇头以双手拦挡）

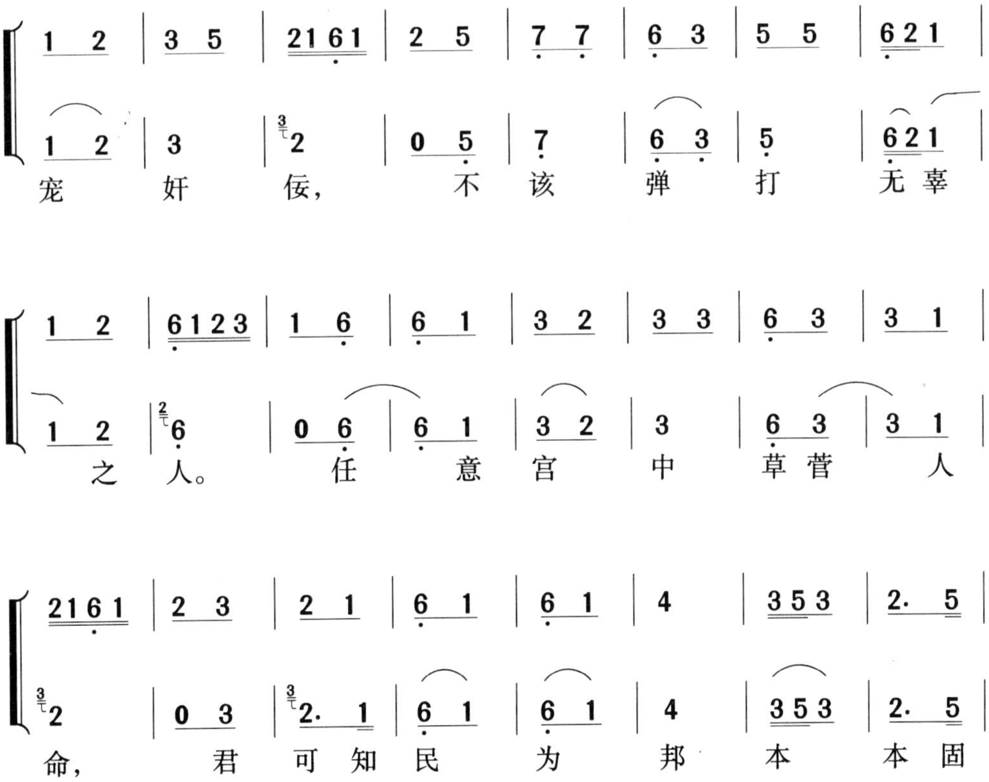

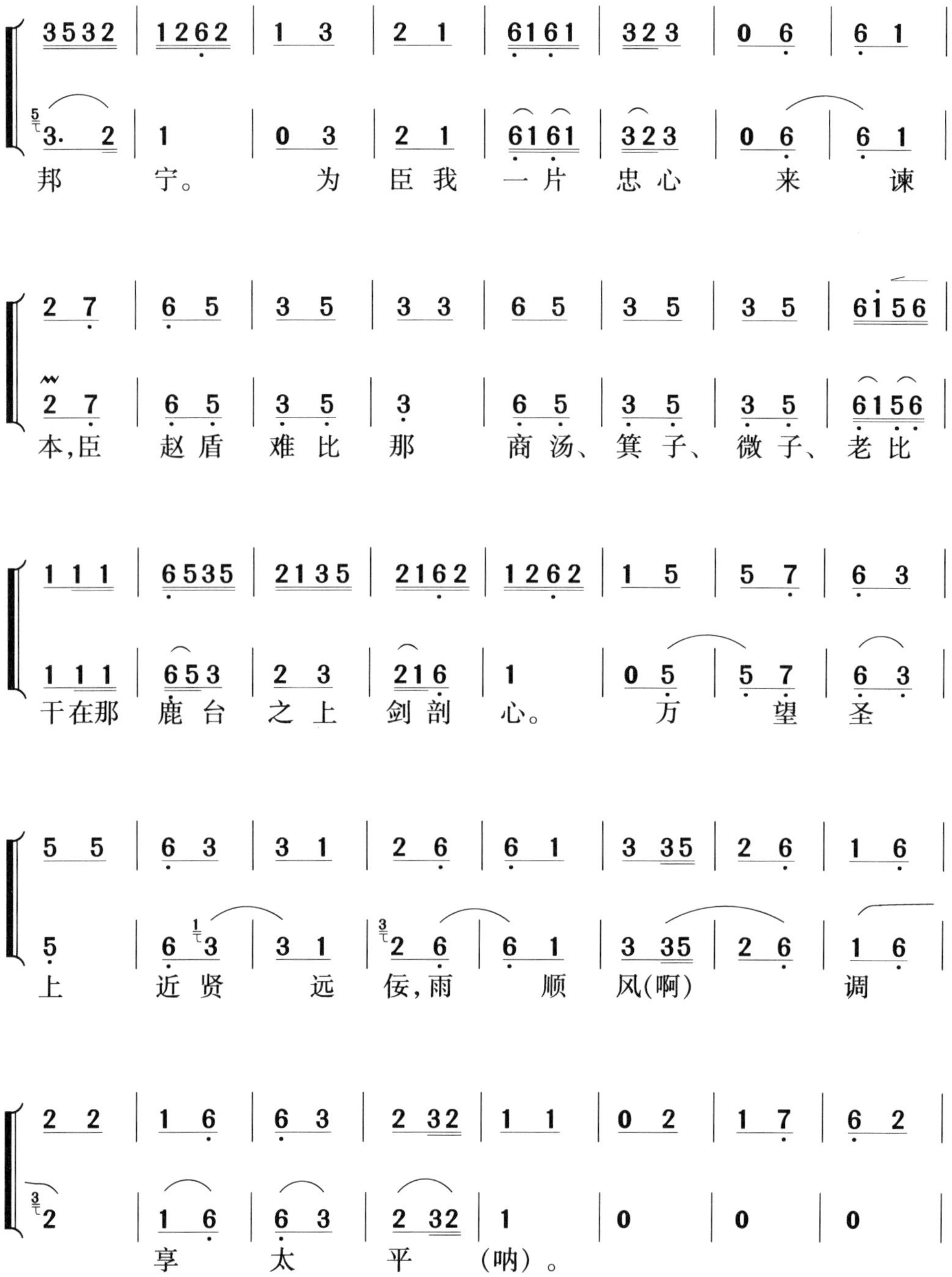

屠岸贾白:“臣启大王,我朝只有

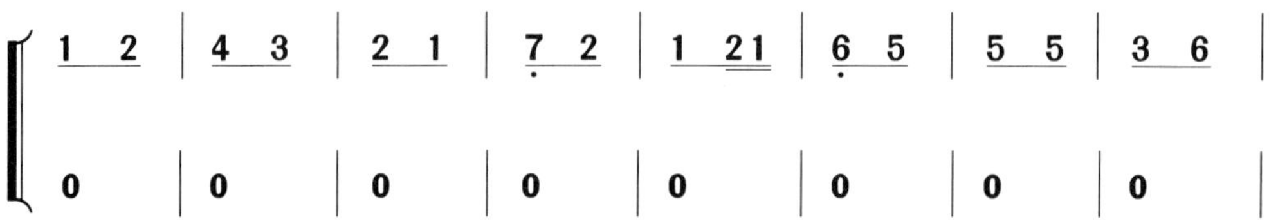

贤臣,哪里来的奸佞,真乃一派罔奏!”(屠岸贾朝赵盾摔袖)赵盾白:“好奸贼!”

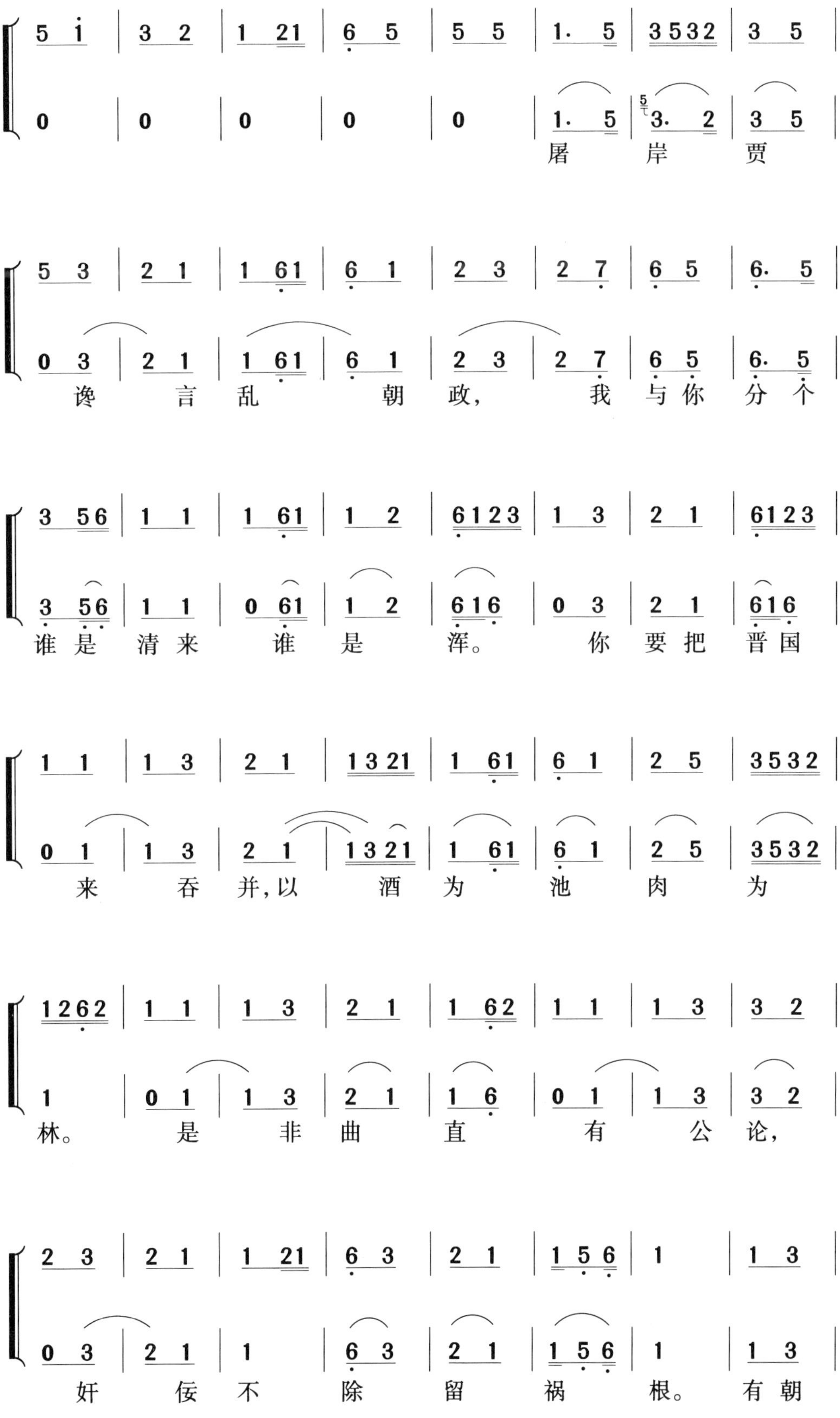
屠 岸 贾
谗 言 乱 朝 政，我 与 你 分 个
谁 是 清 来 谁 是 浑。你 要 把 晋 国
来 吞 并，以 酒 为 池 肉 为
林。是 非 曲 直 有 公 论，
奸 佞 不 除 留 祸 根。有 朝

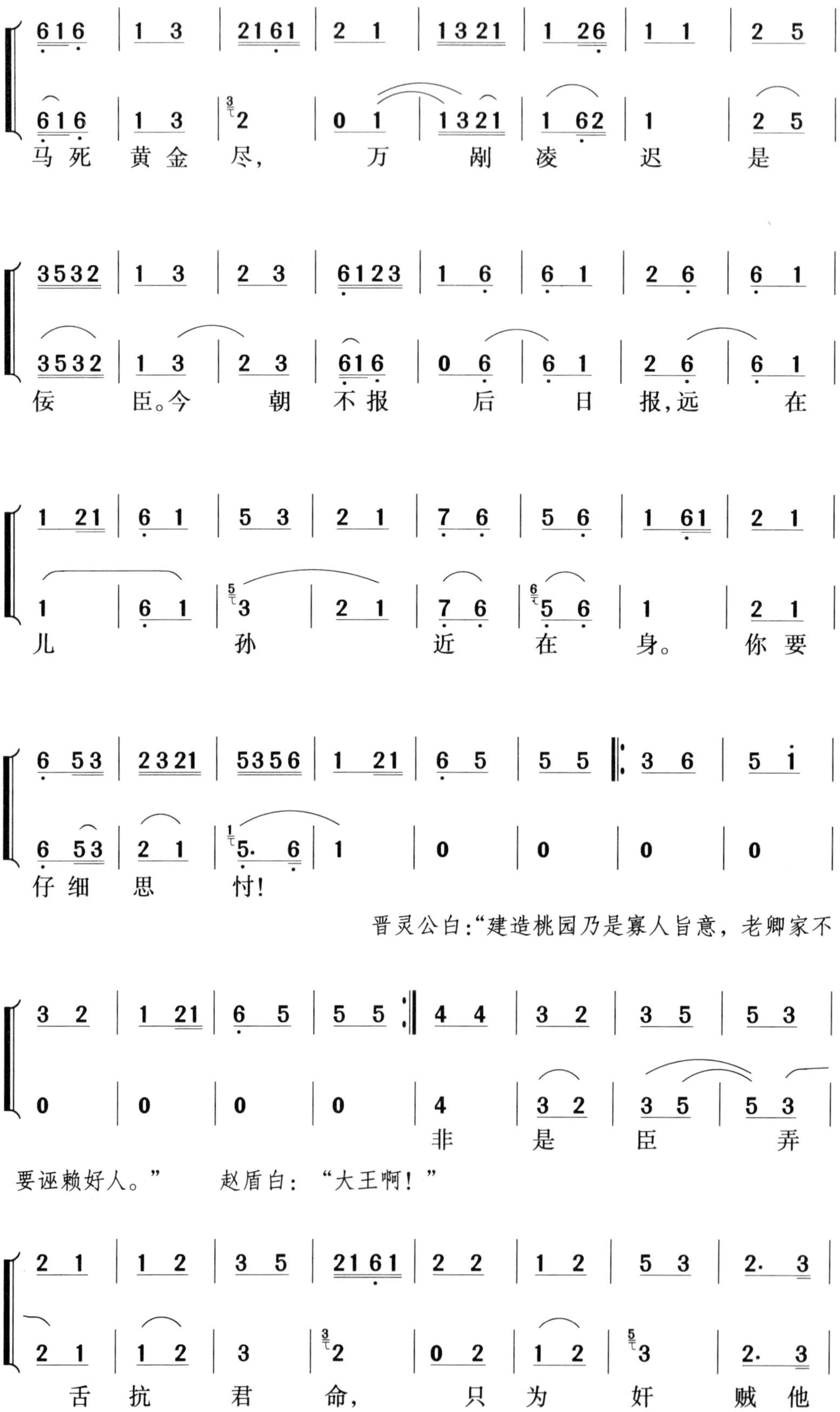
马死黄金尽，万剐凌迟是
佞臣。今朝不报后日报，远在
儿孙近在身。你要
仔细思忖！
晋灵公白：“建造桃园乃是寡人旨意，老卿家不
非是臣弄
要诬赖好人。” 赵盾白：“大王啊！”
舌抗君命，只为奸贼他

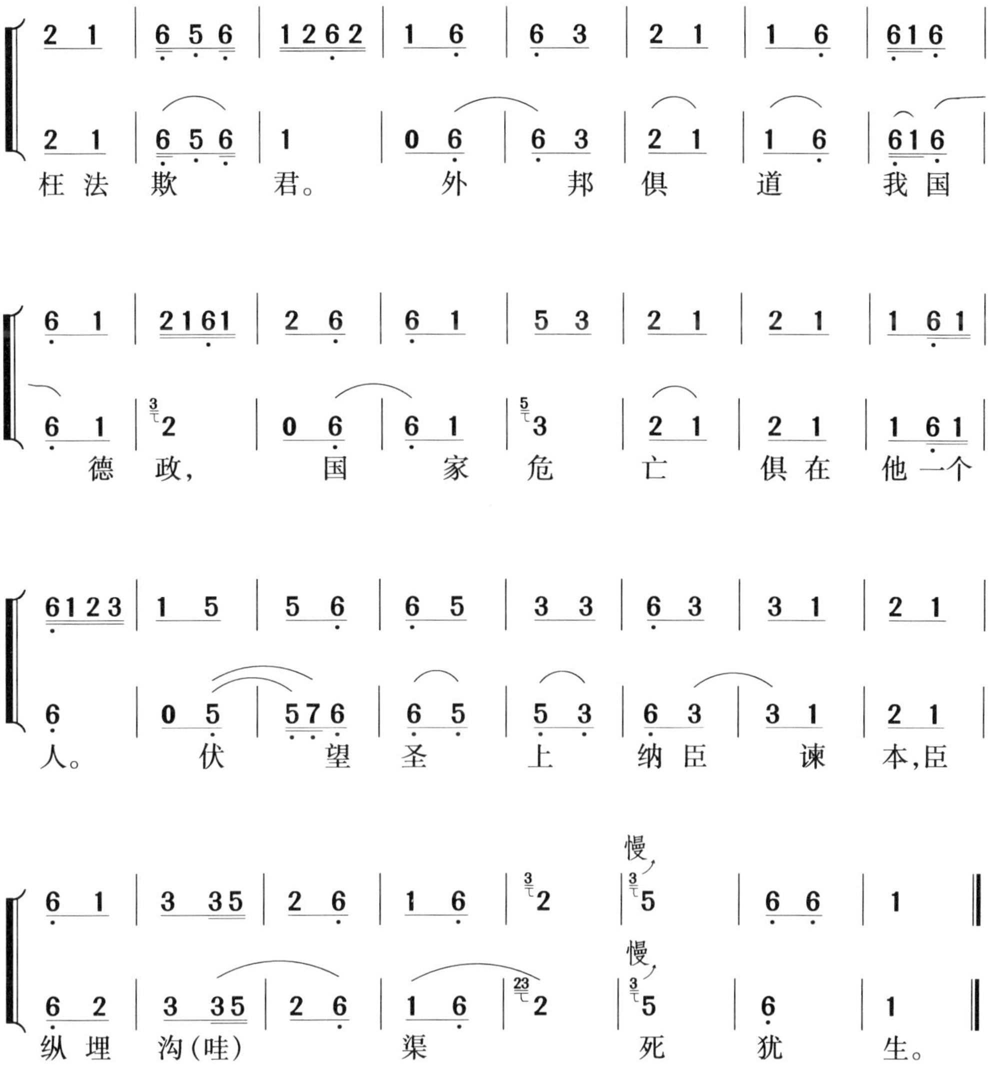

晋灵公 老卿家，你太也唠叨了！（抖右袖）

〔西皮散板〕

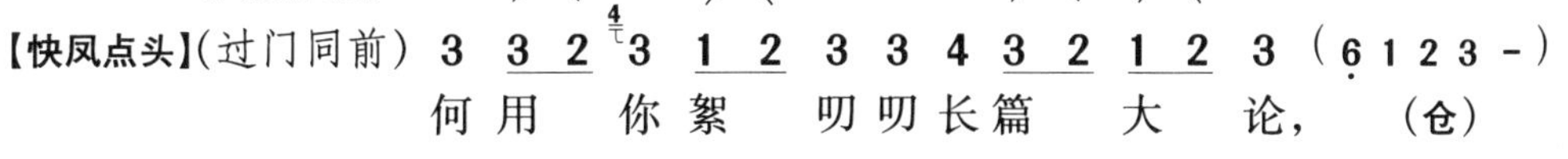

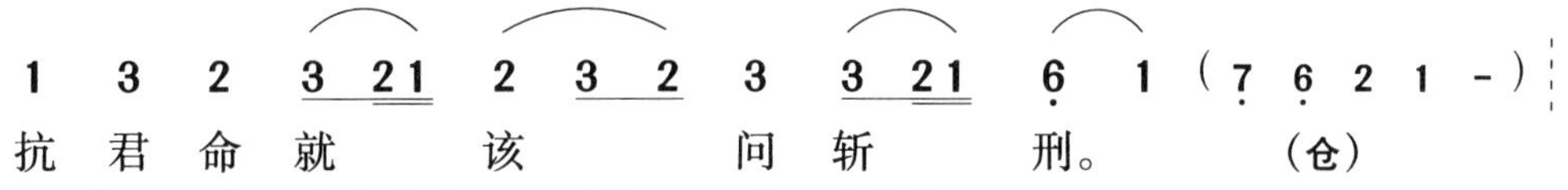

（屠岸贾从台右走向台中，面对赵盾以手示杀头状）

赵 盾 好奸贼！（右手指屠岸贾气极抖袖）

〔西皮散板〕

4 ⁵3 2 1 2 3· 21 1 6 3 2 1 – （7 6 2 1 –）
钢 刀 不 杀 无 罪 的 人（呐）！ （仓）

1 2 ⁵3 1 2 2 – （八 大 顷 – 仓）
竟 敢 与 我
（向前一步，圭交左手，右手抓住屠左手）

1 2 3 3 5 2 3 2 2 – （仓）
来 厮 挺，

屠岸贾 （二人对视）你敢怎样？

〔**【凤点头】**赵盾气极右转身以左手之圭打屠岸贾、屠岸贾同时左转身捂脸亮败相，赵盾转身后右手接圭指屠亮相。晋灵公于台中稍后向前一步。

晋灵公 且慢！（双手制止二人）

〔西皮散板〕
（过门同前）3 2 3 2 1 1 2 3 2 3 3 3 21 1 – 【住头】
欺 压 他 如 同 轻 慢 寡 人。

晋灵公 老相，屠卿家忠心于寡人，况且他有功无过。你何必与他作对？

赵　盾 臣要礼治君子，法度小人！（仓）（指屠）这奸贼不除，实为国家之患！**【撕边一击】**

屠岸贾 （转身朝晋灵公拱手）大王他这样辱骂为臣，真真是欺人太甚！

晋灵公 是啊！老卿家，你再若如此，寡人要生气了！

赵　盾 **【撕边一击】**（看晋灵公，摇头无奈将气吞下，双手执圭拱手）臣，遵旨——。

晋灵公 寡人还要游逛桃园，你快快闪道。（欲向左进桃园）

赵　盾 （挡住晋灵公，拱手）臣还有本奏。

晋灵公 嗳——！这桃园以外不是议论国家大事的所在。有本明日进宫再议！**【撕边一击】**（扔左袖不耐烦地转向右面）

赵　盾 为臣也曾三次进宫，只是大王掩闭宫门……

晋灵公 （转过身来）好了，好了！寡人这次绝不食言就是。

赵　盾 为臣实为国家之计。既然如此，明日早朝为臣进宫与大王商议国家大事。臣别驾了——！

〔**【五锤】**提弥明左转身“下场门”下，推车再上立于左台口。赵盾躬身拱手拜别晋灵公，走至台中与屠岸贾照面。

赵　盾 （右手以圭指屠）撺掇献媚的小人！（边说边走）提防尔的（走至台左上车、转身）陆阳魁首！① （右手以圭再指屠）

---

① 陆阳魁首：应为六阳魁首，亦作六阳会首、六阳首级。中医十二经脉中，有手三阳、足三阳六经脉，谓之六阳，六阳经脉皆聚于头部，故也把头称为六阳、六阳会首、六阳魁首。此处是赵盾警告屠岸贾小心性命。

〔【大锣原场】赵盾上车后往台中走两步，欺屠，屠岸贾向右撤步，赵盾转身“下场门”下。屠岸贾追向“下场门”看。

屠岸贾 老而不死实为贼！（扔左袖跺脚，右转身回至台左）

〔西皮散板〕

晋灵公 【凤点头】(过门同前)サ3 3 2 ⁵3 1 2 3 3 5 32 1 2 3 -（6̣ 1 2 3）

这老 儿若 不死 实为 后 患！（仓）

3 3 2 3 3 21 1 3 ³2 2 1 6̣ 1 1 - ‖【住头】

思一 计灭 赵 盾好 保桃园。

卿家，那赵盾老儿若是不除，这桃园恐怕难保！

屠岸贾 大王要除赵盾，为臣倒有一计献上。

晋灵公 卿家有何妙计？

屠岸贾 为臣府中有一勇士，名叫钮麑。此人膂力过人，颇有胆量。命他今晚夜入相府，刺杀赵盾，大王意下如何？

晋灵公 【撕边一击】（捋髯一想）好，卿家命他前去，将赵盾杀死，寡人重重有赏！（八仓）

屠岸贾 遵旨。

晋灵公 正是。【住头】

（念）不施万丈深潭计，

屠岸贾 （念）怎得骊龙颔下珠。

〔【大锣打下】屠岸贾拱手请晋灵公入园，晋灵公进桃园门“下场门”下，屠岸贾跟下，太监随下，二武士进园下。

第 四 场

钮 麑 行 刺

〔前场当晚。相府。

〔场上一桌、“大座”。桌上放文房四宝、奏折。

〔京胡奏曲牌＜二黄小开门＞程婴手持纱灯“上场门”上，将灯放在桌上。走至中场面朝“上场门”拱手。

程　婴 有请相国。

〔提弥明上至“九龙口”右侧，赵盾上，（大大台）“九龙口”稍停。锣鼓效果【一更鼓】。赵盾捋髯看天，走至台中。曲牌停。

赵　盾 今日在桃园挡驾谏本，大王袒护屠贼不纳忠言，命我明日早朝进宫商议国政。看，（台）（捋髯看天）初更已过，待老夫修好本章，准备进宫申奏。程婴！溶墨伺候！

程　婴 遵命。

〔（台）赵盾右转身走至桌前入“大座”，翻开奏折。程婴于桌左侧溶墨，提弥明于桌右侧侍立。

〔赵盾边写边唱曲牌<掉角儿> 1=$^\flat$E 调。弹拨乐伴奏。

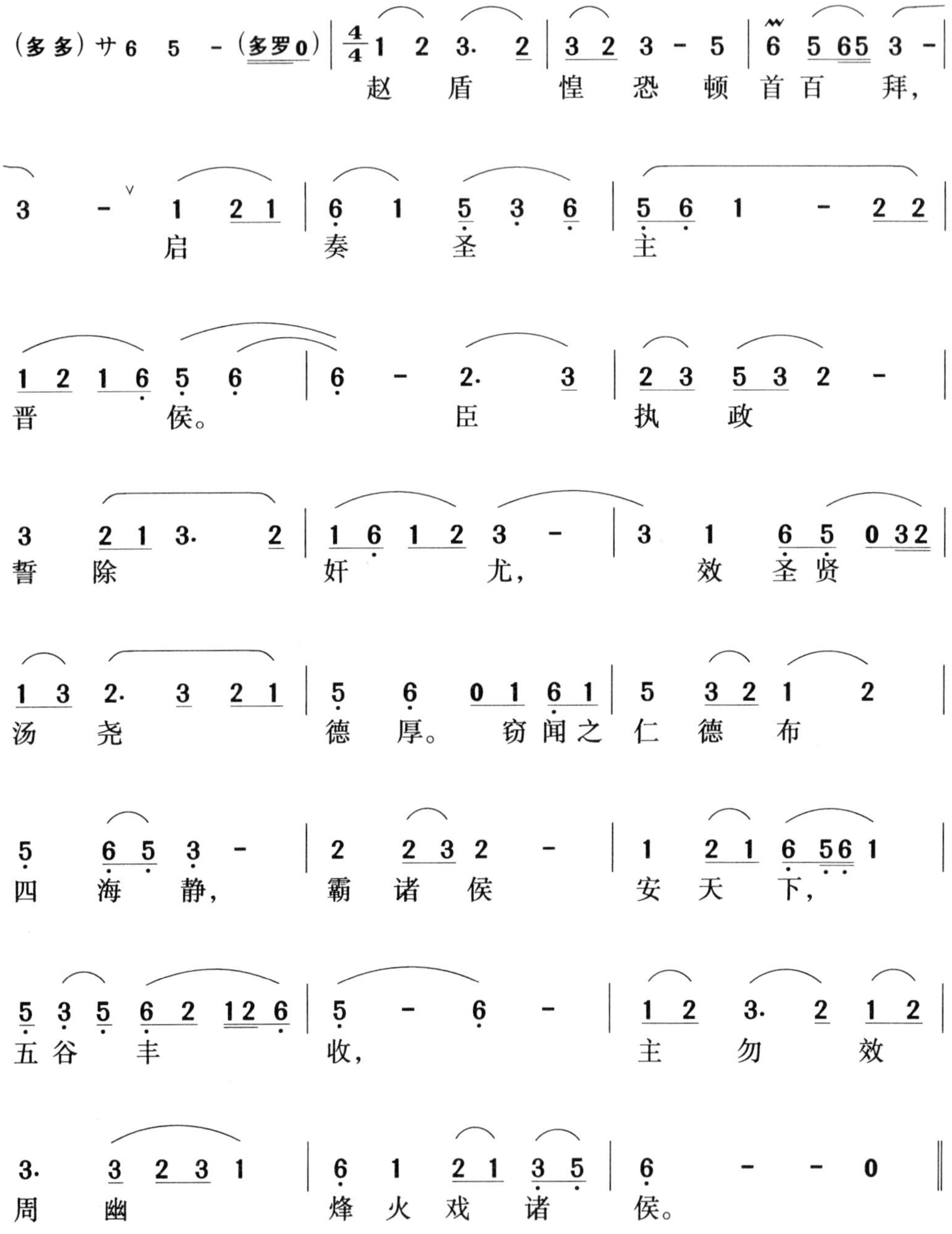

赵　盾　（大 大 大 大 乙 台）（抬头看程婴）程婴，周幽王烽火戏诸侯而失天下，大王今在绛霄楼上打弹伤人，朝欢暮乐，惟恐蹈前朝覆辙，老夫以此谏奏你看如何？

程　婴　相国直言谏奏，真乃社稷之臣！

赵　盾　咳！朝事不明，谗臣当道。老夫今已年迈，我赵家只有赵穿、赵朔。他兄弟二人虽是文武兼全，但是刚柔不能相济。我看你虽然年幼，素性诚实，日后还望你在他弟兄面前多加指点才好。

程　婴　启相国，程婴年幼，才疏学浅，怎比二位少公子文武兼全。日后相国如有用我之处，程婴赴汤投火万死不辞！

赵　盾　如此老夫放心了！**【二更鼓】**

<掉角儿>

4/4（扎多多多）6 1 2 | 1 1 1 5 6 5 | 6 1 ˇ 1 3 2 1 |

鼓 咚　咚 更 深 夜　静，文　武

6 1 5 3 0 5 0 5 | 6 － － 0 ‖

朝　臣　待　漏。（大 大 大 － 台）

赵　盾　提弥明，今夜我要早到朝房，等候大王宣召。二更已过，命你府外备车，四更时分我就要上朝。

提弥明　（拱手）遵命。

〔**【五锤】**提弥明开门，出门“下场门”下。赵盾观看本章。**【五锤】**中钼麑持刀“上场门”上，走至右台前亮相。**【撕边一击】**向门内张望。

钼　麑　哎呀妙啊！是俺正在为难，不能进府。忽然见一大汉，将府门开放，此乃是天助我成功也！**【撕边一击】**（望门内“下场门”外）看院内有棵槐树，待我悄悄进去，隐住身影，见机行事便了。

〔**【撕边一击】**钼麑涮刀，左手按掌，提左腿低身进门，径直走向“下场门”方向，**【撕边一击】**背刀朝赵盾亮住，（匝、匝、匝、匝）撤步，“下场门”下。

〔**【纽丝】**赵朔“上场门”上、至右台口。

〔二黄摇板〕

赵　朔　**【凤点头】**サ（6 5 3 2 － 2 3 3 2. 1 6 6

6 5 5 5）1 3 3 2 3 2 3 3 6 5 6

老 爹 爹　为 国　事 深

7 6 5 6 1（6 5 6 7 6 1）7 6 2 7 5 6

夜　不　倦，　（仓）　年 迈　人 怎

7 7 6 6 5 7 7. 6 5 6 6 5 － ‖

经 得 秋 末　风 寒。

〔**【住头】**赵朔进门转身上前，面朝赵盾躬身施礼。

赵　朔　参见爹爹。

赵　盾　罢了。

赵　朔　啊爹爹，二更已过尚未安眠，莫非朝中有为难之事不成？

赵　盾　国家安危就在旦夕，难道我儿你还不知？

赵　朔　孩儿一一尽知，皆是屠岸贾奸贼之过。爹爹天明上朝，孩儿有意随爹爹进宫一同力谏，不知爹爹意下如何？

赵　盾　这倒不用。但有一事我儿须要留心在意。

赵　朔　爹爹有何吩咐？

赵　盾　那屠岸贾心怀叵测，近闻他招纳亡命之徒，图谋不轨，儿要查其动静，以防不测。

赵　朔　孩儿记下了。**【三更鼓】**（程婴暗上立于左侧）三更已过夜已深了，

程　婴
赵　朔　（同）请 相国
爹爹 安歇片刻。

赵　盾　咳！儿啊——！

〔二黄原板〕

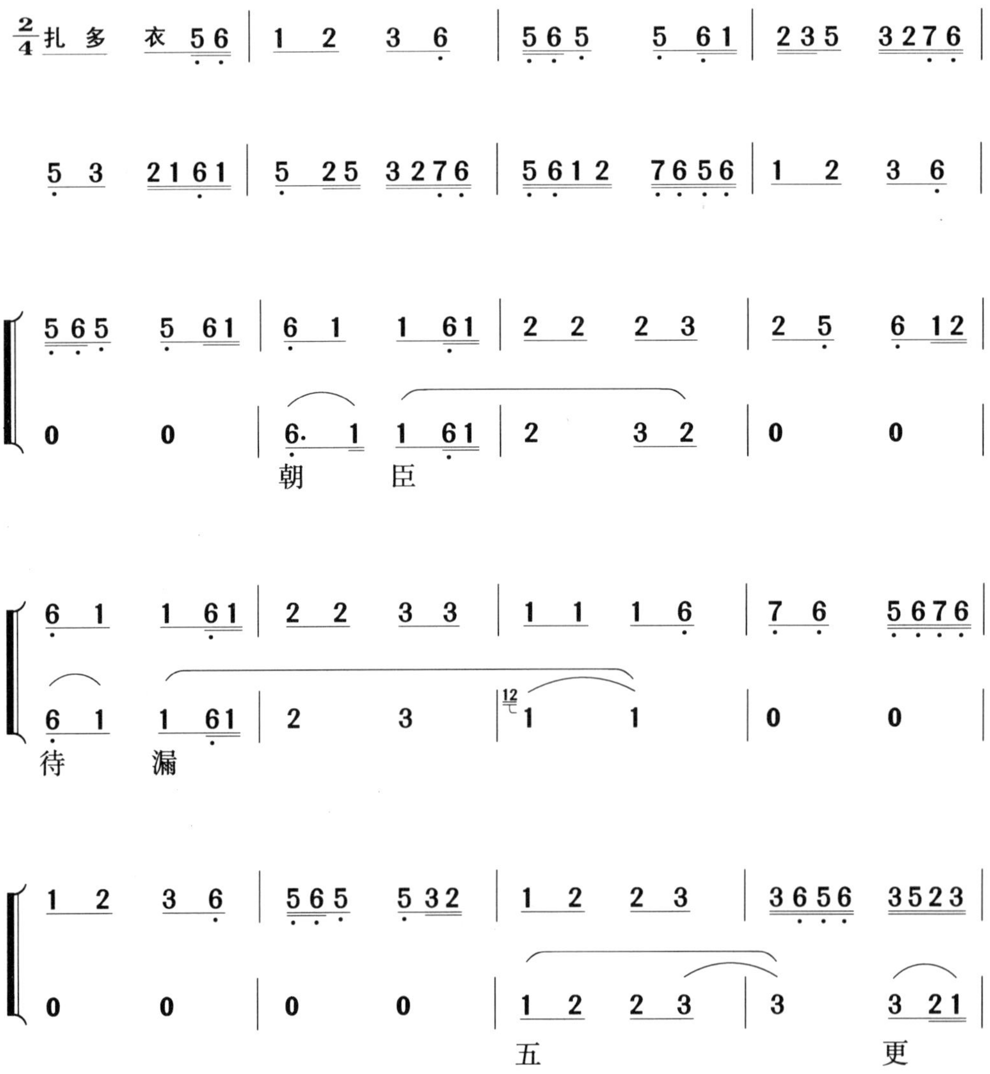

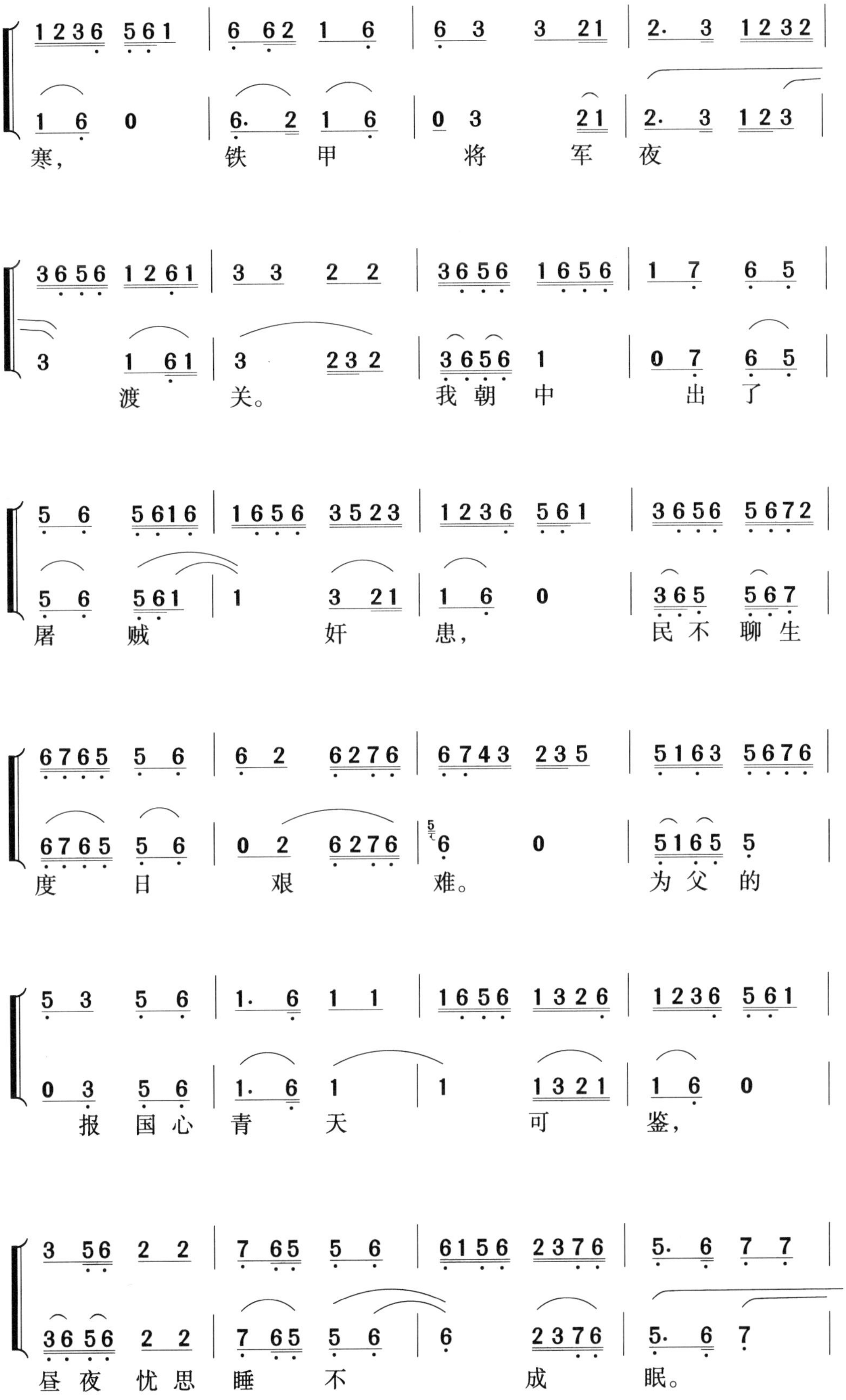
寒，铁甲将军夜
渡关。我朝中出了
屠贼奸患，民不聊生
度日艰难。为父的
报国心青天可鉴，
昼夜忧思睡不成眠。

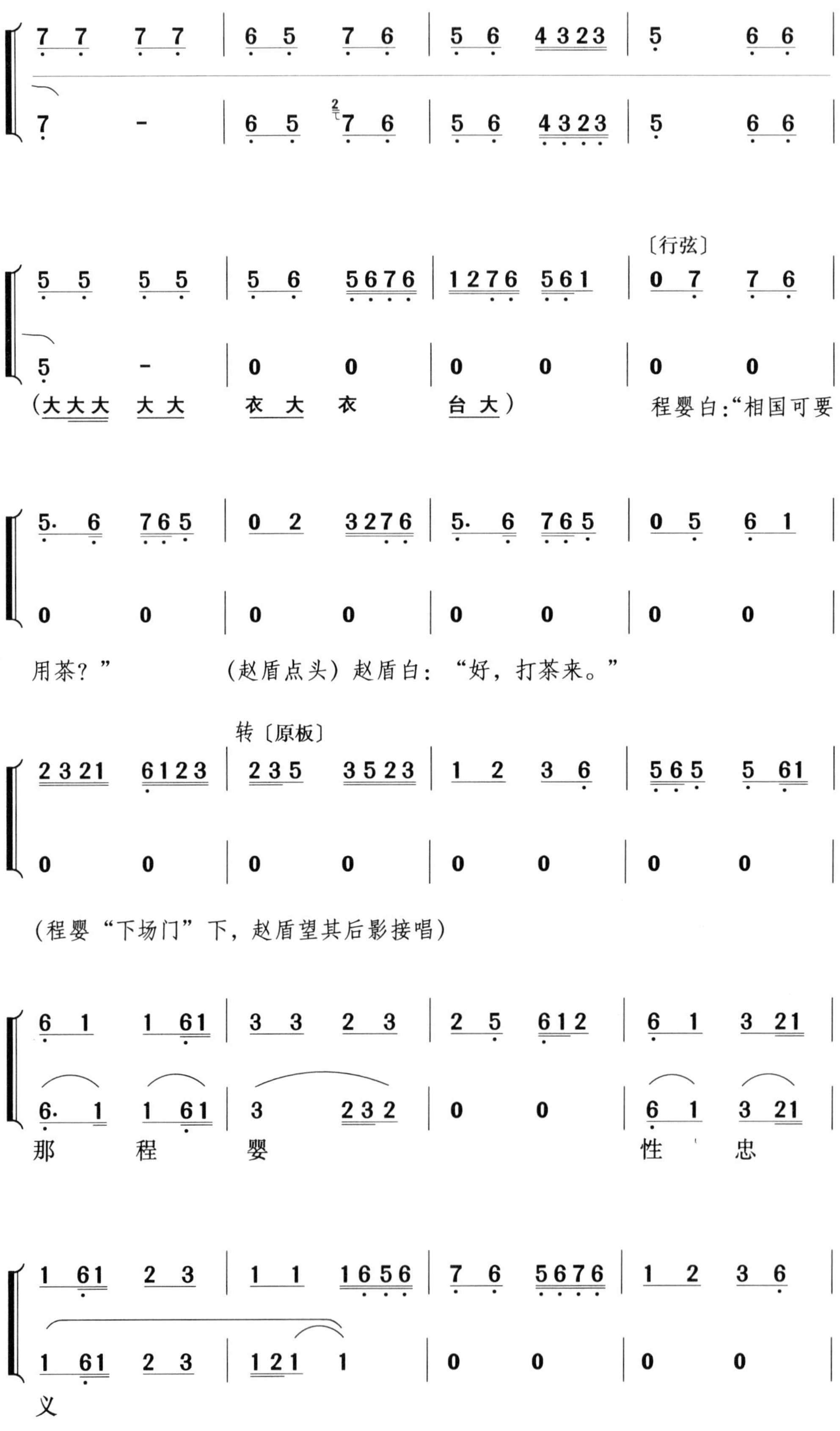
〔行弦〕
（大大大 大大 衣 大 衣 台 大）
程婴白:“相国可要
用茶？”
（赵盾点头）赵盾白：“好，打茶来。”
转〔原板〕
（程婴“下场门”下，赵盾望其后影接唱）
那 程 婴 性 忠
义

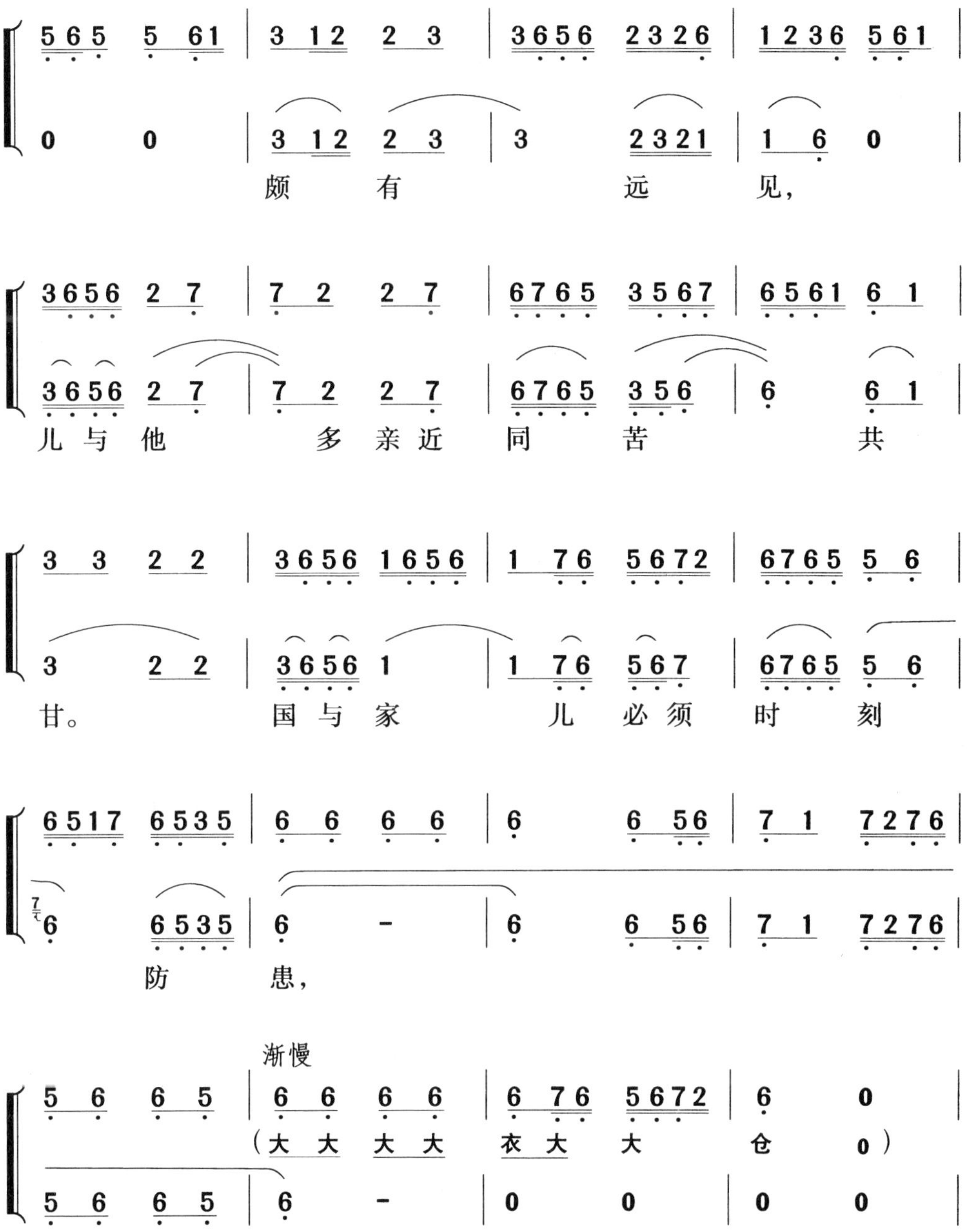
颇有远见，
儿与他多亲近同苦共
甘。国与家儿必须时刻
防患，
渐慢
（大大大大 衣大 大 仓 0）

赵　盾　儿要记下了！

〔二黄散板〕
【凤点头】（过门同前）
为父的言语要谨记心间。
（仓）
〔散板〕
赵　朔
孩儿我遵父命怎敢怠慢，

〔【纽丝】赵朔向赵盾躬身施礼，赵盾示意其退下，赵朔拱手，“上场门”下。钮麑“下场门”上，至左台口前，惭愧摇头。

钮　麑　我今错矣！

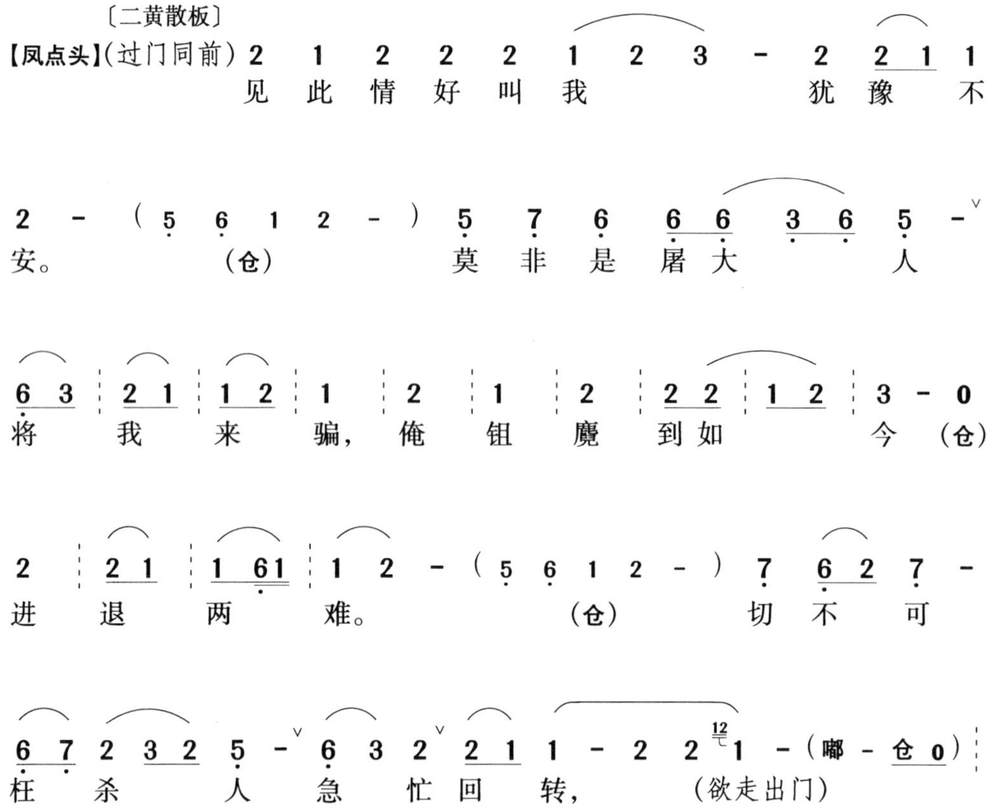

钮　麑　不可！（停住脚步一想退回）

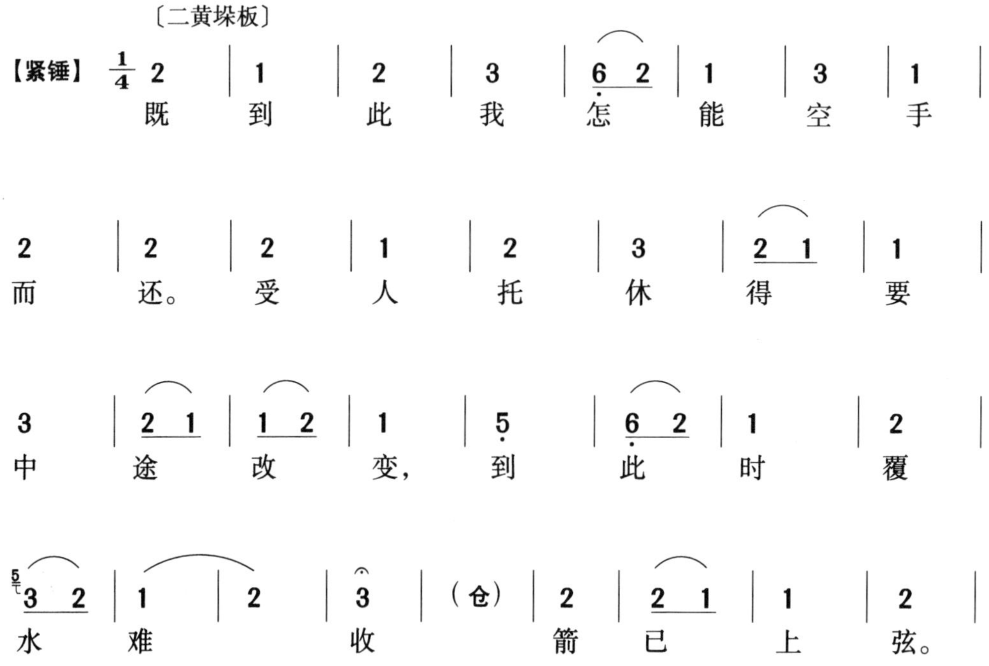

サ 2 1 2 2 3 2 1 6 －（顷 仓）3 ┊ 2 1 ┊ 1 2 ┊ 1 ┊
赵 相 国 你 一 死 （涮刀） 休 把 我 怨！

〔【五锤】钽麑左转身，右手出刀于台左前方，“大刀花”转身走向台中赵盾方向，在“仓才仓才”之时向赵盾举刀，赵盾闻声，抬头起身，同时厉声喝道：“大胆！”并在【五锤】的最后一锣“仓”中与钽麑同时亮住。二人四目相对，赵盾目光威严，钽麑心虚胆怯，赵盾盯住钽麑从桌左侧迈出左步，（仓）一顿。再欺向钽麑迈出右步，（仓）钽麑同时后退。赵盾紧接连续迈出两步欺向钽麑，钽麑同节奏退后两步（0 大八 仓）。起【慢撕边】（大八大八－嘟）（由慢至快）赵盾盯住钽麑，以左手指钽麑，意为“你？要杀（以手势做杀状）我？”（右手势指自己）赵盾打量钽麑，转眼，一想，双手抓袖，大翻袖背手于身后，向前迈出左步向钽麑伸出脖颈亮住（八大仓）。钽麑在“慢撕边”中，见赵盾以手势问他，已不知所措，见赵盾面无惧色伸出脖颈，在“八大仓”中倒步亮“败相”。【大锣慢风点头】赵盾随节奏抬头看钽麑，抖左袖、右袖，走向台前。钽麑摇头跺脚将刀丢于地下，右弓箭步抱拳向赵盾低下头。

〔二黄散板〕

赵 盾 （6 5 3 2 1 6 5 －）2 1 2 3 2 3 5 3 2 2 1 2
见 刺 客 撇 刀 打

3 －（6 1 2 3 －）2 2 － 3 2 1 2 3 3. 21 6 1 1 2 － ‖
躬 （仓） 面 带 羞 惭。

〔【回头】钽麑起身以右手遮面低头，赵盾右手捋髯上下打量钽麑。

赵 盾 这一壮士你叫什么名字？

钽 麑 俺叫钽麑。

赵 盾 老夫与你有何仇恨？

钽 麑 无仇无恨。

赵 盾 既无仇无恨，为何刺杀老夫？【撕边一击】（捋髯一想）噢是了，莫非受旁人唆使？

钽 麑 这个……

赵 盾 （向钽麑迈一步厉声）讲！（仓）

钽 麑 我听说相国你是个误国殃民之臣，因此前来杀你！

赵 盾 我赵家三世任晋，肱股之臣，未敢有负国恩，怎见得是误国殃民？我看壮士相貌堂堂，定是个直性的汉子。今被人唆使，不察真伪，黑夜之间闯进相府，行此不义之事，岂是丈夫所为？！幸而堂上无人，若有侍卫在此，老夫一声令下，壮士你命休矣！（仓）无仇无恨，不忍杀你，壮士你快快出府去吧！【撕边一击】

钽 麑 （心有悔悟）赵相国，你果然是忠义之臣，我对你实说了吧！【快五锤】俺奉屠岸贾所差，前来行刺。今见相国乃是个为国为民的忠臣，俺不忍下手。可恨屠岸贾他借刀杀人，却将俺置于不仁不义之中。俱怪俺当初做事不明，错投奸臣门下，以至今

日从奸杀忠，身败名裂，真真罪当万死！【撕边一击】（拱手单腿跪地）

赵　盾　（捋髯会意）原来壮士为屠贼所骗，幸而未成大误。常言道不知者不怪罪。（搀起钼麑）【住头】壮士何不就在我府听差，老夫自有用你之处，你意下如何？

钼　麑　【撕边一击】（惭愧摇头）【叫头】相国呀！今蒙不杀，感恩不尽。我想大丈夫作事要光明磊落，岂能苟且偷生。那屠岸贾待俺倒有些薄恩小惠，如今想来却是他行奸弄巧，刁买人心，利用俺来杀害忠良。有道是：正义天下去得，无理寸步难行。俺钼麑无脸面立于人世，俺就自刎了吧——！

〔【撕边一击】钼麑右弓箭步拾刀，一看，赵盾上前一步双手抓住钼麑握刀之手。

赵　盾　壮士不可！

〔【软四击头】赵盾抓钼麑向台右前方走三步。【软四击头】钼麑右手向里涮刀向台左后方三步，赵盾拉钼麑不放。钼麑抬头看见“下场门”方向槐树。

钼　麑　待我触槐一死！

〔【撕边】钼麑双手推开赵盾，赵盾退向台右前“屁股坐子”，钼麑左转身扔刀走向“下场门”，（八大仓仓仓）背手撞头【撕边】（八大仓）“僵尸”倒向“下场门”台里。

赵　盾　（坐于地上）哎呀不好了——！

〔【冲头】赵穿、赵朔“上场门”急上，程婴“下场门”上，提弥明“下场门”上，进门至台右，一起走向赵盾将赵搀起。

提弥明　相国怎么样了？

程　婴　（同）相国怎么样了？

赵　穿　（同）爹爹怎么样了？

赵　朔　爹爹怎么样了？

赵　盾　（右手抓赵朔之手走向“下场门”）儿来看——！【撕边一击】刺客触槐而死！（众人跟随赵盾往“下场门”望）

众　【撕边一击】大大便宜了此贼！

赵　盾　儿啊！【五锤】（赵盾归台中、赵朔，提弥明在右，赵穿、程婴在左）此人名叫钼麑，被屠岸贾所骗，前来行刺。他见为父是个忠良，不忍下手，自知将事做错，故而触槐一死。真乃是视死如归的大英雄——！

〔二黄散板〕

【快凤点头】（过门同前）サ 3 3 4 3 2 1 1 2 1 （6 7 6 1 - ）
不 甘 屈 辱 刚 强 汉，（仓）

2 5 32 1 2 1 2 3 2 2 1 1 2 （5 6 1 2 - ）
自 知 己 过 恨 前 愆。（仓）

7 6 7 2 5 6 1 ⁝ 2 1 ⁝ 1 2 ⁝ 1 ⁝ 1 ⁝ 2 ⁝ 2 ⁝ 3 ⁝
我 本 当 留 他 作 证 见，谁 知 他 触

32 | 23 -˅ 22 21 12 32 (5 6 1 2 -)
槐 死 死得可 怜。 (仓)

22 13 22 21 1· 6 53 32 32 1 6 1 - |
儿等快 把尸体 掩，

〔【冲头】赵穿、赵朔拱手，"下场门"急下。赵穿、赵朔复上，穿捧宝剑，朔捧圭站于台左。【四更】赵盾望天，急抖袖。

赵　盾　提弥明！

〔二黄散板〕

【快凤点头】(过门同前) 2 32 12 3 -˅ | 3 21 | 1 | 2 ‖
急 忙 驾 车 进 朝 班！

〔【大锣扫头】提弥明拱手快速出门，"下场门"下，推车复上，至台左。赵穿交剑，帮赵盾挎于腰间；程婴递本，赵盾放于袖内；赵朔递圭，赵盾右手接过，出门，上车，面朝前台亮相。(扫头完)【冲头】提弥明推车，赵盾转身"下场门"下。赵穿、赵朔、程婴出门于台右拱手。归中。

赵　朔　兄长，爹爹上朝恐有不测，你我带领家将在午门探听消息，你看如何？

赵　穿　就依贤弟，一同前往！

〔(嘟 八 大 仓) 赵穿、赵朔与程婴拱手，亮相【大锣原场】"下场门"下。

第五场

施计闹朝

〔前场当日。内宫。

〔场上一桌二椅。

〔【快纽丝】屠岸贾"上场门"上，至台右前抖袖。

〔西皮散板〕

屠岸贾　(过门同前) 5 3 3 3 32 12 3 (6 1 2 3 -) 6 2 1 13 2
只说一计杀 赵 盾， (仓) 谁 想 钮 麑

21 6 1 (7 6 2 1 -) 2 2 12 3 2 21 13 2 - |
丧 残 生。 (仓) 急 忙 进 宫 报 一(呀)信，

〔【纽丝】屠岸贾进门至"小边"，面向"下场门"拱手。

屠岸贾　有请大王！

〔大太监"下场门"上，站左侧。晋灵公上至"大边"。

晋灵公　（过门同前）6̣ 2 1 3 3 2 3 3 21 1 – ‖【住头】
问　声　卿　家　事　可　成？

〔【住头】大太监归左，屠岸贾立于右侧，晋灵公走至台中坐“大座”。

屠岸贾　臣启大王，钼魔行刺未成，碰头已死！如今大事泄露，你我君臣危在旦夕了！

晋灵公　【撕边一击】（大惊）少时赵盾前来提及此事，叫寡人拿何言答对？

屠岸贾　他若进宫，大王千万不可放他回去。若是放他出宫，如同放虎归山，势必伤人！

晋灵公　用何妙计将赵盾置于死地？

屠岸贾　那赵盾若问行刺之事，大王就说无有人证，难辨真假。然后借他宝剑，以作防身之用，他若献剑，那时节为臣呐喊“赵盾刺王杀驾！”大王急唤武士将他杀死，以绝后患！

晋灵公　倘若赵盾不献宝剑如何是好？

屠岸贾　倘若不献，岂不有抗旨不遵之罪，就放出灵獒将他咬死！（八仓）

晋灵公　好！武士们进宫！

〔【冲头】武士“两边”上，进门立于两侧，面朝晋灵公。

四武士　参见大王！

晋灵公　命你等埋伏宫外，等赵盾进宫，听孤旨意，不得有误！

四武士　啊！

〔【冲头】四武士拱手，领起，“上场门”下。

晋灵公　将獒犬牵进宫来！

〔【急急风】獒奴牵獒犬“上场门”上，于台右面朝晋灵公跪。

晋灵公　将锁链打开，藏在龙书案下！【软四击头】

〔獒奴放开獒犬，掀开桌围，獒犬走“抢背”钻入桌内。獒奴立于桌右侧。提弥明内白：“赵相国宫外候旨！”（仓）

大太监　赵相国宫外候旨！

晋灵公　宣他进宫！

大太监　赵相国进宫啊！

〔赵盾内白：“臣（仓 0）遵旨——！”

〔【五锤】赵盾右手执圭，左手拎袍，“上场门”上，随【五锤】节奏迈步一亮，先慢后快走至右台前。提弥明随后走上，至台右侧。

赵　盾　久未理朝政，今朝辩是非！

〔【大锣原场】赵盾“挖门”至台中，提弥明随后挖进立于台左侧。

赵　盾　臣，赵盾见贺，大王千岁！（单腿跪）

晋灵公　老卿家平身，赐坐。（太监摆“左挎椅”）

赵　盾　谢大王。【五锤】（站起至“大边”坐下）臣启大王，士会、韩厥与为臣俱有本章，大王御览。【撕边一击】

〔赵盾从袖内取出本章交太监，太监呈与晋灵公，晋灵公看。

晋灵公　卿等所奏俱合孤意。只是修建绛霄楼，寡人费尽心血，用了许多金银。一旦废弃岂不可惜！

赵　盾　大王若不禁闭绛霄楼，封锁桃园，何以谢罪军民？倘若激成大变，实非大王之福。

晋灵公 如此就依卿家所奏，寡人痛改前非也就是了。

赵　盾 人非圣贤，孰能无过。知过必改，乃是圣君。

晋灵公 老卿家真乃社稷之臣也！

赵　盾 臣启大王，昨夜臣府有一刺客，刺杀为臣，是他言道乃是奉了屠岸贾之所差，我朝竟有这样的奸臣，请大王以法除之！（**大仓**）

屠岸贾 臣启大王，为臣昨夜在宫中与大王一处着棋，怎能派人前去行刺？此乃相国有意与为臣作对，他是血口喷人！（迈前一步，左手指出。晋灵公右手制止） **【撕边一击】**

晋灵公 老卿家，刺客可曾拿住？

赵　盾 刺客自知被人欺骗，已然碰头身亡了！

晋灵公 刺客已死无有对证，难辨真假。待等查明，再治其罪。

赵　盾 望大王查明。

晋灵公 **【撕边一击】**（略一想）啊老卿家，既是刺客行刺，因何不用宝剑诛之，任他碰头一死？

赵　盾 为臣宝剑虽利，不杀无辜之人。

晋灵公 是啊，寡人久闻卿家之剑乃是切金断玉之宝，呈上来待孤瞻仰瞻仰。（提弥明闻言警觉，一旁示意赵盾，赵未查觉）

赵　盾 此剑不过寻常之物，有何为奇？待臣摘下。

〔**【撕边】**赵盾摘下剑走向晋灵公，提弥明急忙向赵盾迈出一步，双手制止。

提弥明 且慢！（**仓**）（赵盾闻声止步顿住）君前献剑有失臣节！相国你、你你你失计了！

赵　盾 （双手捧剑转身）噢！噢噢！（走向提弥明，将剑扔给提弥明，提弥明接剑）

屠岸贾 武士们！拿下了！

〔**【软四击头】**与此锣鼓的同时：四武士从“上场门”拥上，提弥明拔宝剑于台右方与四武士架住；晋灵公起身与屠岸贾撤向后方，獒犬从桌里侧“抢背”窜出，獒奴、太监将桌子抬向后方；獒犬扑向赵盾，赵盾向外左转身双翻袖左弓箭步，朝犬亮相。

晋灵公 灵獒！（**仓**）咬死那穿紫袍的官儿！（**仓**）（晋灵公、屠岸贾、獒奴、太监“两边”下）

〔（**八 大大 仓**）二次，犬连续两次扑咬赵盾，赵盾双手上下扑打，两次向左倒步。**【撕边】**犬用头撞赵盾右腿，赵盾向前小垫步左转身，犬追上，漫赵盾头，赵盾低头躲过用右脚踢犬头，犬向台右走“抢背”。（**八大仓**）赵盾翻绕左水袖背手，翻右水袖看犬亮败式。**【急急风】**赵盾退步，“下场门”下。獒犬追下。

〔接连**【急急风】**提弥明架四武士左盖、右盖，同时后退至台中，涮剑亮相，与四武士半个“过合”，甲上前砍，提弥明拨过，甲至台右，丁续上，提弥明拨过，丁至台右；乙上前，提弥明“一盖、鼻子”乙至台右；丙上前，提弥明撩削丙头，丙至台右。四武士向提弥明“刺肚”走小圆场，提弥明在台中转身。（**嘟八大仓**）四武士给提弥明“鼻子、削头”，四武士于台右“斜一字”亮相，同时，提弥明低头撤步，剑交左手，抬右腿亮败相。

〔**【急急风】**提弥明“下场门”下，四武士追下。

第六场

［紧接前场。朝廊。

［空场。**【急急风】**切住。晋灵公内白："咬死那穿紫袍的官儿！"（**仓**）"咬死那穿紫袍的官儿！"（**仓**）

［赵盾内白："獒犬伤人——！"（**仓**）

［**【五锤】**赵盾斜披紫蟒、内穿箭衣，右手握圭、左手提蟒，两步一锣，走小圆场至"九龙口"面朝"上场门"亮住。（步伐：提腿平脚落地，上身随步微颤，抖髯，似老头步却比老头硬朗威严，有丞相气度）（**嘟八大顷仓**）转身向左甩髯，左手甩蟒提蟒，朝台前亮相。（**八 大大 仓**）重复数次，一步一锣，抖髯，身体微颤向左前方走半圆形"蹚步"，由慢至快，接小快步至台左前，小"蹿步"，右单腿跪地，右手握圭杵地。**【撕边】**起身，屈抬左腿，右脚向后方（上场门）连续颠步，后退至"九龙口"定住，双手推后蟒襟长身（**八大仓**）抬左腿，"硬屁股坐子"坐地。犬与此同时，从"上场门"上，从赵盾头上"窜毛"至台左前，卧地亮相。

【四边静】"**大台 仓 才 仓嘟 来才 仓**"（赵盾起身，以圭搂犬"扑虎"，左转身至台左，左手搂髯左侧身，别左腿、右手握圭于左胸前一亮；犬起身头朝右向台中走"扑虎"，起身转圈于台右卧地一亮）"**来才 乙才 乙台 仓 0 才 0**"（犬起身从台右扑向赵盾，赵盾双手向左甩蟒漫犬头，右手圭绕犬脖，右脚踢犬；犬低头向左转身，"抢背"走向台右）

"**仓 另台 七台 乙台 仓 另台 七台 乙台 仓大 0 仓.才 乙才 仓**"（赵盾从台左、犬从台右圆场"双进门"，同向内转身相视定住于台中）"**另台 七台 乙台 仓 另台 七台 乙台 仓另 大**"（赵盾双手提蟒向里侧漫犬头，犬低头转向外侧，赵盾甩蟒襟走向外侧漫犬头，犬低头转向里侧，犬向前扑赵盾，赵盾双手向左盖犬，右脚踹犬）"**仓 另七 乙台 仓**"（赵盾走向台中右转身，面朝前向右迈左腿，左手搂髯右手举圭，扭头向后看犬亮相；犬走"滚毛"起身右转至台左赵盾身后卧地亮相）

【撕边】犬以头撞赵盾后身，赵盾向台右前右脚颠步，（**八大仓**）赵盾小倒步，左单腿跪地，左手杵地。犬向前咬住赵盾后蟒襟；（**八 大大 仓**）赵盾起身向右前方迈左脚、右脚、再迈左脚时，犬向后拖蟒，赵盾迈向前的左脚顺势向后滑步、跪倒。锣经、动作连续重复三次，走三个"滑步跪地"。犬在后一次一拖。**【乱锤】**赵盾起身左手拎蟒，向右转身圆场，经"九龙口"至台中，犬随其后至台中时绕到赵盾前面，赵盾双手打开犬头，锣经切住。（**嘟 大大 仓**）犬站起，扑赵盾右方，赵盾右手以圭打，左水袖盖，向右弓箭步；（**嘟 大大 仓**）犬扑向赵盾左方，赵盾左水袖打，右手以圭盖，向左弓箭步。

【导板头】犬右转身于台中向赵盾走"扑虎"，赵盾后撤步双手向右甩蟒盖犬，犬起身又扑，赵盾抬左腿向里盖犬，右脚踢犬，犬低头转身向台口走"倒叉虎"，起身走“旋扑虎”卧地亮相。赵盾右脚“趋步”向前，左脚踏犬身，左手搂髯右手举圭亮相。

昆曲曲牌 <斗鹌鹑> 1=F 海笛伴奏

赵盾 サ 2 3 2 35 12 3 3 - ⁞
只见它垂尾摇腰，

〔唱“摇腰”时，犬起身赵盾后退，犬漫赵盾头，赵盾低头左手搂髯，跺右脚、屈抬左脚，右手以圭按犬头；

【撕边】赵盾向左转右脚颠步一周、犬于赵盾左外侧，绕赵盾走“矮子”一周，（**八大仓**）赵盾正场搂犬“倒叉虎”，犬卧地抬头，赵盾甩髯左手搂髯向前，右脚踏犬身，右手以圭指犬。

赵盾 23 54 3 2 2 1 5 6 76 1 - ⁞
恰好似斑斓虎豹。

〔**【大撕边】**犬站起，赵盾退向台中，赵盾与犬反抄一周，稍向左斜，犬于台左扑赵盾右侧，转身。赵盾蹲身躲过，左手搂髯向左前迈左腿、别右腿，右手以圭狠打犬头，犬向台左前走“抢背”卧地，**【四击头】**赵盾右转身，面朝“上场门”跨右腿、踢左腿、“趋步”捋髯举圭转身朝犬亮相。

【流水】赵盾颤抖摇头，向台右前横倒步望犬指犬，犬面向赵盾走向台左后晃身；赵盾走向台右后，以圭指犬望犬，犬走向台左前晃身；赵盾圆场与犬“推磨”；赵盾走至“下场门”前左转身面朝前台，**【马腿】**犬于右侧站起扑赵盾右转身，赵盾以蟒襟向左漫犬头左转身，犬再扑上左转身，赵盾以圭绕犬脖，跺右脚“造”犬头，犬向台中走“翻扑虎”，赵盾“趋步”向前于台中，右弓箭步涮右手以圭打犬，犬卧地抓住赵盾前襟，往前方拽，赵盾踉跄往前迈步，赵盾双手扯蟒向后方退，犬随赵向后，赵盾双手向左撩开犬头，与犬“窜肚犬”，犬于台右扑赵盾右侧，赵盾向右双手盖犬、蹲身，（**龙冬 大 仓才 乙才 顷 仓**）起左脚踹犬，左“趋步”向前双手向左甩蟒、端蟒亮相；犬走“滚毛”卧地亮相。

赵盾 23 12 7 6 -ᵛ 61 35 65 6 ^{6}5 -
扯碎了玉带紫袍，
（向右甩蟒一亮）

56 1 1 65 6 5 - ⁞ 56 1 1 12 3 3 -ᵛ
路曲曲难逃。振精神闯宫帏，
（向前三步，后退两步，摊双手，摇头）（左手搂髯抬右腿，右手以圭指出）

〔（**嘟 - 八大 顷 仓**）犬于台右前向赵盾方向走“窜抢背”跃过赵盾，赵盾左手搂髯上左步蹲身低头躲过，右转身于台中稍左，面朝前台甩蟒亮相。犬起身于赵盾前卧地亮相。

赵 盾 5 4 3 2 1 2 3 5 1 5 6 1 6 1 -
仓 皇 离 却 朝 道。

〔唱“仓皇”时，双手向右盖犬，“离却”与犬“抄过”，调位在前，犬在赵盾身后，唱“朝”字赵盾以圭打身后犬头同时跺右脚，唱“首”字左手拎蟒提左腿，向前倒一步，犬以头撞赵盾，赵盾晃身向台左前连续双脚步向前至唱完。**【撕边】**（**八大仓**）赵盾小垫步右单腿跪于台左前，犬紧随其后抓住后蟒襟。

【急急风】赵盾起身左手拎蟒、抖髯、右手握圭左转身跑圆场三圈，越跑越快，犬紧跟其后。赵盾走至台右前，次圭打开身后的犬头，**【撕边】**向“下场门”直行，至台中，犬追上以头撞赵后身，（**八大仓**）赵盾向前倒步，右腿滑步坐地于台左后。犬于台右亮住。

【软四击头】走“滚蟒”动作——赵盾由台左后走向台右前：坐地屈右腿，右手向右甩蟒、甩髯，手、膝着地头朝台里，快速向右翻转、坐地、甩蟒、向右翻转、坐地，呈右手杵地屈右腿抬左腿右侧身坐地式；犬由右向左连续翻三个“案头”。**【软四击头】**走“滚蟒”由台右前向台左后：屈左腿，左手向左甩蟒、甩髯，手、膝着地头朝台里，快速向左翻转、坐地、甩蟒、向左翻转、坐地，呈左手杵地屈左腿抬右腿左侧身坐地式；犬由左向右翻三个“冒小翻”。

【软四击头】与第一番相同，赵盾“滚蟒”从台左后走台右前。犬走“肘丝扑虎”、“入洞”、“叠筋”。

【夺头】赵盾起身搂犬，犬从“上场门”翻“跺子扑虎”，赵盾至台左，犬起身转身于台右，**【撕边】**犬漫赵盾头，赵盾低头转身接走“转灯”（右单腿向左转两周）犬走“和弄豆汁”，犬起身漫赵盾头时将赵盾相貂卸下带于头上，赵盾低头转身翻袖护头（**八大仓**）看犬亮相。

赵 盾 （以圭指犬）好畜牲！

〔**【流水】**赵盾颤抖着快步向前欺犬，犬走“矮子”退步，犬向前欺赵盾，赵盾退步，赵盾向前漫犬头右转身，犬站起扑赵盾（**八 大大 仓**）三次，赵盾向左后方右单腿颠步后退，双手上下扑打。

【大四击头】赵盾双手向右盖犬右转身，犬低头左转身，赵盾甩髯搂髯以圭打犬头（将犬头上的相貂打掉），左脚踹犬向前“趋步”，向左翻身“大云手”搂髯、别腿、握圭亮相于台左后方。犬向台右前走“抢背”卧地亮相。**【急急风】**赵盾撤步、缓式“下场门”下。犬追下。

〔**【急急风】**提弥明持剑“上场门”上，斜行至左台前左转身；四武士上，提弥明盖甲、盖乙、带丙丁过去，擦削丙、丁头，领起圆场一周至中场打“五股档”，**【四击头】**提弥明亮败相于台左，**【急急风】**“下场门”下，四武士追下。

〔**【急急风】**赵盾左手提蟒“上场门”上，“九龙口”一亮，圆场，犬咬住赵盾后襟，紧随其后圆场，提弥明追上随后圆场。赵质行至台左，犬至台右，犬扑赵盾，提弥明从台中后方插上，剑削犬头，**【四击头】**右脚踹犬，犬向台右前走“抢背”，提弥明上前反漫犬头，犬向右转身，提弥明劈犬，犬走“锞子”，死于台右前。赵盾后撤步左转身亮败式。提弥明握剑亮相于台中。**【急急风】**赵盾“下场门”下。

〔四武士上，提弥明盖甲鼻，乙上，给提弥明“鼻子削头”，提弥明漫丙头，丁上，给提弥明“鼻子削头”，提弥明于台中起大刀花，四武士于四周压住，提弥明挑开，穿肚，向左半“过合”，转身下刺，四武士挑起，压住。提弥明向里盖，右转身**【四击头】**提弥明涮剑自刎倒于“下场门”处。四武士“斜一字”亮相于台右。**【急急风】**四武士追下。

第七场

接应

〔接前场。宫外。

〔空场。**【急急风】**四家将持单刀“下场门”上，站小“斜门”。赵穿、赵朔挎剑上至台左。**【水底鱼】**赵盾“上场门”急上，左手抓前蟒襟，右手握圭，全身颤抖，走踉跄步至台中，小垫步右单腿跪地。**【乱锤】**赵穿、赵朔急上前将赵盾扶起。家将归正场八字。赵盾起身至台中，赵穿在右、赵朔在左。

赵穿
赵朔 （同）爹爹怎么样了？

赵盾 哎呀儿呀！

〔奏唢呐曲牌<急三枪>，赵盾翻袖，以圭指，双手比示经过。

赵穿 贤弟，你保护爹爹回府，待兄独自进宫！（**仓**）

赵盾 我儿不可鲁莽！

赵穿 众家将！

四家将 有！（**仓**）

赵穿 随我闯进宫去与昏王辩理！

〔**【急急风】**众家将领起圆场，“上场门”下。赵穿涮剑随后“上场门”下。赵盾望赵穿等下场。

赵盾 穿儿性情鲁莽，进宫必闯大祸。赵朔保定为父，赶上前去。

〔**【急急风】**赵朔扶赵盾“上场门”下。

第八场

杀宫

〔紧接前场。内宫。

〔空场。**【乱锤】**太监“上场门”急上，进门至“大边”。

太监 有请大王。**【撕边一击】**（晋灵公“下场门”上）

晋灵公 可曾将赵盾杀死？

太　监　赵盾被人救走，赵穿带领家将杀退武士，直奔后宫而来！

晋灵公　（**八仓**）（大惊）屠岸贾哪里去了？！

太　监　溜出午门去了！

晋灵公　快叫武士把住宫门！

太　监　众武士全都跑啦！（**八仓**）

晋灵公　快快掩闭宫门，看弓弹伺候！

〔**【急急风】**太监闭宫门，“下场门”下取弓弹上。晋灵公接弓，于台左后惊慌张望。赵穿“上场门”上至台中，**【夺头】**以剑劈开宫门，“挖门”至右。晋灵公拉弓，太监“下场门”下。

晋灵公　看弹！（**八仓**）

〔赵穿以剑拨开。**【急急风】**晋灵公浑身颤抖与赵穿“过合”，两人“推磨”，赵穿推至台右，此时赵盾与赵朔“上场门”上，圆场快速进门，赵穿以剑向内转身盖晋灵公，左手抓住晋灵公右手，举起宝剑，锣经切住。**【撕边】**赵盾见状大惊，双手制止。

赵　盾　你杀——不得！

〔赵盾“杀”字拖长音。**【撕边】**双脚向前搓步双手伸出制止。“不得”未出口，赵穿已将晋灵公刺死。（**八大仓**）晋灵公倒地，赵盾向前看晋灵公亮住。赵盾抬头。

赵　盾　朝房去者！

〔奏唢呐曲牌<尾声·合头>，赵盾于<尾声>中走向台中，右转身，赵穿剑交左手走向台左前，赵朔走向台右前，赵盾右手抓赵朔、左手抓赵穿，亮相。**【急急风】**舞台大幕落下。

——剧　终

唐玉薇　整理　　李忠凡　记谱

未央宫斩韩信

唐韵笙演出本

刘邦即位，命陈豨往代州征讨冒顿。陈豨求计于韩信。韩信劝其反，并作内应。陈豨反后，刘邦亲往讨伐。临行前恐韩信生变，留下“斩韩信”之剑，命吕后见机行事。韩府家人告韩信谋反，刘邦阵前截获韩、陈密谋书信，急发圣旨命吕后速斩韩信。吕后与萧何定计，将韩信诓进未央宫，杀了韩信。

传统京剧《未央宫》曾是于占先、麒麟童、刘汉臣、小杨月楼等许多老生演员演出的剧目（据说小杨月楼扮演的韩信为大嗓小生），戏路和演法都各有不同。我父亲也演过本戏《楚汉争》、《汉宫秘史》（包括楚汉交兵、霸王别姬、季布降汉、金殿封官、严拿楚将、随何访齐、钟离自刎、韩信献头、贬官降职、陈豨求计、兵屯曲阳、公著告变、吕后定计，萧何诓信、人头大会、未央斩信），大约在1936年，我父亲参考《史记·淮阴侯列传》、《西汉演义》和老本的《未央宫》，改写成这出《未央宫斩韩信》。

1933年，父亲从关内来到沈阳。由于时局的原因，曾经流动演出于大江南北的父亲，被迫滞留在东北，这一呆就是13年。这13年正是父亲年富力强、创造力最旺盛的时期。

在当时封闭的东三省，父亲已经成为京剧界的领军人物，他的艺术影响着东北京剧的走势。此时，父亲在艺术上具有非常丰富的创造力，他得心应手地运用各种表演手段，力求出奇、出新。尤其是对各类角色性格的刻画达到了细腻传神、各具风采的境地。《未央宫斩韩信》正是在这一段时间里他的艺术结晶。

父亲着重加强了《未央宫斩韩信》后半部“进宫”、“斩信”的唱和做，通过两个长达三十多句的大段演唱以及传神的表演和技巧动作，把韩信的心态、情感和个性刻画得入木三分，让人拍案叫绝！以至此戏演出以后，不但观众十分喜爱，许多圈内演员都找父亲要本子、学戏，这出戏就这样传演开去。

全剧从“陈豨求计”到“未央斩信”，共十场，韩信的重点戏在九、十两场。

第九场，韩信给陈豨发信后正在焦急等待，忽见群臣来访，告之陈豨被杀，吕后召见群臣赴人头大会。韩信顿时震惊，但却在与众臣的对白中隐而不露。当闻报萧何又来造访时，父亲处理成韩信正在犹疑之中，唱腔中背对观众；一声通报，韩信“定”在那里，通过后背的表演让观众看到韩信惊恐和焦虑，直到一声沉稳的“请”字，仍然没有回过头来。

韩信和萧何二人挽手同行，不料不是去金殿而是被吕后召去未央宫。这出乎意料的安排令韩信顿起疑心。韩信听完懿旨，猛地站起身，用眼睛警觉地扫视众臣，最后落在萧何脸上，盯住萧何，目光犀利，但萧何含而不露的一番解释，又使得他将信将疑。就是在这种矛盾、疑惑，又不得不去的情况下，父亲为韩信写了一段长达三十八句的〔西皮流水〕。韩信在进宫的路上边走边唱，向萧何直抒胸臆，借古喻今地表露着自己复杂的心境和感慨。这段唱在唱词上，父亲在七言的基础上随着叙事的需要变化出许多长短不一的句式，多处出现十六、十八字句，这些唱句虽然增加了演唱困难，但通过按字运腔、运用不同的节奏，形成了起伏跌宕的演唱效果，十分精彩。

从武士捆绑韩信开始，舞台上的戏便一扣紧似一扣，直到第十场“斩信”的全剧高潮，把韩信表面的骄矜之态和内心的恐慌，把韩信从故作镇静到失态到最后的绝望有层次地一一展现出来。

父亲于20世纪30年代和40年代在此剧的演出中对于韩信进入未央宫一段曾先后有两种不同的演法。30年代的演出被许多演员学演，已经流传。父亲后期的演法也在某些地区流传，而且就韩信被“诓”进宫的处理而言，似乎更为合理。我在实际采访整理记录时，觉得两种演法在舞台的处理上各有特色，想了许久也无法割舍其中之一。考虑再三，决定将首演时的这一段记录于剧本中，将40年代的演法附录于后，作为补充。

此剧在20世纪的30年代后期，已经成为唐派艺术的代表剧目。东北地区的曹艺斌、周仲博，天津京剧团的李玉书，还有徐荣奎、董春伯、王志英、田子文、邵麟童等南北各地的许多演员都经常上演。此次记录是根据父亲的弟子邵麟童口述记录，其中还参考了周仲博先生的意见，以及李刚毅、张铁华的一些口述录音。

唐玉薇

人物行当

韩　信	老生	大太监	杂
陈　豨	净	四太监	杂
刘　邦	老生	四宫女	杂
吕　后	青衣	四大铠	杂
萧　何	老生	四校尉	杂
樊　哙	净	四兵士	杂
季　布	老生	三旗牌	杂
田　肯	老生	中　军	杂
随　何	老生	四汉兵	杂
夏侯婴	丑	四龙套	杂
谢公著	丑		

服装扮相

韩　信　俊扮。金大镫、黑三，红蟒、硬带，红彩裤，厚底。
陈　豨　揉脸。小霸盔、黑满，绿大靠、斜绿蟒，厚底。
刘　邦　俊扮。王帽、黑三，第一、三场黄蟒，六场九龙冠、黄龙箭衣、黄马褂，厚底。
吕　后　俊扮。大头、如意冠，黄蟒、绣花腰包、硬带，彩鞋。
萧　何　俊扮。素相貂、白三，古铜蟒、硬带，厚底。
樊　哙　勾紫脸。大额子带后苫、黑满，紫软靠、绦子，厚底。
季　布　俊扮。纱帽、黑三，改良黑色蟒，厚底。
田　肯　俊扮。纱帽、黪三，白蟒、硬带，厚底。
随　何　俊扮。纱帽、黑三，蓝蟒、硬带，厚底。
夏侯婴　勾小花脸。狮子盔、小额子、吊搭，绿蟒、硬带，厚底。
谢公著　勾豆腐块。大尾巴巾、黑四撮，箭衣、马褂，朝方。
大太监　俊扮。太监盔，太监道袍，朝方。
四太监　俊扮。太监帽，太监衣，薄底。
四宫女　俊扮。大头，小额子，宫女衣，彩鞋。
四大铠　俊扮。罐盔，大铠衣，薄底。
四校尉　揉脸。小额子、大尾巴巾、茨菇叶，箭衣马褂、大带，薄底。
四兵士　俊扮。小倒缨盔，蓝打衣打裤、绿卒坎，薄底。
三旗牌　俊扮。大板巾，黑箭衣、马褂，大带，厚底。

中　军　俊扮。中军盔，黑三，开氅，厚底。
四汉兵　俊扮。小倒缨盔，黄打衣打裤，红卒坎，薄底。
四龙套　俊扮。小板巾，龙套衣，薄底。

道具

桌子	一张	**宝剑**	两口
椅子	五把	**单刀**	八把
马鞭	数根	**枪**	数杆
书信	一封	**圣旨**	一道
手铐	一副	**腰刀**	四把
蝇帚	一把	**荷包枪**	四杆
桌围椅披	三份	**文房四宝**	一份

第一场

〔场上正中一桌，“大座”。**【一锤锣】**萧何“上场门”上，“九龙口”亮相，季布、田肯两人随后上，随何、夏侯婴两人再上，五人走至台前，萧何居中，整冠捋髯抖袖，折袖唱。

萧　何
田　肯
季　布
随　何
夏侯婴
（五人同唱）

唢呐曲牌＜点绛唇＞ 1=♭E调

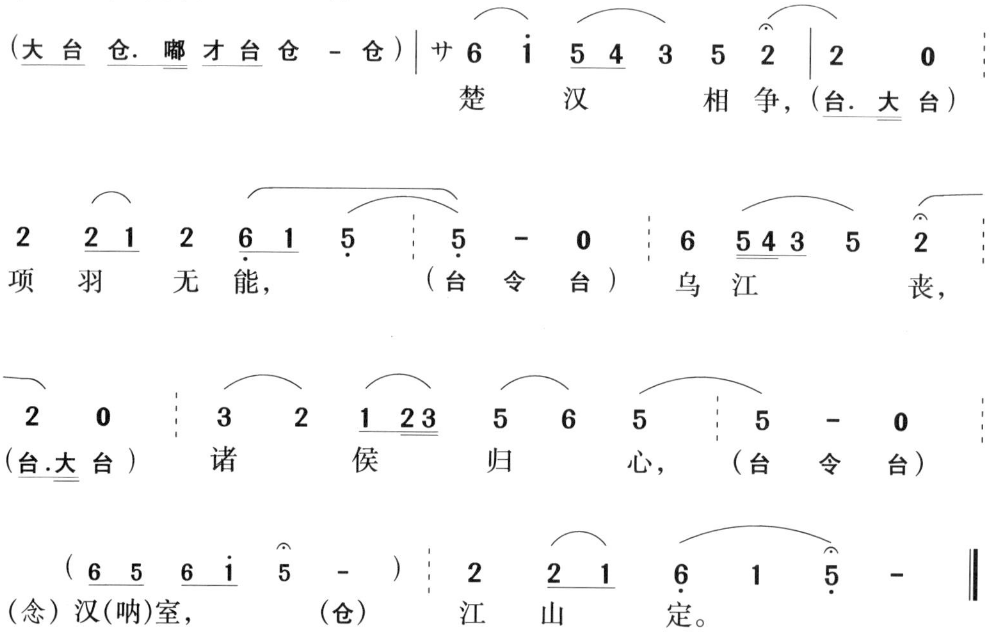

〔萧何与四朝官拱手。奏唢呐曲牌＜朝天子＞，萧何“上场门”下，四朝官两边分下。

唢呐曲牌＜朝天子＞ 1=♭E调

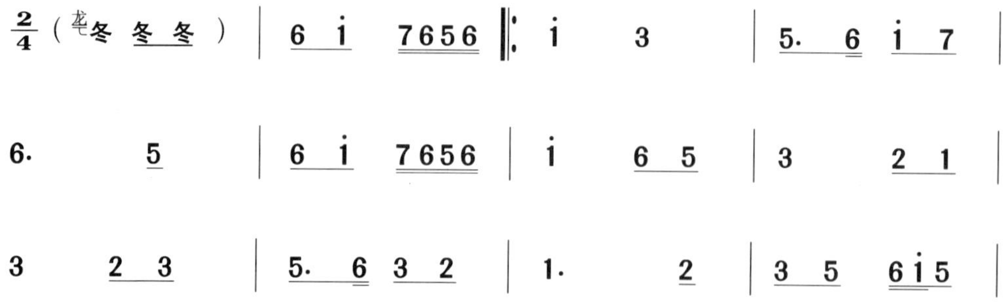

慢

6. 5 | 6 i 7 6 :‖ 5 - | 5 0 ‖

〔四大铠持“荷包枪”在曲牌进行中“站门”，继之上四太监、大太监“站门”。刘邦上，至“九龙口”亮相，抖袖、整冠、捋髯，走至台口。（轻奏）

刘　邦　（念〔引子〕）嬴秦无道，山河破，虎斗龙争。

〔刘邦右转身归“大座”，四大铠、四太监、大太监归里，大太监归“大边”，萧何、田肯、季布、随何、夏侯婴两边上，台中站成一排，萧何居中，躬身拱手。（轻奏）

众　臣等见驾，陛下万岁！

刘　邦　众卿平身。

众　万万岁。

〔众站起，分归左右。萧何于“大边”。曲牌停。**【归位】**

刘　邦　（念诗）孤王起义在沛丰，
逐鹿中原楚汉争。**【小锣二击】**
项羽无谋乌江丧，
汉室才得基业宁。**【住头】**

孤**【撕边一击】**刘邦。**【住头】**自沛丰起义，蒙文臣武将辅佐，平秦灭楚，破赵收燕，方得江山初定。今设早朝，众卿可有本奏？

萧　何　启奏陛下，今有冒顿在赵国代州兴兵扰乱，请陛下定夺。

刘　邦　**【撕边一击】**冒顿屡次扰乱，孤早有意征伐。只是江山初定，将士疲乏，故未兴兵，既又来犯理应征讨。内侍。

大太监　有。

刘　邦　宣陈豨上殿。

大太监　万岁有旨，陈豨上殿哪！

〔陈豨内应：“领旨！”**【回头】**陈豨“上场门”上，走至“上场门”台口处。**【归位】**

陈　豨　（念）拜将封侯印，
英雄立战功。

〔**【冲头】**陈豨“挖门”至台中。面朝刘邦拱手。

陈　豨　陈豨见驾，陛下万岁！

刘　邦　平身。

陈　豨　万万岁！**【住头】**（走至“小边”）宣臣上殿，有何旨意？

刘　邦　今有冒顿扰乱代州，命你带兵征剿。

陈　豨　臣启陛下，那冒顿兵强将勇，为臣恐难胜他，若命淮阴侯韩信领兵征剿，定能一战成功。（仓）

刘　邦　韩信么？**【撕边一击】**（捋髯一想）一来数年征战疲劳，二来久未上朝参与国事，恐难当此任。不要多奏，领旨下殿。

陈　豨　领旨。

刘　邦　退班。

众朝官 请驾回宫。（拱手）

〔【大锣原场】刘邦从“大座”左侧走出，“下场门”下。四大铠、四太监、大太监两边分下，萧何、众朝官出门互相拱手两边分下。闭二幕。陈豨翻袖。【叫头】

陈　豨 且住。万岁命俺征剿冒顿，却为何不用韩信为帅？【撕边一击】有了，【五锤】（迈步上前）我不免去到韩府商议便了。（八仓）

〔陈豨右手抓袖亮相。【大锣打下】左转身“下场门”下。

第　二　场

〔二幕拉开，一桌二椅。

〔【大锣原场】【四击头】【亮钹·一锤锣】韩信上场“九龙口”亮相，整冠捋髯，行至台前抖袖。【归位】

韩　信 （念〔引子〕）龙韬豹略，（台.大　台）平秦楚，（大大）

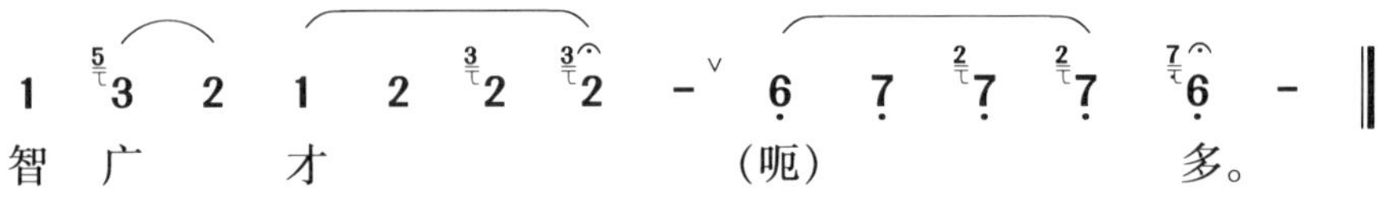

〔【扬钹·原场】抖袖，右转身，归“小座”。【归位】

韩　信 （诗）昔日弃楚后归汉，

受阅登坛掌兵权；（台.大　台）

九里山前曾一战，

逼得霸王刎龙泉。

〔【收头】上二旗牌左右站立。

本爵【撕边一击】韩信。【住头】曾在项羽帐下以为执戟郎官，蒙张良赠我角书，萧何三荐，受阅登坛。平秦灭楚，破赵收燕，汉室才得一统。【住头】可恨刘邦，只能共患难，不能同富贵。他疑心于我，将我兵权撤掉，三齐王贬为淮阴侯。【住头】唉！是我心中不服，久不上殿朝拜。长此已往，何日是俺出头之日！正是：【住头】

汗马功劳终何用，

敌国一破谋臣亡！【住头】

〔谢公著内：“啊哈——！”【小锣帽头】谢公著上至右台前。

谢公著 有事来禀报，无事不乱传。（【小锣二击】进门至“大边”，面朝韩信拱手）启禀侯爷，陈豨将军求见。

韩　信 有请。

〔奏唢呐曲牌<工尺上>韩信站起至“大边”，陈豨“上场门”上，进门拱手于“小边”。曲牌收住。

陈　豨 元帅在上，末将大礼参拜！

韩　信 只行常礼了吧。

陈　豨 哪有不拜之理，元帅请上。

〔【五锤】韩信居中，陈豨立于中躬身拜过。

韩 信 请坐。

陈 豨 谢坐。

〔【住头】陈豨归“上场门”“跨座”，谢公著立“大边”。韩信坐“小座”。

韩 信 将军到此必有所为？

陈 豨 只因冒顿扰乱代州，汉王命我征讨。想那冒顿兵强将勇，只恐难以取胜，为此特来向元帅求计。

韩 信 【撕边一击】(捋髯略想)那冒顿乃乌合之众，骄兵悍将，不足为惧。可将弱兵陈于前，精兵伏于后，出奇制胜，定能破敌。

陈 豨 （拱手）多谢元帅指教。

韩 信 岂敢。【长撕边一击】（沉思）唉！（摇头叹息）

陈 豨 元帅为何长叹？

韩 信 将军，你此番征讨冒顿倘若得胜，比韩信功劳如何？

陈 豨 末将纵然得胜，也比不得元帅平秦灭楚功高盖世。

韩 信 想汉室江山出于我手，到头来也不过是朝则王侯暮则匹夫之辈耳！【撕边一击】

陈 豨 （见状若有所思）啊元帅，你何计教我。（拱手求韩）

韩 信 （略想）你如今趁兵权在手，何不另想别图？

陈 豨 听元帅之言，莫非叫末将…… （八大仓）（韩信以手止陈）

韩 信 噤声！

〔【撕边一击】韩信站起以手示意，旗牌、谢公著下。韩信右手拉陈左手，二人走向台中。

韩 信 将军，那汉王只能共患难不能同富贵。本帅当年立下汗马功劳，一朝尽弃。将军此番征讨冒顿，得胜之后，你可按兵不动，自立为王。【撕边一击】

陈 豨 元帅之言正合我意。啊元帅，末将在此久留恐汉帝生疑，告辞了！

韩 信 请。

〔【闪锤】陈豨拱手抖袖。

〔西皮摇板〕

陈 豨 【闪锤】1/4（7̣ | 6̣ | 3 5 | 5 5 | 3 6 | 5 5 |

3 2 | 1 2 | 6̣ 5 | 5 5）| サ 2 2 3 5 3 5 3 2（3

元 帅 一 言 （呐）

2 1 6̣ 1 2 - ） 3 2 1 1. 2 3 5 2 - |

将 我 警，

〔【快长锤】两人拱手，陈豨出门，左转身“下场门”下。锣鼓切住。韩信捋髯于台中亮相。

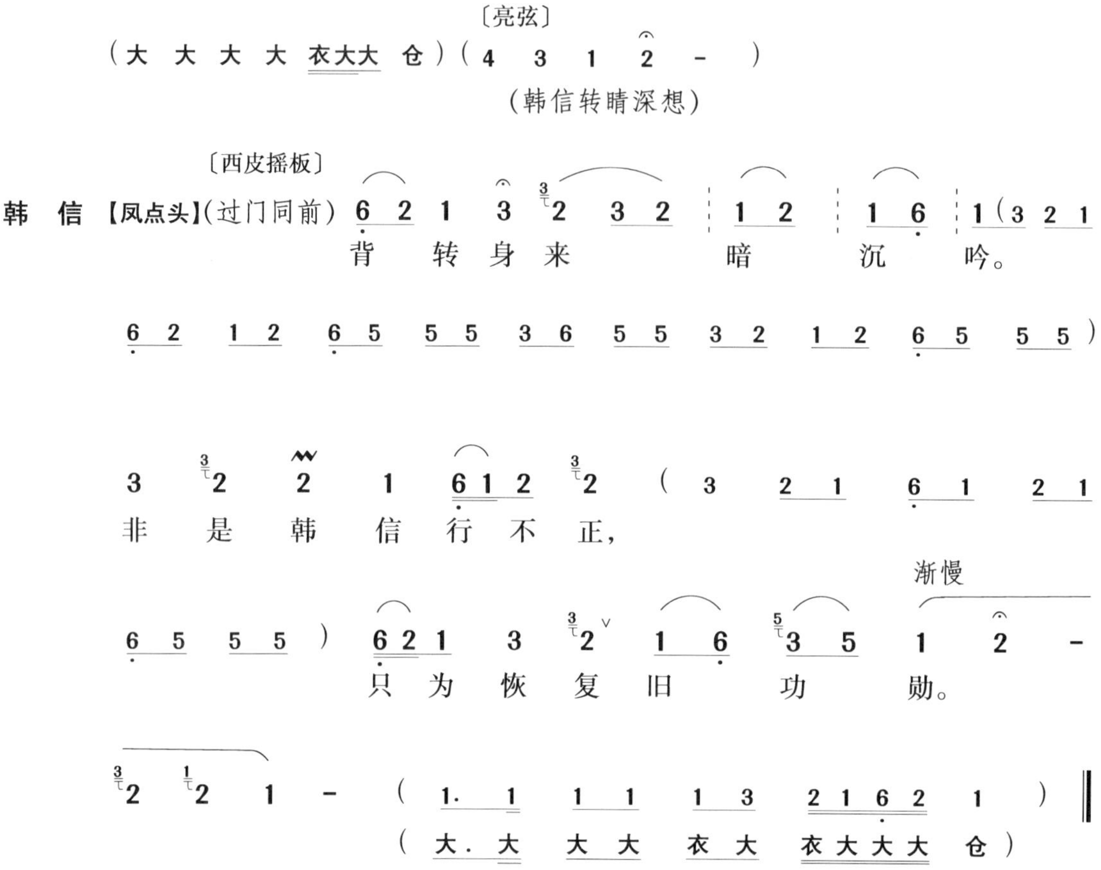

〔接【滚头子】韩信神情似有振作，双手捋髯向右前方迈三步，双手翻袖背手，转身迈步，“下场门”下。

第 三 场

〔场上一桌二椅。【慢长锤】四宫女“站门”，接【夺头】吕后于胡琴过门中上场，“九龙口”亮相。

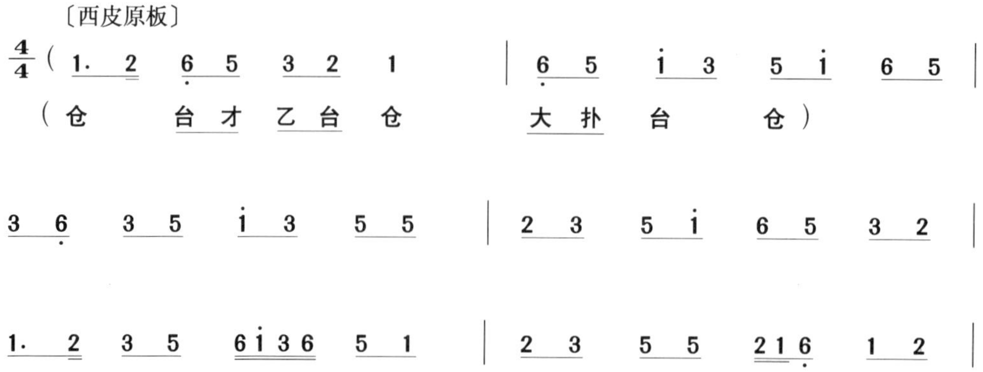

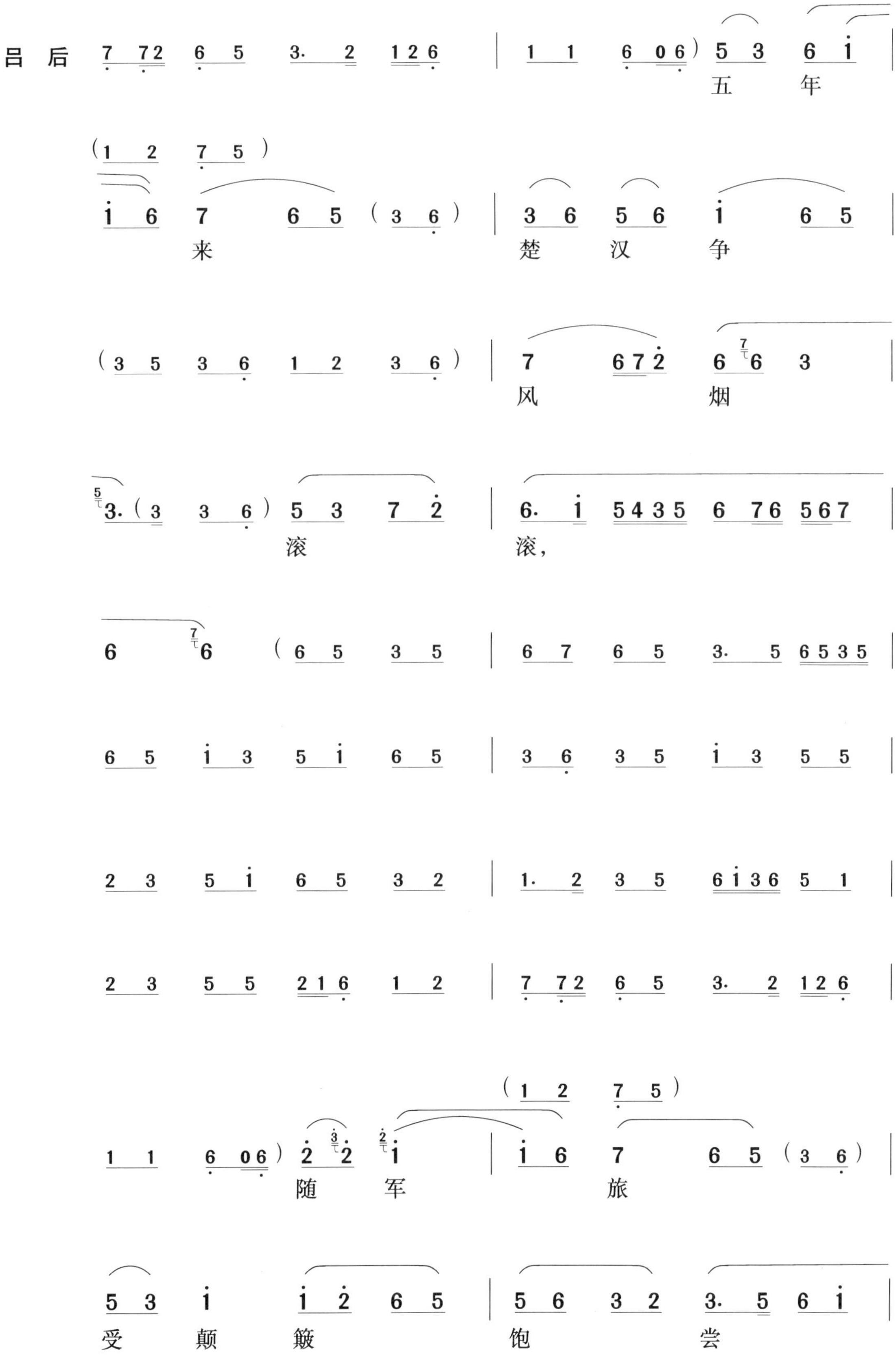
吕后
五 年
来
楚 汉 争
风 烟
滚
滚，
随 军
旅
受 颠 簸
饱 尝

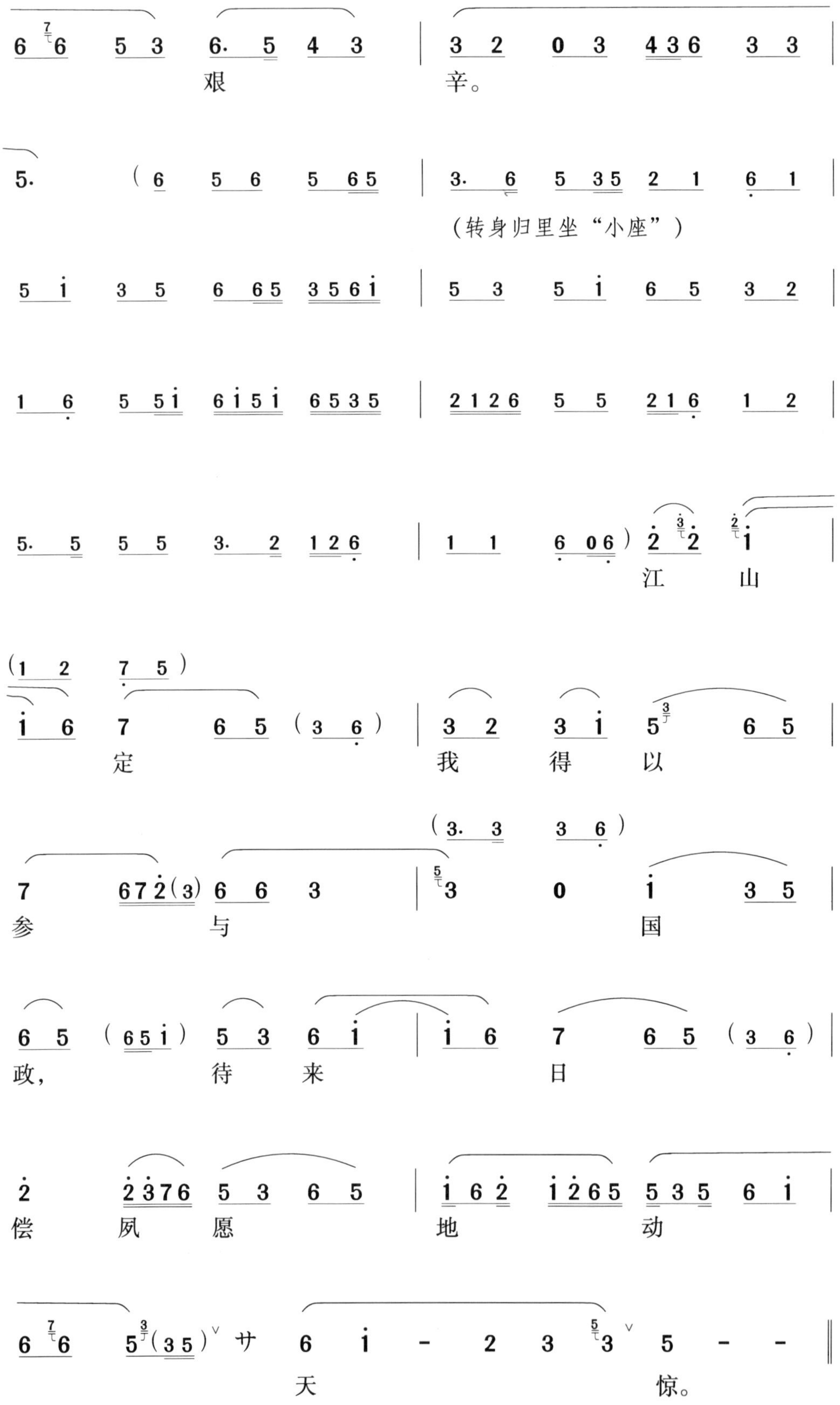
艰 辛。
（转身归里坐“小座”）
江 山 定
我 得 以
参 与 国
政，待 来 日
偿 夙 愿 地 动
天 惊。

〔刘邦内："摆驾！"【纽丝】四太监"上场门"上站"一条鞭"，大太监立于四太监前。刘邦上至台右前抖袖。

〔西皮散板〕

刘　邦　サ（ 7 6 6 5 5 3 2 6 2 1 － ）

2 1 2 1 2 3 － 2 1 3· 21 1· 3 2 －

恨 陈 豨 在 代 州 按 兵 不（哇）动，

〔【纽丝】吕后出门迎接，四太监、大太监"挖门"，立于两边，刘邦、吕后进门，刘邦至台中，吕后至"小边"。

（过门）5 6 2 1 3 2 1 3 2 －

见 梓 童 议 国 事

3 2 1 3 2 1 2 2 1 － ‖【住头】

带 兵 亲（哪）征。

〔刘邦归"小座"，吕后拜刘邦后归"小边""跨椅"。

吕　后　陛下今日回宫因何不悦？

刘　邦　梓童不知，今有陈豨占了赵代按兵不动，蓄意谋反。本当征讨，怎奈朝中无有能将，故而忧烦。

吕　后　既如此，陛下就该御驾亲往，群雄摄胆以振王威。

刘　邦　孤有意亲征，又恐韩信在朝生变，故尔犹豫不决。

吕　后　陛下尽可放心。如今韩信已无兵权，如若生事，妾妃自能除之。

刘　邦　如此甚好。待孤留下宝剑一口，上写"斩韩信"三字，你可便宜行事。内侍，宝剑伺候。

〔【纽丝】大太监"下场门"取宝剑交于刘邦。刘邦接剑站起走向台中。吕后站起。

〔西皮散板〕

刘　邦　【凤点头】サ（ 7 6 6 5 5 3 2 6 2 1 － ）

1 2 1 2 2 1 1 2 （ 7 6 1 2 － ）

梓 童 代 孤 理 朝 政，（仓）

1 3 1 2 1 2 3· 2 1 （ 7 6 2

尚 方 宝 剑 与 你 留 存。

1 –) 1 2 5 3 1 2 2 1 1 2 3 5 5 2 – |
（仓） 上 写 三 字 斩 韩 信，

〔【纽丝】刘邦拿宝剑于桌旁用笔在剑上写字。刘邦将剑交与吕后，吕后接剑。

〔西皮散板〕

吕 后 【凤点头】サ（ 7 6 7 6 6 5 3 2 6 2 1 – ）

3 2 1 – 2 1 6 1 3 2 – 2 2 3 1 2 1 –
请 陛 下

（ 0 6 5 5 2 1 7 2 1 – ） 5 3 1 1 6 – 7 6 5
（仓） 放 宽 心

6 3 2 3 5 2 – （ 6. 1 2 – ） 5. 6 7 2 – 2 7
去

6 6 7 6 5 4 0 5 6 6 6 5 – 6 5 – ‖
出 征。

〔【大锣打下】吕后抱剑与刘邦合身转并排，两人“下场门”同下。太监、宫女随下。

第 四 场

〔空场。【快长锤】四兵拿单刀，其中一兵右手扛枪，“上场门”上，“站门”。陈豨上，“九龙口”亮相，行至台中。

〔西皮摇板〕

陈 豨 【凤点头】1/4（7 | 6 | 3 5 | 5 5 | 3 6 | 5 5 | 3 2 | 1 2 | 6 5 |

5 5 ）| サ 1 2 3 3 – 2 3 2 3 2 1 1 6 3 – 3 2 –
为 反 刘 邦 占 赵 （哇） 代，

【闪锤】（过门略） 6 2 1 2 1 2 3 1 ┆ 1/4（3 | 2 1 |
（行至台中） 每 日 操 演 把 兵 排。

6̣ 2 | 1 2 | 6̣ 5 | 5 5 ）| サ1 2 3 2 2ˇ 5 3
按 兵 不 动 严

5 3 2 - 3 2 3 2 3ˇ 1 2 1 6̣ 1 2 - ‖
（哪） 阵 （呐）待，

〔【扫头】陈豨转身归里。旗牌，“上场门”上，进门于“小边”朝陈拱手。

旗　牌　启将军，汉王亲自领兵征讨。（仓）

陈　豨　众将官！【撕边一击】迎战者！

〔【急急风】加堂鼓。一兵与陈豨带马，陈豨上马，四兵领起圆场与“上场门”上四大铠、四汉兵、樊哙、刘邦“鹞子头会阵”各站两侧。刘邦居台左，与陈豨架住。【撕边一击】

陈　豨　呜呼呀！原来是汉王御驾亲征，恕末将甲胄在身，不能全礼！

刘　邦　【叫头】陈豨！你竟敢起意谋反，孤王今日兴兵来此，还不下马受缚！

陈　豨　【叫头】刘邦！你为人奸诈，诛戮功臣，只能共患难不能同富贵，哪个扶保于你！休走看枪！

〔（嘟 - 八 大 仓）陈豨一刺、刘邦压住亮相。【急急风】两方兵“钻烟囱”下。陈豨给刘邦“上、下”，刘邦撤步，“上场门”下。樊哙“上场门”上与陈豨“一磕鼻子”、“一扯两扯”、“过来过去”、打“大刀枪”前部。（嘟 - 八 大 仓）陈豨亮败相，“下场门”下。樊哙亮相，“下场门”追下。【乱锤】四陈兵“上场门”上“一条边”，旗牌立于四兵前。陈豨“上场门”上，于台右前勒马亮相。【冲头】转身下马，进门。四兵旗牌“挖门”分立两侧。

陈　豨　【冲头】且住！汉王兵强将勇，我军难以对敌。不免修书与韩元帅求计。来，启开文房。

〔【冲头】一兵从“下场门”捧文房盘上。奏唢呐<三枪>，陈豨在盘上写信。

陈　豨　旗牌过来。（陈豨走至台中，旗牌上前一步）命你将书信面呈淮阴侯。

旗　牌　（接信欲走）是。

陈　豨　（上前一步）要多加小心。

旗　牌　遵命。【冲头】（“上场门”下）

陈　豨　众将官。（仓）

众　有。

陈　豨　兵屯曲阳！

〔【大锣原场】四兵归“下场门”“斜门”，陈豨“下场门”下，四兵窝下。

第　五　场

〔场上一桌（上摆文房四宝），一“小座”。【快长锤】韩信“上场门”上。“九龙口”一亮，抖袖。

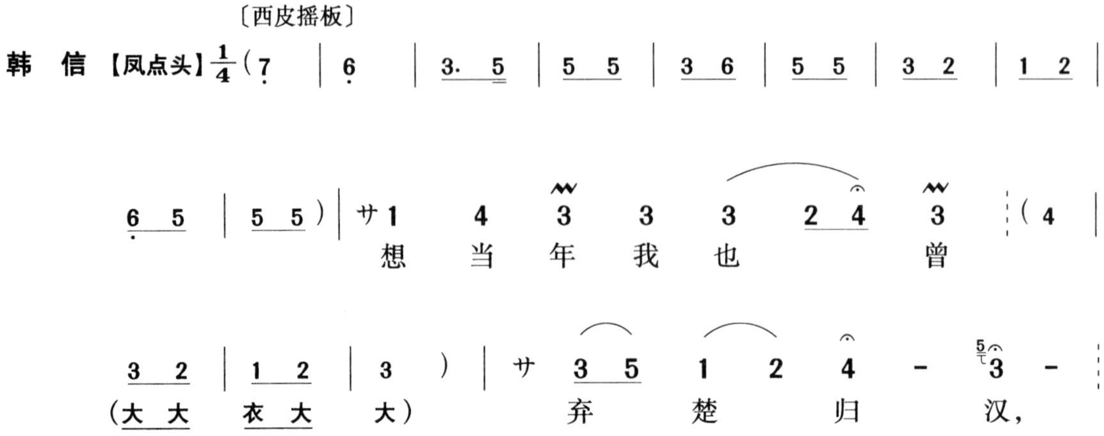

「【快长锤】韩信抖袖走至前台。

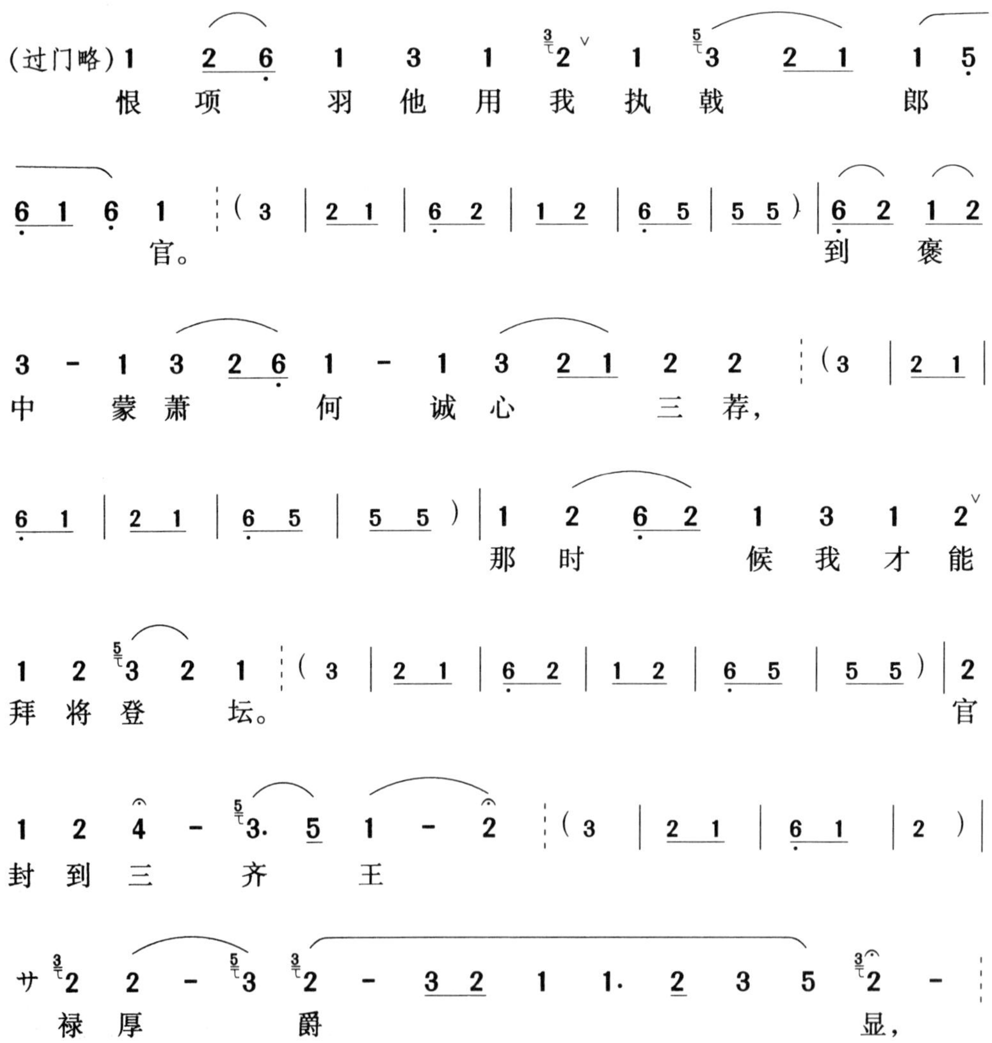

「【闪锤】韩信右转身归“小座”。二旗牌两边上，站两侧。

(过门略) 6 2 1 2 3 1 2 6 1 2 - 3 2 6 2 1 2 3 2 1 - ‖
到 如 今困咸 阳 撤 去兵 权。

〔【冲头】谢公著“上场门”上，进门于“大边”。

谢公著 启禀侯爷，下书人求见。

韩　信 唤他进来。

谢公著 是。（走向台前）下书人来见。

〔【五锤】旗牌“上场门”上，进门立于“小边”，朝韩信拱手。

旗　牌 下书人拜见侯爷。

韩　信 罢了。你奉何人所差?

旗　牌 奉陈将军所差，有书信呈上。

韩　信 【撕边一击】（接过信一看）下面等候。

旗　牌 是。【住头】（出门“下场门”下）

韩　信 陈豨有书信到来，待我拆书一观。【五锤】（拆信、看信）【长撕边】唉！（大仓）陈豨呀陈豨——！你当据守邯郸乃为上策，因何屯兵曲阳？无能之将必被汉帝所破，这，这…… 【撕边一击】（捋髯一想）待我修书一封，命他发兵咸阳，汉帝必然回兵救应，我在咸阳暗中行事，那时汉王首尾不能相顾，陈豨必获全胜。谢公著，笔墨伺候。

〔【冲头】谢公著走向桌边研墨，韩信手示二旗牌下。【搜场点】韩信走向桌内写信。【五锤】装好信走向台中。

韩　信 唤下书人来见。

〔谢公著走向台中。

谢公著 下书人来见。（回至“大边”）【住头】（旗牌“下场门”上，进门至“小边”）

旗　牌 参见侯爷。

韩　信 这有回信一封，须要谨守机密。（将信交旗牌）谢公著送他出城，要多加小心。

谢公著 是。随我来。

〔【大锣打下】谢公著引旗牌“上场门”下，韩信“下场门”后下。

第　六　场

〔场上一桌一椅。文房四宝。【快长锤】四大铠手执荷包枪“站门”，大太监上立于“大边。”刘邦上“九龙口”一亮，抖袖。

〔西皮摇板〕

刘　邦 【凤点头】$\frac{1}{4}$（7 | 6 | 3 5 | 5 5 | 3 6 | 5 5 | 3 2 | 1 2 | 6 5 | 5 5）|

サ4 3 1 2 1 2 - 3 2 ⁝（3 | 2 1 | 6 1 | 2）| サ3 2 - 2 -
旌旗不 住 空 中 飘，

【闪锤】(过门同前) 1 2 1 2 2 3 1 ⁞ (3 | 2 1 | 6 2 | 1 2 | 6 5 | 5 5) |
(刘邦走至台中) 儿 郎 个 个 逞 英 豪。

2 1 2 1 2 1 2 3 ³2 ⁞ (3 | 2 1 | 6 2 |
但 愿 得 早 把 陈 豨 扫,

1 2 | 6 5 | 5 5) | 6 2 1 1 3 ³2 3 2 1 ³2 1 − ‖
旗 开 得 胜 转 回 朝。

〔【五锤】刘邦右转身走向“小座”，坐下。樊哙“上场门”上进门至“大边”。

樊　哙　启奏陛下，拿住奸细。

刘　邦　绑上来！

樊　哙　(向外喊) 将奸细绑上来！

〔【冲头】二军士绑旗牌“上场门”上，进门至“小边”。

刘　邦　身上搜来。

〔【搜场点】樊哙上前搜旗牌，搜出一信。

樊　哙　现有书信一封，我主请看。(交与刘邦)

刘　邦　待孤看来。【五锤】(拆信、看信)【撕边一击】将他押了下去。

〔【冲头】二军士押旗牌“下场门”下。

刘　邦　【叫头】且住！原来韩信私通陈豨，谋反朝廷，岂能容得。笔墨伺候！

〔奏唢呐曲牌<急三枪>，刘邦站起至桌后写旨毕。【住头】走至台中。

刘　邦　内侍，这有圣旨一道、书信一封，速回咸阳面交吕后，要她照旨行事不得有误！(将圣旨、书信交与太监)

太　监　遵旨！

〔【大锣打下】太监捧圣旨书信“上场门”下，四大铠两边分下，樊哙随刘邦“下场门”下。

第　七　场

〔空场。(大 大) 谢公著酒醉，左右摇晃着走醉步从“上场门”上，至台中。

谢公著　哈哈！好你个韩信哪！昨儿个你让我送走那个下书的，就因为我在半、半道儿上喝了点酒，回、回来你就大大骂了我一顿！还还说什么再、再饮酒误事就要了我的狗命，可我喝喝酒又没误了你你的事，(左右摇晃着) 怎么着？我分辩了几句，可他一气之下就革了我的差事！还还把我给轰出府来！哎哟！这下可是绝了我的生路啦！(大 大 0 台) 哎，我想起来了，想那韩私通陈豨，有意谋反朝廷。我说韩信哪韩信，你不让我好死，我也不叫你好活着！干脆我将此事报与萧相国知道，说不定还能立下大功一件哪！有道是量小非君子，无毒不丈夫！待我萧府去者。

〔【小锣水底鱼】谢公著醉步圆场一周至右台口，走向台中击门。

谢公著 门上哪位在?

〔【小锣一击】中军“下场门”上，出门。

中　军 做什么的?

谢公著 烦劳通禀，就说韩府家人求见，有机密大事相告。

中　军 候着。（进门朝“下场门”拱手）有请相爷。

〔【大锣五锤】萧何“下场门”上至台中。

萧　何 何事?

中　军 启禀相国，韩府家人求见，有机密大事相告。

萧　何 唤他进来。（坐“小座”）

中　军 （出门对谢公著）相爷唤你小心去见。

谢公著 （拱手）是。

〔【小锣二击】中军进门立于“大边”，谢公著进门立于“小边”。

谢公著 谢公著叩见相爷。（躬身拱手）

萧　何 罢了。你有何机密大事相告?

谢公著 只因我家主韩信私通陈豨有意谋反，小人恐连累在内，故尔出首。

萧　何 可是实言?

谢公著 昨日家主与陈豨修书之时，小人在一旁看得清清楚楚明明白白，不敢道谎。

萧　何 好。查明此事重重有赏。（向中军）暂且将他押了下去。

〔【冲头】中军押谢公著出门“下场门”下。

萧　何 哎呀且住!【五锤】（站起走向台前）韩信的家人出首于他，此事关系重大，待我即刻进宫报于娘娘知晓，顺轿进宫。

〔【大锣打下】萧何出门，“上场门”上四龙套成双排，前二人掀轿帘，萧何走向右侧上轿，萧何、四龙套“下场门”下。

第　八　场

〔场上一桌、二椅。桌上有宝剑一口。【快长锤】四宫女“站门”。吕后“上场门”上，“九龙口”抖袖。

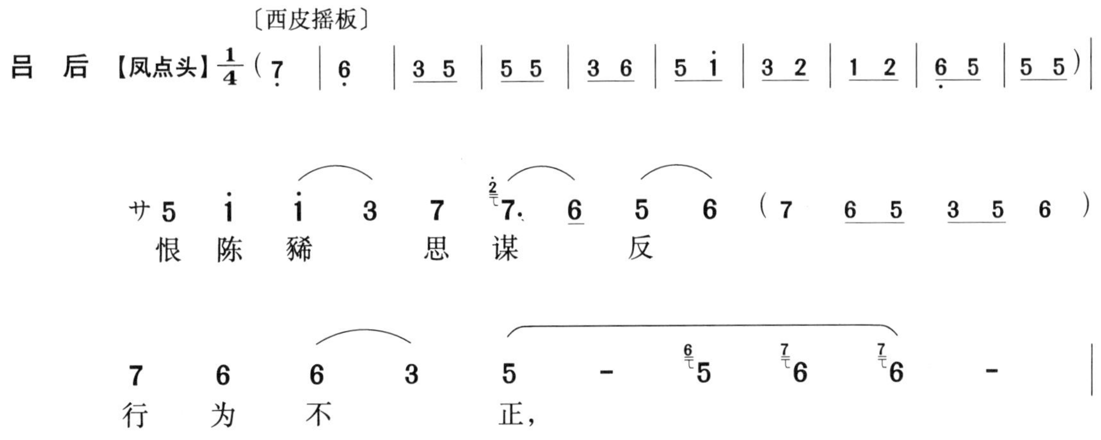

〔【闪锤】吕后走至台中。

〔西皮流水〕

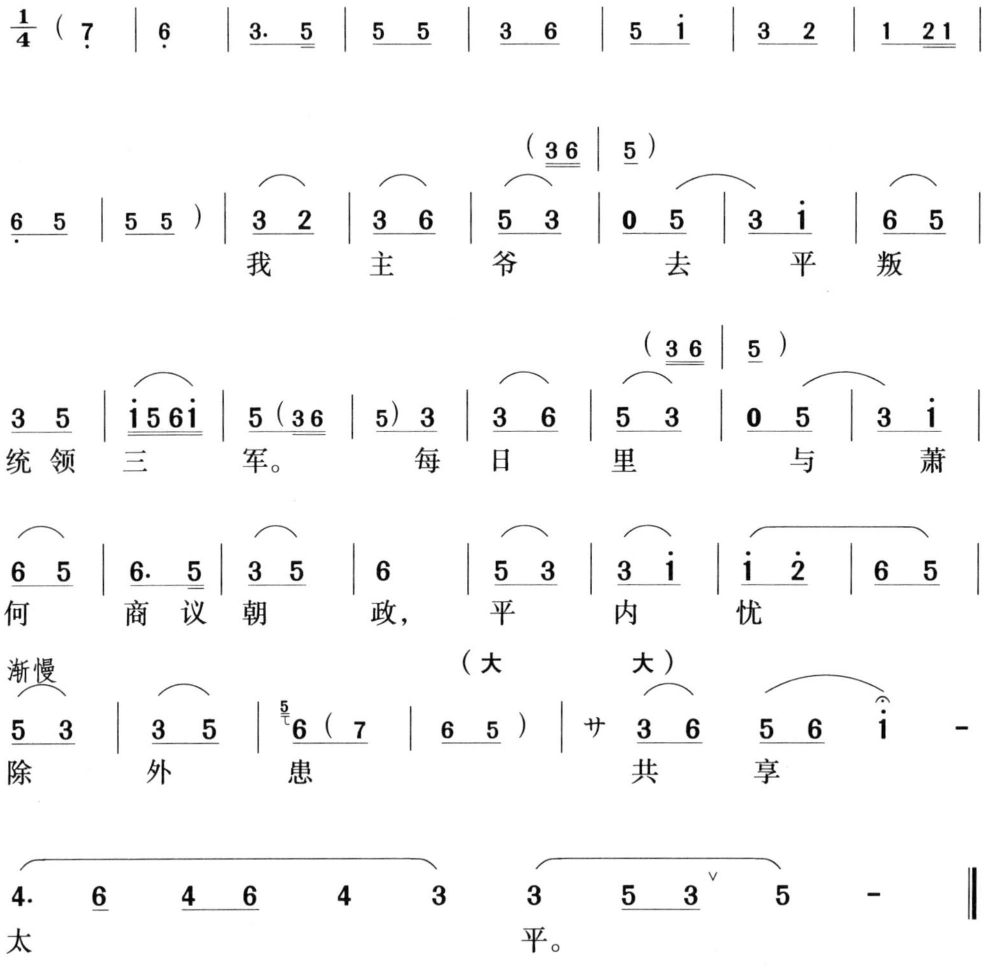

〔内搭架子白：“圣旨下！”

一宫女 启禀娘娘圣旨下。

吕　后 接旨。

〔奏唢呐曲牌＜工尺上＞，吕后出门迎接，太监捧旨“上场门”上，进门居中，吕后进门面朝内。曲牌停。

太　监 旨开吕后跪。**【撕边一击】**

吕　后 万岁！（跪）

太　监 宣读诏曰：“孤带领人马兵发代州，一路之上势如破竹。巡营将士拿住奸细一名，搜出书信。韩信果然私通陈豨谋反朝廷。命吕后与萧何商议，速将韩信诛之。”旨意读罢望诏三呼！

吕　后 万岁、万岁、万万岁！（起身接旨）

太　监 还有韩信反书一封，就请娘娘速与丞相商议，奴婢告辞了。（拱手）

〔**【冲头】**太监出门“上场门”下。吕后接圣旨、书信交宫女放桌上。

吕　后 **【叫头】**且住！韩信果然谋反朝廷。万岁出征之前，惟恐韩信生变，赐我宝剑一口，相机行事。看来诛杀韩信时机到矣——!

〔内架子:“萧何求见。”

一宫女 启禀娘娘萧何求见。

吕　后 宣萧何进宫。(一宫女走至台中)

一宫女 娘娘有旨萧何进宫。(归原位)

〔萧何内白:“领旨!”

〔【快长锤】萧何“上场门”上,迈步至右台口。

〔西皮摇板〕

萧　何 (过门略)サ 3 2 2 1 3 1 2 2 | 1/4 (3 |

韩 信 谋 反 今 已 现,

2 1 | 6 2 | 1 2 | 6 5 | 5 5) | サ 6 2 1 1

急 忙 进

3 2 - 3 2 0 3 7· 6 6 7 6 1 - ‖

宫 把 吕 后 参。

〔萧何进门【住头】至“大边”。

萧　何 (拱手)参见娘娘。

吕　后 相国进宫有何大事?

萧　何 启禀娘娘,韩信私通陈豨谋反朝廷。

吕　后 噢?!有何凭证?

萧　何 他的家人谢公著出首于他,言说韩信与陈豨有谋反书信往来,并亲眼得见。(仓)

吕　后 (嘟~~~~仓)(双手一绕合击)相国呀!【五锤】(站起与萧何走向前)适才万岁有圣旨到来,言道捉住奸细搜出韩信与陈豨密议谋反的书信。万岁言道必须速将韩信诛之!(八 大 仓)

萧　何 娘娘何计安在?

吕　后 就说万岁斩了陈豨,人头解进京来,命满朝文武在金殿之上同赴人头大会。等韩信到来,将他诓进未央宫再治罪于他。

萧　何 (略想)只是韩信功高盖世,万岁曾封他见天不斩,见地不亡。

吕　后 【撕边一击】(略一想)这有何难,在未央宫中上用红罗遮天,下用红毡墁地。一有万岁圣旨,二有他与陈豨写的谋反书信,怎么还斩他不得!

萧　何 娘娘,只是万岁也曾言道:无有罪他之法,杀他之刀哇!(踌躇)

吕　后 相国你来看——!【撕边一击】(从宫女手中接过桌上的宝剑)万岁临行之时留下尚方宝剑一口,上写“斩韩信”三字,交与本后裁处。如今虽无杀他之刀,却有斩他之剑!(仓)

萧　何 (看剑,伸出拇指)陛下英明!既然如此,斩韩信之事恭听娘娘吩咐。(吕后将宝剑交宫女放回桌上)

吕　后 韩信的反书卿家带在身边。(拿桌上书信交与萧何)速诓韩信到未央宫。你出宫去吧！（坐“小座”）

萧　何　领旨！**【五锤】**（拱手后出门“上场门”下）

吕　后　武士手进宫！

〔**【冲头】**四校尉挎刀两边上进门于两侧，面朝吕后拱手。

四校尉　参见娘娘！

吕　后　明日卯时，你等埋伏朝廊两厢，待韩信进宫将他拿下，不得有误！

四校尉　遵旨！

〔**【冲头】**四校尉出门两边下。

吕　后　正是：**【五锤】**（站起走向台中）

（念）韩信纵有千般计，

难逃本后掌握中。

〔**【大锣打下】**吕后翻袖背手左转身“下场门”下，宫女随下。

第九场

〔二道幕外。**【快长锤】**季布、夏侯婴二人分左右于两侧“上场门”上，随何、田肯紧随其后再分左右上，行至前台四人成一排。随何、田肯居中，季布、夏侯婴于两侧。

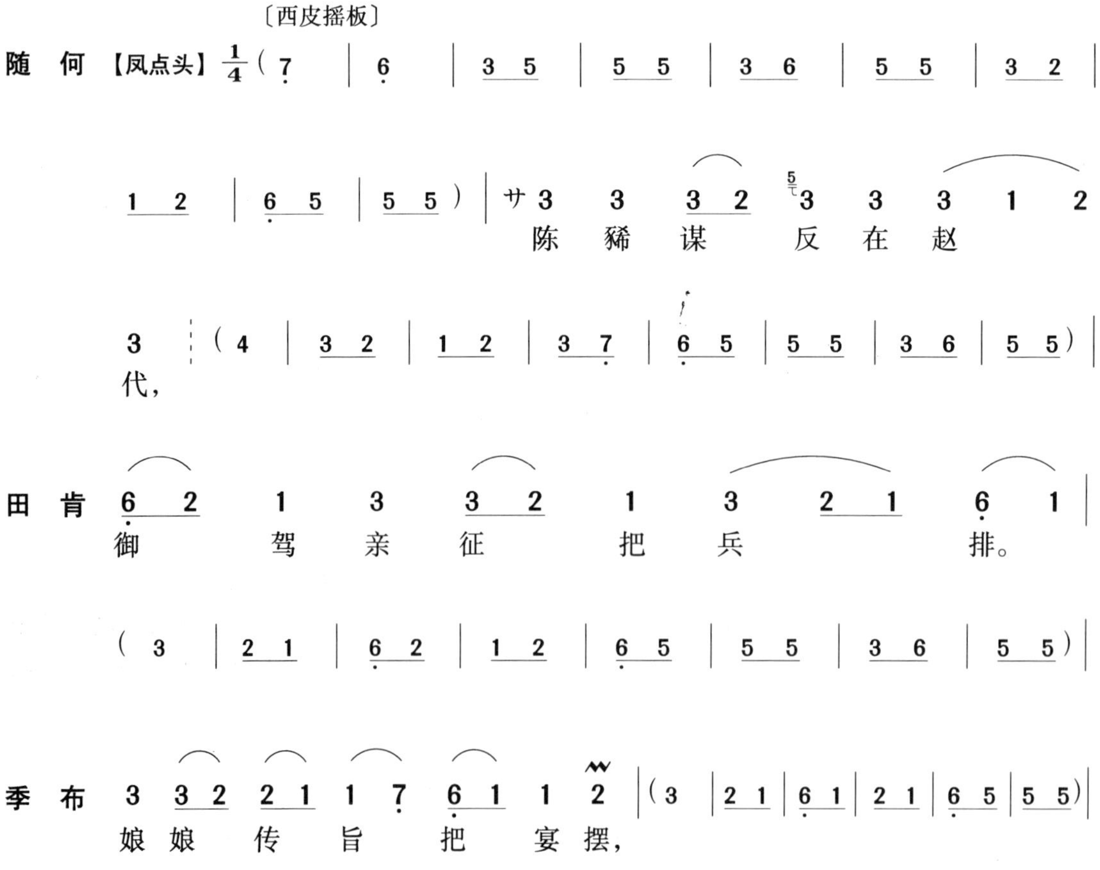

夏侯婴 5 - 7 6 | 6 7 6 5 5 -
人 头 大 会

7 6 2 3 2 5 6 76 5 6 1 - |
费 疑 猜。

随　何 （3 | 2 1 | 6 2 | 1 2 | 6 5 | 5 5）| 2 2
就 此

1 2 3 2 3 2 3 2 1 3 2 -
侯 府（哇） 把 信（呐）带，

〔【快长锤】随何与三人拱手，随何领起四人走圆场至“上场门”“一条鞭”。二幕拉开，场上一桌、一“小座”、四椅。二旗牌“下场门”上，出门。

同唱〔摇板〕

四　人（过门）3 2 2 6 1 1 2 3 2 2 1 6 7· 6 5· 6 1 - ‖
通 禀 侯 爷 我 等 到 此 来。

二旗牌 是。（进门朝“下场门”拱手）有请侯爷。（然后分站两侧）

〔【快长锤】韩信“下场门”上，若有所思，抖袖至台中。锣鼓切住。

〔亮弦〕

（2 3 5 2 1 - ）

〔西皮摇板〕

韩　信【闪锤】$\frac{1}{4}$（7 | 6 | 3 5 | 5 5 | 3 6 | 5 5 | 3 2 | 1 2 |

6 5 | 5 5）| サ 1 3 4 3 35 1 2 3 3
我 有 书 信 到 赵 代，

（4 | 3 2 | 1 2 | 3 7 | 6 5 | 5 5）| 6 2 1 1 3 2
汉 王 带 兵

1 35 3 21 1 5 6 1 （3 | 2 1 | 6 2 | 1 2 | 6 5 |
必 转 来

5 5）| 1 - 3 3 2 2 6 2 1 6 3 - 1 2

腹 背 受 敌 兵 自 败，

（3 | 2 1 | 6 2 | 1 2 | 6 5 | 5 5）| 3 2 2 6 1

方 显 韩

1 2 3 2 7· 6 5 6 7 6 1 - 【一锣】

信 智 未 衰。

二旗牌 满朝文武求见侯爷。（拱手）

韩　信 （捋髯一顿、思索）噢！

〔西皮摇板〕

【凤点头】（过门略）3 2 2 1 1 - 6 1 3 - 2 -

听 说 文 武 来 叩 拜，

［（大 大 大 大 衣大 大 仓）韩信撩蟒出门拱手迎接众官。

四朝官 淮阴侯！（拱手）

韩　信 众位大人！（拱手后相让）

［【快长锤】四朝官进门，随、田“挖”至台左，季、夏“挖”至台右，韩信进门居中。二旗牌摆左右各两跨座后，两边下。锣切住。

韩　信 （拱手）众位大人！

〔西皮摇板〕

【凤点头】（过门）1 3 3 2 1 1 2 3 2 7 6 6 1 6 1 - ‖

有 失 远 迎 理 不 该。

［【原场】韩信相让，众坐。随何、田肯居左，季布、夏侯婴居右。韩信居中。

韩　信 我韩信乃是退职之臣，众位大人到此何事？

随　何 淮阴侯说哪里话来，汉帝江山出于君手，功高盖世，满朝文武谁不尊敬。如今万岁兵伐赵代，斩了陈豨，（八仓）（韩信一惊）特将此事报与淮阴侯知道。

韩　信 噢！汉帝平了赵代斩了陈豨么？【撕边一击】

随　何 正是。

韩　信 （绕手一拍）唉！【一锣】

随　何 淮阴侯为何长叹哪？

韩　信 那陈豨胸中无才，兵法浅薄。想那曲阳是三面受敌之地，陈豨不据守邯郸，竟自屯兵曲阳，（稍一顿）死不足惜！（抖右袖）【撕边一击】

夏侯婴 啊淮阴侯，如今陈豨人头已解到咸阳。娘娘备宴，设摆人头大会，我等特来约请淮阴侯一同前去赴会。

韩　信 【撕边一击】（转眼一想）本当前去赴会，怎奈汉帝不在朝中，又恐生事，韩信失陪

了。（拱手）

随　何　淮阴侯不可。想万岁在侯爷身上疑心特大，此番若不前去赴会，恐万岁回来见责我等，还是前去赴宴才是。

韩　信　既然如此，公等先行一步，容我思之。

随　何　如此朝廊等候，告辞了！（韩信与四官站起）

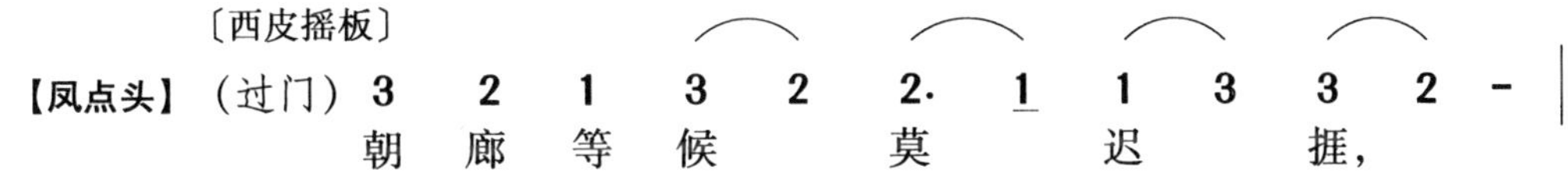

〔【快长锤】随何、田肯、季布、夏侯婴与韩信拱手，四人出门“下场门”下。韩信抖袖，走至台中。

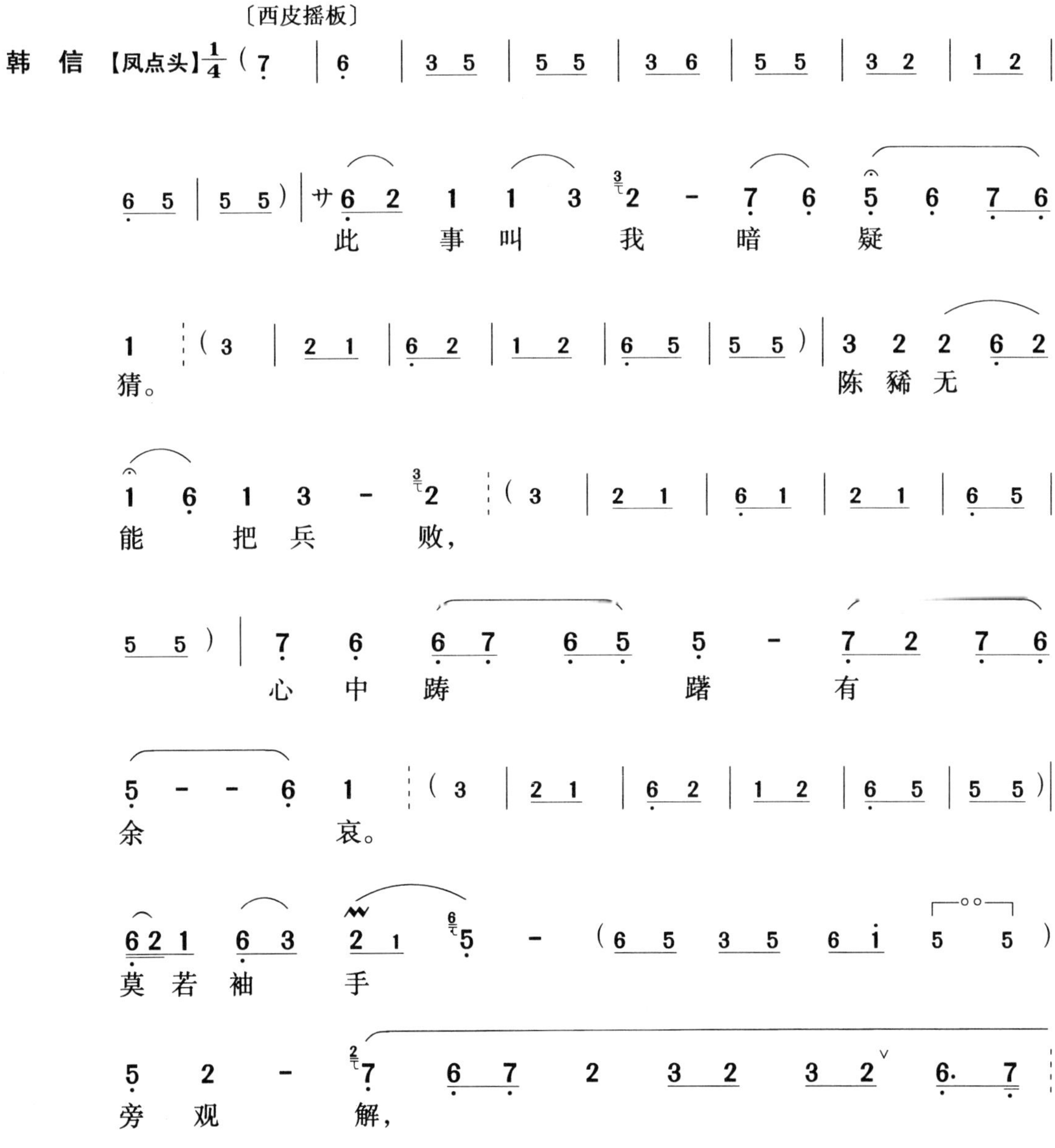

6 5 ┆ 3 ┆ 5 ┆ 6 5 ┆ 7 ┆ 6 5 3 6 - ┆

〔韩信右手抚胸思索，唱中低头左转身往“下场门”走。内白：“萧相国到。”韩信背朝前台，脚步停住，抬头，抬起右手。

韩　信　有请！

〔**【快长锤】**萧何“上场门”上至台右前，抖袖。韩信慢慢转过身来。

〔西皮摇板〕

萧　何　**【凤点头】** 1/4（7 | 6 | 3 5 | 5 5 | 3 6 | 5 5 | 3 2 | 1 2 |

6 5 | 5 5）| サ 3 3 1 2 2 3 1 ┆（3 | 2 1 |
宫中设宴巧安排。

6 2 | 1 2 | 6 5 | 5 5）| 1 3 3 21 1 6 1 3 2 1
韩信谋反事已

3 2 ┆（3 | 2 1 | 6 1 | 2 1 | 6 5 | 5 5）| 7 6 6 5 5 - ┆
败，萧何无计

6 2 ┆ 7 6 ┆ 5 6 1 ┆（3 | 2 1 | 6 2 | 1 2 | 6 5 | 5 5）|
救良才。

2 1 2 3 - 1 2 1 5 3. 1 2 ┆（3 | 2 1 | 6 1 |
这是他自作自受

2 | 2）2 7 5 6 - 5 7 7 7 6 - ┆
无可奈，

〔（大大 大大 衣大 大 仓 0）韩信出门，萧何走上前二人拱手、对视亮住。

韩　信　（语气试探，声音略轻）……相国！

萧　何　（语气沉稳、稍慢）淮阴侯！

韩　信　（稍停）请——。

萧　何　请。

〔**【快长锤】**萧何先进门。韩信进门至“小边”，萧何至“大边”。

韩　信　**【凤点头】** 1/4（7 | 6 | 3 5 | 5 5 | 3 6 | 5 5 | 3 2 | 1 2 |

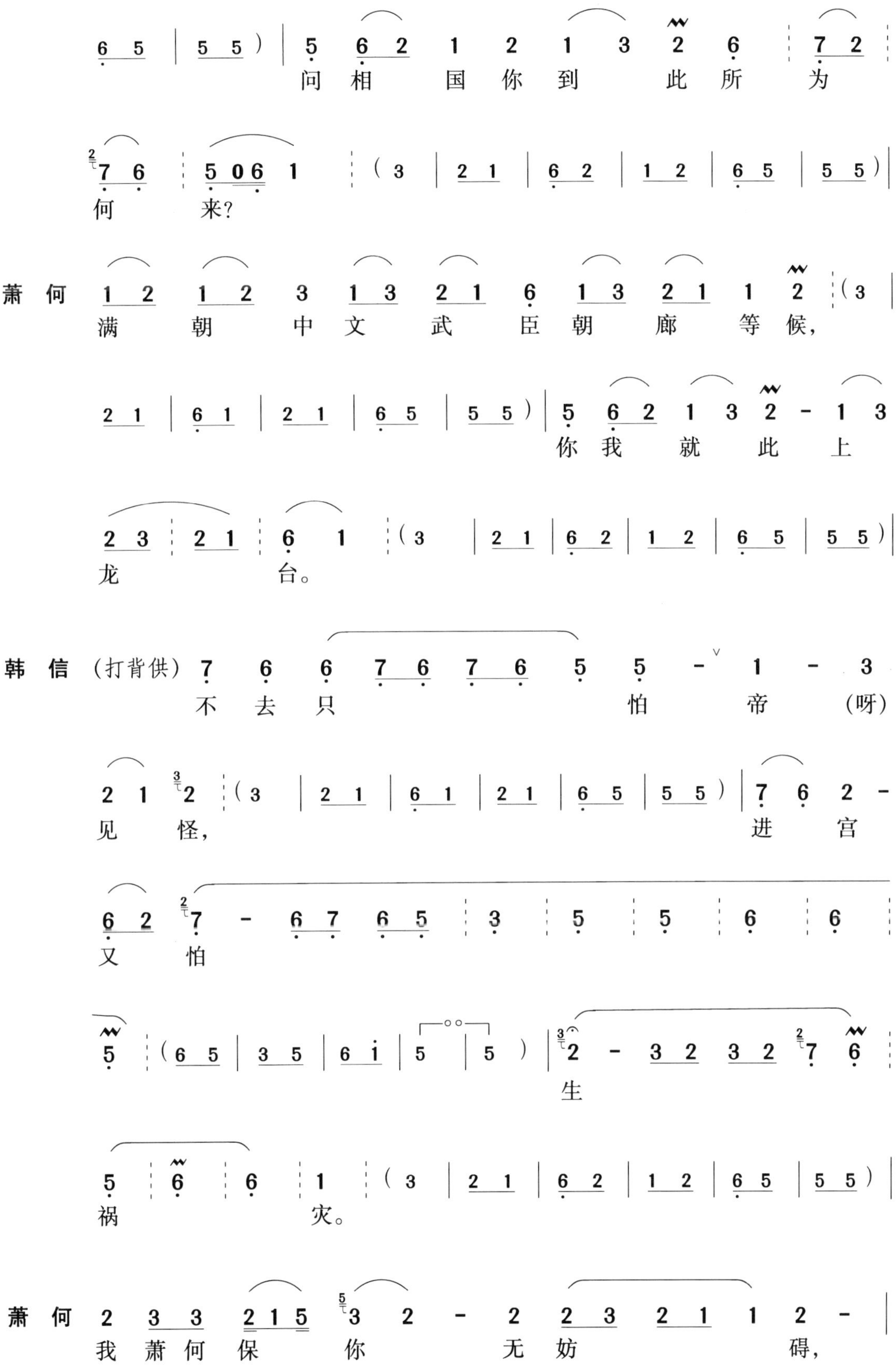
问相国你到此所为
何来？
萧何
满朝中文武臣朝廊等候，
你我就此上
龙台。
韩信
（打背供）
不去只怕帝（呀）
见怪，进宫
又怕
生
祸灾。
萧何
我萧何保你无妨碍，

$\frac{1}{4}$ 大大大大　衣大大　仓 大　0 3 | 2161 | 2 3 | 2161 | 2 |

（〔行弦〕中二人作下面对白）

韩　信　（一锣中上前一步抓住萧何右手）无妨碍？

萧　何　（摇头）无妨碍。

韩　信　（紧盯住萧何）去得的？

萧　何　（点头）去得的！

韩　信　相国呀！

〔西皮摇板〕

【凤点头】$\frac{1}{4}$（7 | 6 | 3 5 | 5 5 | 3 6 | 5 5 | 3 2 | 1 2 |

6 5 | 5 5）| サ 1 3　2 1　1　2　1. 5　3. 2　2　3 2

既　如　此　你　和　我　（呀）

3 2　0 1　1　2 ┊（3 | 2 1 | 6 1 | 2 | 0）|

（韩信走向台中萧何走至台右，韩信回身右手抓萧何左手）

稍慢

5 ┊ 6 2 ┊ 7 6 ┊ 5. 6 ┊ 1 ‖（3 | 2 1 | 6 2 | 1 2 | 6 5 | 5 5）|

同　去　同　来。

（随唱二人同迈右、左、右、左四步，然后手放开）

萧　何　サ 2　1　2　2　3　1　－　2 ┊（3 | 2 1 |

手　挽　着　淮　阴　侯

6 1 | 2 | 2 ）| 1　2　－　2 1　1　2　－ |

同　出　府　外，

〔【快长锤】萧何挽韩信手，二人出门圆场一周至台左，随何等四朝官“上场门”上，站台右中“斜一字”。萧何于台左前、韩信于台左中。

〔摇板〕

四朝官　（过门同前）3　2　2 1　1　2　3 2　6　2 3　7 6　5　6　1　－ ‖【住头】

同　到　朝　廊　饮　开　怀。

〔太监“下场门”内白：“娘娘有旨！”（仓）

韩　信　（一愣）接旨！

〔【五锤】四朝官同转向“下场门”呈竖行单腿跪。韩信、萧何于“大边”转身脸朝“下场门”，单腿跪。

〔太监内白：“宣满朝文武，萧何、韩信同进未央宫赴会呀！”

〔（大 八 仓）韩信猛地惊站起身，其余五人也随后站起。

韩　信　未央（呃）——宫——？！（“呃”字拖长，“宫”拖长音高而亮，滑向低音）**【长撕边】**（韩信念“未央宫”的同时左转身，从里往外扫视四朝官，转向萧何，目视前方亮相。）（仓）（自语。声音自弱而强）既然大宴群臣，人头大会就该设在金殿之上，因何设在未央宫中——？（仓）

萧　何　（迅速上前一步）啊淮阴侯，万岁在朝必然设宴在金殿之上；如今娘娘权朝，定然设宴在未央宫中。淮阴侯，你又何必多心哪？

韩　信　**【撕边一击】**（转眼一想自信地）想我韩信，兴汉灭楚功高盖世。（放慢、提高声调）慢说无有什么差错，纵有差错，娘娘她，（仓）岂奈我何！（仓）（上步、抓袖亮相）

四朝官　着啊！

萧　何　你的疑心也忒大了哇！

夏侯婴　淮阴侯不必多疑，你我就此未央宫走走——。

〔西皮摇板〕

四朝官　**【闪锤】**（过门同前）サ 3　2　1　3　2　2　1　1 3　2　- |

一　同　进　宫（啊）莫　迟　疑，

〔**【快长锤】**四朝官“下场门”下。韩信走至台右中，萧何居左。锣鼓切住。

（4　3　1　2　-　）

萧　何　淮阴侯！

〔摇板〕

【凤点头】（过门同前）3　2　2·　1　1　-　2　3 2　1　3　2 6

萧　何　焉　能　害　将

1　-　（3 | 2 1 | 6 2 | 1 2 | 6 5 | 5 5）| 2　1　2

军。　你　莫　忘

3　2　2 1　6　5　（6 5 | 3 5 | 6 1 | 5 | 5）|

当　初

2　7　5　6　-　7　-　7　-　6　- |

三　保　举，

（大大 大大 衣大 大 仓大 0 3 | 2/4 2161 2 3 | 2161 2 |）

（在乐曲进行同时，作下列对白）

韩　信　是啊！当初相国为我三荐汉王，才得登台拜将，平秦灭楚，立下盖世之功。啊相国，我倒想起一辈古人来了。

萧　何　哪辈古人？

韩　信　就是那伍员三荐阖闾。

萧　何　侯爷请讲，萧何当洗耳恭听。

韩　信　如此相国，（仓）（拱手）听——了！

〔西皮慢流水板〕中速稍慢、深沉有力

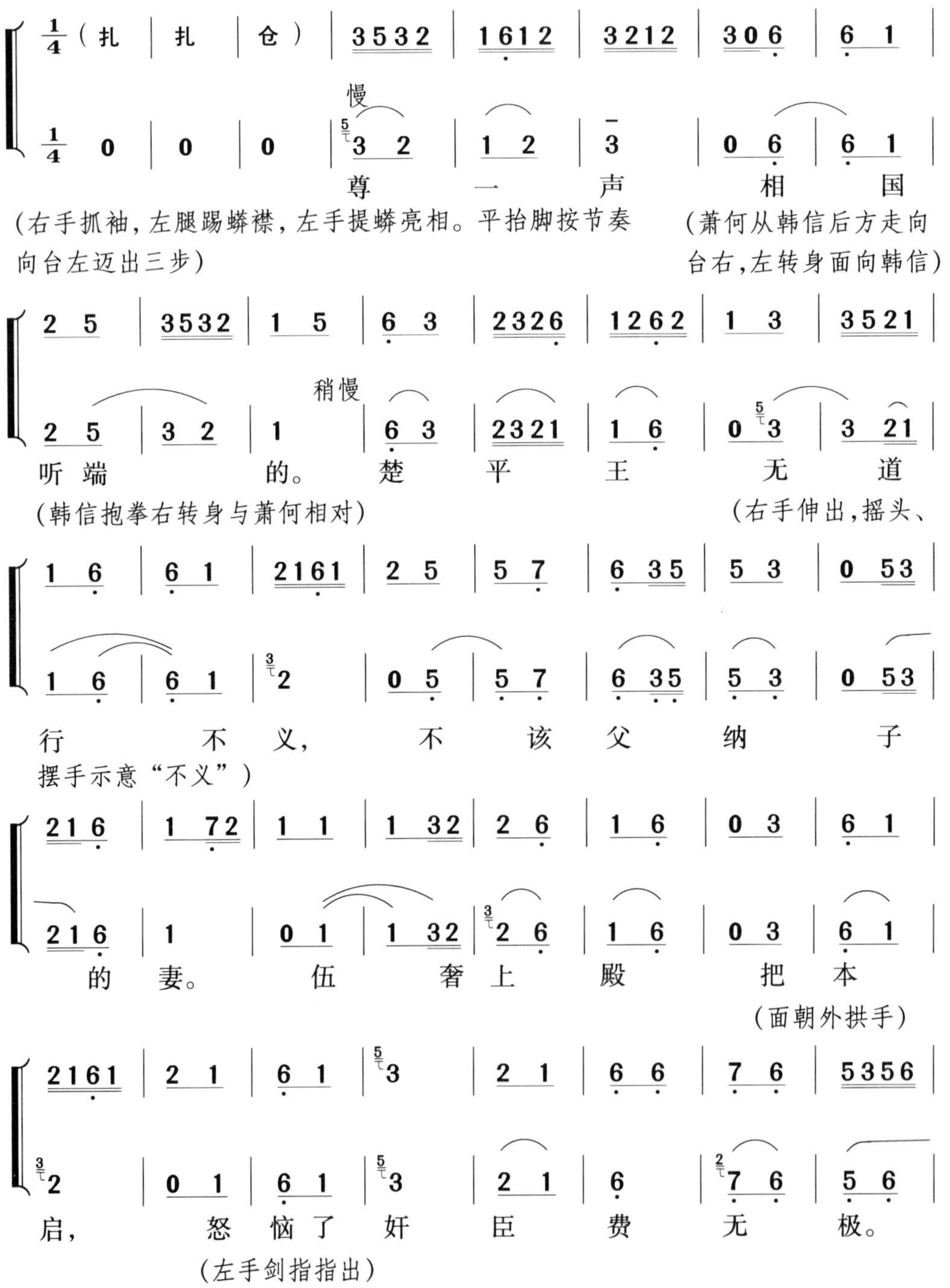

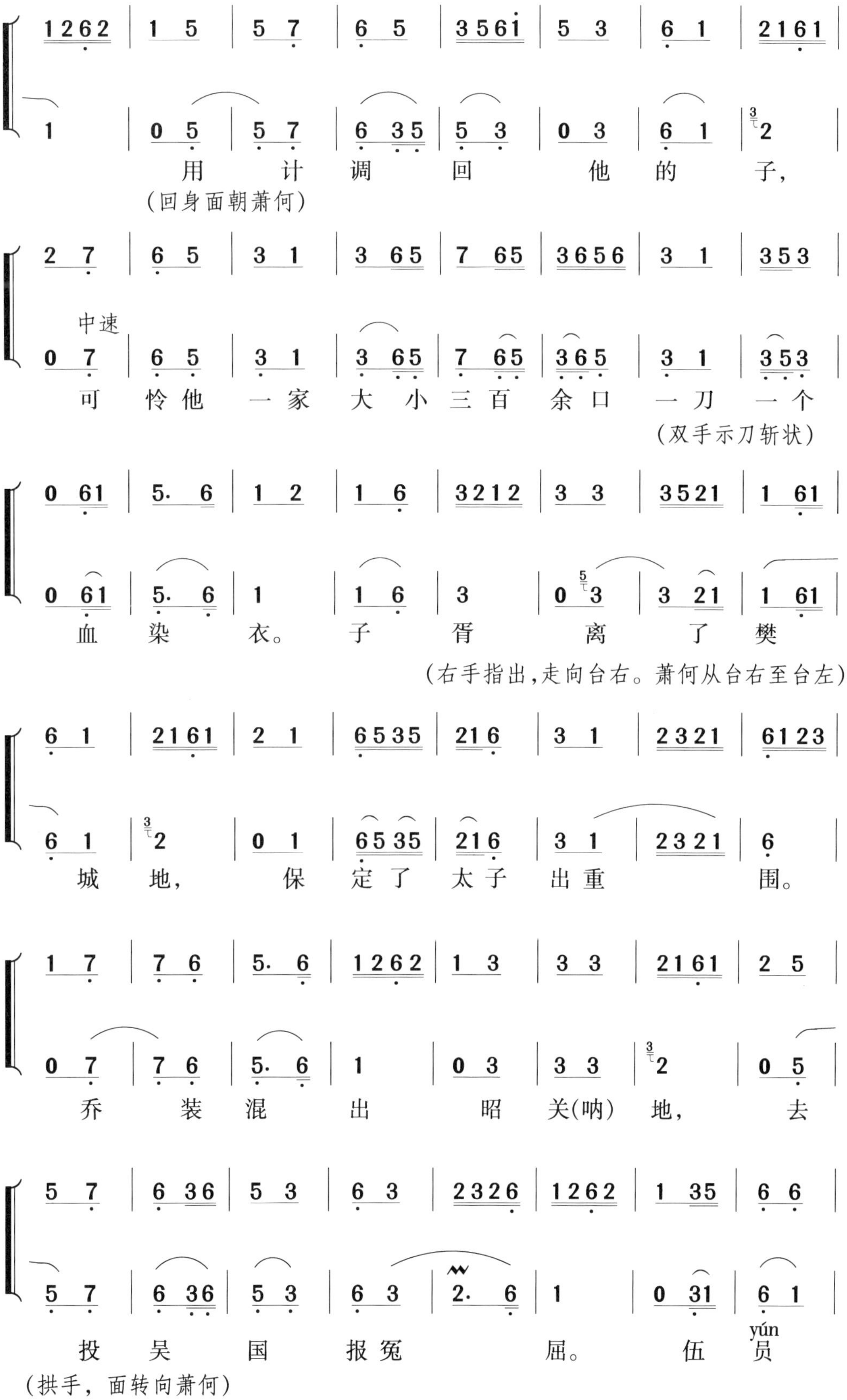
用 计 调 回 他 的 子，
（回身面朝萧何）
中速
可 怜 他 一 家 大 小 三 百 余 口 一 刀 一 个
（双手示刀斩状）
血 染 衣。 子 胥 离 了 樊
（右手指出，走向台右。萧何从台右至台左）
城 地， 保 定 了 太 子 出 重 围。
乔 装 混 出 昭 关（呐） 地， 去
投 吴 国 报 冤 屈。 伍 员
yún
（拱手，面转向萧何）

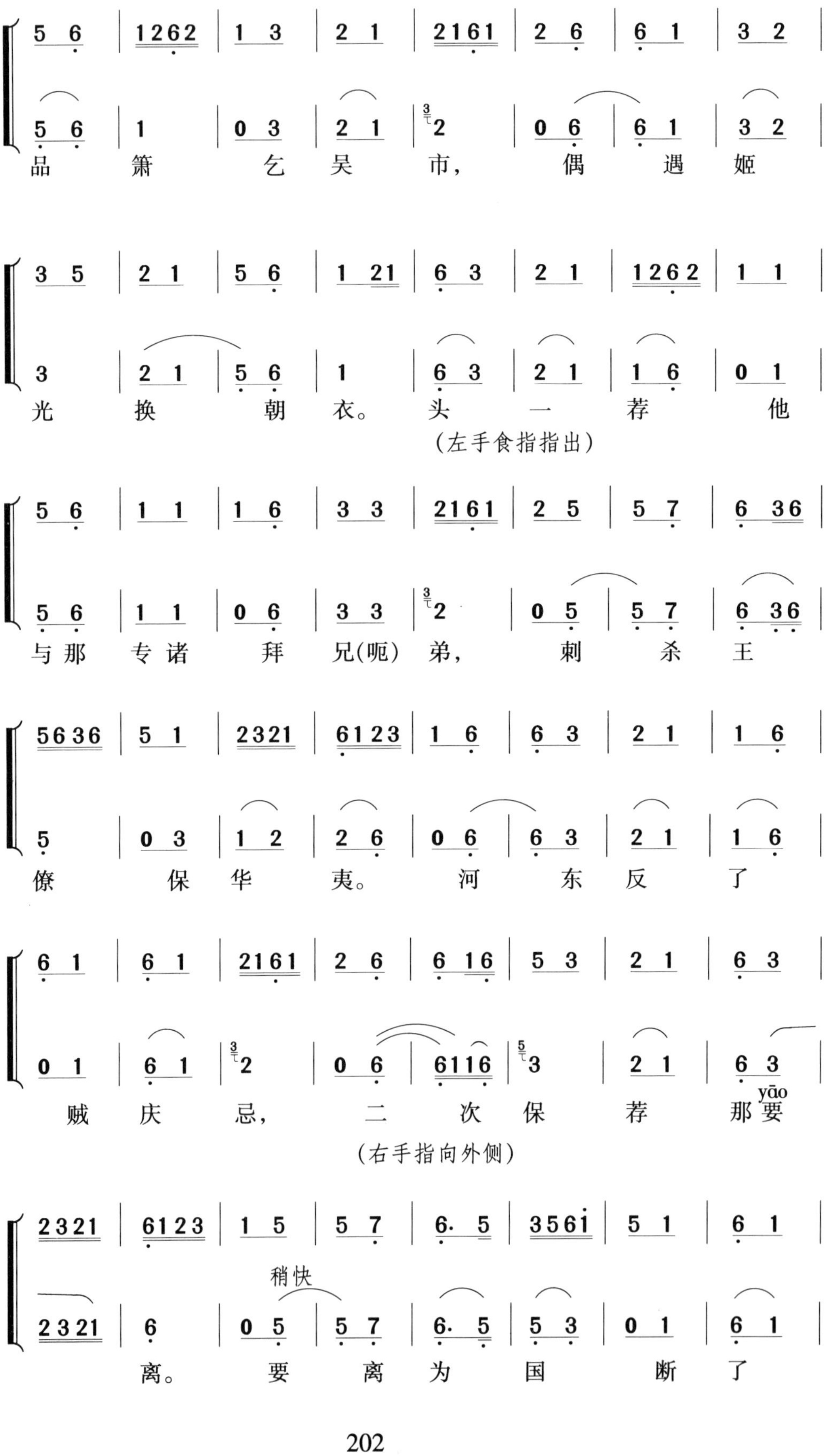
品 箫 乞 吴 市， 偶 遇 姬
光 换 朝 衣。 头 一 荐 他
（左手食指指出）
与那 专诸 拜 兄(呃) 弟， 刺 杀 王
僚 保 华 夷。 河 东 反 了
贼 庆 忌， 二 次 保 荐 那 要
yāo
（右手指向外侧）
稍快
离。 要 离 为 国 断 了

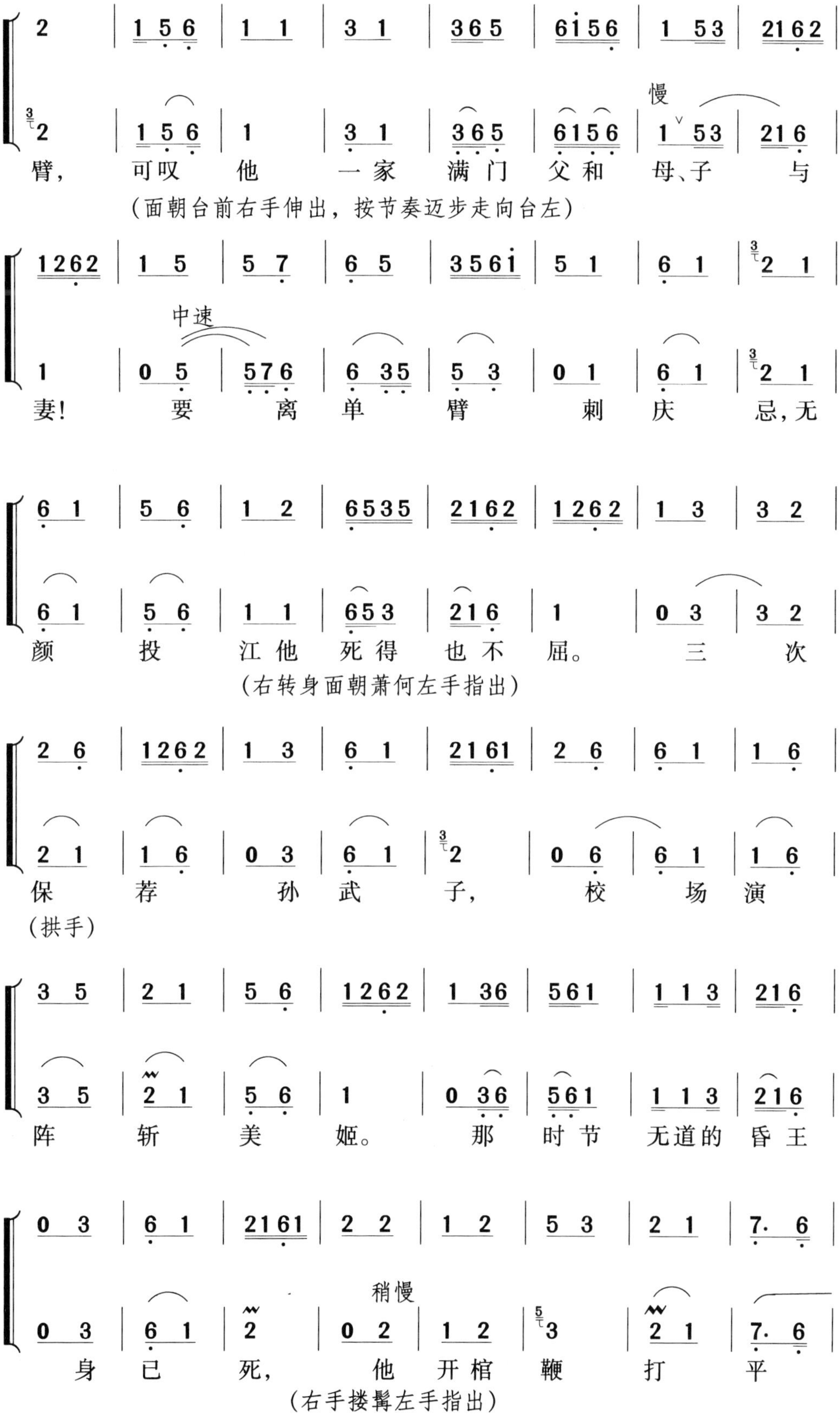
慢
臂，可叹他一家满门父和母、子与
（面朝台前右手伸出，按节奏迈步走向台左）
中速
妻！要离单臂刺庆忌，无
颜投江他死得也不屈。三次
（右转身面朝萧何左手指出）
保荐孙武子，校场演
（拱手）
阵斩美姬。那时节无道的昏王
稍慢
身已死，他开棺鞭打平
（右手搂髯左手指出）

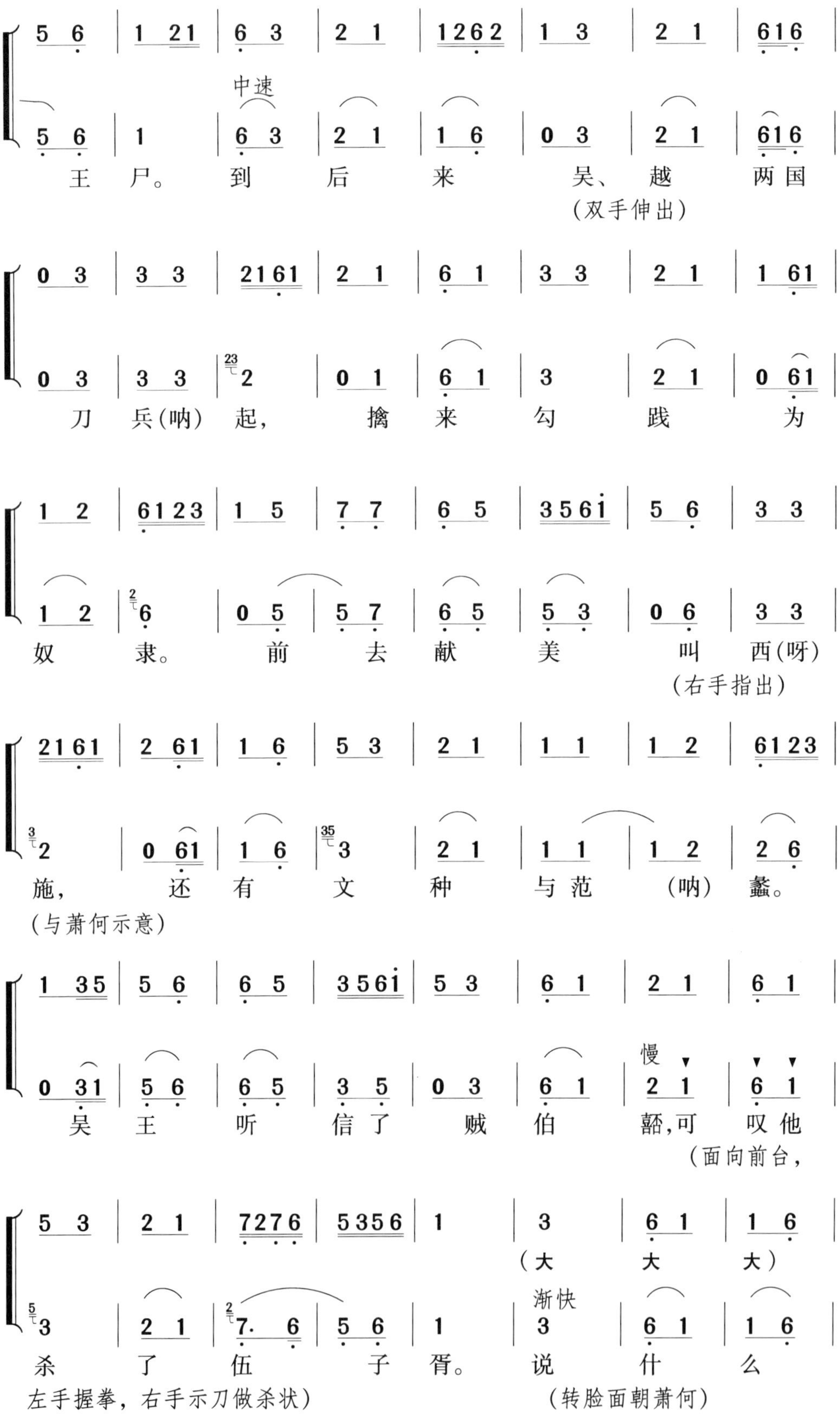
中速
王尸。到后来吴、越两国
(双手伸出)
刀兵(呐)起，擒来勾践为
奴隶。前去献美叫西(呀)
(右手指出)
施，还有文种与范(呐)蠡。
(与萧何示意)
慢
吴王听信了贼伯嚭,可叹他
(面向前台，
(大 大 大)
渐快
杀了伍子胥。说什么
左手握拳，右手示刀做杀状)
(转脸面朝萧何)

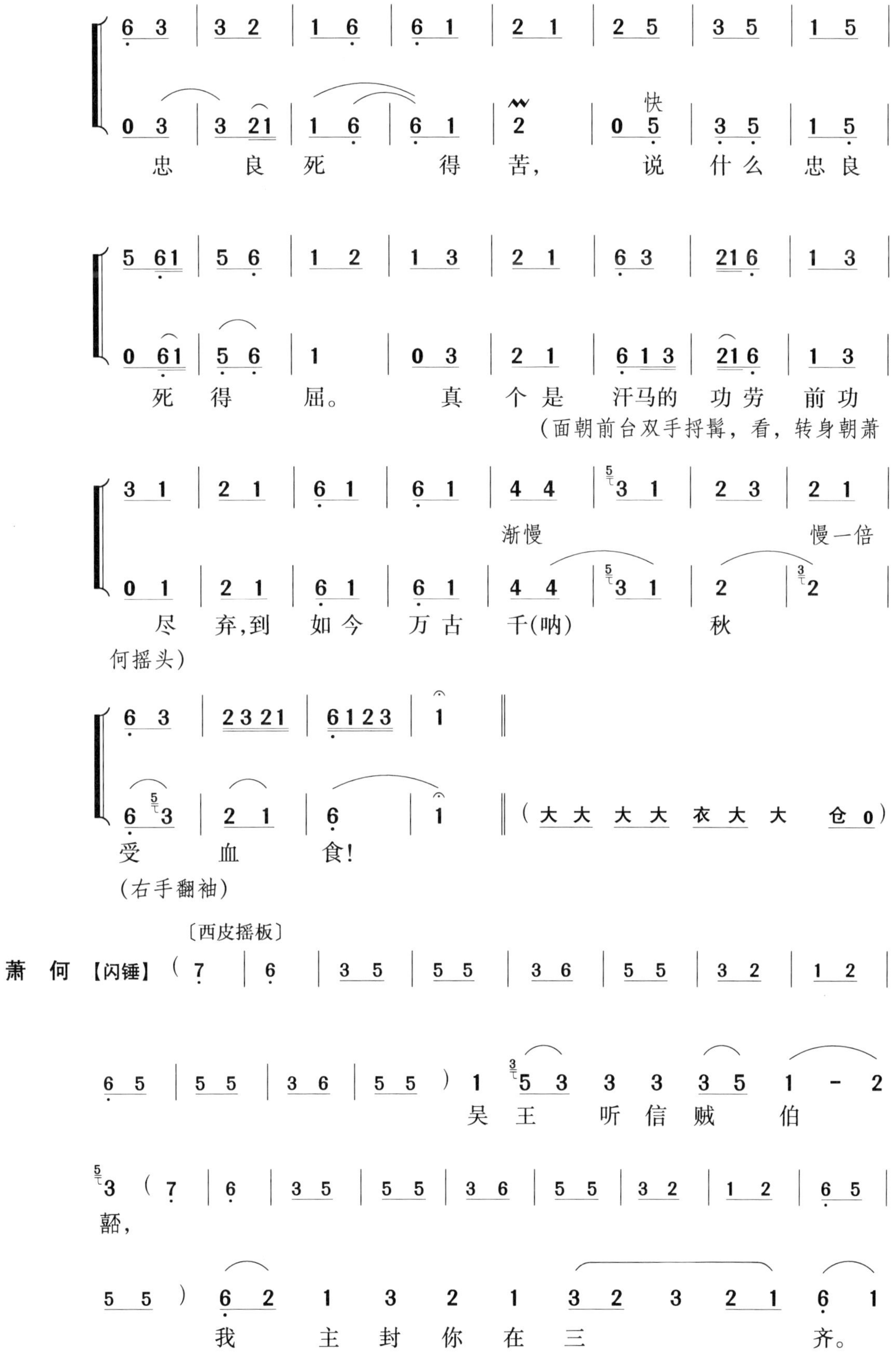
快
忠良死得苦，说什么忠良
死得屈。真个是汗马的功劳前功
（面朝前台双手捋髯，看，转身朝萧
渐慢
慢一倍
尽弃，到如今万古千(呐)秋
何摇头）
受血食!
（大 大 大 大 衣 大 大 仓 0）
（右手翻袖）
〔西皮摇板〕
萧何【闪锤】
吴王听信贼伯
嚭，
我主封你在三齐。

(3 | 2 1 | 6 2 | 1 2 | 6 5 | 5 5) 3 1 2 3 1 2
你道我萧何

3 2 3 2 7 6 5 (6 5 | 3 5 | 6 i | 5 | 5) | 5 2
有

7 5 6 5 7 7 6 - |
歹 意?　(大 大 大 大 - - 大.大 大大 衣大 大 0 仓 0)

韩　信　(拱手低头)韩信怎敢。

萧　何　淮阴侯!

〔摇板〕

韩　信　【凤点头】(过门)6 2 1 1 3 2 1 3 1 2 - 2 - 2 1 - ‖
急　速 进 宫(呃)莫 迟 疑。

〔【快长锤】萧何于台左朝韩信拱手后，撤步转身，"下场门"下。韩信拱手后，拎起蟒襟朝"下场门"走去，小垫步，翻袖看。锣鼓切住。(大 大 - 大.大 衣大 大 仓 0)转身走向台中。抖袖。

〔西皮摇板〕

韩　信　【闪锤】(7 | 6 | 3 5 | 5 5 | 3 6 | 5 5 | 3 2 | 1 2 |

6 5 | 5 5) | 4 - 3 3 2 5 3 4 6 3
非　是 韩　信 多　心

3 - (4 | 3 2 | 1 2 | 3 7 | 6 5 | 5 5) | 6 2 1 1 3 -
细,　内　宫 摆

2 6 2 1 0 2 - - 7 6 5. 6 1 | (3 |
宴 令　我　多　疑。

2 1 | 6 2 | 1 2 | 6 5 | 5 5) | 3 5 3 1 3 - 2
不　进 未 央

（3 5 | 2 1 | 6̣ 1 | 2 0）^{3}2 ^{3}2 1 1. 2 3 5 ^{3}2̂ - ┆

回 府 去，

〔韩信左手抓袖，右手拎蟒襟右转身朝“上场门”走三步，萧何内白：“淮阴侯！”（仓）（韩信背向前停住）“你要来呀！”韩信左转回身，向前一步[①]。

韩 信 哦，（向前一步）哦，（走向“下场门”方向）来了——！（右转身面朝前台抖袖，归台中）

〔亮弦〕

（4 3 ^{61}2 - - ）

〔西皮散板〕

【散凤点头】サ（7̣ - 6̣ - 6 5 3 2 6̣ 2 1 -

1 1）3 2 2. 6̣ 1. 2 3 - - ^{5}3 ^{5}3. 2 2 -

萧 何 焉 能（呐 呃）

3̂ - ^{2}3 2 3 2. 1 2̂ - 3 2 ˅ 6̣ 2 7̣ 6̣ 5̣ 6̣ 1

把 我 欺。

（7̣ 6̣ 2 1 - ）1 1 6̣ 2 1 6̣ 3 2 1

（仓） 功 高 盖 世 何 所

2 （7̣ 6̣. 1 2 - ）2 3 5 3 2 1 2 3

惧， （仓） 平 秦 灭 楚 功

2. 6̣ 1 （7̣ 6̣ 2 1 - ）3 5 1 2 3 -

第 一。 （仓） 大 丈 夫

1 - 6̣ 2 1 - 2 - （5 5 2 1 6̣. 1 2 - ）

向 前 （顷 - 仓 0）

^{3}5 1 - 2 ˅ ^{35}3 5 - 3 - ˅ ^{5}3 ^{2}3 ^{23}2 - ‖

莫 退 避，

① 此后还有另一种演法，详见本剧后的附录。

〔韩信唱“大丈夫向前”后，于“顷仓”中右手抓袖，抬左腿踹蟒左手提蟒襟亮相。“莫退避”走圆场一周至台右中。（**嘟 – 八 大 仓**）“下场门”上四校尉举刀面向韩信亮住。（**仓**）“漫”韩信头，韩信低头原地左转一周。

〔**【快扫头】**韩信与四校尉“过合”至台左，四校尉至台右。（**嘟八大仓**）韩信至台左小“垛泥”，四校尉同向左转身。韩信右转向台中。

〔**【急急风】**四校尉领起圆场至台中与韩信“串肚”。其中第二校尉手持手铐，“串肚”中迅速与韩信带上。“串肚”后韩信转身至台右中，四校尉至台左“下场门”“斜一字”，韩信跺脚搓手、连续蹉步向“下场门”，四校尉同时向“下场门”蹉步。两校尉牵韩信锁链下，两校尉于后举刀跟下。

（注：韩信唱“莫退避”后大锣改用“高音锣”）

第十场

〔**【节节高急急风】**切住。二道幕外。**【快五锤】**大太监“下场门”急上至台中。

太　监　娘娘有旨，下面听者：命尔等在未央宫中，上用红罗遮天，下用红毡漫地，小心伺候着。宣满朝文武进宫啊！

〔**【快长锤】**随何、季布、田肯、夏侯婴两边分上，面朝里站“一字”。（**大大大大 – 衣大 大 仓**）二幕拉开，太监归桌左侧。四大铠、四宫女已分站舞台两侧，吕后已坐“大座”之上。四朝官向吕后拱手。

四朝官　参见娘娘。

吕　后　众卿平身。**【住头】**（四朝官分站两侧）朝中出了叛逆之臣，少时看本后裁处。

〔**【五锤】**萧何抓袖提蟒“上场门”快步上，进门于“大边”。

萧　何　启奏娘娘，韩信拿到。

吕　后　将书信带好，宫门伺候。

萧　何　遵旨！**【冲头】**（出门“上场门”下）

吕　后　将韩信绑进宫来！（**仓**）

太　监　娘娘有旨，将韩信绑进宫来。

〔**【急急风】【软四击头】**“上场门”二校尉先上，其中一人牵韩信锁链拉上，二人立于台右前两侧。韩信双手上铐，于“软四击头”中快步出场接双脚蹉步、小垫步踹左脚亮相。又两校尉举刀于韩信后上场亮相。（**嘟仓**）（**嘟仓**）韩信迈二步，欺向左前方校尉，**【急急风】**韩信走向台右前，跨左腿踢右腿（踢开左前校尉，蹉步，向左，侧转小圆场回至“上场门”处（此时前方二校尉至“下场门”前方）**【扎鸠】**两望门，后方两校尉于“上场门”举刀向前，**【急急风】**韩信左转身圆场至下场方向，**【扎鸠】**二校尉举刀欺向韩信，韩信两望门，**【急急风】**退步右转身圆场至台前，面朝里**【四击头】**跨左腿、踢右腿，右趋步向里，跨左腿转身一周（**嘟 – 嘟 八大 顷 仓**）面朝里双脚蹦起朝吕后跪下。四校随锣鼓归左右两侧。

吕　后　去掉铐锁！

〔**【长尖】**左右各一校尉上前，将韩信手铐去掉，韩信面朝里起身右转小圆场走至台左前方，翻袖转向吕后。

韩　信　【叫头】娘娘！韩信身犯何罪，为何将臣绑进宫来？！（仓）

吕　后　韩信！我主高皇待你不薄，你为何私通陈豨谋反朝廷，该当何罪！

韩　信　【叫头】娘娘！（语气沉稳不慌，故作镇静）微臣弃楚归汉，受阅登坛，平秦灭楚，立下汗马功劳。焉能私通陈豨谋反朝廷，娘娘明察！（嘟　仓 0）（双手翻袖拱手面朝前方）

吕　后　你既然未曾私通陈豨谋反朝廷，为何有人出首于你？

韩　信　（转向吕后右手翻掌寻问）何人出首为臣？

吕　后　你家人谢公著！

韩　信　谢公著……？【撕边】（右手捋髯转向前台转眼想起，翻袖）【叫头】娘娘！谢公著乃臣府下逃奴，他怀恨在心出首为臣，乃是伪造谬词，娘娘不可深信！（语气重，"信"字后音上挑，稳而不乱）

吕　后　怎么？你家人谢公著乃是伪造谬词？！（冷笑）哼！你抬头观看——！【撕边一击】（站起，右手拿起桌上圣旨高举过头，左手指圣旨。韩信右转身面朝吕后看）现有我主高皇的圣旨，难道也是伪造谬词不成？（仓）

韩　信　（抬头看后低头拱手）娘娘赐下待臣读来。

吕　后　拿去读来！

〔【五锤】吕后将圣旨交与太监后坐下。与此同时，韩信于"五锤"中右手拎蟒走向台中，右转、面朝里，右脚踢起前襟，趋步，双手推后蟒襟，双膝齐跪，双手拱手。（前后蟒襟铺展于地）太监同时将圣旨递于韩信。（嘟 – 八 大 顷 仓）韩信双手接过圣旨交右手，左手牵起左蟒襟，以左膝为轴，以身体带动蟒袍的前后襟，快速平转一百八十度呈面向前台双腿跪式，双手捧旨。

韩　信　旨下——：（念旨速度越来越快）"孤带领人马兵发赵代，一路之上势如破竹。巡营将士拿来奸细一名，搜出书信一封，原来韩信私通陈豨，起意谋反。圣旨已下，速将韩信……"（抬头吸气）（左手捧旨，右手指旨上字：点一、二、三动作）（台台仓）（抬左腿，"屁股座"坐地）

吕　后　（急）往下念来！

〔【冲头】韩信起身呈跪式。

韩　信　噢噢噢！明白了！【撕边】（圣旨交太监，右手甩起前蟒襟，单腿向右跪转，面朝里跪，翻袖）【叫头】娘娘！虽有圣旨，无有凭证，就要治罪国家功臣，娘娘有伤法度！（仓）

吕　后　若有凭证呢？

韩　信　若有凭证，为臣甘心领罪。（拱手）

吕　后　少时就有你的凭证。

韩　信　凭在哪里——？（右手挑髯后掏手翻掌伸出亮相）（仓）
证在何处——？（右手将髯挑下，左手挑髯掏手翻左掌）（仓）

吕　后　若要凭证去问萧何！

韩　信　待臣问来。（念的同时急速起身，左转身，迈右步，左脚踢蟒、左手抓住，抬着左腿欲迈出门，动作与念白同时完成）

吕　后　（急速）转来！

韩　信　（紧接吕后）臣在！（八 0　仓 0）

〔韩信念“臣在”的同时，抬起的左脚落地，双手撩袍右转身面朝吕后，(**八 0 仓 0**) 双脚蹦起跪下。

吕　后　不准出宫！起过一旁！

韩　信　（拱手慢念）遵旨！

〔**【慢五锤】**韩信随节奏站起，左转身随锣鼓前三步一步一锣，后紧走两步走向台左前，**【长撕边】**侧身，右手抬起悄悄捋去额头冷汗甩落于地，猛抬头故作镇静一转眼，（**八 大 顷 - 仓 0**）双手抓袖、翻袖背手，向前迈出一步挺身亮相。

吕　后　内侍，宣萧何进宫。

太　监　娘娘有旨，萧何进宫啊！

〔萧何内：“领旨。”

〔**【快长锤】**萧何快步上场至台右前。

〔西皮摇板〕

【凤点头】（ 7 6 35 55 36 55 32 12 65 55 ）

1 2 2 1 3 1 2 2 1 2 3 - 3 - 2 -

为 汉 室 我 萧 何 三 保 荐，

〔萧何唱完走至台中，韩信急迈步迎上前双手翻袖抓住萧何，（**仓**）二人四目相对。

韩　信　相国！（双眼盯住萧何）你来了？

萧　何　来了！

韩　信　三次保荐是你，（**仓**）

萧　何　是我。

韩　信　登坛拜将也是你，（**仓**）

萧　何　是我。

韩　信　诱我进宫——也是你！（苦笑）（**仓**）（声音放低）今日我韩信吉凶祸福全在你——（**仓**）（“你”字呈大滑音由响亮转为轻声）（轻声）来，来，来，我韩信这厢，（**嘟 八大 顷 仓**）（右手抖袖左手抓右水袖，迈步躬身向萧何）**【撕边】**有礼了！（低头深深施礼暗示萧何挽救于他）

萧　何　淮阴侯！

〔**【慢凤点头】**二人双“挖门”进，萧何至台右于袖内掏出书信，右手高举、左手指信，面朝韩信亮住。韩信“挖门”转身至台左双翻袖背手走向前看萧何右手亮住。

〔西皮散板〕

萧　何　サ（ 7 6 6 565 i i 32 62 1 - 11 ）

2 1 2 1 2 3 - 32 5 - 65 4 -

未 央 宫 全 凭 着 一 封 函。

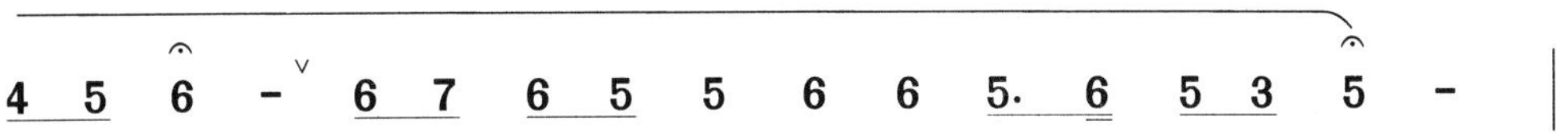

（呐）

〔【扬钹、原场】萧何向前“欺”韩信，韩信望萧何手中书信双手抖动向后退步，抖落双袖，低头站立于台左前方。萧何走向“小边”将信交于吕后。

吕　后　韩信这就是你私通陈豨的亲笔书信，你还有何话讲？！

〔【冲头】韩信抬头愣住，转眼一想，撤步小圆场至台中稍左。翻袖。

韩　信　【叫头】娘娘！汉室江山全仗韩信之功，才成一统天下，我主高皇也曾封我见天不死！【撕边一击】（右翻袖指天）见地不亡！（右手反翻袖比地）（仓）

吕　后　虽然我主封你见天不死，见地不亡，如今你抬头观看——！【撕边一击】（翻右袖）这上——（左手指天）

萧　何　（向前一步右手指出）有红罗遮天！（韩信左手翻袖看天）（仓）

吕　后　这下——（反翻袖压掌）【撕边一击】（韩信双手翻袖小垫步看地）

萧　何　有红毡漫地！（左手搂髯，右手指地）

吕　后　如今未央宫中不见天地，你还有何话讲！（仓）

萧　何　（走向韩信）娘娘早就与你准备好了！

韩　信　（目视萧何恼恨已极）萧何！（仓）（右手颤抖着指萧何）你！（仓）你……！【撕边】好恨的心肠！（指向萧何，右脚一跺脚，萧何退回原位）【冲头】（小圆场至台中翻袖面朝里）【叫头】娘娘！（转身面朝前）虽然上有红罗遮天，下有红毡漫地，怎奈刑部无有杀臣之刀，国家无有罪臣之法，（将袖抖起，声音高而傲慢）为臣功高盖世，（伸出拇指）你们（伸出双手一划）岂奈我——何——！（双抓袖向前迈步，双翻袖背于身后亮相于台中）（仓）

吕　后　好一个无有杀你之刀，罪你之法！万岁临行之前，早知你有谋反之意，留下尚方宝剑一口，亲笔写下“斩韩信”三字。你道无有杀你之刀，如今，却有斩你之剑！你还不（吕后起身举起宝剑）（八 大 顷 - 仓）领——罪——！

〔【长撕边】太监接过宝剑，把宝剑放在韩信身前地下，剑穗朝向韩信。韩信低头看，吸气、退步，背着的双手放开摊落下来。（仓）韩信右手翻起水袖，迈右脚呈右弓箭步，看地下宝剑上有“斩韩信”三字（台台仓）不由悲从中来，水袖颤抖。

韩　信　惜乎啊！（八 大 顷 仓）（双手翻袖，颤抖看剑，声音从高至低至颤抖）惜——乎！！

〔此后，大锣改用低音锣。【大锣慢原场】韩信挑起双袖，弓箭步右手拿起宝剑，看，一涮，左手推髯至右胸前亮住。【归位】左手撩蟒袍，迈左腿，跪右腿，剑交左手，呈右单腿跪式。（声音低沉）

韩　信　恨我不听蒯彻计，如今未央后悔迟！（低头哀伤）【住头】（留一锣）唉！（仓）事到如今，我千恨，万恨，恨的是那——

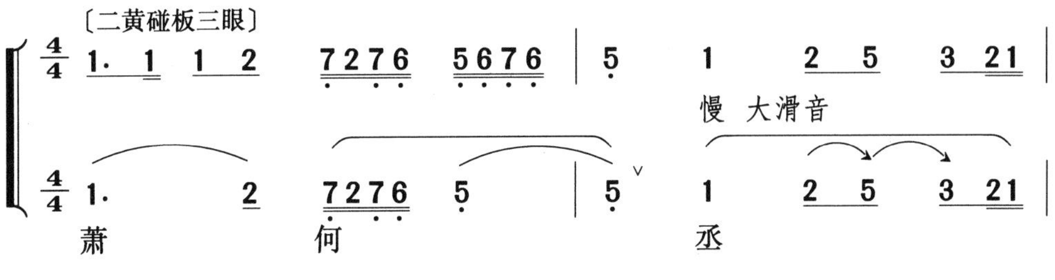

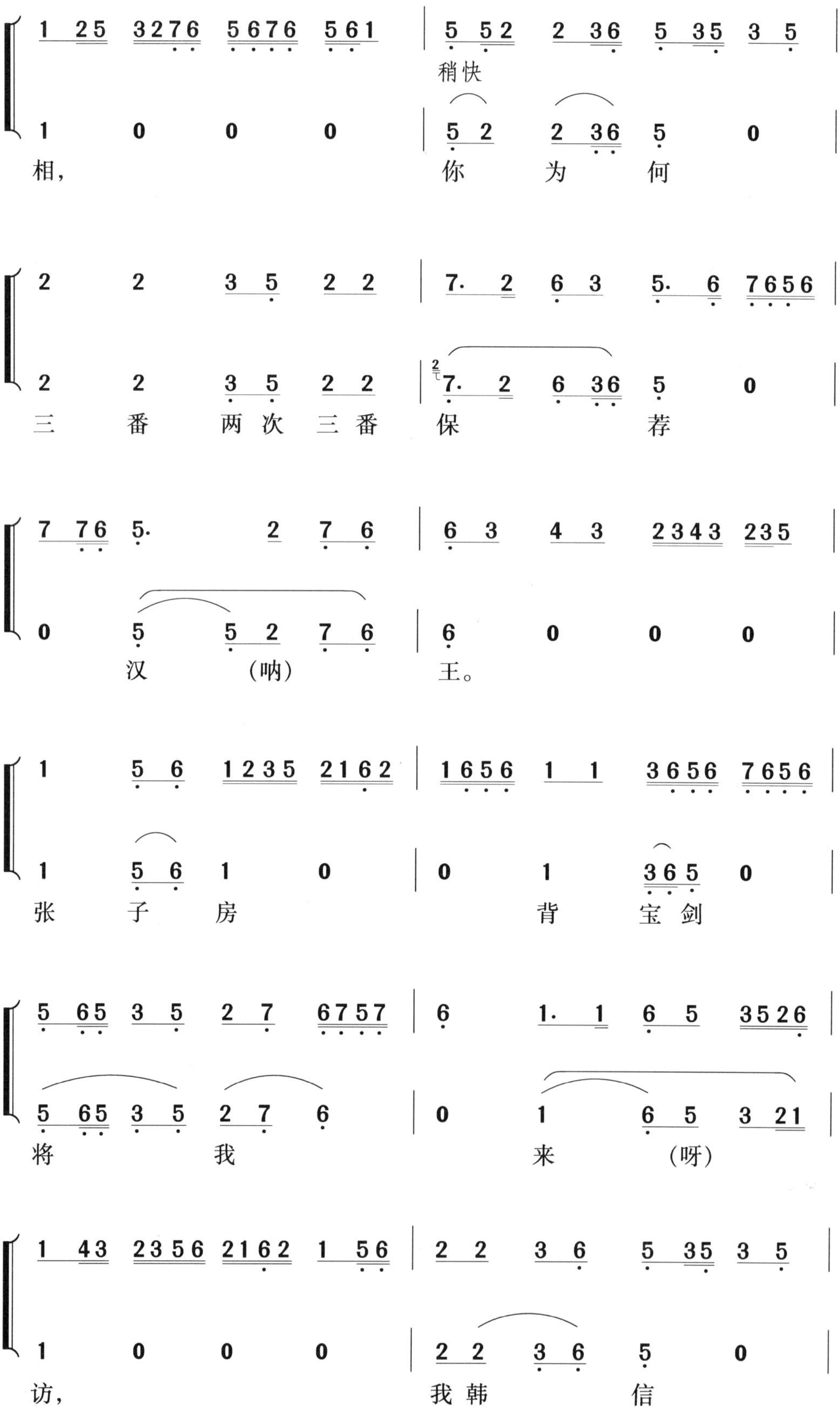
稍快
相，你为何
三番两次三番保荐
汉（呐）王。
张子房背宝剑
将我来（呀）
访，我韩信

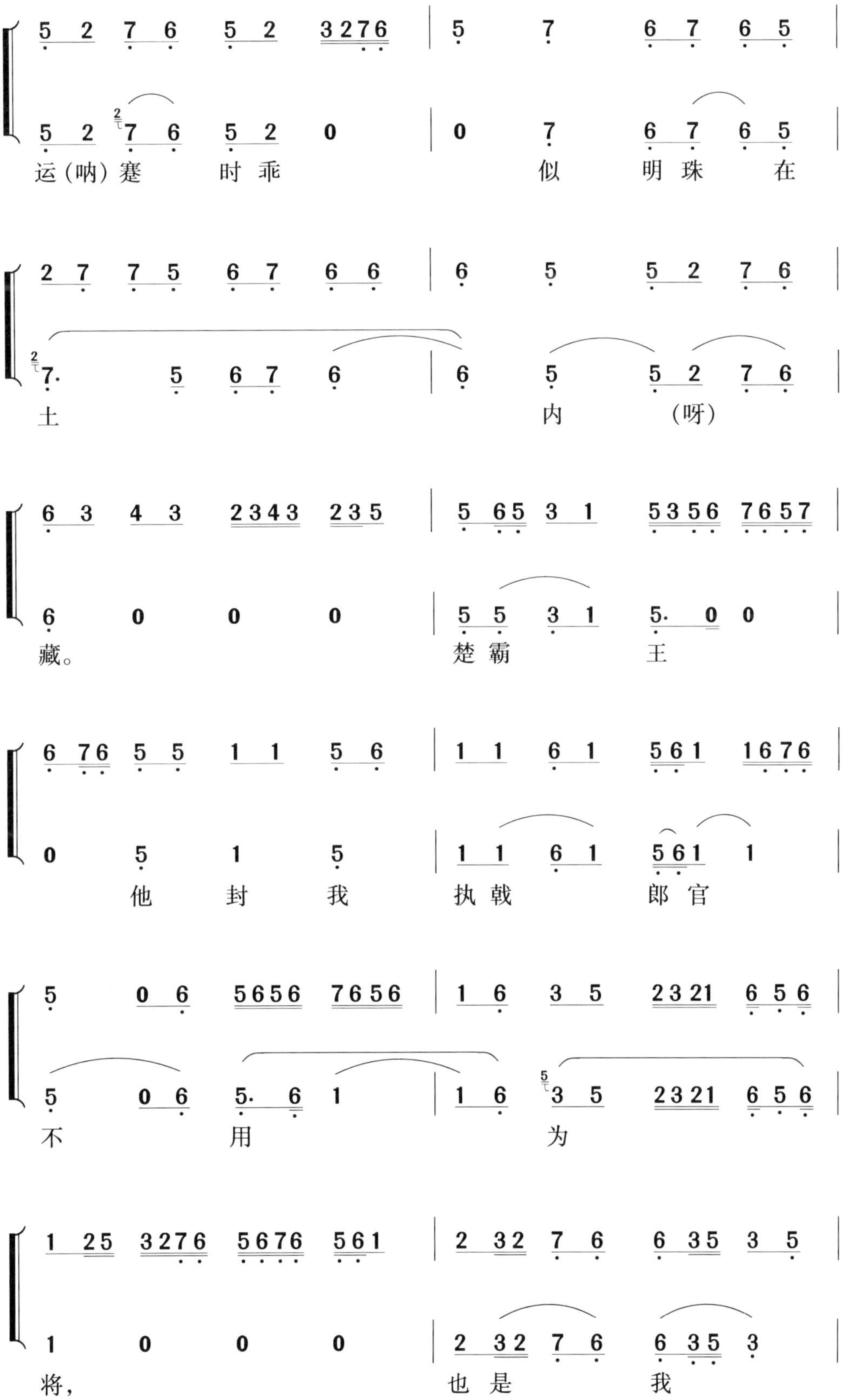
运（呐）塞 时 乖 似 明 珠 在
土 内 （呀）
藏。 楚 霸 王
他 封 我 执 戟 郎 官
不 用 为
将， 也 是 我

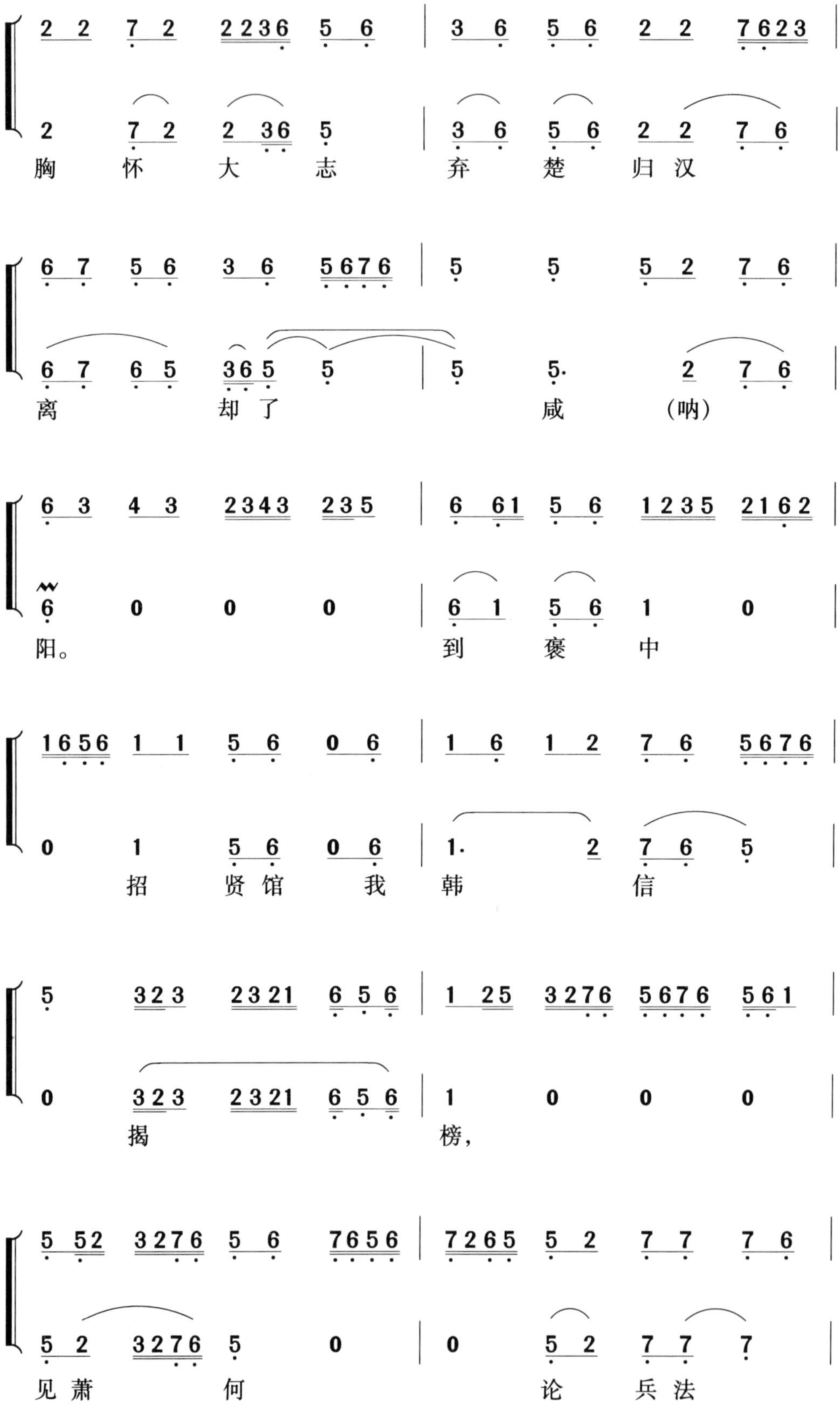
胸怀大志弃楚归汉
离却了咸(呐)
阳。到褒中
招贤馆我韩信
揭榜,
见萧何论兵法

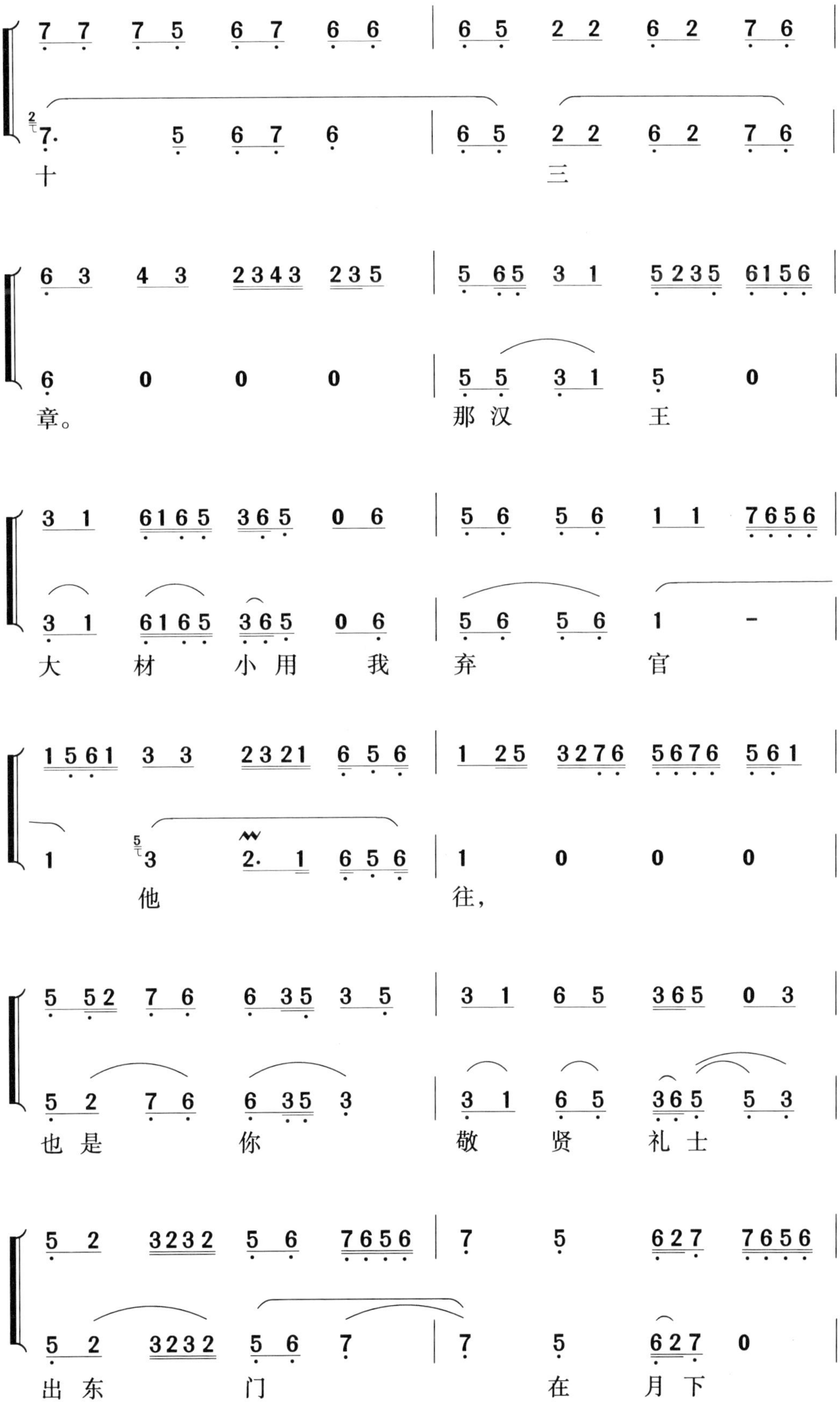
十 三
章。 那汉 王
大 材 小 用 我 弃 官
他 往，
也是 你 敬 贤 礼 士
出 东 门 在 月 下

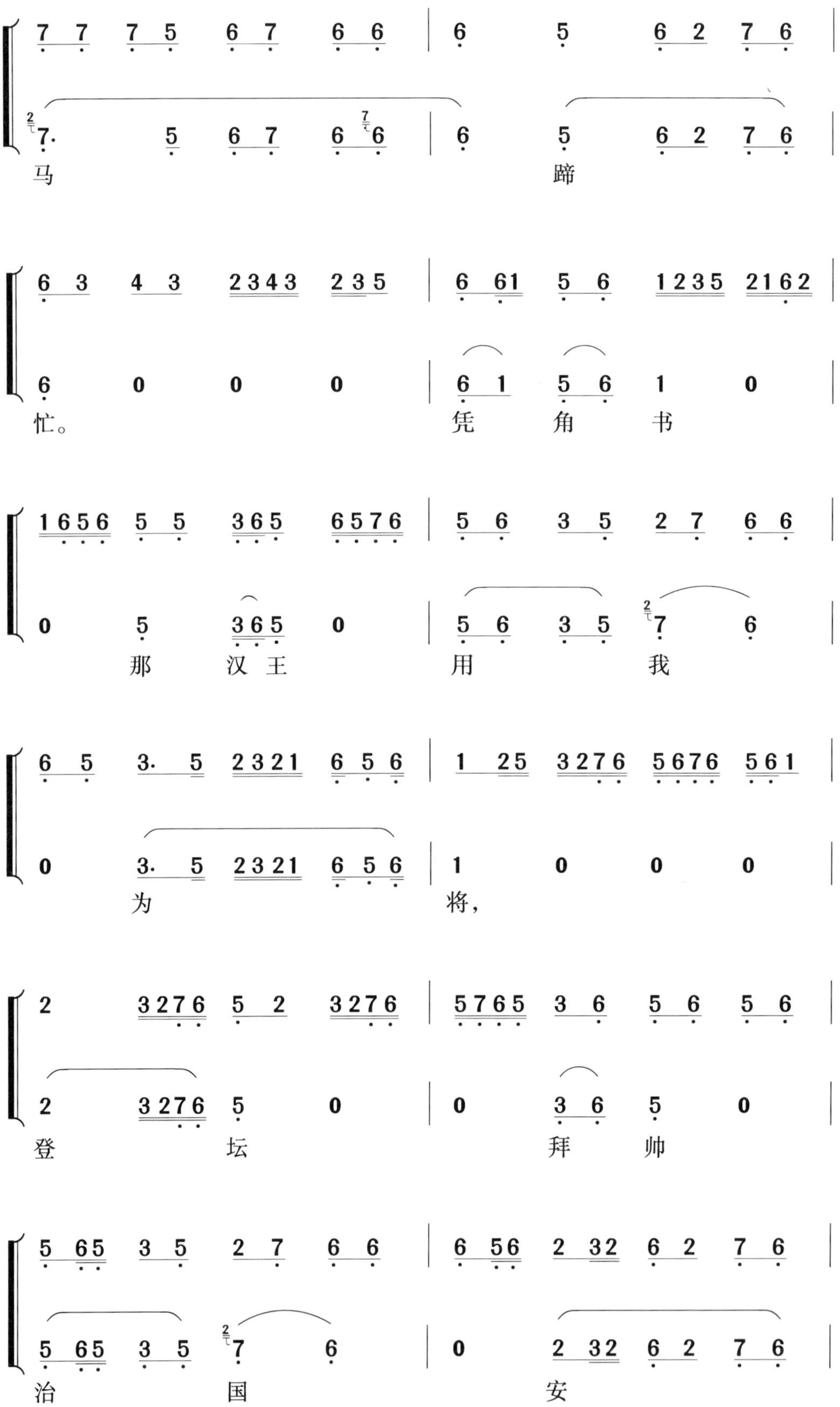
马
蹄
忙。
凭 角 书
那 汉 王
用 我
为
将，
登 坛
拜 帅
治 国
安

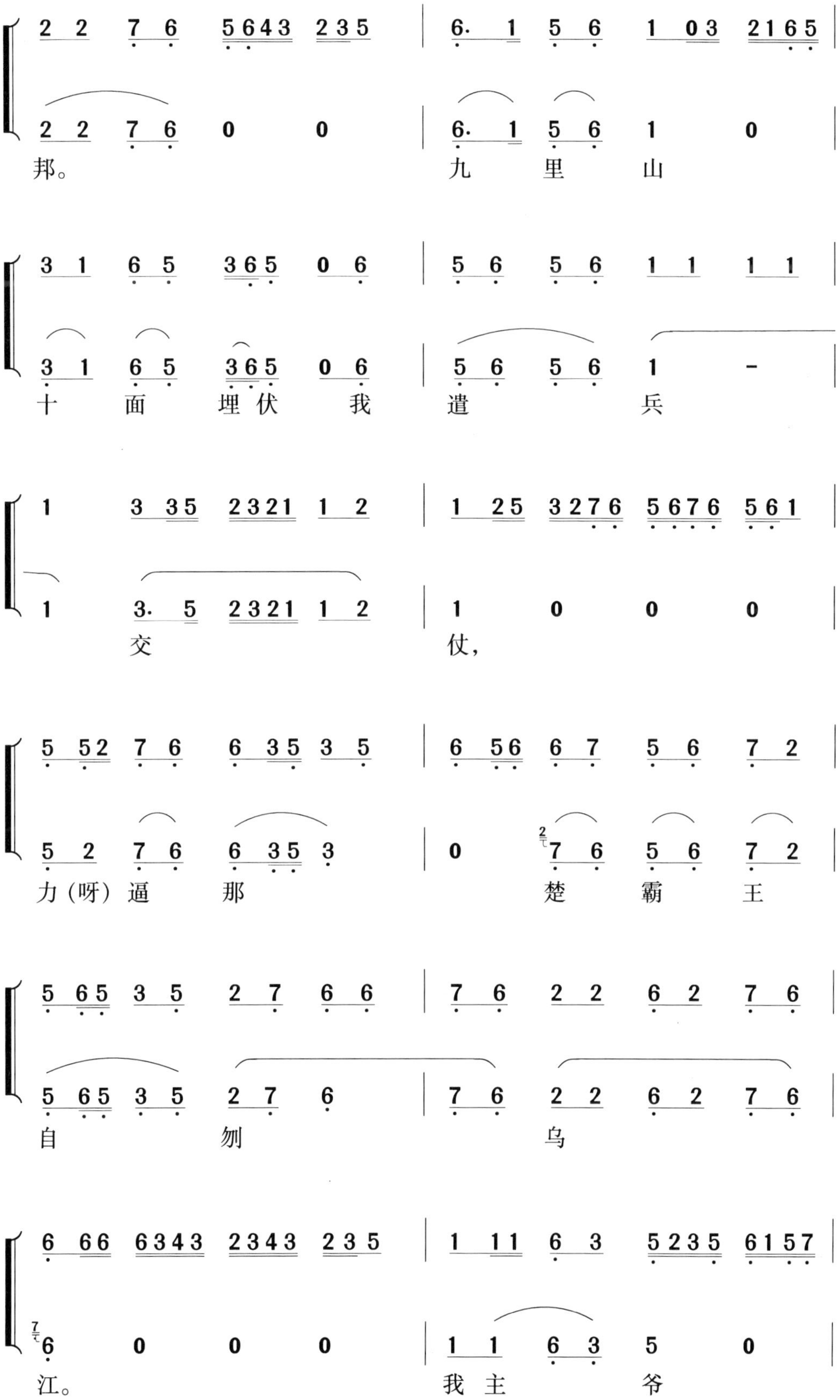
邦。
九 里 山
十 面 埋伏 我 遣 兵
交
仗，
力(呀)逼 那
楚 霸 王
自 刎
乌
江。
我主 爷

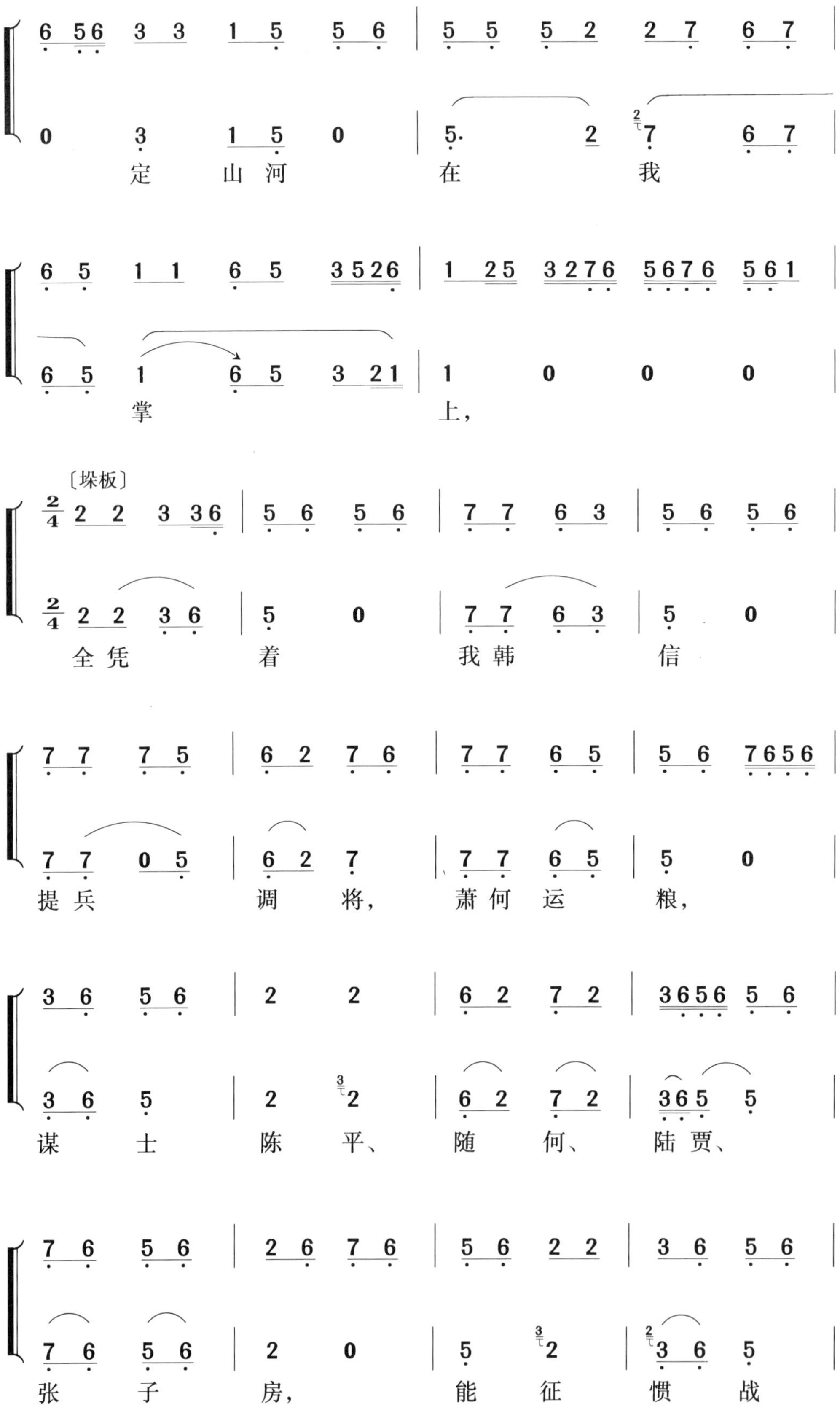
定 山 河 在 我
掌 上，
〔垛板〕
全 凭 着 我 韩 信
提 兵 调 将， 萧 何 运 粮，
谋 士 陈 平、 随 何、 陆 贾、
张 子 房， 能 征 惯 战

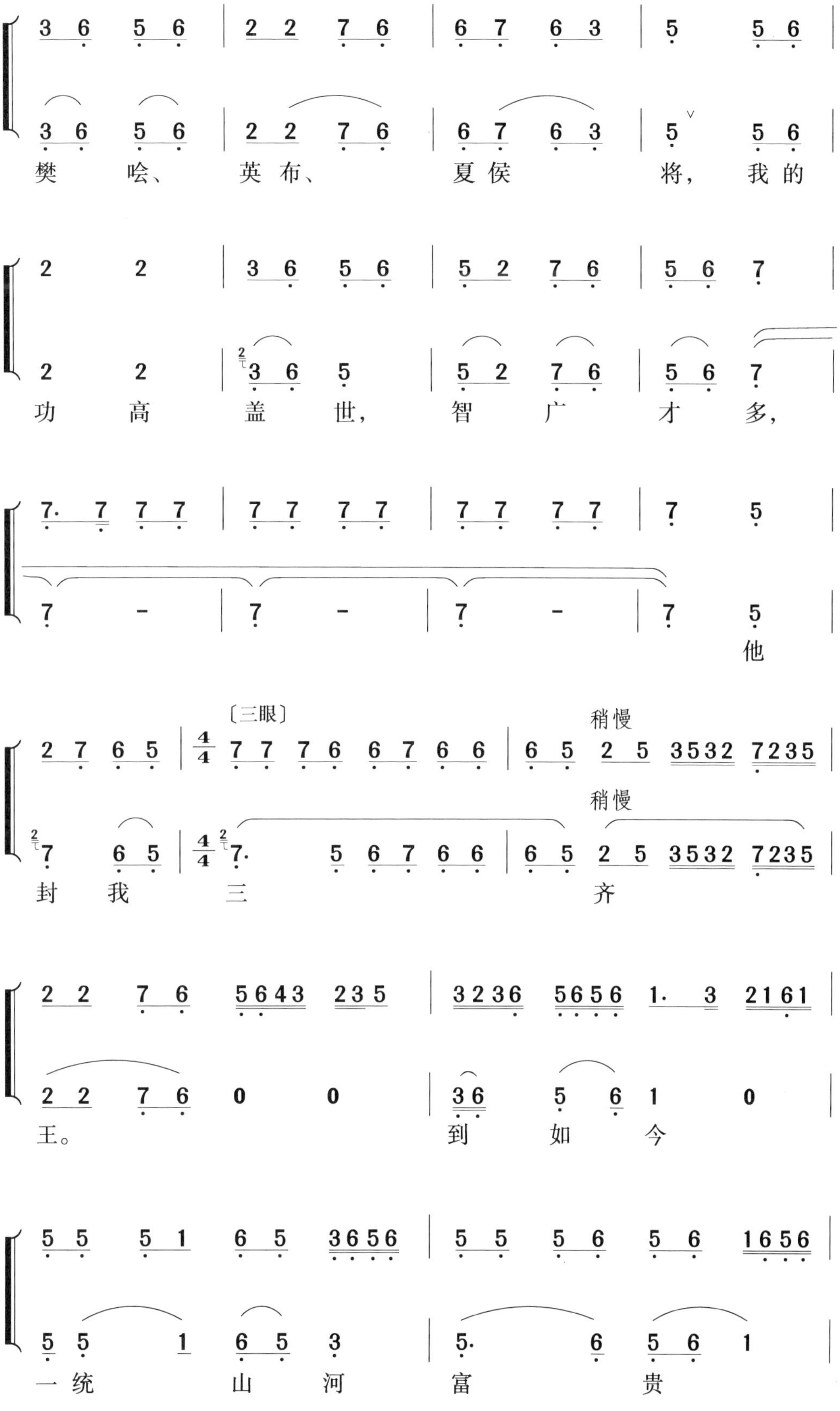
樊 哙、 英 布、 夏侯 将，我的
功 高 盖 世，智 广 才 多，
他
〔三眼〕
稍慢
稍慢
封 我 三 齐
王。 到 如 今
一 统 山 河 富 贵

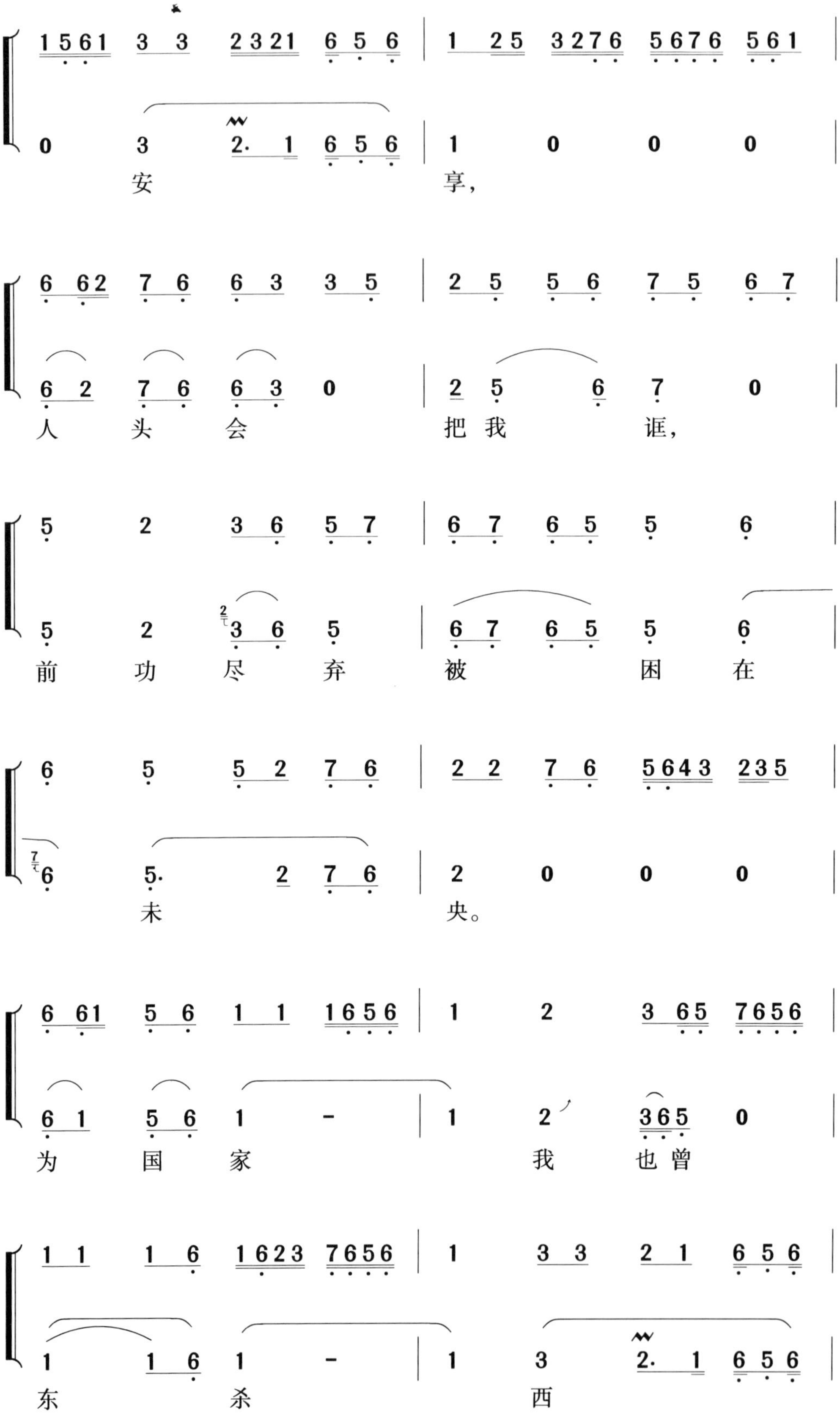
安 享，
人 头 会 把 我 诓，
前 功 尽 弃 被 困 在
未 央。
为 国 家 我 也 曾
东 杀 西

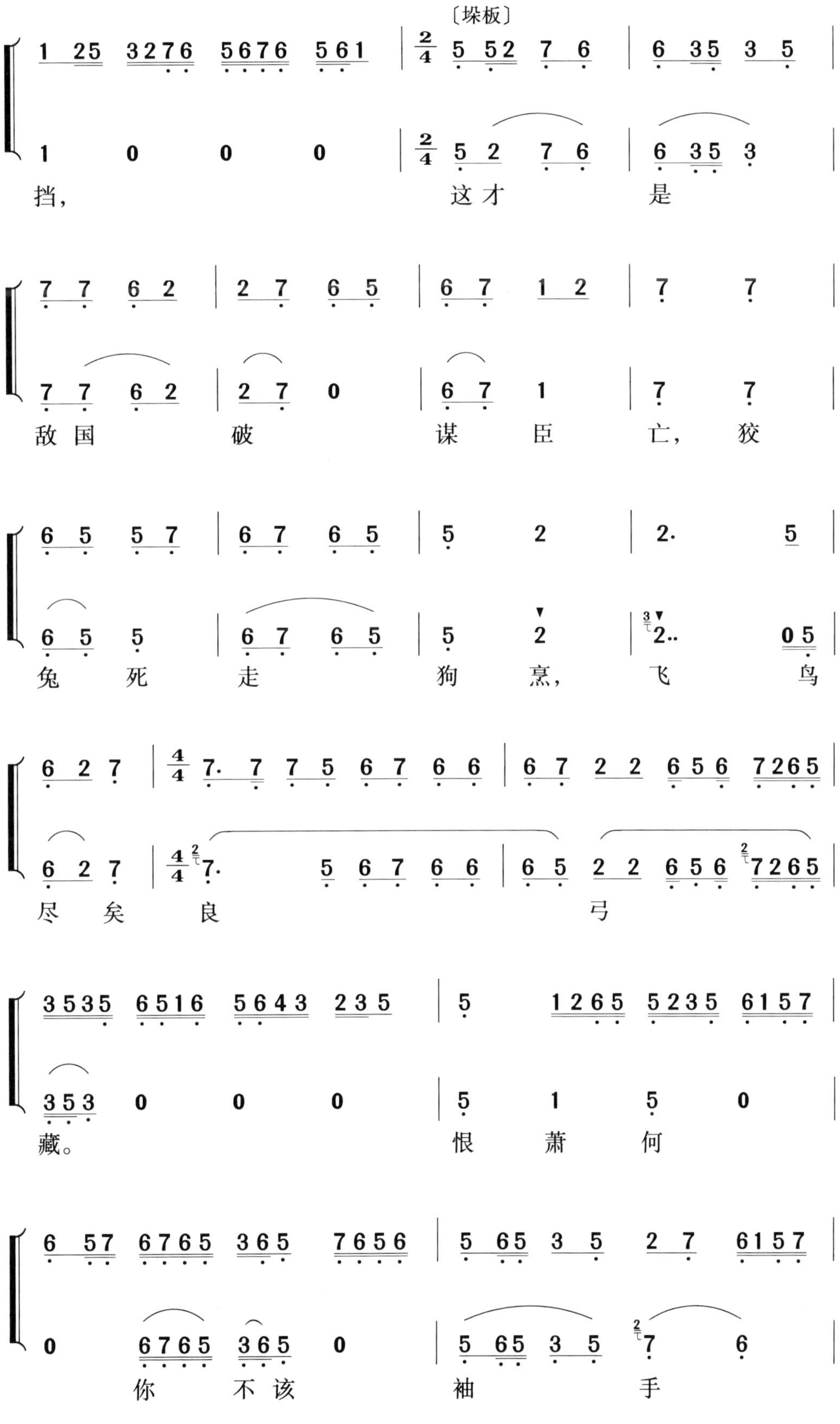
〔垛板〕
挡，这才是
敌国破谋臣亡，狡
兔死走狗烹，飞鸟
尽矣良弓
藏。恨萧何
你不该袖手

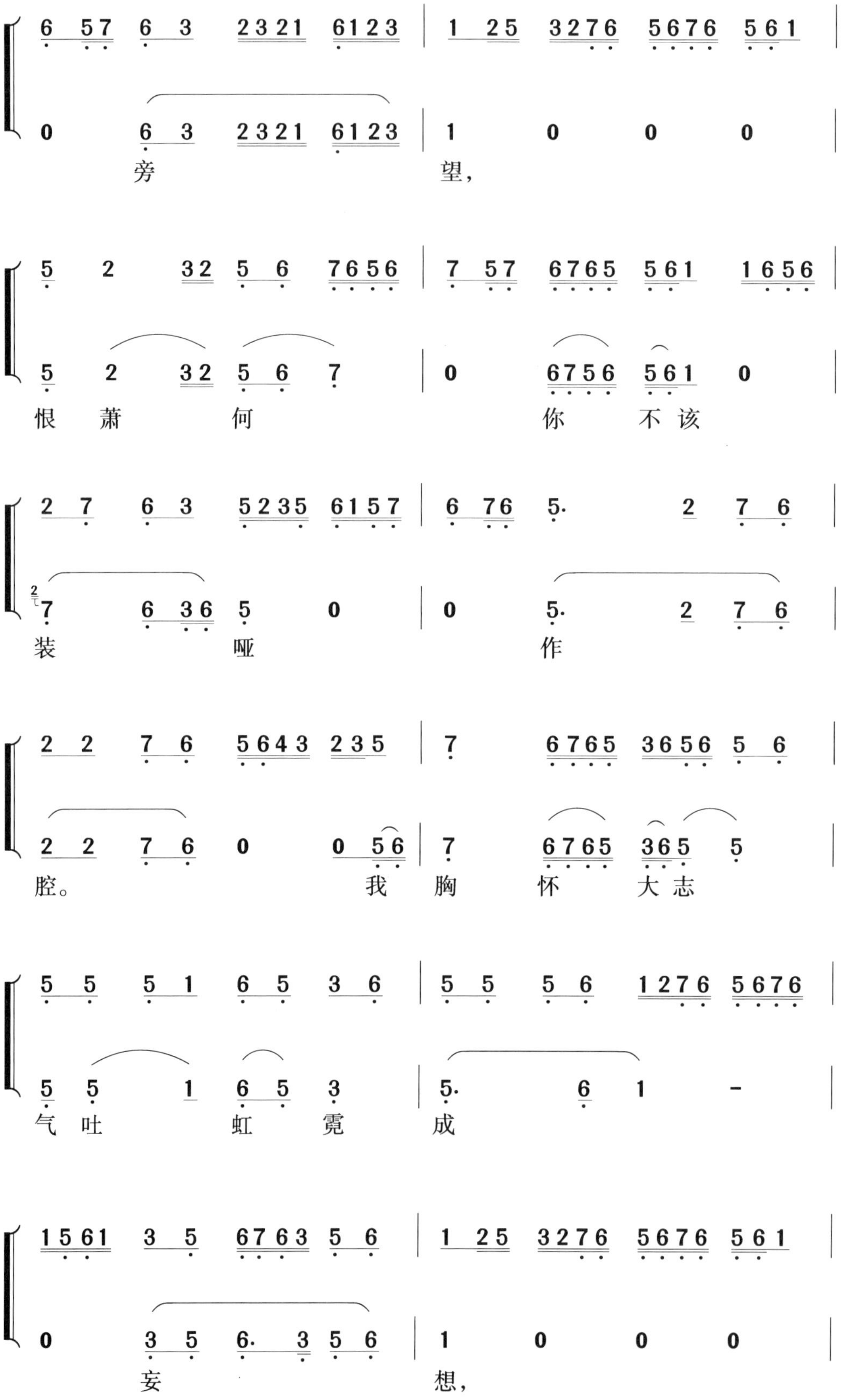
旁 望，
根 萧 何 你 不 该
装 哑 作
腔。我 胸 怀 大 志
气 吐 虹 霓 成
妄 想，

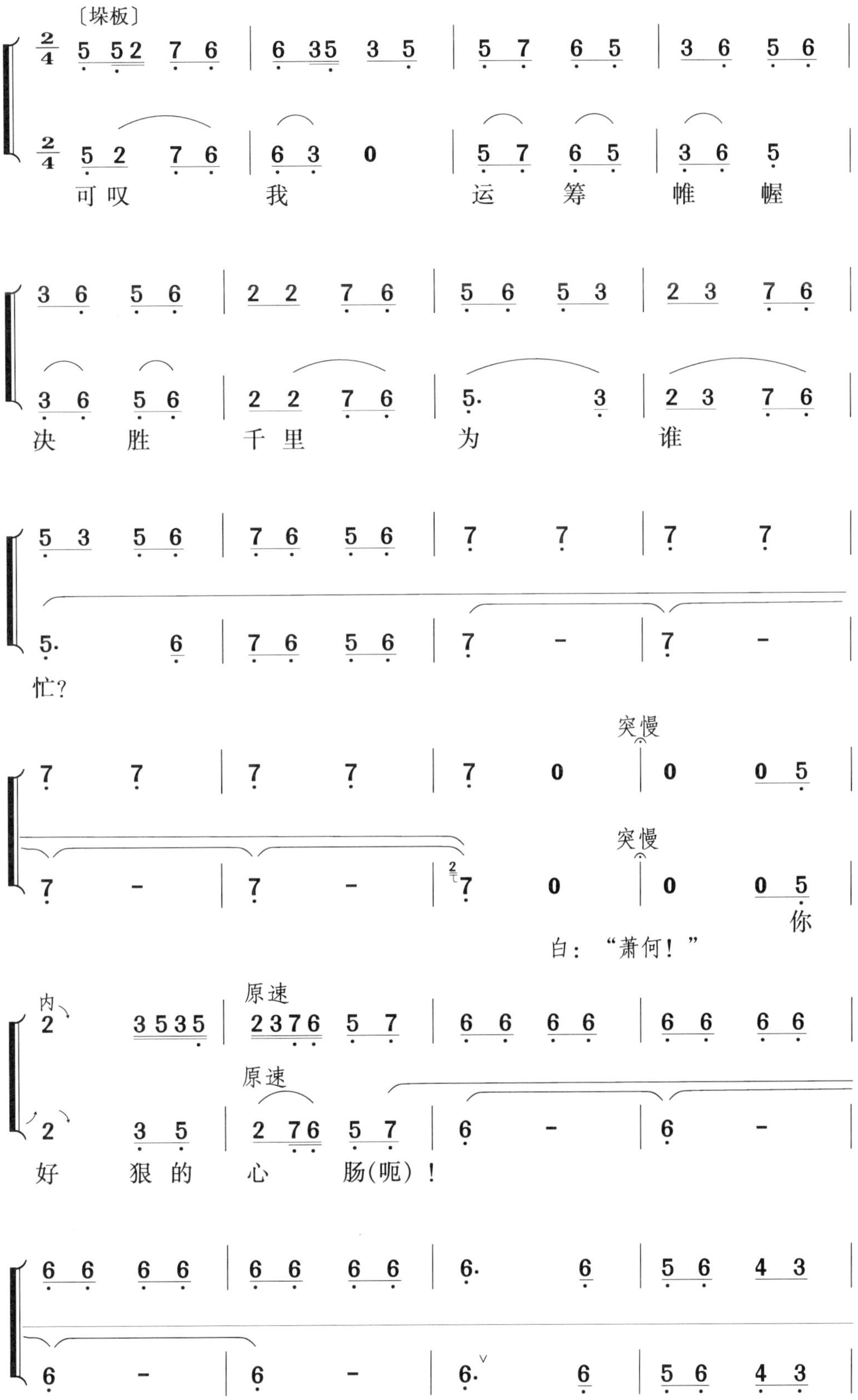
〔垛板〕
可叹我运筹帷幄
决胜千里为谁
忙？
突慢
突慢
你
白："萧何！"
内
原速
原速
好狠的心肠(呃)！

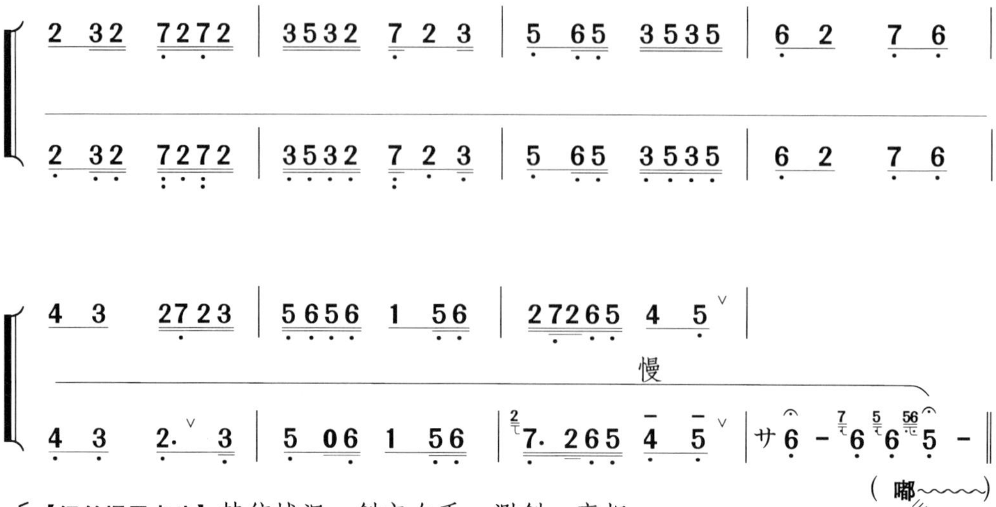

〔【纽丝慢凤点头】韩信拭泪，剑交右手，涮剑，亮相。

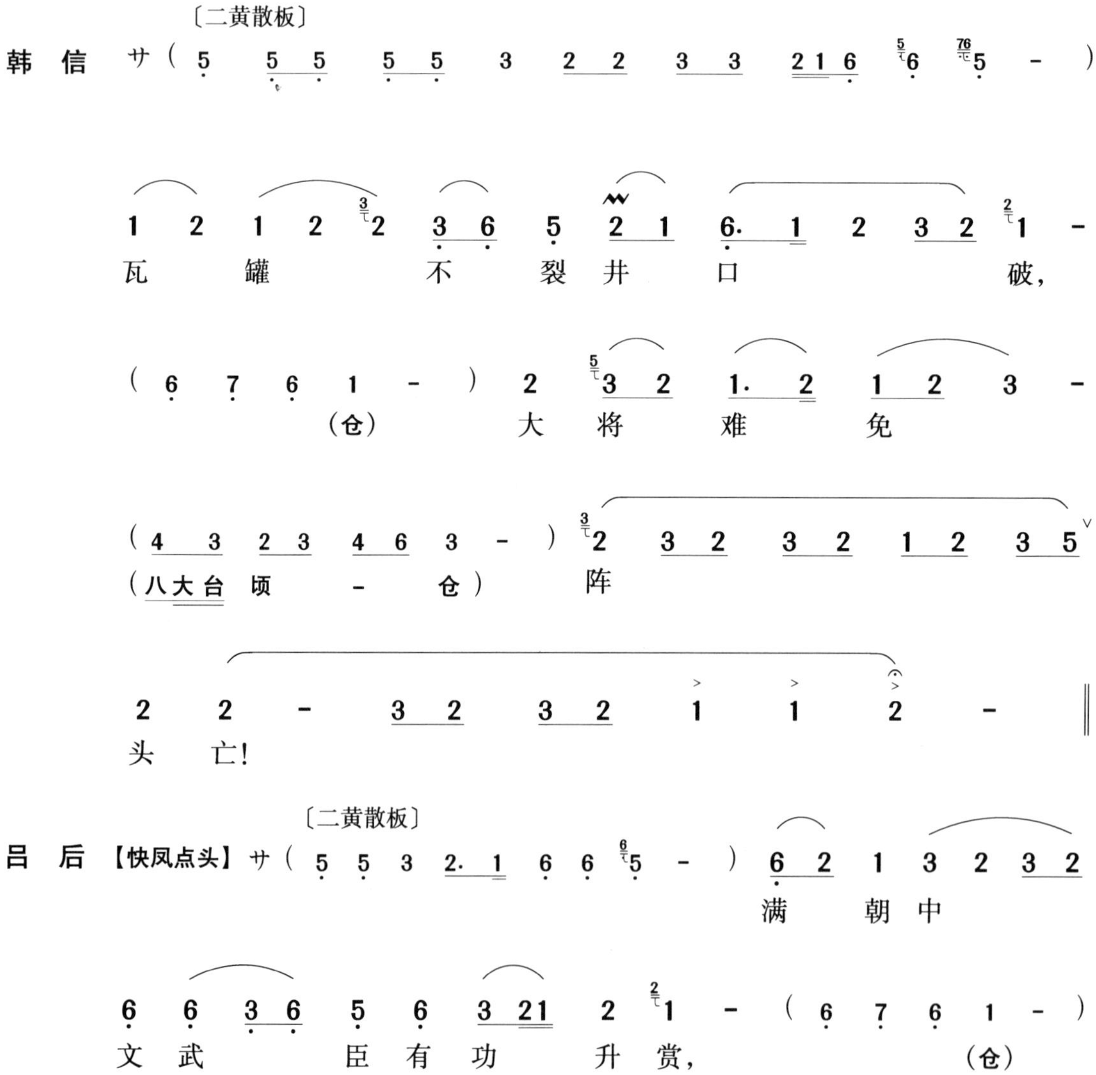

萧　何　2 1 2 1 1 2 3 3 1 2 2 （5 6 1 2 － ）
萧 何 为 汉 室 约 法 三 章。（仓）

7 6 2 6 3 6 5 6 3 3 2 1 1· 2 3 1 －
你 自 作 自 受 自 招 命 丧，

吕　后　（站起）武士手！

【快风点头】サ （6 5 3 2 2 1 6 6 5 － ）

2 1 2 3 3 2 2 3 － （6 1 2
快 将 这 叛 逆 臣

3 － ） 2 3 5 3 5 2 1 1 2 －
斩 首 未 央！

〔【归位】韩信站起，右手涮剑，迈前一步。

韩　信　（念）韩信胸中智略多，

萧何三荐定山河。（台．大 台）（剑交左手）

岂知勋业反成怨，

〔韩信右转身走向萧何，右手拉住萧何走向台前。

韩　信　萧何！【五锤】

成亦萧何败亦何！

〔【夺头】韩信右手扔开萧何左手，跨左腿右转身一周迈右步，双手将剑扔向右前（台右武士接剑），双手翻袖背于身后，梗头，甩盔，迈一步亮相。

〔【急急风】韩信撤步，右半转，看右侧朝官，看萧何，摇头退步，上步抬头看宝剑，（武士高举宝剑）后退。锣鼓切住。

〔【大撕边】（八 大 台 顷 － 仓 0）韩信上步快转身，翻袖背手，朝“下场门”亮住。【急急风】挺身迈步“下场门”下。四武士举刀跟下。（可加打【斩杀锣】）

吕　后　众卿回府！

〔奏唢呐曲牌<尾声·合头>——舞台落幕。

——剧　终

附　录

第九场

（第九场最后一段的演法，即韩信被骗进未央宫一段。如此处理即两场戏由中间衔接，合并一起而无单独第十场。）

…………

韩　信　哦，（向前一步）哦，（走向“下场门”）来了——！（向右转身走向台前抖袖）

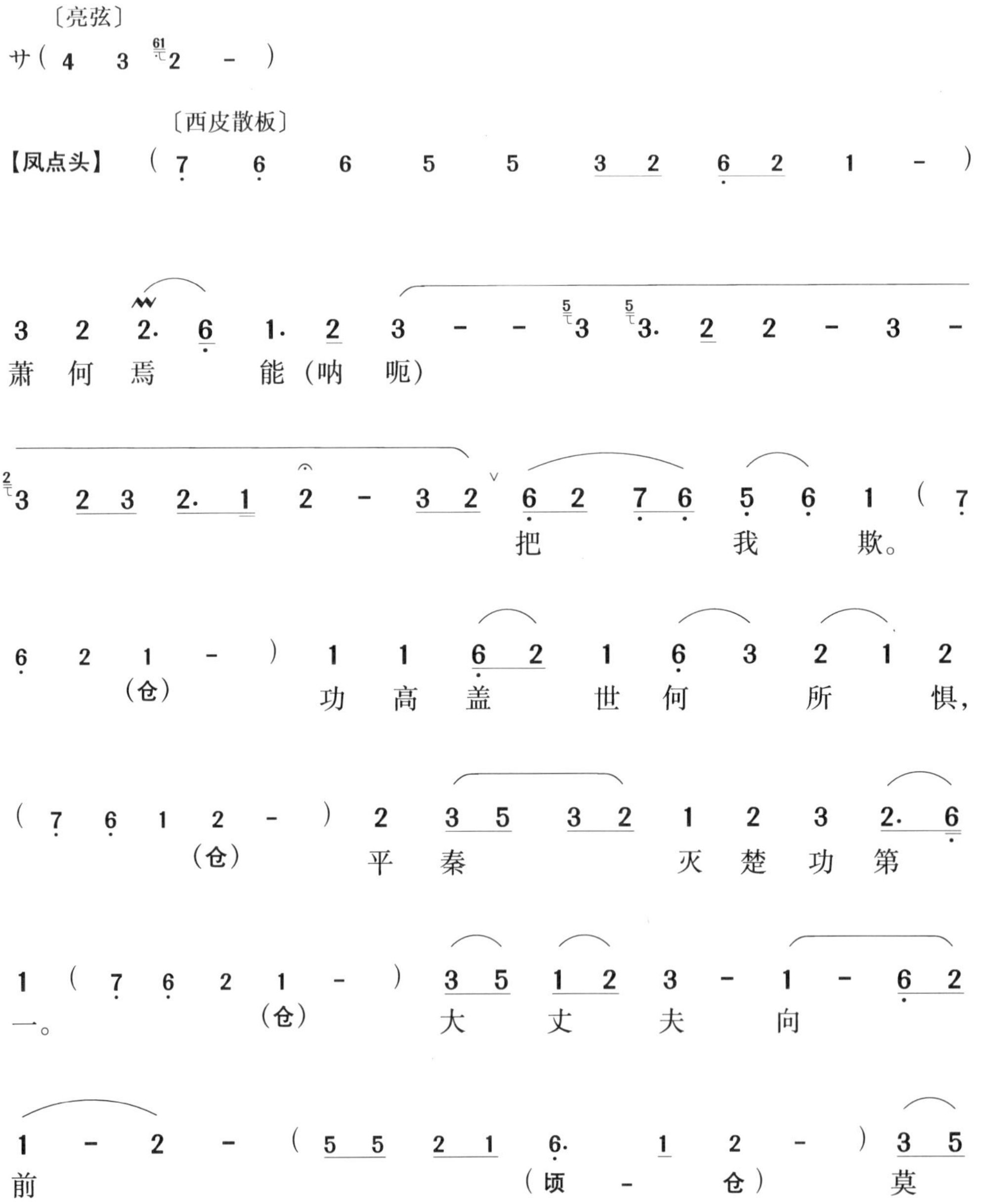

1 - 2 ∨ 3 5 - 3 - ∨ 3 3 2 - |
退 避，

〔【撞金钟】韩信双手捋髯，若有所思，右手抓袖，迈大步向左走慢圆场，似仍在犹豫之中，走向台里中时，“下场门”上四宫女、大太监。四宫女“下场门”“小斜门”，大太监于“斜门”右侧。韩信按锣经节奏行至“九龙口”处，突然向左半转身，于锣鼓“才”音韩信亮住。锣鼓变【纽丝】韩信此时抖起精神，双手端带，昂首、挺胸，迈开台步，按节奏一步一步走向台中前。于此同时吕后于“下场门”上场，一步一步也走向台中。韩信左手撩袍抬起左腿欲迈进门时正与吕后对面相遇，锣鼓切住。

大太监 （高声）娘娘在此，何人大胆擅闯未央宫！（仓）

韩　信 （抬腿定住）韩信奉召进宫！（边念边左脚落地迈步向前面朝吕后跪）

吕　后 （面朝韩信冷笑）哼！韩信，你倒来了——！

〔西皮散板〕

【凤点头】 サ （ 7 6 6 5 5 3 2 6 2 1 - ）

3 3 6 5 5 3 i 6 3 6 5 7 6 5 3 5 - ‖
大 胆 的 小 韩 信 擅 闯 宫 门。

韩　信 娘娘！（跪朝吕后拱手）

【快凤点头】 3 2 2 1 1 3 1 3 2 （ 7 6 1
分 明 娘 娘 传 旨 意，

2 - ） 3 1 1 3 2 2 3 2 1 （ 7 6
（仓） 宣 臣 进 宫 赴 宴 席。

2 1 - ） 1 2 5 3 1 2. 2 2 1 1235 2 0 |
（仓） 既 不 宣 臣 我 回 府 去！

〔【大扫头】韩信快速站起左转身，撩袍抬右腿，反圆场走向“上场门”，“上场门”上二武士欺向韩信，韩信退步左转身左手拎蟒急速走向“下场门”，“下场门”上二武士欺向韩信，韩信后退，无奈右转身走向台中，进门立于“大边”。全过程在“扫头”中完成，吕后于“扫头”中归“大座”，宫女归后一排，大太监归“大边”。

韩 信 【叫头】娘娘！为臣身犯何罪，为何将臣骗进未央宫？！【撕边一击】

吕 后 韩信！【五锤】圣上待你不薄，有何亏负于你？你为何私通陈豨谋反朝廷，你该当何罪？

韩 信 【叫头】娘娘！微臣弃楚归汉，受阅登坛，平秦灭楚，立下汗马功劳，焉能谋反朝廷，娘娘明察！（仓）（双手拱手面向吕后）

吕 后 内侍，宣满朝文武进宫！（大太监走至台中）

大太监 娘娘有旨，满朝文武进宫啊！

〔【冲头】四朝官两边上，进门站两侧。

四朝官 （同拱手）参见娘娘。

吕 后 众卿平身。韩信私通陈豨谋反朝廷，尔等可知？

四朝官 【撕边一击】（众互相看后拱手面向吕后）臣等不知。

〔【冲头】韩信于台左撩蟒走小圆场至台中抖袖翻袖。

韩 信 【叫头】娘娘！满朝文武俱都不知，怎说为臣私通陈豨谋反？

吕 后 你既然未曾私通陈豨，你家人谢公著为何出首于你？

韩 信 （吸气想）谢公著……？【撕边一击】（后退一步捋髯想）【叫头】娘娘！谢公著乃臣府下逃奴，他怀恨在心出首为臣，乃是伪造谬词，娘娘不可深信！

（以下台词、动作均与本剧中记录相同。）

唐玉薇 **整理** 李忠凡 **记谱**

古城会

唐韵笙演出本

关羽辞别曹营，奉嫂寻兄，一路过关斩将。行近古城，马童探得张飞下落，关急往见之。张飞疑关羽负义，欲动刀兵。关羽含泪剖白。张飞若有所动，忽见曹营蔡阳率兵追至，遂迎嫂闭城。关羽无奈，于城下力斩蔡阳。张飞始悟，亲迎关羽入城，并求皇嫂讲情，向关羽请罪。关羽历数弟兄之间艰难历程，义责张飞。二皇嫂出面跪劝，弟兄终于和好如初。

此剧系先父唐韵笙根据王鸿寿先生的演出本整理改编而成。演出年代在1930年前后。

在父亲的舞台生涯中，所演出过的剧目不下百余个。除了丑、青衣、武旦行当外，其他行当他都演过。由于他戏路宽、技艺精，所演剧目均有自己的独特风格，不同于麒（麒麟童）派和马（马连良）派，上海观众才称他为“关外唐”。内行则把他与“赵老开”（赵如泉）、“麒老牌”（麒麟童）并列，称他为“唐老将”。也由此，“南麒、北马、关外唐”的赞誉从上海传遍了全国。

几十年间，在所有的剧目中，他演出最多的还是关羽戏。他青年时期多在津、沪、江南各地演戏，接触过许多著名的前辈艺人，如杨瑞亭、王鸿寿、尚和玉、刘鸿声、何月山、小达子等。虽未正式拜师，却多次得到过这些前辈艺人的指教和提携。他二十五岁开始演关羽戏，最初完全模仿王鸿寿，以后逐渐吸收了程永龙、刘奎官等各家之长。自1933年久住东北后，经过十数年不间断地揣摩、演出，逐渐形成自己表演红生的艺术风格。

父亲演出的剧目均要对剧本亲自做一些台词、唱词以至情节上的加工处理。在工架舞蹈上也有许多创新，力求每一个剧目都有和其他派别不同的精彩之处。

在扮相上，他揉红脸，不画黑痣。两道眉间画有三道曲纹，蚕眉凤目清晰俊朗。头戴夫子巾，口戴头发黑三，长近一米。身穿自行设计的绿缎软靠，为突出关羽的凝重大方，以醒目的“回”字纹作靠边的装饰，不用排穗。足穿三寸半的黑靴，靴底两头斜下形似元宝，精巧典雅。青龙偃月刀长六尺五，刀头长二尺二，刀镩长一尺半，刀头用铁纱包裹构成空腔，内有数个小铜铃，铁纱上嵌金色行龙，口衔一颗滚动红珠，刀背缀有一缕红缨，大刀舞动时红珠滚动，铜铃作响，十分壮观。

演唱上，他综合了汪桂芬的高亢激越和王鸿寿的雄浑遒劲，创造了关羽的特殊唱法。音色源于生而偏于净，洪亮、厚重。声腔挺拔、刚劲，气魄大、力度强。在《华容道》的〔导板〕，《灞桥挑袍》的〔流水〕、〔垛板〕，《走麦城》的〔高拨子〕，《古城会》的〔导板〕、〔二六〕中都有精彩的展现。

表演上由于父亲文化修养较高，熟读《三国演义》，对关羽的性格、气质把握上便具有相当的深度。他扮演关羽凝重而威武，气度非凡，一出台便可威镇全场，且于威武中又透着一种儒雅之气。场上的一举一动，小从一个“云手”、一个眼神，大到一段趟马、一段唱腔，都尽在人物情理之中。关羽戏中的工架身段是特殊的表演手段。父亲身材不高，但他非常强调关羽身段的开阔大气，强调动作过程中的圆顺和亮相时姿态，神韵的饱满、漂亮。他曾和徒弟们说：关羽不能总是闭着眼，他是丹凤眼，不是没有眼。在各种亮相中关羽的姿态不同，情绪、眼神也各异。肃穆、骄矜、激情、愤怒，都要通过眼神表现出来。造型、姿态、亮相的关键是内在气韵的把握和身体动作的配合，唯有如此才能恰到好处，具有生动的气象。

总之，父亲通过他的唱、念、做、舞表演，把不同境遇中的关羽刻画得栩栩如生，使这一人物在舞台上已不是一个板着面孔被神化了的角色，而是一个令人或感动、敬仰，或惋惜、同情的活生生的人。

《古城会》是唐派关羽戏中艺术个性十分鲜明的剧目，从剧情到唱腔、台词、动作均与其他派别有所不同。

关羽首次出场的马趟子是旗牌扛刀、马童牵马上。父亲认为在这里过分火爆地出场不符合关羽此时的心境。马趟子的动作应稳健开阔、节奏急促，加上高亢的〔导板〕、〔原板〕唱腔才能把关羽一路过关斩将、千里寻兄的英雄气概表现出来。关羽下马后有一个十分郑重地向皇嫂请安的动作，从念白的语气到马童报信后的动作处理，都非常细腻地刻画出关羽自始至终对于二位嫂嫂的尊重。最后是关羽双手紧拢斗篷缓慢转身的下场，这一动作看似容易，却是经过仔细地斟酌，它准确地表露了关羽此时急切而又迷惘的心态。

当马童把张飞对关羽的指责告知关羽后，关羽念出一个很长的“哦——”，意识到张飞对他的疑心，然后念道：“……马夫，与爷抬刀带马！”这个“马”字是大滑音，由低至高再滑入低音，滑到高处呈现“炸”音，有声震屋宇之效果，没有充沛的气息和嗓音的特殊功力是很难达到的。关羽百感交集，急于见张飞的激动情绪在此喷发出来。随后【四击头】中的上马亮相，父亲在大刀花右手背刀后，双腿蹲裆式的同时，右手在背后把杵地的大刀竖向提起，然后再推髯亮相，使青龙刀高于盔头之上，造型高大而漂亮。

城下见张飞是唐派《古城会》最具特色的地方。关羽上场见张飞先是一个大推磨，弟兄久别，十分激动，上下打量张飞；张飞却是心怀敌意，疑心重重，也是上下打量关羽。随后，关羽向前搭话，张飞却以枪刺来，关羽急用刀挡开，马夫气愤地举刀向前，被关羽喝住。对白中张飞几次刺向关羽，关羽都以刀推、挡、压，始终不与张飞开打。最后饱含热泪唱完十六句的〔导板〕、〔二六〕。这段唱没有高腔、花腔，唱得满宫满调，深沉感人。尤其是最后两句，将原来剧本中“弟兄恩情一旦抛，下得马去把头斫，桃园失义在今朝”改为“念桃园三结义同把汉保，刘关张虽异姓胜似同胞，莫动枪刀！”唱腔最后如泣如诉，把关羽对结义弟兄的一片赤诚之心和盘托出。

斩蔡阳后的大幅度涮刀转身、推髯亮相，和接下来右臂双涮勒马、下马后的连续倒步、揉腿，这一连串的动作十分生动地刻画出关羽的英勇顽强和力斩蔡阳后的疲惫难支，是具有典型唐派艺术特色的表演。

“训弟”一场的大段念白是充分展现关羽内心丰富情感的关键。

在张飞说："咱们是仁义弟兄，您还能跟我一般见识吗？"关羽厉声叫道："好一个仁义弟兄！""见着为兄劈面就刺，你的仁在哪里？闭城不纳为兄，你的义在何方？……"整段念白从责问开始，转为埋怨，从委屈又转为愤恨。说到"实指望见面诉诉为兄的苦衷"，不由悲从中来失声痛哭。然后转为对张飞莽撞无情的气愤，乃至要离古城而去。最后皇嫂跪劝，关羽在这里有一个跪下后的哭念："嫂嫂哇……"哭声并不很高，表现关羽的自我控制，但又把声音拖得很长，拖着哭音摇头，右手不停地指点着张飞，又指自己，眼睛看着皇嫂，似乎要把自曹营被困至今的满腹苦水都倾吐出来！父亲在这一段念白中真正做到了这一点。

父亲在传授给邵继笙、唐晓笙时说：关羽的委屈、埋怨、气愤，一肚子苦水都要在这里表现出来。念白一定要口齿清楚，感情随着念白变化。要有起有伏、有声有色，才能催人泪下。

这本《古城会》是根据沈阳京剧院1991年的演出录像记录整理的。关羽由汪庆元扮演。汪庆元曾拜父亲的徒弟李刚毅为师学习唐派关羽戏。之后又得到王玉海、黄云鹏的指点，曾随沈阳京剧院赴香港、新加坡等地演出唐派《古城会》，受到当地华人华侨的赞誉。此剧还曾于1991年专程赴北京参加了纪念徽班进京二百周年的纪念演出。

此次记录整理过程中，我还征求了周仲博、张铁华、邵继笙等人的意见，做了较为仔细的订正。

唐玉薇

人物行当

关　羽	红生	**二车夫**	杂
张　飞	净	**旗　牌**	杂
蔡　阳	净	**四小张飞**	杂
甘夫人	青衣	**曹　兵**	杂
糜夫人	青衣	**大报子**	杂
马　童	武行		

服装扮相

关　羽　揉红脸，两眉间画三五道曲纹。绿夫子巾挂飘带、穗子，头发黑三，厚底。第三、五场绿斗篷、绿软靠。第六场绿软靠。第九、十场绿蟒。

张　飞　黑十字门脸。耳毛子、黑扎、扎巾、面牌。第四、六场黑硬靠。第七、八、九场尖纱帽、蓝官衣。厚底。

蔡　阳　勾油白三块瓦脸。大额子、翎尾、白满，厚底。第二场白硬靠，斜白蟒。第六场白硬靠。

甘夫人　俊扮。大头，黑花帔，白绣花腰包，彩鞋。第三、六场加风帽、斗篷。

糜夫人　俊扮。大头，蓝花帔，白绣花腰包，彩鞋。第三、六场加风帽、斗篷。

马　童　俊扮。软虎头盔、脖绸，打衣打裤、坎肩、绦子，裹腿、打鞋。

二车夫　俊扮。皂隶帽，箭衣、卒坎，黑彩裤，薄底。

旗　牌　俊扮。大板巾、黑三，黑箭衣、马褂，大带，厚底。

四小张飞　俊扮。头布、小额子，黑打衣打裤，红卒坎，薄底。

曹八兵　俊扮。茨菇叶、风帽，黑箭衣、绦子大带，薄底。

大报子　勾小花脸。红毡帽、打茨菇叶结子、八字髯，黑箭衣、斜红卒坎，薄底。

道具

大帐	一份	**令旗**	一面
桌子	一张	**大印**	一方
椅子	二把	**烛台**	一个
枪	九杆	**古书**	一本
马鞭	三根	**单刀**	四把

宝剑	一口	大刀	一把
车旗	一副	扇子	两把
城墙片	一个	文房四宝	一份
红桌围椅披	一份	青龙偃月刀	一把

第一场

〔二道幕前。**【大锣原场】**探子内白：“马来！”**【水底鱼】**探子左手抱令旗，右手执马鞭，上场一亮，走小圆场至台口勒马，亮相。

探　子　探得军情事，报与将军知。

【住头】俺，(**仓**）曹营探子是也。只因关羽过关斩将，在黄河渡口将大将秦琪刀劈马下。俺不免将此事报与蔡阳老将军知道。就此马上加鞭！（**嘟八大仓**）（打马亮相）

〔**【冲头】**探子“下场门”下。

第二场

〔大帐、桌子、文房四宝、帅印、“大座”。

奏唢呐曲牌＜水龙吟＞　1=♭E

（发帽）サ 0 0 0 0 6 - - i - 5 - 5 i

（冬 冬 冬 冬龙0 匡 匡 匡 空 匡 - 0 0嘟

中速

2/4 6i56 i 7 | 65 i 6i56 | 3. 2 3 5 | 6. 5 5645 |

匡 - 匡 - 匡 - 匡 空

6. 5 65 6 | 6 i7 6i5 | 6i56 i 7 | 65i 6i56 |

匡 -)（曹营八兵士，二兵为一对，举枪“上场门”上，“站门”）

3. 2 3523 | 5. 6 4323 | 5643 23 5 | 5 35 6i53 |

2. 3 232 | 2 5 6i56 | 3. 2 32 5 | 5 32 5 65 |

i. 6 565 | 5 i 6i56 | 3. 2 32 5 | 5 i 6i56 |

3 2 5　3 2 3 | 1· 2　1 6 | 5· 6　4 3 | 5 i　6 i 5 |

3 2 5　3 2 3 | 1· 3　2 3 1 | 6· 5　6 5 6 | 6 2　1 5 |

1· 2　1 2 1 | 1 3　2 3 1 | 2 3 2　1 2 3 2 | 渐慢 1·　2 |

3 5　6 i | 5 6　4 3 | 5 — ‖

〔【四击头】【大锣打上】蔡阳撩蟒端带“上场门”上，“九龙口”亮相。整冠、捋髯，抓左水袖，右手提蟒，走至台口，抖左袖。

唱<点绛唇>唢呐吹奏。1 = ♭E

蔡　阳　【大锣归位】 ┆ サ 6 i　5 4　3　5　2 ┆ （2　—） ┆
出　师　朝　堂，（台．大 台）

2 2 1 2 6 1 5 ┆ （5 — —） ┆ 6 5 4 3 5 2 ┆ （2　—） ┆
盔 甲 明 亮，（台 令 台） 军 威 壮，（台．大 台）

3 2　1 2 3　5 6　5 ┆ （5　—　—） ┆ （6 5　6 i　5 —） ┆
将 勇 兵 强，（台 令 台）（念）要 把

（5　—　—　—） ┆ 2　2 1　2 1　6 1 ┆ 5 — — ‖
（八大仓）（翻左袖右手指出） 尘 烟 扫 荡。

唢呐接奏<水龙吟·合头>（开始后加奏壮威锣）

$\frac{1}{4}$（冬 | 冬 i） | 6 5 ‖: 3 5 | 2 3 | 5 3 | 5 6 | 1· 3 |
众兵：“喔！”（蔡阳左望，右手捋髯右望，左手抓袖右转身

2 1 | 6 5 6 | i 6 | 5· 3 | 2 3 5 | 5 i | 6 i 5 | 6· 5 |
归里。众兵同时归里成“八字”站立，蔡阳入“大座”）

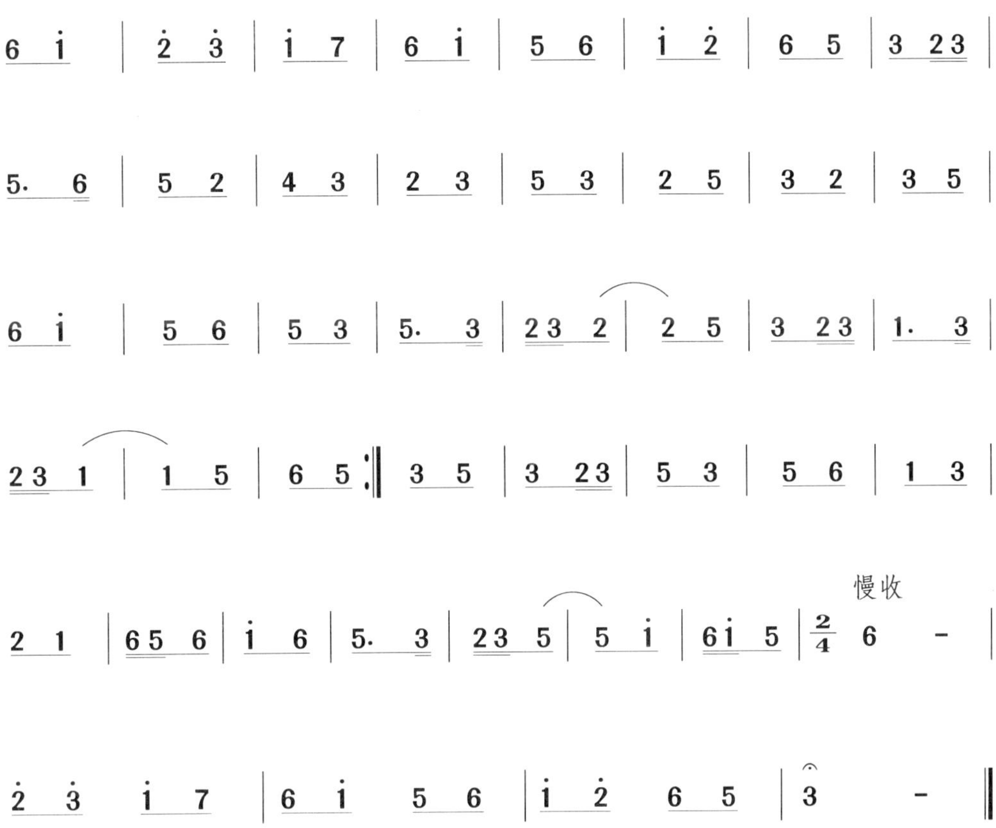

蔡　阳　【归位】（抖袖、捋髯）
（念）须似三冬雪，
发如九秋霜。（台．大 台）
中原为上将，
刀法——【大锣二击】（左手翻袖右手伸拇指）
世无双！【归拉】（抖左袖，右手拿左袖角）
老夫，（仓）蔡阳。【住头】只因刘辟、龚都二次汝南谋反，今奉曹丞相将令，统领五万人马兴师问罪。今乃黄道吉日正好兴兵。众将官，【撕边一击】兵发汝南去者！

众　兵　啊！

〔探子内白："报！"【冲头】探子执令旗"上场门"上，半圆场"挖门"至台中。

探　子　老将军在上，探子打参！（八大仓）（小蹦子转身单腿跪）

蔡　阳　有何军情起来讲。

探　子　老将军容禀！【归位】（站起至"小边"）今有关羽过关斩将，在黄河渡口将少将军秦琪刀劈马下！（八仓）

〔蔡阳惊站起。【冲头】由"大座"左侧走出至探子前。

蔡　阳　你待怎讲？

探　子　将秦琪刀劈马下！

蔡　阳　不好了！（八大仓）（右脚踢探子，探子"抢背"，起身后"上场门"下）

奏唢呐曲牌<急三枪>　1＝♭E

0 | 2/4 0 0 | 0 2 1 2 | 3 2 1 2 | 3 1 2 |

（大台　仓　才　仓嘟　才台　仓　来台　七台　乙台

（蔡阳抖袖、提起，拉袖拭泪）

3 2 5 | 3 2 5 3 | 2 1 2 | 1̇ – ‖

仓令　大　仓儿　来才　乙台　仓）

蔡　阳　【叫头】关羽，关羽！当年老夫待你不薄，你不该将吾外甥秦琪刀劈马下，此仇不报非为人也！众将官！（仓）不去汝南，追赶关羽去者！

众　兵　啊！【软四击头】（蔡阳撩蟒亮相）

〖【急急风】蔡阳出门，一兵带马，蔡阳跨腿上马。众兵领起“插门”“下场门”下。蔡阳“小圆场”至台右前【软四击头】打马亮相。【急急风】“下场门”下。

第　三　场

〖空场。【急急风】加强、打住。

〖关羽内唱。

〔西皮导板〕

【导板头】サ（7 6 7 6 6 5 5 – 1̇ – 3 – 2 – 7

6 2 1 1 1）1 3（3 –）3 2 3 ♯4 3 –（2 1

挂　印　封　金

2 3）3 2. 3 ♯4 3 – 2. 3 2 3 2 3 –

辞　汉　相，

〖【急急风】旗牌扛青龙刀，二车夫执车旗，甘、糜二夫人坐车“上场门”“斜一字”上，站于台左前方。

〖【四击头】马夫自“上场门”后方小圆场至“九龙口”，面朝“上场门”牵马后退两步，左转身面朝前台小垫步，右腿前左腿后弓箭步亮相。关羽于此【四击头】中右手握马鞭于右身前，鞭头稍低于右手，左手抓斗篷边，双臂撑圆架起，于第二锣中出场，走至“九龙口”垫步抬左腿呈丁字步挺身提神亮相。

〖【急急风】关羽打马，向前慢迈左步、右步，左手扔斗篷，捋起髯口中绺，甩搭上左臂后，握拳牵住缰绳。右手打马，斜向朝前走三步后，快步至台口。马夫同时面向关羽，后退牵马至台口于关羽左侧。关羽于台口右手搭马鞭于右臂，曲提右腿亮相。马夫同时曲提右腿，左手握拳右手按掌与关羽同亮。**【急急风】**切住。

〔**【急急风】**再起。关羽右转身，向“上场门”走反圆场至“大边”，马夫反圆场进“上场门”。

〔**【半截夺头】【撕边】【软四击头】**马夫从“上场门”跟头翻出至左台口，关羽大转身至台中勒马，马夫牵马同亮相于台中。

〔（八 大大 仓）重复三次，关羽右手搭马鞭上右臂，双眼盯住马头，双手勒马向“上场门”斜向，曲抬左腿，曲抬右腿撤步，连续三次。马夫面朝关羽牵马三次。关羽右转身脸朝“上场门”右手伸开扬鞭，左手翻掌于头上，**【四击头】**关羽向台左前方大转身，跨右腿踢左腿，同时马鞭向前打向左脚，左转身一周，马鞭搭上右臂，右手握拳左手“剑指”推髯至右胸前，左脚蹬上马夫右腿。马夫随关羽三牵马后，右转身跨左腿踢右腿单前扑，转身骗左腿呈左腿单跪，关羽面朝台右与马夫同亮相。

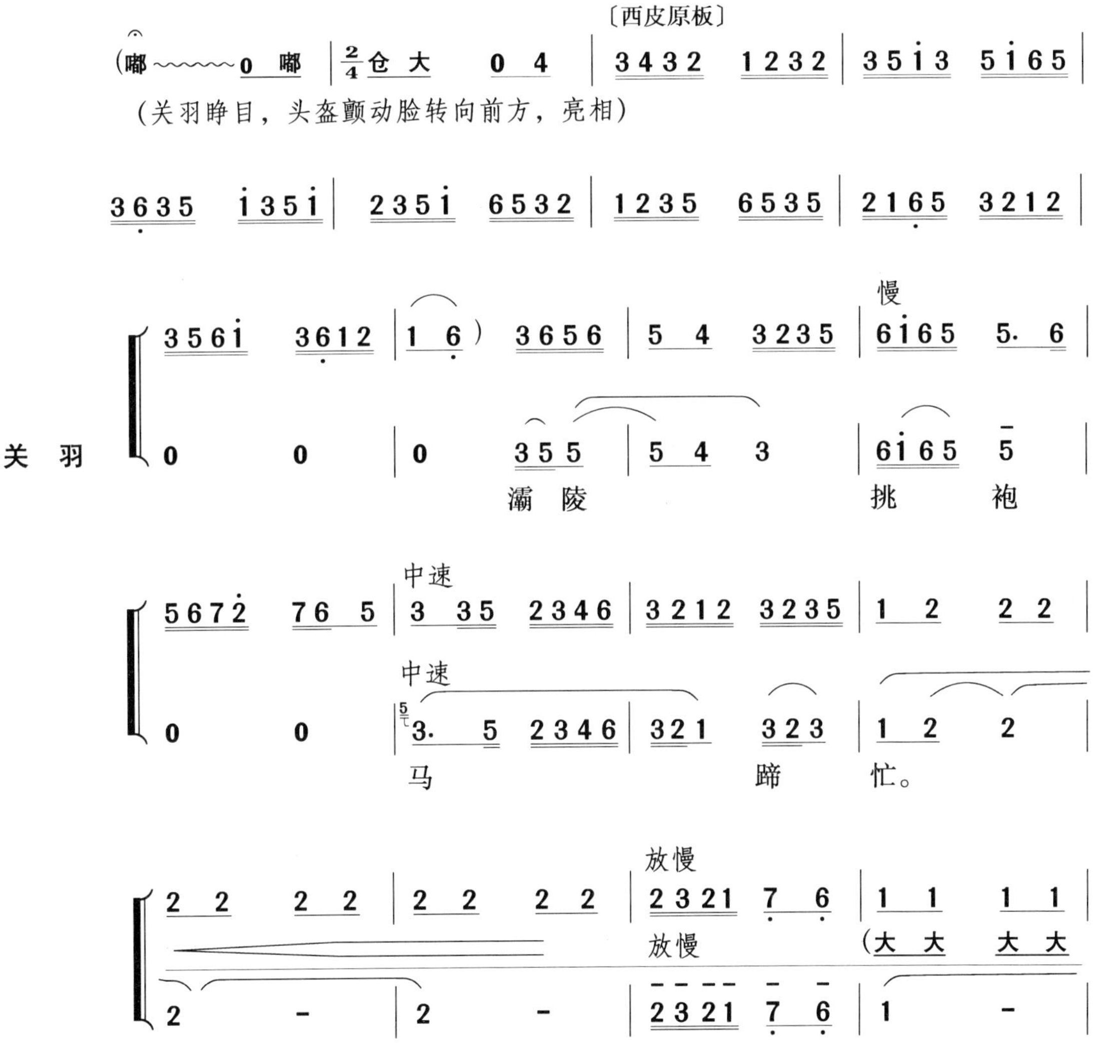

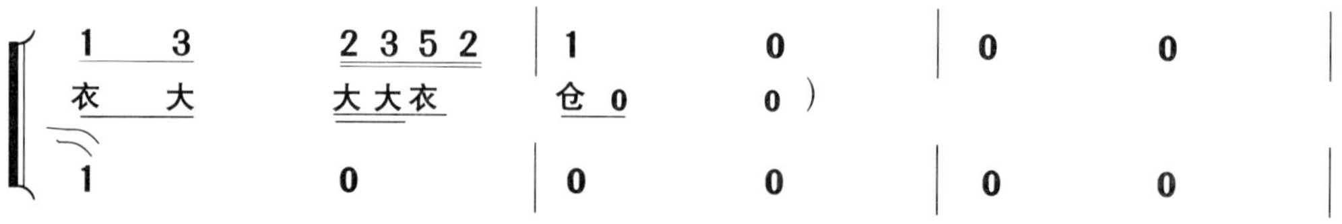

（关羽收回左腿，马夫站起，关羽左手握斗篷右手握马鞭亮相）

〔【慢长锤】旗牌扛刀领起圆场。旗牌、车夫、二位夫人走至台后方站一排关羽转身“小圆场”至台中。

（关羽打马勒马）

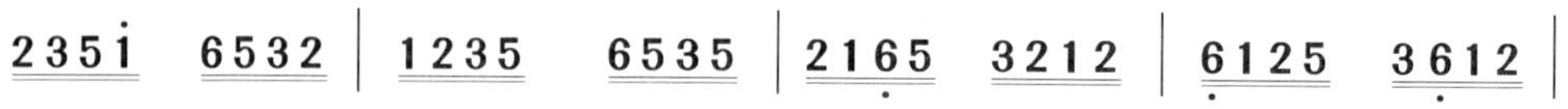

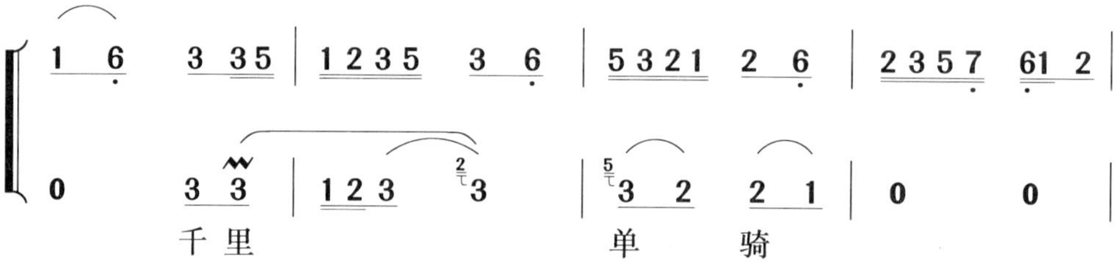

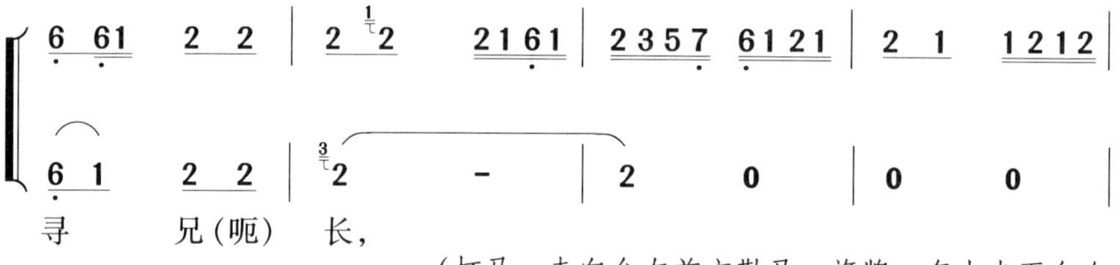

（打马，走向台左前方勒马，旗牌、车夫走至台右

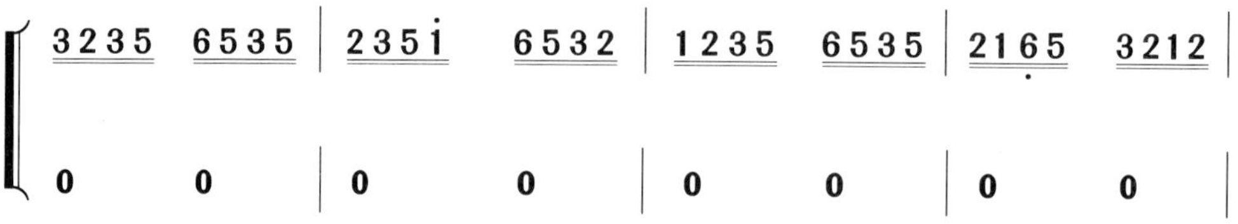

侧，马夫至台左）

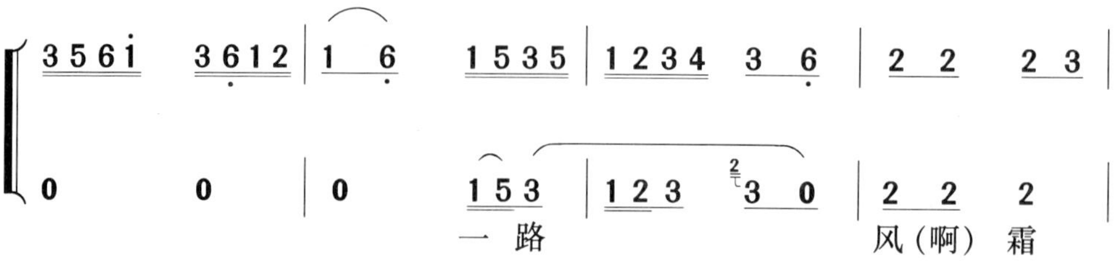

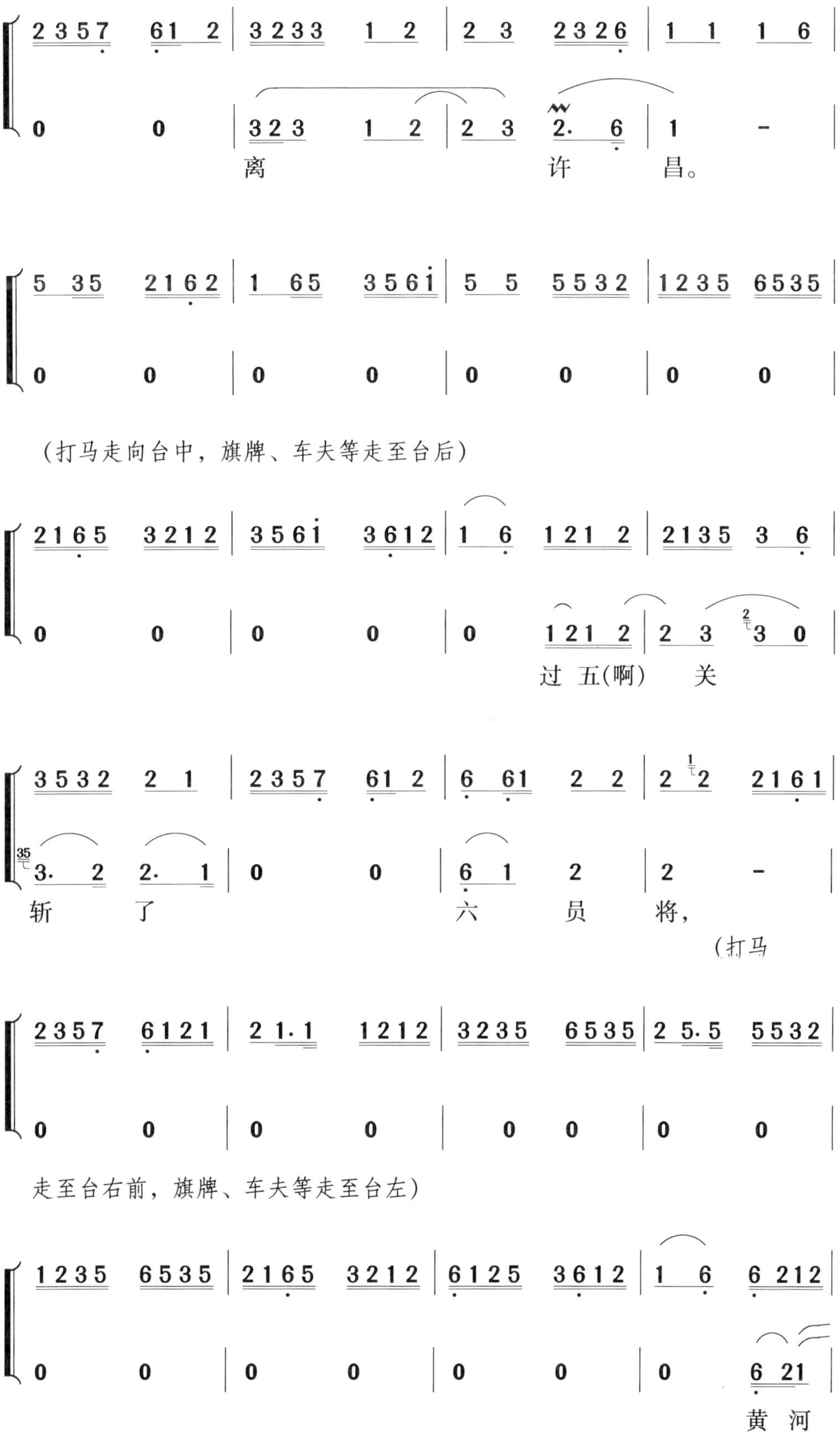
离 许 昌。
（打马走向台中，旗牌、车夫等走至台后）
过 五(啊) 关
斩 了 六 员 将，
（打马
走至台右前，旗牌、车夫等走至台左）
黄 河

战 惇 别
郭 常。
(打马走至台中勒马。旗牌、车夫等走至台后方)
晓 行 夜 宿
阳 关 (呐) 上, 饥 餐
(束板
(大.大 乙 大 大 多 大)
收腔)
大 大
渴 饮

サ（6. 1 2 －）1 6 ⁵3 1 2 － ³2 － ¹2 － 1 － ‖【住头】

路 途 忙。

（马夫转身向“下场门”望去，关羽勒马亮住）

马 夫 启禀二爷，一路匆忙人困马乏。前面有一松林，何不歇息歇息再走？

关 羽 好。车仗从人转入松林。

〔**【水底鱼】**关羽“小圆场”，马夫牵马至“上场门”台右前方，关羽跨腿、抬腿勒马朝“下场门”一望，点头**【吊钹、回头】**回身至台右前方下马。马夫牵马“上场门”下。二车夫与二夫人、旗牌从台后方走至台左，二夫人下车，车夫与旗牌“下场门”下。二夫人抖身上衣尘。关羽走至“九龙口”处躬身拱手低头。

关 羽 参见二位嫂嫂。

甘夫人
糜夫人 二弟免礼。

关 羽 谢嫂嫂！（起身）**【住头】**小弟一路之上闯关斩将，连累二位嫂嫂多受惊慌，乃弟之罪也。（拱手）

甘夫人
糜夫人 啊二弟，千里风尘艰难险阻，我姐妹连累你了。

关 羽 此乃小弟分内之事，何足挂齿。

〔**【快冲头】**马夫“上场门”急上，行至右台口前方，面向关羽。（拱手）

马 夫 启禀二爷，大事不好！

〔（**八仓**）关羽迈步向前，呈右弓箭步，右手剑指推髯，左手扶剑亮相。

关 羽 何事惊慌？

马 夫 东南角下尘土高起，想是曹兵追来！

〔（**嘟八大仓**）关羽右手急抓马夫左手，用力甩开，向前迈右腿呈右弓箭步式亮相。左手抓斗篷挡住二夫人视线，以剑指指向二夫人又点马夫，示意不可高声让二夫人听见。右手一挥示意马夫下去。马夫立于“上场门”后。关羽向“上场门”望。

甘夫人
糜夫人 （哭）喂呀！（拭泪）

〔西皮摇板〕

【凤点头】サ（7 6 － 6 5 ⁱ3 2 6 2 1 － 1 1）i i 3

虎 口

3 6 5 5 6 3 5 ⁵6（6. 5 3 3 5 6 －）3 6

余 生 才 脱 险 （仓） 又

5 i ⁱ6 － 5 6 5 3 5 3 5 － ‖【住头】

遇 豺 狼 把 路 拦。

甘夫人
糜夫人 （哭）喂呀！

关　羽 （转向二夫人拱手）二位嫂嫂不要惊慌，前面芒砀山下有一古城，孙乾对弟言道，三弟在此处占据，不知真假。待小弟差人前去探听明白，若是三弟在此，命他打开城门迎接二嫂进城，若是三弟不在，车仗先行，小弟断后。（**嘟仓**）

甘夫人
糜夫人 如此速速派人前去。

关　羽 二位嫂嫂请入后松林。（拱手）

〔【**五锤**】二位夫人“下场门”下。马夫从后方归台左，关羽走至台中。

关　羽 马夫。【**撕边一锣**】命你去至前面古城，若见你家三爷，就说你家二爷保定二位主母来到古城，叫他打开城门迎接二嫂进城，不得有误。

马　夫 （拱手）遵命。（转身欲走）

关　羽 转来。【**撕边一锣**】你家三爷性情不好，你要小心回话。

马　夫 小人知道了。

〔（**嘟八大仓**）马夫“单山膀”亮相，“下场门”下。关羽向前迈一步。

关　羽 正是。【**归位**】
　　不惧千般险，
　　一心复桃园。

〔关羽双手抱拳，脸朝台右前方【**吊钹·大锣回头**】关羽双手抓斗篷往右台口走四步，向前望，向左慢转身，【**撕边**】（套在【**回头**】中）观望二夫人下场方向，双手拢起斗篷若有所思，缓步走向“下场门”，【**快原场**】关羽下。

第　四　场

〔场上一椅。【**急急风**】四小张飞左手提刀，其中一兵右手扛枪，拉山膀“上场门”上，“挖门”站于两侧。（**嘟八大仓**）张飞扎黑硬靠提靠拍上，“九龙口”亮相。走至台口。

〔奏唢呐曲牌<风入松> $1={}^{\flat}E$ 张飞放靠拍，“云手”转身至“下场门”方向“望门”，右转身走至“上场门”方向“望门”行至台中，曲牌止。【**四击头**】“云手”，左转身脸朝台后跨腿、踢腿、趋步，走向台后方转身捋扎【**撕边**】【**大锣二击**】亮相。

张　飞 （念）弟兄结拜在桃园，
　　乌牛白马祭地天。（拱手）（**台．大 台**）
　　徐州不幸遭失散，
　　红脸的他——【**一锣**】（左手搂髯右手指出）
　　他、他、他负义降曹瞒。【**半截夺头**】

俺，张飞。【**住头**】当年弟兄徐州失散，俺老张来到这芒砀山赶走了古城狗官，嘿！我就作了这古城的县令，每日操演人马以图后举。谁想那红脸的他、（**仓**）他、他……他竟降顺了曹营，日后若得相见，我岂能与他甘休！【**住头**】适才校场操演，尔等的武艺越发精壮了！嘚，小校的！
【撕边一锣】（拉“山膀”亮相）准备羊羔美酒大家痛饮哪！（坐椅上）
小张飞 啊！
〔（嘟八大仓）马夫“上场门”上，亮相。【水底鱼】走至台右前往台中一望。
马 夫 离了松林地，来此是古城。【住头】（马夫走向台中）里面哪位听事？（台左一兵走向台中）
兵 士 作什么的？
马 夫 （拱手）有劳通禀，就说马夫求见。
兵 士 候着。（回至“大边”面向张飞）启禀三爷，外厢有一马夫求见。
张 飞 唤他进来。
兵 士 是。（走向台口）随我进来。
马 夫 是。【冲头】（进门“挖门”至“大边”一方）马夫与三爷叩头。（面向张飞拱手单腿跪）
张 飞 起来。你奉何人所差？
马 夫 奉我家二爷所差。
张 飞 啊！【撕边一锣】（站起右转身左脚蹬椅双手捋扎亮相）敢是那红脸的么？
马 夫 正是我家二爷。
张 飞 将他轰了出去！【撕边一锣】
马 夫 且慢！（仓）小人有话回禀。
张 飞 讲！
马 夫 三爷容禀。【归位】我家二爷保定二位主母，千里迢迢来到古城，请三爷开城，迎接二位主母进城。
张 飞 你且住了！【快五锤】你家二爷无仁无义，忘却桃园盟誓，【小锣二锣】有始无终，真心降顺曹营。【小锣三锣】有何面目来见弟兄，若要相见，除非是临阵交锋！（八仓）（站起作双手执枪式）
马 夫 小人有下情回禀。（拱手）
张 飞 讲！
马 夫 三爷容禀。【归位】（“云手”亮相）我家二爷有仁有义，不忘桃园明誓；【小锣二锣】有始有终，假意归顺曹营。【小锣三锣】千里迢迢来会弟兄，眼前讲话有一人不通。
张 飞 哪个不通？
马 夫 就是三爷不通。
张 飞 怎么讲？
马 夫 （迈前一步）三爷不通！
张 飞 咋咋咋……（走向前左手抓住马夫右手，右手捋扎亮相）
【八大仓】哇呀呀呀……
〔【急急风】扔开马夫手，右手抓过一兵迎过的长枪（八大 0 仓）（三次），漫马夫头，刺向马夫左腿、右腿、左腿，马夫低头，转身，后退，左转身快速下场。【冲头】张飞回至台中。
张 飞 嘿！若不是他两腿快如风，这丈八长矛定要刺他个前后皆通！【住头】小校的！
【一锣】

小张飞 有！

张　飞 带马出城会他！

〔**【急急风】**三小张飞“插门”“下场门”下，第四个于台中为张飞带马后下。**【四击头】**张飞执枪跨腿上马，脸朝下门亮相，**【急急风】**“下场门”下。

第　五　场

〔空场。转**【冲头】**快收，（**嘟 八 大 仓**）马夫上场亮相。**【水底鱼】**马夫圆场至台中，向“下场门”拱手。

马　夫 有请二爷。

〔**【原场】**关羽披斗篷“下场门”上至台中。

马　夫 参见二爷。

关　羽 罢了。可曾见着你家三爷？

马　夫 见着了。

关　羽 **【撕边一锣】**（往前一望）为何不见他出城迎接？

马　夫 二爷容禀！**【归位】**三爷言道：二爷无仁无义忘却桃园明誓，**【小锣二锣】**（走至台左）有始无终真心归顺曹公。**【小锣三锣】**（走至台右）若要相见，除非是临阵交锋(走至台左）！**【撕边一锣】**

关　羽 （捋髯一亮）马夫，旁人不知。难道你，你你你还不知你家二爷的苦心？

马　夫 小人怎的不晓。

关　羽 你是怎样回答？

马　夫 二爷容禀！**【归位】**小人言道：我家二爷有仁有义不忘桃园明誓。**【小锣二锣】**（走至台右）

关　羽 （左手捋髯点头）嗯——。（走至台左）

马　夫 有始有终假意归顺曹公。**【小锣三锣】**（走至台右，关羽居中）

关　羽 （双手一合）着啊！

马　夫 千里迢迢奉嫂寻兄。（走至台左）眼前讲话有一人不通，三爷问道哪个不通，小人斗胆言道就是三爷不通！怒恼了三爷，他他他提枪就刺！（**嘟八大仓**）（弓箭步双手执枪式）

关　羽 马夫！（**仓**）那时你便怎样？

马　夫 **【叫头】**哎呀二爷呀！若不是小人两腿快如风，险些被他刺个前后皆通！（**八大仓**）（跨腿转身“双飞燕”弓箭步亮相）

关　羽 噢——！**【撕边一锣】**（右手捋髯）这家三弟还是这样性暴，**【撕边一锣】**弟兄失散多年难免疑心，待我亲自会他。小校的！（仓）好好保护二位主母，车仗随后。马夫！（**八仓**）与爷抬（呀）刀——**【软四击头】**（双手扔开斗篷，右手高举抬刀式，左蹉步转身跨右腿，踹左腿，左手扶剑右手握拳，面朝右前方亮蹲裆式）带（呀）马——！（“马”字呈大滑音，滑向最高音时呈“炸音”）

〔**【吊镲·回头】**关羽转身，面朝台后整髯。马夫从台右走至台左。旗牌扛刀上，交与马夫，帮关羽卸去斗篷、宝剑，“下场门”下。

┌关羽面朝台后拉"山膀"退向台中，"山膀"拉开，【撕边一锣】左弓箭步左手高举整袖，【撕边一锣】右弓箭步右手高举整袖。【软四击头】左手提甲，右半转身"趋步"右手提甲，转回后方左腿迈出一步，双手提甲背朝前亮相。

┌【急急风】马夫扛刀于台中，关羽向台左小圆场经"九龙口"至台中，放靠拍，右手按马，（八 大大 仓）抬眼看刀头，右手接刀缓刀，【四击头】向前方大刀花转身，刀镈杵地，右手握刀杆背于身后，右脚于地画半圆跨出，右手将刀竖向提起，刀头高于头上，左手"剑指"推髯，右弓箭步亮"右手背刀推髯式"。【撕边】关羽睁目连续颤动头盔，（八大仓）脸转向前方亮相。

┌【急急风】关羽提刀圆场至"九龙口"，朝台左前斜向慢速迈出一二三步，马夫于前牵马。【急急风涨调】关羽快步走至右台口处，抬右手缓刀头于胸前，左手"剑指"拉开，亮"右单手横握刀式"。（锣经切住再起）左半转身，放右手呈提刀勒马式圆场至"下场门"。马夫进"下场门"。关羽抬右手涮刀头掂刀缨，刀头朝右，亮"双手握刀式"。反圆场至台中，向台右前方出刀，【夺头】马夫从"下场门"翻"串小翻提"至台右方时，关羽与马夫交错走向"下场门"。

┌【四击头加锣】关羽于台左后方出刀，朝右前方起大刀花转身，刀上右臂大翻身，左手接刀缓刀横背于左臂后，（左臂横向伸直刀头稍高在外，刀镈贴于背后）右手与马夫左手绕腕、抓马夫手，马夫跟头翻出落地后，在关羽右侧，左手与关羽绕腕后呈"单山膀"，右手按掌，呈右弓箭步式，关羽同时提起左腿，右手"剑指"推髯于左胸前，亮"左提腿左手背刀式"。

┌【撕边】马夫在关羽前方"滚毛"至台左方，关羽左转身，背朝台前杵刀镈，右手抓刀杆，竖背于身后，（八大顷仓）左转身面朝前台，跨右腿、踹左腿、"趋步"，左手捋髯中绺，扔出搭于左臂左手勒马，呈左弓箭亮"背刀弓箭步勒马式"。同时，马夫在关羽前方亮右弓箭步牵马式。（嘟 仓0 0嘟 仓0）接【小开档锣鼓】

┌马夫起身牵马，于"下场门"下。关羽起身甩髯于左臂，呈提刀勒马式，圆场，"下场门"下。

第 六 场

┌空场。【急急风】（加堂鼓）八曹兵执枪"上场门"上，追过场下。蔡阳执枪"上场门"上，【四击头】台口亮相，【急急风】"下场门"追下。

第 七 场

┌舞台左侧设城门片。【快冲头】【四击头】【吊钹】关羽右手提刀左手提甲，马夫右手牵马、左手执双刀，"上场门"上。关羽斜线快步走至"大边"，右半转身，右手握刀横于身前，左手勒马，【长尖】向"上场门"方向，跨右腿踢左腿连续三次，右脚向右趋步，回至“上场门”。**【大锣水底鱼】**关羽勒住缰绳，左右两望马，勒马提刀圆场走至“下场门”小垫步抬头。**【堂鼓架子】**马夫在关羽前，抬头向“下场门”内望去。

马　夫　三爷来了！

〔**【急急风】**关羽缓刀头，双手横握刀，刀头向右，反圆场至台右方。四小张飞从城门内上，斜线向前，马夫于台中拨四兵“倒脱靴”，四兵站于“上场门”后方“斜一字”。张飞持枪从城内出，刺向马夫，马夫双刀一盖，“反圆场”走向台右，**【长尖】**关羽握刀迎上，与张飞相对，两人观看对方，大“推磨”。关羽思弟心切，异常激动；张飞怒目圆睁，一脸杀气。张飞推至台右，马夫随关羽推至台左，关羽双手握刀迎上前去。

关　羽　三弟来了！

张　飞　（于台左出枪，猛刺向关羽左上方）看枪！**【长撕边】**

关　羽　（以刀头向左上方挡开，马夫见状从关羽左后举刀向前，被关羽喝住）嗯！——**【慢叫头】**三弟呀！弟兄失散多年，你见了为兄一言不发，为何劈面就刺？

张　飞　红脸的！**【快五锤】**你忘了桃园结义，归顺曹营，有何脸面来会弟兄！（京白）你呀，你看枪吧！

〔**【撕边】**张飞举枪向关羽右上方刺去，（**八大仓**）关羽退右步出刀拨开张飞之枪，呈右弓箭步，侧身向里亮败相。张飞面向关羽执枪亮相。

关　羽　**【叫头】**三弟呀！（迈步向前，双手横握刀杆于身前，刀头向右）怎见得为兄降顺了曹营？

张　飞　你且听了！**【归位】**谁人不知哪个不晓，你在曹营，那曹操待你是何等恩厚，三日一小宴，五日一大宴，上马献金，下马献银，还赐你美酒、红袍，你是何等快乐！你还有何脸面来会弟兄？（京白）你呀，休走，看枪！

〔**【撕边】**张飞以枪刺向关羽左前方，关羽用刀压住张飞之枪。

关　羽　**【叫头】**三弟！听你之言，你当真不认为兄？

张　飞　当真不认！

关　羽　（悲从中来）果然——不认为兄？！

张　飞　（京白）我呀，早就跟你拔了香头子了！（**八仓**）（关羽低头暗泣）

关　羽　你我弟兄杀将起来，岂不被人耻笑。望你打开城门，迎接二位嫂嫂进城，问个明白，那时为兄下马自刎一死，你看如何？！（**八仓**）

张　飞　好——哇——！**【软四击头】**（关羽以刀推出张飞之枪，迈步亮相，张飞顺势向台右方趋步亮相）你下得马来自刎一死，也免得你张三爷亲自动手！

〔（**八大仓**）张飞持枪左弓箭步亮相。关羽双手端刀提身亮相。关羽端刀撤步，头盔颤动。

关　羽　罢，罢，罢——！

（**【导板头】**关羽随锣经右手背刀，左手绺髯甩髯于左臂，右腿跨步左腿向前趋步，呈左弓箭步左手勒马式亮相。委曲悲痛地拭泪）

〔西皮导板〕

サ（7 6 35 6 6 - 6 5 - i - i. i i i 3 -

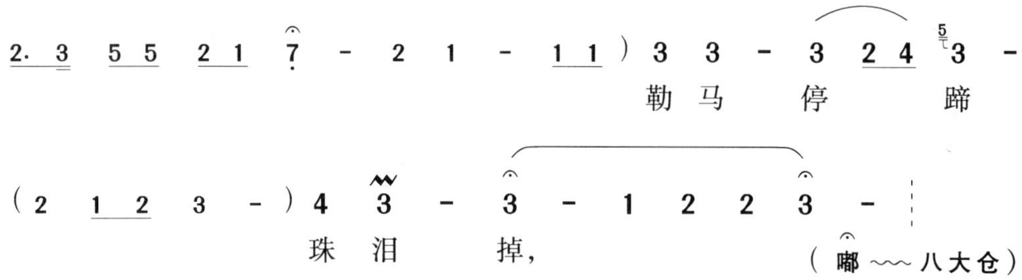

〔【四击头】关羽缓刀头，双手端刀站定亮住。【撕边一锣】张飞持枪欺向关羽，关羽后退一步。

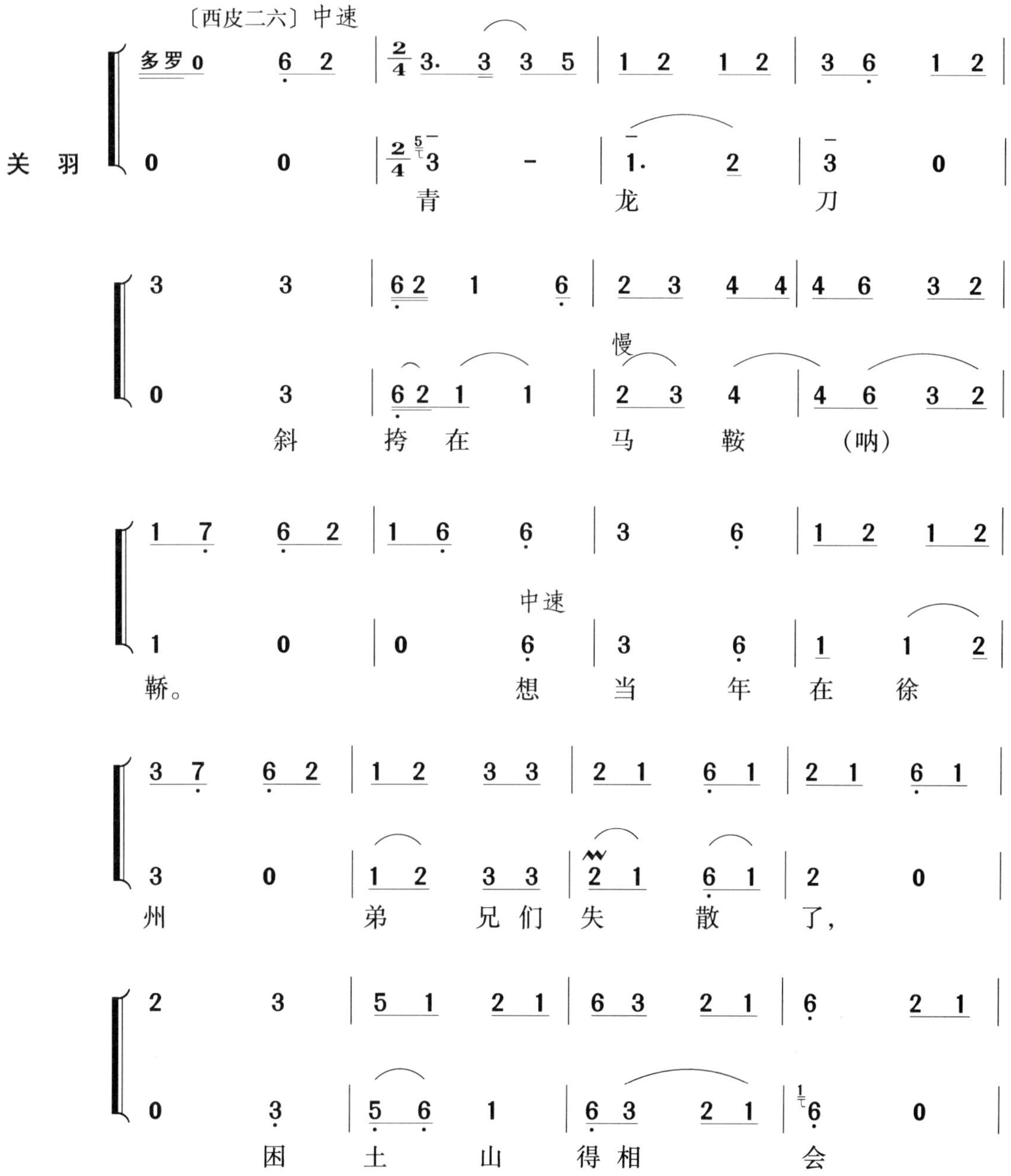

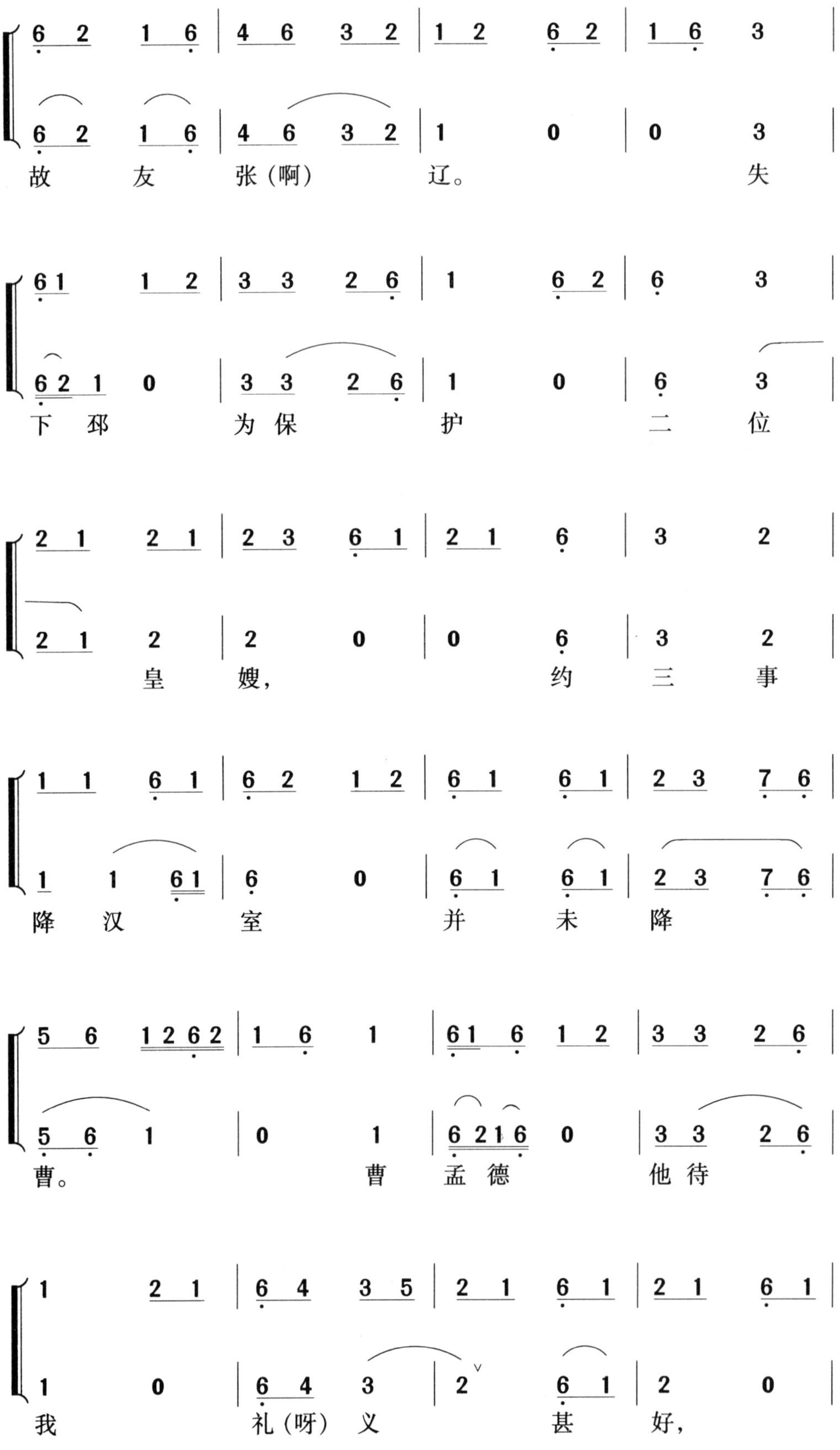
故 友 张（啊） 辽。 失
下 邳 为 保 护 二 位
皇 嫂， 约 三 事
降 汉 室 并 未 降
曹。 曹 孟 德 他 待
我 礼（呀） 义 甚 好，

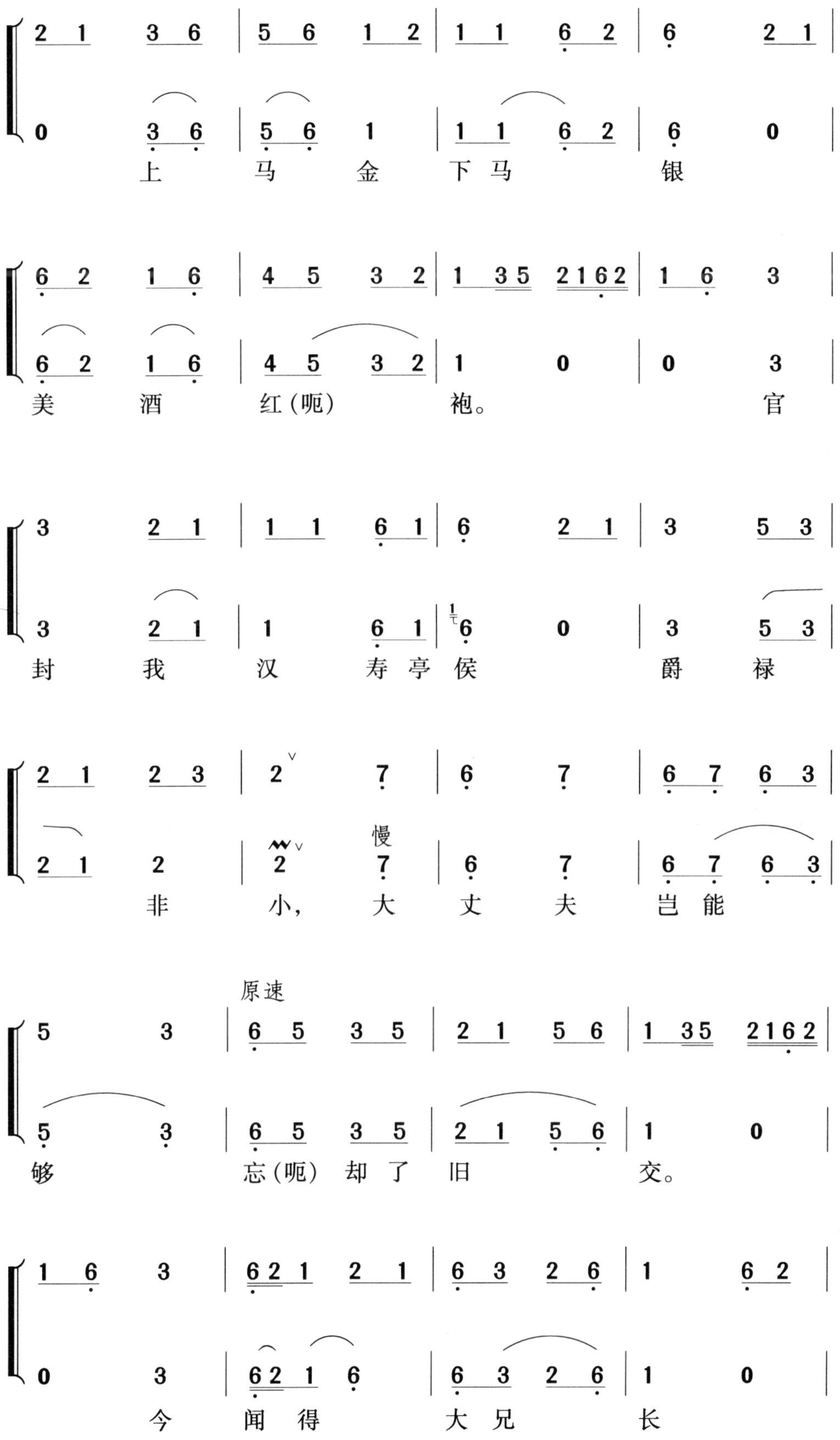
上 马 金 下 马 银
美 酒 红（呃） 袍。 官
封 我 汉 寿 亭 侯 爵 禄
慢
非 小， 大 丈 夫 岂 能
原速
够 忘（呃） 却 了 旧 交。
今 闻 得 大 兄 长

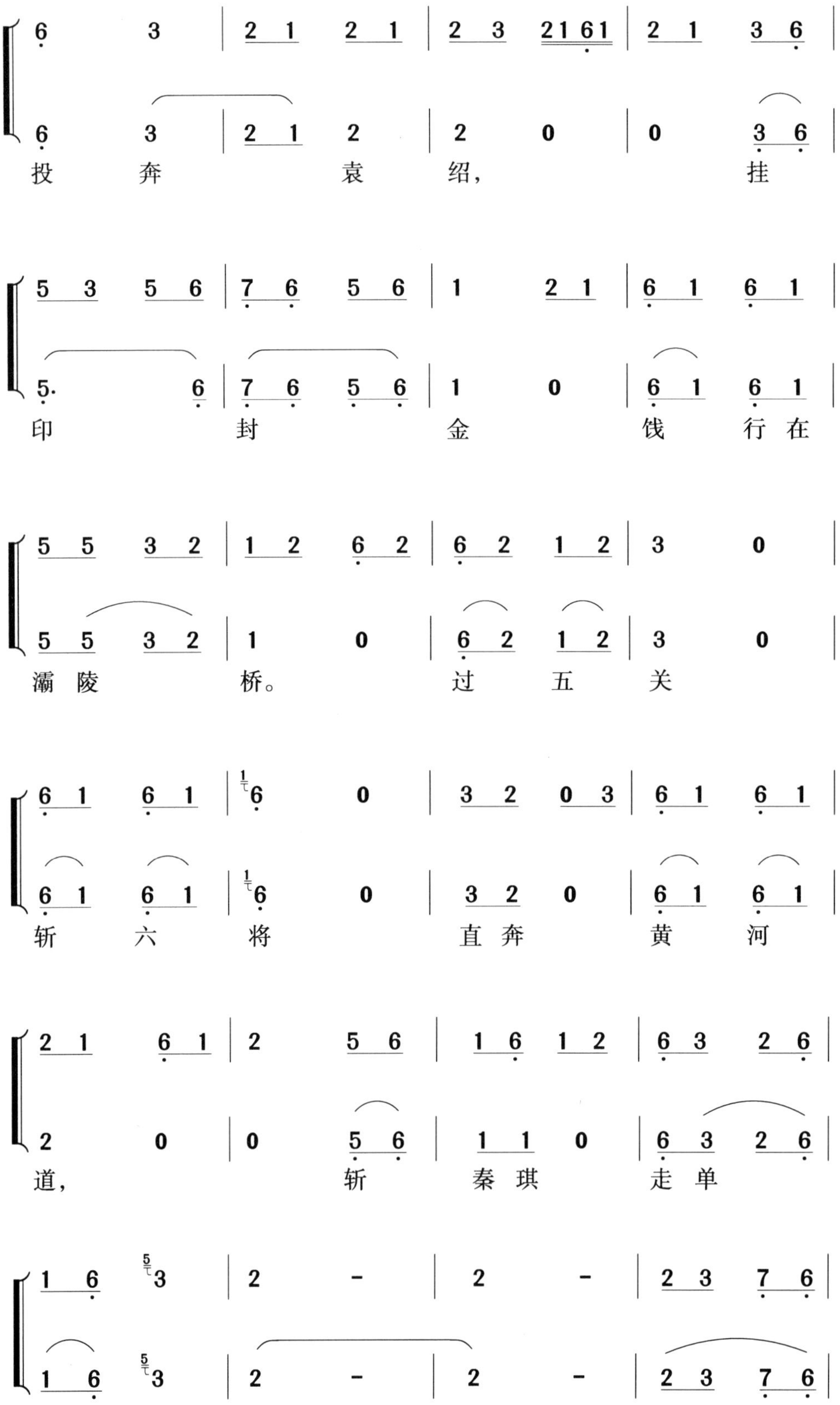
投 奔 袁 绍， 挂
印 封 金 饯 行 在
灞 陵 桥。 过 五 关
斩 六 将 直 奔 黄 河
道， 斩 秦 琪 走 单
骑 千 里 迢

张　飞　嘿!(京白)咱老张这铁石心肠,被他这么一哭,都给哭软了!(韵白)也罢!【五击】(关羽缓刀双手端刀)待我将二位嫂嫂接进城去,少时再来与他辩理。小校的!(仓)打开城门迎接二位主母进城!

四小张飞　啊!

奏唢呐曲牌<工尺上> 1=♭E

(关羽于"大边"下马,刀交马夫。经台后,左转身走至"九龙口"

‖: 3 2 | 1. 2 | 1232 | 1 | 6. 5 | 3 2 | 1 2 | 3 2 |

处，躬身拱手。张飞于“小边”下马，左转身走至台中，背朝前台拱手。二车

2 1 | 6 5 | 6 1 | 2 3 | 2 1 | 6 5 | 3 5 | 0 6 | 6 2 |

夫推车，甘、糜二夫人坐车，旗牌由“上场门”上，“圆场”进入城门，下。

3 | 3 2 | 1 | 1 2 | 1 2 | 1 2 | 5 3 | 2 5 | 0 6 :‖

3 2 | 1. 2 | 1232 | 1 | 6 | 5 | 3 5 | 2 3 | 1 ‖

〔【堂鼓架子】【快冲头】关羽、张飞抬头惊望。

张　飞　带马！

〔【急急风】张飞、关羽于台中上马，张飞于前、关羽于后，小“圆场”一周。四小张飞由台右方走向“下场门”进城。张飞打马进城，城门关闭。张飞上城站立。关羽“圆场”至“上场门”前略停，然后快步“圆场”，马夫牵马于前，走至城门前小垫步勒马。（马嘶声）【撕边】（八大仓）勒马抬头。【快冲头】向斜后方（台右前）抬腿向后倒步，四步后变右单腿向后退，至台右前方，勒马亮住抬头看城门，手指张飞摇头。缓刀，双手横握刀杆“小圆场”至台中。

※——斩 蔡 阳——※

关　羽　【叫头】三弟呀！（面朝城门）你为何将兄关在城外？

张　飞　【叫头】红脸的，红脸的！你归顺了曹操，今又前来诈取俺的古城，你道是与不是?!

关　羽　三弟何出此言？

张　飞　你回头观看！【堂鼓架子】大批人马是何处而来？【冲头】

〔关羽右转身朝“上场门”处望，转身又朝张飞。

关　羽　【叫头】三弟呀！观见来将高悬蔡字大旗，想是蔡阳发来人马。只因兄在黄河渡口刀劈秦琪，想那蔡阳乃是秦琪的舅父，如今定是与他外甥报仇而来。三弟你你你快快开城才是！【撕边一锣】

张　飞　你的好诡计呀，【大锣二击】好妙策！【快五击】你与蔡阳定下里应外合之计，前来行诈，杀我个措手不及！你这诡计被你张三爷看破，俺老张虽然粗鲁，（京白）嘿！这是粗中而有细，我呀，我不上你的当喽！（仓）

〔【快冲头】关羽焦急摇头，撤步，缓刀后双手高举起叫头。

关　羽　【叫头】三弟呀！你如此多疑，难道你不念桃园结拜之义了哇？！（哭）【大锣原场】（拭泪）

张　飞　看你哭得可怜，也罢！【五击】看在桃园结义的分上，俺老张在城楼之上助你十面旌旗三通战鼓。这头通鼓——

〔【归位】关羽右手缓刀头，将刀背于身后，跨右腿、迈左腿，甩髯搭于左臂，左手勒马朝台左方亮“右手背刀式”。

张　飞　紧扣连环！【住头】（关羽收式亮住）

二通鼓——【五击】（关羽刀交左手背刀，右弓箭步右手勒马，朝右前方亮“左手背刀式”）

速跨雕鞍！【住头】（关羽收式亮住）

这三通鼓——（八 大大 仓）

〔【四击头】关羽于台中向里大刀花，杵刀镈右转身，左手抓刀杆背于身后，左腿画半圆跨步呈蹲裆式，左手于背后提起刀杆，刀头高于头盔，右手“剑指”推髯于左胸前，面向前方亮“背刀蹲裆式”。【撕边】双目对视，头盔颤动，直至张飞念完。

张　飞　（越念越快）立斩蔡阳还则罢了，斩不了蔡阳，红脸的呀，红脸的！（京白）你这辈子都休想进城！

〔【快冲头】关羽缓式背身朝里，刀镈杵地伸右手，摆手、摇头。【叫头】左转身跨右腿踢左腿，右手提刀，左手抛起髯中绺搭于左臂之后，左手指向张飞。

关　羽　三弟呀！（缓刀）想为兄一路之上过关斩将，风餐露宿，已是力尽筋疲，还望三弟你你你多助人马才是！（走向城门）

张　飞　休得噜嗦！滚木垒石打下！（八 大大　仓）

〔【乱锤】关羽面向张飞往后退，至台右前双手端刀走小圆场至台中【堂鼓架子】【乱锤】关羽右转身快速走向“上场门”观望，头盔颤动向后退，退至台中，再走向台右前方，左腿弓箭步，刀头于前刀镈于后双手握于身左侧，低头亮住，马夫亮于台左。锣鼓鼓切住。

马　夫　二爷，斩了蔡阳再与三爷辩理！

〔（八大仓）关羽站起，缓刀、掂刀，右手背朝上抓住刀杆，左手握刀杆，刀头于右上方，丁字步亮住。

关　羽　马夫！（仓）（低沉而有力地）杀！

〔【急急风】关羽圆场至大边，八曹兵执枪从“上场门”上，马夫于台中双刀拨曹兵“倒脱靴”后，曹兵归“上场门”“一条鞭”。蔡阳“上场门”上，对马夫打“鼻子”“削头”【快冲头】蔡阳起大刀花和关羽架住，马夫撤于“大边”。【叫头】

蔡　阳　来者敢是关云长？

关　羽　（八大仓）（以刀压下蔡阳之刀）然——！

蔡　阳　【叫头】关羽！你一路之上过关斩将，在黄河渡口又将我外甥秦琪刀劈马下，是何道理?!

关　羽　【双叫头】蔡阳，老将军——！是某行至黄河渡口，秦琪百般阻拦，不放渡过，万般无奈将他诛之，并非出于本意。

蔡　阳　【叫头】关云长！老夫今日带领五万人马，要与我外甥冤怨——【软四击头】（两人向里搅刀，双跨腿，向里抬腿趋步，蔡阳刀压住关羽刀，朝里亮相）相报！

关　羽　【双叫头】蔡阳啊！（顷仓）蔡阳——！（声音拖极长高而有炸音）【软四击头】

〔关羽念第二个“蔡阳”的同时，二人绕刀，随锣经二人同向外跨腿踢腿，向外趋步，关羽刀压住蔡阳刀。

关　羽　你再三逼迫，有失曹丞相之大度，恕关某——（八 大　倾　仓）（绕刀再压住）无礼了——！（声音慢、低）

［【堂鼓架子】【小开档加堂鼓】关羽往前“欺”，大刀盖蔡阳“腰封”，搅蔡阳刀镩，两人“一欺两欺”、“一扯两扯”“半个过合”关羽至“上场门”，八曹兵执枪打关羽“封头”，关羽以刀架住，将八兵推开，八兵“上场门”下。关羽、蔡阳“半个过合”，蔡阳给关羽“一盖、封头”亮相，关羽于台中后，亮败相（**嘟八大仓**）。马夫于“大边”，蔡阳盖马夫双刀，“一鼻”，关羽于台右后给蔡阳“一盖一鼻”，关羽“上场门”下。蔡阳与马夫打“大刀双刀头”，【四击头】蔡阳起大刀花剁马夫头亮相。马夫同亮。【急急风】马夫“上场门”下。蔡阳后退，转身于“九龙口”处，左手掏翎右手握刀亮相，缓刀反圆场至台口。【四击头】向台右前大刀花翻身掏翎亮相。【急急风】反圆场至台左前涮大刀朝“上场门”亮相，“上场门”追下。

张　飞　小校的！擂鼓啊！

［【三通鼓】张飞在城上捋扎向远方张望。【九锤半】【软四击头】【撕边】关羽左手提甲，右手提刀“上场门”上场快步斜线走至台中，趋步、跨右腿登左腿，右手将刀缨抖向刀头前，（**八大　顷　-　仓 0**）小垫步收左腿亮相。

（**0 嘟　仓　0 嘟　仓　才**）接【急急风】关羽喘息一二三番，迈左腿呈左弓箭步缓刀头转身面向“上场门”，抬左手“上托掌”，呈“左弓箭步托掌握刀式”向“上场门”观望，站起身转向前台，提甲，面朝斜前方向右手提刀；左手捋起髯中绺涮腕，向前走半圆趟步。由慢及快，同时睁目颤动头盔，行至左台前，看刀掂刀缨三次（**八大 仓 仓 仓**）。

［【急急风】蔡阳内白：“哪里走！”关羽出刀左转身。蔡阳“上场门”上，“漫关羽头”，二人一磕一走，（锣鼓涨调门）“过合”，二人双起“大刀花”，一磕一走一绕，关羽于台左、蔡阳于台右，关羽大刀搅蔡阳刀镩，“里盖”，关羽给蔡阳前后“封头”，“里盖”，蔡阳给关羽前后“封头”，“上搭一兜穿肚”转身，蔡阳起“大刀花”转身连砍两刀，关羽握刀盖过，蔡阳砍第三刀关羽用刀磕掉蔡阳大刀。【夺头】蔡阳于台右方扔刀起“抢背”，起身后向前，关羽于台左“大刀花”转身劈蔡阳，蔡阳倒于“上场门”处（毙命）。

张　飞　二哥，好样的！

［（**八 大大 仓**）关羽背朝前台，向台左前方出刀，【四击头】关羽左腿向“上场门”方向大趋步，右手刀上右臂，左转身面朝前台，左手挽缰绳勒马，勾左腿向左前大转身，盖右腿落地向前趋步，刀交左手于头上缓刀，背刀于左臂，（左臂伸向左前方，刀头在前，刀刃朝上，刀镩在后紧贴左上臂）右手大搂髯，迈左腿，呈左弓箭步式亮相。（整套动作是从台右后走向台前，与此同时马夫“溜上”于台左前站立）【撕边】关羽立眉瞪目颤动头盔，站起（**八大仓**）右手扔髯，向里涮大臂两周握拳勒马，亮丁字步站相。

［【吊钹·回头】右手推髯右转，回头，看蔡阳倒地方向，脸转回前台，右手指“上场门”摇头。左转身走向台左马夫站立处杵刀，刀交马夫，（**嘟 八 大大 仓**）抬右腿下马，（**嘟 八 大大 仓**）抬左腿下马。马夫扛刀“上场门”下，【快原场】关羽右转身面朝前台，顿觉双腿酸软无力向右方连续倒步，倒四步后呈右弓箭步，右腿颤抖，双手颤抖，低身抚揉右腿，摇头站起。左手指城上张飞，向左方迈出三步再指。后退至“上场门”处，双手捋髯扔出。

〔【软四击头】抬右手托掌，左手提甲，右转身朝“上场门”右手提甲同时向右后方趋步，转回前方双手向身前栽拳，踹左脚，挺身提甲亮相。

〔【急急风】斜向前行至左台前。【撕边】（八 大 顷 － 仓 0 ）跨右腿左转身踹左脚，朝“上场门”方向提甲亮相。

〔【急急风】长身，“上场门”下场。转【快冲头】张飞在城上捋扎观看后双手伸拇指，夸赞关羽，目视关羽下场。

张　飞　【叫头】哎呀且住！我家二哥将蔡阳刀劈马下，少时进得城来，我以何言答对？哎呀，这这这这……【撕边一锣】唉有了，待我前去哀求二位嫂嫂，与我讲个人情……，嗯，我就是这个主意！

〔【大锣打下】转【撤锣】张飞下城，“下场门”下。

第 八 场

〔场上一桌二椅。【撤锣尾】【小锣单上场】甘、糜二夫人“上场门”同上，走至台中，抖袖。

甘夫人　（念）失散各一方，

糜夫人　　　相会叙衷肠。

〔【小锣二击】二人合身至台里，坐左右跨座。【乱锤】张飞“上场门”上，进门“挖门”至“大边”跪下。

张　飞　二位嫂嫂啊！（哭）【撕边一锣】

甘夫人　三弟怎么样了？

张　飞　哎呀二位嫂嫂，适才在城楼之上，得罪了我家二哥，此事还望二位嫂嫂与小弟周旋，讲个人情才是。

糜夫人　三弟不该疑心重，不念我等远路而来，反将你家二哥关在城外，险遭不测。似你这等不念情义之人……

甘夫人　我姐妹不管你的闲事！

张　飞　唉！桃园哪……！（哭）【撕边一击】

糜夫人　三弟不必如此，知错改过也就是了。（翻袖扶起张飞）

张　飞　多谢二位嫂嫂！（站起）

甘夫人　就该换了青衣小帽，迎接你家二哥进城才是。

张　飞　那个自然。

糜夫人　进得城来，你要听从你家二哥的教训才是。

张　飞　（拱手）是、是、是，小弟件件依从。

甘夫人
糜夫人　准备去吧！

张　飞　多谢二位嫂嫂，多谢二位嫂嫂！（出门）这就好了，这就好了！

〔【五锤】张飞“下场门”下。旗牌“下场门”上。二夫人走向台前。

甘夫人
糜夫人　（同）旗牌过来。

旗　牌　在。

甘夫人
糜夫人　（同）准备官袍带履，迎接你家二爷进城。

旗　牌　遵命。

〔**【大锣打下】**旗牌出门“上场门”下，二夫人“下场门”“窝下”。转**【撤锣】**

第　九　场

〔二道幕外。**【小锣打上】**马夫腰插马鞭“上场门”上走至台左。**【小锣帽头】【小锣打上】**关羽手拿折扇“上场门”上，走至台前，（**大 大 大……大大 乙 台**）抬双手看身穿的蟒袍，打扇。

关　羽
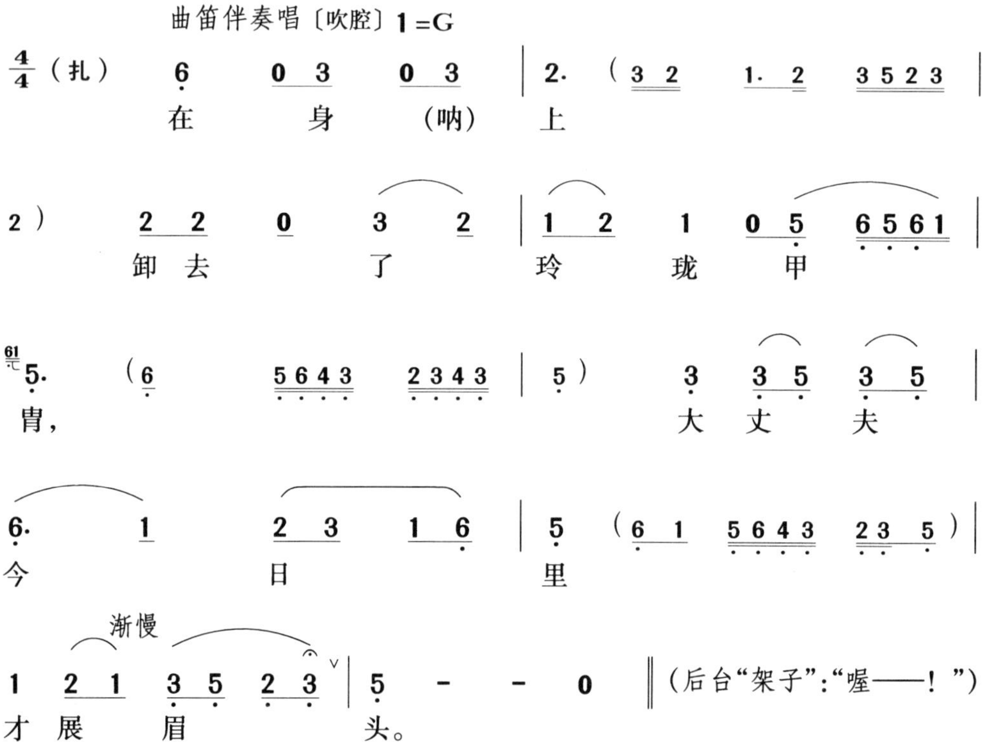

〔**【冲头】**马夫走至“上场门”向里望，关羽转身向“上场门”望。转身归前台。

关　羽　呀！

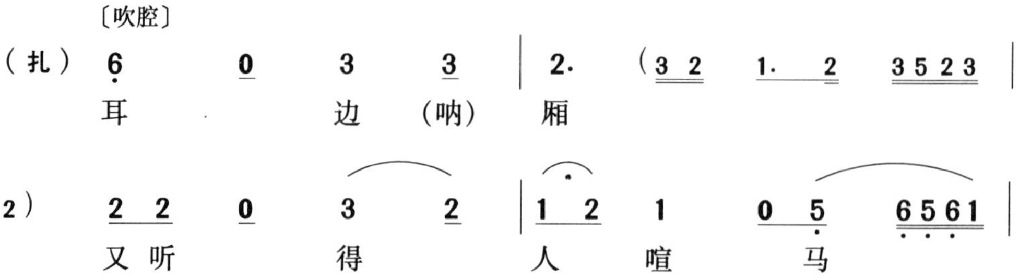

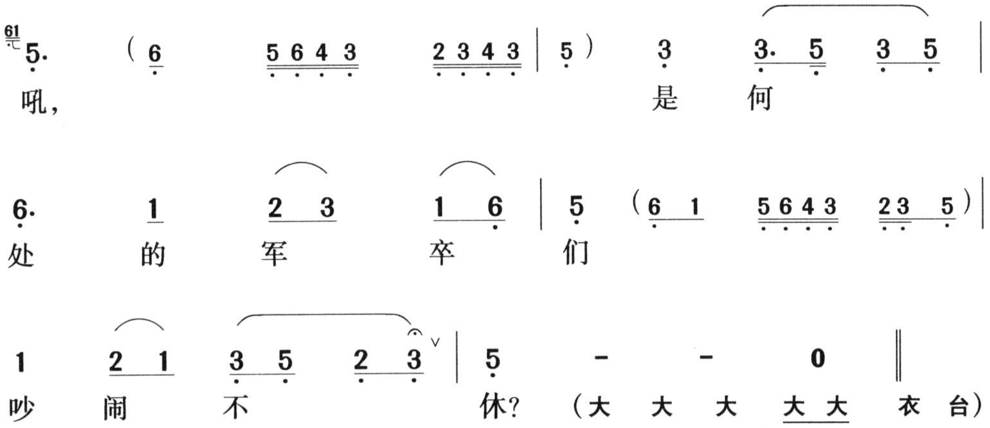

马 夫 启二爷那厢乃是蔡阳人马无处投奔，故而在此喧哗。

关 羽 听我吩咐！

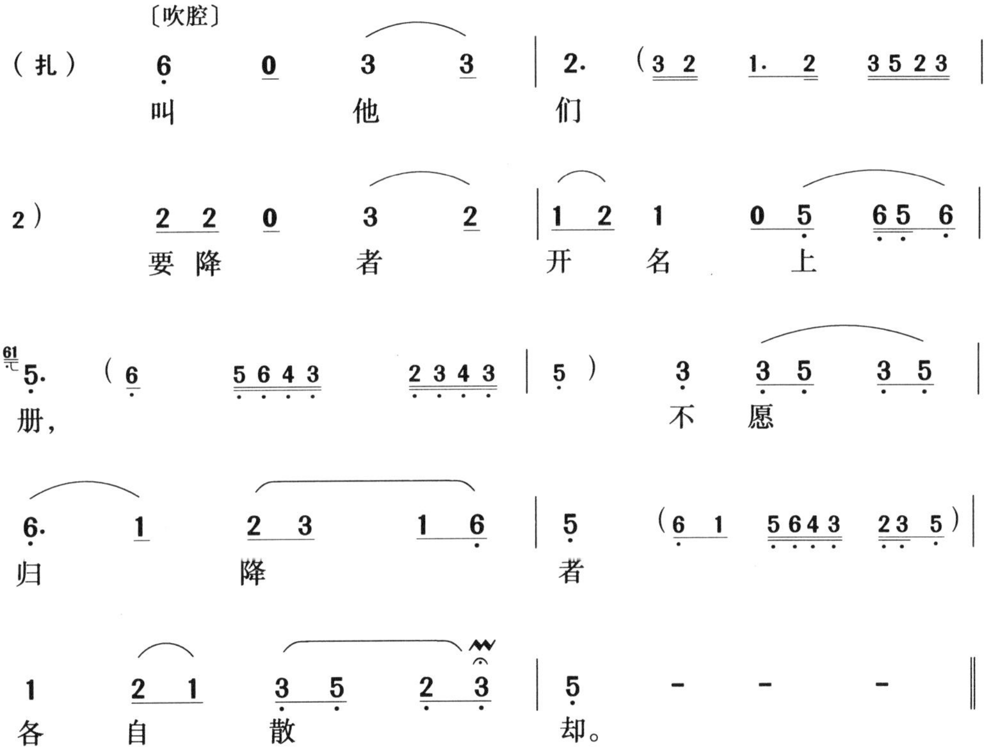

马 夫 遵命。下面听者：（内应：“啊！”）愿降者登名造册，不愿降者你们散去了吧！

〔内应：“我们散去了！”

马 夫 启二爷他们散去了。

关 羽 噢。

〔**【慢五锤】**关羽走至台右，扇扇。马夫从后走至台左。（**嘟 仓**）张飞手拿折扇与四兵卒从“下场门”上。站小“斜八字”。

马 夫 作什么的？

张 飞 （用扇子挡脸，躬身）烦劳通禀，古城县令特地前来迎接二爷进城。

马 夫 候着。（转身向关羽拱手）启禀二爷，古城县令张三爷前来迎接二爷进城。

关 羽 就说你家二爷一概不用，叫他们往下站。

马 夫 是。（转身面朝张飞）一概不用，你们往下站。

张 飞 （以扇挡脸）是。（示意四兵卒）往上站。（张飞与四兵向前迈一步）

马 夫 往下站！

张 飞 （仍用扇子挡脸，示意四兵）往上站。（又向前迈一步）

马 夫 （转身朝关羽）启禀二爷，他们上来了。

关 羽 轰了下去！

〔马夫转身掏出别在后腰上的马鞭，（**八大仓 八大仓 八大仓**）连续三次打向张飞，四兵转身"下场门"下。

张 飞 （京白）好小子，你官报私仇哇！（转身"下场门"下）

〔**【冲头】**关羽走向台中，马夫于台左。

关 羽 马夫，带路。

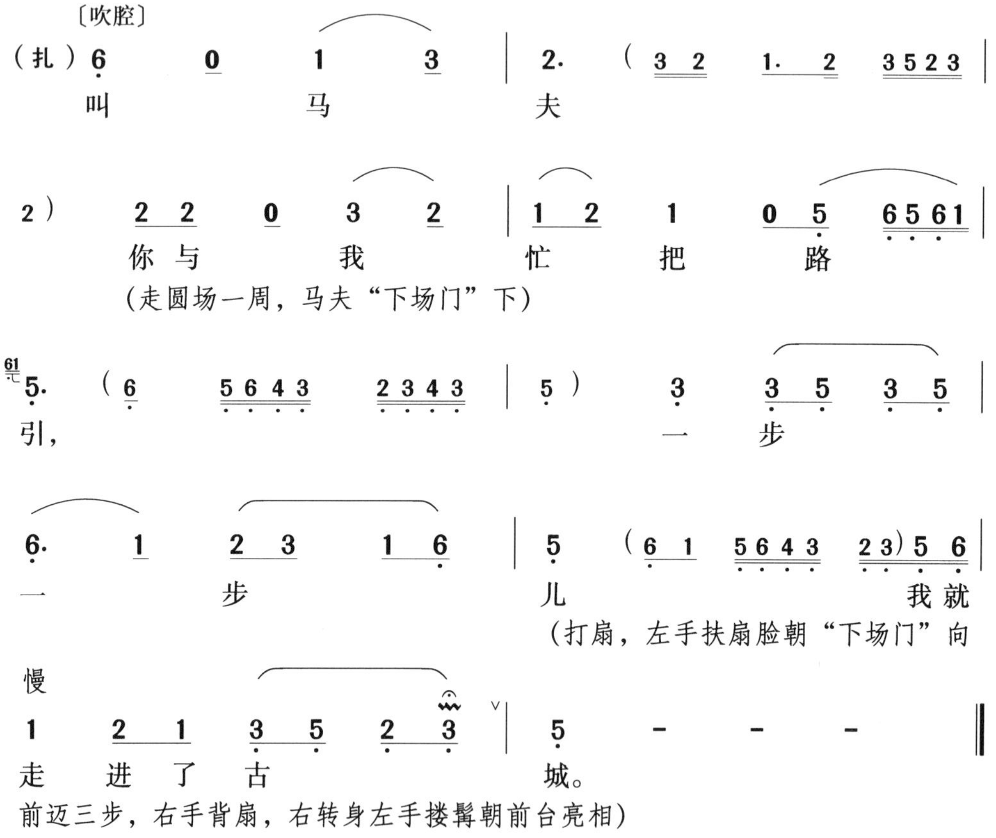

〔**【小锣打下】**关羽收扇，左转身"下场门"下。

第十场

训 弟

〔场上一桌，“大座”，文房四宝、书、烛台。

奏笛子曲牌<小开门> 1=G

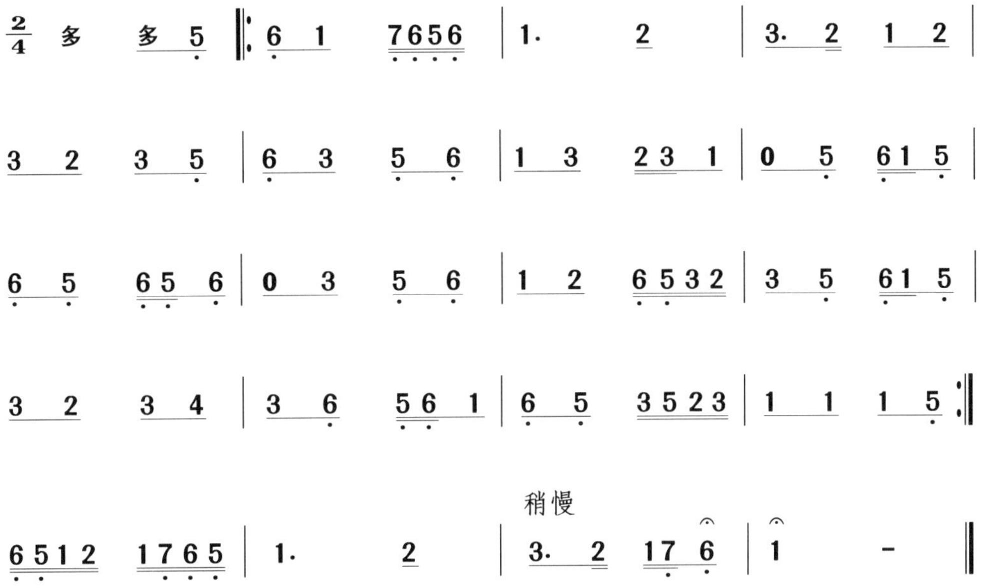

〔牌子中旗牌“上场门”上，进门朝“下场门”方向拱手。

旗 牌 有请二位主母。

〔甘、糜二夫人从“下场门”上站“大边”。

甘夫人
糜夫人 何事？

旗 牌 我家二爷进城。

甘夫人
糜夫人 有请？

〔旗牌走至台左，二夫人出门面朝“上场门”方向，关羽穿绿蟒，拿折扇上至“九龙口”处。

甘夫人
糜夫人 二弟！

〔关羽见皇嫂，扔扇子，悲从中来，双手颤抖端起蟒袍，头盔抖动，双眼望着二位皇嫂向前迈一步、两步，甩袍蟒襟左手抖袖右手抓住，向前迈左大步，(**大 大 大 大 - 乙大 大 仓**)右单腿跪式拜二位皇嫂。关羽擦泪，二夫人同时擦泪，搀起关羽。二夫人进门于“大边”，关羽进门于“小边”。(曲牌收住)

糜夫人 啊二弟，受此艰难也是我姐妹之过。

关　羽 嫂嫂何出此言。

甘夫人 啊二弟，如今三弟已知前过，要我姐妹与他讲个人情，还望二弟看在你大哥的分上饶恕他吧！

关　羽 人非圣贤，孰能无过。

糜夫人 啊二弟，三弟如今悔恨已极，无有脸面见你，我姐妹暂退，你弟兄二人各叙衷肠。

关　羽 小弟遵命。

〔**【五锤】**二夫人出门走向“下场门”，张飞同时于“上场门”上。

张　飞 啊二位嫂嫂请转。（二夫人转身至台口）

甘夫人
糜夫人 何事？

张　飞 讲情之事怎么样了？

〔甘夫人欲言被糜夫人挡住。

糜夫人 哎呀呀！只顾与你二哥讲话，这讲情之事我们倒忘怀了！

张　飞 （打背供）真是贵人多忘事！（二夫人偷乐）还望嫂嫂与张飞讲个人情！

甘夫人
糜夫人 哪个管你的闲事。（二人转身欲走）

张　飞 二位嫂嫂，二位嫂嫂！（追上去拱手，二夫人转回身）

甘夫人
糜夫人 你特以的啰嗦了！

〔二人拂袖，偷笑，转身“下场门”下。

张　飞 我又特以的啰嗦了！（走回“上场门”台口）（转眼一想）嗳，自家弟兄见见何妨！（右手撩袍抬左腿欲向前迈，左腿哆嗦，倒步退回）**【撕边一击】**哎呀老腿呀老腿！你张三爷爷未曾害怕，（以左手拍左腿）你哆嗦什么？待我闯了进去！

〔**【五锤】**张飞右手抓袖，抬左腿，左手提袍低头进门。直奔台左后方，右转身翻右袖朝关羽亮相。与此同时关羽走入桌后坐“大座”。

关　羽 待我观看《春秋》。

〔**【大锣帽子头】**关羽左手拿起书一绕，右手搂髯朝右前亮相。张飞在关羽左身后，右手扶椅，左手捋扎，抬左腿亮相。

〔吹腔〕

关　羽 サ（5 － ） 5 6. 5 3 － |
观 《春

4/4 2.（2 1. 2 3523 | 2） 2 2 0 3 2 |
秋》 忠烈 臣

1 2 1 － － | 1 2 － 3 2 |
千 古 可

(关羽将书交左手，右手搂髯，朝左前方亮相。张飞转于关羽右侧亮相)

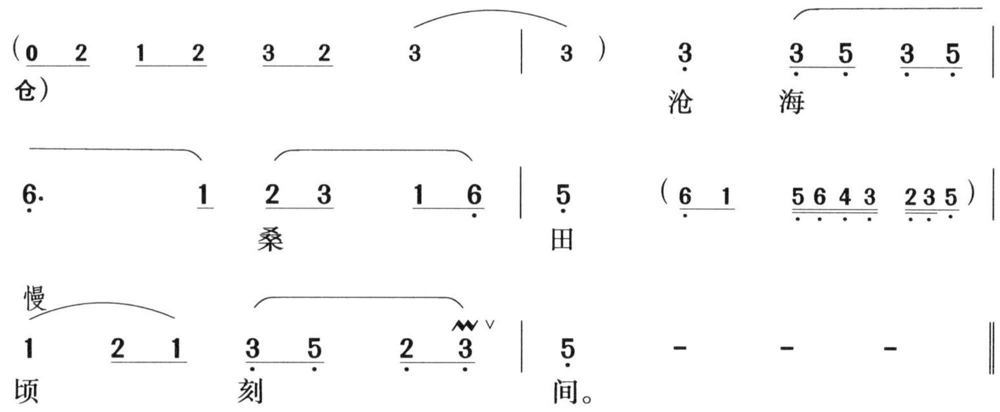

〖关羽将书放下，抬头望。

关　羽　看月光甚好，待我厅外赏月便了！（从右侧走出桌子）

张　飞　嗯——哼！**【撕边一击】**（关羽闻声，捋髯转身）

关　羽　何人在此？

张　飞　翼德——

〖**【软四击】**张飞翻袖走向关羽；关羽翻右袖转身向前一步亮相。张——飞——！**【撕边一击】**张飞边念边走向关羽，四目对视后声音变小向后退步，跪于台右前。

关　羽　我道是何人，原来是古城县令张老爷。

张　飞　（双手摆手）不敢，不敢，小弟张飞，张三，张三。

关　羽　（向前一步）张三爷！

张　飞　不敢，小三，小三！

关　羽　好个张——　**【撕边一击】**三——　**【撕边一击】**爷——　**【原场】**（转身擦泪，哭）

张　飞　**【叫头】**二哥呀！你我弟兄徐州失散，天南地北音信不通，故而才有今日城外之过。还望二哥念在桃园结拜之情，（快念）你是打也打得，骂也骂得，你要多多的（**顷仓**）（翻袖）教训哪——！**【撕边一击】**

关　羽　（背身擦泪）自家弟兄，何必如此。**【撕边一击】**

张　飞　（京白）嘿！真是我的好哥哥呀！（左手伸拇指。撩袍站起，走向关羽）小弟一时之错得罪了二哥，咱们是仁义弟兄，您还能跟我一般见识吗？

关　羽　**【撕边】**（抬头右转身面朝前台，翻右袖转向张飞）（**八大仓**）（提身，目视张飞亮相）嗯——！**【撕边一击】**

〖张飞目视关羽缩首后退，又跪于台右前。

关　羽　好一个仁义弟兄！你在城外见着愚兄劈面就刺，你的仁在哪里？（**仓**）闭城不纳为兄，你的义在何方？你忘却桃园结义之时对天盟誓，共扶汉室，一在三在，一死三亡！**【住头】**我在曹营思兄想弟，哪有一日忘怀！兄斩颜良、诛文丑，均未得知大哥的音信，幸而陈震下书，兄才知大兄长在河北袁绍处。因此，即刻三次辞曹，挂印封金，奉嫂寻兄！【住头】（走向台中）你我弟兄失散多年，见面难免疑心。只是你可曾想过，我若真心降曹，焉能闯关斩将，刀劈秦琪？就是那蔡阳——也不能死于马下！（右手指出，低头十分感慨）弟兄多年不见，实指望见面叙叙为兄的苦衷——（双手托髯，激动）

张 飞 （激动地）二哥！（二人对泣）

关 羽 不想你见面之后一言不发提枪就刺……（仓）

〖关羽双手作执枪式。二位夫人“下场门”上，在门外偷听。

张 飞 （设法转移关羽的情绪）二哥，我这一枪刺得可好？

关 羽 咳！【五锤】你这一枪只刺得为兄悲愤交加，珠泪双淋！（哭、拭泪）那时节，为兄只有忍痛含冤对你说明来历。也是你发了一点恻隐之心，才打开城门将二位嫂嫂接进城来。【住头】谁想那蔡阳带领人马遮天盖地而来，在这生死关头，你将为兄关在城外，助我三通战鼓、十面旌旗。三通鼓罢斩了蔡阳放我进城，（越说越快，悲愤交加）三鼓罢若是斩不了蔡阳，我的人头岂不断送他人之手……（右手指出）【撕边一击】

张 飞 （愧疚之极，拱手看关羽）二哥！【脆头】（关羽委屈地摇头拭泪）

关 羽 你你你忘却桃园明誓，不念结义之情！如今二位嫂嫂已到古城，望你送到河北冀州，面见大兄长，关某要回转蒲州解良去了！

〖（嘟八大仓）关羽左手抓袖右手提袍，抬右腿欲出门。【冲头】甘、糜二夫人挡住关羽，进门。关羽退步右转身面朝里，张飞跪步向关羽，抓关羽袍，求饶。二夫人于“大边”，关羽于中，张飞于关羽右侧。

张 飞 二哥！（京白）你不能走哇！

甘夫人
糜夫人 【叫头】二弟呀！三弟性情鲁莽，如今他已知过，看在你弟兄情谊，饶恕他吧！【撕边一锣】（关羽转过身来低头不语）二弟执意不肯，我姐妹这厢也与你跪下了……（哭。二人同跪）

张 飞 二哥！

〖（嘟八大仓）关羽见状双手撩袍面朝二位夫人亮住。（大大大大 – 衣大 衣仓）向前迈左步；面朝二位夫人慢慢跪下。

关 羽 唉！嫂嫂……哇……！（哭，拭泪）

〖“嫂嫂”二字拉开声音拖长，最后呈哭音。边哭边摇头用右手指点张飞，倾诉内心的委屈和苦楚。

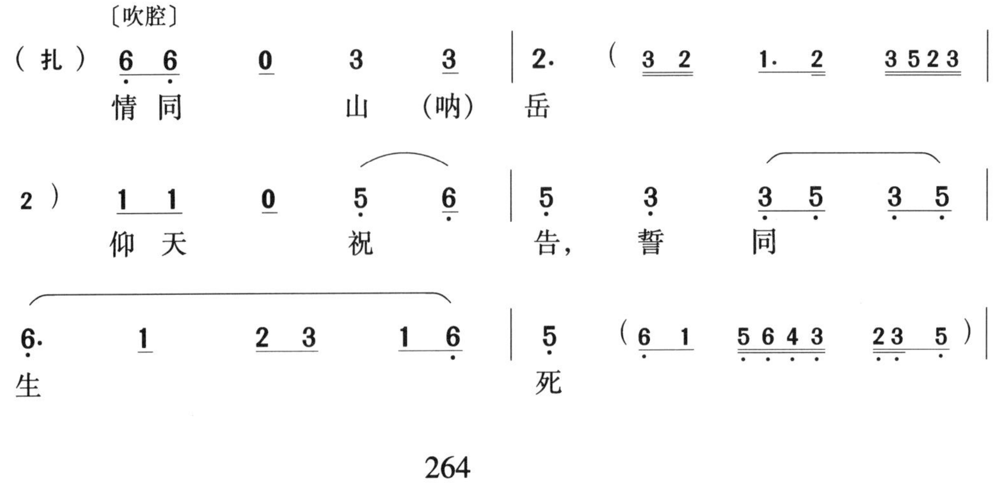

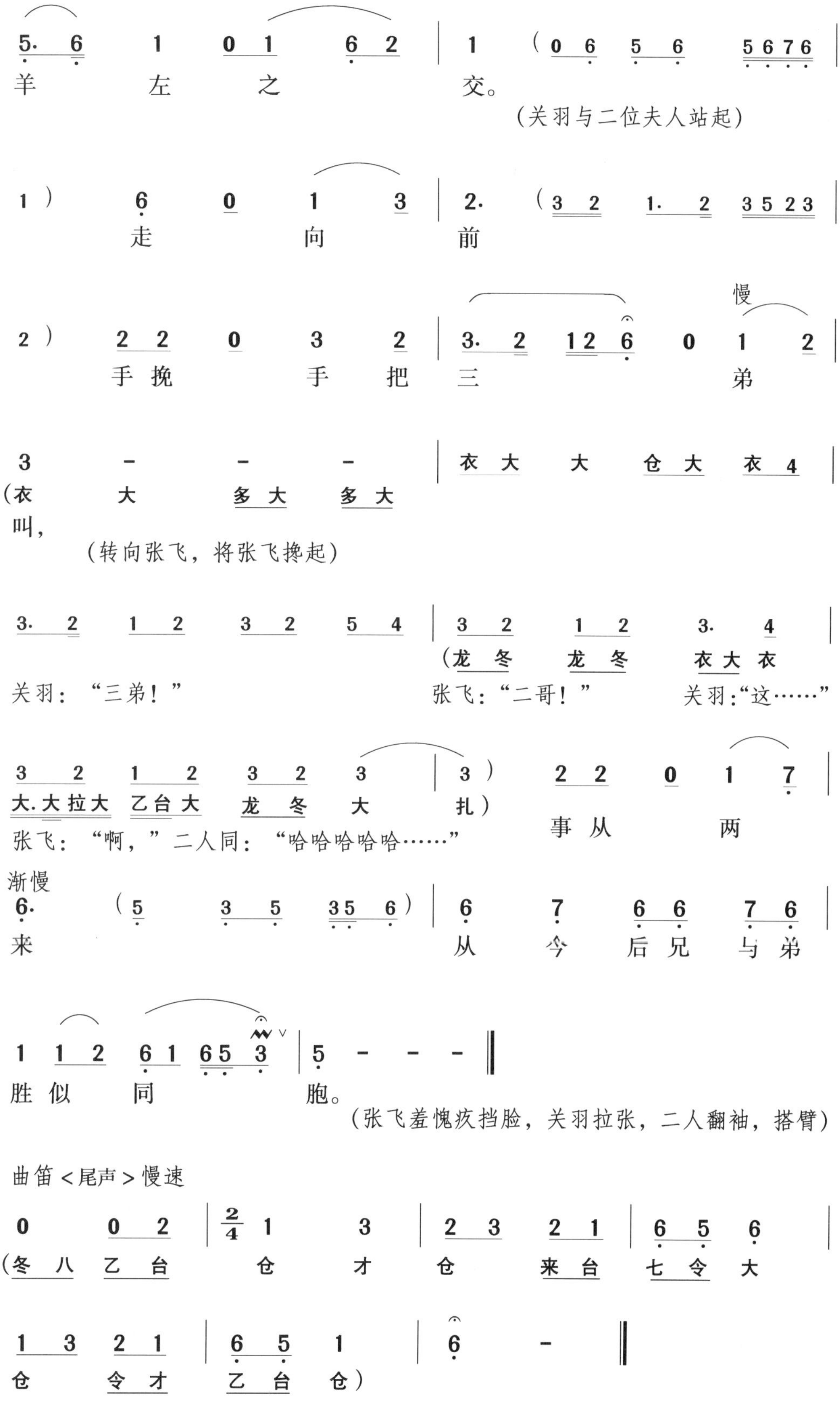
羊 左 之 交。
（关羽与二位夫人站起）
走 向 前
慢
手挽 手 把 三 弟
（衣 大 多大 多大
衣大 大 仓大 衣4
叫，
（转向张飞，将张飞搀起）
（龙冬 龙冬 衣大衣
关羽：“三弟！”
张飞：“二哥！”
关羽:“这……”
大.大拉大 乙台大 龙冬 大 扎）
张飞：“啊，”二人同：“哈哈哈哈哈……”
事从 两
渐慢
来
从 今 后兄 与弟
胜似 同 胞。
（张飞羞愧疚挡脸，关羽拉张，二人翻袖，搭臂）
曲笛 <尾声> 慢速
（冬八 乙台 仓 才 仓 来台 七令 大
仓 令才 乙台 仓）

〔尾声中，关羽拜二夫人，二夫人搀。张飞向关羽双手伸拇指，施礼。关羽按下张飞之手，示意一起拜谢二嫂。张飞、关羽同拜二位夫人。张飞又向关羽施礼，关羽右手搀张飞手，左手提袍，与张飞同亮相。

关羽
张飞 （同）哈哈哈……！**【慢原场】**（落大幕）

——剧终

唐玉薇 **整理** 李忠凡 **记谱**

刀劈三关

唐韵笙演出本

唐奸相郭震私通辽主羌洪，引羌兵入犯。郭震设计保荐雷万春出守边关，雷患病未愈不能成行，命三个儿子代往镇守三关。长子雷振、次子雷胜出战阵亡，三子雷鸣被羌洪之女万花擒去，逼招驸马不从，三关失守。雷万春闻讯大惊。郭震又假传圣旨赐雷万春毒酒自裁。雷欲自尽，忽悟其奸，并于郭府外捕得辽邦下书人，识破郭计，亲捕郭震，并赶往三关救援。雷万春刀劈三关，力斩莫须龙、莫须虎，擒辽主羌洪。万花绑雷鸣城外讨战，雷万春绑羌洪上城对答。万花无奈，遵父命携辽兵降雷万春。

此剧父亲据汪笑侬先生的演出本改编而成。1950年首演于上海。

1948年7月，父亲继上一年上海演出大获成功之后，又一次来到上海演出。在以后的一年多时间里，他参加了上海梨园公会组织的救济失业同行的义演。此义演在三个剧场同时进行：天蟾舞台是高盛麟的《铁笼山》，盖叫天、李万春、李仲林三人分饰黄三霸的《恶虎村》，梅兰芳、姜妙香的《奇双会》；共舞台是班世超的《泗州城》，李如春、徐荣奎的《追韩信》，唐韵笙的《走麦城》；中国大戏院是周信芳、赵晓岚的《乌龙院》。1950年3月，父亲又参加了上海解放后第一次以"上海市戏曲界救灾委员会"名义举办的为苏、皖、鲁发生水灾赈济的义演。剧目是：《大泗州城》（班世超、郭金昆、倪海天等），《鸿门宴》（高百岁、钱麟童、王少楼等），大轴是全部《甘露寺》（盖叫天饰赵云，唐韵笙饰刘备，周信芳饰乔玄，梅兰芳饰孙尚香，姜妙香饰周瑜）。此间父亲一直在天蟾舞台、共舞台之间与盖叫天、高盛麟、童芷苓、魏莲芳、李仲林等演员合作，经常上演"文武双出"。如前演《艳阳楼》，后演《徐策跑城》；前演《铁笼山》，后演《好鹤失政》；前演《拾玉镯》反串刘媒婆，后演《双包案》等。就在紧张的演出之余，他偶然从徒弟李刚毅手里见到了汪笑侬先生早年演出的《刀劈三关》剧本。

父亲18岁于东北海参崴演戏时，和大他两岁的赵松樵一起，向前辈艺人郭金奎先生学过汪派的《刀劈三关》，并曾演出。时隔二十多年，在上海演出又偶然见到汪笑侬的这个剧本，重又引起他的兴趣。根据此剧亦文亦武、唱做俱全的特点，父亲决定把此剧重新改编，当年便在上海开始了演出。1950年9月，又应梅兰芳先生之邀，赴天津中国大戏院与梅剧团做联合演出，其中就安排了这出新剧目。这次演出，父亲还和梅先生合作演出了《法门寺》，他在剧中前反串刘媒婆，后饰赵廉。

汪笑侬先生的《刀劈三关》改编于徽剧，全剧共十八场。父亲对原剧做了如下改动：

一、宰相郭震长亭饯行，施以毒酒，致使雷万春染病不能出征。改为雷万春本人身患重病不能出征。

二、三子雷鸣被擒后被招为驸马。改为雷鸣被擒后始终不从。

三、雷万春擒辽主羌洪后互认亲家。改为删去后两场中的认亲情节。

四、将原剧十八场紧缩为八场，增加第二场雷万春病中教子、郭震捧旨赴雷府、三子请战替父出征等情节。

父亲增加的这一场戏突出表现了雷万春身为国家重臣，在病中依然忧国忧民的情怀，这与他后来的捉拿奸细、抱病出征、刀劈三关、收复失地的行为构成了完整统一的整体，不仅突出了人物的品格，同时也使该剧的主题得到升华。

增加的这场戏为全剧的第二场，雷万春首次出场。

父亲饰演的雷万春于原板过门中手搭雷鸣，步履沉稳缓慢出场。虽在病中但神情却不颓唐，眉宇间仍然透露着久经沙场年迈老将的沉雄之风。出场的四句原板，平和中透着忧郁，把老将军内心的思虑和病状和盘托出。接着是训子的慢流水，此处的唱无刻意雕琢，也不求华丽，而是从情境出发，唱得质朴而真诚，令人真切地感受到了父子之间交流的那种情真意切。

第五场，病情未愈的雷万春突闻前方两子阵亡，一子被擒，紧接郭震传旨赐酒自裁。此处父亲用大段的反二黄以抒发雷万春满腔的感慨。父亲设计将酒桌抬向台前，雷万春站于桌后，面对毒酒，同时也是面对着观众。随唱腔的起伏变化，配合锣经，几次走到桌前，思绪起伏，捧起毒酒欲饮又止，直到最后撤去酒桌，整段唱始终面对观众。这样不仅最大限度地运用了表演的手段，也使欢众看得仔细，一目了然。

雷万春上城楼唱的“刀劈三关威名大”一段慢流水曾是汪笑侬先生很著名的一段唱，共六句。父亲也唱六句，但与汪派却有很大不同。第五句“旌旗招展把马跨”把节奏拉开，用了一个十分舒展且富于激情的高腔，用以突出雷万春取胜后的豪迈气魄，父亲唱得高亢明亮且气派宏大。

城上见万花的西皮导板原板，父亲借鉴了前辈名家刘鸿声《斩子》的唱腔，运用他自己的唱法，高腔始终明亮、圆润，唱得一波三折，委婉流畅。这些唱段都具有唐派演唱的典型特色。

雷万春复夺三关这一段，父亲没有表现武打如何激烈，而是通过工架、大刀清场、亮相等动作来展示雷万春这一特定人物的状态——即病体未愈、奋力征战的状态。劈头关的第一个出场亮相，微蹙双眉目光冷峻，威武中略带一丝病容。首见莫须龙，雷万春大刀压住莫须龙枪后的报名：“老夫雷万春，今日复夺三关……”是在大刀对枪的对打中完成的，削头亮相后雷万春微蹙眉头，吹髯喘息，整套动作设计得十分合理。

最精彩的是两个“大刀清场”。

劈死莫须龙的第一个“大刀清场”，大刀背花、上臂转身亮相后，慢涮刀，缓勒马，走向右台口后，转身背对观众，让观众从后背看到雷万春的体力不支。父亲此时头盔稍有颤动，胸微有喘息，脚步迈出慢而重，颤动的手指出后，稍顿，然后挺身振作精神，再抬起右腿，快步下场。这一连串的表演非常细腻，背后戏也足以让观众一目了然。劈二关杀死莫须虎后，雷万春精神大振越战越勇。这里的“大刀清场”有一个非常漂亮的亮相动作：大刀花转身涮刀，缠腕、翻身，然后小垫步踢起靠襟、抓襟，单腿转身、背刀亮相。这一组工架动作精细、准确、稳健、优美，展示出了唐派艺术的独特神韵！

京剧中的老生，一般分为文、武两类。唐派艺术的特点是文、武并重，唱、念、做、打兼备。唐派剧目完全突破了传统意义上的老生分类，他以全方位的、高难度的表演手段去创造一个角色。在演唱、念白、舞蹈、表演诸方面都创造出了许多独具特色的东西，走出了一条与其他流派完全不同的自己的艺术道路。也正因此才于几十年间形成了京剧唐派艺术。

1960年，58岁的父亲携沈阳京剧院全体演职员赴北京演出。《刀劈三关》作为他晚年的代表作，是这次演出的主要剧目之一，演出受到了首都观众的热烈欢迎。父亲的好友马连良、裘盛戎、张君秋等先生亲到火车站迎接。梅兰芳先生观看了父亲的演出，为父亲送了锦旗，并和在京的艺术家一起参加了唐派艺术座谈会。中央人民广播电台为此剧做了全剧录音。由天津中华民族文化促进会主持录制的音配像《刀劈三关》就是根据这次录音配制的。

本剧依照音配像《刀劈三关》记录，其中吸纳了由父亲亲授此剧的唐登年、邵麟童的意见。

音配像中扮演雷成春的是锦州京剧团著名演员赵乃义。赵乃义是父亲的五女婿，工文武老生，是唐派艺术的继承人之一。艺术指导是张海涛（著名京剧表演艺术家、父亲的大女婿），工文武老生。他追随父亲几十年，得到父亲的亲传，曾到东北三省，河北、上海、昆明等地演出过唐派剧目。

唐玉薇

人物行当

雷万春	文武老生	莫须虎	武行
雷　胜	武生	奸　细	杂
雷　振	武净	马　夫	杂
雷　鸣	小生	二家将	杂
郭　震	净	八唐兵	杂
羌　洪	丑	四校尉	杂
万花公主	刀马旦	八番兵	杂
莫须龙	武行	八女兵	杂

服装扮相

雷万春　俊扮。白满、白鬓发。第二场：员外巾扎黄绸、香色褶子扎白腰包。更衣后；香色帔（卸头绸、腰包），香色彩裤，厚底。第三场：杏黄软靠斜香色蟒，侯帽。第五、六场：风帽、面牌，红团花箭衣，杏黄下甲、大带，红斗篷、苫肩。第七、八场金大镫，杏黄软靠。

雷　胜　俊扮。扎巾盔，白大靠，厚底。

雷　振　勾紫碎脸。牵巾、耳毛子、紫将巾。第二场：紫团花褶子。第三场：扎巾盔，紫大靠，厚底。

雷　鸣　俊扮。第二场：白将巾，白团花褶子。第三场：扎巾盔，蓝大靠。第四、七场：甩发、面牌，蓝绣花箭衣、苫肩、大带，厚底。

郭　震　勾白脸。黪鬓发、黪满，厚底。第二、三场：黑相纱、黑蟒。第六场：黑相巾、黑开敞。

羌　洪　揉老脸。白扎、反王帽，红龙箭衣、黄马褂、苫肩、大带，黄彩裤，厚底。挎剑。

万花公主　俊扮。七星额子、翎尾，薄底。第一场粉大靠斜粉蟒。第四、八场粉大靠。

莫须龙　揉脸。紫虎头盔、牵巾、耳毛子，紫改良靠、系软带，薄底。

莫须虎　揉脸。蓝虎头盔、牵巾、耳毛子，蓝改良靠、系软带，薄底。

奸　细　勾小花脸。青方巾、吊年，青褶子系小绦子，朝方。

马　夫　揉脸。头巾。打衣打裤、坎肩、腰箍、跨子、裹腿。薄底。

二家将　俊扮。将巾、淡蓝箭衣、黑马褂，大带，厚底。

八唐兵　俊扮。小板巾，抱衣抱裤、卒坎、大带，薄底。

四校尉　揉脸。茨菇叶、大板巾、小额子，蓝箭衣、黑马褂、苫肩、大带，薄底。

八番兵　揉脸。鞑子帽，紫箭衣、腰箍，薄底。

八女兵　俊扮。头布小额子，浅蓝战裙战袄，薄底。

道具

大帐	一份	圣旨	一道
桌子	一张	降书	一封
椅子	两把	酒具	一份
马鞭	八个	手铐	一副
单枪	二十杆	缚绸	一条
腰刀	四把	令旗	一面
宝剑	两把	小平台	一个
单刀	八把	城墙片	一份
春秋刀	一把	象鼻刀	一把
双刀	一份	文房四宝	一份
桌围椅披	四份		

第　一　场

〔场上一小平台，上有一椅。**【急急风】**八女兵举枪快速“上场门”上，“站门”。**【四击头】**万花公主上，左手掏翎至“九龙口”亮相。**【长尖】**万花公主抖袖，走至台前。抖袖折袖。乐队奏唢呐曲牌<快点绛唇>。

〔**【扬钹·原场】**万花公主抖袖，左右两望，转身归里，上平台坐椅。八女兵归里两侧。**【归位】**

万花公主　（念）跃马旌旗领雄兵，

女将杀场显奇能。（台. 大　台）

哪怕唐朝兵将勇，

盘枪舞剑鬼神惊！**【收头】**

女将、**【撕边一击】**万花公主。**【住头】**我父西辽国王，帐下兵强将勇，四野无不宾服。今有唐朝郭老太师密书到来，相约我父带领人马，奇取唐室天下。郭老太师情愿作为内应，事成之后平分疆土。为此我父命我点动人马，夺取三关。人马俱已齐备，因何不见父王到来？众女兵（仓）

众女兵　有

万花公主　伺候了！

众女兵　是。

〔内白：“老大王驾到。”

一女兵　启禀公主，老大王驾到。

万花公主　（拱手）有请。

一女兵　有请。

〔奏唢呐曲牌<工尺上>，万花公主下位出迎，于台左中等候。**【冲头】**八番兵“上场门”上，两排“一条鞭”。莫须龙、莫须虎两将握鞭上站于兵前。羌洪握鞭上“九龙口”一亮至右台中见万花，万花拱手：“父王！”羌洪点头，转身于右台口与二将同时下马。羌洪进门上平台坐椅，两将“挖门”于两侧，万花至“小边”。八番兵挖进分站女兵外侧。曲牌停。

万花公主　参见父王。

羌　洪　罢了。命我儿点动人马可曾齐备？

万花公主　人马俱已齐备，就请父王传旨。

羌　洪　好。莫须龙、莫须虎上站。

莫须龙
莫须虎　（同）在。（迈前一步朝羌洪拱手）

羌　洪　命你兄弟二人为前战先行。带领本部人马，攻打瓦桥、宜庆二关，不得有误！

莫须龙
莫须虎　（同）得令。带马！

〔**【急急风】**两侧上两兵与二将带马。**【四击头】**二将上马亮相。**【冲头】**四番兵领起

“下场门”下。二将打马下。

羌　洪　我儿听令！

万花公主　在。**【撕边一击】**（朝羌洪拱手）

羌　洪　命你带领本部人马，攻打草桥关，为父大兵随后就到。

万花公主　得令。带马！

〔**【急急风】**一女兵上前带马，八女兵“插门”“下场门”下。**【四击头】**万花上马亮相。**【冲头】**“下场门”下。

羌　洪　众将官！

四番兵　有。**【撕边一击】**

羌　洪　攻打三关去者！

〔**【急急风】**一兵与羌洪带马。四兵领起“下场门”下。羌洪上马，**【撕边一击】**向后加鞭打马。**【大锣原场】**“下场门”下。

第　二　场

〔场上设一桌、一“大座”、一“跨椅”。转**【快冲头】**打住。

〔雷万春内白：“搀扶——！”

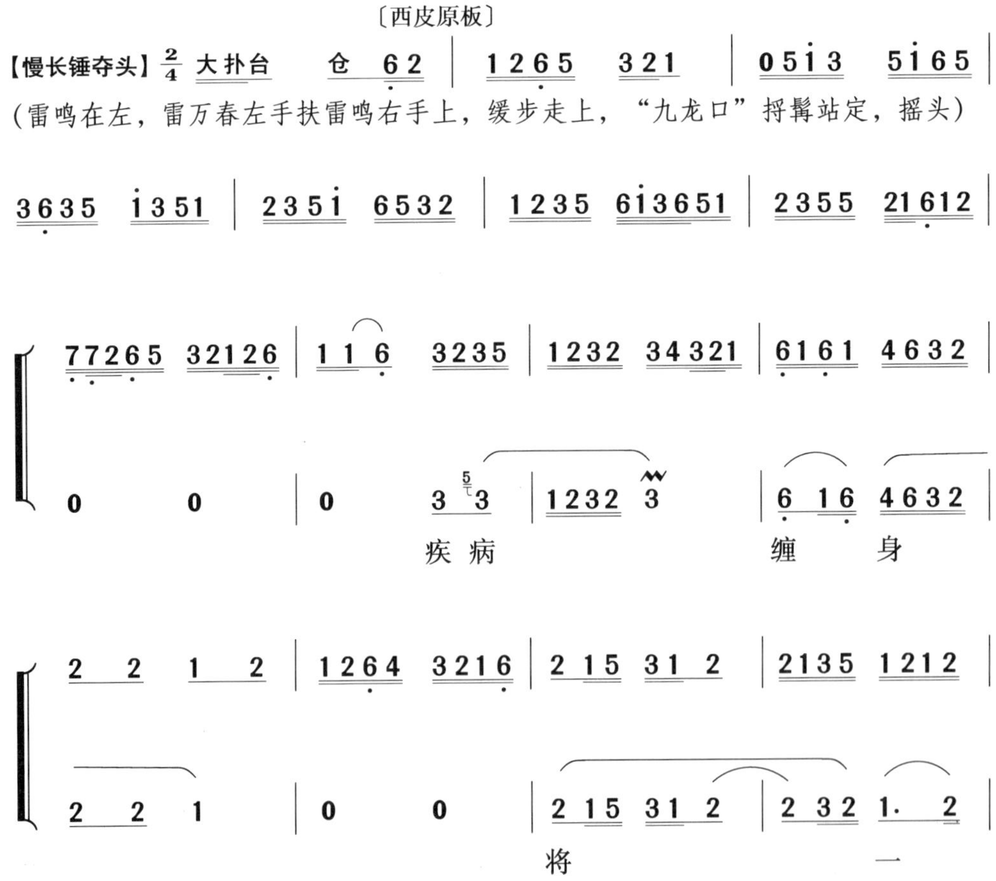

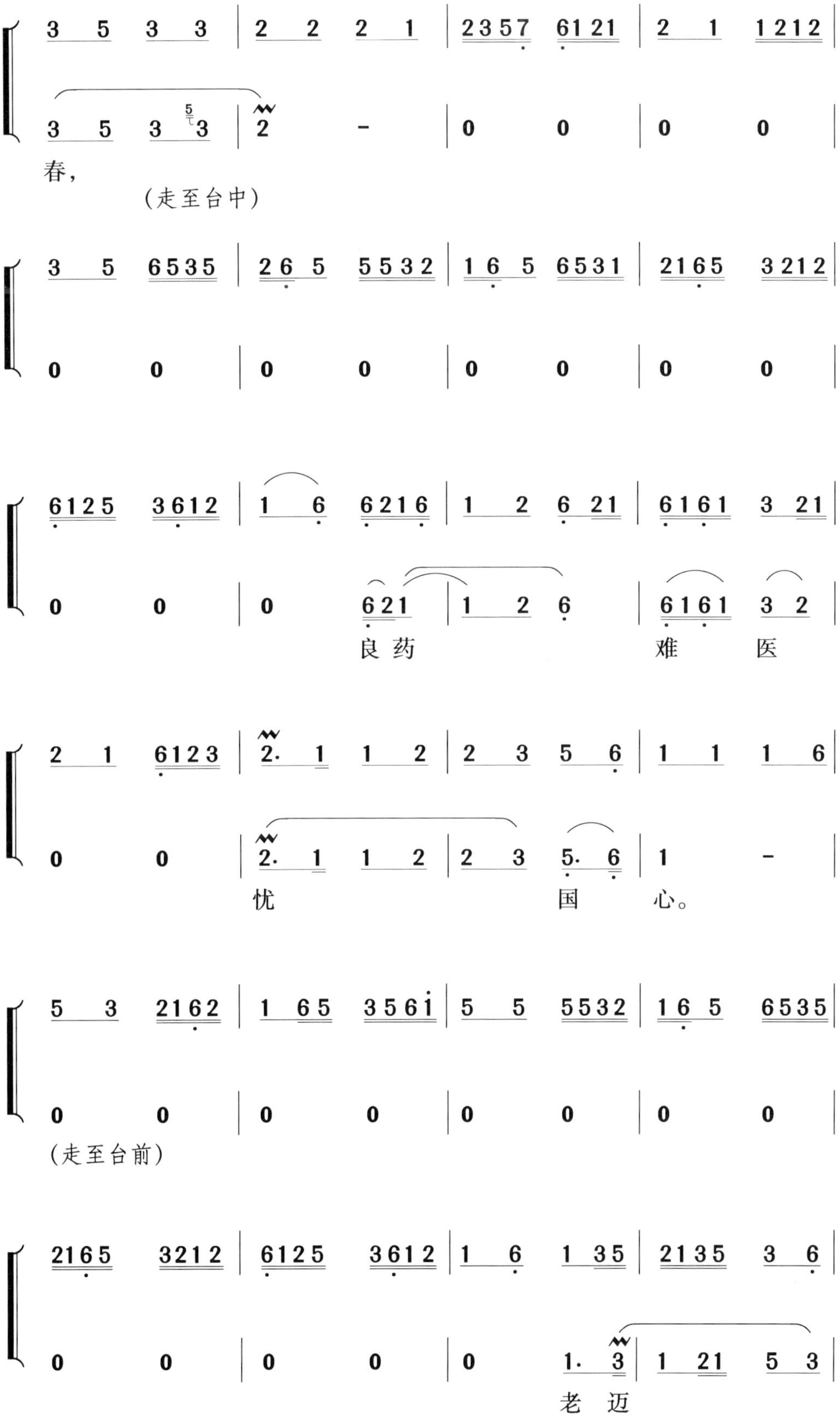
春，
(走至台中)
良药
难
医
忧
国
心。
(走至台前)
老
迈

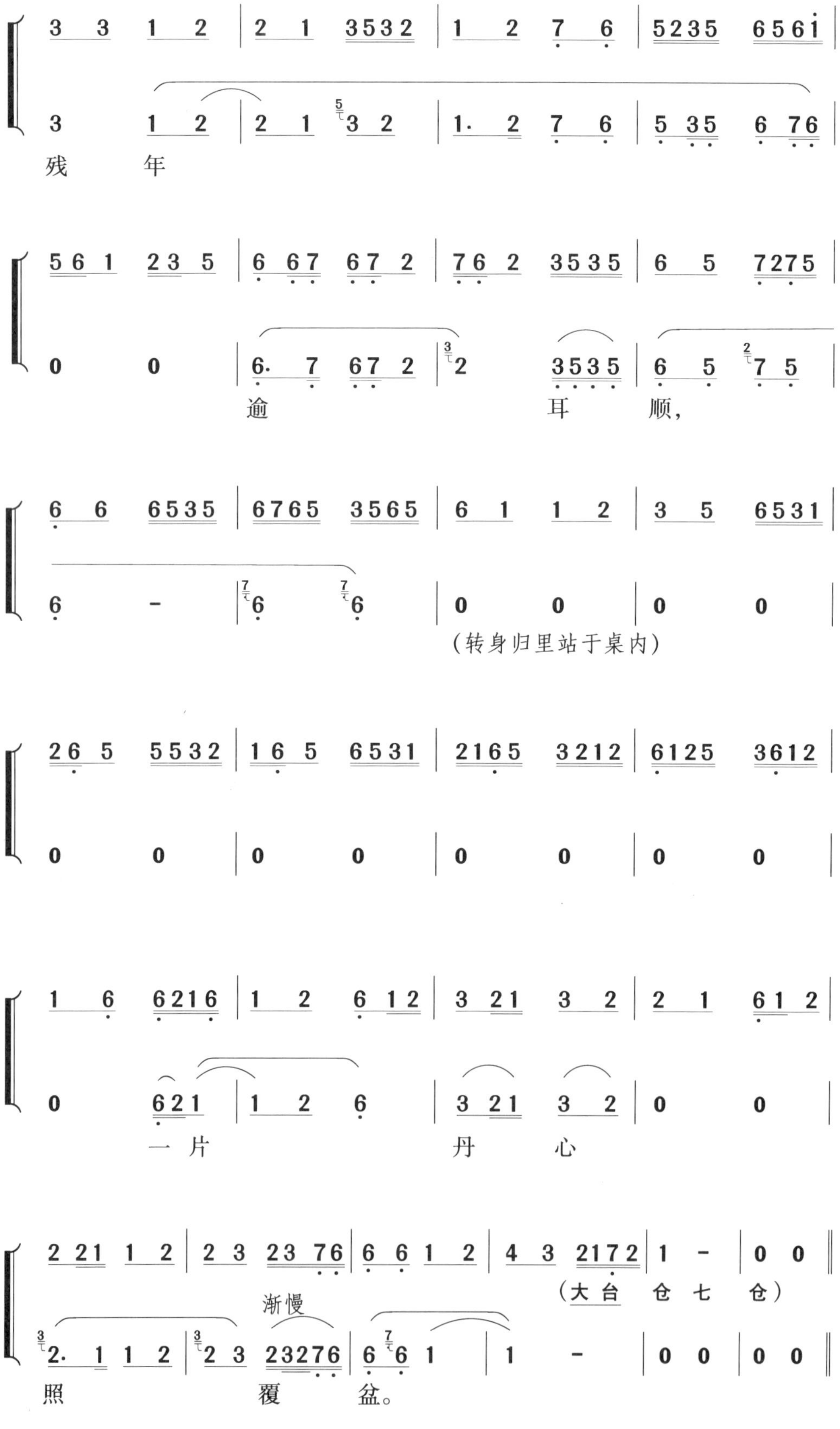
残 年
逾 耳 顺，
（转身归里站于桌内）
一 片 丹 心
渐慢
（大 台 仓 七 仓）
照 覆 盆。

〔雷万春坐下。雷鸣立于“大边”。

雷　鸣　爹爹病体近日有所好转，此乃儿等之幸也。只是尚未痊愈，万望爹爹多加保重才是。

雷万春　唉！儿啊，当今天子失政，年余不朝，权臣弄险，苛政误国。倘若引起外患，军民必遭兵燹之灾。叫为父怎的不忧，怎的不虑——！

雷　鸣　虽然如此，只是爹爹年过花甲，理应保重身体才是。

雷万春　唉！儿——啊！（右手捋髯，看雷鸣）

〔西皮慢流水〕

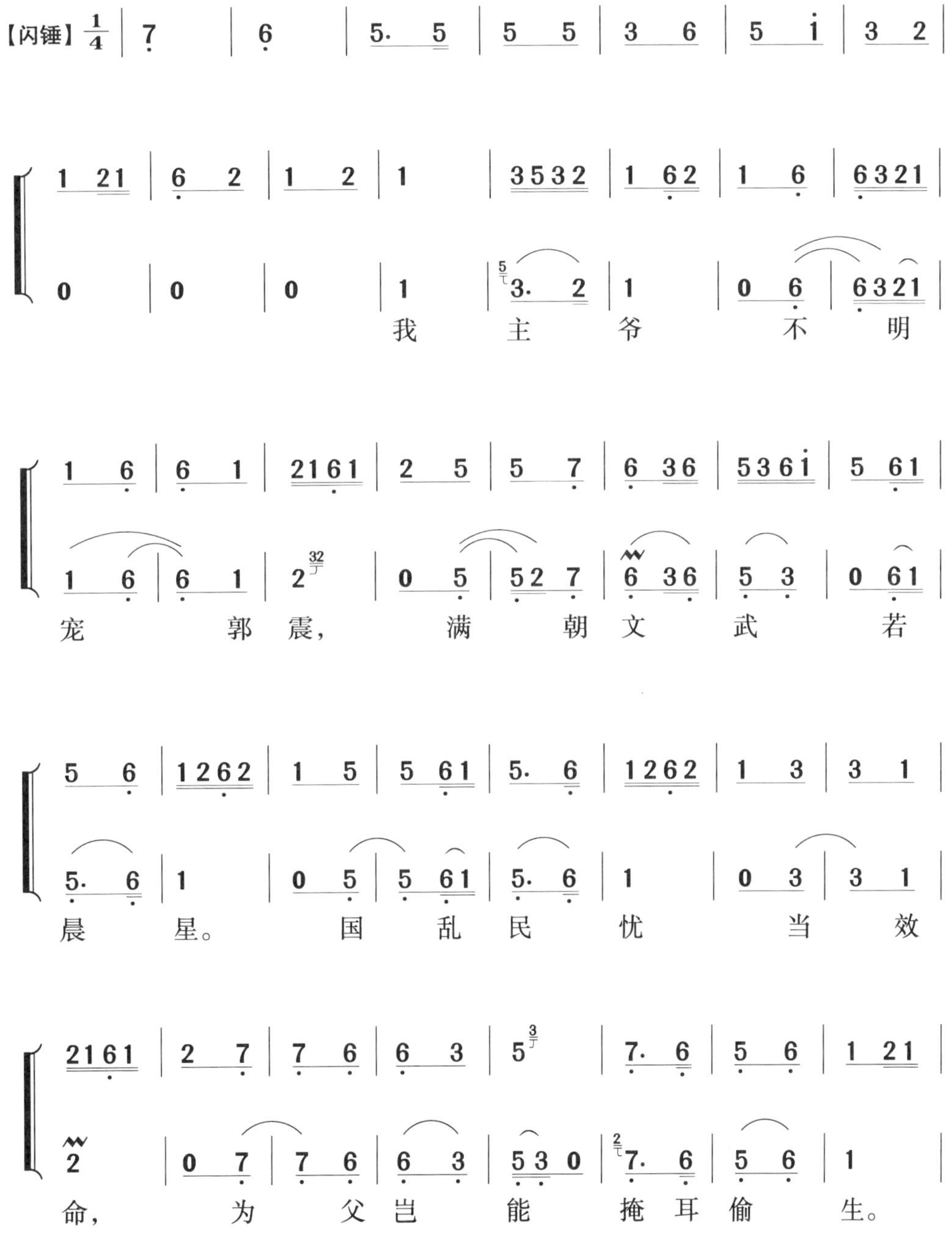

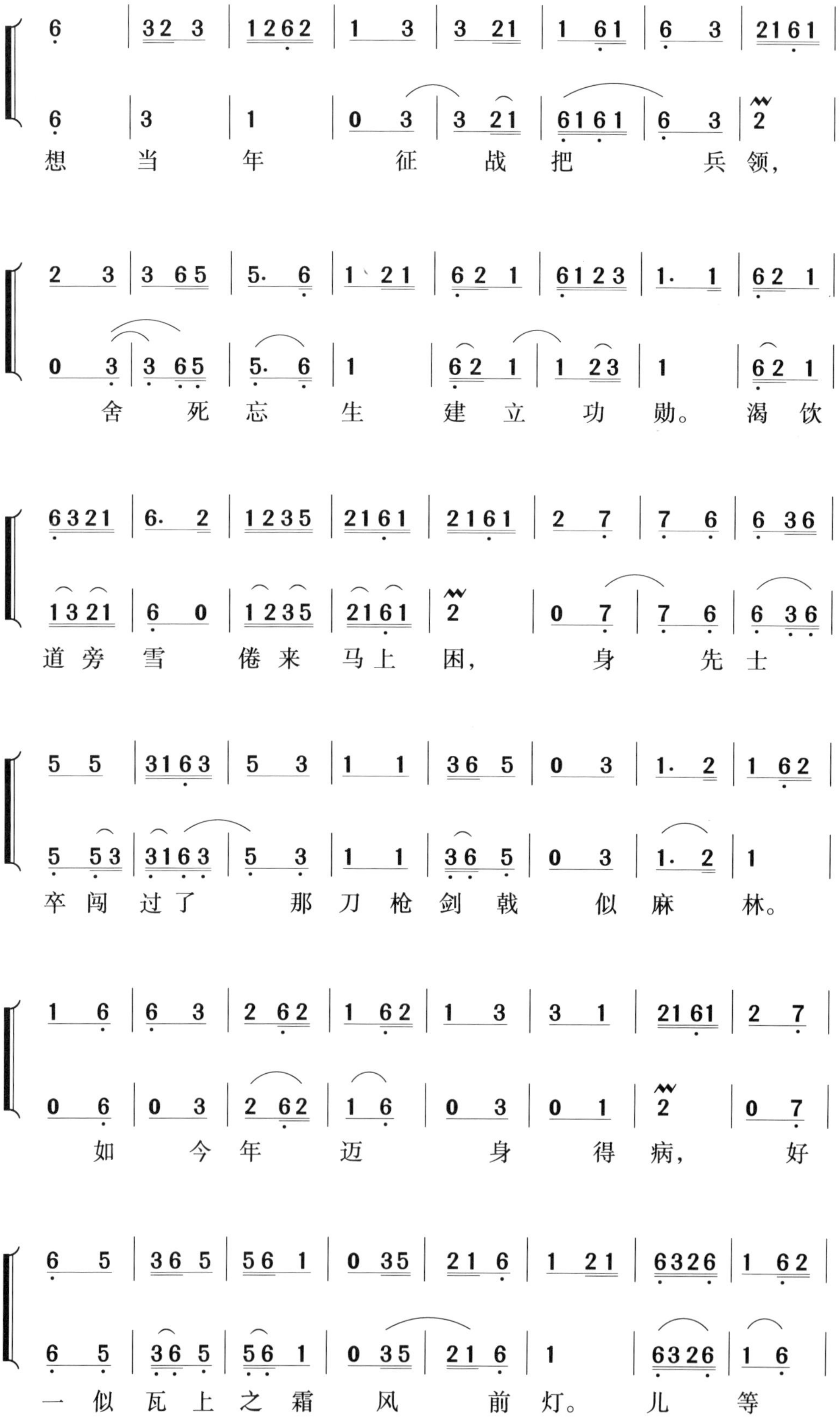
想当年征战把兵领，
舍死忘生建立功勋。渴饮
道旁雪倦来马上困，身先士
卒闯过了那刀枪剑戟似麻林。
如今年迈身得病，好
一似瓦上之霜风前灯。儿等

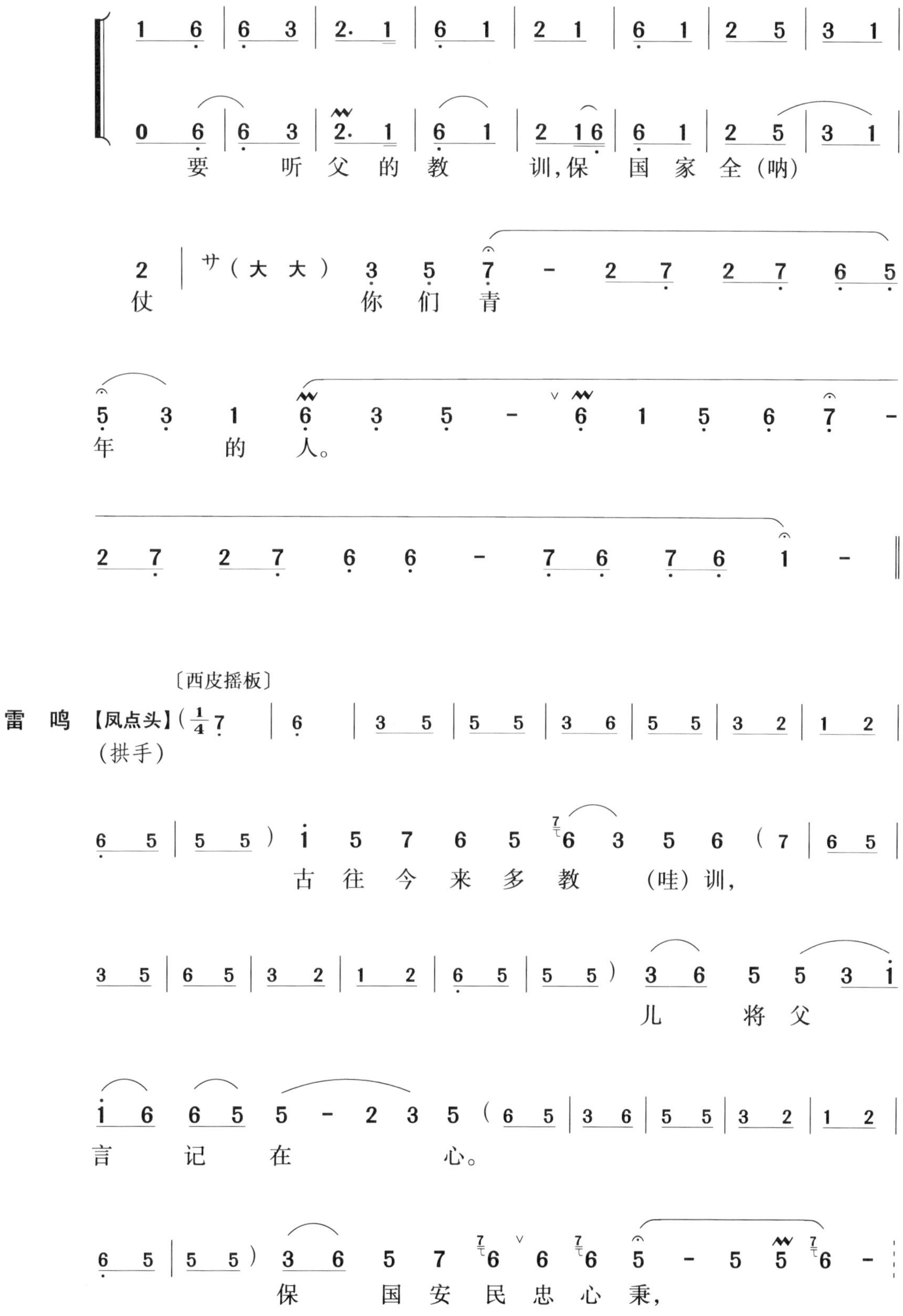

〔【快纽丝】雷振“上场门”快步上进门至“小边”，向雷万春拱手。(锣切住)

雷　振　爹爹！

〔西皮散板〕

【凤点头】サ（7 6 6 5 5 3 2 1 6 2 1 －）、

6 2 1 1 3 2 － 3 3 21 1 －‖【住头】
圣 上 传 旨 到 府 门。

启禀爹爹圣旨下。

雷万春　啊？——【撕边一击】（捋髯一想）天子荒废国政，久未临朝。如今为何有圣旨到来？莫非有什么军国大事……【撕边一击】（向雷振）何人捧旨前来？

雷　振　太师郭震。

雷万春　唉呀！尤为可疑了——

〔西皮散板〕

【凤点头】（过门同前）2 2 3 1 2 －（6. 1 2 －）2 1 1 6 3 － 2 －
急 忙 更 衣 迎 圣（呐）命，

〔【撞金钟】雷万春站起，雷鸣搀扶，二人“下场门”下。（锣切住）

雷　振　接旨。（台中拱手）

〔转【纽丝】雷振出门迎。四校尉“上场门”“一条鞭”，郭震左手捧旨撩蟒“上场门”上至右台口。

〔西皮散板〕

郭　震　（过门同前）3 2 1 2 2 1 2 3 2 1（7 6 2 1 －）
捧 旨 亲 下 九 龙 庭。（仓）

1 2 3 1 2 －（6. 1 2 －）2 － 1 2 1 6 1 2 －
假 意 殷 勤 来 奉 敬，

〔【纽丝】郭震走至台右前，进门至台中。雷鸣搀雷万春“下场门”上，雷振上前搀扶至台左。锣鼓切住。

郭　震　圣旨下。

〔散板〕

雷万春　【凤点头】（过门同前）6 2 1 1 6 3 2 3 2 6
叩 领 圣（呐）命 跪

2 － 3 2 7 6 5 6 7 6 1 －‖【住头】
埃 尘。

〔雷振于右、雷鸣于左扶雷万春，走至台中三人同向里跪，听宣读圣旨。

郭　震　皇帝诏曰：西辽入寇，三关告急，辽兵猖獗，军民惶恐。关隘危在旦夕。诏命雷万春父子，统领五千军兵镇守三关，（雷万春闻言抬头，又低头）战退辽邦另加升赏。圣旨一到火速兴兵。旨意读罢，望诏谢恩！

雷万春　万万岁！

〔奏唢呐曲牌<工尺上>，雷鸣、雷振将雷万春扶起，雷万春接旨交雷振，雷振转身放在桌上。雷万春向郭震拱手，雷鸣搬好座椅，雷万春坐“小边”，郭坐“大边”。雷振、雷鸣于雷万春外侧。曲牌停。

雷万春　啊太师，想西辽入寇，必发倾国之众。这样大敌当前，圣上赐我父子五千军兵前去退敌，敌众我寡，恐怕战不能胜。那时节，我父子获罪事小，唯恐有误国家大事。望太师转奏圣上，多赐人马才是。

郭　震　此乃是圣上旨意，老夫我不便多言。想老元戎威名远震，三位公子能征惯战，那西辽不过是乌合之众，此去定能旗开得胜、马到成功！

雷　振　五千人马怎能取胜？啊爹爹，分明是圣上听信谗言，有意陷害你我父子。爹爹何不进宫，申奏朝廷，多赐人马，以免有误国之罪。

雷万春　太师传诏，为父进宫申奏，恐怕也是无益！

郭　震　嗯，老元戎明鉴。啊少公子，有道是：将在谋而不在勇、兵在精来而哪在多哇！

雷万春　太师所言甚是。我父子以身许国，肝脑涂地，在所不惜。但愿边关宁静，四海升平，虽赴汤蹈火，何足惧哉！**【撕边一击】**

雷　鸣　啊爹爹，想三关重镇非比寻常，爹爹若是带病出征，恐于出兵不利，还望爹爹三思！

雷　振　嗯，是啊！

郭　震　少公子，当今万岁岂不知老元戎久病未愈，怎奈朝中无有良将能胜此任。此战非老元戎不可……

雷　鸣　我家爹爹身患重病，尚未痊愈，怎能临阵对垒？何不命我弟兄三人分头镇守三关，待等我家爹爹病体痊愈，再来出征，望太师转奏圣上才是。

郭　震　只是三关危在旦夕，军民陷于水火之中，此事干系重大，老夫不能擅自作主，老元戎定夺。

雷万春　嗳——！**【住头】**（雷万春、郭震站起走向台中）岂能为我一人，有误国家大事，（转面向雷鸣）命你兄长校场点齐军兵，明日候我出征！

雷　鸣
雷　振　（同）啊爹爹……（拱手向前一步）

雷万春　不必多言，去罢！

〔**【冲头】**雷鸣、雷振出门，相示无奈，**【五锤】**二人“下场门”下。二家将“上场门”上立于“小边”雷万春身后。

郭　震　老元戎为国为民，真乃令人钦佩。明日老夫亲到校场，为老元戎饯行。

雷万春　不敢当。

郭　震　告辞了。

〔西皮散板〕

【纽丝】（过门同前）1　2　[5]3　1　2　–　（2. 1　6 1　2　–）[3]2　–　1　6 1　2　–

此　番　出　征　　战　必　(呀)胜，

顺轿回府。

雷万春 恕不远送！

〔【纽丝】郭震出门，“上场门”上四校尉“一条鞭”。郭震“上场门”下，校尉随下。二家将站成正场两侧，雷万春抖袖。

〔散板〕

雷万春 （过门同前）6̣ 2 1 1 2 3 2 － 3 2 1 2 1 6̣ 1
何 惜一 身 战 敌 军。

（7̣ 6̣ 2 1 －）1 2 1 2 3 2 － 6 1 3 3 2 －
可 恨 辽 邦 犯 边（呐）境，

〔【纽丝】二中军归“下场门”前“斜门”，雷万春至台左。

雷万春 （过门同前）6̣ 2 1 3 3 2 － 3 2 6 2 1 3 21 2 － 2 2 1 －
稳 固 金（呐）汤 为 国 捐 生。

〔【大锣打下】二家将扶雷万春“下场门”下。

第 三 场

〔空场。转【快冲头】【四击头】雷胜扎靠上场高相，接一套“起霸”。【归位】

雷　胜 （念）旌旗映重霄，
剑戟放光豪。（台.大 台）
将士逞威武，
齐队【冲头】（转身拉“山膀”亮相）
列西郊！【收头】

俺，【撕边一击】雷胜。【住头】父帅奏旨带病出征，命我点齐五千军兵，候令启程。父帅尚未升帐，待我先传一令，【五锤】众军兵！（大仓）击鼓升帐！（入“下场门”）

〔开二幕，场上大帐、桌、“大座”。

〔奏唢呐曲牌<水龙吟>，八唐兵抱刀“上场门”上，站门。曲牌停。

〔【撞金钟】二家将一抱令旗、一抱宝剑至“九龙口”“斜门”。雷万春稳步略带病容上场至“九龙口”，振作精神亮相。走至台中。二家将至台中后站立。

〔西皮散板〕

雷万春 【凤点头】（过门同前）1 2 4 3 1 2 3 3 －（2 1
志 气 昂 扬 五 千 众，

2 3 －）3 1 2 － 2 3 2 2 1 1 6̣ 3
（仓） 旌 旗 招 展 遮 日（呀）

2. 6 1 - （7 6 2 1 -） 1 6 2 1 6
红。（仓） 我 久 病

1 6 3 2 - 3 2 3 2 1 6 5 （4 3 5
体 弱

6 i 5 -） 2 2 - 3 2 5 6 - 5 7 -
精 神 懵 懂，

6 5 3 7 2 - 7 - 7 7 - 6 -

〔【撕边一击】众兵士喊军威“喔——”，雷万春振作。

雷万春 升帐——！

〔奏<水龙吟·合头>雷万春用眼左右两望，转身归“大座”。二家将一左一右于桌两侧站，雷胜、雷鸣于“下场门”上，雷振于“上场门”上，进门面朝里站定。曲牌停。

雷　胜
雷　鸣 （同）参见爹爹。
雷　振

雷万春 站下。

〔西皮散板〕

【凤点头】 サ（7 6 6 5 i 3 1 2 6 2 1 -）

（雷振归“小边”，雷胜、雷鸣归“大边”）

6 2 1 3 3 2 - 3 2 1 2 1 - 7 1 - ‖【归位】
国 家 兴（呐）衰 此 战 中。

（念）虎帐施号令，
凌坛[①]驻勋名。（台. 大 台）
勇冠五千众，
胸藏十万兵！【住头】

西辽入侵，兵犯三关。此番奉旨出征，扫荡外夷。众军兵！

众　兵 有。（仓）

① 这里指的是唐朝时“凌烟阁”，不如写作“凌台”。

雷万春 一要军规严厉。二莫要骚扰黎民。三要奋勇杀敌。行军之道，高防围困，低防水淹，深山防埋伏，绿林防火攻。朝中天子宣，阃外将军令，令出山岳动，严法——（八大仓）（翻左水袖、右按掌亮相）鬼神惊！（右手指出）

〔西皮散板〕

【凤点头】（过门同前）3 3 4 3 - 1· 2 3 3 （2 1 2 3 -）

逢 山 开 路 运 辎 重，（仓）

6 2 1 2 61 1 2 3 2 1· 2 1 6 1 （7 6

遇 水 叠 桥 莫 怠 工。

2 1 -） 3 2 2 6 2 1 6 3 232 6 1

（仓） 功 成 奏 凯 归 来

2 3 2 （7 6· 1 2 -） 6 2 1 6 1 3 3

日，（仓） 名 驻 凌（呐）

3 2 3 2 1 2 1 6 1 （7 6 2 1 -） 1 2 1· 2

烟 画 阁 中。（仓） 哪 怕 辽

3 - 2 1 （6· 1 2 -）2 2 - 3 2 2· 1 6 1 3 3 2 -

邦 乌 合 之（呀）众，

〔【撕边一击】内白：“太师列。”

雷 胜 启禀爹爹太师到。

雷万春 噢！

【凤点头】（过门同前）3 2 2 6 2 1 2 3 2 1 2 1 6 1

只 得 迎 接 进 帐 中。

（八 大 仓 仓 仓）

〔奏唢呐曲牌<工尺上>。四校尉“上场门”上“一条鞭”，其中一人捧酒盘、上有酒壶、酒杯。郭震上场，进帐至“大边”，四校尉“挖门”至两侧。雷万春下座走至台中拱手至“小边”。曲牌停。

郭 震 老元戎带病出征，此乃国家之幸。老夫备酒与老元戎饯行。

雷万春 怎敢当此。

郭 震 看酒！

⌈【纽丝】一校尉将酒盘递上，郭震拿酒杯。

〔西皮散板〕

郭　震　（过门同前）サ 1　2　3　2　1 2　3　³2（2. 1　6　6. 1　2 -）
但　愿　旗　开　早　得　胜，（仓）

6 2　1　1　3　³2　5 6　1 - 2　2 3　2　1 -‖
再　来　庆　贺　老　元　（呐）戎。

雷万春　（嘟八大仓）（接过酒杯）多谢了！（拱手）

〔西皮小导板〕

【导板头】サ（7　6 - 7 6　3 5　6 6　6　5　5　5　i. i

i i　3　1　2 - 7　6　2　1 -）4　3　3　2 3
多　谢　太

4　⁵3 - ²2 - ³2　¹2　¹²1 -（7　6　2　1 -）
师

1　2 - 1　2　3　4 - ⁵3 - ³⁵3　²3　²³2 -
礼　太　恭，

⌈（嘟～～～仓 0）两家将举起宝剑、令旗，击堂鼓三声。众喊威。【纽丝】雷万春将酒洒向地上，将杯交雷振。雷振接过放桌上。

〔西皮散板〕

雷万春　（过门同前）6 2　1 6　4　³⁵3 - 2　3　5 - - - 6 5
号　炮　三　响　整　军

⁵3　2 1　1. 6　1 -（7　6　2　1 -）1　2　2　1. 5
容。（仓）拜　别　就　（哇）

³⁵3 - 2　1　6 2　1　2　3 - ³⁵3　²3　²³2 -
道　跨　战　马，

〔【纽丝】雷万春转身朝后躬身拱手，迈步出门小转身，马童"上场门"上，持马鞭走至台前弓箭步带马。【纽丝】切住。【撕边一击】雷万春右手握马鞭涮鞭抬左腿欲上，【撕边一击】仰身踹左腿扔马鞭，马夫接鞭，【四击头】落左脚向右后方小翻身，雷振于右上前扶，雷万春右手搭雷振、左手翻袖亮相。【乱锤】低头摇头微喘气，雷胜于左上前搀扶。（八大仓）轻甩髯至左臂，亮住。【撕边】轻轻颤抖。

雷万春 噢——！（雷鸣于左迈前一步）

雷　鸣 保重了——！

〔散板〕

雷万春 【风点头】（过门同前）7 - 6 2 7 6 5 6 56 1 -（7 6

两 眼 昏 花

2 1 -）6 - 0 7 2 - 2 3 2 7 - 6 5 5 -

气 上

3 5 3 5 3 5 7 - 7 6 - 6 6 5 -（2 3

涌 （呃）。

（晃身拨开众人）

6 5 -）1 3 3 2 2 - 2 1 6 1 3 3 - 2 -

（仓） 强 打 精 神 再 跨 金（呐） 镫，

马来！

〔【撕边一击】雷万春强挺精神走向台中，忽觉头晕向后退一步，双手张开，被雷振、雷鸣扶住。

雷　胜 爹爹！（拱手）

【风点头】（过门同前）3 2 2 6 2 1 2 - 3 2 2. 1 2 1 -‖

爹 爹 久 病 怎 交 锋。

〔【住头】雷振搀扶雷万春，雷胜退一步面朝郭震。雷振搬椅，雷万春坐于台右。

雷　胜 啊老太师，我父久病未愈，怎能出征，望太师转奏圣上。

郭　震 只是三关无人可保。

雷　胜 我弟兄三人愿代替我父镇守三关。

郭　震 倘有差错呢？

雷　鸣 甘当军令！

郭　震 噢这……

雷　振 你住了！子替父职有何不可，你这样强迫我父出征是何道理？！

雷万春 嗯——！【撕边一击】此乃是圣命，怎道太师强迫。奴才，靠后。【撕边一击】

郭　震　啊老元戎，若实难出征，就命三位公子代理军情镇守三关，也未为不可。

雷万春　惟恐圣上降罪。

雷　振　就请太师担待了吧！

郭　震　嗯好好好，老夫担待。如此就请老元戎传令。

雷万春　既然如此，命你弟兄三人分兵镇守三关。只宜坚守，不可出战。如有军情及时报我知道。

雷　胜
雷　鸣　（同）得令。带马！
雷　振

〔**【急急风】**三唐兵带马后四兵领起“下场门”下**【四击头】**雷胜、振、鸣三人上马**【冲头】**三人“下场门”下。二家将将宝剑、令旗放在桌上站在雷万春身后。

郭　震　老元戎你要好好将养，老夫告辞了。

雷万春　（拱手）恕不远送！

〔西皮散板〕

郭　震　**【凤点头】**（过门同前）3　3　3 2　2　2 1　6 1　2　-　2　-

休　养　几　日　再　把　兵　统，

回府。

〔**【纽丝】**四校尉领起出门，“上场门”下。郭震出门“上场门”下。二家将呈台左“斜门”。雷万春抖袖走至台左中。

〔西皮散板〕

雷万春　（过门同前）6 3　3 21　1 6　1　3　2　-　3 2

但　愿　得　靖　边　疆

6 2　1 6　3　2 1　2　-　2　1　-　‖

国　阜　民　丰。

〔**【大锣打下】**雷万春唱完退步、倒一步，二家将两边搀，雷万春转身，二家将扶，“下场门”下。（闭二幕撤桌椅）

过　场　戏

〔**【急急风】**二幕拉开。八番兵举枪急“站门”。莫须龙持枪上，“九龙口”一停，走至台中亮相、后撤步，八番兵领起反圆场，莫须龙随后圆场，至“九龙口”处。“下场门”上四唐兵、雷胜与对方走“二龙出水”，番兵、唐兵两边下，雷胜与莫须龙一碰一亮。二人“一扯两扯”，打半套快枪，推出莫须龙，上番兵，莫须龙“下场门”下。

〔雷胜与番兵“打档子”，**【四击头】**雷胜于台中“摔岔”举枪亮相，六番兵围雷胜亮相。**【急急风】**雷胜领起圆场一周至台右前拨番兵“倒脱靴”下场门下，莫须龙“下场门”上，挑落雷胜之枪。（**八 大 仓**）雷胜于台左亮败相、下。莫须虎于台右持枪亮相。

莫须龙 追！

〔【急急风】八番兵向“下场门”追下，莫须龙追下。

〔“下场门”前设二张半高桌代表高坡。

〔【急急风】八番兵“上场门”上，走向高台下呈“斜一字”。雷胜“下场门”上高台。【撕边一击】左“顺风旗”式向左前一望。

众番兵 杀——！

〔【撕边一击】雷胜右“顺风旗”式向右前一望。

众番兵 杀——！

〔（嘟——八大仓）雷胜从高台“台漫”翻下。【四击头】莫须龙上前漫雷胜头，雷胜抓枪、将枪扬开，走“锞子”，死去。

莫须龙 进关！

〔【急急风】八番兵圆场“下场门”下，莫须龙追下。

〔【急急风】八番兵“上场门”上，急“站门”。莫须虎持双刀上，“九龙口”一停，至台前亮相。八番兵领起正圆场，至台右站“一条鞭”。四唐兵“下场门”上，莫须虎拨唐兵“倒脱靴”，雷振持大刀上。八番兵与四唐兵架下。雷振与莫须虎打“大刀双刀”，雷振将莫须虎打下，“上场门”上八番兵与雷振打“档子”，莫须虎“下场门”续上。八番兵、莫须虎将雷振围住，解掉雷振大刀，雷振于台中走“倒扎虎”，起身，莫须虎砍雷振，（嘟八大仓）雷振走“僵尸”倒地。

莫须虎 进关！

〔【急急风】八番兵追下，莫须虎追下。

第 四 场

〔台右设城墙、城门。【急急风】切住。

〔万花公主内唱。

〔西皮导板〕

万花公主 【导板头】サ（3. 5 6 6 6 5 - i i 3 2 7 6 2

1 -） i 5 7 7 5 6 -（6. 5 3 3. 5 6 -）

旌 旗 招 展

2 2 i 6 i 2 - 2. i 6 i 2 - 2 i -

遮 日 影，

〔【急急风】八女兵举枪“上场门”上，至台左前站“斜一字”，万花公主持枪上【四击头】右手掏翎亮相于“九龙口”【急急风】走至左台口举枪蹦起别腿亮相。【紧锤】小反圆场至台中左手握枪拉开“山膀”，右手握拳亮相。

〔西皮流水〕

【紧锤】 1/4 （7 | 6 | 3. 5 | 5 5 | 3 6 | 5 i | 3 2 |

1 21 | 6 5 | 5 5）| 2 | i（62 | 1）i | 6 5 | 3 i |
人 马 好 似 虎 啸

5 6 | 5 3 | 3 5 | 5 6 | 7 2 | 6 |（5 6）| サ 7
声。列 开 旗 队 听

6 5 5 3 0 5 6 －（6 5 3 5 6）
号 令，

〔【快长锤】尾兵为头走向台右“一条鞭”。万花举枪反小圆场至城下望城，撤步至台右中朝前亮相。锣切住。

〔西皮摇板〕

【凤点头】（过门同前）3 6 5 i 5 6 5 6 5 5 3 5 － ‖
哪 个 唐 将 敢 出 城。

〔雷鸣内唱。

〔西皮小导板〕

雷 鸣 【导板头】サ（7 6 3 5 6 6 6 5 5 i i 3 3 2 7 6 2

1 －）i 5 5 7 6（3 5 6）6 3 5 3 5 7 6 － |
军 鼓 号 炮 连 声 震，

〔【快纽丝】雷鸣上城墙，拉“山膀”望城下。

〔西皮散板〕

サ（7 6 6 5 i 3 2 6 2 1 －）i 5 5 6
骄 兵 列 队

3 i 5 6 5 －（2 3 6 5 －）3 6 5 5 7
要 攻（呃）城。 （仓） 滚 木 擂

6 6 6 3. 5 6（6. 5 3. 5 6 －）3 6 5
石 安 排 （呀）定， （仓） 以 逸

5 3 7 6 7 6 6 5 5 3 5 3 5 6 7 6 5 - ‖
代 (呀)劳 等 救 兵。

〔西皮散板〕
万花公主 【凤点头】(过门同前)3 6 5 7 7 2 5 6 7 6 3 5 6
我 国人马 威风 凛,

(6. 5 3 3 5 6 -) 1 1. 2 1 2 6 5 5 65 3 5 6
(仓) 三关 已 然

1 6 5 5 3 5 (2 3 6 5 -) 3 6 5 3 6 5 5
夺二 城。 (仓) 你 国守 将俱

6. 1 3 5 6 5 1 6 5 5 6 6 5 5 - 3 5 - ‖
丧 命,你羊入 虎口难 逃 生。

雷 鸣 (闻言大惊)唉呀!

〔西皮散板〕
【凤点头】サ(7 6 6 5 5 3 2 6 2 1 -) 3 3 6
我 本

5 5 7 6 5 6 6. 5 5 - 5 6 -
当与兄长报仇雪 恨,

(嘟-仓)(4 3 5 7 6 -)
(匝 匝 匝) (雷鸣一想)

雷 鸣 哎呀不可!

【凤点头】(过门同前)3 6 5 1 6 3 1 5 6 5 -(2 3 6
谨 记坚守莫出 (呀)征。

5 -) 3 6 5 5 7 6 6 6 5 5 6 7 - 7. 2 6 -
(仓) 含 悲忍 痛遵父 令。

万花公主 (八大仓)(缓枪亮相)住了!

【凤点头】(过门同前)3 6 5 5 7 6 6 5 3 1 6 5
闭 城不出 你是胆 小的

3 5 3 5 （2 3 6 5 －） i 5 7 7 5 6 5
人。 （仓） 齐 队 攻 打

（6. 5 3 3 5 6 6） 2 i. 2 i 6 i 2 － 2 － i －
莫 迟 顿，

众女兵！（仓）一起攻城啊！

〔（嘟～～～八大仓）众女兵与万花一起涮枪、双手握枪朝城门亮相。

雷 鸣 唉呀！（摊双手摇头）

【凤点头】（过门同前）i 5 5 3 7 6 6 6 5 2. 3 5（2 3 6
孤 城 难 （呐）守 无 救 兵。

5 －） 3 6 5 5 7 6 6 6 5. 6 7 － 7 6 － |（嘟～～～八大仓）
（仓） 背 城 一（呀）战 舍 性 命，

众军兵！（仓）迎战者！（内应声：啊！）

〔【急急风加堂鼓】开城门。雷鸣下城，四唐兵出城与八女兵“二龙出水”，各站一侧。雷鸣出城见万花，二人持枪“一扯两扯”，打“幺二三”，“里、外盖”，“搭兜”。【四击头】万花掏翎与雷鸣架枪亮相。【紧锤】万花上下看雷鸣，缓枪朝前亮相。

〔西皮流水板〕

万花公主 【紧锤尾】（过门同前）1/4 2 | i | 0 i | 6 5 | 3 i | 5 6 |
交 锋 阵 前 看 分

5（36 | 5）i | 6 5 | 3 6 | 5 3 | i i | 3 5 | 6 4 |
明。 眉 清 目 秀 多 端 正，银

4 3 | 2 3 | 4 3 | 2 3 | 5 6 | 5（36 | 5）3 | 3 5 |
枪 摆 动 似 风 云。 气 宇

i | 6 5 | 3 3 | 3 5 | 6 | 6 | 6 5 | 5 |
超 群 令 人 敬， 将 计 就

慢收

3 5 | 6（5 | 6 i）| 5 i | 6 5 | 353 | 5 | 5 ‖
计 把 他 擒。

〔【扫头】万花与雷鸣架住，【急急风】双方兵士“钻烟囱”下。万花与雷鸣打“小快枪”，向里盖随即解雷鸣枪，（嘟 八 大 仓）雷鸣向台左外小翻身跪地。八女兵上。

万花公主 绑好了！（二女兵绑雷鸣至“小边”左前）

〔【冲头】羌洪、四番兵“上场门”上。四番兵“一条鞭”，羌洪至台右中，万花至台左中。

万花公主 启禀父王夺了草桥关，擒住唐将！

羌　洪 一同进关！

〔【急急风】八女兵归城前“斜门”，羌洪、四番兵进城，下。万花押雷鸣进城，下。八女兵进城，下。——（转场另开）场上一桌二椅。

〔【急急风】接【原场】八女兵、四番兵“上场门”上，“挖门”，两侧站八字。羌洪、万花进门。羌坐“小座”、万花坐左边跨椅。

万花公主 禀父王，孩儿夺了草桥关，擒住唐将一员，请父王发落。

羌　洪 怎么，擒住唐将？我说来呀，把他推出去给我杀了！

万花公主 嗳，慢着慢着，我说父王，这员唐将可杀不得！

羌　洪 啊？怎么就杀不得哪！

万花公主 适才在两军阵前，我看他武艺超群，相貌堂堂。您要是把他杀了，唉哟！那不是可惜了吗？

羌　洪 （会意）噢！我儿有爱将之癖呀！我说来呀，把那员唐将给我放了吧。

万花公主 嗳慢着！父王，他也放不得。

羌　洪 哎哟！杀也杀不得，放也放不得，那依你可又怎么办呢！

万花公主 嗯，我说父王，你看前面还有许多的关隘阻拦，你何不劝他归降，做一个引路的先锋，岂不是对咱们进军有益吗！

羌　洪 对呀！那他要是不肯投降，又怎么办哪？

万花公主 他要是不降吗……（台）那您就跟他说呀……

羌　洪 我，我跟他说什么呀？

万花公主 这，父王您附耳上来。（羌洪站起，万花走上前去）（台 大 台）

羌　洪 哈哈哈……（大 大 大 大 大 台）（坐下）孩子，你的心意我早就猜着了，咱们要是招他为东床驸马，我量他也不能不愿意。好了，把他带上来，我问问他。来呀，把擒来的小将给我带进来！

〔【快长锤】两番兵“上场门”下，押雷鸣上。雷带手铐上至台右前。

〔西皮摇板〕

雷　鸣 （过门同前）3 6 5 7 6 6 6 5 5 - 6 5 6 -
阵 前 失 利 被 贼 擒，

〔【快长锤】雷鸣进门至“小边”。二番兵归原位。

【凤点头】（过门同前）3 6 5 5 3 i 6 7 6 5 6 6 7 6 3 5 3 5 - ‖【住头】
宁 肯 玉(呀) 碎 不 瓦 存！

羌　洪 这一小将，你今日被擒，若肯归顺孤家，少不得封侯之位。

雷　鸣　**【叫头】**（转身朝羌洪）番贼呀，贼！**【五锤】**若要俺归降，却也不难，除非是日从西起，海水倒流！（**仓**）

羌　洪　小将军息怒。听孤家慢慢对你言讲。你二位兄长俱已死在我军之手，这也是各为其主。你若归顺孤家，你来看，**【撕边一击】**（羌洪手指万花）我愿将我儿万花公主许配与你，招你为东床驸马，随孤一同回国，同享荣华富贵。孤家之言你可要再思啊，再想！

雷　鸣　（**嘟～～～八大仓**）（朝前亮相）哈哈哈……！**【归位】**（上一步亮相）

（念）堂堂名副将，

殉国美名扬。（**台.大　台**）

宁作刀下鬼，（**仓**）

岂肯把敌降！（转身指羌洪）

羌　洪　好恼！

〔西皮散板〕

【凤点头】（过门同前）1　3　3　^{3}2　1　2　-　^{3}2　-

良　言　难　劝　烈　性　汉，

〔**【撕边一击】**羌洪站起拔宝剑。万花急上前制止。

万花公主　父王！

【凤点头】（过门同前）3 6　5　i　i 5　6　5　6 5　5 3　5　-　‖**【住头】**

将　他　囚　禁　再　明　谈。

〔万花上前与羌洪耳语。

羌　洪　好吧，就依我儿。来呀，将他押下去！

〔**【冲头】**二番兵押雷鸣“下场门”下。羌洪、万花坐下。

万花公主　我说父王，这员唐将就是雷老元戎之子。他的性情如此刚强，可真是个好样的！

羌　洪　是啊！将门出虎子啊！可是他不肯归降，如何是好啊？

万花公主　只好将他暂押帐下，咱们慢慢地归劝于他，天长日久他也就会答应的。

羌　洪　好，就依我儿。**【住头】**我虽然夺了他三关，只是前面仍有重兵，我军又缺粮饷，待为父修下书信一封。报知郭老太师，要他筹备粮饷内地接应，等他音信到来再乘胜追击。

万花公主　父王高见。

羌　洪　我儿听令！

万花公主　（站起拱手）在！

羌　洪　现将人马拨与我儿一半，城外扎营！

万花公主　得令带马！**【冲头】**（一女兵至台中带马，八女兵领起“上场门”下，万花上马“上场门”下。羌洪站起至台左中，番兵归“下场门”“斜门”）

羌　洪　众将官，好好把守。

〔**【大锣打下】**羌洪“下场门”下，番兵窝下。

第五场

〔场上一桌一"小座"。【纽丝】家将甲搀雷万春至"九龙口"雷万春抖袖捋髯，

〔亮弦〕

亮住。【纽丝】切住，（3 3 2· 1 6 6 5 －）

雷万春 噢……！

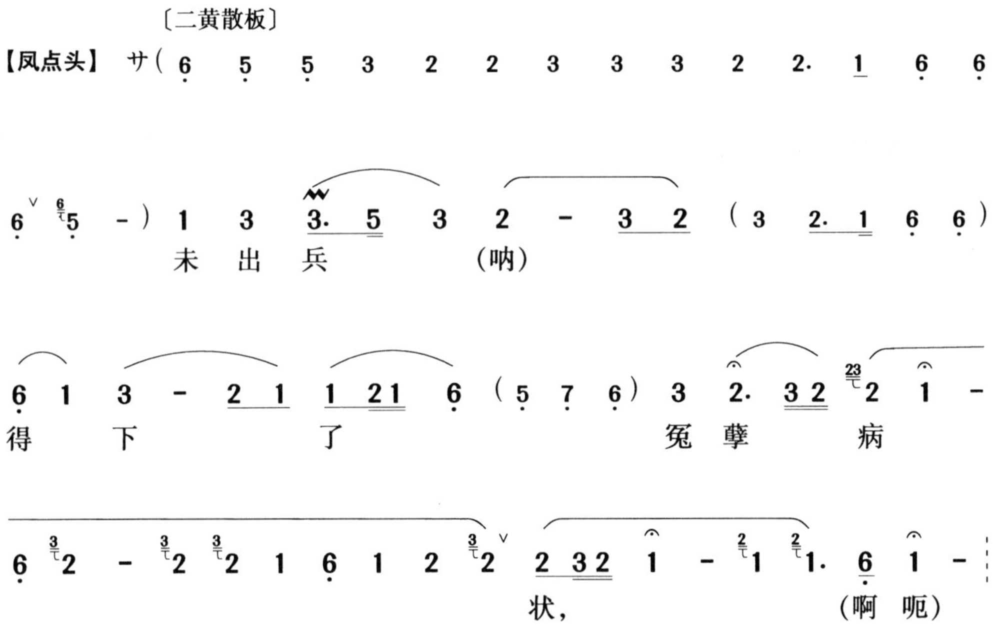

〔【纽丝】雷方春走至中场，家将甲于后。

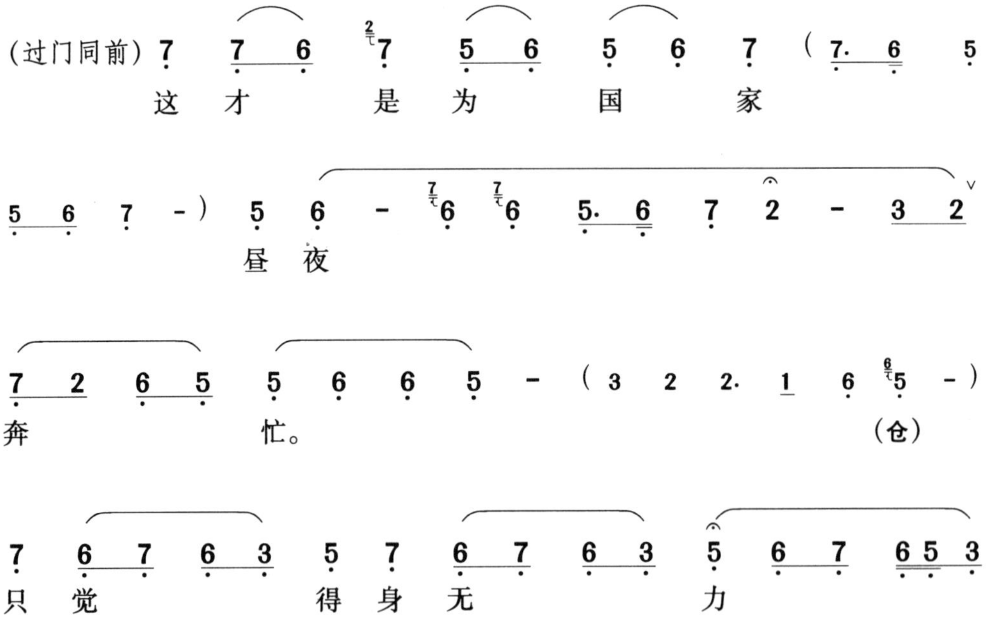

（6 5 7 6 -）3 2 3 2 - 3 2 6 1· 1 2 -
精 神 不 爽，

2 2 1 7 - 6 6 6· 1 2 - 2 2 1 -

〔【纽丝】雷万春转身归里，家将甲搀扶落座，【软脆头】雷万春的身体稍晃，慢坐下。家将甲站于左侧。

【凤点头】（过门同前）2 1 2 3 3 2 1· 2 3 -
心 记 挂 三 关 上

（6 1 2 3 -）6 2 1 - 1 2 - 2 - ‖
众 家 儿 郎。

〔【水底鱼】家将乙上"挖门"至"小边"。

家将乙 启禀老元戎大事不好！

〔（八仓）雷万春一惊站起面向家将乙。

雷万春 何事惊慌？！

家将乙 大公子丧命！

雷万春 啊？！（仓）（倒吸气坐椅上）

家将乙 二公子阵亡！

雷万春 噢！（左手搂髯站起，朝家将亮住）【撕边一击】

家将乙 三公子被擒！

雷万春 这……（八大仓）（"八"向右甩髯、"大"向左甩髯于左臂、"仓"双手向前伸出）【撕边】（头盔、手、髯颤抖退步，仰身微闭目坐椅上）

二家将 （双手挡住雷万春）老元戎醒来！

〔二黄小导板〕

雷万春 【导板头】サ（6 5 5 - 3 2 2 3 3 2· 1 6 6 3 3

2 1 6 6 6 6 5 -）3 3532 1 2 3235 2· 32
听 说 是

（1 6 6 6 6）5 2 - 3 2 5· 6 7 - 2 3 2
二 娇 儿（啊 呃）

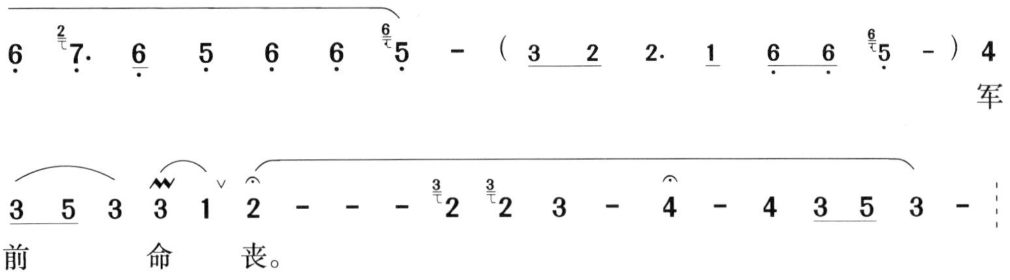

〔【乱锤】雷万春揉眼醒来。家将："老元戎醒来！"雷万春推开二家将，站起往前走至中场。

雷万春 【叫头】雷胜！雷振！【五锤】唉！儿呀……（拭泪）

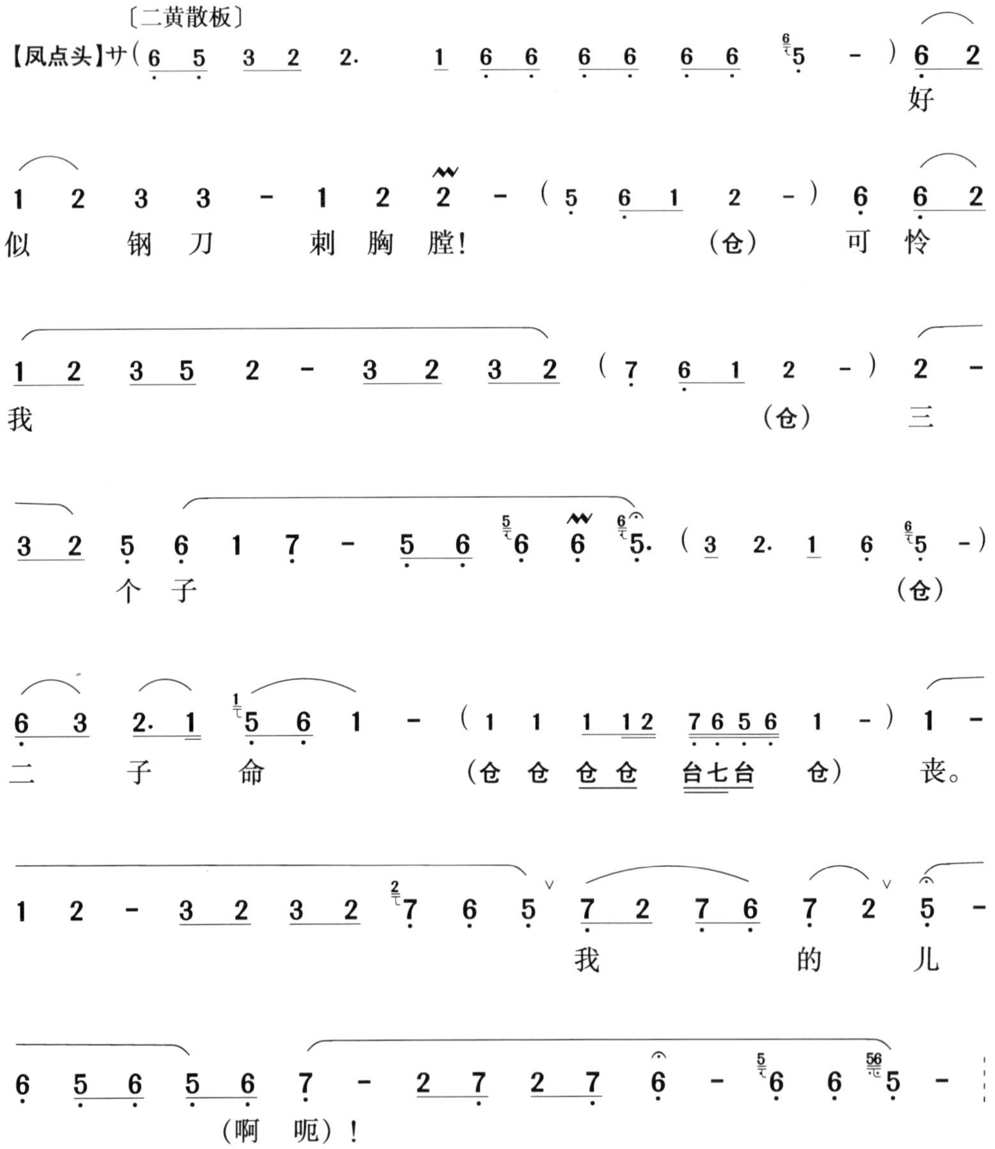

〔【纽丝】切住。雷万春拭泪。

刀劈三关

〔亮弦〕

（3　2.　1　6　^{6}5　－）

雷万春　【凤点头】サ（6　5　3　2　2.　1　6　6　6　6　^{6}5　－）2　1　2　1　3

雷　鸣　儿　被　贼

^{1}2　－　3　－（6　1　2　3　－）2　1　1　6　1　2　－　^{3}2　－‖

擒　身　陷　辽　邦！

【叫头】且住！适才家将报道长子、次子军前丧命，三子雷鸣被困辽邦。如今失守三关，军民陷于水火之中，其罪在我的身上。也罢！【五锤】（上前一步）我不免即刻出征，与辽邦决一死战！【撕边一击】（内白：“圣旨下。”）

一家将　禀元戎圣旨下。（仓）

雷万春　接旨！

〔【急急风】转【长尖】二家将和雷万春走至台左。四校尉“上场门”“一条鞭”其中一人捧酒瓶。郭震捧旨上，进门至台中。

郭　震　雷万春跪听宣读。

雷万春　万岁！【住头】（两家将于两旁雷万春于中，同跪）

郭　震　皇帝诏曰：今有雷万春擅离职守，失守三关。你子雷鸣归降辽邦，丧师辱国。朕赐你药酒一瓶，（仓）（雷万春抬头一惊）自毒身死！（仓）（又一愣）旨意读罢，望诏谢恩！

〔（八仓）雷万春大惊，拧身朝前抬左腿单腿“屁股座”，双手合击摊开面朝前坐地亮相。双手颤抖。

雷万春　万万岁！

〔【冲头】雷万春拱手后二家将搀起。郭震将圣旨放在桌上，家将乙接过酒瓶放桌上。

郭　震　此乃圣命难违，老夫也无法挽救。顺轿回府！

〔【冲头】郭震“上场门”下，四校尉随下。

雷万春　【叫头】（右手挑髯于臂）且住！圣上有旨，道我擅离职守，失了三关。三子雷鸣归降辽邦，赐下药酒一瓶命我自毒——（顷仓）（以手做杯状，看）身死——！【双叫头】天哪！天——！想我雷万春为国家屡战疆场，昼夜勤劳，谁想如今落得这样结果！（双手捋髯看）【撕边一击】正是：【住头】（向前迈一步）

（念）屡战疆场数十秋，（台.大　台）

　　赤胆忠心保龙楼。　　　　（拱手）

　　龙颜无恩赐药酒，

　　汗马功劳——　（大仓）（右手伸拇指摇头）

唉！不到头！……　（哭、拭泪）

〔【慢长锤】雷万春于台中右手搌泪，左手抬起示意二家将准备药酒，右转身走向右方。二家将走向后方将桌子搭起往前走，放至台中稍前，雷万春走至台中后方。

〔【夺头】雷万春曲抬右腿，迈步、趋步走至桌后，右手大搂髯、左手握拳看药酒亮相。二家将于雷万春身后一左一右看酒握拳亮相。

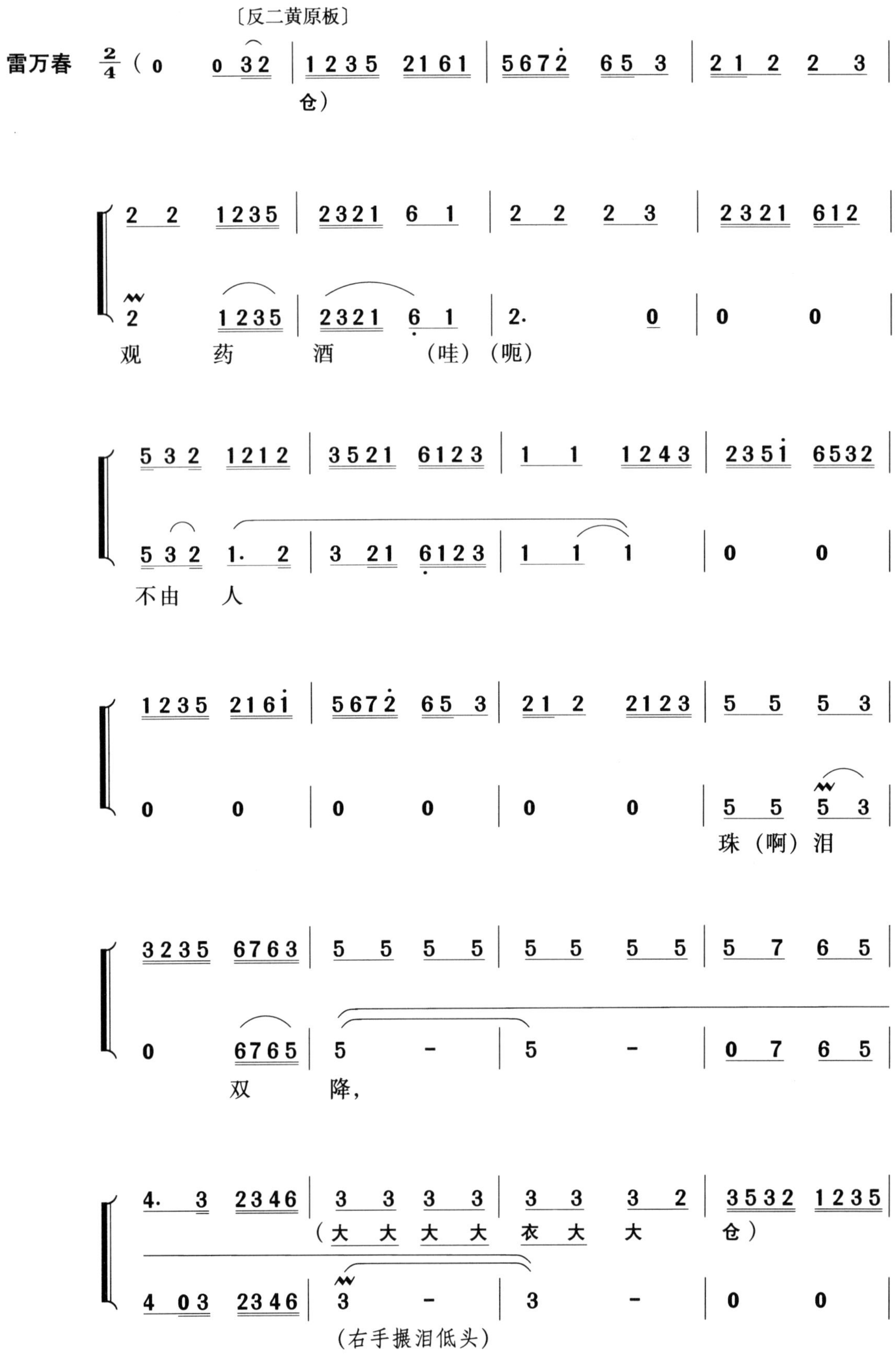
〔反二黄原板〕
雷万春
仓）
观 药 酒 （哇）（呃）
不由 人
珠（啊）泪
双 降，
（大 大 大 大 衣 大 大 仓）
（右手揾泪低头）

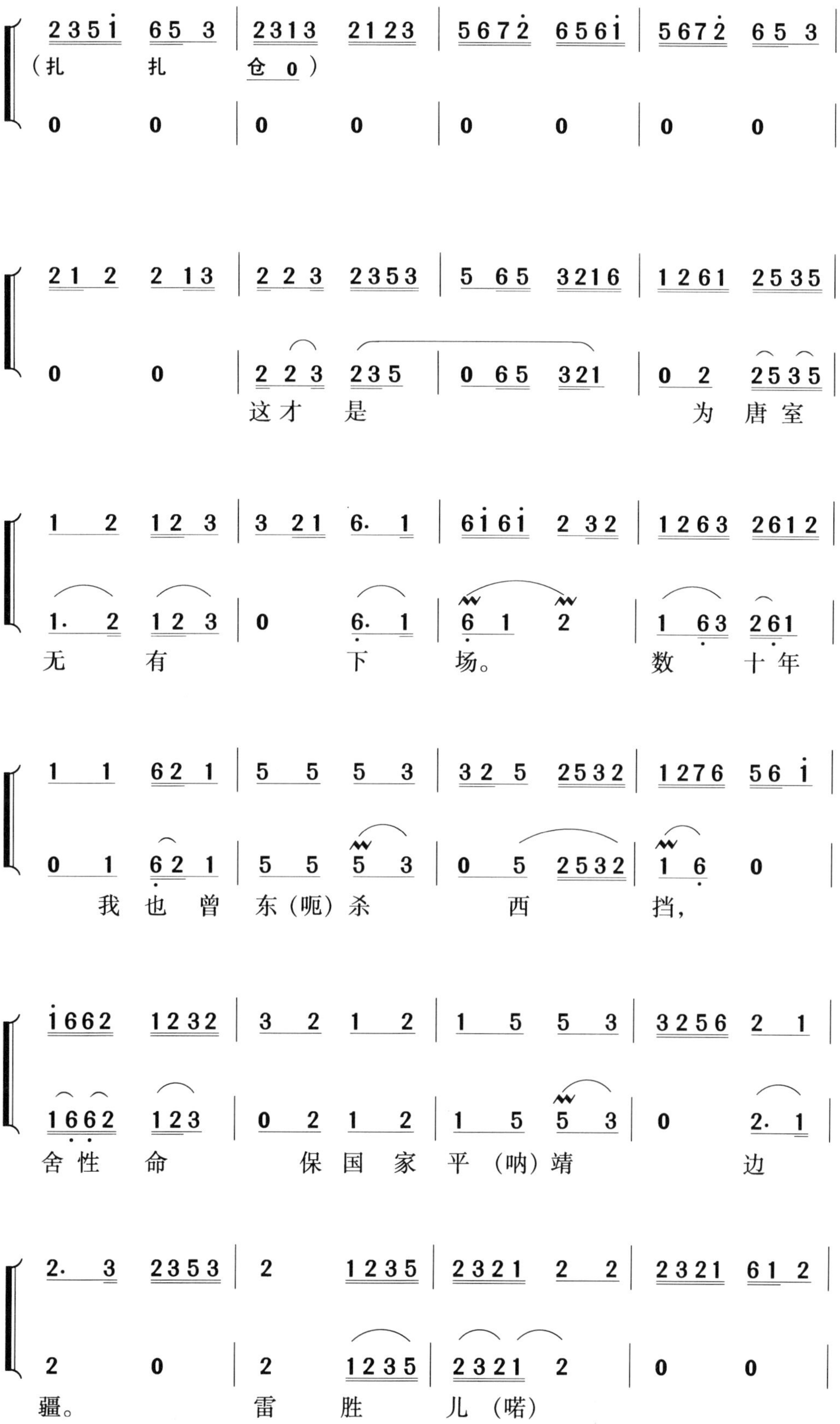
（扎 扎 仓 0）
这才 是 为 唐 室
无 有 下 场。 数 十 年
我 也 曾 东（呃）杀 西 挡，
舍 性 命 保 国 家 平（呐）靖 边
疆。 雷 胜 儿（喏）

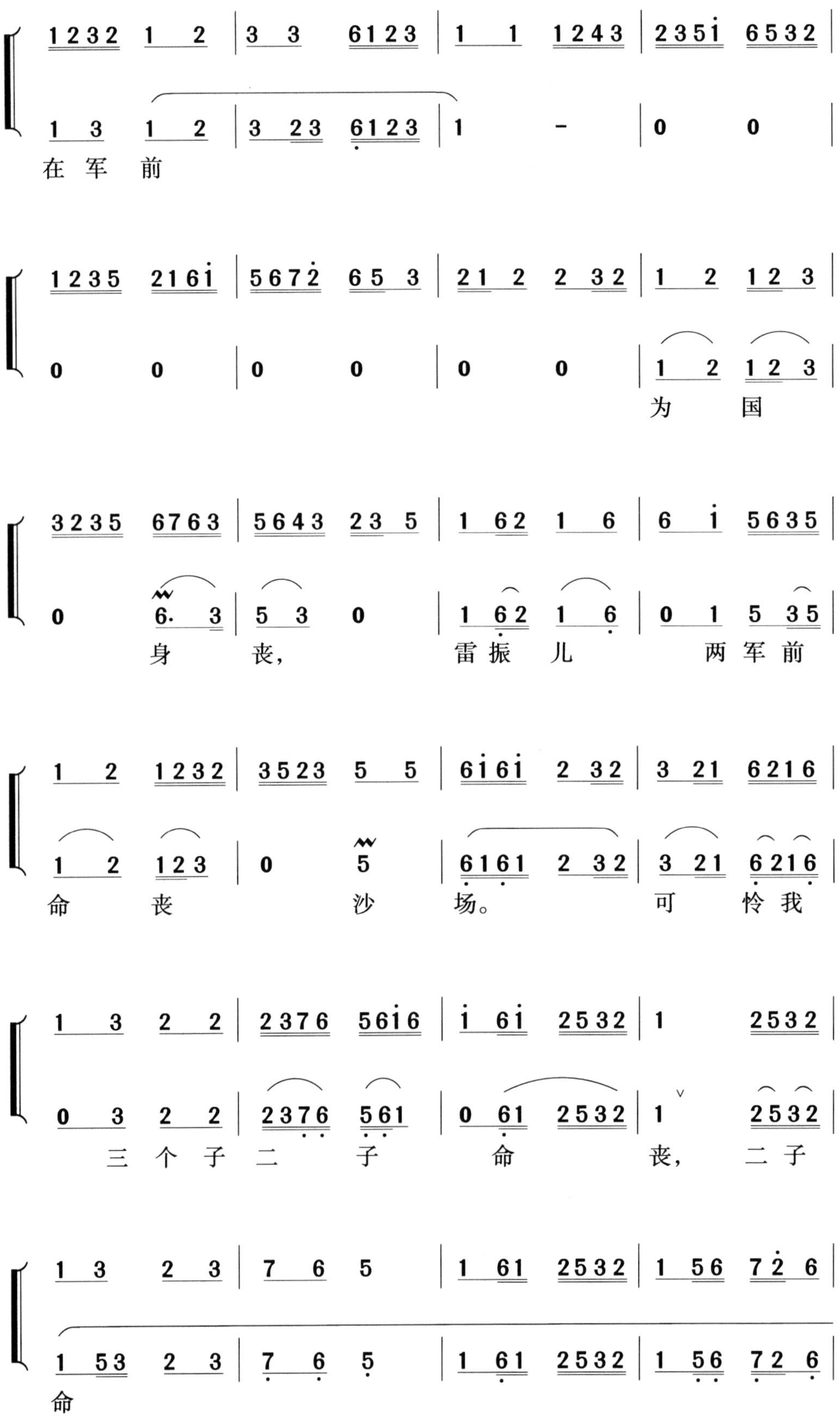
在 军 前
为 国
身 丧， 雷 振 儿 两 军 前
命 丧 沙 场。 可 怜 我
三 个 子 二 子 命 丧， 二 子
命

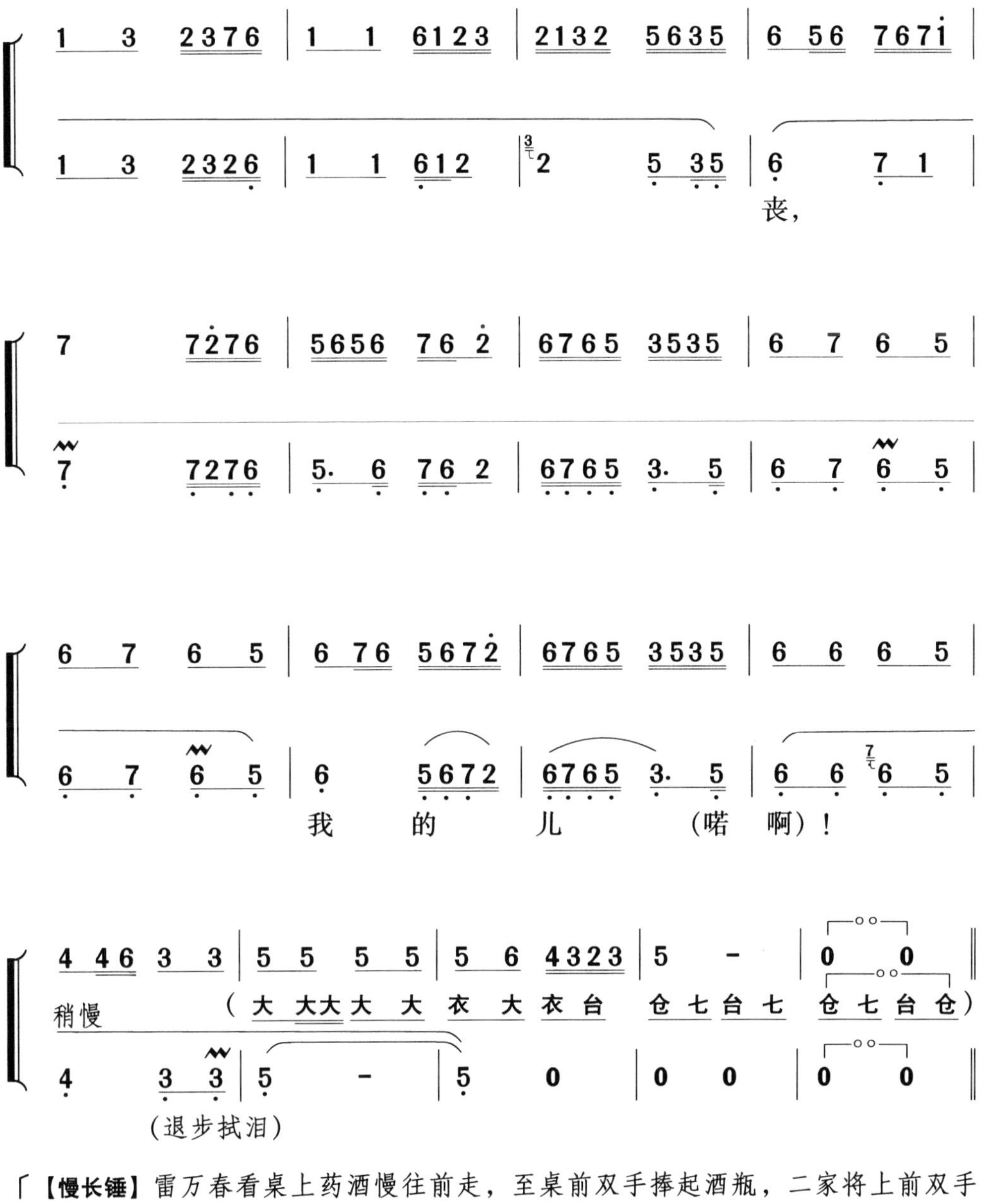

【慢长锤】雷万春看桌上药酒慢往前走，至桌前双手捧起酒瓶，二家将上前双手制止，雷万春放下酒瓶双手抖，向后退步。锣鼓切住。【夺头】向前迈步趋步、右手挑髯、左手大搂髯，右手按桌抬头亮相。

〔反二黄原板〕

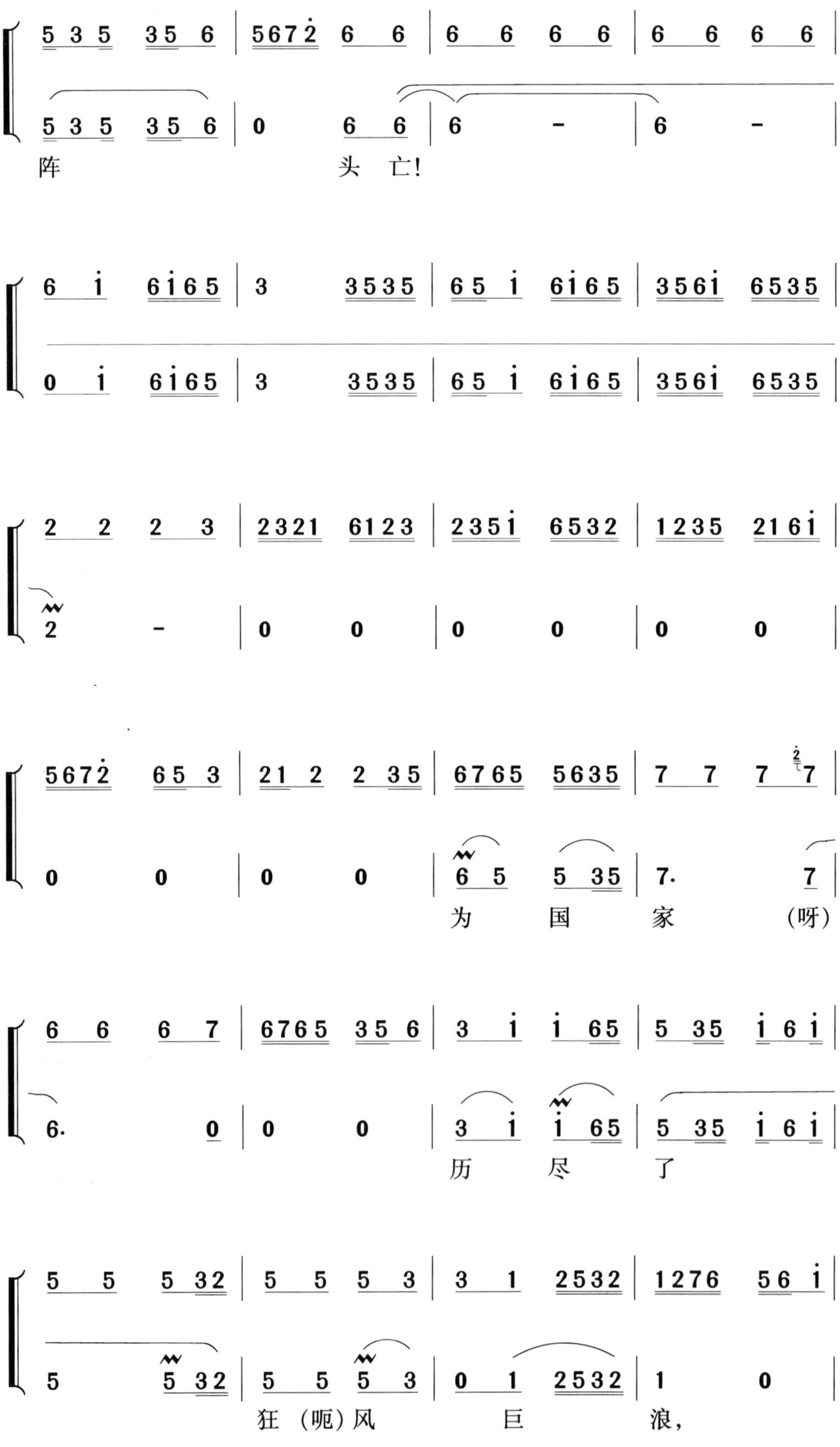
阵
头 亡!
为 国 家 (呀)
历 尽 了
狂 (呃) 风 巨 浪,

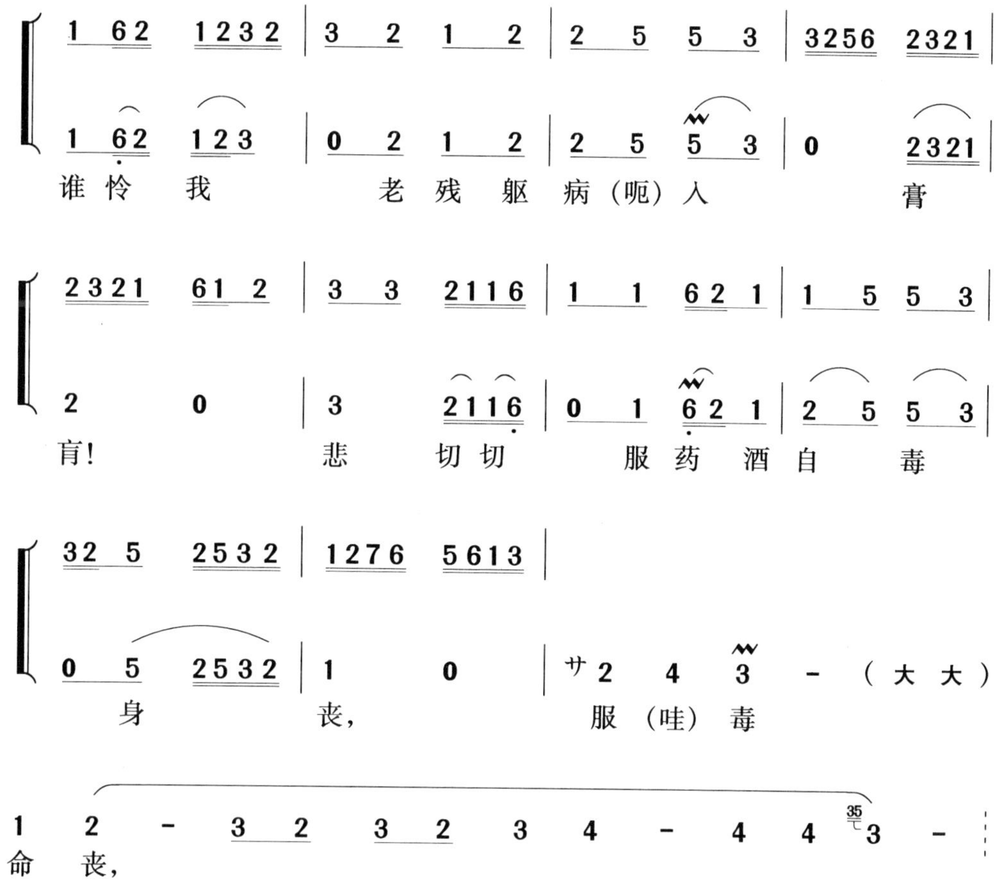

〔【纽丝】雷万春上前一步双手欲取酒瓶，二家将上前拦，雷万春双手挡开，猛上前双手捧起酒瓶，右手将盖打开端起酒瓶，二家将见状急上前拦，雷万春看酒瓶向后退停住，（嘟~~~仓）晃酒，（嘟~~~~仓 0）端起要喝，（八仓）抬头猛然停住。将酒放在桌上亮相。

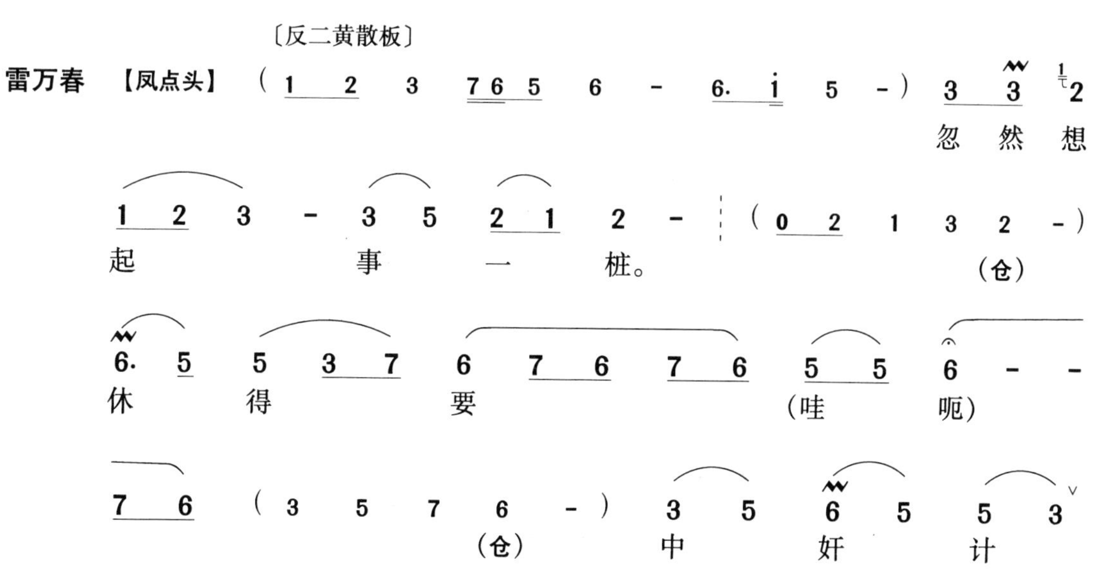

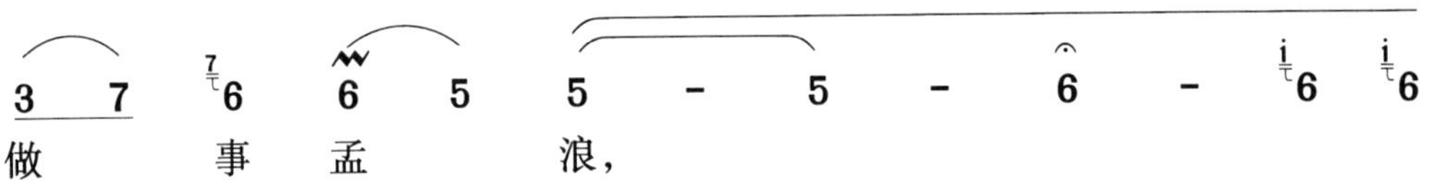

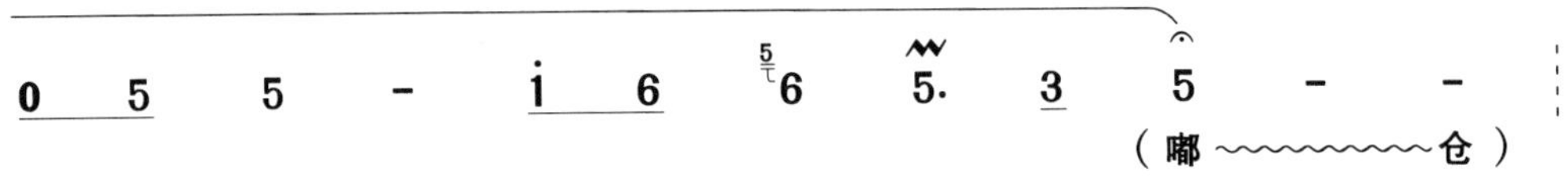

〖【撕边一击】雷万春右手指出，【撕边一击】左手指出，（八　仓 0）两手翻腕一对，抬头点头。

雷万春　哦！（双手捋髯）

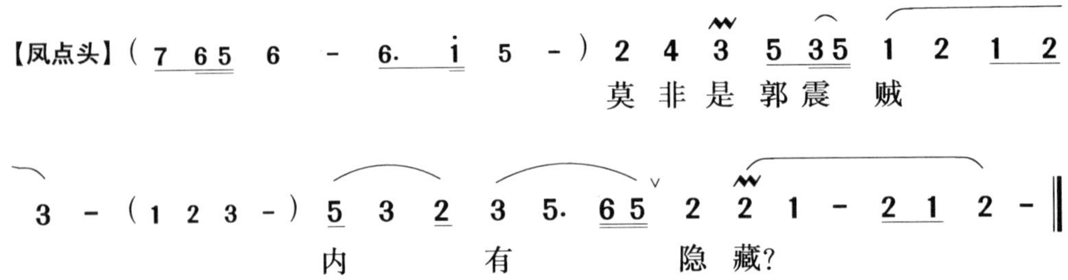

【叫头】（右手挑髯）且住！如今郭震掌权，万岁不理朝政。我虽然失了三关，尚可容我立功赎罪。我儿雷鸣素性忠孝，他焉能归降辽邦？【撕边一击】（右手指出）事有可疑……【撕边一击】（右手按髯两眼稍转突然停住）哦，哦哦是了！【住头】（上前一步）久闻郭震与西辽暗有来往，有谋夺江山之意。莫非他借此为由，要陷害于我……【撕边一击】（双手捧髯）倘有此事，我老迈残年死不足惜，这大唐江山岂不断送奸贼之手？【撕边一击】嗯，不可不防！家将。

二家将　在。

雷万春　将药酒，（稍一停）搭了下去！（左转身摆右手背向台前）

〖【冲头】二家将将桌子搭进“上场门”，复上。

雷万春　（转过身来）家将！

二家将　在。

雷万春　命你二人去至郭震府外，暗地寻查，出入若有面目可疑之人，捆来见我！

二家将　（拱手）遵命！【冲头】（出门“上场门”下）

雷万春　【叫头】郭震哪！奸贼！倘有此事，我岂肯于你善罢甘休！

〖【水底鱼】二家将“上场门”急上“挖门”于二侧。

家将甲　启禀老元戎，在郭震府外拿住面目可疑之人！

雷万春　噢！绑上来！

家将甲　绑上来！

〖【冲头】二兵押奸细“上场门”上，“挖门”至“小边”。

雷万春　你是何人？

奸　细　我乃是郭老太师的宾客，你你……你们不要错抓好人哪！

雷万春　哼！满口胡道！看你惊慌失色，言语支吾，定有虚诈。家将，身上搜来！

〖【搜场点】家将甲上前搜出一封书信。

家将甲 现有书信一封，老元戎请看。

雷万春 拿来我看！【五锤】(急接过信打开看)【撕边】哼！（仓）哼！（仓）哼哼哼……！【撕边一击】果然不出我所料！将他押了下去！

〔【冲头】二兵押奸细“下场门”下。雷万春左手拿起信。

雷万春 【叫头】郭震！老贼！叛国投敌岂能容得！家将，(仓）随我过府捉拿！(嘟－八大仓）(右手提斗篷，右手抓左斗篷襟亮相)

〔【冲头】雷万春出门“下场门”急下，家将乙从桌上抱起宝剑，两家将出门随雷万春下。

第 六 场

〔场上一桌、一“小座”。【五锤】郭震“上场门”上至台中。

郭　震 (念) 大事安排定，

机密少人知。

〔【急急风】郭震转身归“小座”。四唐兵、二家将“上场门”上，雷万春随后，兵、将“挖门”于两侧，雷万春至“大边”。郭震见状站起至“小边”。

郭　震 啊，老元戎……

雷万春 绑了！

〔【撕边一击】二家将上前绑住郭震。

郭　震 为何将老夫绑起?

雷万春 你私通辽邦，谋篡社稷，还不按实招来！

郭　震 你有何为证?

雷万春 现有你反书为凭！

郭　震 拿来我看！

雷万春 老贼抬呀头（八大仓）（打开书信）观——看——！【撕边一击】（左手高举书信，右手剑指大涮臂指信亮相)

〔奏唢呐曲牌<松人风·头段>。曲牌中雷万春信交右手举起，右半转身，面朝右前方，左手指信亮相，郭震迈步左转，蹲身抬头面朝雷万春看信，雷万春右脚趋步走向右侧与郭震“小推磨”至台右侧，右手举信涮左臂指信呈弓箭步亮住，郭震转身至台左低头。

雷万春 绑回府去！【冲头】（四兵押郭震“下场门”下)

家将听令！【撕边一击】（单“山膀”亮相)

吩咐大小三军，（大仓才仓）（跨右腿右转身，拉开双手“山膀”)

全身披挂，(顷来仓)(双手捋髯抛起，搭于左臂，右弓箭步、双手绕扣、抬臂系扣)

齐队出征，(大仓七仓)(左臂甩下髯口，向左前迈步；右手涮臂指出，丁字步亮相)

复夺三关！（左手搂髯，跨右腿走向左前，右手指出)

〔【四击头】向左、右、左甩髯于臂，左手搂髯右手按掌右弓箭步亮相。(嘟－大仓）站起，右手挑髯于右臂，左转、右手“山膀”朝“下场门”亮相【急急风】“下场门”下。二家将随下。

第七场

劈三关

〔空场。【堂鼓急急风】八番兵持枪“站门”。莫须龙持枪上场，“九龙口”一停，走至台前亮相。八番兵领起“下场门”下。莫须龙涮枪“下场门”下。

〔“下场门”设城门。【急急风】（加大鼓）八唐兵举刀“上场门”斜上，至台左前站成“斜一线”。【夺头】马童翻上，【四击头】雷万春持象鼻刀，左手提甲上至“九龙口”小垫步亮相，马夫牵马弓箭步亮相于前。大纛旗随后站定。

〔慢起【急急风】雷万春曲抬左腿，看马、勒马，迈一步、两步，圆场至左台口跨右腿、抬左腿亮住。锣鼓切住再起。斜行回至“九龙口”，出刀【四击头】大刀花向前左转身，背刀，左手推髯，弓箭步亮相。马夫向台前飞脚转身弓箭步于雷万春前作牵马式。

雷万春 众将官！（仓）

众　兵 有！

雷万春 复夺三关！（左手指出）

众　兵 啊！

※——头　关——※

〔【急急风】（加大鼓）众兵领起圆场至台右“一条鞭”。马夫牵马，雷万春于台中小圆场一周，涮刀头勒马于城门前。锣鼓切住。马夫松开缰绳“上场门”抽下。（八大仓仓仓）雷万春右转身面朝前，抬左腿，握刀三摆刀缨，【夺头】出刀，向城门大刀花转身左手托掌、右单手持刀劈开城门。

〔【急急风】城门大开，八番兵出城，雷万春拨“倒脱靴”，莫须龙持枪出城一刺，雷万春“串肚”至台左、莫须龙至台右，挑起压住。锣鼓切住。

莫须龙 来将通名！

雷万春 老夫雷万春，今日复夺三关，与我儿冤怨相报，休走看刀——！（八 大 仓）（反涮刀、弓箭步亮相）

〔雷万春念至“复夺三关”的同时，与莫须龙起打：一磕鼻子、上下左右、一搅压住，念“与我儿……”时与莫同抬左腿，“冤怨相报”二人压住同向左迈出四步，“休走看刀”时莫须龙一刺上下，雷万春大刀花转身削莫须龙的头。整套动作与念白同时完成。（八 大 仓）反涮刀，双手握刀于身左侧弓箭步亮相。

〔【急急风】雷万春与莫须龙架住。两方兵一架一，分由“上、下场门”下。

〔雷万春与莫须龙“一扯两扯”打“大刀枪”前部，雷万春至台右大刀“削头”、“里盖”解莫须龙枪，转身面朝前搂莫须龙“肘丝扑虎”、搂“倒叉虎”，举刀砍莫须龙，莫须龙向左前走“肘棒子”【四击头】雷万春出刀、大刀花转身劈莫须龙，莫走“锞子”倒地。雷万春右手背刀左手推髯弓箭步亮相。

雷万春 进关！

〔【急急风】八唐兵、二家将、马夫“上场门”上，进城下。雷万春左手提甲、跨腿转身于“九龙口”处，左手翻甲于臂，右手握刀亮相，慢迈一步两步，气息微喘，圆场至左台前。右手抬刀头曲抬右腿，右侧身斜行回至“九龙口”，缓刀，背朝前左手托掌亮住，（八 大大 仓） 大刀上右臂，左前转身接做五个大“刀背花”，【四击头】在刀上右臂，向左前转身、左手接刀、向左甩髯同时跨右步、迈左步，呈左弓箭步握刀勒马式亮相。

〔【急急风】雷站起。右手搂顺髯口，缓刀缓慢勒马、看马。向右转迈出一步、二步走至第五步右转身左脚跨出停住，背朝前，面对城门，呈左横弓箭步，左手背刀、右手勒马式亮住。锣鼓切住，再起。稍停息，（从后背能看到雷在喘息），头盔颤动、右手微颤指向城门。慢慢拖起左脚跨出一步、拖起右脚跨出一步，稍顿，然后曲抬右腿，快步进城下场。大纛旗跟下。

※——二 关——※

〔【急急风】（加堂鼓）八番兵“上场门”上，过场下。莫须虎持双刀上场，至台右前大刀花朝“下场门”亮相。“下场门”下。

〔场上台左设城门。【急急风】（加大鼓）八唐兵双排上，急站门。【夺头】马夫翻上。【四击头】雷万春提甲握刀急上至“九龙口”亮相。大纛旗随后。【急急风】雷万春行至台中，锣鼓切住。雷万春右手握刀亮相。

雷万春 杀！

〔【急急风】八唐兵领起圆场至台右“一条鞭”，马夫牵马雷万春于台中小圆场一周，至台中看城门，一指。锣鼓切住。（八大仓仓仓）右转身面朝前右手缓刀，曲抬左腿双手抬刀摆动刀缨。

〔【夺头】向台右前出刀，大刀花转身单手握刀劈开城门。

〔【急急风】（加堂鼓）八番兵出城，雷万春拨“倒脱靴”。莫须虎出城，双刀与雷万春大刀架住。八唐兵于外圈走正圆场一周，八番兵于内圈走反圆场一周，唐兵“上场门”下，番兵“下场门”下。雷万春与莫须虎架住慢走一周推开，雷万春于台右前，跨腿转身，莫须虎于台左后转身。二人“一扯两扯”，打“大刀、双刀”前部，雷万春于台左“鼻子削头”转身劈莫须虎于台右前走“肘棒子”，莫须虎起身双刀砍出，【四击头】雷万春搂莫须虎“倒叉虎”、涮刀劈莫须虎僵尸后小垫步双手竖举大刀，右弓箭步亮相。

雷万春 进关！

〔【急急风】八唐兵、二家将、马童“上场门”上，进城下。雷万春转身背朝前，勒马，一步两步，走向“九龙口”，跨腿转身，左手大搂髯，丁字步握刀亮相。圆场至台右前，跨右腿缓刀，向左小垫步，曲抬左腿，左手指出，头盔颤动，走向台左后方，左转身朝台右前双手竖举大刀亮相。转身出刀，【夺头】向前大刀花左转身，左右两番大刀涮刀，转身面朝前台【四击头】右手大刀串腕，双手涮刀，转向右前方，别腿翻身，左手接刀背刀，双臂分开向前小垫步，右脚踢起靠前襟，右手抓襟，左单脚右转，面向城门落右脚，呈右弓箭步背刀抓襟亮相。【急急风】收步、放靠襟。缓慢迈出左脚、右脚，稍顿，提起右腿，右手指出，快步进城下。

※——三　关——※

〔【急急风】（加大鼓）八唐兵“上场门”上“一条鞭”。雷万春“上场门”上，“九龙口”提甲握刀亮相。大纛旗随后。雷万春走至台右前，左手指城门。（八大仓仓仓）转身朝前大涮刀，【夺头】出刀，大刀花转身劈开城门。

〔【急急风】（加堂鼓）八番兵出城刺向雷万春，雷“串肚”转身，番兵“下场门”下。羌洪持宝剑出城，一刺，雷万春大刀一搂，羌洪蹦过至台右，以剑向里盖，雷万春大刀卸羌洪剑，以刀镈一推，（嘟－八大仓）羌洪向前小垫步跪倒。唐兵上前绑住。雷万春握刀亮相。

雷万春　进关！

〔【急急风】二兵捆羌洪进城，六兵、二家将、马夫进城。雷万春小圆场至台右前，跨右腿迈左腿，朝城门勒马亮相。快步进城下。大纛旗跟下。

※——元帅大营——※

〔（转场）场上一大帐、一桌（桌上放宝剑）、文房四宝、一“大座”。

〔【急急风】六唐兵上场，于台右“一条鞭”。二家将、马童于兵前。雷万春握刀提甲上，“九龙口”一停，至台右前左转身一望，转身于台右下马，马夫接大刀，牵下。【原场】雷万春进帐，六兵进帐挖至两侧、家将于两侧。雷万春转身面朝前台。

雷万春　众将官！（仓）

众　兵　有。

雷万春　升帐——！

众　兵　啊！

〔奏唢呐曲牌<吹打>众喊威。雷万春转身至桌内，八兵二将归里。曲牌停。

雷万春　将番王押进帐来！

众　兵　啊！

〔【冲头】二兵押羌洪“上场门”上，进门至“大边”。二兵归位。

雷万春　【叫头】哇！胆大番王，我主乃仁德远布，有何亏负你邦，竟敢兴兵犯界，是何道理？【撕边一击】

羌　洪　孤家兴兵占据三关，乃是你国郭老太师的约请，并非孤家的本意呀！

雷万春　可是那郭震老贼的主谋？

羌　洪　正是那郭老太师的主谋。

雷万春　哼！哼！哼……！【撕边一击】我已然查明此事。如今你被俘遭擒，正好当面质对。我来问你降意如何？

羌　洪　老将军，虽然你今复夺三关，可是我女现在城外扎营，尚有精兵数万、战将千员。想老将军兵微将寡，恐难以战胜我军。你若能将孤放回营去，我情愿带领人马回国，咱们两家和好，老将军你意下如何？

雷万春　哈哈哈哈……！【撕边一击】你恐吓老夫，难道就放你回去不成？！你今乃被俘之囚，只有帐下请降，写下降书顺表，方能放你回去。如若不降，身首异处，那时节你悔之晚矣！

〔西皮散板〕

【凤点头】（过门同前）サ3 3 3 2 5 3 3 5 1 2 3.（2
俘 囚 竟 敢 说 大 话，

1 2 3 –）6 2 1 3 3 2 6 2 1 6 3 – 2 1
（仓） 落 网 之（呃）鱼 还 要 挣

6 1（6 2 1 –）2 1 2 2 1 5 3 2 6 1 2 1
扎。 （仓） 我 二 子 命 丧 你 们 刀

垛唱

渐快

6 1 2 6 2 1 61 3 2 2 1 – 6 1（仓 0）
剑 下，国 仇 家 恨 岂 容 他！

众将官！

【凤点头】（7 6 2 1 –） 1 2 2 1 3. 1 2
将 番 王 绑 至 在

（6. 1 2）3 2 2 1 1 – 2 1 2 1 2 – 【撕边一击】
（顷 – 仓）标 杆 吊 打，

羌 洪 哎慢着慢着！嗯，老将军，你看这请降之事可容孤家思忖思忖？

雷万春 容你思忖。

【凤点头】（过门同前）6 2 1 1 3 2 – 3 2 1 61 2 3 2 3 2 1 – ‖【住头】
请 降 以（呀）免 动 杀 伐！

羌 洪 老将军，我若请降之后，你能即刻放孤家回国么？

雷万春 你献上降书顺表，自然放你回去。

羌 洪 老将军你可要言而有信哪！

雷万春 老夫岂能失信于你！

羌 洪 可否亲自与我松绑？

雷万春 这有何难！待我亲自与你松捆！

〔【大锣原场】雷万春下座亲自为羌洪松绑，将缚绸交与家将回座坐下。

羌 洪 老将军如此宽宏大度，我情愿写下降书顺表，归顺天朝。

雷万春 来！文房伺候！（家将上桌前磨墨，打开折子）

羌 洪 （走向桌边提笔）西辽国降表呵！

（奏唢呐曲牌<急三枪>）

〔羌洪写毕将折子交与家将，家将交雷万春。

雷万春 （看折子点头）

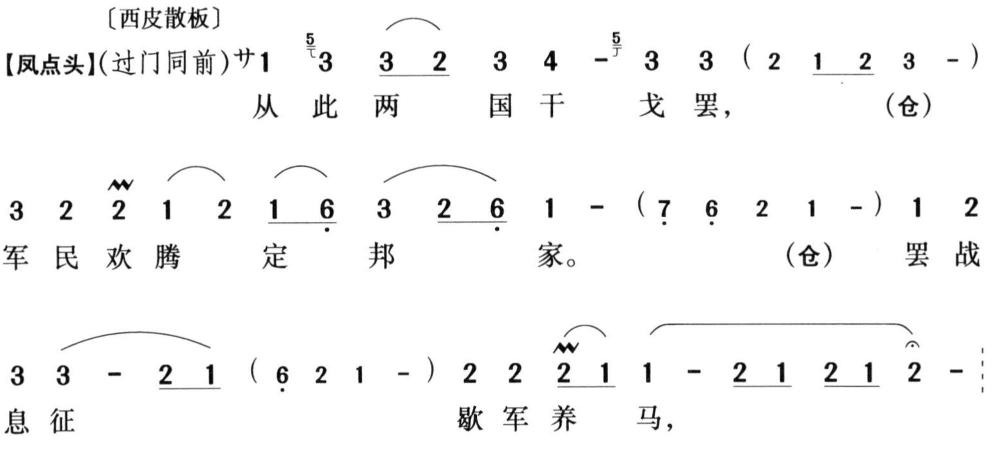

〔【冲头】马夫“上场门”上，“挖门”至“小边”。

马　夫 启禀老元戎，今有西辽万花公主城外讨战！

雷万春 噢！

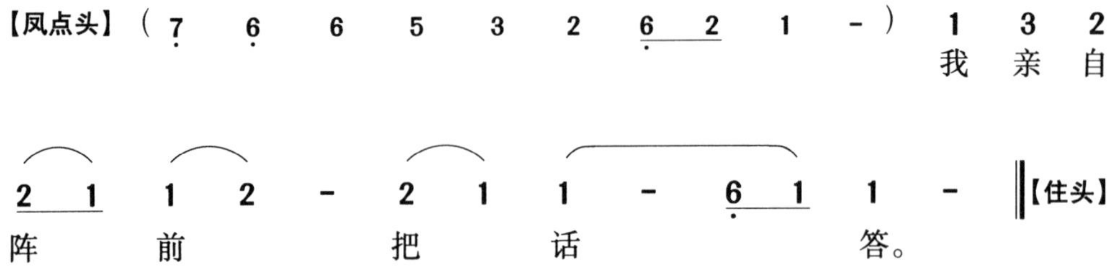

将他绑了！（八仓）（家将绑羌洪）

羌　洪 唉，老将军，为何又将孤家绑起？

雷万春 适才报道，你女儿城外讨战，为此将你绑到城楼，以作退步之计，说不得屈尊你了。

（拱手）

羌　洪　噢，是这么回事。此番见了我女，将孤家请降之事与她言明也就是了。

雷万春　如此甚好！众将官！（仓）带马城楼！

〔【闪锤】雷万春挎宝剑走向台中，八兵、二将、羌洪走向前场。马夫“上场门”下。

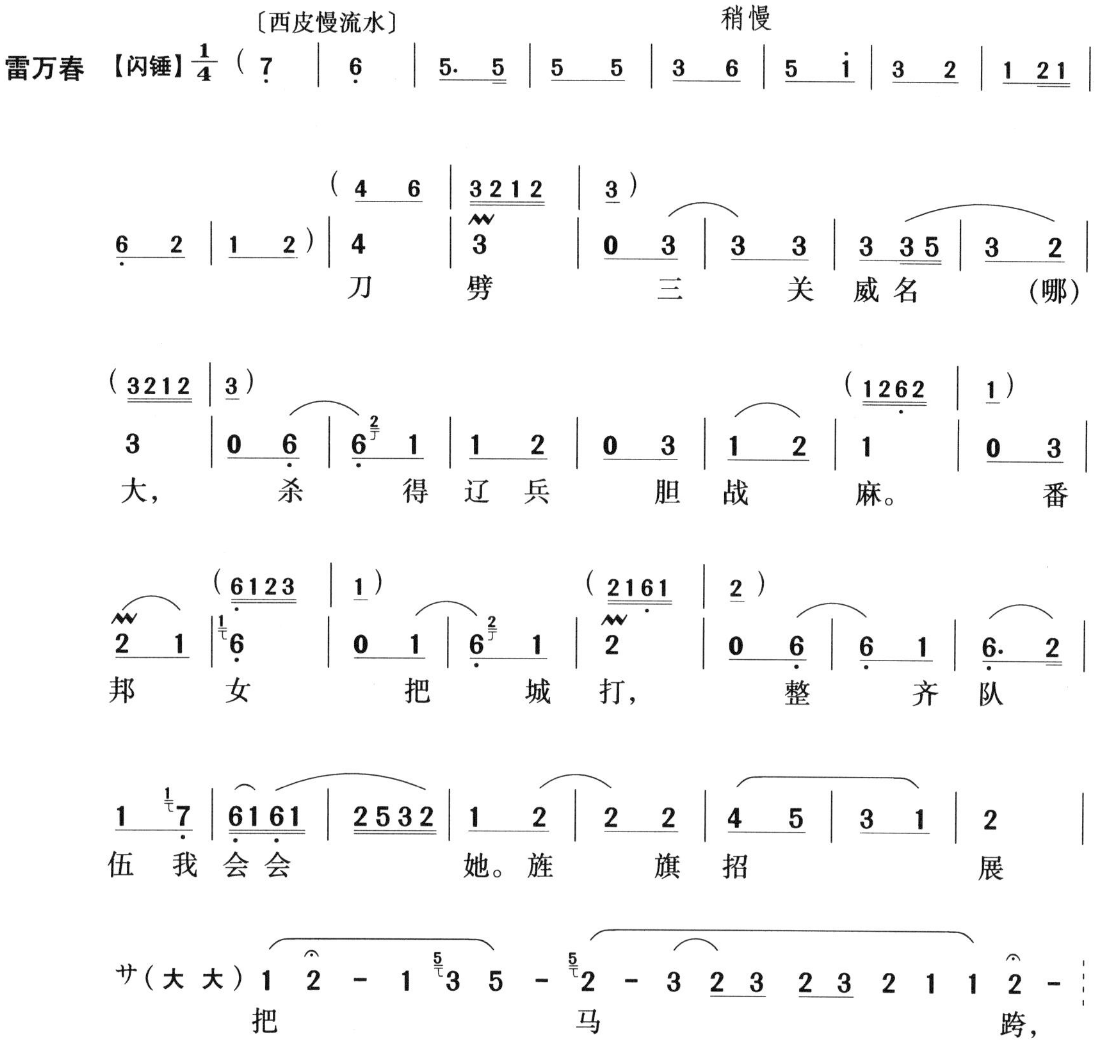

〔【快长锤】八唐兵、二家将领起“下场门”下。马夫牵马“上场门”上，至台中带马，后下。雷万春上马。走向台左，回身。锣鼓切转。

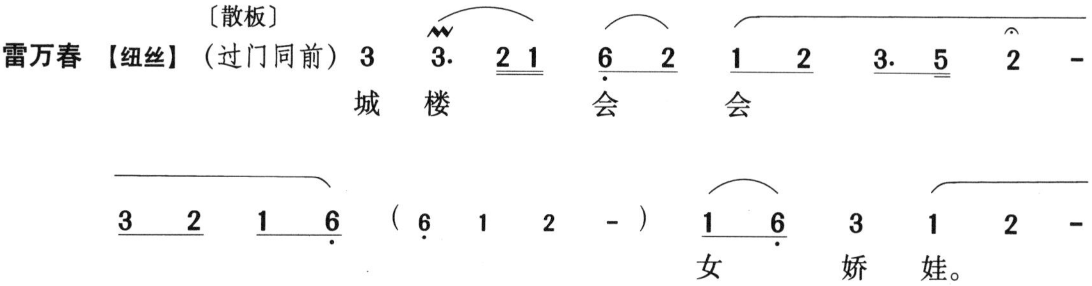

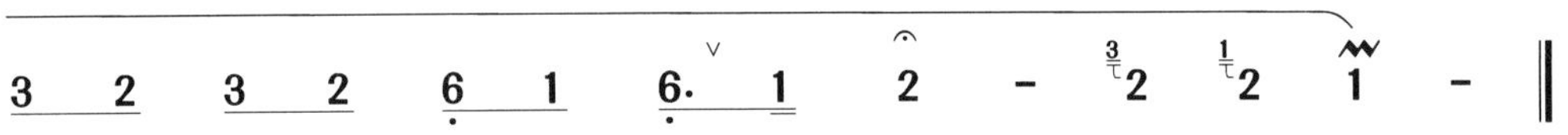

〔【大锣打下】雷万春打马，转身“下场门”下。

第　八　场

〔场上“下场门”处一城墙、城门。

〔万花公主内唱。

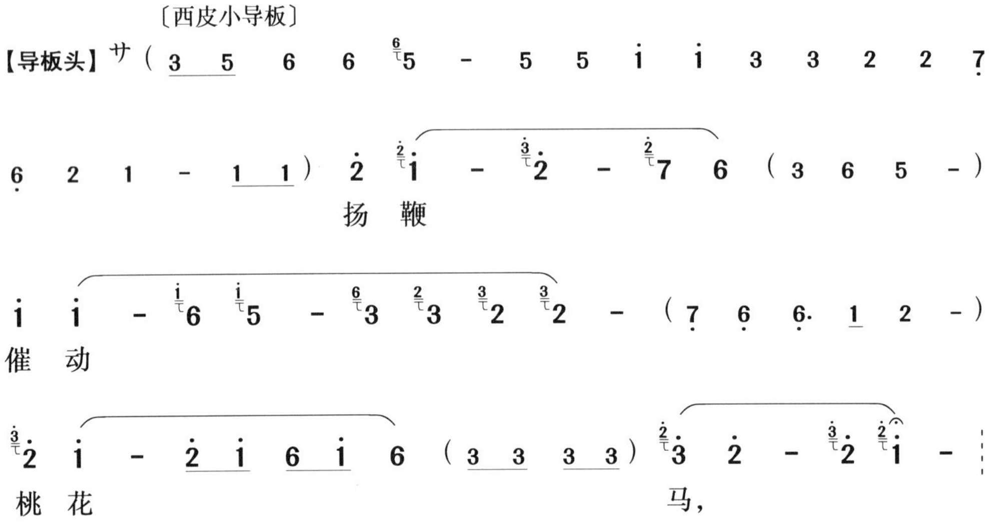

〔【急急风】八女兵“上场门”上，“一条鞭”。万花举鞭上，至台右中向城门勒马亮住。【紧锤】撤步朝台前打马、勒马亮相。

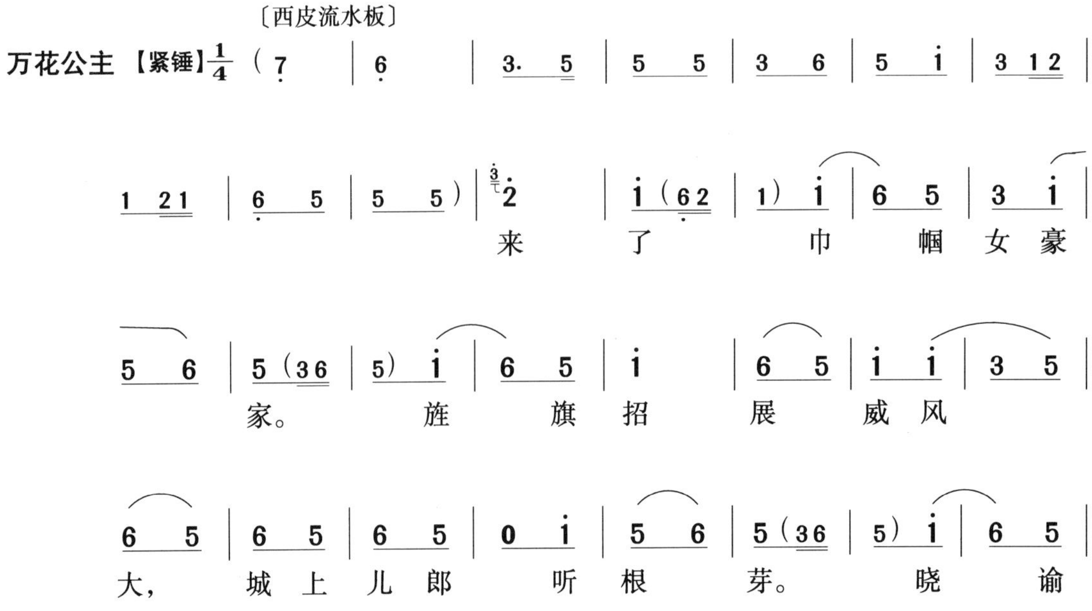

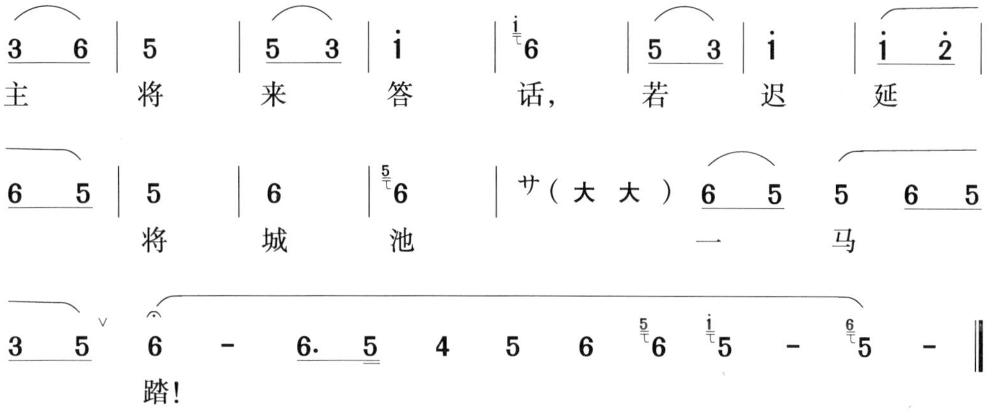

〔雷万春内唱。

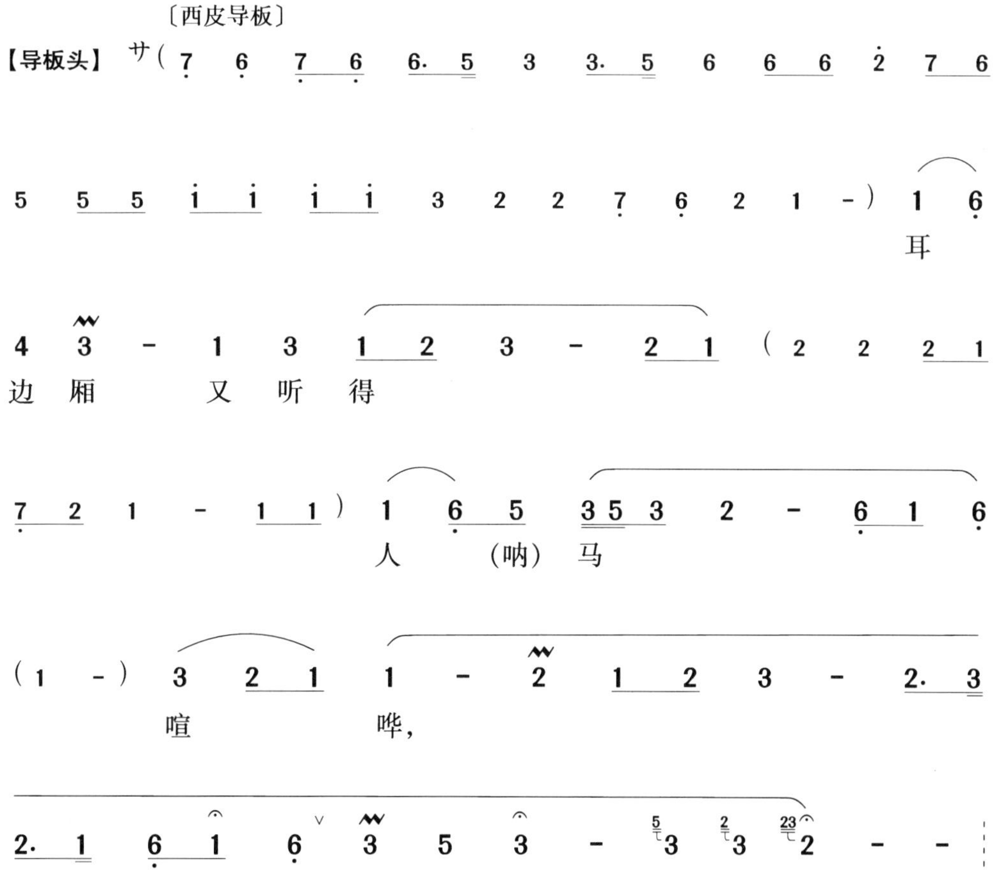

〔【四击头】雷万春上城，捋髯亮相。

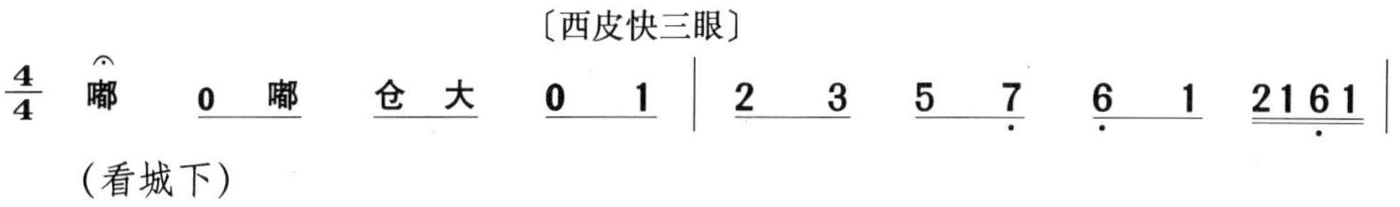

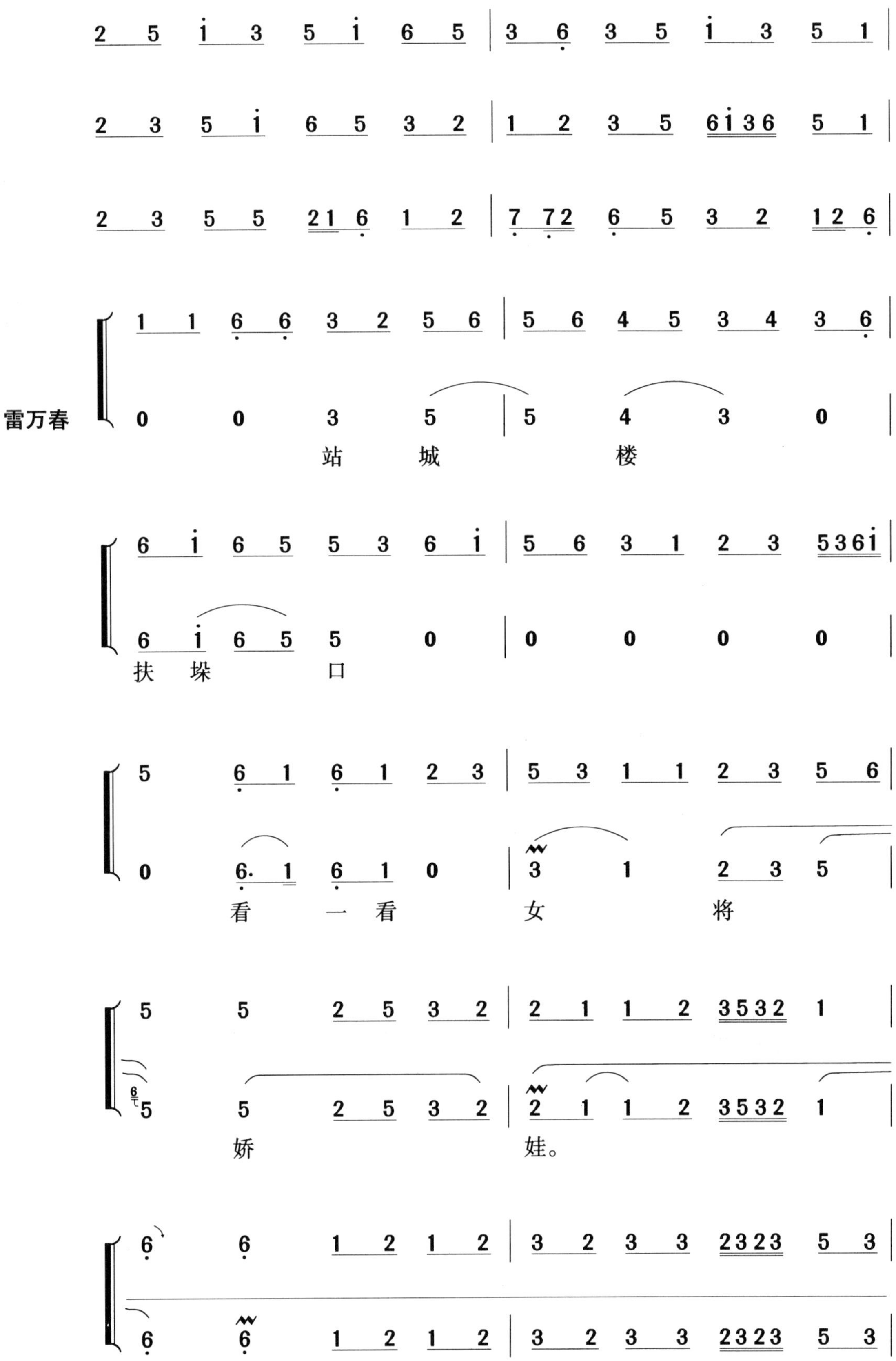
雷万春
站 城 楼
扶 垛 口
看 一 看 女 将
娇 娃。

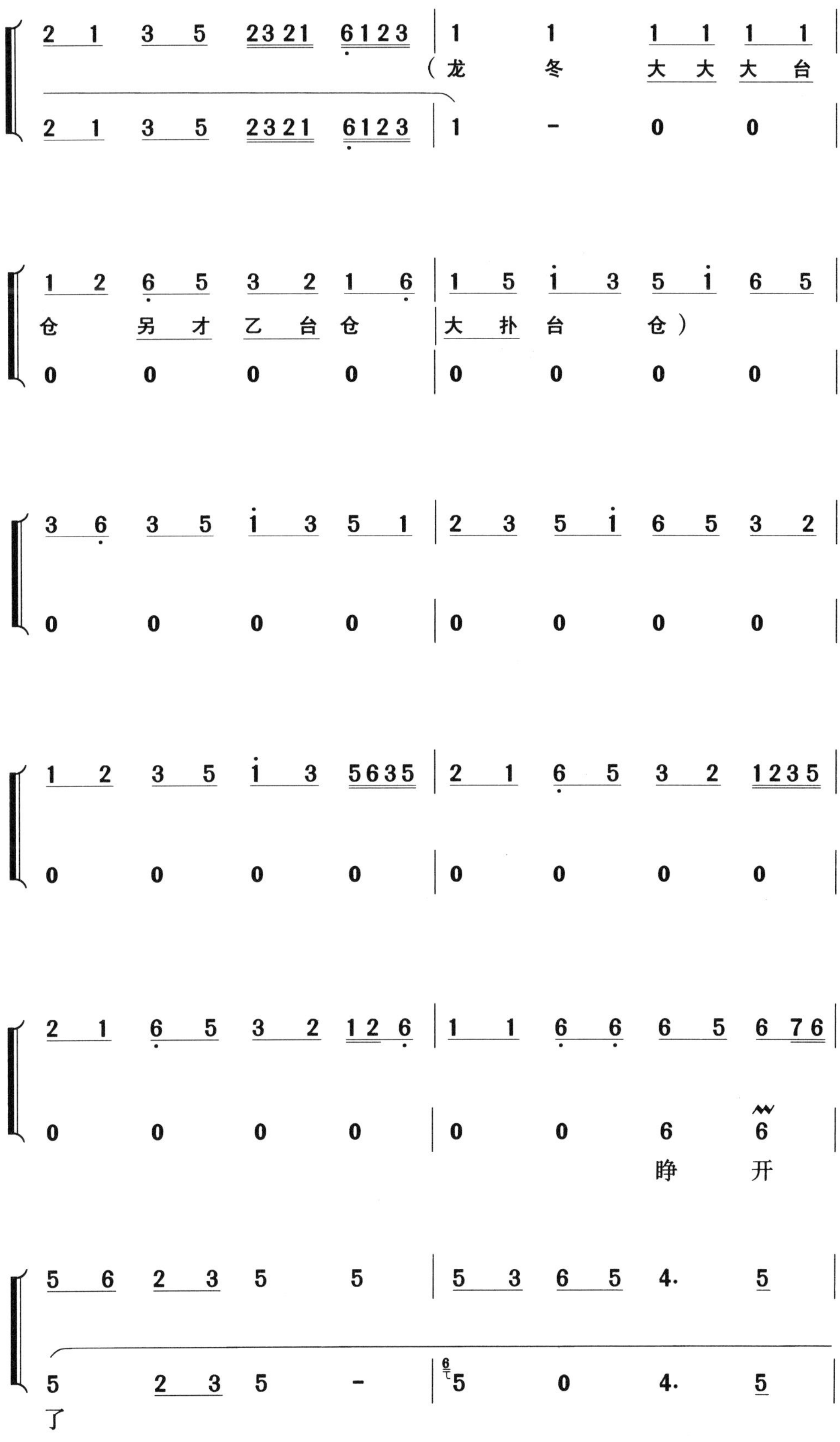
（龙 冬 大 大 大 台
仓 另 才 乙 台 仓 大 扑 台 仓）
睁 开
了

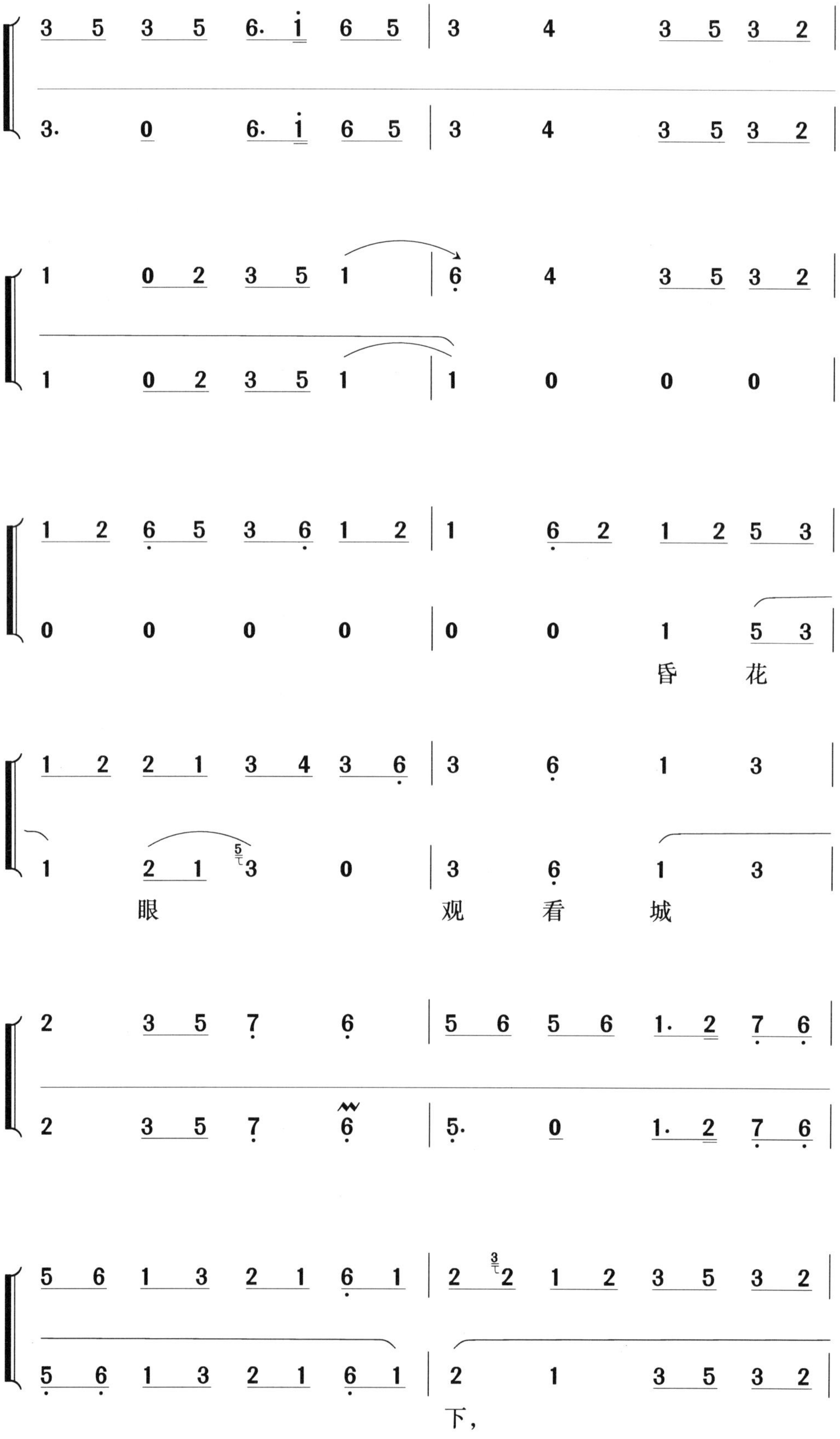
昏 花
眼 观 看 城
下，

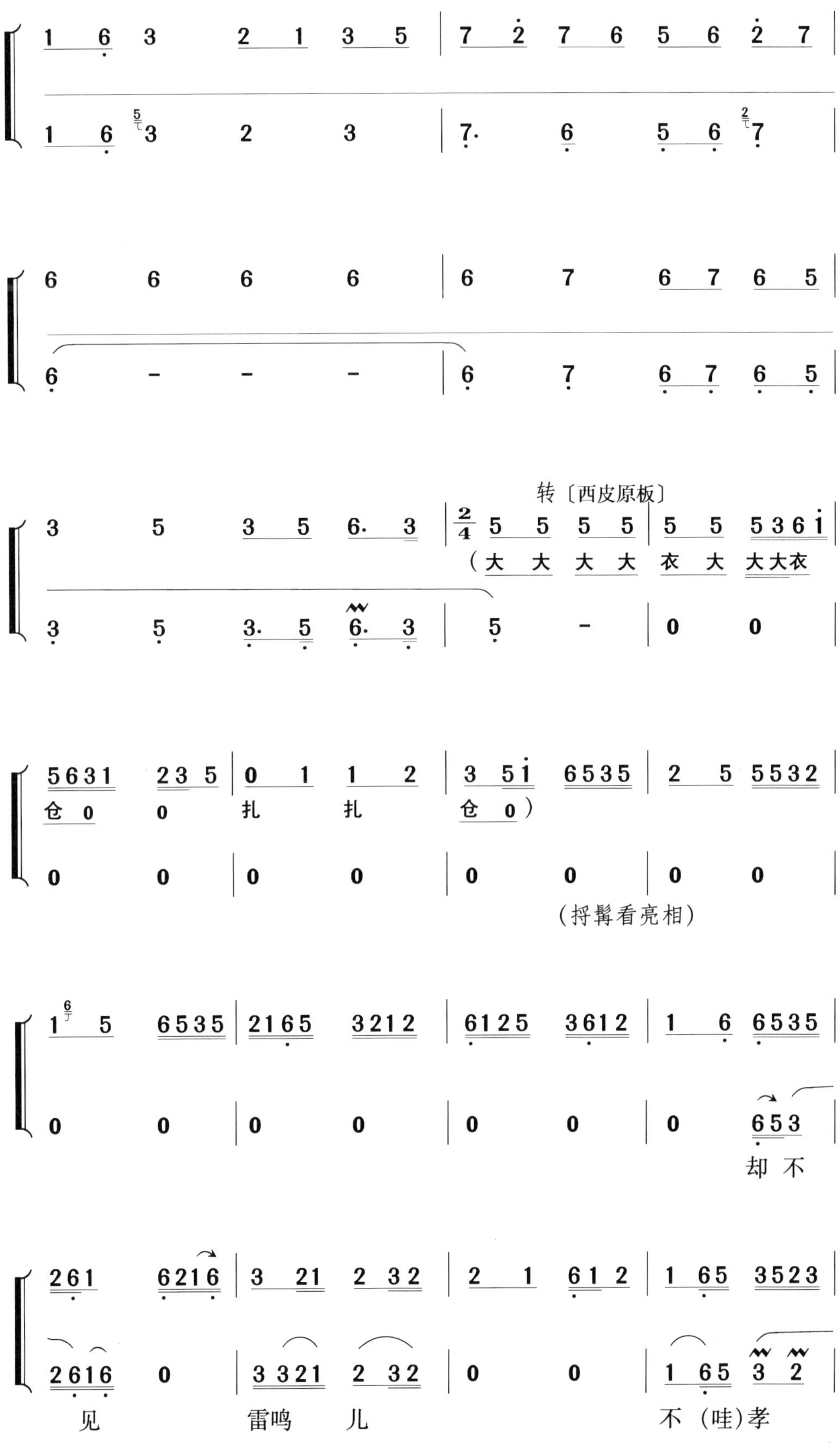
转〔西皮原板〕
（大 大 大 大 衣 大 大大衣
仓 0 0 扎 扎 仓 0）
（捋髯看亮相）
却 不
见 雷鸣 儿 不（哇）孝

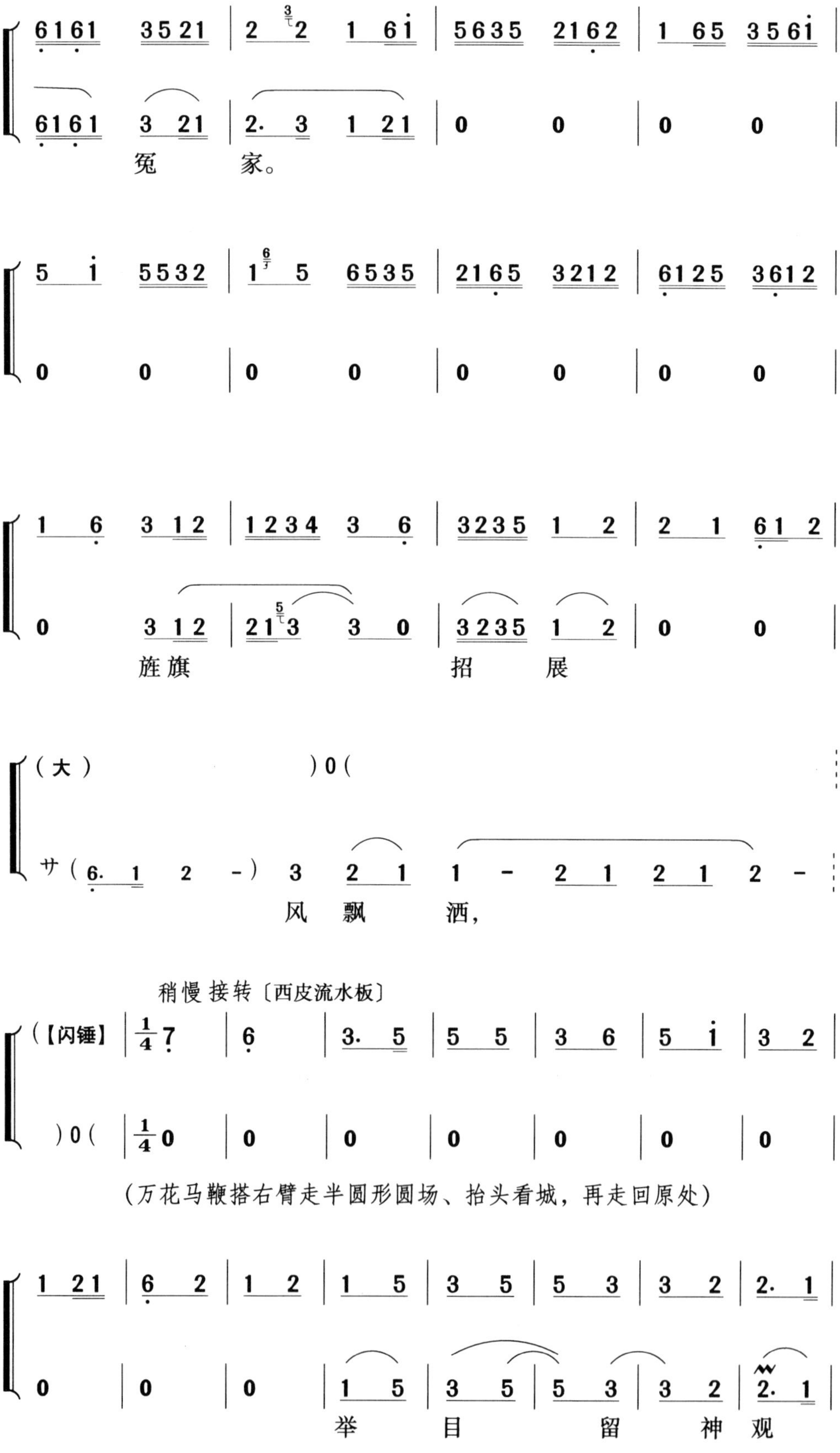
冤 家。
旌旗 招 展
(大)
风 飘 洒，
稍慢 接转〔西皮流水板〕
【闪锤】
(万花马鞭搭右臂走半圆形圆场、抬头看城，再走回原处)
举 目 留 神 观

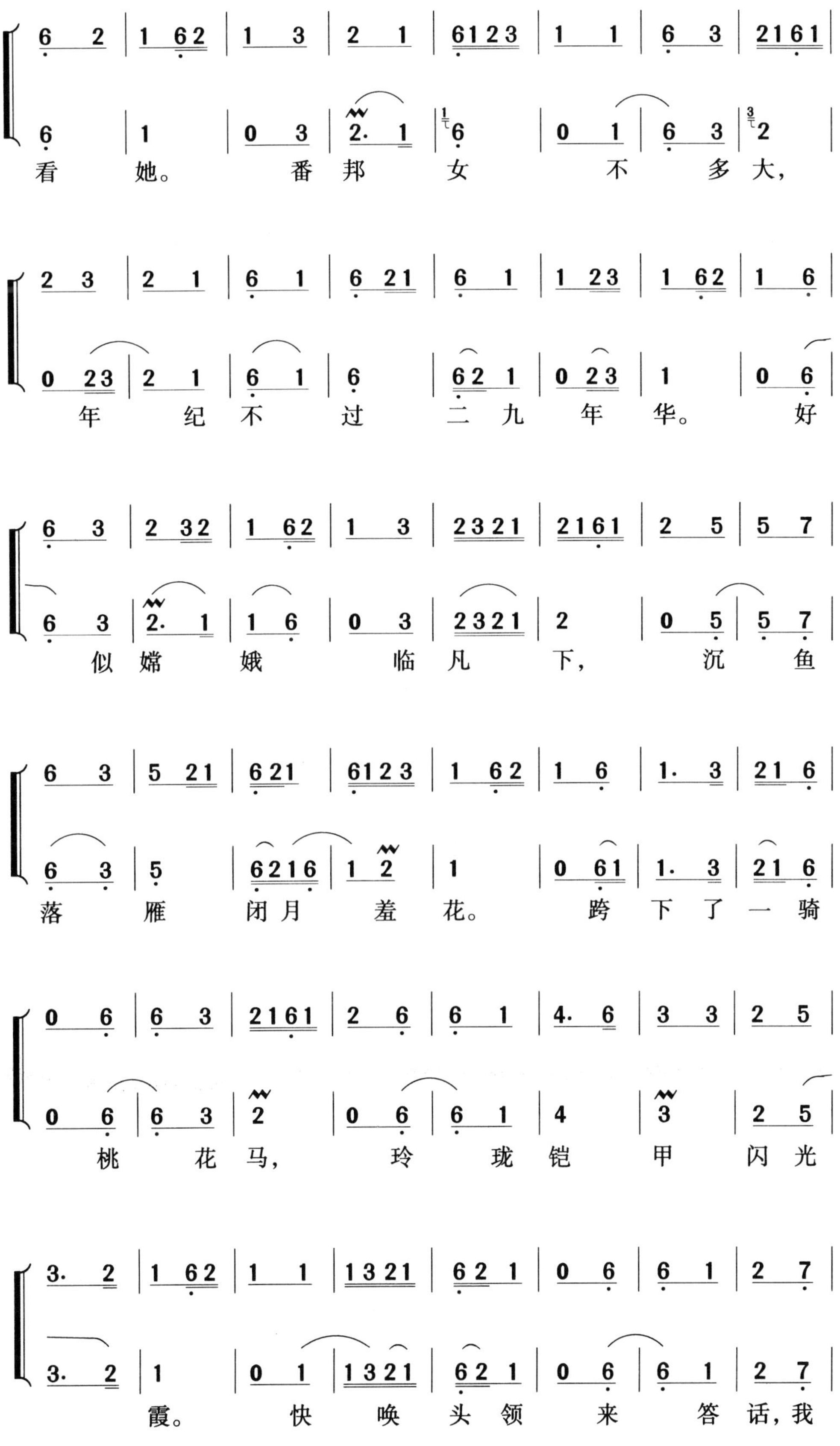
看 她。 番 邦 女 不 多 大，
年 纪 不 过 二 九 年 华。 好
似 嫦 娥 临 凡 下， 沉 鱼
落 雁 闭 月 羞 花。 跨 下 了 一 骑
桃 花 马， 玲 珑 铠 甲 闪 光
霞。 快 唤 头 领 来 答 话，我

万花公主 众女兵！（走至台左前）

〔西皮摇板〕

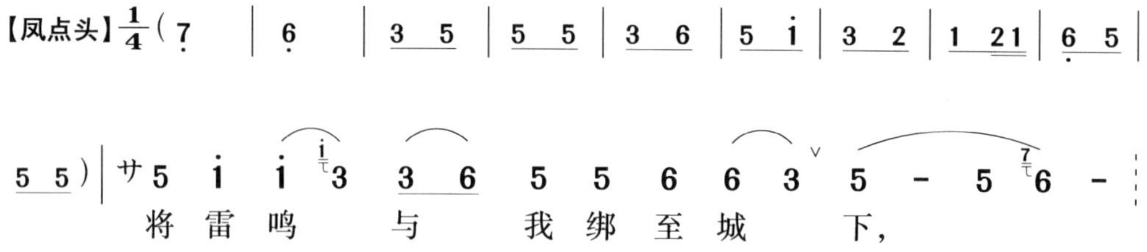

〔【快长锤】两女兵下绑雷鸣上，【长尖】雷鸣带手铐至台右朝城门右单腿跪。锣切住。

雷　鸣 爹爹！

雷万春 奴才！（指雷鸣）

〔西皮散板〕

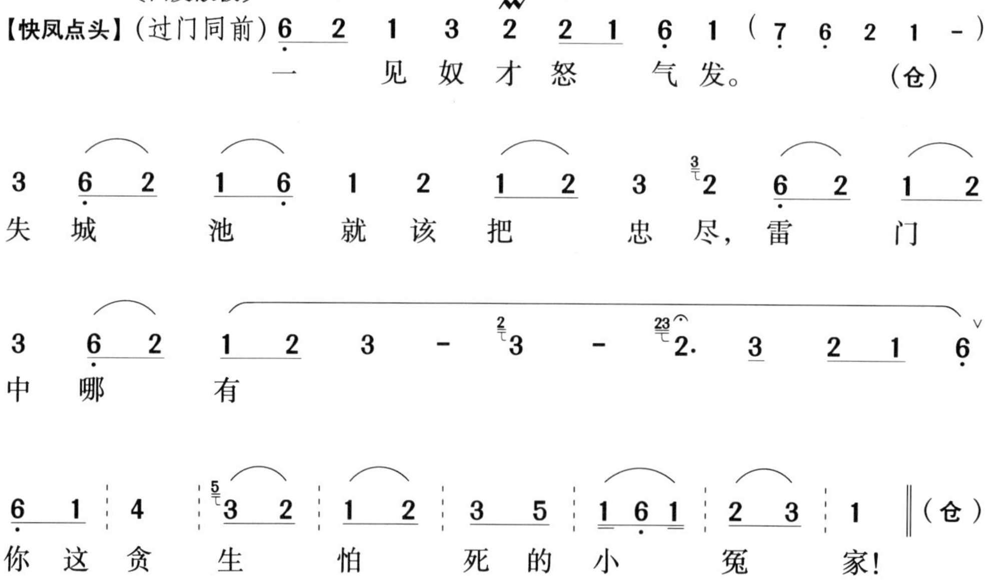

雷　鸣 爹爹呀！（拱手）

〔西皮散板〕

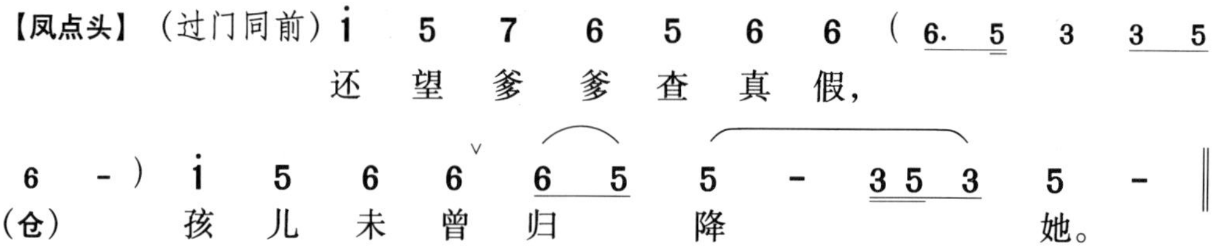

万花公主 老将军！（向雷万春拱手）

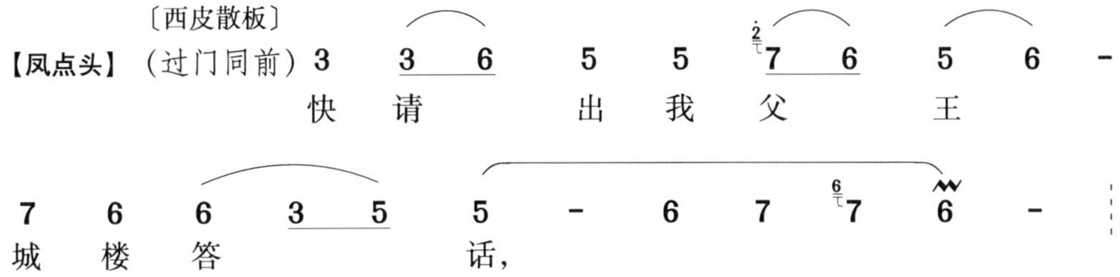

雷万春 将番王押上城楼！

〔二家将绑羌洪上城。二家将站两侧，羌洪站雷万春左侧。

羌 洪 唉呀儿啊！

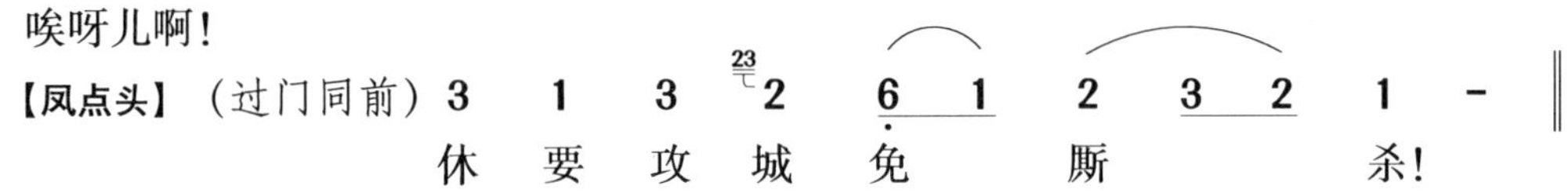

万花公主 老将军！

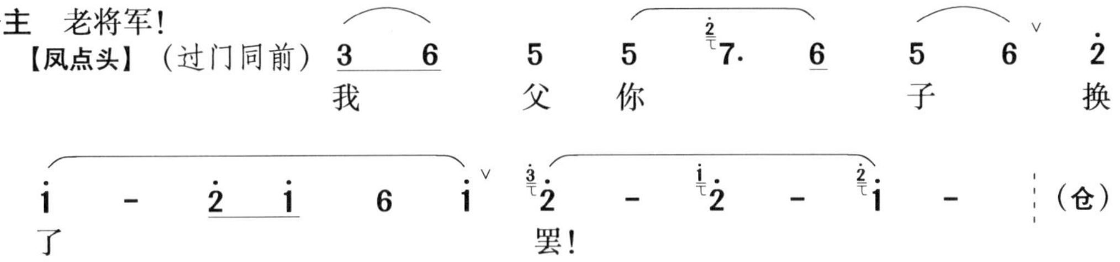

我说城上的老将军，咱们这仗打不打的先不用说，您先把我父王放出城来，我将你子放回，咱们来个走马换将，你意下如何呀？

雷万春 住口！（指万花）

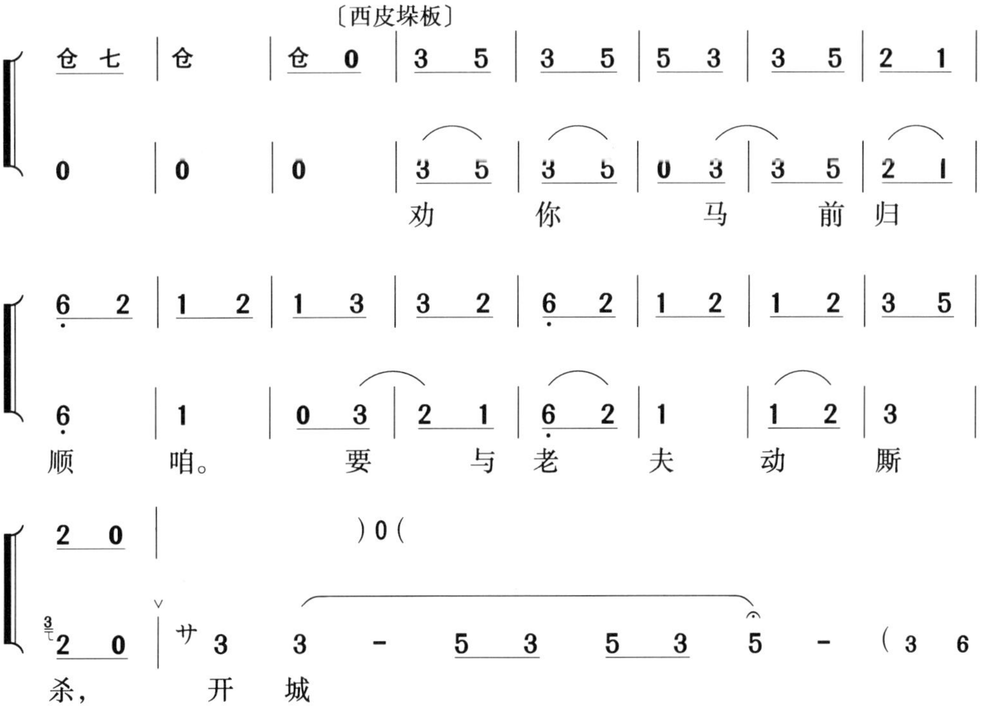

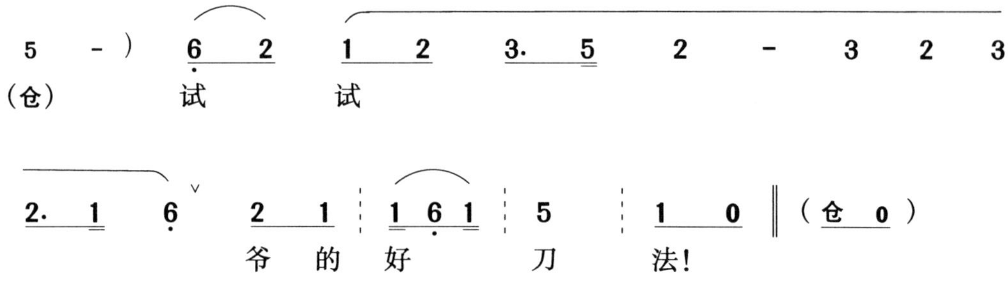

(甩髯于左臂右手举刀式)

万花公主 住了！（右手指城上雷万春）

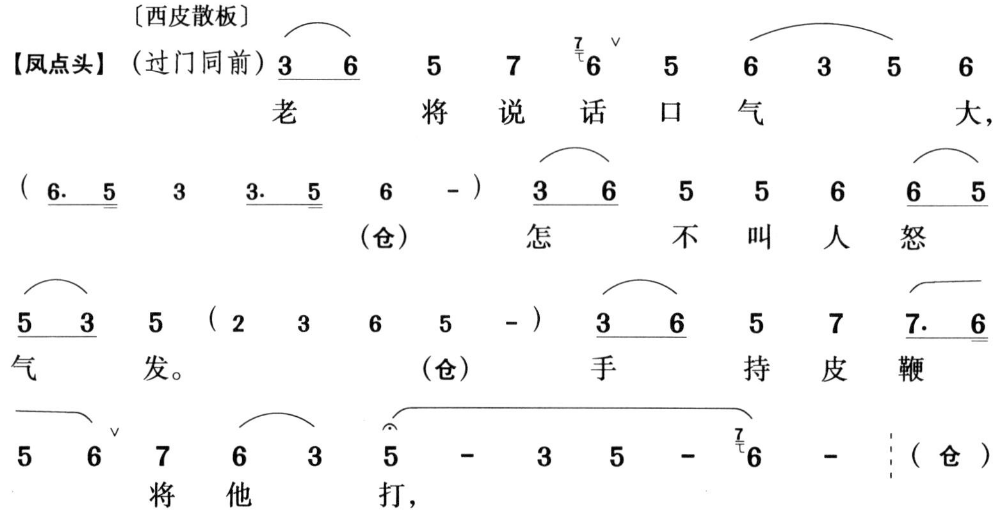

厂【撕边一击】万花走至雷鸣前，用马鞭打雷鸣，左一下。【撕边一击】右一下。雷鸣低头、仰头甩发抬左腿“屁股”。

雷万春 看鞭来！（家将将马鞭递与雷万春）

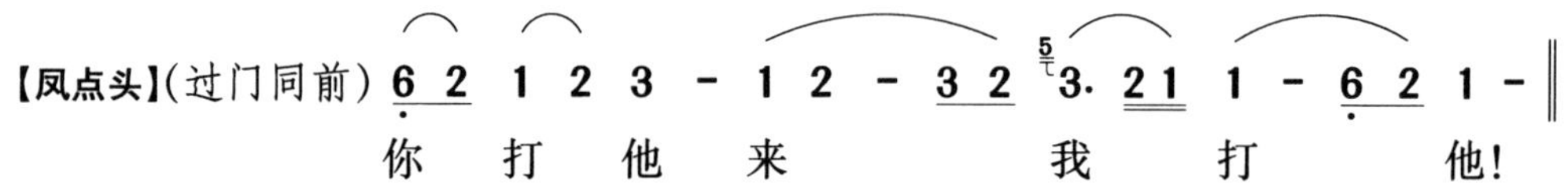

厂（八仓）（连三下）雷万春持鞭左右打羌洪。万花见状着急。

万花公主 好恼！

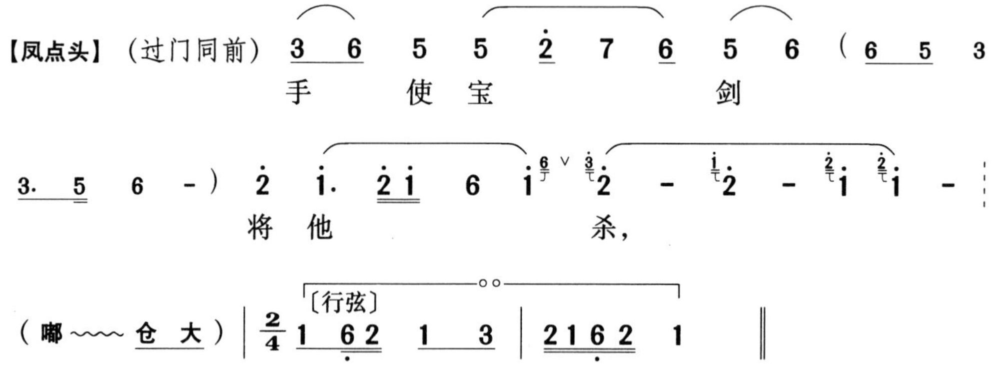

[〔行弦〕进行时万花拔出宝剑走至雷鸣前一亮。回过头与雷万春说话。

万花公主 喂，我说城上的老将军，你呀，放回我家父王还则罢了，如若不然，我可就要杀他了！（拔剑做要杀状，见雷万春不语，又回头）嗳！我说你听见了没有啊！你要是还下放出我父王啊，我可真的要杀他了！**【撕边一击】**

雷万春 你要杀就杀吧！何必这样唠叨！（扭头朝前台，不看）

万花公主 呀！（将剑插回）

〔西皮散板〕

【凤点头】（过门同前）サ 5 i i· 2 6 5 5 3 5
若 杀 他 我 父

6 3 6 5 6 5 5 3 5 - ‖
王 命 难 保 下。

（边唱边走至台左）

雷万春 看剑来！（家将递剑，雷万春右手握剑、看剑亮相）

〔西皮散板〕

【凤点头】（过门同前）4 3 3 3 1· 2 3 3 （6 1 2 3 -）
番 邦 女 子 多 奸 诈，（仓）

1 3 2· 1 1 2 - 3 2 1 61 2 2· 6 1 -
老 夫 面 前 弄 狡 猾。

（7 6 2 1 -）6 3 6 2 1 6 6 3 2 1 2 6 1
你 杀 我 儿 乃（呀）是 假，老

6 1 3 2 - 2 （6· 1 2 -）2· 1 1 - 6 1 6 1 ‖
夫 的 青(哪) 锋（顷 - 仓 0）把 你 父 杀！

（搂髯，抬剑看） （剑抵羌洪颈）

羌 洪 嗳哟儿啊！

【凤点头】（过门同前）2 2 1 6 2 1 2 2 2 （7 6· 1
降 了 罢 来 降 了 罢，

2 -）6 3 2 1 1 2 2 2 7· 6 6 1 - ‖
（仓） 你 杀 他 子 他 把 为 父 杀！

万花公主 呀！

【凤点头】（过门同前）3 6 5 7 6 5 6 3 5 6（6· 5
父 王城楼令传 下，

3 3· 5 6 －）i i· 2 6 5 6 6 6 5 5 3 5 －（2 3
（仓）只得 归降保 唐 家。

6 5 －）3 6 5 7 7 5 6 5 6 3 5· 3 5 6 －（仓 0）
（仓）万 般无奈 下战 马，

〔万花唱中从台左走至台右前下马，走向雷鸣将雷鸣手铐解下，雷鸣站起，二人一起同向城门雷万春跪。

雷万春 哈哈哈……！

〔西皮散板〕

【导板头】（3 5 6 5 i － 3 2 7 6 2 1 －）3 5 6
化 干

5 － 6 5 6 5 3 5 －（2 3 6 5 －）3 － 2 1
戈 （呀 呃） （仓） 为

6 2 1 2 3 5 2 － 3 2（6 1）6 1 2 1
玉 帛 定 邦 家。
（八大 仓 仓 仓 0 冬冬）

〔接唢呐曲牌<吹打>雷万春为羌洪解绑。二人下城，出城。雷万春搀起雷鸣、万花。羌洪至台右中见万花、八唐兵、家将出城至正场左侧，八女兵于右侧，雷鸣于台左、雷万春于台左中、万花于台右中、羌洪于台右。曲牌停。

雷万春 如今干戈已定，罢战息征。众将官！【撕边一击】

众兵将 有！

雷万春 擂起得胜鼓，奏凯还朝！

众兵将 啊！

〔奏唢呐曲牌<尾声>雷鸣拜雷万春，雷万春扶起，万花拜雷万春，雷万春扶起，雷万春抓雷鸣、万花手，亮相。

——剧 终